20세기 중국을 빛낸 위대한 여성,

송경령 下

1935~1981

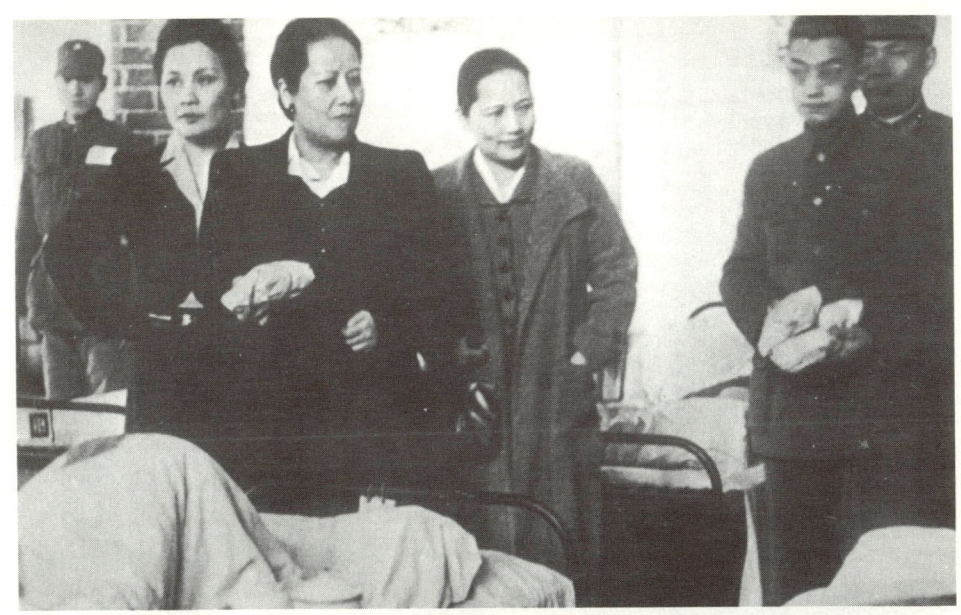

▲ 중경에서 육군병원 위문

▲ 1944년 중경에서 미공군대위 잭(Jack)과 함께

◀ 1940년대 초 스틸웰과 송경령

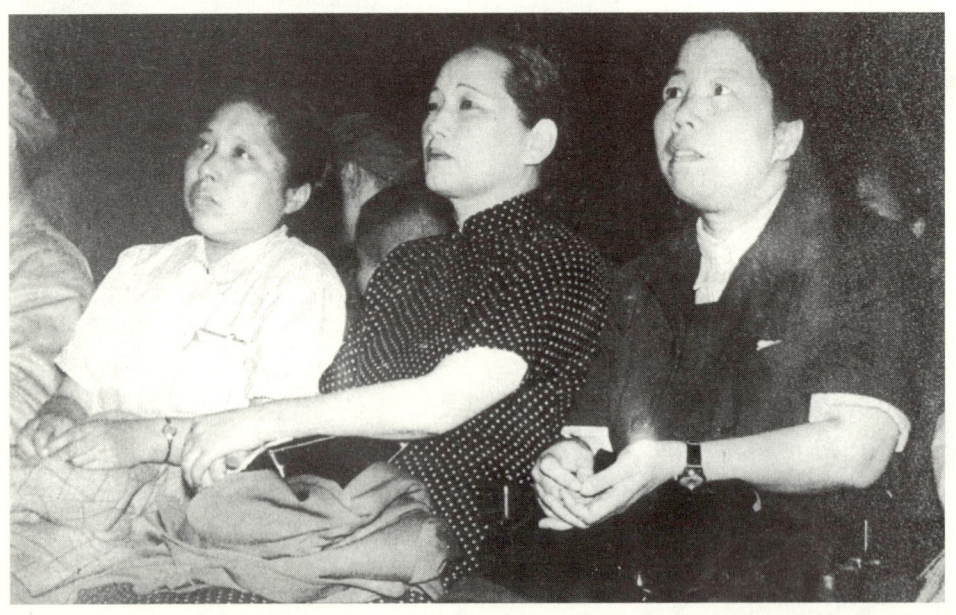

▲ 보위중국동맹중앙위원회 위원(오른쪽부터 요승지, 프랑스, 클라크, 송경령, 요몽성, 등문교, 엡스타인)

▲ 1949년 중국공산당 성립 28주년대회 참석(왼쪽부터 요몽성, 송경령, 등영초)

▲ 1939년 홍콩에서 에드가 스노우와 함께
중국공업합작사 국제위원회 조직

▶ 1940년 중경에서 세자매의 국공합작

▲ 마해덕과 모택동(1940년대 초 연안에서)

손과 부부와 함께

중경에서 고아원을 시찰한 세자매

▲ 어린이들에게 글을 가르치는 송경령

▲ 해방구에 보낼 의약품을 검사하고 포장하고 있다.

1950년대 초 송경령 부주석

▲ 1949년 9월 중국인민정치협상회의 석상에서 강화를 발표하는 송경령

▼ 1951년 전국정협 3차대회에
  참석하고 나서(송경령과 하향응)

▼ 1951년 국경일에 천안문 성루에 선 지도자들

▲ 1952년 아시아 및 태평양지역 평화회의 개최 참석
(오른쪽부터 곽말약, 송경령, 팽진, 마인초)

▲ 중국인민정치협상회의 제1차 전체회의에 참석한
여성대표들(앞줄 왼쪽부터 하향응, 송경령, 등영
초, 사량)

▲ 1955년 여름 호지명이 송경령의 북경자택을 방문했다.

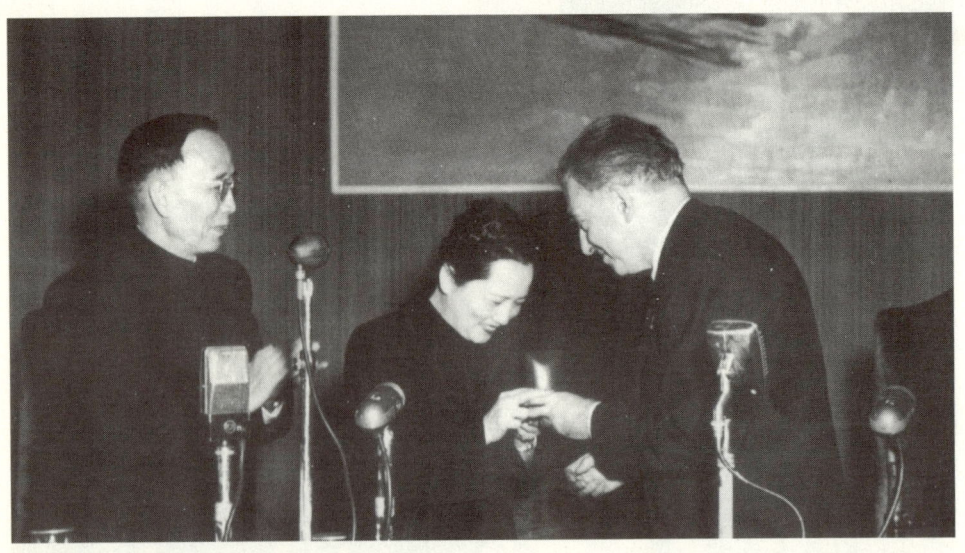

▲ 1951년 9월 스탈린국제평화상을 북경에서 수상한 송경령

▲ 1955년 12월 인도를 방문하여 네루수상의 환영을 받고 있다.

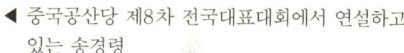

◀ 중국공산당 제8차 전국대표대회에서 연설하고 있는 송경령

▲ 1955년 9월 전국 청년사회주의 건설자 대표대회에 참석(앞줄 왼쪽부터 임백거, 송경령, 유소기, 모택동, 주은래, 주덕, 진운, 심균유)

▲ 1956년 북경에서 모택동, 주은래, 진의, 장문천과 함께

▼ 1957년 소련방문시의 중국대표단

▲ 1958년 손문이 지은 『건국대강』이 출판되자 책을 들고 기뻐하고 있다.

▲ 1964년 실론 방문시의 송경령과 주은래

◀ 1961년 모택동이 상해 송경령 자택 방문

▲ 1958년 어린이날

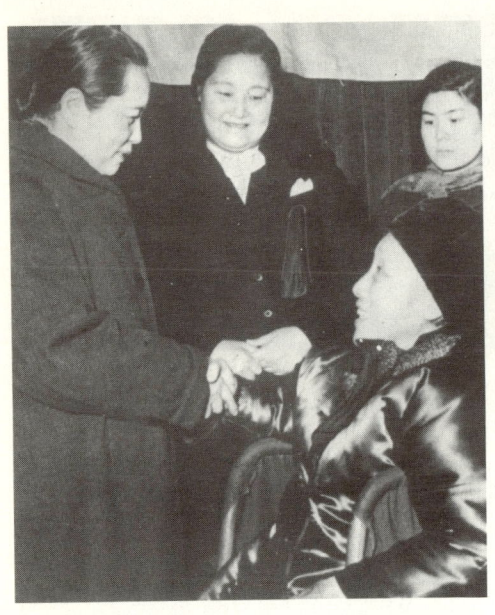

▲ 1965년 제3차 전인대에서 송경령과 동필무

▲ 1960년대 초의 송경령, 사량, 하향응(왼쪽부터)

▼ 1980년 송경령 자택을 방문한 저자 이스라엘 엡스타인과 부인 엘시 초멀리

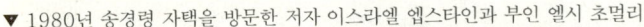

▲ 1980년 등소평과 담소를 즐기고 있는 송경령

▲ 앞줄 왼쪽부터 요승지, 요몽성, 한 사람 건너 송경령(관절염으로 얼굴이 많이 부어 있다)

1981년 5월 29일 송경령 장례식

WOMAN IN WORLD HISTORY : Soong Chıng Lıng

by Israel Epstein

20세기 중국을 빛낸 위대한 여성,

송경령 下

지은이 이스라엘 엡스타인
옮긴이 이양자

한울

WOMAN IN WORLD HISTORY :
Soong Ching Ling

차례 │ 下

WOMAN IN WORLD HISTORY :
Soong Ching Ling

차례 | 上

12
구국의 노력 — 상해
(1935~1937)

항일민족통일전선의 형성

중국공산당은 1931년 일본이 중국 동북부를 점령한 이래 일본 침략에 대한 무장저항을 주장해왔다. 그러나 진실로 일본군과 싸우려 한다면 어떠한 군대와도 휴전하고 통일전선을 결성하겠다는 홍군의 제안은 이 당시 무시당했다.

그럼에도 불구하고 이러한 동향은 객관적 사실 즉, 중국이 직면한 가장 중요한 모순의 변화를 이미 반영하고 있었다. 그것은 이미 국내에 있어서의, 사회적 혁명과 반동 사이의 모순이 아니었다. 대외적이며 민족적인 것으로서 결국 전중국 대 일본과의 모순으로 되었던 것이다. 공산당 주도의 제안은 시기가 성숙하여 국민당과 국민정부가 만약 항일에 동의한다면 함께 제휴할 것임을 명확히 보여주려 했다. 반드시 그렇게 발전해야만 했다.

이러한 방법으로만 일본에 반대하는 모든 세력(정치적으로 중간 혹은 우익의 중국인까지도 포함하여)을 결집하고 함께 활동할 수가 있었다. 국제적으로는 또한 제국주의적 이해대립 때문에 자기 스스로를 위해 일본의 세력확대에 반대했던 자본주의 열강과 그들의 영향하에 있는 중국

국내 제세력과도 항일을 위해 손잡을 수 있음을 당연히 전제로 했다.

중국 노동자의, 그리고 중국혁명의 궁극적 이익이 이같은 전략을 받아들이게 했다. 만약 제휴가능한 모든 요소가 항일에 결집되지 않는다면 중국은 세계의 정치지도에서 말소될 위험에 처해질 것이며 중국인민은 이중으로 노예가 될 것이다. 그러나 중국이 강하게 반격한다면 국내의 정치적·사회적 혁신을 주장하는 세력은 항전중에 가장 지속적이고 유효한 움직임을 보이면서 경험과 단련을 거듭하며 곧 지도적 입장에 서게 될 것이다.

그러나 이를 위해서는 일정한 조건이 갖추어져야 함이 필수적이다. 먼저 필요한 것은, 정치적으로는 강력하고 경험이 풍부하며 선견지명이 있는 혁명적 핵심세력이, 그리고 지리적으로는 민족항전의 전위가 위치할 수 있는 적당한 근거지가 있어야 한다. 이 두 가지 조건은 이제 형성되고 있었다. 중국 홍군은 1934년에서 35년에 걸친 대장정기간을 통해 습득한 단련과 체험으로 중국 역사상 다른 어떤 군대보다도 우수하게 되었다. 홍군은 중국 중남부에 있던 그들의 근거지를 방어하는 데 실패하여 장정에 나섰지만 오히려 이것은 화북의 항일전선에 도달하는 승리의 돌파구가 되었다. 이는 장정을 통해서 모택동의 지도권이 확립되고 조직이 강화되고 공산당 정책이 점차 성숙하게 된 결과였던 것이다.

당내에서는 이전의 비생산적이고 고립주의적인 '극좌'노선이 서서히 극복되어가고 있었다. 국가 전체로 보아서, 장정의 승리는 하나의 객관적인 교훈을 제시했다. 즉 중국과 같은 나라에서는 탱크, 비행기 그리고 다른 현대적 장비를 갖추지는 못해도 인민대중을 기초로 한 군대는, 그 모든 무기를 갖추어도 대중의 지지를 받지 못하는 군대에게는 결코 분쇄되지 않는다는 사실이었다. 그것은 즉 항일전을 위해 필요한 것은 일종의 신념과 능력이라는 것이다.

코민테른은 제7차대회(1935년 7월~8월)중에, 제6차대회(1928년) 이후로 우세했던 '좌경'노선으로부터 세계적 규모의 반파시즘 통일전선운동 추진노선으로 전환했다.

이 전환은 코민테른 신임의장인 불가리아의 게오르기 디미트로프의 기조연설에서 공표되었다. 디미트로프는, 개인적으로는 히틀러가 날조한 '국회방화사건' 재판에서 보여준 당당한 용기로 반파시즘의 세계적 심볼이 되어 있었다. 각국 공산당원은 스스로 안고 있던 분파주의의 속박에서 해방되어 새롭고 관용적인 사상으로 무장하고 반파시즘 운동의 선두에 서서 모든 계층 사람들을 결속시킬 수 있었다.

송경령은 이미 오래전부터 세계의 '선구적인 반파시즘 운동가'들 사이에서 존경받는 지위에 올라 있었다. 그녀의 반파시즘 사상은 1920년대 초기로 거슬러 올라간다. 그것은 독일의 나치즘이 권력을 장악하기 이전의 일이었다. 그래서 그녀는 일본뿐만 아니라 장개석 측근이나 그의 살인집단 '남의사' 속에서도 파시즘과 상통하는 사상을 찾아냈던 것이다.

더욱이 그녀는 일본의 파시즘에 의한 침략 위협과 국내의 다양한 반동적 폭력은 둘 다, 그들 속에 최종적인 패배요인이 이미 존재하고 있기 때문에 극복될 수 있다고 믿게 되었다. 나치즘 대두 후 중국의 백색테러 상황하에서 송경령은, 독일에서의 경험으로 인해 확실한 반파시스트가 되어 있는 전 독일주재 미국대사 윌리엄 도드가 방문했을 때 그에게 "당신은 이 나라가 얼마나 나쁜 상태에 있는가를 확실히 보셨습니다. 그러나 나는 이것들이 개선될 것이라고 믿습니다. 중국에는 공산당이 있으며 여기에 나는 희망을 걸고 있습니다"라고 말했다.

이 희망은 대장정의 승리나 행군도상의 많은 성에서의 열광적인 대중의 환영에 의해 실제로 입증되었다. 장정은 섬서성 북부에서 끝났으며 이 지역은 항일전선에 보다 가까운 곳이었다.

1935년 8월 1일 중국공산당은 항일민족통일전선결성을 정식으로 호소한 「항일구국을 위해 모든 동포에게 고하는 글」(8·1 선언)을 발표하였다.

송경령·하향응·진우인·손과 그리고 한 때 손문과 가까웠던 사람들은 8월중에 공개적으로 이 호소에 대해 환영의 의사표시를 하였다. 그 후 곧 공산당의 새로운 근거지로부터 온 밀사와 개인적 접촉이 시작되었다. "중국인은 중국인과 싸우지 않는다" "항일구국"은 이 당시 국민들 사이에 가장 열렬한 호응을 받은 표어였다.

대장정이 있기 전에 이미 송경령은 상해와 강소성의 중공조직과 함께 항일민족통일전선조직 '국민어모자구회'의 결성을 준비하고 이 조직의 회장에 취임할 것에 동의했다. 이 회의 서기는 일찍이 미국에 유학하였으며 후에 중화인민공화국 외교부 부부장(외무차관)이 되는 장한부(章漢夫)였다. 송경령은 1933년 3월 8일 국제여성의 날 거행된 국민어모자구회 준비회에서 연설하면서 대일항전을 위한 중공과 홍군의 민족통일전선 제안들을 공식적으로 선언하였다. 당시 중공과 홍군은 군사적 공격과 백색테러를 받고 있었을 뿐만 아니라 신문보도도 방해받고 있었다. 그때문에 이것은 1927년 무한 이후, 송경령과 조직체로서의 중국공산당과의 사이에 있어서 최초의 정식합작이었다고 할 수 있다.

그러나 이때는 극좌파의 영향이 아직도 현저하여 이 회를 무익한 행동으로 몰아갔다. 광범위한 대중을 결집시키고 있는 이 애국적 조직은 메이데이(노동절)의 노동자 시위운동과 같은 행동으로 이끌어갔다. 이 당시 시위행진 등을 조직할 수 있었던 것은 중공뿐이었으므로 반드시 탄압을 초래했다. 결과적으로 이 회는 "주목받게 되었고" 많은 사람들은 놀라 움츠러들어 쇠퇴하였다. 송경령은 그러한 분파주의에 반대하여 회장을 사임하였다. 그러나 이 회를 포기하지는 않았다. 오히려 이 회의 성원으로 남아 협력을 아끼지 않을 것임을 다시 표명하였다. 그러나 이 조직은 본래 다가올 상해반전대회를 조직하기 위한 것이었으나 현실은 그 시기가 와도 그렇게 될 수 없는 상황이라는 것을 입증하고 말았다.

그럼에도 불구하고 통일전선을 지향하는 노력은 계속되었다. 1934년 코민테른은 중국공산당과 공동으로 「항일구국6대강령」을 기초하였다. 이 강령을 발표할 것을 요청받았던 송경령은 즉시 동의하였다. 새로운 중국민족무장자위위원회의 선두에 서서 그녀는 이를 지지하는 서명운동을 원조하여 국민당 우파인 호한민(胡漢民)의 서명도 받아낼 정도로 그것은 성공리에 진행되었다. 이같은 항일전에 대한 공개적이며 대규모적인 지지는 2년 전에 중화소비에트정부가 대일작전을 발표한 이후 처음 있는 일이었고 국민당 통치지구에서는 최초의 일이었다.

1935년 12월 9일 북경에서 역사적인 학생운동(12·9 학생운동)이 일어났다. 이 가운데 무장자위위원회 북경분회는 북경시의 학생연합회와 함께 조직세력으로 활동했다. 그러나 이 위원회는 '극좌노선'의 여파로 인해 좌초되고 말았다. 이 위원회는 항일운동뿐만 아니라 노동절 시위행진도 조직하였다. 그결과 국민당 경찰에 의해 사무국이 폐쇄되고 보다 많은 사람들이 체포되어 결국 해산되었다. 송경령은, 조직이 확대됨에 따라 활동에 혼란이 생기는 것은 좋지 않다고 생각하여 위원의 한 사람으로서 협력할 것은 약속했지만 위원회 주석직은 사임했다.

1935년은, 12월 초순부터 북경에서 발생하여 전국으로 파급된 대규모 항일학생시위운동으로 막을 내렸다. 북경시 연경대학의 청년들이 북경의 에드가 스노우 부부 집에서 진행 코스에 관하여 상담하였다. 이 부부의 회상에 의하면, 학생들은 그보다 일찍이 이 미국인 부부의 작문도움을 받아 영문편지를 송경령에게 보내 지도를 요청했다. 이에 그녀의 회답은 "여러분들의 용기를 보여주고 행동으로 실행하십시오"[1]라고 쓰여 있었다.

이런 중대한 시기에 지하활동중인 중공화북지국은 당중앙위원회에 학생운동의 평가와 구국운동의 발전 계획에 관해 보고하고자 했다. 학생운동지도자이며 당원이었던 요의림(姚依林: 1980년대 그는 중앙최고지도자의 한 사람이 되었다)은 상해에 있던 노신에게 비밀편지를 썼다. 노신은 그것을 송경령에게 전했다. 그는 경령이 그것을 중공중앙에 전달할 수 있으리라고 보았다. 중공중앙은 장정중에 있었지만 섬북의 새로운 근거지에 도착한 후 곧 무선전신을 통해 상대편과 연락을 취할 수 있었다. 그녀의 집에는 어떤 사람이 말한 것처럼 비밀무선장치가 있었던 것은 아니었다. 그러나 친구인 레위 앨리의 다락방에 그것이 있었다. 알리는 제1차세계대전때의 뉴질랜드 영웅으로서 명예로운 훈장을 받았다. 그는 상해 공동조계의 한 공장에서 감독으로 일하고 있을 때 그곳 노동자의 노동과 생활조건의 열악함에 매우 마음이 아팠다. 그래서 중국공산당에 동조하게 되었고 백색테러에도 굴하지 않고 중국혁명을 지지하고 마르크스주의를 공부하게 되었다.

이렇게 하여 송경령은 고조되는 학생운동을 직접 고무 격려하고 그것과 중공과의 연결을 강화하는 것을 도왔다. 그녀는 광범위한 학생운동과 함께 움직이면서 어떤 의미에서도 당과 소원해지지는 않았다. 그녀는 이제 당내의 주류와 동일한 보조를 취하게 되었다. 주류가 지향하는 바는 전민족의 항일요구속에 혁명의 뿌리를 내림으로써 대중적 기반을 확대하고 심화한다는 것이었다.

항일요구의 소리는 들불처럼 점점 넓게 퍼져나갔다. 1936년 초 학생운동이 북경에서 전국으로 파급되어가는 형세 속에서 상해의 저명한 문화계 인사들에 의해 상해각계구국연합회가 결성되었다. 곧이어 6월 1일에는 전국각계구국연합회가 성립되었으며 그것은 전국적으로 많은 도시에서 다양한 사회계층들 사이에 지부조직을 만들어나갔다. 구국연합회는 내전에 관여하고 있는 모든 당파에게 정권과 정치범 석방 및 대표회의 조직을 통해, 적과 싸우기 위한 최선책과 민주적 정부수립을 위한 최선책을 함께 협의할 것을 호소했다. 송경령은 이 운동에 적극적으로 참가하여 그 전국적 상징이 되었다.

국공간의 초기접촉을 돕다

최근 다른 관점에서 서술된 김충급의 『주은래전』[2)의 증언에 의하면, 송경령은 국민당과 중국공산당과의 사이에 제2차 통일전선을 실현하기 위하여 양당간의 정식 접촉을 촉진하는 데 매우 중요한 역할을 했다.

최근 출판된 권위 있는 『주은래전』에 의하면, 1936년 1월에 그녀는 항일통일전선을 전보다 강력하게 추진하고 있던 중공지도자에게, 이것을 기초로 하여 직접 협의하고 싶다는 명확한 국민당의 제안에 관한 최초의 정보를 중간에서 전했다.

몰리에르 로의 집에서 송경령은 섬서의 중앙본부에 있는 모택동과 주은래에게 보낼 서한을 동건오(董建吾)에게 맡겼다. 동건오는 기독교 목사였는데 '왕목사'로[3) 잘 알려져 있는 비밀공산당원이었다. 도중의 안전을 위해 그녀는 동생 송자문에게 부탁하여 동을 중국 서북의 경제시찰관으로 임명하게 했다. 또한 상해 지하당을 대표하는 장자화(張子華)는 하인으로 변장하여 동건오와 동행했다.

'청년원수' 장학량의 군대에 포위된 홍구에 들어가기 위해서는 장학량의 동의를 얻지 않으면 안되었다. 장은 통행허가 이상의 일을 했다. 그는 이것이 바로 남경 중앙정부가 공산당과 접촉하는 시기임을 알고 "그들이 할 수 있다면 나 또한 할 수 있다"고 결심했다. 그 결과 그곳에서는 접촉이 빈번하게 되었으며 그러한 것이 1936년 12월의 유명한 '서안사건'을 해결하는 데 도움이 되었다.

1936년 2월 27일 '왕목사'와 '하인'이 섬북 와요보에 있던 중공 중앙정부에 도착했을 때 모택동과 주은래 두 사람은 모두 전방에 출정중이었다. 본부에 있던 다른 두 사람의 지도자 박고(博古; 秦邦憲)와 장문천(張聞天)은 이 소식을 그들에게 즉시 전보로 알렸다. 그 후 주은래는 곧바로 공산당 대표를 직접 장개석의 수도 남경에 파견할 것과 장개석과 '청년원수' 장학량 간의 통일전선 결성을 위한 공작은 각각 별도로 진행하는 것이 좋다고 제안하였다.

모택동과 다른 중공지도자는 남경정부와의 대화를 통해 통일전선의 중앙정부와 항일을 위한 연합군대를 설립할 것을 목적으로 하였다. 3월 1일 그들은 구체적인 문제에 관하여 토론하는 것에 동의한다는 회신에 서명하고 동건오에게 가지고 가도록 했다. 송경령에게 보내는 선물로서 중앙지구에서 발행된 은화와 베[布]로 만든 은행권을 동건오에게 전해주도록 부탁했다. 이것은 두 가지 의미에서 그녀를 크게 기쁘게 했다. 하나는 그녀가 오랫동안 헌신해온 혁명이 실현되는 증거를 그 은행권과 은화에서 보았다는 사실, 또 한 가지는 동건오가 실제로 목적지에 갔다 왔다는 것을 증명하는 것이었기 때문이다.

이와 같이 하여 송경령은 10년간 관계가 단절되었던 국공 양당이 서로 교섭할 수 있도록 도왔다. 한달이 못되어 주은래는 중공과 친한 관계에 있는 친구인 노교수에게 편지를 써서 국민당 정부의 철도부 차장(철도차관) 증양보(曾養甫)가 대화를 위해 섬서로 오는 것을 환영한다고 전했다.

왜 장개석은 10년간의 긴 기간에 걸쳐 반공의 내전을 계속하고 있으면서 동시에 내밀히 중공과 협상하려고 생각했던 것일까.

이에 대한 답변은 급속히 격화된 중국과 일본 사이의 모순과 그 결과 일어난 국민당내 세력관계의 재편성에 있었다고 할 수 있다. 1930년대 초기 국민당 지도층 사이에는 대일유화정책이 다수의 의견을 차지하여 무장저항을 생각하는 자는 극히 소수였다. 그러나 1935년이 되면 일본은 중국을 끊임없이 위협하고 침략의 마수를 북경 교외에까지 뻗쳐 그들의 끝없는 욕망을 분명히 보여주었다. 그때문에 조류가 변하기 시작했던 것이다.

1935년 11월 국민당 제5차 전국대표대회에서 장개석은 "평화는 아직 절망의 시기에 이르지 않았다. 결코 평화를 포기하지 않는다"고 주장하였다. 그러나 한편으로 장개석은 유화정책에는 한계가 있기 때문에 아울러 저항과 희생할 각오를 호소하였다. 1936년 봄 일본의 히로다 고키(廣田弘毅) 외상은 전 중국을 보호령으로 할 것을 요구한 대중국 3원칙(중국의 비밀운동금지, 일본·만주·중국의 경제합작, 공동 방공)을 제출하였다. 이 요구에 대해 장개석은 후일 "당시의 정세는 명백했다. 만약 우리가 이 요구를 거절한다면 전쟁을 의미하는 것이며, 만약 수락한다면 망국을 의미했다"라고 쓰고 있다. 이같은 쓰라린 현실과 항일을 위한 대중의 애국심은 국민당으로 하여금 국내적으로는 중국 공산당에게 그리고 국제적으로는 소련에게 호소하도록 했다. 하지만 국민당은 마지못해 손문이 국민당과 국가를 위해 절대로 필요하다고 본 두 개의 연합체와의 관계개선(연소·용공)을 고려하지 않을 수 없었다. 그러나 지금까지 장개석 정부는 그것을 파괴해오고 있었던 것이다.

그후 장개석은 반공군사행동과 병행하여 관측기구를 띄우기 시작했다. 1935년 장은 심복인 극우파 진입부(陳立夫)를 유럽에 파견하여 일본을 견제하기 위해 중소동맹의 가능성을 탐색하였다. 장은 진에게 정식교섭을 가지는 것은 '시기상조'라고 주의하면서도 진이 남경으로 돌아오자 남경주재 소련대사 보고모로프와 접촉을 계속 갖도록 지시했다.

또한 장개석은 모스크바 주재 무관 등문의(鄧文儀)에게 코민테른에 파견된 중공대표 왕명(王明)과 접촉하고 양당의 교섭가능성에 관해 타진하도록 비밀리에 명령하였다. 왕명은 양당의 중앙지도자는 중국에 있기 때문에 어떠한 교섭도 국내에서 행해져야 한다고 대답했다. 1936년 5월 반한년(潘漢年)이[4] 연락원으로 활동하기 위해 귀국하였다. 그는 상해의 공산당원으로서는 대선배격이었는데 이곳에서 당조직이 국민당에 의해 파괴된 후 모스크바로 갔다.

중국 국내에서는 국공 쌍방이 각각 중간매개를 통해 서로 탐색에 들어 갔다. 쌍방을 연결할 개인적인 옛 친구관계, 동창생, 친척관계 등 다양한 중개자들이 이용되었다. 보다 직접적으로는 국민당 정부 철도부 차장 증양보와 만나기 위해 상해 지하공산당 사절이 남경에 파견되었다. 증양보는 이 건에 관하여 장개석으로부터 위임받고 있었다(주은래도 그를 홍구로 초대하였다). 그러나 이 모두는 아직 탐색에 들어가는 단계로서 교섭에까지 이르지는 못했다. 반한년은 본격적인 교섭을 개시하는 권한을 부여받아 송경령에게 보내는 모택동의 개인적 친서를 휴대하고 상해로 갔다. 모택동은 이 건에 대해서 송경령이 중요한 예비역할을 해주리라고 기대했다.[5]

모택동은 친서에서 그녀의 '혁명구국의 언론행동'에 대하여 '끝없는 존경'을 표시했다. 국공양당이 합작했던 1926년에서 27년까지 무한에서 마지막으로 만났던 때로부터 거의 10년의 세월이 지나갔다. 그 이후 "오직 당신과 우리 동지들만이 손문 선생의 혁명구국 정신을 지속시킬 수가 있었습니다"라고 지적했다. 이제 멸망 위기에 있는 국가를 위하여 그는 그녀가 국민당 중앙집행위원의 자격을 이용하여 새로운 항일민족통일전선의 촉진을 위해 기여해줄 것과 이를 위해 활동할 수 있는 상황을 만드는 일에 힘써 주기를 희망했다.

특히, 모택동은 중공대표의 권한을 가진 반한년을 송경령이 잘 알고 있는 국민당 유력인사들에게 소개시켜줄 것을 의뢰했던 것이다. 이 유력인사들에 대해서 그는 채원배 같은 진보주의자뿐만 아니라 국민당 정부의 중진이며 친영미파인 그녀의 형부 공상희, 동생 송자문 그리고 손문의 아들 손과 같은 인물을 지적했다. 모택동이 열거한 인명 중에는 옛 우파의 이론가였던 오치휘(吳稚暉)까지 포함되어 있었다.

모택동의 편지는 중공이 완전히 항일민족통일전선으로 전환했다는 것과 그것을 광범위하게 만들고 싶다는 바람을 얘기한 것이었다. 주목해야 할 것은 일찍부터 송경령이 이탈하고 있던 국민당에 새로운 입장에서 참가하도록 그녀에게 촉구한 것은 공산당원이었다는 것이다.

이외에 모택동은 하향응과 북경대학에서 그의 옛 상사였던 채원배에게도 편지를 보냈다. 이렇게 하여 이 편지에서 그는 1925년에서 27년까지의 국공합작뿐만 아니라 1919년의 5·4 애국운동까지 거슬러 올라가 회고하였다. 이 모든 편지 속에서 모택동은 국민당에 대해 압력을 가하여, 내전을 정지하고 대외적으로 굴복정책을 취하지 말 것과 "애국주의를 죄로 취급하여" 국가를 위험에 빠뜨리는 태도를 포기할 것을 촉구했다. 모택동은 국민당은 모든 군사력을 항일에 동원하고 손문의 강령과 원칙을 회복하고 구국을 위하여 가장 광범위한 단결을 이룩할 수 있도록 힘을 다해야만 한다고 주장했던 것이다.

노신의 죽음

그 사이에 상해에서는 1936년 10월 19일 노신이 사망했다. 중국문화의 진부함을 배척하고 새로운 감성과 사상으로 대체시킨 대담무쌍한 작가이며 수필가인 노신의 역할은 러시아의 막심 고리키와 프랑스 혁명전의 볼테르의 역할에 비견되어왔다. 노신은 폐결핵을 앓아 몸은 약했지만 정신력과 의지력은 놀라울 정도였으며 특히 원칙을 관철하고 견지하는 힘은 특별하였다. 손문이나 체홉처럼 그는 처음에 의학을 공부했는데, 견인불발(堅忍不拔)의 혁명정신에서는 손문과 상통하였고 의미심장한 간결한 문체에서는 체홉과 상통하는 바가 있었다. 그는 단지 문학의 세계에서만이 아니고 특히 중국 청년들로부터 사랑과 존경을 받는 민족정신의 상징이 되었다. 사랑과 자비심으로 그는 중국반동파에 희생된 무수한 젊은이들을 위해 추도문을 썼다. 협박을 두려워하지 않고 그는 백색테러에 공공연히 맞섰다. 한 항의집회에 가기 전에 그는 귀가할 수 없을 것임을 각오하고 집 열쇠를 던져버렸다는 이야기가 있다. 신랄한 풍자로,

노신은 "사람이 사람을 먹는 사회"라고 하며 옛 중국의 봉건적 사회의 위선을 벗겨버렸다. 그는 중국 홍군의 눈부신 활동에서 새로운 여명을 보고 이것을 환영하였다.

노신은 국내와 마찬가지로 외국의 파시즘에도 격분하였다(그는 국내외 파시즘이 상호연관을 가진 것이라 보았다). 상해의 히틀러정권(독일 국가사회당) 총영사관에 가서 항의한 것 외에도 「중국과 독일의 나치즘 우열론」과 「중국과 독일의 분서(焚書)」 등의 문장에서 파시즘을 맹렬히 공격하였다. 구국운동에서도 그는 지칠 줄 모르는 일꾼이었다.

구국운동의 초기단계인 1936년 6월 이미 노신의 병세는 중태라는 진단을 받았다. 송경령은 소련으로 요양가서 치료받도록 설득하면서 충심으로 따뜻한 편지를 써 보냈다.[6]

서둘러 병원에 가서서 치료받기를 권유합니다. 제발 간절히 빕니다! 당신이 하루라도 늦추면 당신의 생명에 그만큼 위험이 더해집니다. 당신의 생명은 결코 당신 혼자만의 것이 아닙니다. 중국과 중국혁명에 속해 있는 것입니다! 중국과 중국혁명의 앞날을 위해 당신은 당신의 몸을 소중히 하고 보존하지 않으면 안됩니다. 중국은 당신을 필요로 하고 있으며 혁명이 당신을 필요로 하고 있기 때문입니다!

송경령 자신도 병원에서 편지를 쓰고 있었다. 그녀는 맹장염 합병증으로 6주 동안 입원해 있었다. 그때 병원에서 그녀는 아그네스 스메들리로부터 처음으로 노신이 위독하다는 소식을 전해들었다. 그녀는 자신의 치료를 늦추어서 곤궁해진 처지를 증거로 대면서 "당신은 당신을 사랑하는 친구들의 염려와 그리고 우리들의 간곡한 부탁을 제발 저버리지 마시기 바랍니다"라고 설득하였다. 그는 이 편지 가운데서 노신을 '동지'라고 부르고 있는데 그것은 그녀로서는 최고의 경의를 표현한 것이었다(몇십 년 후 그녀는 자신의 임종때 다른 모든 호칭보다 우선적인 것으로 동지라고 불러주기를 원했다).

그러나 어떠한 설득도 위기에 처해 있는 중국으로부터 노신을 떠나게 하지는 못했다. 10월 19일 55세로 그는 상해에서 사망하였다. 그의 죽음은 바로 그의 삶과 마찬가지로 구국을 위한 투쟁의 함성이었다.

노신이 죽은 그날 송경령은 집에 있었다. 그녀는 노신의 미망인 허광평(許廣平), 동생 주건인(周建人) 그리고 그의 절친한 친구이며 문학동료인 풍설봉(馮雪峰)(그는 상해지하 공산당 대표였다)과 함께 장례준비에 관해 상담하였다. 그 장소에는 또한 두명의 저명한 근대문학의 대가이며 극작가인 조우(曹禺)와 소설가 파금(巴金)이 있었다. 장례장소는 상해 만국공묘로 결정하고 시신도 만국공묘에 안장하였다. 지하당원인 풍설봉 등은 공개적인 장소에 모습을 드러낼 수 없었다. 그래서 송경령은 책임지고 장례위원장직을 맡아서 스스로 묘지를 선택하고 비용을 지불했으며 다른 사람들과 함께 밤을 새웠다.

10만명의 노동자·교사·학생·여성들이 질서정연하게 열을 지어 행진하며 기를 들고 구국의 노래를 부르며 노신의 장례행렬에 참가하였다. 송경령은 레이나 프롬(Rayna Prohme)이나 양행불의 장례때와 마찬가지로 맨앞줄에 서서 걸어갔다. 무덤앞에서 행한 추도사에서 그녀는 이렇게 말했다.

> 이제 노신선생은 돌아가셨습니다. 그러나 노신선생의 혁명사업은 아직 미완성입니다. 우리들은 그의 투쟁정신을 계승하여 계속 노력하지 않으면 안됩니다. 노신선생의 서거를 애도하면서 우리들은 선생의 정신을 본받아 제국주의를 타도하고 모든 매국노를 소멸시켜 민족해방운동을 계속해나가야만 합니다.[7]

송경령이 선택한 말들은 손문의 유촉에서의 말과 비슷했다. 그것은 우연이 아니고 해나가야 할 투쟁이 같은 것이었기 때문이다. 그때 그녀는 장례식을 끝낸 후 역시 돌아오는 행렬의 전 노정에 참가했다. 여느 때처럼 그녀가 처음부터 끝까지 군중들과 함께 있었던 것은 그녀의 입장을 명확히 하기 위한 것이었을 뿐만 아니라 참석자들의 안전을 지키기 위한 것이기도 했다. 당국은 폭력적 진압을 계획하고 있었기 때문이었다.[8]

구국회 7군자 사건

통일전선이 매우 많은 분야에서 결성되고 있는 동안 정권을 장악한 국민당은 완강하게 계속해서 그것에 반대했다. 구국연합회가 항일구국운동의 조직에 성공하여 발전하고 있는 것에 격노하여 국민당은 구국회 지도자 7명(심균유·장내기·추도분·이공박·왕조시·사천리·사량)을 투옥하였다(소위 7군자사건). 일본인들은 구국회 이사인 송경령도 함께 투옥되었다는 소문을 퍼뜨렸다. 그것은 실제로 있을 수 있는 일로서 국민당이나 상해조계의 외국당국에 대해 암시를 했던 것으로 생각되며 그들은 그렇게 할 수 있었던 것이다. 이 일에 관하여 1936년 11월 26일 그녀는 도전적으로 쓰고 있다.[9]

이러한 사람들에 대한 체포와 혐의는 일본의 영향에 의한 것임은, 생각이 있는 사람이라면 명백하게 다 알 것이다. 그것은… 내가 제3인터내셔널과 관련하여 공산당 활동을 했다는 혐의로 프랑스 당국에 의해 어제 체포되었다고 하는 … 《상해매일》의 보도에 의해서도 증명되는 것이다. 아마 비슷한 소문을 게재했던 《매일신문》과 《상해일보》가 사전에 정보를 입수하고 있었을 것이다!

그 뒤를 이어 그녀의 단호한 정치적 성명이 계속되었다.

잘 알다시피 구국연합회의 목적은 정부와 국민이 다함께 일치단결할 것을 촉진하고 통일전선을 결성하여 일본의 침략에 저항하고자 하는 것이다.
구국연합회는 정부에 반대하는 것이 아니다. 친공산당계도 아니다. 그것은 정치신조나 당파와는 아무 관계없이 모든 국민을 결집하여 통일전선을 결성하고 민족해방전쟁에 참여함을 지향하고 있는 조직인 것이다.

그녀 자신에 대한, 충분한 증거 없는 보도에 대하여 그녀는 "명예훼손을 일삼는 기사로 악명높은 … 일본신문에 의한 중상"이라고 말했다.
마지막으로, 고무되고 투지에 넘치는 어조로 끝을 맺었다.

구국연합회 7명의 지도자는 체포되었지만, 아직 4억 7천 5백만의 중국인 민이 있다. 그들의 애국적 분노와 의분을 억제하는 것은 불가능하다. 일본의 군국주의자들은 조심하라! 그들은 7군자를 체포할 수 있을지는 몰라도 중국 인민을 염두에 두지 않으면 안될 것이다!

통일전선을 목표로 내걸고서 이제 그녀의 비난의 초점은 국민당이 아 닌 일본군에 맞추어졌다.

상해에서 그녀는 자신의 집을 구국의 7군자 구출중앙본부로 하고 위 험시되는 구국운동의 전용우편함도 거기에 설치했다. 이제 폭풍우속에 돛대에 깃발을 꽂고, 지원금과 성원의 편지를 그녀에게 보내주도록 부탁 했다. 이전의 ≪중국논단≫에 대신하여 발행된 상해의 진보적 영자주간 지 ≪보이스 오브 차이나(중국의 소리)≫가 거듭해서 다음과 같은 호소 문을 게재했다.[10]

중국을 도와주십시오!
우리 노동자·학생·작가·지식인들로 이루어진 중국구국연합회 회원은 외 국의 친구들에게 강력하게 호소합니다. 애국적 해방운동을 추진하고 있는 우리들을 재정적으로 지원해주십시오. 우리의 임무는 거대하지만 자금은 거 의 없습니다. 따라서 우리들은 전세계의 평화와 자유애호자 여러분들에게 우리가 민족해방의 목표를 달성할 수 있도록 자금원조를 해줄 것을 호소합 니다. 기부금은 중국 상해 몰리에르 로 29호 손문부인에게 보내주시면 됩니 다.

당시 구국운동의 선전출판활동에 적극적으로 참가했던 오대곤(吳大 琨) 교수의 회상에 의하면, 전국 각지로부터 온 편지 등을 송경령에게 보 내거나 그녀가 보내온 일들은 ≪보이스 오브 차이나≫ 편집인인 미국인 막스(매니)그래니치가 모두 맡아했다고 한다.[11]

여느 때처럼 송경령은 국제적, 도덕적 지지를 호소하여 효과를 거두었 다. 1937년 1월 14일, 7명의 체포에 항의하는 전보가 장개석과 남경정부 요인에게 보내졌다. 그것은 국제적으로 저명한 인물들이 미국에서 서명 한 것이었다. 서명자에는 알베르트 아인슈타인(Albert Einstein), 철학자

존 듀이(John Dewey), 시카고 대학 경제학 교수 폴 더글러스(Paul Douglas), 콜롬비아 대학 국제연구소 교수 폴 몬로(Paul Monroe), 동대학 심리학 교수 군윈 왓슨(Goodwin Watson) 동대학 교육학 교수 윌리엄 킬패트릭(William H. Kilpatrick), 종교계 지도자 해리 와드(Harry F. Ward), 주교와 유태교 랍비 스티븐 와이즈(Stephen S. Wise), 사회당 지도자 노만 토마스(Norman Thomas), 그리고 ≪더 뉴 리퍼블릭(*The New Republic*)≫지 편집장 브루스 블라이븐(Bruce Bliven)과 ≪더 네이션(*The Nation*)≫지 편집장 맥스웰 스튜어트(Maxwell Stewart) 등의 이름이 있었다.

서안사변과 송경령

이 시기 항일에 대한 민중의 요구는 국민당의 군대 자체 내까지 극적으로 확산되었다. 1936년 12월, 장개석은 그의 내전의 주요기지인 서안에서 두 명의 부하장군에 의해 강제적으로 구금당했다. 한 사람은 '청년원수' 장학량이었다. 장은 1931년, 그의 고향 동북(만주)에 대한 일본의 점령에 저항하지 말도록 장개석으로부터 명령을 받았다. 그리고 지금은 일본군이 아닌 '홍군'과 싸우도록 장의 명령을 받았다. 장학량과 그의 부대는 홍군에 패한 뒤 홍군이 포로를 친구로서 대우하고 석방한 것을 보고 "중국인은 중국인과 싸워서는 안된다"라는 슬로건에 대해 매우 공감을 느꼈음은 놀라운 일이 아니었다. 장학량은 홍군과의 항일휴전을 결정하였다.

또 한 사람의 장군 양호성은 섬서에서 태어나 자란 사람으로 서안을 수도로 한 섬서성을 내전의 주전쟁터로 하고 싶지 않았다. 더욱이 그는 제국주의와는 하등의 유대도 없었지만, 지방의 진보적인 사람들과는 왕래가 있었기 때문에 장학량과 함께 행동했다.

장개석을 그들의 수중에 두고 있는 두 장군은 장개석에게 통일전선에 동의하고 그것을 전국적인 규모로 발전시킬 것을 요구했다. 장개석은 처음에는 "차라리 나를 죽여라"고 말하며 완강했다. 만약 공산당이 개입하지 않았다면 사정은 그에게 불리하게 끝났을지도 모른다. 중공은 주은래를 서안으로 파견하여 장개석이 국내평화를 실현하고 일본에 대하여 강경자세를 취할 것에 동의하는 조건으로 장의 석방을 제안했다. 공산당원은 지금까지 대단히 오랫동안 장개석에게 추격당했으며 전멸시킬 대상으로 되어 있었다(주은래의 머리에도 고액의 상금이 걸려 있었다). 그러나 지금은 장개석의 생사가 공산당에 맡겨진 입장에서 이러한 제안을 했던 것이다. 이것은 전 중국과 전세계에 공산당원은 민족 운명의 관두에 서서 스스로의 피의 대가까지도 초월했다는 것을 보여준 징표였다.

장개석은 동의한 후 남경으로 돌려보내졌다. 그것은 부인 송미령과 처남 송자문의 협력에 의한 것이기도 했다. 두 사람은 장개석의 석방을 위하여 남경에서 서안으로 급히 날아가 장학량, 양호성 두 장군과 협상하고 주은래와도 회담하였다. 그들은 국민당 내에서 친구미파를 대표하고 있었고 친일파에 반대했다. 그들은 장개석에게, 남경의 친일파 정객들은 서안을 폭격할 것을 획책하고 내전을 장기화하려고 할 뿐만 아니라 때를 기다려 장개석을 죽이고 권력을 빼앗으려 하고 있다는 것을 장이 믿도록 납득시켰다.[12]

송경령은 서안사변에 대하여 어떤 반응을 보였는가? 사건의 평화적 해결을 위하여 어떠한 역할을 했는가? 이 질문은 지금까지 많은 사람들로부터 나온 것이다. 이에 대한 부분적인 회답은 다소 나왔지만 어떤 것은 보충적이고 어떤 것은 모순적이다. 충분한 결정적인 해답은 좀더 심도 깊은 연구를 기다려야 한다.

에드가 스노우는 그의 저서 『중공잡기』[13]에서 쓰고 있다. ─장개석을 인민재판에 회부하려고 생각하고 있던 중공측에 'X'(송경령을 지칭한다고 하는 유력한 추측이 있다)를 통해서 모스크바로부터의 의견이 전해졌다. 장개석의 자유를 반드시 회복시켜야지 그렇지 않으면 코민테른은 중공을 제명한다고 하는 강경한 것이었다. 추측컨대 스탈린과 소련은 만약 그렇게 되지 않으면 중국에 대규모 내전이 확산되고 일본은 자기 의지대로 하게 될 것이라고 판단한 것이 아니었을까?

다시 스노우는 그의 저서 *Journey to the Biginning*에서 송경령이 그에게 말한 것을 인용하고 있다. 소련이 서안사변에 관하여 질책한 후, 형부 공상회는, 서안에서의 모반을 공식적으로 비난하고 장개석의 석방을 요구해줄 것을 송경령에게 부탁했다.

'장학량이 한 행동은 옳았습니다'고 공상희박사에게 대답했다고 송경령은 나에게 말했다. '만약 내가 그의 입장이었다면 나도 똑같이 행동했을 것입니다. 아니면 사태를 더욱더 진전시켜버렸을 것입니다!'[14]

당시 상해에서 송경령과의 연락을 맡고 있던 공산당원[15] 이운(李雲)의 말로는, 중공중앙으로부터 두 통의 비밀무선통신을 상해 지하당이 받았다. 제1신은 장개석을 재판에 회부한다는 것이었다. 다음날 받은 제2신에서는 항일을 위해 장개석과 제휴할 것을 강조했다는 것이다.

최근 중국에서 나온 많은 출판물들은 다음과 같은 말을 전하고 있다. ―장개석이 구속되었다는 말을 들을 송경령은 해결책을 찾도록 돕기 위해 하향응과 급히 서안으로 가고자 했으나 비행기를 구할 수 없었다는 것이다.[16]

호란휴가 회상록에서 보조적 정보를 제공해주고 있다. 호란휴는 1931년 송경령과 함께 귀국했다가 곧 베를린으로 돌아갔으나 나치에 체포되었다. 송경령 등 중국민권보장동맹의 항의행동과 원조로 나치의 마수로부터 겨우 구출되어 1934년 중국으로 돌아온 그녀는 국민당 이제심(李濟深) 장군하에서 활동하였다. 이제심은 광서성에서 대단히 큰 세력을 가지고, 항일을 주장했다. 서안사건이 발생했을 때 이제심은 송경령에게 보내는 친서를 가지고 호란휴를 상해로 가게 했다. 그 친서 속에서 그는, 단결하여 항일하기 위해 사건을 평화적으로 해결하도록 송경령이 긴급하게 행동해줄 것을 촉구했던 것이다. 송경령은 "지난 며칠간의 움직임을 미루어 판단할 때 내전은 일어날 것같지 않다"라고 호란휴를 진정시키면서 이제심에게도 그같은 회답을 따로 써 보냈다. 이제심은 적극적으로 조정작업을 진행했는데 그 자신이 직접 남경정부에 "장위원장의 안전을 위해 서안을 폭격해서는 안된다"고 강조했으며 반란을 일으키려는 장군들에 대해서는 "항일을 위해 장개석의 생명을 지켜달라"고 전보를 쳤다.[17]

막스 그래니치는 다음과 같이 회상했다. 그와 부인 그레이스는 서안으로부터 온 제1신을 받았을 때 송경령과 함께 건배를 들었다.[18] "설령 다음에 무슨 일이 일어나더라도 … " 그런데 무엇인가가 일어났다. 그것은 아마 송경령에게, 그날 그녀는 다시 한번 익명의 협박전화와 경고용 총탄이 동봉된 편지를 받았다. 그것은, 만약 장개석이 죽는다면 송경령도 살아남지 못할 것이라는 내용이었다. 동생 송자문도 남의사의 음모에 대하여 그녀에게 경고해주었다. 그녀가 당시 협박을 받은 사실에 대해서는 어떤 사람도 이론을 제기하지 않는다.

상해에서 오랫동안 전해져온 얘기에 따르면, 장개석이 감금된 후 곧 송미령은 경령에게 전화를 걸어 유력한 공산당원을 급히 남경으로 보내달라고 요청했다. 그 결과 중공이 국민당과의 고위층 접촉을 위해 임명한 반한년이 경령의 연락을 받고 남경으로 갔다. 반한년은 안전을 위해 남경 본역이 아닌 근처 작은 역에서 하차했다. 이러한 태도는 그를 초청한 측의 배신행위에 대비하기 위해서 일뿐만 아니라 국민당 친일파의 습격에도 조심하기 위한 것이었다. 남경에서 반을 영접한 장부인은 공산당이 남편의 안전을 보장해주도록 간청했다고 한다. 이것은 장부인과 송자문이 서안에 가기 위해 비행기를 타기 바로 전의 일이었다.

반세기 이상이 지난 오늘날에도 공개되고 있는 자료는 충분치 않아서 (이후의 전란으로 분명히 상당한 자료가 상실되었다) 지금까지 얘기된 것 가운데 어느 것이 사실이며, 어느 것이 풍문인가를 알아내기란 여전히 어렵다.

그러나 장개석이 무사히 남경으로 돌아오도록 평화적 문제해결을 위한 서안교섭에서 송경령이 두 번이나 중대한 문제에 관해 언급되었던 것은 확실하다. 이것은 서안의 협상조정자 주은래가 중공중앙에 보낸 보고서에 기재되어 있다.[19]

하나는 내전정지, 친일파 추방후 과도적 정부·항일정부에 입각되는 문제였다. 공산당은, 항일 주창자 명단 맨 첫머리에 있는 송경령이 행정원 (내각)에 들어가야 한다고 추천했다. 행정원 입각에 추천된 사람들로는 동북 출신의 유명한 애국적 지식인으로 '청년원수'의 친구였던 두중원

(杜重遠)과 아직 옥중에 있는 구국회 7군자 중 법률학자 심균유와 실업가 장내기 등 두 사람이었다. 공산당원은 한 사람도 입각명단에는 없었다.

또 한 가지는 정치범 석방문제에 관한 것으로 다음과 같이 협상조항에 명시되어 있다.

송자문은 모든 정치범의 석방을 승낙했다. 그 방법에 관해서는 손문부인과 협의한다(서안에서 송자문은 장개석부인과 함께, 감금되어 있는 장개석을 대신하여 협상하는 권한을 위임받고 있었다).

국민당에 대한 다른 제안들은 다음과 같다.

공산당원에 대한 탄압을 그만두고 일본침략에 저항하기 위하여 홍군과 연합하고 또한 공산당의 공개활동을 인정한다. 홍군은 독립적인 조직과 지휘권을 보유한다. 민주적인 국민회의의 소집이 이루어지기까지는 중화소비에트구는 평소와 다름없이 그 기능을 계속해나가며 '항일'이나 '구국'이란 단어를 그 명칭에 덧붙여도 좋다.

모든 당파, 그룹, 각 계층의 사람들, 그리고 전 군대의 대표자로 구성된 구국회의를 소집한다.

중국의 항일투쟁에 공명하는 모든 나라들과 제휴한다.

장개석에 대한 증오가 깊었지만, 송경령은 장이 내전에서 항일단결로 방향을 바꾼 것에 대해 크게 기뻐했다. 1937년 2월 그녀는 10년 만에 처음으로 국민당 중앙집행위원회 회의에 출석했다.

그녀는 그 회의에서 「손중산의 뜻을 따르자」라는 제목으로 연설하였다.[20]

중국 국민은 더 이상 일본제국주의에 양보하지 않을 것을 결심하고 우리의 잃어버린 영토를 회복하기 위해 준비하고자 함은 우리 민족의 역사에서 대단히 중대한 정치적 의의를 가집니다. 일본과의 굴욕적인 교섭은 그만두지 않으면 안됩니다.

'일본공포증'을 앓고 있는 희생자인 정객들이 아직 존재한다는 것은 가장 불행한 일입니다. 이들 정치가들은 일본제국주의세력을 과대평가하고 중국 인민의 힘을 과소평가하고 있습니다 …

인민의 생활을 개선하는 것은 중요한 임무입니다 … 우리는 농민이 중국 경제의 중추라는 것을 잊어서는 안됩니다.

정부는 고 손문 총리가 유촉에서 말한 민주정부를 생생한 사실로 실현해야 합니다 … 구국을 위해서는 내전을 종결하지 않으면 안됩니다 … 공산당을 포함한 모든 힘을 다 동원하여 중국의 국가적 통일을 보전하기 위해 이용해야 합니다.

중국인은 중국인과 싸우지 말아야 합니다 …

우리들은 외국의 침략에 대항하기 위하여 즉시 국방체제를 확립하지 않으면 안됩니다.

이러한 말은 오랫동안 국민당의 연단에서는 듣지 못했던 것이다. 그러나 그것은 국민당 정부가 그 자체의 옛 방식을 단념했다는 것을 의미하는 것은 아니었다.

그 중요한 한 가지 증거는 구국회 7명의 지도자가 아직 석방되지 않았던 것이다. 이들의 석방은 서안에서 장개석에게 조건의 하나로 제시되었던 것이지만 오히려 그들에 대한 박해는 멈추지 않고 있었다. 송경령은 극적으로 반격을 가했다. 민족운동에는 민권의 확보가 불가결하다고 생각한 송경령은, 지금은 어떠한 말도 할 수 있지만, 아무 소용이 없는 국민당의 높은 연단에서 다시 내려와 대중투쟁의 영역으로 들어갔다. 다른 저명인사들과 함께 그녀는 간단한 물건만 가지고 7군자가 투옥되어 있는 소주로 가서 그들과 함께 감옥에 들어가겠다고 요구했다.

그녀에게 대응했던 국민당 정권의 고등재판소 판사는 "손부인 우리가 … 어떻게 감히 … 당신에게 그렇게 할 수가 … "라며 사과했다. "당신들은 애국적인 지도자들을 아직도 감금하고 있지 않아요"라고 그녀는 응수했다. "당신들은 동포에게는 고통을 주고 적에게는 기쁨을 안겨주었습니다. 일본제국주의에게 아첨하는 사람만이 이런 일을 할 수 있는 것입니다 … " 그녀의 질책을 받으면서 그 상임판사는 어색해하고 중얼거리며

"에~ " "아—"라고 우물거렸으며 때때로 자기 자신의 신분을 망각한 채 "예, 예"라며 고개를 끄덕였다.

송경령과 그 일행들은 몇 시간이나 기다린 후 상해로 돌아갔지만 당초의 목적은 달성하였다. 이 '구국입옥운동'은 중국전역에서 강한 반향을 불러일으켰다. 몇천 명의 사람들이 청원에 서명했으며 대중의 구국열의는 더욱 퍼져나갔다.

중국의 전면항전 개시

송경령이 '구국입옥운동'을 발기한 지 얼마 되지 않은 1937년 7월 7일 일본군이 북경교외 노구교에 진공하여 전중국 정복을 위한 야심의 일보를 내디뎠다.

7월 17일에는 주은래가 장개석과 연합하여 항일작전을 협상하기 위해 남경으로 갔다. 장개석은 더 이상 공식적으로 거절할 수 없었다. 이러한 때에 이르러서도 아직 애국 7군자가 석방되기 위해서는 다시 몇 주를 더 기다려야 했다. 더구나 당국의 체면을 세우기 위해 '보석금'까지 내게 했던 것이다. 그러나 어느 누구도 그들이 다시 체포되리라고는 생각지 않았다.

1937년 8월 13일 일본군이 1932년(상해사변)의 경우보다도 더 큰 규모의 군사력으로 상해를 공격하였다. 장개석은 마침내 자신의 군대를 항일저항전에 투입하였다. 8월 주은래와 다른 지도적 공산당원은, 양당이 함께 공동의 적과 싸우는 조건을 협상하기 위하여 특별히 연안에서 상해로 왔다. 일본군에 포위된 상해를 방문한 그들은 송경령을 방문하고 양당의 회담에 대한 얘기를 요약해서 전했다. 그녀는 대단히 기뻐하며 그들을 환영했다.

9월 22일 국공양당 사이에 커다란 합의가 성립되었다. 7월 이후의 양당회담이 최대의 성과를 거둔 것이었다. 송경령은 환성을 지르며 기뻐하였다. 그녀가 발표한 「국공합작에 관한 감상」 가운데서 그녀는 두 당 사이의 과거 10년간에 걸친 대립과 내전을 지적하며 "두 당의 합작을 지시한 손문 선생의 생전에는 상상도 할 수 없었던 일"이라고 말했다. 그녀가 지적한, 일본에 대한 승리의 관건은 손문의 3대정책 ― 중공 및 소련과의 제휴, 노동자·농민의 원조 ― 으로 되돌아가는 것이었다.

3대정책은 1920년대 중반의 혁명에 강력한 작용을 했던 것이다. 만약 이 3대 기본정책이 계속되었다면 중국의 봉건적 군사세력은 오래전부터 제거되었을 것이고, 중국영토에 외국군대가 주둔하는 것을 허락지 않고 독립이 달성되었을 것이다. 무수하게 많은 젊은이들이 목숨을 잃었으며 무수한 경험적 교훈이 무시되었기 때문에 외적이 그 틈을 타고 들어왔던 것이다.

중국동포들에게 발표한 선언 중에서 강조했던 요점을 송경령은 외국에 대한 성명과 방송에서 다시 한번 강조했다. 그 가운데서 그녀는 영국과 미국의 항만노동자가 일본으로 보내는 화물을 싣는 것을 거절하고 여성들이 일본제 실크스타킹 불매운동을 벌이는 등등의 국제적, 대중적 지지에 대하여 중국인민은 마음 깊이 감사하고 있다고 덧붙였다. 그러나 각국 정부는 모두 전혀 다르게 행동했다는 사실도 그녀는 덧붙였다. 영국은 공적으로는 일본에 유화정책을 취했다. 워싱턴은 중립을 구실로 일본이 중국과 장기간 싸우는 데 필요한 석유, 고철, 기타 전략물자를 일본에 수출하는 것을 공인했다.

영·미의 이런 정책들은 중국에 불공평할 뿐만 아니라 결국 그들은 그들 자신에게 대항할 일본을 무장시키고 있다는 것을 발견하게 될 것이다. 그러나 당시는 아직 그녀의 경고가 국제적인 주의를 끌지는 못했다.

주

1) John Maxwell Hamilton, *Edgar Snow ― a Biography*, Indiana Univ. Press, 1988; Nym Wales, *Notes on the Chinese Student Movement*, p.192, p.194에서 인용하고 있다.

2) 金沖及,『周恩來傳(1898~1949)』, 1989, 북경 인민출판사, p.312.

3) 이해 말 '王목사'는 에드가 스노우가 섬북 소비에트구로 들어가도록 길을 인도
하였다. 그 결과 스노우는『중국의 붉은 별』을 쓸 수 있었다. 후기의 행동 때문에
왕목사는 송경령을 포함한 많은 진보적 인사들이 보기에 대립적인 일면을 가진
인물이었다. 그리고 그들(진보적 인사) 및 그와 개인적으로 친한 사람들은 그의
기억들을 이기주의적인 것으로 간주했다.

4) 潘漢年 이외 馮雪峰도 섬북에서 상해로 파견되어 문화계의 통일전선활동을 돕도
록 했다. 풍설봉은 1934년 비밀리에 거행된 극동반전회의를 준비하였다.

5)『毛澤東書信選集』(북경 인민출판사, 1983), pp.61-62, pp.66-69.

6)『송경령선집』, p.94,「致魯迅」(1935년 6월 5일).

7)『송경령선집』, p.96,「在魯迅追悼會上的講話」(1936년 10월 22일).

8) 상세한 사항은 黃源,「宋慶齡與魯迅」,『宋慶齡紀念集』, pp.178-182 참조.

9)「爲'七君子'被捕以發表的聲明」,『爲新中國奮鬪』, pp.74-75.

10) *Voice of China*, 上海, 1936년 8월 15일.

11) 吳大琨,「在宋慶齡同志領導下工作」,『中國財貿報』, 1981년 5월 26일. 그는 당
시 *Voice of China*에서 일을 하면서 James K. T. Woo나 James Woo라는 필명으로
자주 글을 실었다. 이 잡지는 앞서의 *China Forum* 대신에 출간된 것이었는데 출판
편집일은 미국인 공산주의자인 Max Granich와 그의 부인 Grace가 맡고 있었다.
Granich는 잘 알려져 있는 미국인 좌익작가 Michael Gold(필명)였다. 그리고 오대
곤은 후에 워싱턴 대학의 교수가 되었다가 신중국출범 후 귀국했다. 이 책을 집필
할 당시 그는 전국인민대표대회 상무위원회 위원으로 있었다.

12) 장개석 부인과 송자문과 함께 서안으로 간 장개석의 비서 오스트리아 인 도널
드는 이같은 상황을 장개석에게 확인시켰다. 도널드는 반공주의자였지만, 송미령·
송자문의 이같은 견해에는 동의했다(Earl Albert, *Donald of China*, New York,
1948, Harper & Co. p.319).

13) E. Snow, *Random Notes on Red China*.

14) E. Snow, *Journey to the Beginning*, p.94.

15) 필자는 李雲을 1986년 7월 10일 북경에서 인터뷰했다.

16) 이미 고인이 된 하향응의 딸 요몽성은 필자와의 1차 인터뷰에서 그의 모친이
서안으로 가려 했다는 사실에 대해서 부인했다. 그 당시 그녀는 어머니와 같이 있
었기 때문에 그런 일이 있었다면 그녀도 알았을 것이라고 말했다.

17)『胡蘭畦回憶錄(1901-1936년)』, pp.312-313. 이제심은 일찍이 1927년 광주 코뮌
이 일어났을 때 이를 진압하는 데 관여했다. 그러나 일본 문제에 관해서는 애국적
입장을 취하여 통일전선 형성을 위해 선회하였다. 항일전과 전후시기에 그는 좌
파와 합작하여 함께 중국국민당 혁명위원회에 참여하였다. 국민당 혁명위원회는
중화인민공화국 건립에 참가했으며 이제심은 인민정부 부주석에 임명되었고,
1959년 북경에서 사망하였다.

18) 막스 그레니치는 1982년 겨울 아리조나 주 턱슨(Tucson) 시에서 가진 필자와의
인터뷰에서 얘기했다. 그와 그의 아내 Grace는 *Voice of China*를 편집했는데 송경령
과는 친밀히 합작했으며 돈독한 우정을 나누었다.

19) 『周恩來選集』 上卷, pp.71-72.
20) 『爲新中國奮鬪』, pp.76-79.

13
전면항전-홍콩
(1937~1941)

상해에서 홍콩으로

일본군이 상해를 점령함에 따라, 송경령은 활동거점을 홍콩으로 옮겼다. 그렇게 하기 위해 경령은 또 다시 고통스러운 시련을 겪어야만 했다. 상해에 있는 그녀의 집은 법적으로는 중립지역인 프랑스조계에 있었지만 지금까지 일상적인 감시 외에도 침략군의 새로운 스파이(일본특무대)에게까지 감시를 받게 되었다. 1937년 12월 23일 상해를 떠나는 당일 스파이의 감시를 따돌리기 위해 경령은 태연스레 보이게끔 위장했다. 그리고 그녀와 알고 지내던 두 명의 외국 여인에게 차를 마시자고 초대했다. 뉴질랜드인 친구 레위 앨리가 와서 일행과 함께하게 됐다. 그는 경령과 수행인 이마(이연아)가 집뒷문으로 나가서 대기하고 있던 택시에 몸을 실을 동안 곧 그들을 뒤따라 나와서 급히 공동조계 부두로 향했다. 부두에는 외국기를 단 연안여객선이 정박해 있었다. 경령은 차가운 날씨 때문에 스카프로 얼굴을 반쯤 가리고 한손은 앨리의 튼튼한 팔을 잡은 채 재빨리 부두에서 배에 걸쳐놓은 널판지에 올랐다.[1]

그녀의 목적지는 연안의 공산당중앙위원회의 권고로 홍콩으로 결정되었고 그 사실은 상해의 지하공산당원 대표 반한년을 통해 경령에게 전해졌던 것이다. 배위에서는 안전이 확인된 후 비로소 중공의 젊은 여성연락원 이운(李雲)이 송경령에게 접촉해왔다. 크리스마스 날 경령일행은 홍콩에 도착했다. 여기는 송경령이 앞으로 4년 동안 끊임없이 다방면에 걸친 활동을 하게 될 기지였다.

왜 무한이 아닌 홍콩을 선택했는가. 중국정부는 남경에서 퇴각하여 무한으로 옮기고 그 곳을 임시수도로 하고 있지 않았는가?(이후 다시 중경으로 옮겼지만) 그것은 홍콩이 경령에게는 전장에 가깝고 왕래하고, 정보를 입수하는 데도 편리했으며 더구나 국민당의 방해나 검열을 받지 않을 수 있었기 때문이었다. 아직 일본손에 넘어가지 않고 영국지배하에 있었던 개방된 항구인 홍콩은 정치적으로나 교통편의상으로도 중국민족해방에 대한 해외 지지자나 진보적 인사들과 자유로이 접촉할 수 있는 창구를 제공해주고 있었다. 외국인과 세계 도처에 흩어져 살고 있는 몇 천만의 화교들에게 경령의 목소리는 영향력이 있었고 상당한 명성을 얻고 있었으므로 그들의 지원을 얻는 것도 형편상 좋았다. 그들은 의연금과 구호물자를 홍콩으로 보내 신뢰할 수 있는 경령의 손으로 배분할 수 있도록 했다.

홍콩 인근지역으로의 짧은 여행을 한 것 외에, 경령은 일본이 상해 다음으로 홍콩을 공격한 1941년말까지 거기에 머물렀다.

그 곳에서 송경령은 보위중국동맹을 결성하였다. 보위중국동맹의 주요임무는 중국전선, 특히 게릴라전에 능숙한 중공이 오랜 전쟁기간 동안 일본군 배후에서 승승장구하고 있는 유격구로 약품과 구호물자를 보내는 것이었다.

이들 유격구는 일본군 점령에서 수복한 중국영토로서 최초의 광역지대였다. 중공지휘하의 군대는 통일전선하에 있었으며 이미 합법화되어 있는데도 불구하고 국민당정부는 유격구에 군수물자는 물론이고 의약품도 공급하지 않았다. 거기에다 유격구는 뉴스보도까지 봉쇄당하고 있었다. 그 때문에 보위중국동맹은 구제활동 이외에도 유격구에 대한 선전보도 등 홍보활동도 하였다.

보위중국동맹은 폭넓은 회원으로 구성되어 있었는데, 중심구성원은 중국인과 외국인이 함께 포함되어 있어서 국제적인 성격을 띠고 있었다. 그러므로 이는 송경령에게 다방면에 걸친 중요한 활동의 기초를 제공해 주었다.

보위중국동맹은 그 나름의 독자적이고 파란만장한 역사를 가지고 있었지만 그외에도 송경령은 이 동맹을 통해서 두 가지 목표를 추구했다. 국내문제에서, 그녀는 갖가지 우여곡절이 있었지만 어쨌든 국민당과 공산당의 새로운 재합작, 즉 항일민족통일전선이라는 핵심을 지속시키고 강화하려고 노력했다. 국제적으로는, 반파시즘전선을 결성하고 그 토대를 강화하는 데 협력했다.

1937년에서 1938년까지 홍콩에서 송경령의 초창기 활동의 중점은 국내 단결을 위한 통일전선의 발전을 적극적, 건설적으로 촉진하고 그 실현을 도모하는 것이었다. 특히 그녀는 1938년 봄, 무한에서 열렸던 국민당 임시대표대회에서 채택된 통일전선지침인 「항전건국강령」을 강력하게 지지했다. 이 강령은 이론으로만 방치될 것이 아니고 행동으로 실행되지 않으면 안된다고 그녀는 하향응과 연명으로 1938년 4월 국민당지도층에 써 보낸 공개서한에서 강조했다.

송경령과 하향응, 이 두 여성은 국민당중앙집행위원회 위원이었다. 여러 해 동안 거의 이 두 사람만 양당간의 합작을 시종일관 주장해왔다. 이들은 어떠한 권력도 갖고 있지 않았지만 대중의 상당한 존경을 받고 있었다. 이제 두 사람은 한 서한에서 국가와 민족에 대한 7가지 책무를 국민당에 항목별로 제시하였다.[2]

(1) 당기강을 회복할 것; 공직에 있는 비겁한 자, 타락한 자, 음모를 꾀하는 자, 민중을 압박하고 법률을 무시하는 압제자 등을 처벌하여 인민에게 당의 위신과 명성을 회복할 것.

(2) 민의를 존중하고 민권을 실현할 것; 성문법이든, 불문법이든 간에 민의를 억압하고 민권을 방해하는 법령을 폐지할 것.

(3) 당내 혹은 당파간의 다툼을 정지하고 전국인민의 이익을 위해 일치단결할 것.

(4) 당면한 국가치욕을 잊지 말 것; 승리에 우쭐거리지 말고 또한 패배에도

절망하지 말 것. 항전건국의 목적을 관철하고 절대로 중도에 변경하지 말 것이며 굴욕적인 모든 투항주의에 반대할 것. 두번 다시 조국을 약탈자의 먹이로 전락시키지 말 것.

(5) 적이 꾀하는 일체의 음모와 도발행위 및 계략을 경계할 것; 싸우지 않고 중국을 종속시키려는 일본의 흉계를 저지시킬 것.

(6) 반역자나 일본의 꼭두각시를 추방할 것; 그들의 공민권을 박탈하고 재산을 몰수할 것. 만약 그들이 당이나 정부의 공직자인 경우는 더욱 엄중하게 처벌할 것.

(7) 피점령지역과 전투지역에 있는 전국 동포의 갖가지 고통과 비참함을 잊지 말 것; 당·정부의 공직자 직책은 소수의 부와 안락을 희생시켜서라도 먼저 전국 인민의 생활상의 고통을 해결해주는 일을 전제로 해야만 한다. 난민을 구제하고 유민을 위문하고 전몰장병의 가족과 국난에 순직한 동포를 도와줄 것. 모든 가혹한 조세나 고리대를 폐지하고 상황에 따라 조세를 적절히 감량, 감면하고 소작료를 감면할 것. 이렇게 우리들이 진실로 인민의 생활에 관심을 기울여 노력한다면 전국의 동포는 우리 당을 따라 승리의 그날까지 일본과 싸울 것이다.

투항주의에 반대하다

전시의 병역기피자나 도망자에 대해서 송경령은 추호도 동정하지 않았다. 그녀는 6월 2일, 광동성정부 주석 오철성(吳鐵城)에게 여자, 노인, 병자 이외의 다른 사람들이 홍콩으로 도망가지 못하게 하라고 권고했다. 몸이 건강한 사람이나 부유한 사람들이 대거 탈주하는 것은 중국에 대한 해외의 존경심을 떨어뜨리는 것이었다. 보다 젊은 사람들은 훈련을 받아 전쟁에 참가해야 했다. 방공호도 개량해야 하고 피난민 역시 보호받아야 한다고 권했다.

투항주의자들의 심리나 음모에 대하여 송경령은 분노와 혐오를 느꼈다. 1938년 5월 25일, 뉴질랜드인 동지로서 해외여행을 하고 있던 제임스 버트램에게 보낸 편지에서 경령은 중국의 투항주의자들을 비난하고 아울러 유럽의 투항주의자와 연관시켜 비난하였다.3)

투항주의자가 또다시 큰소리로 평화를 외치고 있습니다. 그러나 우리 인민은 최후까지 저항할 것을 나는 의심치 않습니다. 히틀러는 모든 독일인 고문을 소환했습니다(이 고문들은 처음에는 중국 홍군에 대한 국민당의 작전을 원조했고 나중에는 단기간 항일작전을 원조했다. 그러나 현재 나치 독일은 일본의 맹방이 되었다). 모든 고문들은 억지로라도 돌아가지 않을 수 없었습니다. 히틀러는 아직까지 자기가 하고 있는 짓이 얼마나 어리석은 것인가를 모릅니다. … 의심스러운 인물이나 스파이들이 우리들에게서 사라진다면 우리들은 더욱 잘 싸울 수가 있을 것입니다.

1938년 7월 7일, 송경령은 「항전 1주년」[4]이란 글에서, 엄청난 어려움을 극복하고 가혹할 정도로 많은 희생을 치른 그 해의 전쟁을 높이 평가했다. 그러나 그녀는 "자유와 독립을 위한 중국인민의 투쟁은 이제 막 시작되었을 뿐입니다"라고 주의를 환기시켰다. 패배주의자의 위험이 아직 있다고 하면서 "대외적으로는 겁이 많으면서 국내에서는 거만한 정치가가 적지 않습니다. 그들은 항전이 시작되자 곧 패배주의로 기울어 적에게 평화교섭을 넌지시 암시하면서 즉각 이런 저런 활동을 시작했습니다"라고 했다.

또한 항일전 수행을 위해서는 "적의 또 하나의 마수인, 가짜평화를 정치적인 미끼로 하는 책략을 차단시켜야 합니다"라고 썼다.

「항전건국강령」은 공포되었지만 더욱 실행에 옮겨야만 한다고 그녀는 말했다. 인민의 정치적 동원과 군사훈련은 꼭 필요한 것이었다. 화교나 국내의 부자들에게 호소하여 자금을 모아서 중국의 서남과 서북내륙지역을 급속히 개발하는 것도 또한 중요한 일이었다. 인민의 생활을 개선하고 정치기구를 민주화하지 않으면 안되었다(이것은 그녀가 생각하는 불변의 두 가지 과제였다). 정부는 조속히 국민참정회를 소집하고 거기서 제기된 좋은 제안을 곧 실행에 옮겨야 하며 또한 국민참정회에 실질적인 역할을 부여해야 한다고 했다.

송경령은 홍콩에 기반을 두고 있었지만 항상 거기에 머물러 있지는 않았다. 1938년 10월 광주가 일본군의 손에 떨어지기 전에 그녀는 몇번이나 광주에 갔었다. 혁명의 역사와 그녀 자신의 과거 경력과도 깊은 관련이 있었던 광주는 이제 외부의 위협을 받아 타격을 입고 있었다. 그녀의 방문은 항전을 격려하고 통일전선을 강화하기 위한 것이었다. 1938년 8월에 이루어진 방문은 특히 중공지도자 중 한 사람이며 주은래의 부인이었던 등영초를 만나기 위한 것이었다. 경령은 1925년에서 27년까지의 혁명 이후 등영초와는 만나지 못했다. 등은 여성들을 조직하여 항일에 참가시키는 것을 돕기 위해 광주에 와 있었던 것이다.

  광주를 방문할 때 송경령은 언제나 성정부관계자로부터 공식적으로 환대를 받았으며 그 지방 인민대중으로부터는 열렬한 환영을 받았다. 그녀는 여러 병원에서 공습으로 부상당한 사람들을 위문하였다(그 중 그녀는 폭격으로 죽임을 당한 한 산모에게서 무사히 태어난 아이를 보기도 했다). 푸른 기와지붕의 손중산기념관에서 경령은 폭경당한 전쟁피해상황을 조사했다.

  그녀는 황화강(黃花崗) 72열사묘에 참배하였다. 72열사는 손문이 이끈 혁명에 종사하여 1911년 10월, 승리의 선구가 되었던 봉기에서 실패했을 때 빈사상태의 청조에 의해 집단으로 처형된 사람들이었다. 이들 열사 가운데 해외의 화교들이 많았기 때문에 이 묘지도 또한 해외화교의 기부금으로 건립된 것이었다. 그래서 그녀가 72열사에 경의를 표한 것은 의의가 있는 일이었다(기념비의 대리석 석판에는 미국, 캐나다, 영국, 동남아시아, 라틴아메리카 등지의 중국인 단체의 명칭이 새겨져 있었다).

  송경령은 손문의 이름을 딴 중산대학과 1924년 손문이 그녀를 곁에 두고 개교식을 했던 황포군관학교가 있던 황포항을 다시 방문하였다. 그녀는 1925년에 영국과 프랑스 수병이 중국인 학생데모 군중에게 기관총소사를 퍼부었던 강어귀에 있는 사면참안(沙面慘案) 기념비 앞에서 사진을 찍었다. 이 낯익은 곳을 방문하면서 경령의 마음 속에는 얼마나 많은 기억들이 떠올랐겠는가. 그리고 정치·경제적 반동과 다시 발생한 내전 가운데 잃어버렸던 그 세월속에 휘감겨오는 슬픔은 얼마나 쓰라렸겠는가. 그리고 혁명의 메카라고도 불리는 이 매우 중요한 남쪽 도시에 대해 일본군이 폭격하고 파괴한 것을 눈 앞에 보면서 얼마나 깊은 분노에 사무쳤겠는가.

필자가 송경령을 처음 만났던 것은 일본이 중국동북지방에 처음 공격을 개시한 지 7년이 지난 1938년 9월 18일, 광주에서였다. 그녀는 공습 한가운데서 그것에 도전하는 횃불데모행진속에 10만명의 군중들과 섞여 걸어가고 있었다. 그때까지 일본군 비행기가 광주주민 머리위에 투하한 폭탄의 총중량은(내전시 스페인공화국의 도시에 투하된 것과 비교해서도) 후방의 민간인에 대해 투하한 것으로서는 세계 최대의 것이었다. 행진하는 군중의 사기가 높고 대담했음은 적기가 출현하여 겨우 몇 분간 상공을 통과하여 해안선을 가로질러 날아가버렸을 때야 비로소 그 비행기의 존재를 알 수 있었다는 사실로도 잘 알 수 있다. 그런 이유로, 적절한 시기에 공습경보를 울릴 수가 없었다. 그리고 광동사람들의 사심 없는 마음도 또한 잊을 수가 없었다. 그들은 자신들의 도시를 방위하기 위해 중국공군의 증파를 요구하지 않았던 것이다. 광동지방에 중국공군이 배치되지 않은 사실을 일본군은 이 지방사람들을 조소하는 선전으로 이용했지만, 오히려 광주보다도 임시수도인 무한을 방어하는 비행기를 광주로 돌리지 말 것을 촉구하는 구호를 내걸기도 했다.

　이러한 시기에 송경령은 다른 몇사람들과 함께 필자를 초청하여 보위중국동맹 광주지부 활동에 참가할 것을 권유하였다. 이 동맹은 홍콩에서는 그보다 일찍 발족했다. 이렇게 해서 보위중국동맹과 그 후신인 중국복리기금회와[5] 필자와의 인연이 시작되어 그 후 반세기 이상이나 계속되어오고 있는 것이다.

　광주에서는 언제나 그랬듯이 경령은 여성들에게 특별한 얘기를 했다. 그녀의 호소에 따라 광주시의 많은 여성들은 북부 먼 곳에서 싸우고 있는 군대를 위해 솜이 들어간 윗옷이나 군복을 정성을 다해 만들었다. 이렇게 함으로써 옛날 지역주의로 갈라진 감정을 타파했다. 그녀는 한사람 한사람의 여성에게 각각 한벌씩 바느질하여 만든 것을 기부하도록 부탁했다. 그녀도 얼마 안되는 저금을 털어서 몇십 벌의 옷값을 기부했다.

　보다 광범위한 문제에 관해서도 송경령은 때때로 개개인 여성들에게 얘기를 하였다. 이같은 경우에 경령은, 여성들이 무엇보다도 먼저 국민의 한사람으로서 가지는 위치에 대해 말했다. 따라서 여성들은 민족해방과 여성해방을 위한 거대한 잠재력을 가지고 있으며 여성해방의 전제는 민족해방이라고 강조했다.

광주에서처럼, 송경령은 무한도 방문하여 위기급박한 상황에서 「모든 중국여성들에게 보내는 쌍십절 호소문」이란 주제로⑥ 연설했다. 만약 노력을 집중하고 효율을 최고도로 발휘할 수 있다면 유격전과 대중운동을 결합시켜 공화국 탄생지인 무한을 구할 수 있으며, 혁명발생지인 남중국 (화남지역)을 위기로부터 보호할 수 있을 것이라고 주장했다. 이같은 행동만이 보다 강력한 국제적 지원을 얻어낼 수 있고, 세계평화의 추진세력과 결합하여 모든 침략전선에 타격을 줄 수 있을 것이라고 했다.

단결된 노력을 방해하는 것은 '불필요한 마찰과 의심'이며 손문의 3대 정책과 1938년의 강령에 대한 잘못된 이해와 방해행위이며 항일여론에 대한 언론·출판의 탄압 등이었다. 일부사람들은 적과 친구를 구별하지 않았고 적과의 타협을 꿈꾸었다. "돈을 가진 자는 돈을 내시오! 힘이 있는 자는 힘을 내시오!"라는 호소에도 불구하고 부자들은 돈을 기부하지 않았고 권력을 쥔 당국자들은 가난한 사람들이 항전에 공헌할 기회를 주려 하지 않았다.

"전선에서는 유혈의 고전을 하고 있는데 후방에서는 이기적인 이익과 쾌락을 추구하고 있다"고 송경령은 분개하여 호소했다.

중국인구의 절반인 2억이 넘는 여성의 지지는 국가와 민족의 독립 및 해방에 결정적인 역할을 할 수 있다고 그녀는 단언했다.

타격을 받고 있는 광주에서도 해외화교 대표자회의를 소집했다. 조국의 단결·항전에 대한 화교의 지지와 그들 사이의 의견차이를 극복하기 위해서였다. 경령은 그들에게 화교의 혁명전통을 상기시키고 아울러 중국본토가 외국열강에게 짓밟혀버리는 한 그들도 국외에서 냉대와 차별을 받게 될 것이라는 쓰라린 진실을 환기시켰다. 해외에 널리 흩어져 있는 중국인들에게 송경령의 목소리는 높게 울려퍼졌다. 그 한 가지 이유는 손문과 마찬가지로 그녀는 돈문제에서 절대로 청렴결백하다는 평판 때문이었다. 정치적 입장이 어떠한가를 불문하고 전쟁으로 고통받는 조국을 지원하기 위해 보내온 돈은 손문부인을 통해서라면 단 한푼이라도

착복되거나 낭비되지 않는다고 믿었던 것이다. 이러한 일은 국민당에게 헌금했을 경우와는 판이하였다.

그해 9월 광주에서 송경령은 인도 국민회의파가 중국에 새롭게 파견한 의료사절단의 도착을 환영했다. 중국과 인도 양국 국민은 고대에는 불교신앙을 공유하여 왕래했지만 그 뒤로는 왕래가 거의 없었다. 그러나 근대에 이르러서 공통된 열망을 가지고 새로운 교류가 시작되었다. 이 의료단은 바로 선구적인 것이었다. 인도 의사들은 최종적으로는 북방의 해방구에 도착했다. 그리고 그들은 광주에서 본, 용감하게 횃불행진에 참가한 손부인의 모습을 생생한 기억으로 죽을 때까지 간직하고 있었다.[7]

그보다 조금 일찍 그녀는 또한 광주에서 세계학생연맹이 파견한 중국 지원대표단을[8] 환영했다. 이들도 마찬가지로 북쪽지방으로 갔는데 첫번째는 무한으로, 두번째는 연안으로 갔다.

광주사람들의 사기는 정말 높았다. 그러나 일본군이 가까운 해안에 상륙했을 때 국민당 정부와 군 당국자들은 전혀 싸우지 않았다. 며칠이 지난 10월 21일, 광주는 적의 손아귀에 들어갔다. 많은 주민들은 적에게 굴복하거나 협조하기보다는 오히려 대거 철수하는 길을 택했다. 그 후 얼마 되지 않아 10월 25일에서 27일 사이에 중국의 임시수도인 무한도 함락되었다.

이 급박한 위기의 시기에 송경령이 쓴 언론내용이 보여준 것은 인민에 대한 한없이 깊은 신뢰와 고위층 변절자에 대한 예리한 경계심이었다. 이 두 가지는 그녀가 1924년에서 27년에 걸친 혁명과정에서 얻은 교훈이었다.

변절자는 실제로 고위직에서 나타났다. 그 중 한 사람은 왕정위였다. 그는 당내에서 장개석 다음 가는 제2인자였으며 손문의 제자로서는 장개석보다 선배였음을 자랑했다. 대표적인 좌파를 칭하며 왕정위는 1926년에서 27년에 걸쳐 세워진 무한정부의 최고지도자의 지위에 있었다. 그러나 지금 그는 공공연하게 그리고 뻔뻔스럽게 변절하여 일본군측으로 가버렸다. 1938년 12월 프랑스령 인도차이나의 하노이(지금의 베트남

수도)에 먼저 도망간 그는 일본 고노에(近衛) 수상의 평화제안(동아시아 질서 건설 제안)에 찬성을 표명하고(대일평화성명 발표) 1940년 3월에 남경에 매국괴뢰정권을 수립하였다.

송경령은 즉시 손과, 진우인 등 60여 명의 국민당원들과 공동으로 왕정위의 변절을 비난했다. 아울러 장개석 정권에 대해서 투항주의를 일소하고 전국민에게 명확한 말로 항전을 계속할 것을 약속하고 1938년의 강령을 실행할 것을 요구했다.

광주와 무한이 차례로 함락된 뒤에도 일본의 확신에 찬 예상을 뒤엎고 침략자에 대한 항전은 멈추지 않고 계속되었다. 이런 사실을 송경령은 1939년 7월 항전2주년에 즈음하여 미국에 있는 중국지원자들에게 보낸 공개서한 가운데서 기뻐하며 전했다.[9] 동시에 그녀는 또한 이렇게 경고했다.

　　우리의 전사들을 압도하지 못했으므로, … 일본군은 배후에서 비열한 정치적 중상으로 우리나라를 굴복시키려 하고 있습니다. … 왕정위와 같은 매국노와 공모하여 민족통일전선을 파괴하려는 것입니다.

알려져 있거나 혹은 숨겨져 있는 패배주의자들 이외에도 국민당내 보수주의자가 방해가 된다고 그녀는 덧붙여 경고했다. 즉 「항전건국강령」을 집행하는 데 있어서 이들의 언행불일치는 방해가 되는 것이라 했던 것이다.

1939년 9월 국제정세에 중대한 변화가 발생하여 상황은 복잡해졌다. 히틀러가 유럽전쟁을 일으킨 것이다. 영국과 프랑스는 히틀러의 주요 적이었다. 그래서 양국은 방어태세를 취하고 있었다.

극동지역에서 일본을 진정시키고 두 전선에서 공격받지 않기 위해서 영국이 중국을 희생시켜서라도 양보하려고 한다는 것을 송경령은 예민하게 감지했다. 과연 영국은 한걸음 한걸음씩 그렇게 해나갔다. 그들의 대일양보가 절정에 이른 것은 히틀러 독일의 프랑스전 승리 후인 1940년 7월, 버마(미얀마) 루트를 폐쇄했던 때였다. 이 루트는 중국이 서양세계로부터 각종물품을 받아들이는 주요 보급로였다.

이런 상황하에 송경령은 손문사상을 인용하여, 중국의 국내단결과 자력갱생의 필요를 다시 강조했다.[10]

> 손중산 선생은 만약 중국 민중이 민주주의적 권력과 경제적 발전을 이룩하지 못한다면 외국의 침략과 제국주의의 압박을 물리칠 힘을 갖지 못하게 될 것이며 새 시대의 국가를 건설할 수도 없을 것이라고 주장했습니다. … 이미 그는 1912년 임시대총통 재직시 정치적·경제적 힘을 강화시키는 것이 외국의 침략을 격퇴하는 데 필수적이며, 이 사실에 회의적인 사람은 혁명에 참가하지 않는 것이 더 낫다고 말했습니다.

송경령의 회상에 의하면, 반역자 왕정위는 자국 인민과 자원에 의존할 필요성을 무시했다. 바로 그렇기 때문에 오래전부터 혁명노선에서 벗어나 동요하고 있었던 것이다. 25년 전만 하더라도 왕은 신해혁명 당시의 혁명의 적이었던, 제국주의자를 뒷 방패막이로 한 독재자 원세개의 명을 받아 혁명당과의 타협을 기도하여 혁명활동을 중지시키려 했다. 돈의 출처를 떠나서 철도를 건설하고 활동하기 위해 그가 필요했던 것은 돈이었다고 말했다. 이것은 민족주의·민권주의·민생주의의 삼민주의 모두가 중국의 참된 독립을 위해 필요하다고 한 손문사상을 전적으로 왜곡하는 것이었다.

1940년 3월 말, 매국노 왕정위는 그 자신을 주석으로 한 '중화민국 신정부'의 성립을 선포했다(일본이 그에게 그렇게 하도록 했다).

이것은 항전을 지속시키기 위한 광범위한 통일전선의 필요성을 보다 크게 하였다. 그러기 위해서는 두 가지가 필요했다. 하나는 중공 지도부의 장개석과의 연합이었다. 장은 그의 라이벌이 항전을 포기했으므로 소극적 자세로 동요를 보이고 있어서, 장에게 항전의 서약을 견지토록 하는 것이었다. 또 하나는 하층부의 민주화를 실현하여 인민대중의 적극성을 발휘하게끔 하는 것이었다.

단결·항일을 위하여 세자매 중경으로

이러한 복잡한 정치적 정황 속에서 1940년 3월 송씨집안의 '세자매(손문 부인 경령, 장개석 부인 미령, 공상희 부인 애령)의 재회'가 이루어졌다. 이것은 이후의 많은 기록 가운데서 매우 감상적으로 서술되고 있다.

처음 세자매는 홍콩의 한 호텔에서 만났는데, 이때 군중들은 호텔 현관까지 모여들었다(이것은 단순히 유명인에 대한 호기심 때문만이 아니라 대다수 중국인의 민족통일에 대한 열망을 표현한 것이었다). 그리고 나서 그녀들은 함께 얘기를 나눈 후, 장부인의 지도하에 전국적 규모로 결성된 <부상병의 친구(傷兵之友社)>라는 홍콩지사의 성립집회에 참석했다. 무엇보다도 특이한 것은 지금까지 국민당이 금기시해 온 보위중국동맹이나 중국공업합작사 등의 활동을 통해 중국의 항전을 위해 분투해 온 손부인의 활약을 공개적인 장소에서 칭찬했던 것이다.

≪보위중국동맹신문통신≫에는 다음과 같이 보도하고 있다.

> 홍콩의 보위중국동맹은 이곳의 <부상병의 친구> 운동의 회계감사를 위탁받아 해왔다. 뿐만 아니라 보위중국동맹은 그 모든 활동에 적극적으로 참가했으며 또한 관리운영기금으로 500(홍콩)달러를 먼저 기부했다. 운동의 규정에는 의연금을 관리운영비로 사용하는 것이 인정되지 않기 때문이다.[11]

이보다 더 놀라운 것은 같은 판의 ≪신문통신≫ 첫 페이지에 장부인이 개인적으로 써서 기고한 기사 "<부상병의 친구> 운동"이 게재되었던 것이다. 이 문장은 제1차세계대전 후의 서양국가들이 경험한 것을 인용하면서 제2차세계대전 후의 중국의 상이용사의 사회복귀를 위해 해야할 것과 하지 말아야 할 것에 관해서 아주 상세하게 기술하고 있다.ᅳ중국이 현재 전쟁터에서 겪고 있는 어려움에 대해서는 짤막하게 언급했지만. 사람들의 관심을 집중시킨 것은 이 문장이 ≪보위중국동맹신문통신≫에 발표되었기 때문이었다. 보위중국동맹은 처음 국민당의 권력중추로부터 암묵적으로 승인을 받은 것이다. <부상병의 친구> 홍콩지사의 회계감사를 보위중국동맹에 위탁한 것은 보위중국동맹의 정직성에 대한 세간의 평판을 인정하고 있다는 것을 암시하는 것이었다. 이같은 현상은 비록 일시적인 것이긴 해도 구제활동이나 전국가적인 통일전선운동의 해빙 신호였다. 물론 아직 중요한 곳에 냉각상태는 여전히 남아 있었다. 해방구에 대한 봉쇄가 계속되고 있었음이 그 명백한 한 가지 예다.

3월 31일, 세자매는 임시수도 중경과 국민당지배하의 내륙도시 성도 등지로 7일간의 여행을 떠났다.

이것이 유명한 '세자매 단결'의 배경이었다. 그러나 당시의 얘기들은 갖가지 방식으로 과장되어 있어서 무언가 다소 이상한 바가 있었다.

홍콩에서는 '후회하는 급진주의자'라는 귀에 익은 오래된 소문이 나돌았다. 그것은 송경령이 독·소 불가침조약과 소련·핀란드전쟁에 "환멸을 느껴" 편안하게 생활할 수 있는 가족의 품으로 되돌아 왔다는 얘기였다. 그리고 중경에서는 한폭의 상상화가 그려졌다. 방탕한 자매가 과거지사를 물에 흘려보내고, 서로 용서하는 가운데 결국에는 장개석과 그 정부의 현명함을 깨닫게 된다는 이미지로 송경령이 그려졌다. —용서와 망각이라는 상호보완적인 장면으로.

사실 자매들은 서로 긴장감을 별로 가지지 않고 즐겁게 만나긴 했어도 근본적으로는 그들 중 어느 누구도 자신의 정치원칙을 포기하지 않았고 원래 가족의 순수한 인간관계를 회복하는 사적인 것도 아니었다. 그것은 중국의 당파간에 맺어진 전시의 통일전선과 마찬가지로 "단결도 있고 투쟁도 있는" 그러한 결합이었다.

단지 몇 개월 전만 해도 국민당은 공산당의 지도하에 있던 부대와 충돌을 일으키고 있었던 것은 공산당의 '세력확대'를 막기 위한 것이었다 (이 세력확대는 모두 일본군의 점령으로 잃어버린 땅을 회복한 것이었음에도 불구하고). 심지어 국민당은 그들 영역에서 상호합의하에 주재하고 있던 중공 대표를 생매장하여 죽이기까지 했다.[12]

그러나 이제 또 다른 상황이 벌어졌다. 배신자 왕정위가 손문은 친일파였다고 설명하며 뻔뻔스럽게 손문서거 15주년 기일인 1940년 3월 12일을 택하여 중경정부에 비굴한 강화조약을 제안해온 것이다. 한편 일본군은 전시수도 중경에 무자비한 폭탄공격을 가해 완전한 투항을 받아내려 했지만 실패했다. 서양열강은 이때까지 나치독일과 형식상 전쟁상태에 돌입해 있었기 때문에(본격적인 전쟁은 아직 하고 있지 않았다) 일본에 대해서는 회유책으로 대응하려는 것 같았다. 이것은 체코슬로바키아를 히틀러라는 늑대에게 던져준, 뮌헨협정에서 히틀러에게 쓴 것과 비슷한 정책이었다. 이번에는 중국이 희생양이 되었다. 영국은 곧 중국으로 통하는 버마 루트를 차단해버렸다. 미국도 역시 일본을 달래기 위해 '극동의 뮌헨'에는 반대하지 않는 것같이 보였다. ─협상을 유리하게 이끌기 위한 수단으로 중국을 처리했던 것이다. 그렇기 때문에 중국에서는 그것이 좌파든 우파든 간에 항전을 주장하는 모든 분야의 사람들이 단결하는 것이 보다 더 중요한 것이었다. 3월 31일에 시작된 세자매의 중경여행은 일치단결이라는 하나의 목표를 지향하는 상징적인 사건이었다.

그러나 그것이 긍정적이었다 해도, 경령을 변절시켜 국민당정권의 장식품으로 만들려는 장개석과 송씨일족의 긴 세월에 걸친 욕망은 변하지 않았다. 그들은 경령에겐 장정권을 완전히 인정하고 반체제적인 정견을 내버리고 정부에 참가한 것처럼 보이기를 원했다. 그러나 경령은 자매들과의 이 여행중에도 독자적 활동계획을 가지고 있었다. 그것은 국민당내부에서 투항주의자에 반대하는 세력을 다시 강화하고 아울러 손문의 3대정책에 따라 보다 효과적이며 민주적으로 항전과 민족부흥활동을 발전시켜나가기 위해 가능한 한 광범위하게 통일전선 조직을 형성하려 했던 것이다.

이같은 복잡한 요소들은 '재회'여행 중의 분위기에서도 반영되었다. 당시 중경에 살고 있으면서 송경령을 자주 만났던 왕안나는 측면적인 정보를 제공해주고 있다.[13]

경령은 애령의 손님으로 공상회 가족들과 함께 살았습니다. 표면적으로는 송씨일족간의 관계는 진심어린 것같이 보였지만 그녀는 홍콩에서처럼 자유로움을 느끼지 못했습니다. 장부인과 공부인은 외국인 외교관들을 초대하여 리셉션을 열기도 하고 전시회나 환영회를 열어서 모든 면에서 그들 가족이

재결합하였다는 이미지를 심어주려고 무던히 애를 썼습니다. 중경의 어느 곳에서든 기자들이 있었고 세자매 혹은 장개석과 반체제 처형이 함께 찍은 스넵사진을 사진기자들은 촬영하였습니다.

리셉션은 자주 개최되었으며 장개석 자신을 위시하여 국민당의 다른 고위 지도자들도 여기에 참석하는데 신경을 썼다. 이런 면에서는 "상층부의 통일전선"을 보여주는 것이므로 송경령은 이러한 개최를 환영하였다. 그러나 경령은 이러한 활동과 동시에 다른 기도 즉 그녀를 중경에 붙들어두려는 시도나 아첨으로 그녀의 기세를 누그러뜨려 입을 봉하려는 기도 등에 대해서는 경계를 게을리하지 않았다. 왕 안나의 보고에 의하면 그녀는 아주 일찍부터 다음과 같이 말했다고 한다.

나는 곧 홍콩으로 돌아갈 겁니다. 나는 나의 언니와 동생을 기쁘게 하기 위해 중경에 왔습니다. 홍콩에는 많은 일들이 나를 기다리고 있습니다. — 여기서 구경거리가 되는 것보다 훨씬 더 유익한 활동이 기다리고 있습니다.[14]

중경의 좌파도 그들 자신의 입장에서 송경령을 환영하였다. 중공기관지 ≪신화일보≫는 국민당의 엄한 검열을 받으면서도 통일전선하의 중경에서 합법적으로 발행되었다. 이 신문은 그녀를 평하여 손문의 정치적 유산을 계승하는 전사라고 칭찬했다. 또한 그녀는 언제나 인민대중과 함께하며 중국의 여성해방과 단결항일을 위해, 중국의 민주화를 위해, 쉼없이 노력해왔다고 평했다. 그리고 손부인과(의도적으로 덧붙여서) 장부인의 지도하에 중국의 여성들은 훨씬 더 긴밀하게 단합하여 운동을 확대하고 철저하게 전개시켜나갈 것임을 확신한다고 표명하였다.[15]

중경에서의 첫째 주에 세자매는 일본군의 폭격을 받아 파괴된 채 방치된 페허, 방공시설, 전쟁고아 수용소, 중국공업합작사 소속 모포공장과 인쇄공장 등을 시찰했다. 어디에서도 송경령은 주의깊게 관찰하고 많은 질문을 했다.

4월에 장개석의 관저에서 송미령이 주최한 애령, 경령을 위한 환영 리셉션이 열렸다. 그 환영회석상에서 행한 연설에서 경령은 중경사람들이 공습으로 얼마나 고통을 겪고 있는가를 보았으며 한편 그런 와중에서 여성이 생활을 유지하고 활동을 계속하기 위해 노력하고 있는 모습을 보고 대단히 감명받았다고 말했다. 이어서 그녀는 국민당의 귀에 거슬리는 점도 두가지 지적하였다. 첫번째, 지금까지 무기한으로 연기된 국민대회(국회에 해당)를 조속히 소집할 것을 희망하고 아울러 여성이 선거에 참가하고 대표선거에 입후보해야 한다고 주장했다. 두번째, 헌정의 실시는 여성의 지위개선에 중요하며, 이를 위해서는 여성들이 다른 사람이 부여해주기를 기다리지 말고 스스로 싸워서 얻지 않으면 안된다고 얘기했다.

국민당 《중앙통신사》는 이 집회에 관한 보도 가운데서 송경령의 연설에 관해서는 한 마디도 없었다. 그 대신 장개석이 이 행사에 참석한 사실을 크게 보도하고 그가 연회장에 입장할 때 "모든 사람이 박수갈채로 환영하였다"는 것, 그리고 장개석의 인사말 가운데 "손부인과 공부인의 중경방문은 단지 중경사람들의 환영을 받는 것일 뿐만 아니라 전국민에게 기쁨과 위안을 느끼게 하는 것입니다"라고 말했다는 것 등을 상세히 보도했다. 또한 《중앙통신사》는 "장부인은 중국어와 영어 두 가지 말로 얘기했으며 그리고 손부인과 장부인이 잇달아 인사와 연설을 하였다"고 보도했지만 누가 무슨 얘기를 했는지는 전혀 전하지 않았다.[16]

그 후 며칠동안, 송경령은 중경의 《신화일보》를 위해 "최후까지 저항하여 싸웁시다"라는 제사를 붓글씨로 써 주었다. 그리고 언니, 동생과 함께 중경병원을 방문하여 부상병을 위문했는데 그 가운데는 포로가 된 일본인 부상병도 몇 명 있었다. 그들에게 경령은 일본어로 "하루 속히 당신들의 아름다운 나라로 돌아가길 바랍니다"라고 말하여 일본인민과 그들의 잘못된 지배자를 구별하고 있음을 보여주었다.

새로 부임해온 주중소련대사 파뉴쉬킨을 위해 장개석 부처가 개최한 환영리셉션은 송경령에게 중·소우호를 강조할 수 있는 기회를 주었다.

4월 18일, 세자매는 미국 NBC방송망을 통해 미국전역에 라디오방송을 했다. 경령의 연설은 중국인민에 대한 신뢰와 중국의 미래에 대한 확신으로 가득차서 울려퍼졌다.

우세한 무기에 의존하는 일본은 세계 인구의 5분의 1을 차지하고 있는 중국을 3개월 내로 굴복시킬 것이라고 큰소리쳤습니다. 그러나 우리는 이미 33개월간 싸웠습니다. 우리는 우리나라의 필승을 결의하고 확신으로 밀고 나가고 있습니다. 태평양과 세계의 미래역사는 반드시 달라질 것입니다. 왜냐하면 중국의 4억 5천만 인민이 그들 자신의 자유를 위해, 또한 여러분들과 전 인류를 위해 무기를 들고 싸움을 계속하고 있기 때문입니다.

공식적인 리셉션에 때때로 참석했던 왕안나는 송경령과 동생 송미령을 대조하여 묘사했다.

장부인은 아첨하는 조수나 알랑거리는 종복들에 둘러싸여 있었습니다. … 그리고 몇 명의 외국인 선교사들도 따라다녔는데, 그들도 종복처럼 행동했습니다. 이들 중 어느 누구도 '퍼스트레이디'와 의견차이가 없었으며 만약 있었다면 그녀는 이것을 이단으로 간주했을 겁니다. …

손부인은 이러한 부류들과는 맞지 않았습니다. … 대중 앞에서 그녀는 고통스러울 만큼 수줍어 했고 많은 청중들 앞에서 연설해야 할 때는 병적인 증상이 나타날 정도로 고민에 빠졌습니다. … 어느 가든파티에서 아주 많은 사람들이 그녀 주위를 둘러싸고 모여들었을 때 그녀는 마치 가젤(아프리카 영양)처럼 집으로 뛰어들어갔습니다.[17]

또한 왕안나는 이렇게 덧붙였다.

손부인은 자신의 가족인 소위 '송가왕조'의 역할에 대해 환상을 가지고 있지 않았습니다. 부인은 장개석의 독재를 혐오했으며, 공부인의 투기성과 장부인의 사치욕에 대해서도 잘 알고 있었습니다. 친한 친구들과 함께 있을 때 부인은 이런 문제에 대해 신랄하게 비판했습니다. 그러나 오랜 세월동안 습득한 놀랄 만큼 숙달된 정치성과 자기억제로, 이제는 자신의 견해를 너무 분명하게 나타내지는 않았습니다.[18]

평범한 보통사람들 사이에서 송경령의 이미지는 대단히 큰 것이었다고 왕안나는 지적했다.

손부인은 권세 있는 자기 가족들과 겉보기엔 친하게 지냈다고 하더라도 반정부의 진보적인 지식인이나 청년들의 신뢰를 잃지 않았습니다. 그것은 부인이 확고한 신념에 따라 시종일관 행동하고 있다는 것이 선명하게 보였기 때문입니다. 그녀는 송씨가족 중에서, 결코 개인의 이익을 위해 살지 않고 인민의 더 나은 미래를 위해 활동하며 산 인물로 알려진 유일한 사람입니다. 어떤 이는 그녀를 '중국의 양심'이라고 칭하였습니다.[19]

세자매는 성도도 방문했다. 여기서 경령은 보다 많은 공업합작사(일종의 협동조합)사업을 참관하고 공업합작사의 활동을 대단히 높이 평가하는 성명을 발표하였다.

중국공업합작사의 대의명분은 정확하게 손중산 총리의 민생주의를 실천하는 것입니다. 합작사는 한편으로는 인민생활을 향상시켰으며 다른 한편으로는 국가의 경제력을 강화시켰습니다. 나는 여러분들이 손총리의 이 민생주의원칙을 더욱 철저하게 연구·발전시켜 그분의 유지를 널리 실현해주기를 바랍니다.[20]

손문의 유촉은 국민당의 모든 회의석상에서 암송되었지만 실제는 전혀 실행되지 않았으며 또한 그런 손문의 민생주의를 무시하는 것이, 국민당에 대한 송경령의 중요한 비판 중 하나였다는 것을 고려해볼 때, 경령의 이 성명은 공업합작사에 종사하는 자들의 귀보다는 더 많은 다른 사람의 귀에 그 의도를 전달하고자 한 것이 분명했다.

5월 9일, 경령은 홍콩으로 돌아갔다. 그때 중국과 외국의 기자들은 그녀를 에워싸고 전시 후방에서의 2개월간 체류 소감을 얘기해달라고 요청했다. 그녀는 전체적으로는 자기자신이 용기를 얻었다고 말했다.[21] 모든 사람들의 민족의식이 고조되어 최후까지 항전을 계속할 수 있을 것이라고 확신했다. 그리고 생산도 다소 증가했다고 소감을 피력하였다. "우리는 이길 수 있습니다" 그러나 정치적으로는 "그것은 필요를 충족시키지는 못하고 있습니다"라고 국민당을 넌지시 비난했다. 「항전건국강령」은 실행되지 않고 있으며, 행정상의 악습은 아직 뿌리깊게 남아 있으며 손문과 그의 주의를 따르겠다는 것은 말뿐이며 경의만 표하고 있다고 불만을 토로했다. "민생을 향상시키기 위한 실질적 조치를 취하지 않음은 심히 유감입니다"라고 말했다.

그럼에도 불구하고 송경령은 "왕정위집단은 국공양당이 분열하고 있다고 선전하고 있습니다만 그것은 그들이 그렇게 되기를 바라고 있을 뿐입니다"라고 단언했다. 실제 몇몇 지방에서 마찰이 있었다. 그것은 항전을 방해하고 적을 기쁘게 하며 형제들을 슬프게 하는 것이었다. "나라가 이처럼 어려운 시기에 나는 양당의 지도자들이 서로 싸우지 않을 것이라고 믿습니다. 우리는 일본과 왕정위집단이 원하고 있는 분열을 경계해야만 합니다"라고 충고했다.

왕정위의 괴뢰정부인 '중화민국국민정부'가 1940년 3월에 정식으로 성립되었을 때 국민당 고관 중 어느 누구도 왕정위정부에 '관료'로 가담하기 위해 배반하지는 않았다.

그러나 중경에서는 투항주의와 통일전선의 분열을 획책하는 활동이 계속되었다. 일부 국민당 장교들은 군대를 데리고 상부로부터 모종의 암묵적 허가를 받아서 적군에 투항했다. 그들은 공산당이 지도하는 해방구에 대한 작전에 투입되었는데 그것은 국민당군과 일본군의 목적을 위해 복무했다. 국민당과 일본은 쌍방 모두 그것으로 최종적인 이익을 거두어들이려는 희망을 품고 있었다.[22]

불길한 징조 '환남사변'

위험스럽게도, 1941년 1월에 국민당군이 중공군 주도의 신사군을[23] 공격한, 참으로 큰 도발행위가 발생하였다. 그것은 중국을 새로운 내전의 위기까지 몰고 갔지만 공산당 지도부의 확고부동한 자제력으로 겨우 내전의 위기는 피했다.

1940년 가을부터 장개석정부는 중공지도하의 군대에 대해 황하 이북에서만 일본군과 전투하도록 압력을 가해왔다. 만약 이렇게 되면 황하이남의 일본군 점령지는 편안하고 무사태평해져 적에게는 형편이 좋게 되고 한편 그렇게 됨으로써 토지개혁이나 반봉건적 사상에 "물들지 않게" 되어 국민당에게도 유리한 형편이 되기 때문이었다. 단결을 중시하는 입장에서 중공은 결국 신사군을 양자강 이북으로 옮기는 데 동의하였다.

이동 도중에 장개석의 명령을 받은 부대는 신사군 군부와 3개 지대 약 1만명을 헤아리는 사람을 배후에서 돌연 습격하였다. 이들은 경무장을 했거나 아니면 전혀 무장을 하지 않은 사람들로서 거의가 사무관계나 의료관계 참모로서, 많은 여성들도 포함되어 있었다. 거의 전원이 살해당했다.

이들 중에는 철공노동자 출신의 부군장인 항영(項英)이 있었다. 아이러니컬하게도 이 노공산당원은 바로 몇 개월 전에, 나중에 우경기회주의자로 불리게 되는 입장을 취했다. 항영은 항일통일전선을 유지하기 위해서는 장개석의 명령에 복종하지 않으면 안된다고 믿었기 때문에 그 명령을 추호도 의심하지 않았던 것이다. 이같은 '성실함' 때문에, 그는 장개석도 또한 단결을 존중하고 있다고 착각하고 있었던 것이다.

군장 엽정(葉挺)은 부상당하여 포로가 되어(제2차세계대전이 끝날 때까지) 4년간 잔혹한 상태로 구금되어 있었다. 엽정은 재능이 있고 전력이 풍부한 군인이었다. 송경령은 그의 일을 중요한 역사적 사건의 순간순간마다 감격스럽게 기억하였다. 1922년 진형명의 반란때 광주탈출을 도와주고 보호해 준 일, 1925~27년의 북벌전쟁을 언제나 승리로 이끈 '철의 군대'의 저명한 지휘관이었음을 그녀는 잘 알고 있었다. 그리고 1927년 장개석이 변절한 후 남창봉기와 광주코뮌에서 지도적 임무를 맡았으며, 1928~29년 독일 베를린 망명시절에 동지였던 일, 그리고 1939년 겨울 그가 일본군과 싸우는 신사군에게 공급할 의약품에 관하여 상담하기 위해 그녀를 만나러 홍콩에 왔던 일들을 회상했다.

아이러니컬하게도 1938년, 중국의 전시무장세력의 일익으로 신사군이 편성되었을 때 중공 당적을 오랫동안 갖고 있지 않았던 엽정이 장개석에 의해서 군장으로 추천되었다. 장은 중공 당적이 있는 자를 기용하고 싶지 않았기 때문이다. 그랬기 때문에 군장은 정식당원인 항영이 아니었고 엽정이었다. 항영은 장개석이 가장 경계하던 인물이었다.

신사군을 쳐부순 후 국민당정부는 신사군의 해산을 명했으며 신사군의 공식명칭 또한 취소했다. 연안의 중공중앙은 그러한 조치에 대해 불법이라고 성명을 냈다. 중공은 신사군을 존속시키고 당이 선출한 중앙혁명군사위원회의 지휘하에 배치했다. 그리고 중공은 국민당의 행동은 화북항일근거지와 연안에 대한 공격을 시작하려는 전주이며, 이렇게 계속된다면 중국은 일본에게 항복하게 되고 일본은 북방을 점령하고 국민당은 남방을 통치하게 될 것이라고 비난했다.

그러나 중공중앙은 격노하면서도 군사적으로 장개석에 대해 반격을 가하여 내전을 재발하려고는 하지 않았다. 그렇게 되면 일본에게만 유리하게 되기 때문이었다. 그 대신 그들은 그들 나름대로의 대일작전을 더욱 강화시키고 또다시 전국을 향해 거국항전을 위하여 일층 더 단결할 것을 호소했다.

이같은 중공의 태도는 파급효과가 큰 정치적 승리였다. 애국적인 중간층들은 공산당과 협력하려는 움직임을 보였다. 이 추세를 단적으로 보여준 것이 내전에 반대하는 <중국민주정단동맹>의 탄생이었다.

그때까지 몇몇 서방국가는 국민당이 국내전쟁을 확대시키지 못하도록 경고했다. -중국 국내가 분열하면 일본이 전력면에서 유리하게 되는 것을 두려워해서였다. 주중영국대사 아키발드 클라크 커 경(Sir Archibald Clark-Kerr)은 얼마전까지 홍콩에 있는 송경령에게, 중경정부가 단결을 파괴하는 경향에 대한 그녀의 비판적인 발언을 삼가해줄 것을 강하게 요구했는데, 바로 그가 장개석이 정권을 잡고 있는 수도에서 기자회견을 자청했다. 그는 자기의 의도를 노골적으로 나타내기 위하여 많은 외국기자들에게 잘 알려진 주은래의 보도담당 여비서 공팽(龔澎)을 초대하여 자기 옆에 앉게 했다. 이것은 분명히 장개석의 내전유발행동을 승인치 않겠다는 시의적절한 의지의 표시였다.

송경령은 홍콩에서 분열에 반대하고 단결을 회복하고 강화하기 위해 열심히 분투했다. 1941년 1월 14일, 그녀는 장로격인 국민당중앙집행위원 하향응, 유아자, 팽택민(彭澤民)과 공동으로 쓴 편지를 장개석에게 보냈다. 그 편지에서 그녀는 신사군에 대한 습격은 민족전쟁과 손문의 유지에 대한 배신행위라고 견책하였다. "공산당을 토벌하라"는 외침은 장개석이 항일전쟁을 계속할 것인가에 대한 의문을 국내외에 일으키고 있다고 그녀는 썼다. '공산당 탄압'은 민족의 재생을 위협하는 것이라는 사실을 역사가 증명하였다. 항전의 기초인 단결은 항일전 5년째의 위급한 때에 파괴되고 있다고 한탄했다. 이 편지는 정부 당국에게 내전으로 치닫는 조류를 막고 양당합작을 위한 새로운 계획을 세우고 아울러 민주적인 단체의 안전한 활동을 보장하라고 요구했다. 며칠후 송경령은 전 무한정부외교부장 진우인 등과 연명으로 같은 내용의 전보를 장개석에게 쳤다.

≪보위중국동맹신문통신≫을 통하여, 그녀는 전세계에 이같은 중국의 위기와 그 원인을 알리는 것을 도왔다. 이 일에 격노한 동생 송자문은 '보위중국동맹'의 회장직을 사임한다고 전보로 소식을 전해왔다. 그는 당시 정부업무차 워싱턴에 체재하고 있었다. 동맹은 "정치적 당파성이 강한 기관이 되어버렸다"고 그는 비난하였다.

≪보위중국동맹신문통신≫은 송자문의 전보를 게재했고 이어서 송경령의재 치있는 즉답을 실었다.[24]

이같은 시기에는 당파성에 관한 어떠한 언급도 오해를 일으킬 소지가 많습니다. 지금 현재 중국에는 단지 두 개의 정책만이 있을 뿐이오. 전력을 다해, 모든 수단을 구사하여 일본제국주의에 저항하든가, 아니면 타협, 굴복, 투항하든가 둘 중 하나요. 보위중국동맹은 모든 힘을 다해 첫번째 정책을 지지하오. … 만약 이것이 당파적이라고 한다면 송박사도 당파적이오, 그리고 우리는 송박사도 그러한 의미에서 당파적이기를 진심으로 바라오.

우리는 민주주의, … 그리고 언론의 자유를 신념으로 하고 있소. 그리고 외국의 친구들이 그러한 사실로부터 그들 나름의 판단을 내린다면 우리는 그것으로 매우 만족할 뿐이오.

중국의 단결에 대한 우리들의 지지는 결코 흔들리지 않으며 중국의 단결을 위협하는 것에는 어떠한 것이라도 단호하게 반대할 것이오.

그녀는 이번에도 또한 사적인 가족관계 때문에 입장을 불분명하게 하지는 않았다.

　새로운 국내외 상황의 추이 속에서 분열과 내전의 즉각적인 위협은 줄어들었다. 그러나 국민당 당국이 비록 일본에 대하여 타협하려는 의지는 감소되었지만, 여전히 보다 적극적으로 싸우려고는 하지 않았다. 미국·영국과 일본과의 개전 가능성이 높아지자 국민당 당국은 일본타도는 연합국에게 맡겨도 된다고 생각하게 되었다. 이리하여 국민당은 국내의 적인 공산당과 다음에 이어질 내전을 수행하기 위하여 무기나 자금을 마음대로 저장할 수 있는 형편이 되어 훗날의 승리의 열매를 독점하려 했다.

＊　　　　＊　　　　＊

　송경령은 홍콩에 있는 동안에 국내적·국제적으로 반파시즘통일전선 활동을 왕성하게 촉진하였다. 1938년 3월 2일, 「영국국민에게 호소하는 글」에서 그녀는 다른 국가들이 중국을 원조하는 것은 그들 자신의 나라를 원조하는 것이라고 지적했다. 일본제국주의에 대해 장벽을 쌓는 것은 세계평화를 지탱하게 하는 것이라고 했다.

　3월 7일, 세계여성의 날에 한 호소에서[25] 송경령은 1920년대 이후 일관해온 그녀의 견해인 "여성해방과 억압받는 모든 사람들의 해방은 하나의 일이다"라고 되풀이하였고 이 두 가지는 현재의 파시스트의 침략에 대한 투쟁으로 이어진다고 말했다. "지금 중국과 스페인공화국이 다른 나라의 지원을 받아서 항전에 승리하지 못한다면 내일 또 다른 나라가 파시스트들에 의해 더 큰 전쟁의 소용돌이 속에 빠져 들어가지 않는다고 누가 장담할 수 있겠는가?"라고 역설하였다.

　이 두 전쟁이 동일한 것이라는 것은 당시 진보적인 중국인에 의해 자주 강조되었다. 무한과 마드리드를 방위하자는 주장도 동시에 일어났다. 연안에서는 빨간 천에 'No Pasaran!(스페인어로 "놈들을 통과시키지 않는다"는 뜻, 즉 파시스트의 마드리드 침입을 허락하지 않는다는 의미)'이라고 크게 쓴 현수막을 누구나 볼 수 있었다.

　송경령은 오랫동안 일관되게, 소련은 세계에서 중요한 역할을 하고 있다는 견해를 가지고 있었다. 그러나 그녀는 중국의 역할을 부차적인 것으로 보지는 않았다. 그녀의 견지에서 볼 때 원조는 상호관계가 있는 것이었다. 6월 6일, 그녀는 「소련의 평화정책과 중국원조」[26)]라는 논설에서 이렇게 썼다.

　　독립한 민주적 중국은, 소련이 침략에 대항하는 것을 보증해주는 중요한 요소 중 하나입니다. 그것은, 소련의 안전 자위를 위한 무력이 중국의 항일구국을 위한 투쟁에 중요한 것과 마찬가지입니다. 무엇보다 중요한 것은 중국 자신이 모든 인력과 모든 물자를 동원하여 극동의 안전과 세계평화의 기초를 튼튼히 하고 소련 및 중국의 주권과 영토를 존중하는 다른 나라들과의 협력을 달성할 수 있느냐 하는 것입니다.

　1년 전, 러시아에서의 소비에트정권 수립 20주년을 기념하여 그녀는 「두개의 10월」[27)]이란 논설을 발표하였다. 거기서 송경령은 중국과 소련 혁명의 밀접한 관계에 관해 논술하였는데 처음의 10월은 중국의 신해혁명으로서, 1911년 10월 10일에 일어나 군주제를 타도했으며 그 과정에는 이미 사회주의사상이 작용했다고 논했다. 이 시기에 손문은 제네바에서 출판된 잡지 ≪사회주의자≫에 글을 발표하고 중국의 진보는 토지개혁을 기초로 해야만 한다고 주장했으며 나중에 손문은 노동자와 농민이 제국주의 지배를 타도하고 새로운 국가를 건설하는 초석이 되지 않으면 안된다고 생각했다고 썼다.
　그러나 6년 후인 1917년 10월의 러시아혁명은 1911년 10월 중국혁명보다 혁명성에서 훨씬 앞질러갔으며 신생소련은 국내의 반동세력과 외국열강의 간섭을 이겨내고 노동자와 농민의 국가가 되어 보다 중요한 평화세력이 되었다고 했다. 중국은 이에 걸맞게 먼저 매국노, 사리사욕에 광분하는 자, 부패타락한 무리를 일소해야 한다고 그녀는 썼다.
　인민대중을 신뢰하면서 경령은 다음과 같이 선언했다.

　　우리는 자국 내의 봉건주의의 노예가 되어서도, 외국의 파시스트 침략자의 노예가 되어서도 안됩니다. … 우리는 전쟁에서 승리할 뿐만 아니라, …

그 과정에서 우리는 자신의 민주국가를 건설할 것입니다. 그런 다음 손중산의 삼민주의는 완전히 실현될 것입니다.

그녀는 어떠한 상대에 대해서도 완곡하게 말하지 않았다. 일본의 침략을 조사하기 위해 영국노동당이 중국에 파견한 대표단에게 전달한 「영국노동당에 보내는 편지」[28]에서 경령은 런던정부와 국제연맹의 무위도식적인 정책을 비판했다. 1931년 일본은 다른 열강과 함께 영국도 조인한 국제조약을 무시하고 중국의 동북을 점령했다. 이제 그같은 나태한 대응은 고통스러운 결과를 초래하였다. 영국도 크게 손해를 보았던 것이다. 일본전투기가, 신분을 명시한 표식을 단 영국대사의 승용차를 기총사격하여 대사에게 부상을 입혔다. 일본해군은 홍콩해안에서 항해하고 있는 영국상선을 정지시키고 물품을 중간에서 가로채기도 했다. 영국정부의 유화정책에 대한 혹평과는 대조적으로 송경령은, 일본으로의 화물수송을 거부한 영국선원을 칭찬했다. 일본에 대한 물자공급은 침략에 힘을 더 보태주는 것이 되기 때문이었다.

미국에 대해서는, 거의 같은 시기에 그녀는 「중국이 민주주의로 가는 길」[29]이라는 제목의 라디오 연설을 했다. 여기서는 중국 국내의 발전에 관해서 그녀는 회상하면서 말했다. 10년전 손문의 주의와 정책을 견지하여 쟁취한 국민혁명의 승리속에서 인민의 이익을 위한 중국의 통일과 재건은 금방이라도 성공할 것만 같았다. 그러나, 그 후 10년 동안에 손문의 삼민주의와 유촉은 무시된 채 나라는 끊임없는 내전의 악몽에 빠졌고, 드디어 일본의 침략에 직면하여 인민과 국가는 무기력하게 고통당하고 있다. 이제야 가까스로 내전이 종결되고 항전을 위해 단결하여 적을 저지하고 있다. 중국 홍군은 8로군이라 명칭을 바꾸고 산서성 평현관에서 일본군과 싸워 최초의 승리를 거두었는데 그것도 일본군 정예 이다가키(板垣)사단 1천여 명을 섬멸했던 것이다.

중국은 자신만을 위해서 싸우고 있는 것이 아니라 자유를 사랑하는 모든 사람들을 위해서도 싸우고 있는 것이라고 송경령은 되풀이해서 얘기했다. 또한 그녀는 "우리 중국의 자유와 독립을 위한 투쟁에 대한 미국의 진심어린 지지"를 확신하고 있다고 표명했다(미국은 2년 이상이나 석유, 고철 등의 군사물자를 일본에게 제일 많이 공급해주었기 때문에 이 신뢰는 무너져버렸다).

흥미 있는 것은, 특히 프랭클린 루스벨트 대통령에게, 1938년 10월 미국 해병대 에반스 칼슨(Evans Fordyce Carlson) 준장이 올린 송경령에 관한 보고서이다. 칼슨은 홍콩에서 그녀와의 회담 이후 주중국 해군무관 보좌관이 되어 이 보고서를 작성했다. 그는 에드가 스노우의 친구였으며 나중에는 아그네스 스메들리와도 친구가 되었다. 그는 스노우의 소개로 일본군 후방에서 전투하고 있던 중공지휘하의 부대로 잠입하여 몇 개월간 실제로 관찰했다. 거기서 그는 중국군 병사의 사기가 높은 것과 작전술 등을 눈으로 직접 보고 납득함으로써 항일전 승리를 예상할 수 있는 좋은 자료를 얻게 되었던 것이다.

칼슨은 루스벨트 대통령과는 잘 아는 사이로서 루스벨트의 호감을 사고 있는 인물이었다. 그는 대통령이 정기적으로 휴가를 보냈던 조지아주의 웜스프링스에서 한때 해병대의 경호원을 지휘한 일이 있었기 때문이다. 그래서 그가 중국에 파견되도록 결정되었을 때 루스벨트는 중국에서의 인상을 직접 써서 대통령 사설비서인 마거리트(Marguerite Le Hand)[30]를 통해서 보고하도록 부탁하였다.

칼슨은 마거리트에게, 루스벨트에게 보내는 보고서를 썼다.

　　홍콩에서 나는 손일선 부인과 화기애애한 만남의 장을 가졌습니다. … 매력적인 여성이었고, 송씨자매 중에서 가장 인간적이었습니다. … 그녀는 중국공산당이 손 박사의 삼민주의의 참된 옹호자라고 생각하고 있습니다. 또한 그녀는 내가 얘기한 모든 외국인들과 마찬가지로, 지금 8로군이 전개하고 있는 항전형태가 중국이 승리할 수 있는 제일 효과적인 항일전의 유일한 방법이라고 생각하고 있습니다. …

다음 문장은 송경령이 최근 라디오방송을 통해 표명한 만큼 미국의 지지를 확신하고 있지 않음을 보여준다. 사실 이 미국인 대담자도 그렇게 받아들인 것 같다. 특히 그녀는 미국정부와 정보기관이 장기간에 걸쳐 진행해온 반공선전을 걱정했다.

　나는 그녀에게, 장총통이 한 명 내지 두 명의 공산당지도자를 정부에 참가시킬 시기가 되었다고 말했습니다. 그녀는, 만약 그런 조치를 취한다면 미국의 정서는 어떻겠느냐고 반문했습니다. 그녀는, 공산주의는 미국국민이 아직 악귀로 여기고 있어서 만약 그들이, 중국이 '공산화'되고 있다고 생각하면 그들의 동정심은 중국으로부터 멀어질지도 모른다고 지적했습니다. 그때 나는, 미국국민은 중국의 공산주의는 일반적으로 이해되는 공산주의가 아니라는 것을 충분히 이해하고 있으리라 생각한다고 대답했습니다.

　1938년의 이 회담은 일본군이 광주와 무한을 점령하기 직전 바로 중국이 위기에 빠졌을 때 한 것이었다. 칼슨이 말한 다음의 내용은 이같은 상황을 반영하고 있다.

　나는 10월 20일에 손 부인과 대담하였고 그에 앞서 그날 아침에는 송자문과 대담했습니다. 이 두 사람 다 … 그 다음날에 … 광주가 함락되리라고는 조금도 알지 못했습니다.
　중국의 입장에서 볼 때 눈앞의 상황은 밝지 않았습니다. 그러나 나는 아직도 중국이 항일전을 계속할 능력을 가지고 있다고 믿고 있습니다. 이 문제에 관한 한 나는 확실히 소수의견에 속합니다. 그러나 나의 의견은 공산당지도자, 장개석대원수, 그리고 황포군관학교 계통의 군인들에 대한 나의 지식에 근거한 것으로서 그들은 어느 한 사람도 항전의지를 잃지 않았습니다. 나의 견해는 또한 북방사람들에게 항전의지와 민족항전을 위한 자기희생의 참된 정신을 심어주는 데 성공하고 있다는 것에도 근거하고 있습니다.

　칼슨은 장개석이나 국민당 군대의 핵심에 일말의 희망을 걸긴 했지만 오히려 공산당이 하는 싸움에서 중국이 중도에 포기하지도 실패하지도 않을 주요한 요인을 이미 발견했던 것이다.
　송경령이 칼슨에게 준 인상은 매우 깊은 것이었기 때문에 2년 후, 이 시기에[31] 대하여 쓴 책에서 그는 경령과 대담한 반나절 동안의 이야기를 중국의 '위대한 드라마'에 관한 그의 경험에 '꼭 알맞는 최후의 일막'으로 장식하였다.

내가 기다리고 있던 방의 간소하면서도 엄숙한 분위기에서 나는 이 여성의 정신을 느낄 수 있었다. 그녀는 사치스러움을 허용하지 않았다. 조금 후 곧 그녀가 들어왔다. … 갑자기 나는 편안한 기분이 되었다. 그것은 내가 8로 군에서 보았던 "격식을 차리지 말고 편안히"라는 태도를 그녀가 취했기 때문이었다. 그러나 그녀는 또 다른 무엇인가를 지니고 있었다. 마음의 평화, 오만하지 않은 절대적인 자신감, … 인류, 특히 불우한 사람이나 학대받는 사람들에 대한 사랑으로 가득차 있었다.

그녀는 가면을 쓰지 않았고 표정은 온화했으며 그 평온함 속에 아름다움이 있었다.

다른 사람들과 마찬가지로 칼슨도 그녀의 명랑함에 놀랐다.

그녀에게 전혀 유머가 없는 것은 아니었다. 그리고 내가 북방에서 경험한 것을 그녀에게 이야기했을 때 내가 묘사한 사람들의 반응에 관하여 기쁜 모습으로 그녀는 설명하는 말을 거들며 끼워넣었다. …

그는 송경령의 솔직함에 주목하였다.

그녀는, 국민당은 삼민주의를 실행해오지 않았지만 공산당지도자들은 그것을 실행해왔다고 느꼈음은 명백했다. 장개석은 정부나 국가보다는 자기자신에 대한 충성을 고무해왔다고 그녀는 믿었다. 대의제 정부가 수립되어야 할 시기는 이미 지난 지 오래였다. …

마지막으로 칼슨은 인민대중, 특히 농민의 생활과 대우에 관한 그녀의 깊은 관심에 매우 감동을 받았고 그녀의 말을 인용하며 얘기했다.

… 모든 것 중에서 가장 심각한 것은 정부가 민생주의를 실행하지 않았다는 것이었다. 그 대신에 정부는 상해은행가들의 요구는 충족시켜주고 인민의 생활은 … 특히 토지문제는 무시했다. …

1937년 7월 칼슨과 회담한 지 1년 후, 송경령은 「중국항전 2주년에 미국친구들에게 보내는 메시지」[32]라는 제목의 글을 발표하였다. 그 가운데서 그녀는 중국항전의 내외적 위험에 관하여 상세히 서술하고 상호관계를 날카롭게 지적하였다.

그 한면으로서 그녀는 다음과 같이 경고하였다.

통일전선에 대한 배신, (중국의) 민주적 발전을 제한하려는 기도는 침략에 저항하는 우리들의 투쟁을 위협할 뿐만 아니라, … 외국의 중국내 이익보장도 위협하는 것입니다. …

또 다른면에서 송경령은 주요 서방국가들의 유사한 경향에 대해서 거리낌없이 지탄했다.

나는 민주국가의 그와 같은 보수파 사람들에게 주의깊게 살펴볼 것을 부탁드립니다. 그들은(중국을 희생시키고 일본과 타협함으로써) 극동에서 전쟁을 빨리 끝내려고 하고 있습니다. 그들은 중국이 적화되는 것을 두려워하기 때문입니다.

그러한 상상 대신에, 그녀는 일본이 점령한 지역에서 외국의 이익이 얼마나 파괴되고 있는가를 직시해보라고 서방제국의 정부에 충고하였다. 그들이 침략하여 얻은 과실을 일본의 손안에 그대로 남겨놓은 채 '평화'를 설계하거나 강요하는 것은 서방국가 자신의 무역과 기타 이익에 큰 타격을 줄 것이기 때문이다.

그들 자신의 이익 이외에도 그녀는 서양제국의 민주적 전통도 상기시켰다.

우리의 항전발발 기념일은 7월 7일입니다. 이 날은 미국독립기념일인 7월 4일과 프랑스대혁명 기념일인 7월 14일 중간에 있습니다. 우리의 민족혁명은 노구교에서 시작된 침략에 대한 전투로 새로운 단계에 들어갔습니다. … 우리의 혁명은 식민지의 질곡으로부터 해방된 미국 독립혁명과 구체제를 불식한 프랑스혁명의 성격을 겸비하고 있습니다.

인류의 5분의 1일 차지하는 중국인민이 완전한 민족의 독립과 민주적 자유를 쟁취하지 못한다면 우리나라의 엄청난 생산력은 전 세계의 이익을 위해 개방되지 못할 것입니다. 그렇기 때문에 지금 진행되고 있는 중국의 민족혁명은 전 인류의 발전을 위해 필수적이며 피할 수 없는 단계라는 것이 그 이유인 것입니다.

제2차세계대전과 아시아 연대

1939년 9월 유럽에서 전쟁이 일어났다. 한쪽은 나치스 독일(그리고 후에 파시스트 이탈리아)이고 다른 한쪽은 영국과 프랑스였다. 그 전야에 홍콩에서는 이미 불안한 상황이 나타나고 있었다. 제1차세계대전 때 독일의 잠수함전에 대한 아픈 추억을 가지고 있는 영국은 홍콩에서 그들의 해상수송의 안전에 대하여 걱정을 하고 있었던 것이다.

9월 3일 송경령은 뉴욕에 살고 있는 친구 그래니치 부부[33]에게 현지 상황과 그녀 자신의 사정(자금이 부족하다는 등)을 전했다.

> 홍콩은 아주 긴장하고 있습니다. … 사람들은 봉쇄나 위협을 피해서 어디론가 떠나버렸습니다. … 영국이 선전포고를 할지 이탈리아의 중재를 받아들일지는 전혀 불확실합니다. … 라디오가 있다면 … 어떻게 내가 라디오를 갖기를 바라겠소! 한번 생각해보십시오. 내 모든 이웃은 라디오를 갖고 있습니다. … 나만이 라디오뉴스를 들을 수가 없습니다.
>
> 우리들의 친구는 모두 무서운 일이 일어날 것이라고 생각하여 피난갈 준비를 하고 있습니다. … 사람들은 일등선실의 대금을 지불하고도 3등좌석을 잡으려고 필사적으로 다투고 있습니다. … 통화가치의 폭락은 여기서 생활하지 않으면 안되는 우리들에게는 큰 문제입니다. 현재 4원이 홍콩달러 1달러에 해당합니다. 그것으로도 우리들의 어려움을 상상할 수 있으리라 생각됩니다. …
>
> 나는 중국내지로 가려고 생각하고 있습니다만 친구들은 내가 원할 때 홍콩을 떠날 수 없을 것이라고 생각하고 있습니다. … 그 때문에 내겐 다른 선택의 길이 없습니다.
>
> 이곳에선 현재 우편물과 전보에 대한 엄격한 검열이 행해지고 있지만 이것이 내가 우리나라를 위해 전념하고 있는 활동에 영향을 미칠 수는 없을 것

입니다. … 적어도 영국의 외교정책에 변화가 없는 한에는 …

위기의 유무에 관계없이 그녀는 언제나 바빴다.

나는 ≪계간 버지니아≫에서 부탁한 원고를 준비하고 있습니다. 나의 집필은 언제나 천천히 진행되고 있습니다. 바로 지금 런던의 중국지원 위원회에서 항전2주년을 기념하는 문장을 써달라고 전보가 왔습니다. … 뉴욕의 잡지 ≪신대중≫이 최근에 쓴 나의 글 한편을 발표했습니다. 이것은 원래 ≪보위중국동맹신문통신≫을 위해 준비했던 것입니다.

그리고는 드디어 그녀의 개인적인 유머로 이어졌다.

≪신대중≫은 집필자 소개에서, … 내가 1890년(실제는 1893년)에 태어났다고 했습니다. … 나는 정말 즐겁게 생각합니다. ─모든 외국언론인들은 누구나 내가 그들이 상상했던 것보다 훨씬 젊게 보인다고 얘기하는 것은 놀라운 일도 아니기 때문입니다.

만약 경령이 다음과 같은 사실을 알았다면 훨씬 더 재미있어 했을 것이다. 그리고 더욱 풍자적이다─FBI(미연방수사국)는 한 밀고자가 그래니치부부의 아파트에 들어가서 만들어온 이 편지의 사본을 넘겨받고는 이 여성이 누구인지도 모르면서 "중국의 여성 공산당원 수지로부터" 온 것이라고 설명을 첨부했다고 한다. 더군다나 그래니치의 집에 있는 사진을 보고 미루어 짐작한 그 밀고자는 그녀가 "겉보기에는 30세에서 35세 가량의 중국여성인 듯하다"고 보고했다. 경령은 이때 46세였으므로 적어도 그녀의 실제 나이보다 10년 이상 젊게 보았기 때문이다.

유럽전쟁이 발발하기 전후, 송경령은 계속 서유럽과 극동의 반파시즘 투쟁의 동일성을 강조하고 유럽에 몰두하여 극동을 경시해서는 안된다고 촉구하였다. 1939년 3월 8일 여성의 날에, 주로 서양여성들인 청중에게 다음과 같이 이야기했다.[34]

우리 중국인들은 싸우고 있습니다. … 동시에 여러분들의 평화를 위해서

도 … 만약 중국인이 항복한다면 , … 만약 싸우지 않고, … 일본의 물자보급
과 인력제공의 기지가 된다면, 자 한번 생각해보십시오. 우리들이 여기 홍콩
에 이처럼 앉아 있을 수 있겠습니까?

항상 그랬듯이, 그녀는 가장 원조를 필요로 하고 있는 것은 중국의 게
릴라전사들이라는 것을 지적함을 잊지 않았다. 왜냐하면 "일본군의 대부
분이 국민당군의 전선에는 없고 소위 점령구역내의 유격대가 있는 싸우
기 힘든, 곤란한 전선에서 작전을 전개하고 있기 때문이다"라고 그녀는
설명했다. 더욱이 이 전사들은 구식무기를 가지고 있을 뿐이지만 그것
조차도 가지고 있지 않은 경우에는, 그들은 "현대적 무기를 갖춘 적과 수
제수류탄, 단검, 곤봉 아니면 자신의 맨주먹으로 저항하며 싸우고 있다"
고 역설했다.

   그들은 의약품 공급도 결핍되고 있으며 … 음식이나 옷도 부족합니다. 그
   러므로 우리들은 중국의 해방뿐만 아니라 전세계의 민주주의와 자유를 위해
   서 싸우는 이 이름 없는 영웅들을 도와주어야만 합니다.

                    *   *   *

이 전쟁기간 동안에 송경령이 호소한 것은 비단 서방국가만이 아니었
다. 거의 알려져 있지 않은 일이지만 그녀는 손문과 함께 일본에 있을 때
부터 인도자유운동에 대하여 강한 공감을 표명하였다. 홍콩에서 그녀의
이같은 의견 발표는, 홍콩당국으로서는 영국정부의 일본에 대한 태도를
비판하는 것보다도 불쾌한 것이었다. 이것은 그녀가 원칙으로 하고 있는
독립성을 표현한 또 다른 면이었다.
1938년부터 송경령은, 1927년 모스크바에서 처음 만난 자와할랄네루
와 서신왕래를 다시 시작하였다.[35] 그녀가 네루에게 보낸 첫편지는 영국
청년 존 리닝(John Leaning)에 의해 전해졌다. 젊은 존은 보위중국동맹
(결성시부터)창단멤버였으며 인도를 경유하여 영국으로 돌아가던 참이
었다. 그녀는 편지에서 리닝청년은 중국의 "젊은 활동가들과 친밀하게

접촉하고 있는" 성실한 친구이며 그는 "현재의 일본군침략 상황과 그후의 중국 저항상황"에 대해 인도의 민족운동지도자에게 설명할 수 있는 사람이라고 그를 네루에게 소개했다.

중국인민은 "인도국민여러분들의 동정과 연대의 표명에 감사하고 격려를 받았습니다. 나는 이 기회를 빌려 우리들의 감격과 동지적 우의를 표하고자 생각합니다"라고 그녀는 이어나갔다. 이 편지를 쓰고난 후 곧 그녀는 인도국민회의파의 중국지원의료사절단을 광주에서 맞이하였다. 이 의료사절단은 이후 화북의 해방구로 갔는데 그중 드와카나스 코트니스 박사(Dr. Dwarkanath Kotnis)는 노만 베순의 뒤를 이어 국제화평의원 지도자가 되었으며 그 후 전선의 부상병치료에 헌신하다가 베순과 함께 세상을 떠났다.

리닝이 인도에 도착했을 때 네루는 외국에 나가고 부재중이어서 그를 만날 수가 없었으며 상당히 시일이 지난 후 경령의 편지를 받았다. 12월 27일에 답장을 썼다.[36]

우리는 중국의 상황을 가장 가까운 문제로서, 가장 절실한 관심을 가지고 지켜보고 있습니다. 나는 여러분들에게 조금이라도 도움이 되기를 바라고 있습니다. 그러나 불행하게도 우리는 너무 제약을 받고 있기 때문에 우리들이 외국의 친구들을 도울 수 있는 능력은 한계가 있습니다. 그러나 우리는 수많은 시위행진을 하면서 중국 국민을 지지했습니다. 인도 전체는 이같은 중국 국민의 환난의 시절에 당신들과 함께하고 있음을 느낍니다 … 나는 중국의 미래에 대해 전폭적인 확신을 가지고 있습니다 …

그 다음해인 1939년 네루가 중경을 방문하였다. 중경정부는 형식상 송경령을 공식적인 환영위원회 명단에 올렸지만 두 사람이 만나는 것은 결코 원치 않았다. 그해 9월 그녀는 네루에게 다음과 같이 편지를 썼다.[37]

당신이 중국에 왔을 때 나는 당신을 환대할 수 없어서 얼마나 실망이 컸는지를 전하고 싶어서 급히 펜을 들었습니다 … 당신이 중경에 도착했을 때 내가 보낸 전보가 당신에게 전해지지 않았다는 것을 나는 그제야 처음으로 알았습니다. 난 당신을 만나기 위해 잠시 비행기를 타고 가려 했는데 유감스럽게도 당신이 이미 고국으로 출발했다는 신문기사를 읽었습니다(유럽전쟁이 발발하여 네루는 예정을 변경하여 급히 귀국하였다).

그러나 나는 가까운 장래에 우리들이 만날 수 있으리라 확신합니다. 그리고 나는 우리들이 자유롭고 독립된 중국에서 당신을 맞이하기를 열렬하게 고대하겠습니다 … 나는 당신이 선두에 서서 진행하고 있는 과업에 관해서 정보를 얻으려고 노력하겠습니다. 또한 최대의 동지적 심정으로 당신들의 사업을 지켜보도록 하겠습니다. 왜냐하면 당신의 과업은 동시에 중국의 과업이기 때문입니다.

그녀가 네루에게 보낸 편지가 통상적인 방법으로는 전해지지 않았다는 사실과 그녀가 장래, 상황이 달라진 중국에서 그를 맞이하겠다고 언급하고 있는 사실은, 국민당정부가 이 두사람이 서로 통하지 못하도록 기도했다는 것을 암시하고 있는 것이다.

송경령으로부터 온 이 편지는 우편국을 통하지 않았다. 그녀는 귀국하는 인도의료사절단의 청년의사 무커지(Mukherji) 박사에게 그것을 부탁하고 또한 그 내용을 암시하는 구두메시지를 더 보태었다.

나는 의료구조사업과 그리고 당신 나라가 우리들을 어떻게 원조할 수 있을 것인가에 대하여 무커지박사와 장시간 의논했습니다. 왜냐하면 유럽으로부터 우리들이 얻었던 물자는 대부분 현재 우리들의 손에 들어오고 있지 않습니다. 나는 반드시 그가 우리들의 대화내용과 인도에 보위중국동맹지부를 설립하려는 나의 제안을 충분히 잘 전달할 것이라 확신합니다. 현재의 복잡한 상황으로 우리들의 이 조직은 곤명이나 계림으로 옮겨야 할지 모르겠습니다.[38]

물론 이 '복잡한 상황'이란 유럽에서의 전쟁과 그 전쟁으로 홍콩의 해상수송 수단이 차단될 가능성이나, 아니면 일본이 홍콩을 점령하게 될지도 모른다는 두려움 등을 말하고 있다. 그럴 경우에 중국 서남부의 운남성 곤명은 최근 재개된 버마 루트를 경유하여 육로로 랭군항으로 통할 수 있어서, 인도로부터 혹은 인도를 경유하여 운송되는 구호물자를 입수할 수 있는 편리한 지점이었다.

몇 주 후에 네루가 답장을 보냈다.[39]

무커지 의사가 내게 당신의 편지를 전해주었습니다 … 나는 당신이 중경으로 전보를 쳐 나에게 메시지를 보냈다는 얘기는 처음 알았습니다. 나도 그것을 받지 못했습니다. 나는 당신을 만나려고 최대한 노력했지만 전쟁이 발발한 상황에서 나는 급히 본국으로 돌아가지 않으면 안되었습니다 … 나도 또한 조만간에 중국과 인도가 독립되었을 때 당신을 만나기를 희망합니다.

나는 우리들이 당신들에게 더 많은 것을 도와주고 싶습니다 … 그러나 현재 다른 지역과 마찬가지로 여기도 모든 것이 뒤죽박죽 되어 있는 상황입니다. 이 몇 주간에 결정날 것입니다 … 그때가 되면 우리가 귀국을 도울 수 있는 더 나은 조건이 될 수도 있고 아니면 당분간은 전혀 도울 수 없는 처지에 있을 수도 있습니다.

나는 다음 사실을 더 보태 얘기하려 합니다 … 우리가 영국정부와 인도의 장래나 전쟁의 목적 혹은 평화의 목적을 토론할 때 자유독립의 중국을 염두에 두고 강조할 것입니다. 우리는 영국정부가 일본에 반감을 갖도록 하는 말을 할 수 있으리라고는 기대할 수 없습니다. 그러나 영국이 중국에 불리하도록 중국정책을 변경하는 일은 없기를 기대하고 있습니다.

그 후 네루는 그가 쓴 책 몇 권을 송경령에게 보냈다. 그녀는 이것을 대단히 기뻐하여 감사의 편지를 썼다.

나는 지금까지 여기서 이 책들을 입수하려 했지만 헛수고였습니다. 결국은 나는 이 책들을 당신으로부터 직접 받아 읽게 되었습니다. 그리고 우리모두에게 관계 있는 문제들에 관한 당신의 견해와 사상을 나와 마찬가지로 매우 알고 싶어하는 많은 다른 사람들과 함께 읽었습니다.[40]

송경령은 중국해방구에서 인도의료사절단이 활동을 계속할 것이라는 네루의 결정에 아주 기뻐하면서 얘기를 계속했다. 그녀는 그 활동을 '아주 훌륭한 일'이라고 칭찬했다. 그리고 그녀는 인도에 관해서 썼다. "나는 귀국에서 일어나고 있는 사건을 최대의 관심을 가지고 주시하고 있습니다. 그리고 인도를 위한 당신의 숭고한 노력이 위대한 성공을 거두기를 기원합니다".

바로 이 편지에서 송경령은 네루에게 저명한 캐나다인 외과의사로서 국제주의자였던 노만 베순의 죽음을 전했다. 베순은 중국해방구에서 부상자를 위해 의료활동을 하던 중 쓰러졌던 것이다. 네루는 이 편지의 회답에서 애도의 뜻을 전하고[41] 또한 "아마 당신은 알고 있을 것입니다만 우리 국민회의파가 파견한 의료단의 의사들이 이미 오대산으로 갔습니다"(오대산은 산서성의 적전선 후방에 위치한 해방구로서 이미 베순이 이곳에서 활동했으며 그 후 인도의 드와카나스 코트니스 박사가 그의 뒤를 이어 맡았고 그도 또한 순직할 때까지 피로한 줄도 모르고 활동했던 곳이다)라고 썼다.

한 달 후 네루는 이 의료접촉에도 영국의 간섭이 증가되고 있다고 그녀에게 전했다. 무커지 의사는 "많은 의약물자를 휴대하고 신버마 루트를 거쳐 라쇼를 경유하여" 중국으로 돌아오기 위해 출발준비를 하는 중이었다. 그러나 네루는 1개월 후에 또 편지를 써 보냈다.

　　… 무커지는 그가 랭군에 도착했을 때 영국당국에게 여권을 빼앗겨서 중국으로 갈 수 없게 되었습니다. 그래서 그는 캘커타로 돌아가지 않을 수 없었습니다. 그는 구호물자를 휴대하고 있었습니다만 … 이 물건들은 랭군의 중국영사에게 남겨놓았다는 것입니다.[42]

1941년 여름. 인도국민회의파의 실행위원으로서 미모와 지성을 겸비한 여성인 카마라데비(Kamaladevi) 여사가 일본·미국·상해·중경을 여행 중 송경령과 만나기 위해 홍콩에 체류했다. 그녀는[그녀와 만나 말을 들은 제임스 버트램(James Bertram)의 기록에 의하면] 동경의 일본인들은 만약 국민회의파가 영국의 지배에 대하여 공개적으로 반항한다면 회의파를 원조할 수 있다고 제의했지만, 그것에 대해 그녀는 회의파를 대표하여 이같은 겉치레의 말을 거절했다고 설명했다. 그녀가 그것을 거절한 것은 영국인을 끝까지 지켜보기를 꺼려했기 때문이 아니고 그 원조제의 에는 불순한 동기가 있기 때문이라고 그녀는 말했다. 마하트마 간디와 많은 회의파 지도자들이 영국인에 의해 투옥되었음에도 불구하고 회의 파는 이 결정을 택했다고 그녀는 얘기했다.

그러나 버트램의 회상에 의하면 일본인을 무시한 이 지조 있는 여성은 홍콩에서 영국경찰에 의해 철저히 미행당했다. 《보위중국동맹신문통신》 은 「중국과 인도」라는 제목으로 사설을 발표하고 카마라데비 여사의 내방 을 열렬히 환영하며 "동방의 두 대국 국민이 공통의 이익관계로 맺어지 고 있음을 정말 시의 적절하게 일깨워주기 위해 온 사람"이라고 설명했 다.[43)]

유럽전쟁발발 직전에 네루 수상은 잊을 수 없는 최초의 중국방문을 하였 습니다. 그 후 인도국민의 대표로서, 항일전 전선에서 싸운 중국지도자들과 만나 서로 애기할 기회를 가진 사람은 아직 없습니다. 그러나 중국의 항전은 인도에서는 아주 잘 이해되고 있습니다.

… 카마라데비 여사의 방문으로 현재 두 나라에 관계되는 문제를 다시 생 각하게끔 하였습니다 … 지금부터는 아주 드물고 사람에게 거의 알려지지 않은 방문이 아니고 뭔가 정기적인 양국간의 뉴스, 정보, 그리고 사상의 교류 가 있어야 할 것입니다.

곧 송경령은 보위중국동맹을 대표하여 자와할랄 네루와 인도의료사절 단 단장 M. M. 아탈(Atal) 박사에게 동맹의 후원자가 되어줄 것을 부탁 하였다. 네루를 포함한 두 명 모두 기꺼이 동의한다고 전보를 보냈다.[44)]

… 귀국의, 자유를 위한 영웅적인 투쟁에 대한 중국국민과 인도와의 단결 의 상징으로서 명예회원직을 기꺼이 수락하는 바입니다.

요컨대 홍콩에 있는 동안 송경령은 일본에 대한 공동관심을 기초로 당 국의 관계자도 포함한 영국인과의 연대를 다지려고 노력했다.[45)] 그러나 그녀는 결코 그들의 비위를 맞추려고 하지 않았다—그리고 인도문제에 관해서는 대영제국을 심하게 비판했다. 이것은 그녀의 통일전선방식이었다.

*   *   *

마지막으로, 송경령의 일본인에 대한 태도에 대해 얘기해보고자 한다. 항전 초기에 그녀는 이렇게 쓰고 있다.

> 일본제국주의자들은 우리들의 증오와 항전결의를 불러일으킬 뿐입니다. … 반면에 중국국민들은 군국주의자나 파시스트들에게 기만당하고 있을 뿐인 일본의 노동자, 농민, 그리고 지식인들에 대해서는 어떠한 악감정도 가지고 있지 않습니다.

송경령은 이와 같이 쓰고 있는 바대로 또한 행동을 했다. 침략적인 일본국에 대해서는 중국땅을 조금이라도 점령하는 한 용서 없이 무장투쟁으로 맞설 것을 주장했다. 그러나 일본이라는 나라와 그 국민에 대해서 그녀는 많은 아름다운 기억을 간직하고 있었다―일본국민은 적이 아니었다. 상해에서 그녀는 일본인 반파시스트 친구를 사귀었다. 중경에서는 앞에서 언급했듯이 그녀는 포로가 된 일본인 부상병을 위로하며 얘기를 나누었다. 그리고 그녀의 서재에는 진보적인 사상을 가진 일본인 여성 이시모토(石本) 남작부인의 영문으로 쓴 자전적 저서인 『기로에 서서』가 있으며 그 표지에는 저자의 존경과 경의에 찬 헌사가 쓰여 있다. 그것은 미국의 저널리스트인 랜달 굴드(Randal Gould)를[46] 통해서 이시모토 여사가 홍콩의 송경령에게 보낸 것인데 그때 이미 중국과 일본은 격전을 벌이고 있었다.

이시모토 여사는 저임금 여성노동자들에게 파시스트 일본에서는 위법인 산아제한을 제창했기 때문에 투옥되었으며 후에 소위 일본의 '국가위기' 상황에 위험한 인물이라 간주되어 또 다시 투옥되었다. 굴드는 이 용기 있는 일본여성에 대해 다음과 같이 썼다.

··· 그녀는 손문 부인을 만나본 적이 없었지만 손문부인은 자신과 비슷한 타입의 여성이라고 생각했다. ··· 이들 두 여성은 30년대 후반의 격동의 시기에 비교적 중립적인 홍콩에서 만나기를 희망하였다. 그러나 일본경찰이 이시모토 여사에 대해 허용을 제한하였다 ··· 그녀는 손님을 맞이할 수는 있었지만 여행은 할 수 없었다("여기에 오는 사람은 모두 경찰의 블랙리스트에 기록됩니다"라고 그녀는 나에게 재미있게 얘기하였다).

송경령의 일본인 친구에 대한 태도에 대해 기록하고 싶은 또 하나의 예는 그녀가 상해를 떠나기 전에 두 명의 진보적인 일본인 작가 와타루 카지(亘鹿地)와 그의 부인 이케다 유키코를 위기 급박한 상해로부터 안전한 중국후방으로 옮기도록 하는 데 도움을 준 것이다. 이 두사람은 중국인민의 항전을 지지하는 것은 일본인과 양국의 미래를 위해 해야할 최선의 길이라고 생각했기 때문에 본국의 군국주의자들에게 생명을 위협받고 있었던 것이다.

보위중국동맹 활동

이제 보위중국동맹에 대해 얘기해보자. 보위중국동맹은 송경령의 전시구제활동의 매개체였다. 그녀는 매일 모든 시간과 정력을 이 구제활동에 쏟았다. 그것은 또한 홍콩에서 그녀가 다른 활동을 하기 위한 기반이었다. 주로 진보세력을 지원했는데 그것 자체가 국내외통일전선을 구성하는 단위라는 것을 표현한 것이다.

보위중국동맹은 구제활동에 종사함과 동시에 전세계에 중국의 상황을 알리는 홍보활동도 했다. 그리고 그것의 자체 구성을 보아도 국제적이었다.

송경령은 그 조직의 핵이며 혼이었다―이 비길 데 없이 독특한 지도자가 없었다면 동맹의 발전은 불가능했을 것이다. 동맹 내부의 활동분위기를 보면 그녀는 그 활동에 언제나 참가하고 있었다. 이것은 바로 그녀 스타일과 인품을 반영하는 것이었다. 이 조직성원은 주로 자원봉사자였다. 급료를 받는 직원은 소수에 불과했으며 많아야 2, 3명 정도로 그것도 기본적인 생활비 이상의 것은 되지 못했다.

보위중국동맹의 정식 성립성명은 1938년 여름에 발표되었지만 실제 발족은 그보다 약 3개월 앞섰다. 이 사업은 주은래와 송경령이라고 하는, 걸출한 통일 전선의 개척자의 제안으로 시작되었다. 동맹에 가담한 최초의 외국인은 뉴질랜드인 작가이자 언론인인 제임스 버트램[47]이었다(나중에 웰링턴 대학의 문학교수가 되었다). 그는 화북의 일본군 후방에서 주로 싸우는 중공 지휘하의 8로군을 직접 관찰하여 그 당초부터 그 공적을 잘 알고 칭찬했던 사람이다. 무한에 있을 때는, 주은래가 그에게 부상자의 의료구제활동에 대해 얘기하면서 그 활동에 필요한 물자를 기록한 보고서를 홍콩에 있는 송경령에게 가지고 가도록 부탁했다.

3월에 홍콩에 도착한 버트램은 홍콩주재 8로군 대표 요승지가 개최한 회합에 초청되어 참가하였다. 버트램은 앞서 연안을 방문하였을 때 요승지를 만나 알고 있었다. 요승지는 누나 요몽성과 함께 이미 캐나다의 유명한 의사 노만 베순을 지원할 그룹을 결성하였다. 베순은 스페인의 국제여단에서 복무한 후 화북의 게릴라전선으로 들어가 있었다. 당시 요승지는 해외의 중국지원단체와도 연대하여 더 큰 조직을 결성하여 광범위한 여론을 형성하고 활동할 계획을 준비하고 있었다. 그 조직에는 중국인과 외국인이 함께 활동하며 중국의 '유명한 인물'이 끌어나갈 것이라고 요승지는 말했다. 그는 마음속으로 회장이나 실제적인 지도자로 송경령을 생각하고 있었다. 그러나 경령의 제안으로 그녀의 동생 송자문이 명예적인 성격의 회장에 취임했다.

그 발기인 대회는 요승지의 부유한 사촌인 등문교(鄧文釗)의 집에서 개최되었다. 등문교는 케임브리지 대학에서 수학한 사람으로, 진보적인 생각을 가지고 있었으며 홍콩의 벨기에 은행에 근무하고 있었다. 후에 그는 보위중국동맹의 재무담당자의 한사람이 되었는데 그 자리는 아주 적합했다.

홍콩에서 영향력 있는 외국인으로서 누가 회원으로 적당한 인물인가를 질문 받은 버트램은 힐다 셀윈 클라크(Hilda Selwyn-Clark) 여사를 추천하였다. 클라크 부인은 보위중국동맹의 명예서기가 되었다. 그녀는 홍콩총독부에 새로 부임해온 의무총감부인으로서 영국식민지의 상류사회 여성으로서는 보기 드물게도, 노동당(페이비언협회)을 배경으로 하고 있었다. 그녀는 또한 결혼전 힐다 브라우닝이란 이름의 처녀시절에 영국·소련 문화교류협회에서 근무할 적에 버트램을 서로 알게 되었다.

등문교와 함께 재무를 담당한 사람은 홍콩대학의 영국인교수인 노만 프랑스(Norman France)였다(두 사람 모두 자원봉사자였다). 프랑스는 중국에서 태어난, 진보를 지지하는 학구적인 사람이었다.

선전활동을 최초로 담당한 사람은 나중에 송경령의 편지를 네루에게 전한 영국인청년 존리닝이었다. 리닝은 전에 북경에서 월간지 ≪데모크라시≫의 편집을 맡았는데 당시는 스노우 부부나 버트램과 그리고 후에는 필자와 함께 편집위원으로 일했다. 반년 정도 발행되었을 때 북경이 일본군에 점령되었기 때문에 정간되었다.

덧붙여 말하자면 필자는 가끔 본 동맹의 창립멤버의 한 사람이라고[48] 얘기되지만 그것은 잘못된 것이다. 필자는 9월에 광주에서 참가를 권유받았지만 그때까지 보위중국동맹에 관해서는 전혀 듣지 못했다. 그러므로 11월이 되어서야 비로소 홍콩에서 선전활동을 인계 받았던 것이다.

보위중국동맹의 발기인 명부 중에서 당연히 아그네스 스메들리의 이름이 있으리라고 많은 사람들은 기대할지도 모른다. 스메들리는 유격대와 함께 행군하였으며 무한에서는 열심히 그들을 위해 자금이나 의약물자를 모집하였기 때문에. 그러나 그녀는 발기인에는 들어가지 않았다. 아마 상해에 있을 때 송경령과의 친밀한 관계를 손상시킨 무언가가 있었든지 아니면 많은 사람들과 함께 공동으로 활동하는 것보다 오히려 개인으로 일하고 싶다는 억제할 수 없는 성벽 때문이었는지도 모른다. 조직적으로는 관계가 없었지만 보위중국동맹과 스메들리와는 일부에서 추측하는 것처럼 경쟁관계에 있었던 것이 아니고 협동관계에서 일하였다. 한 예를 보면, 인도의료사절단의 바수 의사(Dr. Basu)의 기록을 통해서 알 수 있다. 그는 1938년 광주에서 이 의료대가 공산당지도하의 군대에서 활동하는 것을 어떻게 생각하느냐고 송경령에게 물었다.

… 그녀는 기뻐하며 말했다. … 우리는 장사(長沙)나 한구(무한)에서 아그네스 스메들리와 만나자고 했습니다. 그녀는 … 주은래와의 인터뷰를 준비할 것입니다. 우리들의 요구사항을 주은래에게 제출해야 하니까요.[49]

때때로 보위중국동맹은 언제부터 그 명칭을 사용했는가 하는 것이 논쟁거리가 되고 있지만 그 날짜에 관해서는 버트램은 1938년 3월의 일기에 그 자신이 처음으로 그 명칭을 기술했던 것으로 보인다고 했다. "손부인의 만찬, 보위중국동맹". 이것은 성립선언을 하기 3개월 전의 일이었다.

4월 중순경에 버트램은 송경령으로부터 보위중국동맹의 활동을 선전해달라는 부탁을 받고 홍콩에서 배를 타고 미국과 영국으로 갔다. 그의 회상에 의하면, 런던에서 그는 소련대사 이반 마이스키(Ivan Maisky)를 방문했다. 버트램과 힐다 셸윈 클라크는 그와 이전에 만난 일이 있었다. 버트램은 마이스키에게 항일유격기지나 연안에서 사용하도록 영국친구들이 보위중국동맹에 보내는 의약물자를 소련철도를 경유하여 운반하고, 거기서부터는 트럭으로 중국 서북구에 수송할 수 있도록 편의를 도모해줄 수 있는지에 대해 모스크바의 허가 여하를 타진했다. 홍콩을 통하는 해로는 수송에 너무 시간이 오래 걸리고 곤란했기 때문이다. 마이스키는 호의적이었으며 본국정부에 물어볼 것이라고 이야기했다.[50]

그러나 이 일은 그 후 아무런 연락도 없었다―그것은 아마 모스크바가 이미 항일전에 사용할 무기를 그 길을 통해서 국민당 정부에 수송해주었기 때문에 그러한 수송의 실제목적이 중국공산당으로 가기 위한 우회로였다는 복잡한 비난을 원치 않았다. 공산당은 어떤 일이 일어나도 일본과 계속 싸울 것이다. 그러나 '적화(赤禍)'선전을 하는 것은 국민당 내부에서든지 서양측에서든지, 일본과의 타협을 진행하려는 자들에게 좋은 구실을 제공할 수 있었다. 모스크바는 그러한 문제에 대해서는 매우 신중한 배려를 했다.

1938년 5월, 버트램이 미국에 체재하고 있는 동안에 송경령은 그에게 감사함을 표하는 편지를 썼다.[51]

당신의 열정과 꾸준한 원조로 우리의 보위중국동맹은 드디어 활동을 시작했습니다 ⋯ 우리는 당신이 우리에게 셀윈 클라크 여사를 소개해준 것에 대해 대단히 감사하게 생각하고 있습니다 ⋯ 그녀는 훌륭한 원조자이며 유능한 조직자입니다 ⋯ 우리들이 여기 있는 성 요한 대성당에서 영·미·중 회화전을 개최하였을 때 총독께서도 부인을 동반하고 참석하여 자리를 빛내주는 영예로움을 입었습니다 ⋯ 그리고 처음엔 내가 하는 일을 이상하게 여기고 보위중국동맹은 "선전을 일삼는 급진주의자들의 집단"이라고 의심하고 있던 홍콩 대학 부학장 덩컨 슬로스(Duncan Sloss) 씨도 특별연설을 해주었습니다.

보위중국동맹은 활동을 전개하기 시작했을 뿐만 아니라 그 이후 계속 몇 년간에 걸쳐 그 활동범위를 넓혀갔다. 그것은 예술활동을 통해서도 확대되었다. 그 당시 중국에서 가장 우수한 예술가·작가·극장주·영화제작자, 그리고 배우들은 진보적인 사람들이었다.

이 몇 개월간 버트램은 호주와 그의 고향 뉴질랜드에서 보위중국동맹에 대한 선전을 더 많이 했다.

1939년 중반 경에 극동으로 돌아온 버트램은 구호물자를 만재한 트럭들을 호위하고 홍콩에서부터, 그 당시 프랑스령이었던 베트남을 경유하여 중국의 깊은 내지인 오지까지 호송하였다. 그때 영국 산업경영가인 존 소니크로프트 경(Sir John Thornycroft)이 기증한 수술실이 달린 구급차도 함께 수송하였다. 버트램의 말을 빌리면, 잦은 공습의 위험 속에서 유선형의 그 아름다운 모습은 다소 깎여버렸지만(급선회나 작은 나룻배에 알맞도록 하기 위해 대형차의 뒷부분을 절단해야만 했기 때문에) 수송대는 드디어 서안의 8로군 사무소에 도착하였다. "우리는 이것을 유효하게 사용할 것입니다"라고 하며 그들은 그 물자를 감사와 칭찬 속에 받았던 것이다.[52]

이 트럭수송부대와 함께 의사들도 새로이 도착했다. 그중 한사람이 독일인 청년의사 한스 뮐러(Hans Müller)였다. 그는 베순의사와 인도의사들과 함께 항일 유격대 속에서 활약했으며 그 기간은 그 누구보다도 길었다. 그리고 때때로 소속부대에서 생존한 최선임 장교로서 전쟁지휘를 맡은 일도 있었다(뮐러는 1990년대까지 살았으며 중국국적을 취득하고 북경의과대학 부학장 등 여러 직위에 있으면서 인민공화국을 위해 봉사했다).

국민당의 봉쇄가 점점 심해졌기 때문에 이것은 홍콩에서 연안으로 물자를 공급하는 마지막 수송차량이 되었다. 다음 수송은 '우정구호대'로부터 제공받은 차로, 두 명의 영국인 구호활동가가 호송하였지만 목적지에 도착하지 못했다. 필자는 몇 년 전에 이에 관해서 보고한 적이 있었다.[53]

··· 8톤의 의약품이 특별하게 미국과 영국 소속기구 마크를 달고 영국구호품수송단의 에버트 바거와 필립 라이트에게 맡겨져 연안으로 향했다. 바거와 라이트는 ··· 총통(장개석)이 동의했다고 얘기했다. 그러나 섬서성 삼원현에서 더 이상 가지 못하고 저지당했다. 이 현에 있는 영국침례교회에 짐을 맡기고 그들은 다시 당국과 교섭을 시작했다. 국민당은 결국 의약품은 유격대병원에 가져갈 수 없기 때문에 중앙육군병원에 넘겨주라고 그들에게 제안했다. 드디어 그들은 중국군은 어디에 있어도 중국군이라고 말했다.

그러나 이 물자들은 중경의 육군병원에 보내지 않았다. 언쟁이 계속되는 동안에 삼원지방당국이 영국침례교회에 압력을 가해 전도활동을 위협하면서 그 의약품을 빼앗아갔던 것이다. 후에 우리는 그 의약품이 서안에 있는 개인약국에서 암시장가격으로 팔리고 있는 것을 목격했다.

의약품수송이 이같이 봉쇄된 결과 수천 수만의 사람들이 죽어갔다고 해도 과언이 아니다 ··· 외국인 기자들(그 중에는 필자도 포함되어 있다)이 1944년 해방구를 방문했을 때 삼원현에서의 의약품 몰수는 그 상징적 사건이었음을 그들은 눈으로 보았다 ··· 사람들은 이것이 화제가 되자 자신의 동지들이 간단한 외과용구나 몇 알의 설파제가 없어서 죽어갔다는 것을 생각하며 분노와 비통함에 치를 떨었다 ··· 손문 부인이 아주 인상적으로 언급했듯이, 국민당은 중국을 가로지르는 허구의 선을 긋고 그 한쪽은 항일전의 부상병을 잘 간호해주고 다른 한쪽은 치료받지 못하게 했던 것이다.[54]

여기서 필자는 당시의 활동과 상황에 관한 개인적인 기억을 언급하고자 한다.

내가 송경령으로부터 홍콩의 동맹본부의 홍보를 맡아달라는 부탁을 받은 것은 1938년말경이었다. 나는 당시 UP통신사에 소속되어 있었는데 UP는 일본이 중국과의 전쟁에 사실상 승리할 것이라고 믿고 중국담당기자를 정리하기 시작하여 나도 해고를 당했다. 그래서 송경령의 추천으로, 영자신문인 홍콩일간신문사에서 편집일을 맡아보고 있었다. 이 때문에 생계도 유지하고 남는 시간과 정력을 보위중국동맹에서 자원봉사자활동도 할 수가 있었던 것이다.

송경령이 이끄는 단체의 일원이 되었다는 것은 나로 하여금 역사의 주류와의 일체감을 느끼게 했다. 보위중국동맹이 했던 것은 어떠한 것도 송경령 자신과 마찬가지로 원칙성이 선명했고, 활동은 통일전선 방식으로 해나갔다. 보위중국동맹의 임무는 그녀가 자주 그리고 솔직하게 말했던 것처럼 단지 인도주의적 구제사업만이 아니고 중국인민의 항전사업에 봉사하기 위한 것이었다.

동맹은 당시 해외에서 극히 일반적인 견해였던, 중국에 대한 구제원조는 중국 땅에 외국단체가 희사하는 자선적 비품이나 혹은 영향력을 갖거나 은혜를 입히는 도구라고 하는 견해를 거절했다. 동맹은 하나의 새로운 개념, 즉 기증자와 수혜자의 관계는 공동의 적인 파시즘에 함께 반대하는 대등한 관계여야만 한다는 개념을 개척했다.

동시에 보위중국동맹은 중국국내에서는 외국의 구호단체와의 제휴를 독점하려고 하는 국민당 정부의 음모와 싸웠다. 송경령과 함께 동맹은 다음과 같은 인식을 가지고 있었다. 현정권은 중국국민을 대표하지 않을 뿐 아니라 그들을 압박하고 굶주리게 했으며, 침략자에 대항하여 적극적으로 싸우기보다는 오히려 침략에 대항하여 싸우는 사람을 방해하는데 더 적극적이었으며, 자금이나 보급품들을 배분할 때도 일본에 대항하여 가장 적극적으로 싸우는 군대를 차별대우하거나 배척했다고 생각하였다. 더군다나 국민당 관리들은 종종 구호품을 훔치거나 심지어 그들 소속부대에서 훔쳐서 개인적 이익을 목적으로 시장에다 고가로 팔기도 했다.

그리하여 동맹은 "중국국민이 스스로를 도울 수 있도록 원조하라"는 구호를 내걸고 스스로 구호물자 분배의 수탁자가 되었다. 이와 같이하여 보위중국동맹을 거쳐 보내지는 원조는 반드시 정말 필요한 곳에 보내졌으며 만약 기증자가 먼저 분배할 곳을 지정할 경우에는 엄밀하게 그 기부자의 희망대로 배분해주었다.

송경령은 금전이나 물품취급에 있어서는 매우 신중했다. 액수의 고하를 막론하고 기증된 모든 것에는 스스로 서명한 영수증을 발행했다. 칼슨(Carlson)은 이렇게 썼다.[55]

그녀의 독수리같이 빛나는 눈 아래서는 부도덕한 관리의 호주머니로 자금이 흘러 들어가는 일은 있을 수 없었다.

송경령이 이끄는 동맹은, 중공지휘하의 8로군과 신사군을 공공연히 지지하는 것을 포기하게 하거나 약화시키거나, 공개적으로 하지 못하도록 하려는 모든 압력에 대해 저항했다. 8로군과 신4군 구역에 동맹은 국제화평의원의 건설과 확충을 원조하고 또한 전쟁고아나 부모가 전선에서 싸우고 있는 아이들을 위한 아동보육원을 후원했다. 그 가운데 하나는 연안의 황토동굴에 지어진 것으로서 '로스앤젤레스탁아소'라고 불렸다―그것은 미국 로스앤젤레스에 사는 중국인의 기부금으로 설립된 것이기 때문에 그렇게 명명되었던 것이다. 연안에서는 <항대(抗大)>(항일군정대학)와 <노신예술학원>도 또한 보위중국동맹의 원조를 받았다. 이들 학교는 어느 것도 애국정신뿐만 아니라 세계적 반파시즘 투쟁정신에서 항전을 추진하는 문화활동자들을 육성하는 것이었다.

송경령과 보위중국동맹은 어깨를 나란히 하고 싸우는 가장 직접적인 방법으로서 국제적인 연대를 육성하는 것이었다. 이것은 베순의사와 인도의료대에 대한 보위중국동맹의 지지라는 형태로 표현되었다. 몇 해전의 일이지만 미국인 조지 해텀(馬海德)이 8로군의 전신인 중국 홍군의 의료활동에 참가한 것도 그녀의 소개에 의한 것이었다. 그는 처음 에드가 스노우와 연안으로 가서 그대로 머물렀으며 반세기 이상이나 중국에서 활동하였다. 해텀은 보위중국동맹의 연안주재통신원이 되어 베순의 전방활동과도 연락을 취했다.

인도의 코트니스 의사가 베순의사를 대신하여 적 후방에 있는 국제화평의원 원장에 취임하기 전에 또 한사람의 의사가 그 직에 임명되었다. 체코인 외과의 프레데릭 키쉬(Frederick Kisch)가[56] 바로 그 사람으로 스페인의 노련한 의사 베순과 마찬가지로 스페인의 반파시즘 전선에 참가한 일이 있다. 그가 해방구에 가는 것을 국민당이 방해했다. 그와 마찬가지로 해방구에 들어가 활동하고자 원하면서도 봉쇄 때문에 가지 못한 반파시스트 의료활동가는 그 외에도 20명 정도가 있었다. 그들은 '스페인의료단'으로 알려져 있지만 사실은 이전에 스페인국제여단과 함께 활동한 외국인 의료활동가들로서 독일인, 헝가리인, 체코인, 폴란드인, 루마니아인, 오스트리아인들로 구성되어 있었다. 후에 그들은 국민당지배하의 항일전선에서 적십자회 의료구원대로 배속되어 거기서 공산주의자로서 통일전선에 입각하여 훌륭한 봉사를 했다.

모든 통일전선이 그러했던 것과 마찬가지로 동맹이 방해나 좌절에 부딪힐 때 송경령은 동맹을 격려하여 더 많은 노력을 발휘하게 했다. 그녀는 또한 해외에 있는 사람들에게 전시중국의 복잡한 현실을 보다 잘 이해시키기 위해 선전을 좀 더 충실히 해야 한다고 스태프들에게 권했다.

보위중국동맹이 항상 의약품을 공급해주고 있던 신사군이 1941년초 국민당의 공격을 받아 해산 선고를 받았을 때도 전술한 바처럼 동맹은 그 진상을 세계에 이해시키는 데 중요한 역할을 했다. 행동면에서 보위중국동맹은 공식적으로 해산 명령을 받은 이 군대를 지지하고 의료봉사를 계속했다. 이 때문에 신사군은 대일작전을 일층 강화하였다. 한가지 방법으로서 공급물자는 상해의 외국인 조계에서 세심한 주의를 하며 구입하여 교묘하게 지하조직을 통해 일본군점령지역내를 비밀리에 수송했다. 이 목적을 위해서 보위중국동맹을 지지하는 중국인·외국인 그룹은 진주만공격때까지 상해에서 활동했다(이 동맹의 미국인 회원으로서 송경령의 친구였던 YWCA 총간사 타리사 거라크(Talitha Gerlach)의 아파트가 주로 그 거점이 되었다). 신사군의 위생부장 심기진(沈其震) 의사는 이러한 준비를 위해 전후 세번이나 몰래 왕래했다. 진주만 폭격 전날 그는 같은 목적으로 세번째로 홍콩에 와 있었다.

홍콩에서는 송경령의 독특한 지위 때문에 보위중국동맹을 중심으로 하는 통일전선의 형성은 성공했다. '국모'로 어린 학생들에게까지 알려져 있던 손부인이었기 때문이며 그녀는 국민당의 가장 악명 높은 반동파로부터도 직접적으로 쉽게 공격당하지는 않았다. 언제나 은밀하고 간접적인 중상이나 유언비어는 있었지만, 그녀의 잘 알려진 품격과 개인의 비범한 매력 때문에 그런 일은 오히려 그것을 한 장본인들에게 되돌아갔다. 사회 각 계층 사람들은, 물론 그들의 관점이 만화경처럼 다양하겠지만 그녀와의 접촉을 모두 영광으로 생각했다.

그러나 만약 그녀가 특별한 정치적 감각과 수법이 없었다면 이같이 유리하고 독특한 조건조차도 그녀가 선택한 사업에 사람들을 충분히 굴복시키게 하지 못했을 것이다.

송경령은 통일전선이 보위중국동맹의 실제적인 구제활동에 반영되도록 기대했다. 동맹은, 한편으로는 봉쇄 당한 해방구를 원조하기 위해 끊임없이 분투하면서 다른 한편으로는 민족항전에 유익한 다른 사업을 원조했다. 국공 양당의 지배구역에서 발전하고 있던 중국공업합작사와 국민당구역에서 활동하고 있던 중국적십자회의 의료구제대에 대한 일이었다. 그 폭넓음은 국민당이 자기관할 외의 것을 차별하여 처리한 것과는 매우 대조적인 것이었다.

홍콩에서 송경령은 모든 분야의 사람들에게 지지를 구하고 기부금품을 모집했다. 그 중에는 중국과 외국의 정치가·관료·은행가·상공업자가 포함되어 있었다(송경령이 초대하면). 언제나 보위중국동맹 행사에 모습을 보인 사람은 홍콩총독인 조프리 노스코우트(Geoffrey Northcote) 경이었다. 전술한 것처럼 영국인 산업가 존 소니크로프트 경은 수술실을 갖춘 대형 최신구호차를 국제화평의원에 기증하였다. 그리고 극동에 상선선단(船團)을 가지고 있던 노르웨이인 에릭 몰러(Eric Moller) 씨는 거액을 기부했다.

홍콩에 있는 중국인 부자들에 대해서 보위중국동맹의 전 위원인 허내파(許乃波)는 중국공업합작사 지원 모금집회에서 그가 목격한 광경을 유머를 섞어 얘기했다.

요몽성의 어머니는(솔직한 하향응) 로버트 호 경(Sir Robert Ho; 홍콩의 중국인 고관)의 사위 라문면(羅文錦)의 오른쪽 손을 붙잡고 한마디 한마디 말을 글로 써서 기부금액을 쓰도록 강요했다! 그를 이어 유명인사들이 장사진을 이루며 기부를 신청하여 합작사를 위한 실질적 모금은 대수확을 거두었다.[57]

이것은 당시 중국에서 유행한 애국적 구호인 "힘있는 자 힘을 내고 돈 있는 자 돈을 내라"를 체현한 것이라고 말할 수 있다. 요중개 부인은 힘으로써 돈을 끌어낸 것이었다. 그러나 그것을 거절하기 어렵게 한 것은 송경령의 존재였다.

홍콩의 부유한 집 부인들이나 홍콩에 집을 가지고 있는 국민당 요인 부인들은 보위중국동맹의 자원봉사자로서 활동에 참가했다. 그것은 손 부인과 함께 일하는 것은 영예라고 생각하였기 때문이다. 그녀들은 많은 골동품이나 예술품을 기부하기도 하고 모금을 돕기도 했다. 서화나 골동품은 미국과 프랑스의 우호단체에 의해 경매되어 수익금은 동맹의 자금으로 했다. 불행하게도, 송경령이 엘리노어 루스벨트 부인에게 취지를 전하고 루스벨트 부인 스스로도 호응을 하였음에도 불구하고 미국은 부쳐져오는 이들 물품에 대해 수입관세를 면제하는데 동의하지 않았다. 프랑스는 면제해주었지만, 곧 전쟁에 휩싸이게 되어 물품은 매각되지 못한 채 주불중국대사관에 산적해 있게 되었다. 후에 고유균(顧維鈞) 대사 부인의 노력으로 홍콩으로 되돌려올 수 있었다.

영국의 기사(knight) 작위를 가진 홍콩최대의 중국인 부호의 딸 에바 호 퉁(Dr. Eva Ho Tung) 의사는 기초적인 의료활동으로 열심히 봉사했다. 국민당우파 요인인 호한민의 딸 호목란은 물자를 상자에 넣어 포장할 때나 분류할 때는 쉼없이 열심히 일했다. 송경령 자신도 그러한 일에는 스스로 모범을 보였다. 키가 작고 검은 피부를 가진 요몽성과 키가 크고 하얀 얼굴을 한 호목란이 송경령과 함께 일하고 있는 것을 보면 뭔가 상징적이었다. 몽성과 목란의 부친들은 옛날 서로 격렬한 정적이었기 때문이다. 항전중의 이같은 광범위한 민족 단결에 있어서 송경령은 일종의 가교역할을 하였던 것이다.

형세의 추이에 대처할 때도 보위중국동맹은 흔들리지 않고 원칙을 고수했다. 그러나 이것이 동맹을 고립시키지는 않았다. 그것은 송경령이 1941년 국민당의 신4군 공격을 비난한 후 동맹의 명예회장 송자문의 사임을 초래한 위기상황에서 증명되었다. 이때 서둘러 그녀는 내외의 찬조자들로 새로운 기구를 만들었다. 중국인으로는 손문의 아들 손과와 크리스찬 제너럴 풍옥상, 인도인으로는 자와할랄 네루와 국민회의파 의료사절단의 전 단장인 아탈 의사, 미국인으로는 위대한 흑인 예술가이며 자유의 투사인 폴 로브선과 중국에서 태어난 소설가 펄 벅, 그리고 ≪타임≫지 발행자이며 실업계의 거물인 헨리 루스의 아내인 클레어 부스도 찬조자가 되었으며(나중에 이 부부가 극단적인 냉전지지 태도를 보였음을 생각하면 이상한 일이다) 또한 독일인으로는 유명한 작가로서 히틀러에게 추방당해 망명한 토마스 만도 참가했다.

　　국제적인 공식 무대에서는 '극동의 뮌헨'과 근접해가는 신중한 시기에 송경령은 장개석과의 화해를 권고 받았지만 그것은 무원칙적이라고 깨끗이 거절했다. 그녀에게 이것을 제의한 사람은 그녀와 개인적으로 친교가 있던(그녀에게 압력을 가하기 위해 그가 선택된 이유는 아마 여기에 있었다) 주중영국대사 아키발드 클라크 커 경(Sir Archibald Clark-Kerr)이었다. 그녀의 단호한 거절은 영국통치하의 홍콩에서 보위중국동맹의 활동을 어렵게 했을지도 모른다. 그러나 그후에도 그녀와 동맹은 그들의 접근범위를 좁히지 않고 홍콩당국과의 관계에 불필요한 마찰을 피해가면서 이해를 공유하는 모든 영역을 계속 이용했다. 그러나 영·일의 모순이 다시 첨예화함에 따라 중·영 쌍방 관계는 필연적으로 개선되게 되었다.

　　홍콩의 최상층부의 협력을 얻었지만 그들의 의견에 차이가 있었다는 것은 지적하지 않을 수 없다. 송경령은 직접적으로 논의하지는 않았지만 공개적인 담화가 있을 때에는 자신이 원하는 점을 강조했다. 1941년 중반에 영국은 독일과 이미 교전 중이었지만 아직 일본과는 전단을 열지 않고 있었을 때 홍콩 총독 조프리 노스코우트 경은ㅡ그는 언제나 보위중국동맹에 우호적이었지만ㅡ보위중국동맹의 모금활동에 찬동하고 다음과 같이 말했다.

자연적이거나 인위적인 침해를 받아 피해 입는 불행한 사람들과 이 원조 받지 못하는 사람들을 위한 사업은 전폭적인 지원을 받을 가치가 있는 것입니다. 이것이 이번 활동의 목적입니다.

같은 행사에서 연설한 송경령은 그와는 상반되는 어조로 얘기했다. 그녀는 중국인민을 단순한 희생자나 힘없는 사람이 아닌 공동의 적 파시즘에 대항하는 투사로 표현하며 이러한 그들을 지원해야 한다는 견해를 보였다.58)

이번 달에 영국에서는 적의 폭격위협에도 불구하고 영국의 중국구원위원회는 중국의 의료구제사업자금을 위한 대대적인 모금운동을 전개하고 있습니다 … 그리고 이번 주 필리핀에서는 중국항전 4주년을 기념하는 유사한 모금운동이, 우리들이 홍콩에서 전념하고 있는 중국인 전쟁난민의 자급자족을 지원하는 운동과 같은 목적으로 벌어지고 있습니다 … 중국의 투쟁을 원조하기 위하여 ….

송경령의 개인적인 친분관계와 또한 그것을 세심한 배려와 온정으로 오랫동안 유지해온 능력은 보위중국동맹의 기반을 넓히는 데 중요한 역할을 했다. 미국에서 동맹을 위한 모금활동을 자원해온 사람들 중에는 경령이 학생시절부터 알고 있었던 알리 만 슬리프가 있었다. 송경령이 친구에 대한 소홀함으로 친구를 잃어버렸다는 기록은 없다. 그녀가 주고받은 많은 서신들이 증명하듯이 경령은 아무리 바빠도 편지를 받은 날에 답장을 했으며 늦어도 2~3일 이내에 답장을 했다.

송경령은 친구들이나 아는 사람들에게 그녀의 의견에 대해 그들이 보다 빨리 동의하거나 받아들이기를 요구하지도 기대하지도 않았으며 또한 대응이 느리거나 마지못해하는 경우에도 무시하지 않았다.

그러나 그녀는 그녀가 견지하고 있는 모든 것에 적대적이거나 그녀가 기꺼이 준 우정을 이기적이거나 겉으로 드러나지 않는 목적으로 잘못 전하거나 오용하는 사람과는 관계를 끊었다. 그 한 예가 임어당 박사였다. 임어당은 1930년대에는 중국민권보장동맹에서 송경령의 동료였으며

1940년대에는 미국에서 베스트셀러작가가 되었다. 그가 미국에서 귀국했을 때 이 전쟁이 끝날 때까지 그는 "우리국토 우리국민"(그의 가장 잘 알려진 책제목)과 함께하지 않으면 안된다고 크게 선전했다. 이러한 가운데 임어당은 귀국도중에 홍콩에 들러 경령을 방문했다. 그녀도 또한 그의 이같은 자세를 받아들여 그와 만나게 되었다. 처음에는 충심으로 마음을 열어 말하며 그녀는 그에게 보위중국동맹활동에 대해 소개했다.

그러나 유명해지고 부자가 된 작가는 어떠한 격려도 표하지 않았고 전혀 지원도 해주지 않았다. 도리어 자신을 도와달라고 동맹에 요청을 했다. 그것은 미국에서 실어온 그의 멋진 최신형 자동차를 의약품 화물의 일부로서 무관세로 함께 호송하여, 중경까지 운반할 수 있게 해달라는 것이었다.

"우리가 당신 차에 의료비품을 적재해도 되겠습니까?"라고 송경령은 바로 물었다.

"차내의 좌석을 더럽히거나 손상을 입힐지도 모르기 때문에 싣지 않는 것이 좋겠습니다"라고 임어당은 얼굴색이 변하며 말했다. 이 대화는 임어당의 우아한 사교성과 기지를 가지고서도 도저히 만회할 수 없을 정도로 실패로 끝났던 것이다. 곧 그는 헤어지는 인사를 하고 잊을 수 없을 정도로 냉소적인 송경령의 시선을 등으로 느끼며 자리를 떠나야 했다.

보위중국동맹의 협력자들에 대해서 송경령은 지위의 고하를 막론하고 따뜻하고 민주적이었으며 어떠한 사람들에게도 대등함과 편안함을 느끼게 했다. 동맹의 주례모임은 홍콩 시모아 로(路) 201호의 비좁은 본부에서 열렸다. 활동자료나 문서류가 산적해 있는 책상 사이에, 때로는 분류처리를 기다리는 구호물자들이 바닥에 산더미처럼 쌓여 있는 가운데서 회의는 매우 친밀하고 격식 없이 열렸다. 모인 멤버들은 국적도 출신계층도 연령도 모두 달랐다. 그 가운데 필자가 23세로 가장 젊었다. 송경령은 사회를 맡았지만 결코 자신은 얘기를 하지 않고 위원회 위원이든 활동가든, 모든 참석자들의 견해를 듣고자 했다. 그녀 자신의 생각은 모든 의견이 다 얘기되고 난 뒤 마지막쯤에 언제나 발언했지만 그것을 결론으로 하는 것이 아니었다. 열린 분위기가 보장되었고 그녀의 견해에 반대하는 의견이 나오거나 새로운 견해가 발표될 때도 그녀는 조금도 곤혹스러움을 보이지 않았다. 필자는 그녀가 언성을 높인 것을 기억하지 못한다. 그녀가 말하는 것은 명석하고 실제적이어서 의견이나 판단만으로 끝나지 않고 언제나 구체적인 행동과 행동일정을 제안했던 것이다.

그녀가 보위중국동맹 활동에 특별손님으로 맞이했던 사람은 VIP인 경우가 많았지만 보통사람들이었다. 중국상인조합사람들이 개인적으로나 단체로 기부금품을 가지고 방문했다. 외국노동조합원들－미국이나 다른 나라 선원들이 홍콩으로 항해도중에, 혹은 본국항구의 선원조합청에서 동료들로부터 모은 몇십 달러, 많아야 백 달러쯤되는 돈을 가지고 왔다. 그 중 한 사람인 존 코미어(John Cormier)라는 이름을 가진 미국인은 배가 홍콩에 들어올 때마다 모금한 것을 가지고 왔다. 이같은 방문객들은 종종 머물며 이야기를 하기도 한다. 그들은 일본군 후방에서 하고 있는 유격전에 매우 관심을 보이고 동료선원들이나 친구들에게 배포해주기 위해 ≪보위중국동맹신문통신≫이나 그 외의 자료를(인쇄물들을) 가지고 갔다.

송경령의 노동자에 대한 감정은 이론적이거나 수사적인 것이 아니었다. 그것은 행동 가운데서(1925년에서 27년까지의 대혁명중에 광주나 홍콩에서 있었던 총파업이나 농민운동을 통해서) 대중과의 계속된 접촉에 의해 생겨난 직접적이고 강렬한 것이었다.

필자는 홍콩에서 있었던 작은 사건을 잊지 못한다. 송경령은 미국에서 돌아오는 친구를 마중하기 위해 구룡(九龍) 부두에서 자기와 합류해달라고 부탁했다. 나는 늦게 도착하여－내 실수 중 하나였다－케이블과 운반차가 당겨지고 밀리며, 부두노동자들이 화물을 쌓고 있는, 복잡하게 붐비는 한가운데서 그녀 혼자 서 있는 것을 발견했다. 나는 이렇게 사과했다. "여기서 외로이 당신을 혼자 기다리게 해서 대단히 죄송합니다". 그녀는 누구에 대해서도 시간을 지키지 않는 것을 싫어했다. 그러나 나의 사과를 듣지 못한 듯이 그녀는 대답했다. "나는 혼자라고 느끼지 않았어요. 내 주위에는 노동자들이 있었으니까요". 부유하게 자랐고 명사 중의 명사였지만 그녀의 마음은 민중과 함께 있었음을 의심할 수 없다.

그녀의 허세부리지 않는 성격에 활기를 더해주는 것은 작은 요정 같은 장난끼였다. 한번은 나와 미국인 청년교사 도널드 알렌(Donald Allen; 광주의 영남대학 출신으로 거기서 보위중국동맹에 가입했다)은 두 사람이 함께 빌린 아파트에서 우리들이 직접 요리한 점심식사에 그녀를 초대했다. 그녀는 그 초대에 기꺼이 응해주어서 우리는 기뻤고 의기양양해 했다. 그러나 우리는 식탁보가 없다는 것을 너무 늦게 알게 되었다. 그래서 깨끗한 침대시트로 임시변통을 했다. 식사를 마치고 우리 요리솜씨에 대해 과분한 칭찬을 한 뒤 동맹의 문제들에 대해 조금 이야기하다가 그녀는 눈을 가늘게 뜨고 미소를 지으며 즐겁게 얘기했다. "당신들 중 어느쪽이 이 식탁보를 덮고 잤소? 난 아까부터 궁금했다오". 아무런 당황스러움도 없었고 우리는 모두 함께 웃어버렸다―한 명의 세계적인 인물과 두 명의 평범한 젊은이들이.

그녀의 쾌활함은 또 다른 식탁의 '위기'에서 그 진수가 발휘되었다. 영국의 윈스턴 처칠 수상이 이끄는 전시연립내각에서 장관이 된 노동당요인인 스태퍼드 크립스 경(Sir Stafford Cripps)이 홍콩에 들러서 그녀를 방문하겠다고 의사를 표해왔다(그는 자와할랄 네루가 소개했다).[59] 작은 중국식 연회가 그녀의 집에 준비되었다. 그때 돌연 요몽성이, 크립스는 채식주의자라는 황당한 소식을 가지고 왔다. 고기요리를 서둘러 치우고 대신 야채요리로 대체했다. 이번에는 더욱 나쁜 소식이 들려왔는데, 그는 생식 채식주의자라는 것이었다. 송경령은 두 손을 놓고 큰소리로 얘기했다. "그러면 우리는 그를 잔디로 데려가서 풀을 뜯게 하지 않을 수 없군요!" 물론 재빨리 만든 샐러드로 그가 풀을 뜯는 일은 없었다. 키가 크고 여위었으나, 엄숙해보이는 크립스는 인사를 나누고 여러가지 문제에 대해 관심을 보이며 얘기했는데 그 동안 그는 식탁 위에 뭐가 나와 있는지 거의 쳐다보지도 않았다(몇 년인가 후에 그의 부인 이사벨은 영국연방중국지원회 회장으로서 송경령의 구제사업에 많은 원조를 해주었다).

중국공업합작사운동 지원

송경령이 홍콩에 있는 시기에 그녀의 중국공업합작사에 대한 지원은 특수한 위치를 점하게 되었다. 공업합작사 운동은 경제적인 생산력을 높이고 민주주의를 촉진함으로써 중국의 일치단결에 의한 항전을 지원하기 위한 것이었다. 그것은 많은 헌신적인 조직자와 기술자를 흡수하고 있었는데 그 발기인 중에는 송경령의 오랜 외국인 친구 헬렌(님 웨일즈)과 에드가 스노우, 레위 앨리가 있었는데 그들의 뛰어난 신념과 왕성한 정열을 공업합작사의 기반형성에 쏟아부었다. 공업합작사는 수많은 공장노동자를 그 기술과 설비, 공구류와 함께 일본군 점령지로부터 항전지역의 생산활동이 가능한 곳까지 옮기는 데 성공했다. 아울러 현지에서는 그들이 필수품을 제조하면서 생계유지도 보증받았다. 또한 합작사는 현지 전쟁 난민을 훈련시켜 그들이 자력갱생할 수 있도록 하였다. 그 운영상의 원칙은 모든 사원들이 생산활동에 발언권을 가지고 적당한 책임을 분담하였다. 이것은 해방구의 일반적인 작품과 상통하는 것이었지만 국민당 통치구에서는 전례가 없는 것이었다.

이 운동의 준비단계부터 충실하게 지지해온 송경령은 먼저 보위중국동맹 활동을 통해서 합작사를 위한 자금을 모집했다. 그리고 동시에 중국공업합작사 국제위원회 명예주석을 겸임했다. 이 국제위원회는 1939년에 홍콩에서 설립된 것으로 경령의 친구로서 중국의 우수한 학자이며 사회활동가였던 진한생(陳翰笙)이 사무국장을 맡았고 공공심이 많은 홍콩 공인회계사 진을명(陳乙明)이 재무를 담당했다. 외국인위원에는 앨리와 스노우 부부 외에 자유로운 사상을 가진 홍콩성공회 주교인 로널드 홀(Ronald Hall)과 중국에서 태어난 미국인 사회활동가며 작가인 아이다 프루트(Ida Pruitt)가 있었다. 프리트 여사는 후에 미국에서, 엘리노어 루스벨트 부인을 명예회장으로 하는 '공업합작사' 지원위원회를 결성했다.

미국 해병대장교인 에반스 칼슨은(송경령에 대한 그의 찬사는 이미 인용하였지만) 군대를 그만두고 합작사운동을 위해 일하려고 민간인으로 되돌아가 공헌했다. 진주만폭격 이후 다시 군복무를 시작한 그는 미해병

특공대를 지휘하는 준장으로서 태평양전쟁의 유명한 영웅이 되었다—그의 부대는 중국 8로군의 정치활동에서 배운 교육방법을 채용한 미국군 사사상 유일한 부대였다. 특공대의 전쟁터에서의 유명한 구호인 "궁호(工合=함께 일하자)"는 중국공업합작사에서 유래한 것이었다.

공업합작사의 급속한 성장은, 개혁가로 보이기를 원하는 다른 송씨 일가사람들로부터 명목상의 지원을 얻어내게 했다. 중국의 당시 상황으로는 그 조직 자체도 국민당내의 유력한 옹호자를 필요로 했다. 그렇지 않으면 조직은 살아 남을 수가 없었다. 이 때문에 그것은 가치를 가지고 있었다—정객·건달, 참견자·감독자를 구성원으로 하는 기생적, 관료주의적, 중복적 행정기구 조직 속에서 장개석의 재정부문 총수이며 그리고 송경령의 형부인 공상희를 이사장으로 앉혔다.

이와 같이 빌붙어먹는 사람들의 방해로부터 합작사를 보호하고 최초의 특성과 추진력을 유지하며 앨리(국민당은 언제나 그를 쫓아내려고 했지만)가 하는 현지활동을 지원하고 또한 해방구에서도 공업합작사가 모금한 돈을 당연히 분배받을 수 있도록 보장하기 위하여 송경령을 주석으로 하는 공업합작사 국제위원회가 설립되었던 것이다. 국민당이 공업합작사운동에 종사하는 진보적인 사람들을 추적하여 체포하기 시작했을 때 이 위원회는 그들을 보호하기 위하여 최선을 다했다. 때로는 성공했지만 그들 가운데 몇 명이 살해되는 등 성공하지 못할 때도 있었다.

1939년말 홍콩방송국 ZBW에서 행한 라디오방송연설에서 송경령은 이러한 공업합작사와 그 건전한 발전과정에서 인정된 의의를 명확하게 지적했다.[60]

… 중국의 공업합작사운동은 현재 황금기를 맞이하고 있습니다. 겨우 1년이란 기간에 1200개 이상의 공업합작사가 조직되었습니다 … 이는 중국뿐만 아니라 세계를 위해서도 유익합니다. 그래서 세계 각국 사람들의 원조를 얻게 되었습니다 … 공업합작사운동은 동방의 노동력은 가치가 낮다는 전통을 극복할 수 있었습니다. 그것은 또한 노동자에게 이익이 되는 것입니다. 이 운동의 목적은 인간 개조에 있으며, 경제의 개선에 있으며, 민주적인 교육에 있기 때문에 중국에는 공업합작사운동에 필적할 만한 것은 다른 어떤 운동도

없습니다.

1940년 송경령이 자매와 함께 중경과 성도를 여행하였을 때 그녀는 이르는 곳마다 모든 공공장소에서 공업합작사에 대한 지지를 호소했다.

1941년 여름, 송경령은 공업합작사를 위해 국제적인 참가를 위한 "한 그릇밥운동"을[61] 발기했다. 수천 수만의 기부자가 단지 밥 한 그릇만을 먹을 뿐인데 여러 코스의 레스토랑 요릿값을 지불하고 그 차액을 공업합작사를 통해서 재해난민의 구제에 쓰자는 것이었다.

개회인사에서 그녀는 다음과 같이 말했다.

　　이것은 성금모금일 뿐만 아니라 … 하나의 사업을 위한 … 희생의 상징입니다. 그 사업이란, 공업합작사가 난민과 부상병을 조직하여 경제전선을 강화하고 생산으로 국가를 구하며 사람들이 스스로를 구하도록 돕는 생산활동을 원조하는 것입니다. 이것은 가장 효과적인 구제의 방법입니다. 공업합작사는 민주적인 조직입니다. 그러므로 이를 위한 모금운동은 민주주의를 위한 캠페인인 것입니다.

* 　　 * 　　 *

어린이들을 구제하고 육성하는 문제도 그녀의 지속적인 관심사였다. 1938년 홍콩에서 보위중국동맹이 맨처음으로 발행한 삽화가 든 전단에서 경령은 전쟁으로 수난받는 아동들을 구제할 것을 전세계에 호소했다.[62] 어린이들은 부모의 희생의 바탕 위에서 새로운 중국을 건설할 우리의 미래를 대표하고 있기 때문에 잘 보살펴야 한다고 하면서 "우리 투사들의 아들·딸 세대가 잃어버린 세대가 되어서는 안된다"고 그녀는 썼다.

송경령은 이 방면에서도 보위중국동맹을 통해서만 활동한 것이 아니었다. 홍콩의 중국전쟁고아구제협회는[63] 그녀를 명예고문의 한사람으로 추대했다. 대부분의 다른 고문은 언니 송애령, 동생 송자문과 같은 국민당요인이든지 홍콩지역명사들이었다. 그러나 실제 활동을 한 사람은 하향응과 그의 딸 요몽성, 그리고 소술형(진한생 부인)과 같은 좌파사람들이었다. 1939년 9월 유럽전쟁 발발 후는 활동의 일부를 내지로 옮길 계획을 세웠다.

송경령의 모금활동이 어떤 형태를 띠었던 간에 그것은 모두 반파시즘과 민족해방과 관련이 있었다. 이것은 문화영역에서도 확실하게 표현되었다. 보위중국동맹이 주최하여 중국과 외국의 연극 및 영화 자선공연이 이루어졌다. 그 가운데는 중국어로 번역된 희곡으로 독일의 반나치작가 에른스트 톨러(Ernst Toller)의 『홀 목사(Paster Hall)』와 프리드리히 울프(Friedrich Wolf)의 『맘록크 교수(Professor Mamlock)』가 있다. 또한 영어판 영화로는 할리우드(워너브라더스)의 <후아레스(Juarez)>가 있는데 이 영화에서는 멕시코 독립의 선구적인 투사 후아레스 역으로 폴 무니(Paul Muni)가 주연을 맡고 있다. "이 영화는 우리들의 사업을 알리는 훌륭한 선전이 됩니다. 이 당시의 멕시코의 일반적인 상황이 현재 우리들이 놓여 있는 상황과 많은 점에서 유사하기 때문입니다"라고 송경령은 친구에게(64) 편지를 썼다. 또한 당연한 일이지만 중국항전의 실황을 전하는 기록영화를 상영해야 만했다. 이 분야에서는 세계적으로 유명한 네덜란드 감독 조리스 이벤스(Joris Ivens)에 의한 <4억 인>이 제작되어 미국의 영화스타 프레데릭 마취가 해설을 취입했다. 그러나 이 영화는 홍콩영국정청의 검열을 통과하지 못했는데, 당국은 일본의 항의를 두려워했기 때문이다.

송경령을 원조하고 홍콩에서 그녀에 의해 도움을 받았던(그 당시 거기서의 그들의 생활은 매우 어려웠다) 많은 연극배우나 음악가들은 장래 인민공화국에서 각각의 분야에서 선구자들이 된다. 극작가로서 감독인 하연(夏衍), 양한생(陽翰笙)과 구양여청(歐陽予倩), 바이올린 주자이며 작곡가인 마사총(馬思聰), 트리니타드에서 태어난 무용가 대애련(戴愛蓮) 등이었다. 대애련은 영국의 램버트와 쥬스발레단에서 공부하고 그들과 공연도 했으며 후에 신중국에서 새로운 무용을 개척하여 선구적인 안무가가 된다. 보위중국동맹을 위해 포스터를 그려 동맹의 후원으로 전시회를 열었던 화가 중에는 엽천여(葉淺予)와 정총(丁聰) 등이 있다. 1924

년에서 27년까지의 대혁명기에 외교부장이었던 진우인의 아들 재크 진 (진의범)은 연안에서 가져온 투쟁을 반영하고 인심을 분기시키는 목판화를 자신의 그림과 만화와 함께 진열하여 전람회를 열었다.

혁명문화와 혁명전통을 발전시키기 위해 1941년 홍콩에서 중국신문학의 선구자 노신 서거 5주년과 혁명가 등연달 순국 10주년을 함께 기념하는 행사가 거행되었다. 이같은 활동을 통하여 송경령은 시종 중심적인 역할을 했으며 두사람을 위한 감동적인 헌사를 썼다.

*   *   *

1941년 여름 나치가 소련을 침공한, 세계적으로 영향을 미치는 사건이 발생하였다. 여기에 관해서 ≪보위중국동맹신문통신≫은 이렇게 썼다.

현재 직접적인 문제는 명확하다 … 한쪽엔 파시스트 침략자가 있고 , … 그들의 반대쪽에선 최종적으로 단결하여 미증유의 힘을 발휘하는 능력을 가진 민주세력들이 있고 … 함께 제휴하면 파시즘을 타도할 수 있다 … 지금까지 극동전선에서는 중국이 단독으로 침략군을 저지해왔다 … 소련이 중국항전의 최선의 지지자였던 전쟁 초기에 … 서양의 민주열강들이 취한 애매모호한 태도는 동양에서의 전쟁을 봉쇄시켜버리고 고립화시키려 했다.

또한 중국에 있어서도 여전히,

고위군관을 점하는 사람들 중에 추축국측에 대해 동정하는 자가 있고 모스크바 함락이나 중국의 '공산당군'의 소멸을 마음 속으로 몰래 기다리는 사람이 있다 … 중국은 극동전선을 지킬 수 있다. 그러나 그것을 보다 효과적으로 지키기 위해서는 중국의 전쟁을 자국의 것으로 인식하는 각국으로부터 가장 완벽한 물질적 지원이 있어야만 한다. 그리고 중국 자신의 지도자들은 파시즘과는 어떠한 타협도 해서는 안된다 … 민족해방은 하늘에서 내려오는 것이 아니고 그 정부가 커다란 노력과 희생을 지불하여 단결된 인민과 협력함으로써만 쟁취할 수 있다.

이같은 단결을 실현하기 위하여 송경령이 가장 중요하다고 생각한 것은 '민주주의'였다. 1941년 10월 그녀는 뉴욕의 잡지 ≪아시아≫에 「중국은 보다 많은 민주주의를 필요로 하고 있다」라는[65] 제목으로 글을 발표했다. 그 가운데서 그녀는 국제정세는 중국에 유리해지고 있으며 중국에 우호적인 모든 나라, 즉 영국·미국·소련은 함께 연합했다고 되풀이해서 얘기했다. 그러나 국내적으로는 신사군사건을 회고하면서 그녀는 주의를 환기시켰다.

올해 초 내전 선동자들이 다시 우리나라를 사분오열시킬 것만 같았습니다 … 민주주의의 결여는 … 적에게 이익을 주는 중국군대 사이에 발생한 충돌의 주요 원인입니다. 민주적 권리의 부여가 … 혹시 중국의 항전을 방해하지는 않을까라는 결핍된 상상력에서 나온 것입니다 … 우리 인민은 항일전을 열렬하게 지원하고 있습니다 … 그렇기 때문에 인민의 적극성을 억압하는 것은 틀림없이 해가 됩니다.
민주주의의 결여는 타협파와 유화파가 항복을 준비하도록 만들 가능성이 있습니다. 그들 중 많은 사람들은 우리들의 적일 뿐만 아니라 인류의 진보에 역행하는 로마·베를린·도쿄의 추축국의 음모에 결탁할 수 있기 때문입니다.

영국이나 미국에서도 동등한 세력이, 극동에서도 일종의 '뮌헨협정'을 맺으므로써 "일본을 추축국측에서 이탈"시켜 "극동의 정세를 안정"시키려고 기도하고 있다고 그녀는 계속해서 지적했다.

바로 이들 세력은 미국이나 영국국민의 동정이 완전히 중국측에 있다는 것도 돌아보지 않고 침략자와 결탁하여 전투기의 연료공급을 위해 석유를 팔거나 폭탄을 만드는 강철을 침략자에게 팔아먹고 있습니다. 그들은 일본군이 군사력을 증강하는 것을 원조한 후 이젠 중국을 투항시키려는 정치목적을 달성하도록 도움을 줄지도 모릅니다.

중국인민은 어떠한 상황에서도 계속해서 싸워나갈 것이라고 송경령은 결론지었다. 아울러 해외의 친구들에게, 중국과 그들 자신을 돕기 위해서, 민주주의에 대한 중국인민의 요구를 지지하고 또한 그들 정부가 일본 침략에 대한 모든 물질적·정치적 지원을 하지 못하게 압력을 가해줄 것을 희망했다.

홍콩에서 송경령은 계속해서 지역적 활동계획을 추진하였다. 가두모금으로 노만 베순의사의 지도하에 발족한 국제화평의원을 위해 자금을 모집했다. 공업합작사를 지원하기 위해서는, 필리핀으로부터 대서커스단을 초청하여 흥행하였는데 그 초연이 그녀가 홍콩에서 한 마지막 활동중의 하나가 되었다. 그 흥행은 태평양전쟁의 발발로 중단되어 서커스단은 전쟁이 끝날 때까지 그곳에 억류되었다.

1941년 12월 7일(일본시간은 8일), 일본군이 진주만과 동시에 홍콩을 기습공격했다. 그 첫날 공습을 받아 무수한 남녀노소가 잔혹하게 살해되는 것을 송경령은 보았다. 《사우스차이나 모닝포스트》지에[66] 전화로 보낸 성명 가운데서 그녀는 대학살을 설명했을 뿐만 아니라 완전승리를 할 때까지 세계적 규모로 싸움을 계속하자고 높이 호소했다. 그녀의 성명내용을 요약해서 소개해보자.

오늘 아침, 여러분들과 마찬가지로 눈을 떴을 때 나는 전쟁이 이미 홍콩에 파급되었음을 알았습니다. 나는 구룡가에 폭탄이 떨어지는 것을 보았으며 몇십 명의 남녀가 눈앞에서 죽는 것을 보았습니다. 그때의 내 심정을 어찌 얘기할 수 있겠습니까?

중국 내에서 5년 동안에 걸쳐 일어나고 있는 똑같은 일이 이제 여기서 또 일어나고 있습니다 … 일본의 파시스트는 처음에는 중국을 정복하고싶어 했지만 이제는 또 다른 더 위험한 일을 시도하고 있습니다 …

이 전쟁은, 전쟁 앞에서 잃어버린 평화와 같이 서로 불가분의 것입니다. 그 어떤 일부분을 가지고도 그 다른 나머지 부분과 분리할 수 없습니다. 홍콩의 어느 누구라도 분리하는 것이 가능하다고 생각한다면 일본의 폭탄은 우리 모두에게 문제가 되는 것이 무엇인가를 깨우쳐 줄 것입니다.

자, 그러면 정말로 폭탄이 떨어지고 있으니까 우리가 무엇을 원하며 무엇을 필요로 하는가를 숨기지 맙시다. 우리들은 '국제반파시즘통일전선'을 필요로 하고 있습니다. 세계각지에서 파시즘을 분쇄하기 위하여 중국자신의 투쟁을 영국·러시아·미국국민들과 일치 협력하여 노력과 제휴를 하지 않으면 안됩니다. 우리들이 가장 필요로 하는 것은 모든 자유국가 국민들의 민주적

연합이며 반파시즘국가의 모든 자원을 가장 급박하게 그것을 필요로 하고 있는 전선에서 활용해야 하는 것입니다. 우리들이 필요로 하는 것은 진실로 세계적이며 진실로 민주적인 세계적 규모의 '민주전선'입니다.

중경시민은 몇 개월에 걸친 쓰라린 시련에도 결코 꺾이지 않았습니다. 지금은 홍콩시민들이 이같은 정신을 보일 때입니다. 이 정신에 의해서 영웅적인 동포가 이 전쟁기간 동안에 영예를 획득할 수 있었던 것입니다. 일본 강도들이 바다를 건너 자기들의 섬나라로 쫓겨 돌아갈 때까지 끝까지 함께 투쟁합시다.

송경령

송경령이 서명한 이 완강한 반항적 성명은 며칠 안에 그 자신도 일본군의 마수에 떨어질지도 모르는 상황이었기에 한층 더 대담한 것이었다. 비상사태에서 그녀를 철수시키기 위해 친구들이 특별준비를 했다. 그러나 경령은 처음에는 거절하였다. 그녀는 자기동료들과 부상자들을 위해 해야할 일 때문에 선뜻 떠나려고 하지 않았다. 결국은 설득되어 그녀는 폭탄이 퍼붓는 홍콩에서 마지막 비행기를 타고 중경을 향해 떠났다. 그것은 홍콩공항이 적에게 점령되기 6시간 전의 일이었다.

제임스 버트램의 기록에 의하면, 그녀는 출발 전에 무슨 일이 있어도 "보위중국동맹의 활동은 계속해나가야 한다"고 맹세했다고 한다.[67]

주

1) Alley의 자서전 At 90, Memoirs of My China Years, Beijing New World Press, 1986, pp.89-90. 그리고 『宋慶齡紀念集』, pp.251-253에 「一朶永不凋謝的花—回憶宋慶齡二·三事」를 싣고 당시의 일을 회상하고 있다.
2) 1938년 4월 14일 홍콩에서 공개된 편지는 4월 17일 한구의 ≪新華日報≫(중공신문)에 다시 실렸다.
3) 홍콩에서 송경령이 해외여행중인 James Betram에게 1938년 5월 25일 보낸 편

지.

4) 『송경령선집』, pp.129-132.
5) 보위중국동맹의 후신인 중국복리기금회에 이어 중국복리회는 《중국건설》이란 잡지를(1990년에 《今日中國》으로 개명) 출판했는데 이것은 송경령이 1951~52년에 걸쳐 창간한 잡지다. 필자는 이 책 출판을 위한 각종 편집임무를 맡았으며 1988년 이후 지금까지 명예총편집장을 맡고 있다. 1938년 당시 필자는 UP(United Press)의 중국파견 통신원(특파원)이었다.
6) 『송경령선집』, pp.129-132.
7) B. K. Basu, *Call of Yannan, Story of the Indian Medical Mission to China, 1938~ 1943*, Calcutta, 1986, p.34. 이 책의 주요 내용은 Basu의 일기라는 점이다. 1938년 9월 18일 일요일의 일기내용에 쓰여 있다.
8) 이 대표단은 영국의 James Klugmann, Bernard Floub, 미국의 Molly Yard, 캐나다의 Grant Lathe 등이었다. Molly Yard는 1980년대 후반에 다시 중국을 방문했는데 필자가 이 책을 집필하고 있을 당시 그녀는 미국의 전국여성조직 지도자였다.
9) 《보위중국동맹신문통신》, 홍콩, 1939. 7. 15.
10) 『송경령선집』, pp.142-145.
11) 《保衛中國同盟新聞通迅(*China Defense League Newsletter*)》, 1940. 5. 15.
12) 1939년 6월 12일, 호남성 평강(平江) 연락처에 있던 중공지도하의 신사군 6명이 생매장당했다.
13) 王安娜(Wang Anna), 『中國-我的第二故鄕』, p.383.
14) 앞과 같음.
15) 《新華日報》, 중경, 1940년 4월 3일.
16) 《중앙통신사》, 중경, 1940년 4월 7일.
17) 왕안나, 앞의 책, pp.384-385.
18) 왕안나, 앞의 책, p.385. 송경령이 친구들에게 한 말 중에는, 미령은 황후라고 표현하였고 애령에 대해서는 자기 자신을 위해서가 아니고 중국을 위해서 돈을 벌기 바란다고 하였다.
19) 왕안나, 앞의 책, pp.385-386.
20) 『송경령연보』, p.126.
21) 《大公報》, 홍콩, 1939년 5월 25일.
22) 전 항일기간중 57명의 국민당 장교가 투항하거나 일본군에 접수되었다.
23) 신사군의 핵심은 장정에 참가하지 않고 남방에 남아서 계속 유격전에 참가한 홍군부대. 1937년말 항일민족통일전선이 성립됨에 따라 신사군으로 개편되어 1938년 1월에 군부가 성립되었다. 그러나 국민당 정부는 다방면에 걸쳐 이 부대의 작전행동에 제한을 가했고 군수품도 조달해주지 않았다.
24) 《보위중국동맹신문통신》, pp.362-363. 송자문이 전보를 친 날짜는 5월 30일이고 송경령이 성명을 발표한 날짜는 6월 1일이다. 《보위중국동맹신문통신》 제22期(1941년 6월 15일자)에 모두 실림.
25) 『송경령선집』, pp.127-128. 「向全世界的婦女申訴」.

26) ≪新華日報≫, 무한, 1938년, 6월 6일.

27) 『爲新中國奮鬪』, pp.104-108.

28) 『송경령선집』(1993년版) 上卷, p.199, 「致英國工黨書」.

29) 上海, ≪大公報≫, 1937년 10월 21일.

30) 이 1938년 11월 15일자의 보고서는 뉴욕 하이드파크에 있는 루스벨트도서관에 있다. 샌프란시스코의 John W. Powell이 다른 연구를 하는 중에 이 보고서를 찾아내어 고맙게도 필자에게 복사해서 보내준 것이다.

31) EvansFordyceCarlson, *Twin Stars of China*, New York, Dodd, Mead & Co. 1940, pp.316-318.

32) ≪보위중국동맹신문통신≫, No.6, 1939. 7. 15. 「抗戰以後的中國—抗戰二周年紀念告美國友人」.

33) 홍콩에서 송경령이 뉴욕의 Grace Granich에게 1939년 9월 3일 보낸 편지.

34) 『爲新中國奮鬪』, pp.110-115.

35) 송경령이 네루에게 보낸 편지. 1938년 7월 7일.

36) 알아하바드에서 네루가 홍콩의 송경령에게 보낸 편지. 1938년 12월 27일.

37) 송경령이 네루에게 보낸 편지. 1939년 12월 15일.

38) 앞과 같음.

39) 네루가 송경령에게 보낸 편지. 1939년 10월 13일.

40) 송경령이 네루에게 보낸 편지. 1939년 12월 16일.

41) 네루가 송경령에게 보낸 편지. 1939년 12월 28일.

42) 네루가 송경령에게 보낸 편지. 1940년 2월 2일.

43) ≪보위중국동맹신문통신≫, No.35 1941년 8, 9월.

44) 네루가 송경령에게 보낸 전보. 1941년 10월 13일.

45) 『송경령선집』, 「영국노동당에 보내는 글」, 1937년 10월 3일.

46) Randal Gould, *China in the Sun*, pp.146-147.

47) 버트램의 회상은 그가 필자에게 1987년 2월 20일 써보낸 장문의 편지에 근거한 것이며 또한 1986년 12월 북경에서 필자는 그를 직접 만나기도 했다.

48) 『송경령연보』, p.111. 종종 다른 곳에서 되풀이하여 출판된 송경령 연보에서 송경령은 한때 내가 그 기구의 이름을 부쳤다고 말한 적이 있었다(1977년 4월 25일 필자에게 보낸 편지). 이것은 노령으로 말미암은 (나에게는) 관대한 (그녀의) 실수였다. 나는 답장에(정확한) 사실들을 회상하여 적어보냈다.

49) Dr. B. K. Basu, 앞의 책, p.36.

50) 버트램과 필자는 1986년 12월 만나서 얘기를 들었다.

51) 송경령이 제임스 버트램에게 쓴 편지. 1938년 5월 25일.

52) James Bertram, "I Journey to the Northwest with an Ambulance Through Wartime China," ≪보위중국동맹신문통신≫, Hong Kong, 1940년 1월 15일.

53) Israel Epstein, *The unfinished Revolution in China*, 미국 보스턴, Little Brown & Co. 1947년, p.133.

54) "허구의 선을 긋고 … "는 송경령의 『爲新中國奮鬪』, p.140, 「給中國在海外的朋友們的公開信」(1943년 9월 18일)에서 인용하였다.

55) Michael Blankfort, *The Big Yankee*, p.260.

56) Dr. Kisch는 1920년대와 1930년대 초기 체코의 유명한 좌익기자인 Egon Erwin Kisch와 형제간이다.

57) 許乃波가 필자에게 한 얘기. 1987년 11월 8일. 허내파는 공학기술자로서 보위 중국동맹의 위원이었으며 기술고문을 맡고 있었다.

58) I. Epstein, "Publicity Work of the China Defense League," *The Twenty Years of the China Welfare Institute*, 상해, 1958, 중국복리회, pp.27-53.

59) 네루는 1939년 12월 25일 송경령에게 편지해서 크립스의 초빙에 대해 얘기했으며 또한 크립스에게 송경령의 주소를 알려주었다. 그 후 크립스는 송경령에게 연락한 후 인도로부터 새 버마 루트를 통해 중국내지로 들어와 홍콩에 왔다.

60) 홍콩, 《大公報》, 1939년 12월 11일.

61) 이 운동은 런던, 샌프란시스코 그리고 다른 곳에서도 행해졌다.

62) 『永遠和黨在一起』, pp.5-6, 「救濟戰災兒童」 보위중국동맹의 아동사업에 관해서는 《보위중국동맹신문통신》과 기타 출판물에 많이 보도되었는데 Dr. George Hatem과 Li Shueh(레위 앨리의 양자)도 연안지역 아동사업에 대해 보고하였다.

63) 홍콩, 《大公報》에 송경령의 지역 아동사업에 관한 많은 기사가 보도되었다 (1938년 6월 6일, 1939년 5월 15일, 6월 11일·12일, 9월 16일).

64) 송경령이 徐瑛(Frank Szto 부인)에게 보낸 편지. 1940년 1월 24일.

65) 『爲新中國奮鬪』, pp.120-124.

66) *The South China Morning Post*, 1941년 12월 8일. James Bertram의 *Shadow of War*(London, Goldancz, 1947), pp.107-108에서 재인용.

67) 버트램, 앞의 책, p.108.

14
중경에서의 항전
(1941~1945)

독자적 활동

홍콩과는 전혀 다른 환경의 중경에서 송경령이 활동을 재개하는 데는 거의 1년 간의 준비기간이 필요했다. 그녀는 국민당의 정계와는 그 관계에 선을 긋고 그녀의 원칙을 확실하게 그리고 공공연하게 발표하면서 같이 활동할 친구와 지지자를 다시 모아야만 했다. 이것은 그 어느 것도 장개석의 전시수도에서는 용이한 일이 아니었다.

송경령은 그녀 자신의 집이 없는 도시로 왔기 때문에 몇 개월간은 언니 애령과 그의 남편 공상희의 집에서 함께 지내야만 했다. 공상희는 장개석의 재정부장(재무장관)이었다. 공상희부부와 정부당국은 모두 경령이 거기에 머물러 있기를 바랐다. 그녀가 제일 먼저 해야할 일은 이 잘 장식되고 엄중한 보호하의 새조롱에서 벗어나는 것이었다. 이 새장 속에서는 하고 싶은 것도 자유롭게 할 수 없었으며 만나고 싶은 친구도 만날 수 없었기 때문이었다. 마음의 자유와 외부에 대한 독립성을 유지하기 위하여 그녀는 매일과 같이 노력했다. 공상희 집에서 그녀를 만난 한 외국인은1) 다음과 같은 의미심장한 말을 했다.

그것은 크리스마스 때의 가족 파티였다고 생각된다. 장개석은 거의 한밤 중이 된 늦은 시간에 도착했다. 모든 사람이 일어섰다. 그녀는 어떻게 했을까? 장개석은 국가의 빛나는 지도자였다. 송경령은 의자에서 반쯤 허리를 일으켰다가 곧 다시 앉았다. 이것은 잘 헤아려진 정치적 의사표시였다.

다른 곳에 거처를 찾아낸 후에도 그녀는 애령의 사교적 모임에 때때로 초대되었지만 불화가 생기지 않게 조용히 그녀는 그들과 일정한 거리를 유지해나갔다. 다시 위에서 말한 외국인의 얘기를 들어보자.

공씨 가족은 브릿지 게임을 좋아했지만 경령은 놀이에 끼지 않았다. 한번은, 그녀는 방 한쪽에서 스틸웰 장군과 진러미(Jin rummy ; 카드놀이의 일종)를 하고 있었다. 스틸웰은 그 당시 중국·인도·버마 전구의 미군 사령관에 임명되어 있었다. 그와 그녀의 견해는 비교적 일치하였다.[2]

그녀가 옮긴 새로운 거처는(양로구 신촌3호) 정부요인 거주지역 바깥에 있었는데 동생 송자문이 그녀를 위해 마련해준 것이었다. 거기에서도 아직 감시가 계속되었지만 그래도 상당히 사생활이 지켜졌으며 무언가 해방감을 가질 수 있었다. 공적으로 설정된 활동에 자매들과 함께 모습을 드러냈지만 그렇게 많지는 않았다.

비교적 중요한 행사가 두 번 있었는데 하나는 1942년 국제여성의 날 집회였고 또 하나는 중·미 문화협회가 주최한 가든 파티였다. 이 파티는 쉐노트(Chennault) 대령이 이끄는 미국항공의용대(A. V. G) 비행사에게 표창장을 수여하기 위한 것이었다. 이 항공대는 진주만 개전 후 민간단체에서 미군 제14항공대로 개편되었다.

송경령은 서서히 자신의 활동공간을 형성해갔다. 1942년 7월 그녀는 중경에 온 후 처음으로 자신의 의견을 발표했다. 뉴욕의 잡지 ≪아시아≫에 실은 중요한 문장 「중국 여성의 자유를 위한 투쟁」[3] 가운데서 그녀는, 비록 지금은 국민당 권력의 중심지 중경에 살며 배를 채우고 있지만 침묵을 강요당하는 난민은 결코 아님을 명확하게 했다. 그녀는 지금까지와 마찬가지로 국내반동세력과 일본제국주의를 솔직하게 비난하고 배척하며, 중국인민과 인민의 혁명에 대한 신뢰를 되풀이해서 얘기했다.

이 항일전쟁에서 중국 여성은 민족의 역사에 남아 있는 여성영웅과 어깨를 나란히 할 자격이 있음을 증명했다고 자랑하면서 썼다. 오랜 고대부터 여성의 전통적 지위는 "가정내의 남자에게 순종하는 노예"였음에도 불구하고 "교양, 폭 넓은 식견, 정치적 능력, 그리고 군사적 용기"까지도 탁월한 여성이 있었다. 현대에는, 서양과의 접촉이나 중국 자체의 민족 혁명 운동의 홍기로 새롭고 보다 큰 전망이 열려 많은 여성들 자신이 일한 보수로서 독립된 생활을 할 수 있게 된 것이다.

가장 일찍 사회적·공공적 분야에 진출한 근대 중국 여성들은 부유한 계층 출신으로 의사, 공중위생전문가, 혹은 교사가 되었다. 또한 어떤 경우에는 "혁명당의 자기희생적인 지사"로서 "혁명운동을 지도하고 또한 가장 어렵고 위험한 임무의 집행을 도왔다". 경령이 이름을 든 첫번째 인물은 추근(秋瑾)이었다. 추근은 교육자였지만 전제 왕조에 대한 손문 봉기군의 지방군사 지휘자가 되어 1907년 참수당했다. 또 한 사람은 송경령 자신의 오랜 친구 하향응이었다. 경령은 그녀에 대해 "손일선이 처음 혁명당 창립시 당원이며 지금은 가장 진보적인 인물의 한사람"이라고 얘기하고 있다.

1911년 신해혁명은 전제왕조에 종지부를 찍게 했지만 아직 권력은 구지배계층의 손에 남아 있었다. "초기 국민당 여성지도자들은 의회에 남녀평등법안을 제출하였지만 반동적인 다수파가 그것을 간단히 부결시켜 버렸다".

제1차세계대전 중 중국에 많은 공장이 건설되었을 때 노동운동이 일어나 "민주주의를 위한 의식적인 투쟁이 중산계급에서 노동자·농민계급에 이르기까지 확대되었다". 그 이후 이 투쟁은 "개인적으로 우수한 여성들의 눈에 띄는 행동만이 아니라 … 대중운동에 참가하는 여성들에게도 그같은 행동을 볼 수 있게 되었다".

1924년에서 27년까지 대혁명 중의 일을 그녀는 감개하여 회상했다. "여공, 농촌여성들, 여학생들이 군대와 어깨를 나란히 하고 싸웠다. … 들이나 공장에서 온 여성들은 … 반노예적인 지위에서 벗어나 완전한 인간으로 성장하여 지도자가 되었다". 봉건완고파는 "당시의 '단발여자'를 미워하여 그녀들을 대량으로 학살하여 도시의 하천을 그 피로 붉게 물들였다".

혁명사령탑에도 또한 여성들이 참가하였다. 그녀는 하향응, 등영초 그리고 채창의 이름을 들었지만 경령 자신의 일에 대해서는 언급하지 않았다. 등영초와 채창은 "그 당시의 운동에 크게 공헌한 공산당 간부"라고 특별히 설명을 했다. 국민당의 공포정치에 관한 언급과 함께 이 발언은 중경의 최고 권력자의 귀를 아프게 찔렀음은 당연하였다.

언제나 그랬듯이 그녀는 여성의 해방을 민족 독립과 민주주의를 위한 투쟁전체와 관련시켜 자리매김하였다. "한 나라의 반쪽 국민이 다른 반쪽에 의해 지배당하고 있는" 동안에는 국가도 여성도 자유를 획득했다고 말 할 수 없다. 중국의 여성들은 "내용이 빈곤한 여권주의의 기치 아래서가 아닌 민주주의 운동전체의 일부분으로서" 싸워야 한다.

1925년에서 27년까지의 혁명에 대한 배신은 동시에 여성해방까지도 배신하였다고 그녀는 상세히 서술했다.

우파가 장악한 국민당은 대혁명의 승리에 공헌한 당의 부녀부를 폐지했습니다. 명목상으로 국민당 중앙집행위원에 속하게 된 여성들도 그녀들 자신의 활동에 의한 것이 아니고 옛날 당내의 지도적 지위에 있었던 그녀들의 죽은 남편의 연고 때문이었습니다. 그녀들은 이같은 새로운 추세를 감내하지 못하고 국외로 나가 망명지에서 이같은 역행에 반대하는 성명을 내었습니다.

그녀가 여기서 말한 것은 누구라도 알 수 있듯이 그녀 자신과 하향응의 일이었다.

그러나 불행하게도, 현상과 타협하며, 환경이 불우한 자매들에게 보다 자유로운 생활을 추구할 것을 단념하라고 권하는 여성도 혹 있습니다. 이것은 내전이 진행되고, 대외유화정책이 시행된 … 일본에 의해 도래된 암흑시기 (1927~1937)의 일이었습니다. …

이 말도 또한 그녀 자신의 자매들까지도 포함해서 국민당의 유력한 부인들에게는 기분좋은 얘기는 아니었다.

드디어 전국을 휩쓴 구국운동과 일본의 침략에 대한 항전의 폭발이 중국 여성에게 새로운 희망을 가져다주었다고 송경령은 강조하였다.

전쟁 전의 운동에서 여학생들은 남학생들과 함께 "항의 데모에 참가하고 … 단식 투쟁을 실행하고 경관에 의한 구타, 감금, 처형의 위험을 무릅썼습니다".

1935년 12월 북경에서는 학생운동이 고양되어 그들은 "일본군이 중국의 문화수도에 괴뢰정권을 수립하려는 음모를 그들의 몸으로 저지하려"하였다. "북경성문이 잠겨버려서 데모대의 행진이 저지되었을 때 성문 아래의 좁은 틈으로 여윈 몸을 밀어넣어 통과하여 위병들이 휘두르는 큰 칼조차 무시하고 데모의 목적을 설명하고 학생들을 통과시켜주도록 호소"4)한 것이 한 여학생이었다는 것을 중국의 여성들은 영원히 잊어버릴 수 없을 것이다.

상해에서는 새롭게 성립된 부녀구국연합회가 내전정지와 일치항일을 요구하는 시위 행진을 했다. 그녀들은 "여성은 민족적 저항전에 참가함으로써만 비로소 스스로를 해방시킬 수 있다"고 호소했다. 이 새로운 단체는 직업여성, 교사, 학생, 노동자, 주부 등으로 구성된 많은 분회를 결성하여 출판물을 발행하고 중국기독교여자청년회(YWCA) 등 다른 여성조직과 연대했다.

1936년 상해와 청도의 일본인 경영 면방직공장에서 스트라이크를 주도했던 여성노동자에 대하여 송경령은 특별히 칭찬하며 다음과 같이 썼다.

그녀들이 직면하고 있던 것은 폭력만이 아니고 바로 직접 기아선상에 빠져 있는 상황이었기 때문에 그들의 용기는 학생들의 그것보다 컸습니다. 이들 박봉의 비참한 여공들은 누덕누덕 기운 옷을 입고 머리에는 솜뭉치가 묻어 있는 채로 어릴 때부터 하루 16시간 내지 18시간 노동을 했습니다. 그들 중 많은 사람들이 죽음에 이르는 폐결핵을 앓고 있어서 기침을 하고 각혈까지 합니다. 우리의 각성의 역사 속에서 그들은 영웅적인 인물들로 언제까지나 기억될 것입니다.

이들 노동자들의 투쟁은 다른 사회 계층 사람들까지도 활동에 참여하게끔 하였다. 전국각계구국연합회의 7명의 지도자들[그 중 한 사람은 여성 변호사인 사량(史良)5)]이 투옥되었으며(7군자 사건) 장정권에 의해 죽음의 협박을 받았던 것도 그들을 지지했기 때문이었다. 이 사건은 전국적인 항의로 확대되었다.

전쟁이 시작되자, 중국 여성들은 커다란 시련을 받았다. 어떤 사람은 부상병을 간호했다. 많은 사람들이 어려움과 곤란함과 위험을 돌보지 않고 점령지구에서 적의 봉쇄선을 몰래 뚫고 들어가 중국서남부의 '대후방'에 가기도 하고 또는 공산당 지도하의 유격지구로 갔다. 또 다른 사람들은 적의 점령지에 남아 있으면서 애국적인 지하활동에 참가하기도 했다.

1937년 일본군이 남경을 공략했을 때의 대량학살과 강간은 민족의 적은 "남자에 대해서뿐만 아니라 여자에 대해서도 도전하여, 아무런 방어수단도 갖지 않은 여성들에 대해 특별히 야수같이 폭행을 자행하였음"을 폭로하였다. 이같은 행위에 대항하기 위하여 중국의 몇몇 지방에서는 여성무장부대가 조직되었다.

1938년 중국에서는 항일을 위한 애국적 단결의 기운이 높았으며 그와 동시에 여성운동도 고조되었다. 국공통일전선의 기초 위에 부녀지도위원회가 성립되었다. 그 가운데는 "내전시기에 머리에 상금이 걸렸기 때문에 지하활동으로 내몰렸던 많은 유능한 여성"이 포함되어 있었다(여기서 다시 그녀는 공산당원 등영초에 대해 언급하였다). 문화선전활동의 전개를 주임무로 하는 부녀전지복무대로는 호남에서6) 결성된 것과 또 하나 작가 정령(丁玲)이 인솔하여 8로군과 함께 활동한 것이 있었다.

송경령은 솔직하게 썼다. 중공 지도하의 해방군에서는 "참된 여성운동이 있으며 … 1925년에서 27년까지의 위대한 전통을 계승하고 있다" 그 참가자의 수는 수천이 아닌 수십만을 헤아리는 것으로 그녀들은 "단지 구제활동에 참가하는 것만이 아닌, 작전과 정치적 경제적 자치활동에도 전면적으로 참가"하였다. 이것은 "바로 어제까지 여자들의 발이 아직 전족상태에 있었던 중국의 가장 낙후된 지역"에서 실현된 것이었다.

　　문맹률은 95% 혹은 그 이상을 차지하고 있습니다. 억압받고 고통받는 남편들은 생활의 절망을 아내를 학대함으로써 울분을 해소하고, 여아는 거의 당연히 팔리거나 살해당하고 있습니다. 군복을 입은 조직 활동가들, 무섭게 자유를 향해 큰 걸음걸이를 떼고 있는 이 기묘한 '여병사들'의 자태는 집안에 갇혀지내던 그 곳 여성들을 놀라게 했습니다.

　　그러나 바로 이같은 지역에서 인내심 강한 혁명적 군중이 활동하고 있는 결과에 대해 다음과 같이 얘기했다.

　　오늘날 변구(공산당 통치구역)의 여성들은 남자들과 동등한 입장에 섰을 뿐 아니라 때로는 그들을 능가하고 있습니다. 민주적인 자치제도하에서 여성들은 책임 있는 지위에 나아가고 있습니다.…여성들은 남녀촌민의 투표에 의해 등장했습니다. … 그래서 여성 현장, 진장(정장, 시장), 촌장을 배출한 것은 기이한 일이 아닙니다. 섬서성 북부에서만도 2천명을 상회하는 여성들이 지방행정 직무를 담당하고 있습니다. 여성단체는 가축사육, 군복봉제, 부상병이나 어린이들 보살피기, 군인가족 원조, 여행자 감시, 남편들이 전쟁터에 나갔을 때 마을 농사일 맡아하기 등 그 지역의 일상생활 일체를 책임지고 있습니다. 또한 그들은 많은 지역에서 배신자를 찾아내고 적들 속에서 정보활동을 하고, 우물이나 교차로를 지키고, 그 외의 군사적 가치있는 다른 일들을 수행하고 있습니다.
　　이러한 지역에서 돌아온 사람들은 반드시 여성들이 생활의 모든 면에서 해낸 역할에 관해서 얘기하고, 전쟁 한가운데서, 그녀들이 봉건적인 과거의 암흑으로부터 어떻게 벗어나서 먼 미래에 놓인 지위로 어떻게 나아갈 것인가를 중국의 다른 지역 여성들에게 얘기해줍니다.

　　전쟁 중에 각지의 중국공업합작사도 또한 여성의 발전에 큰 영향을 미쳤다. 공업합작사를 통해서 무한으로부터 온 방직여공들은, 2만명의 병사의 아내와 난민, 그리고 여성농민들에게 모직방직 일을 가르쳤다. 공업합작사의 여성 조직자들은 먼저 그들 자신들이 유능하며, 전시비상사태에 영웅적이라는 것을 보여주었다.

그러나 전국적으로 볼 때, 사람들을 발분시킨 항전 초기에 비하면 암운이 나타나기 시작했다.

··· 우리의 통일전선 상태는 악화되고 있습니다. 항전개시 이후 소리를 낮추고 있던 반동파의 움직임이 머리를 들고 일어나 이 4년간에 민중이 쟁취한 민주의 과실을 무효화시키려 하고 있습니다. 이와 같은 과정은 여성의 지위가 진보세력과 반동세력의 소장과 얼마나 밀접한 관계에 있는가를 다시 한번 증명하고 있습니다. ···

예를 들면 우체국에서는 돌연 기혼 여성을 이제부터는 고용하지 않는다고 발표했습니다. YWCA의 농촌교육계획도 모두 중지되었으며 ··· 여성지도위원회 그 자체도 ··· 비밀경찰의 주위를 끌고 있습니다.

정권을 장악하고 있는 국민당의 태도를 전형적으로 보여주는 것으로서 여성사업지도자회의 소집을 위한 정식문서가 있다. 이 문서는 여성들에게 조직을 강화하고, 기술을 높이고, 국민당에 참가하며 보다 자식을 잘 키울 것을 권하고 있다. 그러나 한편으로는 "모든 여성이 무리하게 모두 정치에 참가하려는 것은 매우 유해하다"고 훈계하여 앞의 권고를 파기하고 말았다.

송경령은 그 의도를 예리하게 지적하였다.

여성들은 한편으로는 남성과 동등하게 일할 것을 요구당하면서 또 한편으로는 권리의 평등을 부정당하고 있습니다. ··· 이같은 관점은 손중산의 이념에도 ··· 또한 중국의 고난 중에 쟁취한 진보의 추세에도 위배됩니다.

이와 같은 상황에도 불구하고 그녀는 "우리나라 여성의 각성은 단지 시작일 뿐이다"라고 확신을 가지고 선언했다.

우리나라의 여성투쟁사를 보면 여성들이 민족의 적이나 국내의 반동세력 중 그 어느 쪽에 의해서도 다시 노예가 될 수 있으리라고는 결코 생각할 수 없는 것입니다.

여성의 권리를 포함한 민주주의의 확대만이 참된 승리를 가져올 수 있습니다. …

침략을 격퇴하고 승리를 쟁취할 때 중국여성은 파시즘과 전쟁의 광기 속에서 말할 수 없이 고통받고 있는 각국 여성들과 함께 … 장래에 모든 운동을 전진시켜 발전케 할 것입니다.

*　　　*　　　*

국제적 행사에 대한 그녀의 관심은 강했다.

1942년 6월 22일은 나치스 독일의 소련 공격 1주년째 되는 날이었다. 송경령은 중소문화협회(국민당계의 반관반민단체)가 주최하는 기념회에서 좌익문화인인 등영초, 곽말약, 사량 등과 함께 출석했다. "소련의 저항전이 성공하는 열쇠는 국민의 일치단결에 있습니다"라고 그녀는 그 장소에서 행한 담화 중에 자국의 단결이 점차 기울어져가고 있음을 명확히 언급하면서 강조했다. 그리하여 그녀는 항일통일전선의 분열에 관해 국민당을 간접적으로 비판하고 동시에 통일전선강화를 요구하는 좌파의 호소에 지지를 보냈다.

송경령은 중경에 거주했던 몇 년간 소련 관계 기념회나 축하회에는 언제나 좌파사람들과 함께 출석했다. 손문의 3대 정책 중 '연소'를 구현하면서 그녀의 소련 및 반파시즘 전쟁 지지자와의 연대는 변함없이 견지되었다. 그녀는 친구들이 소련에서 각기 노력을 다하고 있는 것을 듣고 기뻐했다. '레피'는 이제 "위대한 사람으로 매우 큰 부대를 인솔하고 있습니다"[7]라고 그녀는 편지했을 때 기뻐했다. 그러나 송경령은 1930년대 후반에 숙청된, 이제는 함께 싸울 수 없는 사람들의 일을 잊어버리지 않았다. "현재 소련의 주중대사는 전임 보고모로프[8]만큼 평판이 좋지는 않습니다. … 우리들이 알고 있는 보고모로프는 이미 세상을 떠났습니다"라고 그녀는 다른 편지에서 낙담하여 "비씨나 런던의 보고모로프는 드미트리라는 같은 이름입니다만 동일한 인물이 아닙니다"라고 언급했다(당시 나치스 독일에 굴복한 프랑스의 비씨 정권에 소련대사로 알렉산드르 보고모로프가 파견되었다).

몇 개월 후인 1943년 1월 그녀는 영국과 미국이 아편전쟁 이후 중국이 강제로 체결한 불평등조약에 의한 중국에서의 특권을 정식으로 폐지한다고 성명을 발표했다. 이 특권에는 치외법권 및 영국의 경우 약간의 중국도시에 조계를 설정한 특권도 포함되었다.

송경령은 그같은 불공정 대우의 철폐가 정식으로 성명된 것을 인민대중과 함께 기뻐했다. 그러나 이것은 이제 시작에 불과했다. 첫째로 그것은 아직 중국으로 볼 때 정치·군사·경제 및 문화면에서 진정한 평등을 획득했다고 말할 수는 없었다. 진정한 평등은 "경제·문화면에 있어서도 평등한 지위에 서야 하는 것이지 외교교섭만으로 얻어지는 것은 아니다. 우리 국민의 다방면에 있어서의 필사적인 노력에 의해서만이 달성될 수 있는 것이다"라고 했다.

두번째는 영국과 미국은 이같은 특권을 폐지했지만 그들이 특권을 향유하고 있었던 장소는 그 당시로는 "아직 일본 침략군의 점령하에 있었던 것으로서 적군을 국외로 구축하기까지는 그 지역을 우리나라의 것으로 회수할 수가 없다". 셋째로 손문은 유촉에서 국민에 대하여 불평등조약의 폐기와 국민회의 개최를 목표로 싸울 것을 기대했지만 후자는 아직 실현되지 않았다. "나는 항전 건국 과정 중에, 국제관계에서 평등한 입장을 얻은 후 국민정신이 날마다 높아지고 민족주의 정신이 항전 건국에 의해 반드시 고양될 것이라고 깊이 믿는다"고 했다.

언제나처럼 그녀는 손박사의 유촉을 되풀이하여 호소했다. 그러나 국민당은 말로는 손문을 존중했지만 실제로는 행동으로 옮기지 않았고 그녀의 성명도 보도되지 않았다. 중공의 중경 《신화일보》만이 이것을 게재했다.[9]

보위중국동맹의 회복

이 같은 시기에, 1942년 8월 송경령은 중경에서 보위중국동맹의 활동을 재개했다. 처음에는 단지 두 명의 보조자를 얻었을 뿐이었다. 한 사람은 그녀의 홍콩시절의 친밀한 동료였던 요몽성[Cynthia]이었다. 일본군이 그 영국식민지를 점령한 후 요몽성과 어머니 하향응, 엽정(국민당에 체포된 신사군 사령관)부인은 중공 지하조직의 도움을 받아 홍콩을 탈출하여 내지로 들어갔다. 이제 다시 주은래의 지시에 따라 중경에서 송경령을 도와주게 된 것이었다. 또 한사람의 조수는 왕안나였다. 그녀는 왕병남(王炳南)의 독일 국적의 부인이었으며 왕병남은 이 전시 수도에서 주은래의 대외 활동을 도와주는 유능한 조수였다.

점차 보위중국동맹의 홍콩 그룹 사람들이 모여들었다. 어떤 사람은 길을 돌아서 위험을 무릅쓰고 왔다. 훗날 필자의 아내가 된 엘시 페어팩스 초멀리와 필자는 홍콩의 일본포로 수용소에서 탈출했다. 그러나 그렇지 못한 사람도 있었다. 보위중국동맹의 홍콩시절 주요 지주였던 요승지는 일본 점령하에서 위험에 빠진 진보적인 애국자들을 몇백 명씩이나 탈출시켰지만 자신은 국민당 통치구에 들어가 체포되어 잔혹하기로 이름난 국민당 상요 집중영(上饒 강제수용소)에서 전쟁이 끝나는 날까지 구금되어 있었다.

제임스 버트램(James Bertram)은 홍콩방위를 위한 지원병으로 참가하였는데 후에 일본의 포로 수용소에 있었다. 명예 회계(무보수) 노만 프랑스(Norman France)는 홍콩 방위전의 초기 지원병으로서 전사했다. 명예 서기 힐다 셀윈 클라크(Hild Selwyn-Clark)는 전쟁이 지속되는 동안 홍콩 수용소에 구금되어 있었다. 동맹의 또 다른 멤버나 협력자들인 김중화(金仲華), 유무구(柳無垢), 허내파(許乃波) 등은 국민당 통치구나 해방구로 들어갔지만 머지 않아 모두 중경에 도착했다. 오스트리아인 루스 와이스(Ruth Weiss)는 상해에서 송경령과 서로 잘 알고 있었으며 그녀를 도와 주었는데 이 시기에 교사 일과 활동을 위해 내지로 들어와서 동맹의 새 임원이 되었다. 존 버트 포스트(John Burt Foster)가 가장 늦게 중경에 왔다.10)

송경령의 단호한 노력을 통해서 그리고 중공과 8로군의 주 중경 대표 주은래의 적극적인 격려를 얻어서 보위중국동맹은 곧 다시 회복되었으며 뿐만 아니라 새로운 환경하에서 더욱 발전해나갔다.

이같은 활동은 홍콩에서보다 훨씬 더 어려움이 따랐다. 국민당은 각종 제한을 만들어 <동맹>이 정규직원을 두거나 사무실 개설도 하지 못하게 하고 인쇄물도 만들지 못하도록 하였다. 그래서 다만 송경령의 거실에서만 회합을 하고 일을 할 수 있었다. 기부자들에 대한 보고는 반복해서 타이프를 쳐서 원본을 가지고 해외로 들고 나가 우호 단체에게 인쇄하도록 하기도 했다.

이와 같이 하여 1943년에는 연차 활동 보고가 뉴욕의 중국지원위원회를 통해서 인쇄발행되었다. 송경령은 이 보고에 「외국 친구들에게 보내는 편지」[11]를 덧붙여서 세계와 중국의 형세전개에 관심을 모으고 아울러 동맹의 사업에 관해서 얘기 했다.

세계적인 형세변화에 관해서 그녀는 다음과 같이 썼다.

5년 전 처음으로 나는 여러분들께 중국에 대한 지원을 요구했습니다. '파시즘 침략과 암흑정치에 반대하는 세계 각국 국민의 투쟁이 이미 공개 전쟁의 형태를 취하고 있으며 중국은 그 전장의 하나가 되었기' 때문입니다. 나는 그 때 '스페인 국민과 마찬가지로 중국 국민은 정복되는 것을 거부합니다. 또한 뮌헨의 타협조차도 파시즘의 물결이 세계를 휘몰아 삼켜버리게 하지는 못할 것입니다'라고 덧붙여 얘기했습니다.

스페인 국민은 영광스럽게 싸우고 있으며 다른 여러나라의 전방을 굳게 방위하고 있었기 때문에 그들 각 나라들은 믿을 수 없을 만큼 그것에 관해 무지했다는 사실을 여러분들이나 나는 그 당시 알지 못했던 것입니다. 그래서 상당히 후에 가서야(너무 늦지는 않았습니다만) 반추축국열강이 함께 일어나서 수백만의 생명의 대가를 지불하고서야 결국은 대국을 전환시켰다는 것을 알 도리가 없었습니다.

중국 국내 상황에 대해서 그녀는 강조했다.

투쟁과 민주주의의 실행에 의해 인민의 무장부대는 고립되어 있던 유격거점을 적 후방의 강력한 항일 기지에 결합시켜 극동에서 반파시즘 전쟁의 전위를 지금까지 담당해왔습니다. … 그들은 충분히 오래 싸워왔기 때문에 책임을 면하려는 등의 생각은 없습니다. … 그들 투사는 이 전쟁의 승리를 쟁취하기 위해 다른 사람들에게 맡겨도 좋다는 생각을 하는 자들에 대해 격렬하게 반발했습니다.

그리고 보위중국동맹은 주로 이들 무장부대를 위해 원조를 받아들이고 있음을 말했다.

　… 왜냐하면 그들은 중국에 있는 일본군의 약 반 정도의 병력으로 교전해왔으며 또 지금도 싸우고 있으며 이 3년간 그들은 무기·탄약·자금 특히 우리들 자신의 분야인 의약품 등의 원조도 받지 못하고 있기 때문입니다.
　… 국내의 정치적 봉쇄 때문에 그들에게는 의사도 없고 외과용 기구나 약품도 없습니다. 해외로부터 보내져오는 것도 받지 못하고 있습니다. 우리들은 이들 군대가 우선적인 대우를 받기를 요구하는 것이 아닙니다. 봉쇄하지 말고 봉쇄에 동조하지 말기를 요구하는 것입니다. 이같은 봉쇄는 중국에 무형의 경계선을 긋게 되어 한쪽에서는 항일전에서 부상당한 병사들이 치료를 받을 수 있고 다른 한쪽에서는 병사들이 치료를 받지 못하고 있는 것입니다.
　전세계가 이 위대한 투쟁에 아직 관여하고 있지 않았을 때 보위중국동맹은 '중립적인' 구제관념에 반대하고, 원조는 침략과 맞서 싸우고 있는 전사들에게 먼저 보내져야 한다는 것을 주장했습니다. 만약 침략자가 승리하게된다면 세계의 모든 구제 활동은 최선을 다한다 해도 대처할 수 없을 정도의 고난의 큰 파도가 일 것입니다. 그들의 투쟁이 침략자의 길을 막고 있는 것입니다.
　… 중국과, 또한 반파시즘 진영 전체가 단결하지 않는다면 승리는 있을 수 없습니다. 민주주의가 없으면 단결도 있을 수 없습니다. 우리 모두가 직면하고 있는 여러문제에 대한 이해에 바탕을 둔 인민의 적극성이 없다면 민주주의는 있을 수 없습니다.
　중국구제사업의 분야에서는 … 적극적 민주적 행동이란 … 일본 침략자와 싸우는 사람들 모두에 대한 평등하고 균형잡힌 배분에 의한 원조를 의미합니다. 이 목적을 향해 던져지는 1달러 1달러와 한사람 한사람의 목소리는 고통을 감소시킬 뿐 아니라 고통을 만들어내는 모든 것에 대해 일격을 가하게될 것입니다. 만약 우리가 함께 고통의 원천을 없애버리지 못한다면 이후 새로운 피와 눈물의 바다를 가져올 것임은 피할 수 없을 것입니다. 이보다 더 진실된 민주주의는 없습니다.

예전과 같이 송경령은 독특한 지위와 방법을 통하여 중국내외에 보위중국동맹 내부와 그 주위에 통일전선을 만들어나가는데 노력을 기울였다. 또한 홍콩에 있을 시기에 특히 동생 송자문이 신사군사건으로 동맹을 떠났을 때 그녀는 새롭게 영향력 있는 지지자를 초청하기 시작하였다. 그들의 이름을 첨가해준 세계적으로 저명한 사람들이 많았다.

송경령의 활동을 특별히 지지해준 미국단체는 「중국지원위원회」와 인다스코(Indusco) 즉 미국의 중국지원공업합작위원회였다. 이 두 단체에는 미국대통령의 어머니 안나 루스벨트와 부인 엘리노어 루스벨트가 각각 존경스런 명예회장에 취임했다.

이 폭넓고 당당한 지지자의 멤버는 국민당이 동맹을 비합법적인 것으로 취급하는 것을 어렵게 했다. 그러나 국민당은 끊임없이 위협하고 괴롭혔다. 중경에서 송경령과 함께 일한 사람들은 그곳에 있던 미국인 관찰자[12]의 말을 빌려 얘기하기를 "비밀 경찰이 그녀의 집을 감시했다. 그녀 자신은 사실상 국민당의 특무부대나 무장한 호위대의 포로와 마찬가지였다"라고[13] 할 정도의 환경에 놓여 있었다.

이 같은 상태에 놓여 있었음에도 불구하고 중경에서 송경령은 또한 광범위한 우호관계를 발전시켜나감으로써 어려움을 다소 완화시킬 수 있었다. 그 하나는, 국민당의 장군이며 중경시장인 하요조(賀耀組)의 젊은 부인 예비군(倪斐君)과의 우호관계였는데 그녀는 솔직하고 진보적인 경향이 있었다. 그녀는 성실하게 송경령의 구제사업에 관심을 표명했으며 몇 년 후에는 인민공화국의 적십자회의 지도적 멤버가 된다. 그러나 슬프게도, 사람들의 실제활동이나 그 인품보다도 과거의 공식적인 지위를 더 문제삼았던 문화대혁명의 외중에서 박해를 받아 그녀는 죽음에 이르고 말았다.

외국인들 중에서 큰 역할을 했던 원조자는 미국인 청년 존 버트 포스터였다. 포스터는 미네소타 주 출신의 키가 큰 청년이었다. 1938년 무한의 기독교 대학에서 학생들을 가르치고 있던 시기에 그는 주은래와 아그네스 스메들리와 만나게 되었고 깊은 감명을 받았다. 그 후 산서성의 8로군 전선사령부를 방문하여 주덕 총사령도 만나게 되어 강한 인상을 받았다. 진주만 개전 후 그는 미국 전시정보국의 중경사무소에 근무했다.

그의 이러한 신분은 국민당 특무가 감히 그를 괴롭히지 못했다. 더욱이 그는 키가 크고 신체가 튼튼했다. 포스터는 은행에 가서 해외에서 송금해온 구제자금을 인출했는데 같이 은행에 간 키가 작고 여윈 요몽성과는 아주 기가 막히게 잘 어울렸다. 포스터의 보호하에 요몽성은 세워둔 차에 인출한 현금을 싣고 주은래가 파견한 8로군 중경대표부를 통해 국제화평의원과 연안과 각해방구에 있는 동맹의 유관사업단위로 자금을 분배해줄 수 있었던 것이다. 각 단위로부터는 때맞추어 영수증이 동맹으로 보내져왔다.

송경령은 일단 중경에서 활동을 시작하자 전시수도의 보다 유리한 조건을 이용함으로써 홍콩시절에는 없었던 중경의 불리한 점인 제한이나 각종 장애를 상쇄하기 시작했다.

그 하나는 주은래와 연안으로부터 온 다른 지도자들과의 접촉이었다. 그들 중에는 동경시절로 거슬러 올라간 옛 친구들도 포함되어 있었다. 섬감녕변구정부 주석이 되었던 임백거(林伯渠)와 국민당과의 연락에서 중공의 주요대표의 한사람이었던 동필무(董必武) 등이 바로 그들이다. 그들은 해방구에서의 정치·군사적 형세나 항일통일전선을 유지하기 위한 복잡한 투쟁에서 당파간의 뒤틀림과 변화 관계를 그녀에게 이해시켰다.

해방구의 의료상태나 수요에 관해 보위중국동맹은 역시 주은래의 사무소를 통하여 이 시기에는 상당히 정기적으로 동맹의 연안주재연락원인 조지 해텀(馬海德)의사로부터 보고를 받았다. 해텀은 1936년 송경령의 도움으로 에드가 스노우와 함께 홍군부대로 들어가 그 이후 계속 그곳에서 일했다.

중경은 북경·천진 그리고 다른 일본군 점령 도시를 탈출한 서양인들이 반드시 머물렀던 종착지역이었다. 그들의 노정은 적 후방을 통과하여 연안에 도착하고 최후로 중경에 도착하여 그 곳에서 모국으로 다시 여행을 계속해야 했다. 이 루트는 일본군 후방의 광대한 항일 근거지지역에 있었으므로 항일전에 의해 일본군으로부터 회복한 곳을 지나야 했다. 어떤 때는 걸어서 어떤 때는 말을 타고 흔들리면서 대단히 먼 길을 여행했던 것이다. 그러는 동안 일본군의 점령하에 있다고 생각했던 지역이 중공군에 의해 이미 회복되어 있기도 했다. 그들이 보고 듣고 한 것이나 체험한 것은, 특히 완전한 정보 봉쇄가 행해지고 있는 지역에 관한 것들이어서, 가치가 있고 설득력이 있었다. 그들이 이같은 지역을 통과하는데는 몇 개월씩이나 걸렸으며 수천 킬로미터의 거리에 이르렀다고 하는것은 항전의 광범위함과 그 성과를 반박의 여지없이 증명한 것이었다. 그들은 과거 좌경사상을 가진 역사가 없었기 때문에 '적색선전자'로 비난받지도 않았다. 일본군 지배하에서 도망쳐나온 연합국의 국민이었기때문에 국민당통치구에 들어오는 것을 거부당하지도 않았으며 일반적으로 입을 봉쇄당하지도 않았다.[14] 송경령이나 보위중국동맹에게 보고듣고 체험한 모든 것을 얘기해준 사람 가운데는 뉴욕의 내셔널시티은행의북경지점 지배인이었던 가이 마텔 홀(Guy Martell Hall)과 드골(De Gaulle) 장군 신봉자였던 두 명의 프랑스인 조르쥬 알만(George Uhlman)과 르네 단쥬(Rene D'Anjou) 그리고 네덜란드인 전기기술자 칼 부론지스트(Karl Brondgeest)가 있었다.

바수(Basu) 의사는 송경령이 5년 정도 전에 광주에서 배웅해 보낸 인도 국민회의파 파견의 의료사절단의 한사람이었다. 그도 또한 연안과 유격구에서 장기간에 걸쳐 의료서비스를 한 후 인도로 돌아가는 도중에 중경을 통과했다. 바수는 전지에서 단지 동정적인 관찰자가 아닌 적극적인참여자였다. 그에게 경령은 의료나 보건상황에 관하여 그리고 이들 지역이 군사적, 경제적으로 어떻게 대처하고 있는가에 관해 상세히 물었다. 이 청년의사의 언급에 의하면, 그녀는 사적인 입장에서도 인도에 대한그녀의 따뜻한 마음을 보여주었다고 했다. "벵갈사람은 생선을 좋아하지요? 라고 말하면서 그녀는 정말 어머니처럼 나를 위하여 생선요리를 준비해주었습니다. 나는 거의 몇 년 동안이나 생선을 먹지 못했습니다".[15]

의료사절단의 다른 한 사람인 드와르카나스 코트니스(Dwarkanath Kotnis) 의사는 베순(Bethune) 의사의 뒤를 이어 국제화평의원 원장에 취임했지만 과로로 사망했다. 인도에 있는 그의 가족에 대해 송경령은 편지를 썼다.

베순의사는 전인류가 이제야 관심을 가지고 참여한 위대한 전쟁중에 가장 일찍 상처받은 사람들을 치료해 자기나라와 미국의 반파시즘 조직에 의해 먼저 스페인에, 그리고는 중국에 파견된 캐나다 사람이었습니다.

코트니스 의사도 마찬가지로 진보적인 사업에 종사하기 위하여 인도 국민에 의해 파견된 인도 출신 의사였습니다.

이 사업은 당시 환영받는 것은 아니었습니다. 현재에도 이르는 곳마다 환영받는 것은 아닙니다. 이 일 때문에 싸우고 있는 사람은 중상당하고 배신당하여 싸우기가 너무나 힘든 형편입니다.

베순 의사와 마찬가지로 코트니스 의사의 이름을 우리는 영원히 잊어버리지 않을 것입니다. 선생은 그의 의료 기술과 최대의 시련속에 있는 인도 국민의 일치된 지지를 가져다 주었습니다. 그리고 자유를 위한 모든 투쟁을 우리들 자신의 것으로 보는 모든 나라 사람들은 선생의 일을 마음속 깊이 기억할 것입니다.

미래는 현재보다 훨씬 더 큰 영예를 선생에게 안겨줄 것입니다. 왜냐하면 선생이 싸웠던 것은 미래를 위한 것이었기 때문입니다. 우리의 입장에서 얘기한다면 전세계 각지역으로부터 온 이런 분들이 우리들의 싸움을 지지해주기 위해 왔으며 또한 이 싸움이 전인류의 싸움으로 인식했으므로 왔다는 것을 자랑스럽게 느끼고 있습니다.[16]

송경령의 인도식민지 해방투쟁과의 연대는 일관되게 불변한 것이었습니다. 이 전쟁 초기에 장개석이 뉴델리를 방문중에 있을 때 그녀는 한 친구에게 편지를 보냈다.

대원수 일행은 아직 인도에 있었습니다. 그의 여행의 참된 이유에 관해서는 많은 구구한 억측이 있었습니다. 그 이유가 무엇이든간에 우리는 네루와 그의 당이 자유를 위한 용감한 투쟁에서 인도국민을 잘 지도해나갈 것을 믿고 있습니다.[17]

보위중국동맹이 국민당의 봉쇄선을 통과하여 구제물자를 해방구에 수송하기 위해서는 중경에서 빠져나가는 길이 있었던 것이다. 그것은 홍콩시절후기에는 아직 별 이용되지 않았던 것이었다. 국민당과의 교섭을 위해 이 도시에 왔던 주은래나 다른 중공 대표자들은 연안과 중경 간의 왕래에 검문을 면제받는, 거의 외교관적인 지위를 보장받았다. 이 때문에 그들은 언제나 외과용 바늘과 치과용 드릴 송곳과 같은 별 크지 않은 중요한 물품들을 포켓에 넣거나 공문 서류가방에 넣어 운반하였다. 그같은 여행의 하나였던 1943년 6월의 경우는 국민당이 국제화평의원으로 보내지는 상당한 분량의 화물을 통과시켜주지 않았다. 그해 동맹사업의 사업 보고에는 다음과 같이 기록되어 있다.[18]

총중량은 1톤을 초과하지 않았지만 이 화물에는 귀중한 외과용 기구나 설파제 계통 의약품이 포함되어 있었다. 이것은 모두 미국의 적십자와 많은 개인 기증자들의 열정적인 협력으로 입수된 것이었다. … 또한 이 물자는 8로 군의 교섭대표가 호송한 것으로서 처음으로 허가된 것이었다. 그러나 이같은 조치로 봉쇄가 영구적으로 해제되리라고는 생각할 수 없다. … 봉쇄는 이미 3년 동안 계속되고 있으며 그 때문에 의약품이 유격대의 손에 도착하지 못하고 있는 것이다.

그 시기의 몇 년간을 통해 볼때 1톤의 화물이 중국에서 가장 적극적으로 싸우고 있는 군대에게 필요량의 의약품이 될 수 있는가를 생각해본다면 실로 바켓 속의 물 한방울에 불과했다. 이 군대에는 몇십 만 명의 전사가 있었고 적군 후방의 작전구역에는 몇백 만의 인민이 있었던 것이다! 그러나 그 한방울조차도 없는 것보다는 나았다. 비록 그 분량은 너무나 불충분했지만 그 후에도 곧이어서 올 것이기 때문이다.

새로운 국제 환경 속에서의 활동

중경에서는 또한 보다 넓은 국제 환경에 영향을 받게 되었다. 일본의 진주만 공격으로 서양 열강이 제2차세계대전에서 중국의 동맹국이 되었던 것이다. 서양열강은 이제는 더 이상 동경에 타협하거나 중국의 항일 작전 노력을 방해하지는 않았다. 열강은 중국 내부의 단결이 이 세계 대전에 중요하다는 사실과 항일 세력이나 투항에 반대하는 측으로는 중공 지도하의 군대가 중국 전선에서 최전선에 위치해 있다는 사실을 점차 인식하기 시작했다.

이와 같은 전시의 현실적 상황이 공공연하게 된 후 송경령은 중경에 급속하게 많이 오게 된 외국의 관리, 군인, 기자들 가운데서 그녀의 사업에 대한 동정자를 또 다시 얻을 수가 있게 되었다. 이 전시 수도에서 만들어진 외국인 동정자들의 영향력은 앞서, 중앙에서 멀리 떨어져 치우쳐 있던 지방인 홍콩에서의 외국인의 영향력을 훨씬 능가하는 것이었다.

더욱이 송경령은 중경에 있으면서 단기간 중국을 방문했던 외국 고위 관료들에게 그녀의 사업이나 중국의 상황에 대한 그녀의 견해를 설명할 수가 있었다. 이같은 인물들 가운데는 미국의 전공화당 대통령 후보자로서, 루스벨트 대통령의 특사로 방문한 웬델 윌키(Wendell Willkie)와 루스벨트 시대의 부통령이었던 헨리 왈레스(Henry A.Wallace)가 있었다.

윌키는『하나의 세계(One World)』의 저자로서도 잘 알려져 있으며 그 책에서 제2차세계대전 중에 결성된 반파시즘 동맹의 전도에 대해 확고한 신념을 보여주고 있었다. 그가 중국을 방문한 시기는 상당히 이른 시기로서 1942년경이었다. 국민당은 전시중국을 방문한 사람 가운데 가장 저명한 미국의 요인으로 그를 팡파레를 울리며 대환영하였다. 어떠한 라이벌의 영향도 받아들일 것 같지 않게 그를 껴안았다. 장부인 송미령은 스스로 그의 일정을 조정하고 될 수 있는 한 그의 주의를 독점하려 했다. 송경령은 윌키에 대해 좋은 인상을 가지고 있었지만 가까이 할 기회가 없었다. 그러나 그녀가 친구에게 보낸 편지를 보면, 다른 목소리가 그에게 전해졌다.19)

나는 몇 번인가 윌키와 만나려 했지만 그와 단독으로 말할 기회를 얻을 방법이 전혀 없었습니다. 그의 일정을 다른 사람이 짰기 때문에 그가 만나고 싶은 사람을 만날 시간이 거의 없어요. 그런데 주은래는 윌키가 귀국하기 직전에 그와 회담할 기회가 있다고 생각했습니다. 8로군의 임표는 내일 도착하게 되어 있는데 그는 전선에서 곧바로 도착하기 때문에 바로 현실의 생생한 정보를 윌키에게 전할 기회를 얻게 될지도 모른다는 것입니다.

리버럴한 왈레스 부대통령의 중국 방문은 1944년 6월경이었다. 송경

령은 그가 농촌출신이기 때문에 그에 대한 특별한 희망을 표명했다. 한 편지에서[20]

왈레스씨는 곧 우리들을 불시에 방문하게 될 것입니다. 나는 그가 농민을 방문할 기회를 가지고, 경작이 어떻게 행해지는가, 우리나라 농민의 생활이 어떠한가를 참관하고 또한 중국에서 제일 필요로 하는 것이 무엇인가 … 누구의 이익이 보다 중요한가-지주인가 농민인가 하는 것 등을 자신의 눈으로 직접 볼 수 있기를 희망하고 있습니다.

왈레스와 만난 후 송경령은 친구에게 다음과 같이 편지를 썼다.

왈레스씨와 만나 얘기한 것은 정말 좋았습니다. 그는 장군처럼 대단히 성실한 인물이었습니다. 그의 방문은 윌키씨의 방문보다 더 큰 수확이었다고 생각합니다.[21]

여기서 '장군'이란 1942년에서 1945년까지 중국·버마·인도 전구의 미군 사령관이었던 조셉 W. 스틸웰을 뜻하는 것이다. 스틸웰은 송경령의 친구였으며 그녀의 사업을 크게 지지했다. 그는 뛰어난 능력을 가졌고 성실하며 허위를 싫어했고 군대에서도 최상층부보다는 하급 병사들 사이에서 인망이 높았다. 사회에서도 마찬가지였다. 그러나 불행하게도 송경령이 이같이 마음이 넓은 장군과 나란히 평가했던 왈레스 부대통령은 이 방문중에 다른 사람들에게 조종당해, 루스벨트 대통령에게 전보를 쳐서 스틸웰의 해임을 권고했던 것이다. 그러나 이것은 별개의 얘기다. 중경에 체재하고 있던 미국인 고관 중에 스틸웰이 송경령의 활동에 가장 관심을 보여주고 그녀에게 가장 많은 원조를 해주었다. 그 전쟁에서 승리하기를 절실히 원했으며 또한 중공지도하의 군대가 공헌한 바를 평가했으며 그는 미군공수부대에게 명하여 히말라야를 넘어서 인도로부터 중국으로 비행하도록 하여 그 비행기에 해방구에 보낼 구호물자를 가득 적재시켰다. 1944년 후반 이후에는 미군시찰단이 연안에 상주하게 되면서부터 공급물자도 공수로 연안으로 보내지게 되었다.

스틸웰은 중국에 오랫동안 체재하면서 널리 각 지방을 여행하였고 중국어에 도통할 수 있었으며 중국의 인민이나 보통 병사들에 대해 깊은 경의를 표했지만 부패타락한 군대나 정계 상층부에 대해서는 다만 경멸할 뿐이었다.

일찍이 1936년에 스틸웰은 북경주재 미국대사관의 무관 중령으로서 에드가 스노우의 중국 홍군에 관한 최신 정보를 입수했다. 이 자료나 다른 자료로부터 그는 다가올 일본과의 전쟁은 필연적이며, 이럴 경우 중국 홍군이 중국에서는 물론, 미국에서도 매우 중요한 역할을 할 것이라는 사실에 대해 확신을 가지고 인식했다.

1938년에는 스틸웰은 무한에 주재하였는데 그 시기에 적 후방에서 중공군이 싸워 쟁취한 승리는 그의 평가가 옳았다는 것을 증명했다. 무한에서 그는 아그네스 스메들리의 활동을 원조했으며 그는 그녀에게 호의를 가졌고, 존경하게 되어 8로군이나 신사군을 위해 제공할 의료물자를 수집하였다.

중경에서 송경령을 처음 만난 후 스틸웰은 1942년 8월 4일 그의 일기에서 그녀를 다른 자매들과 비교해서 쓰고 있다.

> 이 세자매 가운데서 손 부인은 가장 호감이 가는 인품을 가졌으며 아마 가장 깊이가 있는 것 같다. 그녀는 대단히 반응이 민첩하고 사랑스러운 사람이며 조용하고 균형잡히고 사려깊은 사람이다.[22]

스틸웰 장군의 원조는 송경령이 중경에서 활동하는데, 또 하나의 유리한 조건이 되었다.

또한 1942년 이후 주요한 외국의 전시구제기구는 중경에 대표를 모두 상주시켰다. 송경령의 명망과 노력 덕택에 그들은 보위중국동맹의 기획에 기부를 배분하기 시작했다. 캐나다로부터는 베순 의사가 시작한 활동을 계속하기 위해 원조가 제공되었다. 미국으로부터는 전시중에 이 나라의 모든 민간인 중국지원단체가 가입했던 중국구원연합위원회를 경유하여, 또한 직접적으로는 미국의 적십자로부터 원조가 보내져 왔다. 영국으로부터의 원조는 장기간에 걸쳐 활발하게 활약했던 중국지원위원회의 영향으로 결성된 중국원조연합회를 통해서 행해졌다.[23] 그외에도 퀘이크교도에 의한 우정야전병원 등의 국제기구에 의한 유익한 원조활동이 있었다. 이들 모든 단체나 기구에 대하여 송경령은 해방구에서의 사업을 위해 언제나 신청을 했다. 송경령기금회 등에 보존되어 있는 많은 편지는[24] 지치지 않고 계속한 그녀의 노고를 얘기해준다. 즉 캐나다의 기부자에게 보낸 6통의 편지가[25] 있다. 국제화평의원을 위한 호소가 쓰여진 편지 중에는 마해덕(조지 해텀) 의사의 보고—"모든 외국의 약품과 물자는 1942년까지 다 써버렸습니다." 그리고 "현대적 의료기구와 의약품은 잃어버리지 않아야 할 많은 생명을 구할 수 있습니다."—가 인용되어 있다.

마해덕은 당시 새롭게 개발된 설파제 등 긴급을 요하는 의약품 외에 마취제, 주사기, 그리고 척추에 사용할 바늘과 주사약 같은 기본적인 필수품의 리스트를 첨부했다. 이 보고에서는 또한 이미 받은 기증물자와 기부금이 상세하게 기록되어 있고 새로운 수송 루트에 관한 설명도 있었다. 기부자들은 이 전쟁의 마지막 해에 중국의 정치·군사적 형세가 모순으로 가득차 있다는 것도 명확하게 보고받았다.

중국서남부의 상황은(거기서는 국민당의 항전에 새로운 와해가 있었다) 대단히 위험했지만 … 이 후퇴는 민중의 항전의 파도를 불러일으키고 국공 간의 관계개선도 가져왔습니다. 중국공산당은 항일을 위한 단결과 민주주의의 촉진에 유익한 어떠한 회합에도 임할 준비가 되어 있습니다.
그러나 봉쇄문제는 아직 해결되지 않고 있습니다.

중경에 있는 미국 적십자사로 송경령은 여러 통의 편지를[26] 보내 그때까지 인도로부터 풍부하게 공수되고 있던 의약물자를 해방구에 배분해주도록 요구하고 아울러 이미 수령한 것에 대해서 감사의 뜻을 표명했다. 그 가운데는 엑스선(X-Ray) 장치도 포함되어 있었는데 이것은 영국의 우정야전병원의 협력을 얻어 육로로 연안에 이송되었다. 1944년 여름도 끝나갈 무렵 미국의 비행기가 연안으로 직행하는 비행을 시작했다.

송경령은 편지에서 "운송문제가 이와같이 잘 해결되었다는 것은 대단히 만족스러운 일입니다"라고 얘기하고 특히 국제화평의원을 대표해서 감사함을 표했다. 얼마 후 점점 전화가 가라앉기 시작하자 그녀는 장래를 생각했다. "군수품은 당연히 감소해갈 것입니다만 중국의 광대한 지역의 인민의 보건을 위해 계속하여 협력해주기를" 희망한다고 표명하였다.

이 시기가 중경에 있어서, 송경령이나 보위중국동맹과, 미국 군정관계자 및 반관반민의 사람들과의 관계가 가장 좋았던 시기였다. 이 시기가 또한 스틸웰 장군이 중국에 재직하고 있던 기간과도 일치되었는데 그 후는 이같은 상황은 변하고 말았다.

*   *   *

송경령은 중경체재기간 중 계속해서 옛 친구들과 소중한 연락을 취하며 그들에게 관심을 쏟았다.

그 중 한 사람은 레위 앨리였다. 앨리는 신체 건강하고 마음이 따뜻한 뉴질랜드 사람으로 송경령의 강한 고무와 격려하에 중국공업합작사를 발전시켰으켜 몇 개의 사업을 조직했다. 그 또한 1942년에서 43년 사이 국민당의 괴롭힘의 대상이 되었다. 국민당 통치지구에서는 다른 모든 것과 마찬가지로 중국공업합작사도 권력자의 정식 후원을 얻어야만 존재할 수 있었다. 국민당은 이 영향력을 가진 공업합작사에 대한 관리를 점차 강화했다. 이 사업을 거둬들여 자신의 것으로 도구화하는 한편 이것을 창시한 민주적 진보적 인사들을 배제시키려 했다.

앨리의 상해 시절 친구이기도 한 그래니치 부부에게 송경령은 편지를 썼다.27)

레위는 동면중입니다. 그의 기분은 대단히 상해 있습니다. 여기의 중국공업합작사 이사회는 마지막 회의에서 그를 쫓아내버렸습니다만 카펜터의 도착으로 그들은 생각을 고쳐먹고 있습니다. … 이제 그들이 일을 그처럼 불편하게 만들려고 한다면 그는 '얼굴' 때문에 사직하지 않으면 안될 것입니다.

그러나 비록 그가 상심하고 있지만 단호히 지켜나갈 용기가 있다고 나는 생각합니다. 몇번이나 체포된다 하더라도 …

카펜터는 유명한 협동조합운동 활동가인 헨리 카펜터(Henry Carpenter)로 그는 공업합작사에서 앨리의 적극적인 역할을 알고 그것을 연구함과 동시에 원조하기 위하여 왔던 것이다. 체포에 대해 언급하고 있는 것은 단지 공업합작사운동에서의 진보적인 사람들에 대한 체포에 관해서만이 아니고 반동세력이 힘을 증가시키고 있는 분위기 속에서, 사회적으로도 그같은 동향임을 지적하고 있다.

때때로 편지에서 '빌'이라는 가명으로 불리고 있던 앨리에 관해서 송경령은 또한 다음과 같이 쓰고 있다.

그의 신중하고 겸손한 성품에도 불구하고 그에게 대해 무서운 박해가 행해지고 있습니다. … 그의 계약은 갱신되지 않고 있습니다. … 그에게는 용기가 있기 때문에 될 수 있는 한 중국공업합작사를 위해 최선을 다할 것이라고 생각합니다. 그러나 그가 어느 정도까지 견지해나갈 수 있을지 나는 알 수 없습니다.…

빌은 다시 말라리아를 앓고 있습니다. … 그에게 해야 할 일이 너무나 많이 있습니다. … 그러나 정치적인 이유 때문에 절제하지 않을 수 없게 되어 있습니다. 그의 진실한 친구들은 그와 통신하는 데 간접적인 방법을 취해야만 합니다.

뉴욕의 아이다 프루트는 그에게 편지를 보낼 수가 없었습니다. … (Ida Pruitt는 통칭 'Indusco'로 알려져 있는 미국 중국지원공업합작촉진위원회의 책임자다. 국민당이 점차 공업합작사의 조직을 관리하에 두고 앨리를 배제시킨 후에도 '인두스코'는 앨리의 활동에 대해 원조를 계속했다.)

빌은 최근 매우 의기소침해 있습니다. 그가 도와서 건설한 모든 것이 붕괴되고 있습니다. 그의 희생과 노동의 세월이 그에게 실망만 안겨준 듯이 보입니다.

앨리가 최종적으로 해낸 사업은 송경령이 그 당시 생각했던 것보다 훨씬 더 많고 훌륭한 것이었다. 그는 공업합작사 조직에서 배제된 후 중국의 먼 서북부인 감숙성 산단현(山丹縣)에서 가난한 농부의 아이들을 위해 학교를 세우고 온갖 정력을 거기에 쏟았다. 이 학교에서 아이들은 합작사의 원칙과 공업의 기능을 배웠다. —나중에 이 생도들은 이곳의 해방투쟁에 공헌했으며 그 중 다수는 오늘날 중국의 석유와 다른 공업기술계의 고급지도자가 되었다. 앨리 자신의 송경령과의 우정은 전후에 그리고 해방 이후에까지 계속 되었으며 더욱 깊어졌다.

이 편지들을 받은 그래니치 부부와 송경령과는 대단히 다정했으며 그녀는 기회가 있을 때마다 이들 부부를 다시 중국에 불러들이려고 노력하였다.

스틸웰의 구제활동에 대한 원조와 관련되어 있었던 것은 하와이태생의 중국계 미국인으로 스틸웰의 부관이었던 리처드 영(Richard Dick Young) 소령이었다. 당시 영은 20대 후반으로서 대학을 졸업하고 엔지니어가 되었으나 곧 전쟁이 일어나 지원하여 군에 입대하였다. 일찍부터 알지는 못했지만 그와 송경령에게는 공통된 역사적 배경이 있었다.

영의 선조는 아마 1세기 정도 거슬러 올라가면, 손문과 같은 고향인 향산현(지금의 중산시)에서 해외로 이민갔던 사람이다. 그의 큰아버지 양선일(楊仙逸)은 귀국하여 1923년 광주의 대원수부의 항공국장 겸 항공기제조공장 공장장으로서 손문의 사업을 도왔다. 그 공장에서 제작된 중국산 최초의 항공기 '로자몬드 호'에 송경령을 태우고 시험비행을 했던 사람이 바로 그였다. 양선일은 1924년 반역자 진형명에 대한 손문의 동정작전 중에 승선한 배의 폭발사고로 순직하였다. 송경령은 딕 영 가족의 경력을 알고난 후 그가 버마 전선에서 싸우고 있을 때 그에게 큰 어머니와 같은 입장에서 편지를 써 보냈다. 당시의 시국과 그녀의 활동과 정서를 묘사한 두번째 편지 중 다음의 문장을 발췌하였다.[28]

현실과 멀리 떨어져 있는 중경의 평온한 분위기 속에서 생사를 건 격렬한 전투가 전개되고 있는 … 육상에서 해상에서 공중에서 또한 위험한 정글 한 가운데서 진행되고 있는 전쟁을 상상한다는 것은 어려운 일입니다. … 만약 내가 지금 전선에 있다면 … 전투에 적극적으로 참가하고 있다면 얼마나 좋을 것인가라고 느낍니다. … 당신은 나를 위하여 몇 사람의 적병을 쏘아야 할 것입니다. 여기에 앉아서 살아야 할 가치가 있는 모든 것을 위해 하지 않을 수 없는 잔인한 전투를 단지 방관만 하는 것은 사람들의 사기를 떨어뜨릴 뿐입니다.

당신이 없는 동안에 나는 구호물자를 구하기 위한 문장을 몇 개 더 썼습니다. 그 중 하나인 미국 노동자들에게 보낸 것은 정부 간부를 격노케하여 그것을 둘러싼 한차례 폭풍이 일었습니다. … 그들은 진상을 보지 않으려 하며, 내가 유격구의 봉쇄를 해제하도록 호소하는 것에 대해 비난만 계속하고 있습니다. …

풍파를 일으켰던 송경령의 글「미국 노동자들에게 보내는 메시지」[29]는 당시, ≪노동자동맹 신문≫의 중국주재 기자였던 필자가 그녀를 대신하여 그 신문사 앞으로 보낸 것이다. 이 신문은 주로 영어를 쓰는 나라들에서 구매되어 읽혔다. 그 문장 중에서 국민당을 노하게 만든 그녀의 통렬한 내용의 말을 발췌해본다.

미국 노동자 여러분은, 노력하여 만든 생산품과 기증품이, 중국의 어느 지구든간에 적극적으로 항일전을 전개하고 있는 모든 군대에게 평등하게 분배되도록 요구해주십시오. 그렇게 함으로써만 중국의 항전에 대해 최대한의 관심을 표시할 수 있습니다. 항일에 적극적 태도를 보이지 않는 군대에게는 분배해서는 안됩니다.

미국의 노동자 여러분은 내전의 위협에 대해 계속 반대를 표명해주십시오. 그렇게 해야만 중국의 민주주의에 대한 관심을 표시하는 것이 됩니다. 중국의 반동(보수)파들은 내전의 위협을 제기하며 전쟁 중의 민주적 세력을 소멸시키려고 준비하고 있습니다. 그 민주세력은 섬서성 북부와 적 후방의 유격지구에 있습니다. 그 지방에서는 노동 운동이 조성되고 고무·격려되고 있으며 무장한 광부나 철도 노동자들의 부대가 유격대와 공동 작전을 개시하여 일본과 화북, 화중에 있는 그들의 주요기지와의 연락을 차단시키고 있습니다.

그녀는 딕영에게 또 다른 편지를 썼다.[30]

전선에서 할 수 있는 우리 부상병의 간호를 도와주는 일조차도 내가 할 수 없다는 것을 생각하면 나는 미칠 것 같습니다. 전쟁과 그것이 만들어내는 비참함과 고통은 대단히 멀리 있는 듯이 생각됩니다. 보다 더 신변 가까이에서 느끼도록 해야 합니다. 사람들은 7월 7일(중일 전쟁발발기념일)에 몇 달러의 기부를 했습니다만 그것으로써 그들의 책임을 다했다고 생각해서는 안 될 것입니다.

그리고 송경령은 전선의 긴장과 위험을 중경의 부패한 공기와 냉소적으로 대조시켰는데, 영이 자매라고 알고 있는 경령 자신의 일족에 대해서도 용서없이 얘기했다.

저번주 일요일 언니(애령)와 동생(미령)은 C 54기편으로 리우데자네이루로 출발하였습니다. 나는 생전에 그렇게 큰 비행기를 본 일이 없습니다. 그것은 침대 딸린 호화로운 객차인 풀만카(Pullman Car)와 같았습니다.

나는 그녀들이 두드러기를 잘 치료하고 가을에 돌아오기를 바랍니다. 당연한 일이지만 이와 관련된 일련의 소문이 유포되고 있습니다. 장개석 대원수는 고관들과 기자와 선교사들을 초대하여 파티를 개최하고 이런저런 소문들을 강력하게 부정했습니다.

편지 마지막 부분은 장부인이 중국인과 외국인을 초대하여 특별하게 연 성대한 연회에 관한 것이었다. 그 자리에서, 장개석이 다른 애인이 있기 때문에 송미령이 출국한다는 소문을 두 사람이 함께 부정했다는 것이었다.

그리고 이어서 송경령은 소련의 전황에 관해서 언급했다. 국민당 치하의 중국 전선은 붕괴되어가고 있지만 소련에서는 나치침략에 대한 반격이 고조되어 증강되고 있다는 얘기였다.

그런데 최근 소련의 붉은 군대가 급속히 전과를 올리고 있다는 것을 당신은 틀림없이 듣고 있을 것입니다. 그들은 1945년을 맞기 전에 승리를 축하하게 되지 않을까라고 나는 기대하고 있습니다.

그녀는 파시즘 추축국을 타파하기 위해 전력을 경주하며 독일 침략에 저항하는 소련의 전투나 미국이 중심이 된 일본과의 해전을 공감과 희망을 가지고 긴 안목으로 지켜보았다. 그레이스 그래니치에게 그녀는 편지를 썼다.[31]

나는 소련·중국과 미국간에 동맹이 맺어지기를 열렬히 희망하고 있습니다. … 왜 우리 지도자들은 매국노나 반동파를 제외한 전국민이 모두 찬성하는, 이 새로운 동맹을 위해 한걸음을 시작하는 것을 두려워하는지 이상하게 생각됩니다.

영국의 전 세계적 규모의 작전과 그 목표에 관해 그녀는 보다 비관적인 견해를 갖고 있었다. 영국은 식민지제국의 회복과 존속을 목표로 하기 때문에 "그들은 결코 우아하게 식민지를 양도하지 않을 것"이라고 믿었다.

스틸웰 장군의 원조

스틸웰 장군이 연안에 기증했던 엑스레이 기계를 미국 공군수송기에 적재하여 운반하도록 권한을 부여한 것은 송경령이 딕 영을 통해서 보낸 요구에 응한 것이었다. 뿐만 아니라 스틸웰은 그 비행기의 출입구가 비행기를 싣기엔 너무 작다는 것을 알았을 때 특별히 크게 만들도록 지시했는데 사람들은 '내뿜는 횃불'을 사용해서 입구를 넓혔다고 얘기를 했다.

'딕시 미션(Dixie Mission)'이라고 알려진 미군시찰단이 연안에 파견되기 이전에도 스틸웰은 군의관 멜빈 카스버그 소령을, 8로군 전선을 방문하는 외국기자단(필자도 그 중 한 사람이었다)과 동행케하여 들여보냈다. 카스버그는 그의 보고서 가운데서 중공지휘하의 군대는 일본군과 전투하지 않고, 그래서 사상자도 없으며 일본군을 포로로 잡지도 못했다는 논조의 국민당 발표를 반박했다.[32]

나의 관찰에 의하면 이같은 주장은 그 어느 것도 사실과 멀다는 것을 확신하고 있다. … 병사들은 거의 모두가 … 일본군으로부터 탈취한 무기와 탄약으로 거의 완전히 장비를 갖추고 있었다. 어느날 밤 교전 중에 8로군의 일개 중대를 장비시키기 충분한 군용물자를 탈취한 것을 나 자신이 목격했다. … 나는 포로가 된 일본병사도 본 일이 있다. … 나는 많은 부상병을 보았다. … 사기가 높았다. 이것이 유격전에 있어서 그들의 승리의 비결이라고 나는 믿고 있다.

닥터 카스버그는 민병-그가 "미국 독립전쟁시기의 미니트맨(Minute men)과 비교될 수 있다고 본 부대-의 터널작전이나 지뢰전 등의 유격술이나 군민이 완전 일체화된 작전행동에 주목했다. 그리고 그 자신의 의료분야에서는 근대적 의료설비가 전혀 없는 조건하에서 부상자에 대처하는 8로군의 의료활동을 칭찬했다.

또 다른 보고서에서, 카스버그는 연안의 국제화평의원을 묘사했다. 이 병원은 "층층으로 되어 있는 늘어선 동굴" 속에 설치되어 있었지만 어려운 상황에서도 놀랄 정도로 잘 운영되고 있다. "용구나 기계의 소독은 토화(灶火)로 했으며 … 붕대, 타올, 거즈 그리고 다른 베로 만든 제품들은 그 구내에서 의사나 간호사가 아니면 도와줄 수 있는 환자들이 직접 실을 자아서 베를 짬으로써 자급하고 있다". 기계류는 모두 "사용기간이 지났으며 … " "단지 한 대뿐인 소형 엑스레이 기계는 더 쓸 수 있을까 …하는 상태였다" "외과 수술시의 봉합용 실은 완전히 없었다". 그러나 수혈용 혈액은 충분했다. "과거 1년간 이 병원의 직원 중에서만도 34명이 헌혈했다." 이것은 사기가 높다는 것을 표현한 것이다.

물자는 극단적으로 결핍되어 있었지만 이 병원은 상당히 복잡한 외과수술을 해냈으며 의학교를 운영하여 200명이 넘는 의사를 양성했다. 실제로 활약하고 있는 의사들과 마찬가지로 교사들도 중국의 가장 유명한 대학을 졸업한 헌신적인 의학 전문가들이었다.

"나는 커다란 곤란함에 직면해 있는 사람들이 이루어놓은 진보를 칭찬하지 않을 수 없었다. 이러한 어려움을 분석해보면 그것은 거의 국민당의 봉쇄에 원인이 있었다"라고 카스버그는 쓰고 있다.

앞으로의 미국의 원조가능성에 대해서는 스틸웰이나 다른 사람들이 주장한 것처럼 그는 "만약 항일전을 수행하는 이들 부대에 무기 탄약을 공급하려 한다면 우리는 그들의 의료필수품까지도 공급하지 않으면 안 된다"고 시사했다.

카스버그는 스틸웰과 마찬가지로, 미국의 정치적 입장은 좌측보다는 우측이었지만, 국민당이 중공지도하의 군대에 대해 의약물자의 공급을 거부하는 것에 분개하여 후에 그 물자들을 스틸웰의 지지하에 들려보냄으로써 도와주었다.

1944년 기자단과 미군사찰단의 연안방문은, 1937년 에드가 스노우의 유명한 『중국의 붉은 별』이 출판된 이래, 중공지도지역(해방구)에 관해 풍부한 직접적 견문에 의한 정보를 처음으로 외부세계에 제공했다. 현실적으로 보다 중요했던 것은 바로 이 지역이 발전하여 제2차세계대전의 결과나 전후의 중국과 세계의 형세에 중요한 영향을 미친 하나의 새로운 세력으로 등장했다는 것이다.

이 기자단의 방문에 대해 송경령은 1944년 9월 그레이스 그래니치에게 보낸 편지에서 얘기하고 있다.

4개월 정도 전에 연안을 방문한 기자들은 돌아갔습니다. 그들은 모두 연안에서 목격한 위대한 행동을 보고 열의에 넘쳐 흥분했습니다. 먹을 것도 입을 것도 풍족했으며 원시적인 방법이긴 해도 생산활동도 대단히 발전하고 있었던 것입니다. 그래서 우리는 견해를 달리하지 않으면 안됩니다. … 그들은 이제는 단순한 행동대원만이 아닙니다. 생기가 넘치는 9천만의 주민은 일본에 저항하기 위해 조직되었던 것입니다. … 정말 이 주민은 국내외의 어떠한 적이라도 두려워하지 않습니다. 이곳은 바로 해방된 구역입니다. 당대회(중국공산당 제7차 전국대표대회) 후에 그들은 세계를 흔들어놓을 놀라운 성명을 발표하게 될 것입니다.[33]

미군 사찰단 '딕시 미션'이 연안으로 출발했을 때 송경령은 영에게 의견을 얘기했다.

두 주일 전에 데이브 B. 대령이 인솔한 20명의 장교단이 금단의 도시 연안을 향해 출발했습니다. 잭 서비스도 그 홍분한 사람들 속에 포함되어 있습니다. 연안의 진흙 투성이 땅과 악천후 때문에 그들이 타고간 비행기가 땅바닥에 격돌했지만 다행히도 한 사람도 상하지 않았습니다. …200파운드 이상의 의약물자가 3대의 현미경과 설파제와 함께 보내진 것을 나는 매우 기쁘게 생각하고 있습니다.[34]

송경령이 스틸웰과 그 막료 및 외교관들, 다시 말해서 중국에 마음을 쏟고 있는 민주적 사상을 가진 청년외교관들과 접촉한 것은 외국인이 중국진보인사의 관점과 정서를 이해하는 데 도움을 주었다. 이것은 국내정세의 악화와 더불어 더욱 두드러졌다. 국민당은 이 발전을, 항일을 강화하기 위한 절호의 기회로서 다른 나라의 참가와 함께 어깨를 나란히 하여 싸우는 대신에, 스스로의 군대와 외국으로부터 증원되어온 군수물자를 온존시켜 장래의 반공내전에 대비하고자 했다.

송경령과 존 서비스와의 중요한 대화 내용은 서비스가 미국 국무성에 보낸 보고서 속에 기재되어 있으며 이것은 전후에 공표되었다. 서비스는 중국에서 태어났으며, 주중미국대사관의 청년 서기관이었는데 스틸웰의 사령부에 정치담당관으로 부임했던 사람이다.

1944년 2월 14일자 보고서에서 서비스는,[35] 송경령이, 그때까지의 두 사람의 4, 5회 걸친 대담내용에 비해 "보다 솔직하고 명확하고 격렬하게 말할 정도로" 그녀의 의사표시를 해주었다고 보고하고 있다. 그녀는 '몇 개의 단체'로부터 미국방문을 초대받았다. 그녀는 그것을 수락했다. 그러나 "그녀가 외국으로 나가는 것을 허락할 수 없다고 하는 국민당의 퉁명스런 말을 들었다". 출국금지는 송경령이 미국구호단체에 편지를 보내 중공지도하에 있는 지역에 대한 국민당의 봉쇄를 폭로하고, 의약품이나 구제물자는 일본군과 싸우는 중공군에게도 모두 평등하게 분배되어야 한다고 요구한 것에 대한 "그녀의 자매들과 동생 그리고 국민당 고관의 강력한 반응"으로 보아야 한다고 그녀는 생각했다. 그후 국민당 중앙비서장 오철성(吳鐵城), 국방부장 하응흠(何應欽) 그리고 장치중(張治中) 장군이 차례로 경령을 방문했다. 그녀의 말을 빌리면 그들은 모두, "중국의 더러운 내의를 외국사람들 앞에서 빨고 있다"고 하면서 "유치한 설교"를 반복했다는 것이다. 그녀는 친족들도 또한 "대단히 괴롭히고 있다"고 했다.

그녀는 친구에게 편지를 보냈다.

오철성은 나를 설득하는 임무를 스스로 맡았습니다. 그는 하응흠 장군의 대표로서 … 나를 호통치는 것을 도와주는 것만으로 … 만족하지 않았어요. 그들은 사실을 인정하기를 거부하고, 단지 내가 유격구에 대한 봉쇄를 해제할 것을 호소하는 것만을 비난했습니다.36)

서비스는, 중국에 있어서 국민당과 리버럴한 사람들과의 관계를 재는 척도로서 송경령과 그녀의 형제 자매 그리고 국민당 최고간부와의 관계로 보았다. 최근 정치적 입장이 서로 다른 것 이상으로 골육의 정이 압도적으로 더 내면에 흐르고 있다고 말하면서 형제자매에 대한 관계를 정서적으로 해석하는 견해도 출현했지만 서비스의 견해가 더 사실에 근접한다. 송경령에 대해 말한다면, 육친의 정은 당연히 있었지만 원칙이 모든 것을 결정했다. 다시 서비스의 말을 인용해보자.

손부인의 입장은 긴장되고 어려운 처지였으며 그 어느 때보다 더 죄수같은 상황에 있다는 인상을 나는 지울 수 없었다. 반공봉쇄를 해제시키기 위한 그녀의 노력에 대해 불쾌함을 논의할 때 그녀는 보다 도전적인 말로써 이것을 암시했다. "그들이 할 수 있는 모든 것은 나를 여행보내지 않으려는 것이다"라고.

송경령은 외국뿐만이 아니라 중국내에서의 여행도 국민당에 의해 제한되었다. "나는 난주나 서안에 여행하고 싶다고 희망하고 있지만 그것은 경비사령관이 허가해주느냐에 달려 있어요. 나는 내자신이 가서 눈으로 직접 보기를 갈망하고 있습니다"라고 그녀는 1944년 4월 7일에 그레이스 그래니치에게 보낸 편지에서 쓰고 있다. 그러나 그녀는 어느 곳도 가지 못했다.

1944년 3월 5일, 서비스는 송경령과의 2월의 만남이 있은 지, 3주 후에 그녀와 다시 만났다.[37]

… 국민당 중앙선전부장이 그녀를 방문했다. 선전부장은 곧바로 떠났다. 내가 미안하다고 하자 그녀는 앞의 방문자와의 얘기는 인내를 필요로 하는 장시간에 걸친 것이었다고 말하며 웃었다. 이 부장이 얘기한 것은 그녀가 중국국내문제에 관해 사실이 아닌 황당무개한 말을 외국에 퍼뜨리고 있다고 말했다는 것이었다.

선전부장의 방문은 다른 용건도 있었다. 송경령이 손문의 탄생일에 하기로 이미 약속되어 있는 라디오 연설 내용에 관해 타협을 받아들이도록 그녀를 설득하기 위해서였다. 이 방송 초대장은 … 펄벅과 다른 영향력 있는 미국인들로부터 온 것으로서 … 미국에서의 기념행사의 하나로 … 그녀가 제출한 연설초고는 … 엄중한 검열을 받았다. 그 때문에 그녀는 연설할 것을 거절했다. … 그녀는 절대로 원칙문제에 관한한 타협하지 않았다. 미국측의 제안을 송경령이 당초에 수락한 것을 후에 가서 그녀가 연설할 수 없다는 사정을 설명하는 것은 선전부 당국으로서는 어려움이었다. 그래서 선전부장이 그녀의 집으로 와서 타협을 하자고 했지만 성공하지 못했다. 그러나 그녀는 그에게 미안하다고 생각하지 않았다.

1944년 3월 12일 미국라디오 방송에서 한 원고내용에는(「손문과 중국의 민주의」)[38] 다음과 같은 문장이 포함되어 있다.

우리는 미국의 고립주의와 인도의 독립운동에 대한 압박과 같은 사태를 비판할 권리가 있다고 생각합니다. 동시에 우리는, 다른 나라 사람에게 우리나라의 상황을 분석하고 비판할 권리가 있다는 것을 인정합니다.

외국에 의존하는 경향에 대해서 얘기해보면, 중국의 애국자는 누구라도, 항일을 위해 싸우고 있는 우리나라 군대는 가능한 모든 원조를 받을 자격이 있다고 믿고 있음을 말하고 싶습니다. 그러나 민족투쟁에 적극적으로 참가하지 않는 방관자적인 중국사람은 인민을 신뢰하지 않기 때문에, 만약 원조가 내일 오지 않으면 그 다음날이면 괴멸되고 말 것이라고 한탄하고 울며 부르짖는 것입니다. 우리의 국토와 미래를 위해 투쟁하는 사람은 원조를 요청합니다. 그러나 그것은 그들이 지금까지 많은 희생을 지불해온 목표에 대해서 어떠한 조건도 붙이지 않습니다.

서비스의 보고서에서 얘기하고 있는 것처럼 송경령의 완고한 반항은 용기 있는 것이었으며 또한 태평한 것이기도 했다.

송자문이 체포되었다는 최근의 소문에 대해 얘기하면 그녀는 그것을 일소에 부치고, 만에 하나 그가 체포되어 재판에 회부된다면 그것은 잘된 일이다. 왜냐하면 그것으로 공기가 정화되기 때문이라고 덧붙였다. 내가, 기소하려면 적어도 구체적인 죄명이 필요하지 않느냐고 물으면 … 필요하다면 거의 어떠한 것도 죄명이 될 수 있다고 그녀는 답했다. 그녀의 태도에서, 대원수 장개석이 송자문에 대해 무언가 구체적인 비난을 한 것이 아닌가라는 명확한 인상을 받았다. 만약 그녀와 송자문이 함께 구류되게 된다면 오히려 그것은 잘된 일이라고 그녀는 말을 계속했다. … 형부인 공상희 박사는 그녀의 일을 대단히 걱정하고 있다고 송경령 자신이 말했다. "만약 처제가 이 같은 일에 대해 언제까지나 말을 계속한다면 그들은 당신을 구류할 것이오. 그러면 어찌할 것이오?"라고 공상희가 말했을 때 그녀는 그것을 환영한다고 대답했다고 말했다.

서비스는 또한 국민당특무대의 두목인 대립(戴笠)의 활동에 관련된 얘기에 대해 보고하고 있다. 송경령에 의하면 대립은 비밀감옥용으로 중경의 방공호를 여러 개 사용하고 있다고 한다. 이것은 그곳에 갇혀 있던 한 청년이 다른 사람에게 부탁하여 몰래 가져온 노트에 의해 폭로되었다.
그리고 보다 효과적인 대일작전을 위해서 서비스는 스틸웰과 마찬가지로 반공봉쇄에 반대하고 중경정부를 개혁하는 것에 찬성했다. 1944년 6월20일의 보고서 「중국의 정세 ― 미국의 정책에 관한 제안」에서 그는 화북지구에 있어서의 앞으로의 대일 작전에 대하여 "공산당과 유격부대에 대한 원조 혹은 그들과의 협력관계를 맺는 문제"를 제기했다. 개혁의 촉진에 대해서는 "대단히 효과적인 하나의 행동은 … 백악관에서 손일선 부인에게 초청장을 보내는 것이다"라고 했다.[39]
중경에는 송경령과 효과적인 관계를 맺고 있는 또 다른 외국인 기자 그룹이 있었다. 잡지 ≪타임≫, ≪라이프≫의 기자 테어도르 화이트

(Theodore H. White)는 1943년 하남성의 대기근을 목격하고 중경으로 돌아왔을 때 보고 온 참상을 장개석에게 알려 행동을 취하도록 하려 했지만 처음에는 성공하지 못했다. 나중에 그것이 뜻대로 이루어졌을 때 화이트는 다음과 같이 썼다.[40]

    … 그(장개석)의 처형인 고매한 손일선미망인의 원조를 얻어서 비로소 … 그녀는 그 독재자가 나를 접견하도록 열심히 주장했다. 그녀가 약속을 받아냈다는 것을 전해온 마지막 편지를 보고 회견에 대한 나의 기분은 강경해졌다. 그 내용은 "그(장개석)는 매우 피곤하다고 말했지만 … 나는 수천 수백만 명의 사람들의 생명에 관계되는 문제라고 주장했습니다"라고 쓰여 있었다 ….

    "당신이 나에게 얘기할 때처럼 솔직하게, 두려움없이 사태를 보고하도록 권해도 되겠습니까? 만약 실패하여 괴로운 입장이 되었을 때도 그것에 대해 신경질적으로 되지 말아 주십시오 … 딴 방법으로는 상황이 조금도 변하지 않을 것입니다"라고 그녀는 썼다.

    화이트가 그 대기근에 대한 기사를 수정을 가하지 않고 그대로 ≪라이프≫지상에 발표했을 때 송경령은 이 기자를 칭찬했다. "그는 다시 중국에 모습을 나타내기는 어려울 것이라고 생각됩니다. 그러나 그는 자신이 중국의 인민을 위하여 좋은 일을 했다는 것을 알면 큰 위안을 느낄 것입니다"라고 영에게 그녀는 편지를 했다.[41]

    같은 편지에서 그녀는 미국인 저널리스트로서 재능이 있고 감수성이 풍부하며 중국의 일반민중에게 깊은 동정을 품고 있는 사람, 잭 벨던 (Jack Belden)을 칭찬했다. "나는 3년전 버마의(영국군의) 철수에 관한 잭 벨던의 저서를 매우 흥미롭게 읽었습니다. 그것은 지금까지도 그 전투에 관한 최고의 책이라고 생각됩니다".

    이 송경령과 외국신문계와의 연결 가운데서, 국민당을 분개시켰던 전술한 바의 「미국노동자에게 보내는 메시지」도 발표되었던 것이다. 그것은 당시 ≪노동자동맹신문≫의 기자였던 필자에 의해 송신되었다.

통일전선 그리고 구제사업

중국사회에서 또한 중경의 빛나고 화려한 정치무대에서 송경령은 다시 많은 외국의 원조를 요청하고 국내의 압박에 반대하는 통일전선을 견지하는 입장을 표현하는 어떠한 기회도 놓치지 않았다. 그 하나의 방법은 될 수 있는 한 1930년대 국구운동의 친구들과 함께 공개장소에 모습을 나타내는 것이었다. 이 그룹은 그 당시는 민주정단동맹으로 구체화되었다. 후에 그 핵심은 중국민주동맹이 된다.

송경령과 함께 모습을 잘 드러낸 사람은 혁명적인 학자이며 시인이었던 곽말약이다. 그는 국공합작에 의해 북벌이 진행되고 있던 1926년부터 1927년까지 반군벌 선전활동의 책임자였다. 그후 오랫동안 일본에 망명하여 정치활동은 하지 않았지만 제2차 국공합작이 성립하자 곧 귀국하였다.

국민당의 저명한 인물이 항일과 내전반대의 입장을 취할 때는, 그들이 "크리스찬 제너럴" 풍옥상이거나 혹은 한때 태도가 변하기도 했던 손문의 아들 손과(孫科)와 같은 사람이라 할지라도 언제나 송경령은 그들과 함께 공중 앞에 모습을 보이려고 주의를 기울였다.

송경령은 반드시 고인이 된 애국자나 진보적인 사람들의 기념활동에 출석했다. 1936년에서 37년까지 구국회의 '7군자' 중 한 사람이었던 추도분의 추도회는 그녀가 발기하고 주재했다. 추도분은 홍콩 함락 후 신4군의 근거지에서 활동하였는데 1944년 7월 병사했다. 그의 최후의 소원은 공산당에 참가하는 것이었다. 그녀는 반동의 기운이 고조되고 있을 때는 특히 마음을 써서 이런 종류의 모임에 참석했다. 많은 국민당원까지 포함한 사람들 사이에서 '국모'로 알려진 그녀의 출석은 이런 집회에 위신을 더해주고 반향을 크게 했으며 참석자의 안전을 보장해주었다.

1944년 10월19일 송경령은 구국회 선배 심균유, 작가 모순 등과 함께 노신서거기념대회에 출석했다. 8년전 상해에서 장례를 치를 때와 마찬가지로 소란을 기도하는 자가 있었지만 그녀가 거기에 있는 동안은 그들이 행동을 삼가지 않을 수 없었다. 그녀 자신의 묘사를 보면,

저번주 우리는 노신 선생을 위해 집회를 개최했습니다. SS가(비밀경찰 혹은 나치스돌격대의 뜻) 회장에 난입하여 테이블과 의자를 집어던지고 소란 상태가 야기되고 말았습니다. 나는 또다른 모임의 약속이 있었기 때문에 그 장소를 떠났습니다.[42]

보위중국동맹 활동 중에서 송경령은 제약이 많은 환경에도 불구하고 지역적인 모금활동을 계속해야 한다고 주장했다. 이 장소는 지역을 넘어서 전국적으로나 국제적으로 메아리쳐 통일전선을 건립하는 데 좋은 장소였기 때문이다. 왕안나는 "외국 친구들로부터 돈을 모으는 것은 진실로 우리들이 원하는 본뜻이 아닙니다. … 숭고한 목적을 위해 기부할 수 있는 부자들이 여기에는 있기 때문입니다. 우리들이 만약 여기서 옳은 활동을 한다면 해외에서 외국의 친구나 화교로부터 돈을 모으는 것은 보다 용이할 것입니다"라고 말한 송경령의 말을 인용하고 있다.[43]

송경령과 보위중국동맹이 1943년과 1944년의 재해로 인한 기근을 위해 행한 캠페인은 구제라고 하는 면에서만 아니고 정치적으로도 효과가 있었다. 하남성과 광동성에서는 수백만의 사람들이 굶어죽고 있었는데 거기에서는 자연재해에다 국민당 관리와 군대의 가혹한 징세(苛稅) 그리고 지주의 탐욕과 폭리를 취하는 곡물상들이 가세하여 사태를 더욱 악화시켰다. 그녀의 구제활동은 정력적이며 직접적이었다.

그것은 진부한 말만을 나열할 뿐으로 행동은 없는 국민당 정부나 무책임한 중경의 부자들(부당한 전시 이윤으로 주로 부자가 된)이 하는 것과는 극단적으로 대조를 이루었다. 구제모금 호소가 손부인에 의해 이루어지고 있을 때는 이들 돈모은 부자들 중에는 부끄러워서 기부를 한 사람도 있었다.

보위중국동맹이 모은 기아구제기금의 일부분은 중국공업합작사에 교부되었다. 그것은 하남성의 배고픈 난민을 조직하여 생산활동에 참가하게 하고 자력갱생시키기 위한 것이었다. 이것은 많은 난민들이 도망쳐와 있던 중공지도구역에서 가장 효과적으로 실천되었다. 거기에는 그들을 위한 식량과 일거리가 활기넘치는 가운데 잘 안배되었다.

광범위하게 주의를 집중시킨 중경에서의 행사는 1943년 5월 중순에 개최된 기아구제 국제아마추어 축구경기대회였다. 보위중국동맹이 주최하고 송경령이 개회를 선언했다. 허내파(許乃波)가 먼저 제안했고 송경령이 이에 바로 동의함으로써 가능하였다. 허내파는 체육을 좋아하는 기술자로서 홍콩시절에 보위중국동맹의 기술고문이었고 중경에서는 동맹의 상무위원회에 참가하고 있었다. 영국에서 교육을 받았으며 반관반민의 중영문화협회와 관계를 맺고 있었다. 그는 이 자선축구경기대회를 실현시키기 위해 만찬회를 개최하고 몇 개 나라의 중경주재 대사들을 초대하여 그 자리에서 찬조를 확보했다. 중국 고관 중에서는 중경시장 하요조(賀耀祖) 장군이(아마 동맹을 지지한 그의 부인에게 설득되었을 것이다) 중경시 팀을 출전시켰으며 또한 시정부의 군악대에게 대회 때 연주를 하도록 했다. 행사 프로그램이 공표되어 입장권이 발매되고 초대권도 발행된 후 국민당은 당황하여 국민당소속기관만이 구제기금모금이 가능하다는 지시를 통지했다. 그러나 이것을 무시해버렸다. 그리고 이러한 국제대회를 취소시키기에는 일정이 너무 급박했다.

송경령이 시구식에 임하기 위해 대회장에 도착했을 때 허내파는 군악대의 지휘자에게 국가를 연주하는 것이 어떻겠느냐 제시했다. "우리는 국가적인 의식이 있을 때만 애국가를 연주합니다"라고 지휘자는 거절했다. "손부인은 국모입니다. 거기다 고관들과 대사들(오스트레일리아·영국·캐나다·소련·미국)이 옵니다"라고 얘기하며 상기시켰다. 드디어 국가가 연주되었다.44)

이 자선축구경기대회를 준비하는 과정에서 송경령은 원칙성과 유연성을 동시에 겸비하고 있음을 다시 한번 보여주었다. 외국의 중요한 찬조자의 한 사람으로 영국대사 호레이스 시모아(Horace Seymour) 경이 있었다. 허내파의 회상에 의하면, 만찬회에서 그녀와 대화하는 가운데 시모아 경은 힌두교도와 이슬람교도는 어떠한 면에서도 일치될 수 없다고 하는 당시의 일반적인 논거로서, 인도에 대한 영국의 식민지지배를 변호했다. 송경령은 두 교도는 하나의 사실 즉 결국 영국 지배는 끝날 것이라는 점에는 일치하고 있다면서 바로 반론을 제기했다. 그녀의 친구 네루 등

인도독립운동 지도자들은 당시 옥중에 있었다. 이와 같은 솔직함은 전시의 동맹관계라 할지라도 일의 옳고 그름에 대해 침묵을 요구하는 것이 아니라고 하는 그녀의 기본적인 관점의 일관된 면을 말해주는 것이었다. 1944년 손문을 기념하는 외국을 향한 라디오연설에서 다시 그같은 예를 볼 수 있는데 그때는 전술한 바와 같이 국민당이 깊이 끼여들어 검열을 했다. 거기에서도 "인도에 대한 압정"을 비판했다.

송경령과 시모아 대사는 대화에서는 다투었지만 자선축구경기시합의 기획에 대한 영국 대사의 지지는 변함없었다. 또한 대사부인 바이올렛 시모아 여사가 곧 송경령의 구제활동을 위한 자원봉사자가 되었는데 그것을 막지도 않았다. 이것은 모두 송경령에 대한 사람들의 존경을 증명하는 것이었다.

이 자선축구시합에는 국제적 의의가 있는 또 하나의 에피소드가 있다. 그것은 망명중에 있는 한국인이 축구팀을 결성하여 일본에 병합되기 이전의 조국의 국기를 달고 참가한 것이었다.

필자의 기억에 의하면 이 경기대회는 대단히 간소하고 장식이 없는 것이었다. 관객석은 버팀다리위에 긴 판자를 깔았으며 소수의 귀빈석에는 접는 의자가 쓰였다. 햇빛이나 비를 가리는 것도 없었다. 중경에서는 관중이 대단히 많았는데 그들은 시합을 본다는 것보다 손부인과 그녀의 사업에 대한 열렬한 지지를 표하기 위해 온 것이다. 외국사절들이 무리지어 참가한 것은 그들 자신의 이유 때문으로 이 자선축구대회에 참가하는 것이 정치적으로 현명하다고 생각했기 때문이었다. 그 가운데는 축구팬도 있었다. 보통 잘 알려져 있지 않은 무뚝뚝한 소련대사도 그러한 사람이었다. 그가 축구팬이라는 것은 과거에는 알지 못했지만 이제는 의심할 여지 없이 개인정보수집자는 그것을 기록했다.

송경령은 모든 선수와 다 악수를 교환하고 재해난민을 대표해서 모두에게 감사한 후 각 선수에게 기념배지를 달아주었다.

보위중국동맹은 또한 기아구제를 위한 연극 자선공연을 주최했다. 그 중에는 진보적인 배우며 감독이었던 김산(金山)이 지도한 극단처럼 전문가들에 의한 것도 있었다. 이와 같은 중경의 무대인들의 생활은 편안하지가 않았다. 공연기간에 그들의 생활을 목격한 허내파는 "남녀배우들이 큰 홀의 마룻바닥에서 침대도 없이 자야만 하는 상태를 보았을 때 그들이 손부인을 얼마나 경애하며 신뢰하는가를 나는 잘 알 수 있었다"라고 얘기했다.[45]

한번은 트리니다드 출생의 대애런이 구제지원을 위한 무도회를 개최했다. 대여사는 중국 발레의 창시자의 한 사람으로 앞서 홍콩에서도 동맹을 원조했었다.

공식적인 것은 아니지만 다양한 음악회도 구제를 위해 개최되었다. 출연자는 중경에 체재중인 서구 및 소련의 젊은 외교관이나 군관계자였다. 이런 모임에서는 많은 청중들이 함께 노래를 불렀는데 러시아가곡에서 영국의 요크샤민요에 이르기까지 모두 함께 크게 노래불렀다.

이 축구나 음악에 의한 자선사업은 전시수도에 있는 중국인, 외국인 모두의 주목을 집중시켰으며 동시에 사람들에게 기아구제가 얼마나 긴박한 것인가를 느끼게 하고 반면에 왜 국민당지배자는 기아구제를 중시하지 않는가를 반문하게 했다.

중경에서의 송경령은, 지배자들은 그녀를 베일에 가려놓고 싶었지만, 많은 사람들의 눈에 보이게 되었으며 그 성망도 높았다. 이러한 것은 보위중국동맹도 마찬가지였다. 홍콩함락 후 국민당은 동맹이 조용이 없어져버리기를 기대했지만 그와는 반대로 동맹은 재건된 후 활력이 더욱 충만하게 되어 상황의 진실을 보도하고 기부금의 용도 등 재무 관계를 공개했다. 권력을 쥔 사람들의 타성에 젖고 타락하고 쓸데없는 소리나 지껄이는 태도와는 크게 달랐다. 이와 같이 하여 동맹은 스스로의 정치적 입장을 명확히 했다.

보위중국동맹 내부에는 위에서 아래까지 다 포함해서도 송경령 이상으로 힘들게 노력하며 활동한 사람은 없었다. 그녀는 일의 크고 작음을 막론하고 세부적인 것까지 그리고 처음부터 끝까지 주의를 기울였다. 여러가지 일이 성취된 것은 많은 사람들의 힘을 결집할 수 있었기 때문이지만 당시의 환경속에서는 만약 손문부인이라는 이름이 없었다면 그리고 그녀의 대담함과 근면함과 현실을 직시한 지도가 없었다면 어떤 사람도 할 수 없었을 것이다. 이상의 서술에서 이러한 것을 엿볼 수 있었다고 생각한다.

중경 체류시의 생활

중경에서의 송경령의 활동 이외에, 어떻게 지냈는가에 대한 흥미 있는 측면은 당시 신변 가까이에 있던 사람이 알려주고 있다.

왕안나는, 생활은 검소했고 현지에서 라미섬유[麻]로 된 옷을 입었으며 필요한 것들을 할 수 있는 여유가 없었다고 경령의 일상을 적고 있다. 또한 송경령은 "언니나 동생이 미국으로부터 사치스런 물품을 수입하는 것은 있을 수 없는 일"46)이라고 비난했다고 기록하고 있다.

미국의 예술가이며 작가인 그라함 펙(Graham Peck)47)의 기록에 의하면 송경령은 송자문 등 그녀의 동생들로부터 빌린 집과 승용차를 사용했지만 손문 박사 미망인으로서의 연금은 인플레 때문에 실질적으로 점차 감액되어 사용할 수 있는 돈은 거의 없었다고 한다. 그녀는 집에 걸 시계가 있었으면 하고 생각했지만 그것을 살 여유가 없었으며 그리고 친척에게 부탁하기에는 그녀의 자존심은 너무 강했다.

경령은 특히 남의 눈에 띄지 않게 외출하는 것을 즐겼다. 때때로 왕안나와 함께 도시중심부를 가로질러 흘러내리는 장강의 남쪽 뚝에 연한 시골길을 오랜시간 산보하곤 했다.

때때로 길가던 사람이 발을 멈추고 의심스러운 듯이 "손부인이신가요?"라고 묻는 사람도 있었어요. 그러면 부인은 소녀처럼 얼굴을 붉히며 급히 걸어가 버렸습니다. … 길옆 작은 찻집에서 짐을 지는 사람이나 다른 가난한 사람들 사이에 섞여서 휴식하고 있을 때 그녀는 아무런 걱정도 할 필요가 없었어요. 그들은 손문이 누군지도 알지 못했기 때문입니다. 그러나 장개석은 그들에게 있어서는 권력을 쥔 눈에 보이지 않는 황제였어요. 기껏해야 그들이 본 것은 호위대에 둘러싸여 맹렬하게 질주하는 검정색 리무진 승용차를 보았을 뿐이었으니까요.

피곤하고 배고픈 채 산보에서 돌아오면 우리들은 우리 자신을 위해 요리를 했어요. "당신 프라이팬을 가지고 와주세요. 감자전병을 만들어 먹읍시다"라고 그녀는 미리 전화를 걸기도 했습니다.

많은 외국인들이 다투어 송경령을 만나고자 했다. 어떤 사람은 진정으로 원해서 손부인을 만났다고 얘기했다. 존 S. 서비스는 다음과 같이 회상했다.

　… 그녀는 … 언제나 여행자들을 끄는 매력의 대상이었다. 중경을 방문한 많은 중요인물들인 장군이나 기타 등등의 사람들은 만약 소개를 받을 수 있다면 그녀를 방문하고자 노력했다. … 그녀는 별로 외출하지 않았다. 사람들은 방문하면 언제나 그녀를 만날 수 있었다. 그러나 그러기 위해서는 유쾌하지 못한 일을 당하는 것을 감수해야 했다. 그녀는 경계 밖에 있는 것처럼 국민당의 감시를 받고 있었기 때문이다.[48]

"비밀경찰이 그녀의 집을 감시하고 있었다". 그렇기 때문에 중국인이라도 송경령을 "자유로이 방문할 수 없는 상태였다"고 그라함 펙은 쓰고 있다. 그녀 자신은 "나를 이용할지도 모를, 두렵게 생각되는 그런 저널리스트나 외교관에 대해서는 주의를 했지만 … 중국인이든 외국인이든 별 중요하지 않은 보통의 젊은이들을 손님으로 맞이하는 것을 좋아하였다"고[49] 했다.

그녀는 주로 옛친구들이나 그녀의 활동을 원조하고 있거나 원조해줄지도 모르는 사람들과 사귀었다. 그녀는 단순한 사교적인 휘말림, 즉 먼저 한사람을 만나면 그 다음 다른 사람을 만나는 것을 거절할 수 없게 되고 만약 거절하게 되면 그 사람을 불쾌하게 만들게 되는 등의 곤란함을 두려워했으며 의미없이 시간을 낭비하는 것을 피했다. 그러나 그녀는 숨어사는 은자가 되기를 원치 않았다. 왕안나는 그런 점을 잘 얘기해주고 있다.

　… 젊은 사람들과 즐겁게 … 그리고 구애받지 않고 편안한 친구와의 만남을 좋아했어요. 그들은 그녀가 있는 앞에서 갑자기 벙어리처럼 말없이 두려

워 앉아 있는 일도 없었고 또한 뭔가 재미있는 말을 끄집어내거나 정치적인 타협을 하려 하지 않았기 때문이지요. 그녀는 댄스, 특히 좋아하는 왈츠를 추는 것을 좋아했지만 보위중국동맹 활동 중에는 그녀 자신의 지위를 생각해서 춤을 추지는 않았어요[50]

송경령이 좋아한 젊은이들 중에서 연합군 병사들이 있었다. 장교와는 달리 중경에는 병사를 위한 사교오락장소는 거의 없었다. 그녀는 그들을 위해 특히 자기집에서 크리스마스 파티나 다른 파티들을 열었다. 참가하는 데는 특별히 초대장을 필요로 하지 않았으므로 원하면 올 수 있었다. 이러한 초청은 그들의 마음을 따뜻하게 끌어들였다. 그러나 그들의 상관은 특별초대가 없으면 참가할 수 없었다.

이것은 송경령에게 웨슬리언 시대 이후 처음으로 보통의 젊은 미국인들과 함께 지내는 기회가 되었다. 그녀는 영에게 보낸 편지에서 " … 그들은 한무리의 샘(미국인을 인격화한 명칭)이었습니다. 나는 그들이 좋습니다"라고 썼다.

다른 편지에서, 그녀는 이와 같은 모임을 위해 병사들이 60명 정도 들어갈 수 있도록 지하실에 전선을 가설하고 장식을 했다고 얘기했다. 중경체재 외국인 기자 중 한사람은 "지금까지 중경에서 참석한 파티 중에서 나의 집에서의 이 파티가 제일 좋았다고 젊은 병사들이 얘기했다고 말해 주었습니다"라고 그녀는 즐겁게 되풀이했다. 그라함 펙은 경령이 개최한 보다 작은 파티에 대해서 썼다.

파티는 언제나 즐거웠다. 식사를 하면서 환담하고 사교춤도 추었다. 그녀는 좀처럼 정치 얘기는 하지 않았다. 그녀는 가족에 대한 것을 얘기할 때는 간접적인 말로 미묘하게 돌려서 의견이나 기분을 표현했다. 예를 들면 제부(장개석)에 대해 언급할 때는 눈을 크게 뜨고 튀어나올 듯이 하며 약간 비꼬는 투로서 낮은 목소리로 '제너럴리시모(대원수)'라고 제부의 직함을 발음했던 것이다. 잊을 수 없는 어느날 저녁, 그녀는 발목에 붙은 모기를 손으로 철썩 때려서 잡고 난 후 웃으며 말했다. "보다시피 나는 스타킹을 신지 않았어요. 나는 신생활운동의 규칙을 파괴하고 있습니다. 그러나 나는 '황후'인내동생처럼 미국으로부터 나이론 스타킹을 입수할 수 없었으니까요"51)

펙은, 송경령이 자신의 나라 중국에서 아마 동생 장 부인보다 더 잘 알려져 있고 또, 확실히 더 존경받고 있으며 … 또한 그녀는 친족들의 탐욕스러움이나 그들이 남편 손문의 이상을 곡해하고 있는 것을 비판함을 숨기지 않았기 때문에 때로는 "중국의 양심"이라고 불린다고 말하고 있다. 국가적인 입장에서는 그녀는 "단단한 화강암 같은 여성"이었지만 사적 교제의 장에서는 "관대하고 겸손하며 그리고 쾌활한 사람"이었다.52)

송경령의 유머센스는 여러가지 형태로 나타났다. 때로는 일종의 조소의 무기로서 때로는 마음의 부담을 가볍게 하는 순수한 농담으로 표현했다. 후자의 예는 1943년 5월 그녀가 필자에게 보낸 한통의 편지에서 볼 수 있다. 겉으로는 그녀가 미국 육군 소령으로부터 새로 얻은 '메이저'라는 이름을 붙인 강아지로부터 온 것이었다.

　　친애하는 엡 아저씨.
　　저는 훈련을 받고 있습니다. 조금 가볍게 얘기하면 규율이란 좀 귀찮은 것입니다. 그러나 저는 훈련에 노력하며 귀찮게 여기지 않을 것입니다. 아가씨는 정말로 저를 무척 좋아하는 것처럼 보이기 때문입니다. 아가씨는 저에게 물어봅니다. "너는 태어난 지 얼마나 되니?" "너는 디스템프나 광견병 예방접종은 했니?"라고요. 그녀는 곧 예방접종을 하기 위해 나를 군사사절단이 있는 곳으로 데리고 가려고 생각하고 있습니다.
　　곧 만나기를 희망하면서.

　　　　　　　　　　　　　　　　당신을 경애하는 강아지 메이저
　　　　　　　　　　　　　　　　1943년 5월 10일

그러나 그 다음해는 거의 웃음이 사라졌다. 유럽 전국은 급속하게 승리로 향하기 시작했지만 국민당 지배하의 중국에서는 오히려 군사적으로도 정치적으로도 인민의 생활면에서도 붕괴조짐이 나타났다.

장개석정권이 아직도 의욕을 보였던 것은 연안을 중심으로 한 구역에 대한 군사적 위협이었다. 1943년 7월 송경령은 그레이스 그래니치에게 편지를 썼다.

　　라디오 뉴스에 의하면 호종남(胡宗南)의 7개사단이 변구(해방구)주위에 집중하여 변구수비군을 향해 박격포를 발사했다는 것을 듣고 우리 친구들은 대단히 놀라고 있습니다. 만약 이 정보가 연안으로부터 직접 온 것이 아니라면 나는 그것을 일소에 부쳤을 것입니다. 왜냐하면 내부항쟁을 시작할 시기는 확실히 아니기 때문입니다. 미국도 영국도 그것을 좋게 보지 않습니다. … 외국기자단의 되풀이되는 질문에도 불구하고 우리들은 중앙선전부로부터 그 이상의 정보를 입수할 수가 없습니다.

　　한편 주은래 부부와 임표 장군은 2주일 전에 4대의 트럭과 함께 여기를 떠나 연안으로 향하는 도상에 있습니다. 우리는 외국의 여러 단체의 도움에 감사하고 있습니다. 이 도움으로 국제화평의원과 보위중국동맹의 프로젝트를 위한 의약물자와 … 다액의 기부금을 그들에게 탁송할 수가 있었던 것입니다. 그러나 금액은 제법 많지만 인플레이션이 국가의 통화가치를 대폭 하락시켜 빠른 시기에 1파운드의 빵을 사는 데 한 양동이의 지폐가 필요하게 될 것입니다.[53]

　　그 다음해 송경령은 버마전선에 있는 딕 영[54]에게 보낸 편지에서, 일본군에게 중국의 도시들이 차례로 함락되어가는 상황에 대해 썼다. 일본군의 해상교통선이 미국의 해군과 공군의 반격작전으로 파괴되자 일본군은 중국 최북단에서 남단 및 동남아시아까지를 관통하는 육상교통선을 확보하기 위하여 신 '1호작전'에 착수하여 순차적으로 도시를 공격했다.

　　이러한 때도 중경에서는 '후방의 평화생활'을 만끽하고 있는 무드에 변함이 없다고 그녀는 불만을 토로했다.

　　그러나 모두가 다 무위와 안일의 즐거움에 빠져 있는 것은 아니었습니다. 장사나 형양 그리고 기타 도시에서의 패배는 심리적으로 반작용을 불러일으키고 있었기 때문입니다. … 비극적인 것은 그것을 막을 수 없다는 것이었어요. … 상황의 발생은 우리들의 정치노선에 의한 것입니다. … 더욱이 이 '우리들'에는 당신도 나도 포함되어 있지 않습니다.

　　서안이나 계림 등에서는 사람들이 당황하여 피난가기 시작했어요. 그 때문에 5만 원을 지불해서라도 승차권을 손에 넣었으며 열차는 초만원이어서

창을 통해 차 안으로 들어갔습니다 ··· 그같은 기회를 얻을 수 있기에는 며칠을 기다려야만 했습니다.

지난밤 나는 어떤 사람과 함께 저녁식사를 했습니다. 단오절기였기 때문에 우리는 스틸웰 장군을 생각하며 그를 위해 또한 당신을 위해 건배했습니다.

일반백성들의 매일매일의 생활을 걱정하며 송경령은 끊임없이 상승하는 물가를 서민과 함께 걱정했다. 부와 권력을 겸비하고 이같은 걱정과는 무관한 사람들의 사치한 생활에 비통함을 느꼈다. 이것은 그녀에게 있어서 추상적인 동정의 문제가 아니었다. 그녀 자신이 적은 생활비로 검소하게 살고 있었으므로 그 고통을 알고 있었다.

송경령은 그레이스 그래니치에게 보낸 편지에서 다음과 같이 쓰고 있다.[55]

이곳에서는 인플레이션이 많은 사람을 자살로 몰아가고 있습니다. 한 대학에서는 하룻밤에 4명이 목을 매었습니다. ― 이미 3주 동안 고기가 없었으며 계란은 1개 3원입니다 ··· 학생들의 생활은 대단히 어려우며 학력은 어디에서도 저하되고 있습니다. 이전에는 60점이 합격의 최저점이었지만 지금은 35점이 합격점입니다. ···

끈적끈적하게 무더운 중경의 여름에 인공적으로 시원하게 할 수 있는 것은 소수의 특권계급 사람들뿐이지만 그들은 또한 전혀 다른 '고생'이 있었다. 송경령은 그것을 영에게 보낸 편지에 날카롭게 풍자하였다.[56]

저번주 ··· 이곳의 제빙공장이 고장나 버리자 시내에서는 거의 혁명 같은 소동이 벌어졌습니다. 외교관들은 더 이상 얼음을 구할 수 없어서 더위를 식힐 수 없었기 때문에 점잖을 뺄 수도 없었습니다. 얼음을 사는 우대권도 소용이 없었습니다. 그들은 쿨리처럼 젖은 타올을 허리벨트에 차고서 상의를 벗어버리고 셔츠 소매를 걷어올리고 만찬회에 뛰어들었습니다. 제빙공장 앞에는 매일 몇백 명이 장사진을 치고 있었으며 길거리에서는 얼음쟁탈전이 일어났기 때문에 사람들은 얼음덩이를 지키기 위해 차안으로 뛰어들었으며

… 때로는 피스톨이나 리볼버를 휘두르는 호위가 동행하는 경우도 있습니다. 이 때문에 이제는 얼음 암시장까지 나타났으며 … 50파운드에 1200원이나 합니다.

*　　　*　　　*

1년 전에 그레이스 그래니치에게 보낸 편지 가운데서 송경령은 꼭같은 어조로 인민의 고통과 대조되는 그녀의 여동생 장부인이 미국으로부터 귀국한 모양을 묘사했다.[57]

　　미령은 뉴욕 5번지에 출입하는 갑부나 명사의 부인처럼 행동하여 우리는 그녀에게 커다란 생리적 변화가 일어난 것이 아닌가 보고 있습니다. …그녀는 대단히 잘 적응하고 쉽게 주위 환경의 영향을 받아들입니다. 그래서 그녀는 현저하게 클레어 부스(미국의 ≪타임≫, ≪라이프≫ 편집장 헨리 루스의 부인)를 닮고 있습니다. 누가 뭐라해도 그녀는 중국을 위해 가장 광범한 선전을 했습니다. 그녀 자신이 그녀를 칭찬하는 사람들과 함께 모인 집회에서 "나는 미국인에게 중국인은 모두 쿨리나 세탁부가 아니라는 것을 보여주었습니다!"라고 말할 정도였습니다. 중국은 그것에 대해 고맙게 생각해야 되겠지요.
　　비행기 승무원은 그녀가 가지고 간 많은 트렁크와 수많은 통조림 식품 등에 대해서 '무엇이 이렇게 많은가'라고 말했습니다. 그러나 나는 단 한 개의 콩 통조림이나 신 한 켤레도 보지 못했습니다. 그녀는 짐을 들여놓을 공간이 없었기 때문에 나의 신은 '다음편 비행기로 올 것입니다'라고 말했습니다. 재미있는 일입니다. … 아마 전후의 일이라고 생각됩니다.

그리고는 그녀는 정치문제에 대해 일격을 가했다.

　　진지하게 얘기한다면 그녀의 이번 여행의 직접적인 결과는 미국에서 반공운동을 전개하려고 하는 대원수(장개석)의 결정에 의한 것이었습니다. 입법원 위원인 온원녕(溫源寧)에게 이 운동의 지휘를 맡도록 교섭하고 있습니다.

송경령은 그녀 자신이 직접 미국을 방문하겠다고 생각한 것은 이같은 추세를 고려해서였다. 그러나 그녀가 존 서비스에게 얘기한 것처럼, 방미는 국민당에 의해 금지되었다. "나는 두 가지 꿈이 있습니다"라고 그녀는 버마전선에 있던 딕 영에게 편지를 썼다.58)

하나는 미국에 가는 것입니다. 미국에서는 고립주의가 대두하고 있다고 들었습니다. 그래서 나는 미국인에게 그들의 의무와 책임을 깨우치도록 하기 위해서 … 무언가 유용한 일을 하지 않으면 안된다고 생각합니다. 또 하나는 당신이 있는 전선을 방문하는 것입니다.
폴레트 고다드[Paulette Goddard ; 미국 영화배우 한때 찰리 채플린 (Charlie Chaplin)의 부인. 당시 전선을 순회하였다]는 아니지만 두번째 소망은 첫번째보다 실현 가능성이 더 없다고 생각됩니다.59)

미국의 이 정치적 분위기-고립주의 대두 가능성-에 대한 송경령의 언급은 1944년 대통령 선거전이 시작되려는 시기의 일이었다. 이 선거는 4선을 목표로 하는 민주당의 프랭클린 루스벨트에 대하여 공화당후보 토마스 듀이(Thomas E. Dewey)가 대항했던 것이다. 장개석 측근은 듀이에게 열심히 후원하여, 루스벨트가 "사상 최고로 비열한 선거운동"이라고 칭한 듀이의 우익적 캠페인을 후원하였다. 송경령은 루스벨트를 존경했다. 그래서 그가 당선되고 난 뒤 그녀의 친구 그레이스 그래니치에게 편지를 보내 "나는 여러분들이 루스벨트를 다시 지원하여 당선시킨 것을 영광스럽게 생각합니다. 우리는 그가 가까운 장래에 중국을 방문 해주기를 희망합니다"라고 썼다.60) 그 해 가을 루스벨트가 스틸웰 장군을 해임시켰을 때 그녀는 아주 실망했지만 그럼에도 불구하고 그녀는 루스벨트의 재선을 기뻐했던 것이다.61)

여기에 한 가지 문제가 있다. 이 중경시대에는 송경령과 동생 송미령과의 관계는 아주 좋지 않았는가? 하는 문제다. 꼭 그렇다고만은 할 수 없다. 두 사람의 모든 견해가 다 다른 것은 아니었기 때문이다. 미령에게는 결점이 있었지만 국민당내의 투항파도 아니었고 친추축국파도 아니었다. 그녀는 스틸웰에 대한 남편의 심한 적의에는 동조하지 않았다. 스틸웰의 일기를 보면, 스틸웰은 몇 가지 문제에서 미령이 자신을 위해 행동하고 얘기해왔다고 믿고 있다. 또한 그녀는 특히 경령에 대한 대응문제에 관하여는 장개석에게 있어서 히뮬러(히틀러의 친위대장) 같은 존재인 비밀경찰 두목 대립과는 다른 생각을 가지고 있었다고 말하고 있다.

그 당시 장개석 관저에 있던 군사위원회 위원장 대종실(待從室)의 비밀전화도청원 왕정원(王正元)의 회상에 의하면,[62] 미령은 오빠 송자문에게 전용전화로 대립이 경령에게 붙여두고 있는 스파이를 취소시키도록 대립에게 얘기하라고 큰소리로 분개하여 얘기했다고 한다. 미령은 언니에 대해 어떠한 계략을 쓰는 것도 참을 수 없다고 얘기했다. 송자문은 곧 연락을 취했고 대립은 이에 응했다. 대립은 자신의 검은 사업을 위해 송자문과 공상희에게 자금을 의존하고 있었기 때문이다. 더욱이 이 전화도청원은, 대립의 비밀요원들은 장개석이 기대하는 것만을 수행했지만 부인이 사이에 끼여드는 경우 만약 부부사이에 말다툼이 생긴다면 대립은 너무 열심이거나 어설프다고 하여 양측으로부터 다 책망을 들을 수 있으며 비밀경찰 두목은 어려운 입장에 놓이게 된다고 생각하였다. 이것이 바로 신하의 딜레마였다.

미령은 송경령 집과 연결되는 전용전화선도 부설했다. 왕정원은 또한 즉시 도청하게 되었고 두 자매가 그들의 고향말인 상해사투리를 하는 것을 들었다. 왕정원이 회상하기로는 두 사람의 전화는 그렇게 횟수가 많지 않았으며 음식이나 건강, 형제들의 소식 등 주로 가정적인 얘기였다고 한다. 그리고 미령은 무언가 경령을 두려워하는 듯이 보였고 그녀는 경령을 '언니'라고 불렀으며 먼저 전화로 언제쯤 가도 되겠느냐는 등의 형편을 물어보지 않고는 언니집에 가지 않았다.

한번은 송씨 집안사람 모두가 중경에 있을 때 장개석이 모든 친척을 식사에 초대하고자 했다. 미령은 경령에게 전화를 걸어 의논하면서 안심시키듯이 "꼭 가족들만 모여요. 다른 어떤 사람도 오지 않아요"라고 말했다. 그런데도 경령은 기분이 좋지 않아서인지 거절했다. 그래서 미령은 "의사를 보내줄까"라고 제의했지만 이미 약을 먹었기 때문에 그럴 필요가 없다고 경령은 대답했다. 경령이 공상희의 집을 방문하여 거기서 장개석 부부를 만난 일이 있지만 장개석 집의 손님으로 되어가는 것은 주저했다. 비록 가족 파티라 할지라도.

송경령이 비교적 만날 기회가 많았던 송자문과의 관계는 자문이 외교부장이었던 1942년 말경 그레이스 그래니치에게 보낸 편지에서 보이는 것처럼 두 사람은 때때로 정치적 견해를 함께했다.

> 내 동생은 중국으로 돌아왔지만 곧 또 캄차카를 경유하여 워싱턴으로 돌아갈 것입니다. 캄차카 경유는 … 아프리카를 돌아가는 것보다도 소요시간이 반은 단축됩니다. 동생은 중국과 소련과의 사이에 보다 좋은 관계를 쌓기를 희망하고 있습니다. 그래서 그가 체류하는 동안에 부하들이 반동파를 기쁘게 하려는 열망 때문에 벌어진 중·소 간의 어떤 오해를 그는 매우 유감으로 생각하고 있습니다.63)

송경령은 송자문의 신체 안전에 누나로서의 주의를 기울였다. 자문을 알고 있는 딕 영에게 보낸 편지에서 얘기하고 있다. "며칠 전에 동생을 만났는데 그는 당신에게 안부를 전해달라고 부탁했어요. 그는 체중이 많이 줄었지만 전보다는 건강하게 보인다고 생각했습니다."64)

그녀의 제일 아래 동생으로서 그녀가 좋아한 송자안(宋子安)에 관하여 … 영이 미국으로 돌아간 후 자안을 만났다. 송경령이 이 사실을 알고 영에게 편지를 보냈다. "당신이 크리스마스 이브를 자안의 집에서 보냈다는 얘기를 듣고 나는 대단히 기뻤습니다".65)

스틸웰의 해직과 전쟁 종결

1944년 10월 루스벨트 대통령은 장개석의 요구로, 조셉 스틸웰 장군을, 연합군 중국전구 참모장 및 중국·인도·버마 전구 미군사령관직에서 해임했다. 이것은 미국이 장개석과 마찬가지로 대일전의 종결을 예상하고 그 이후의 국민당 세력의 회복을 고려하여 취한 신호였다. 또한 이렇게 함으로써 미국으로부터 보증을 따낸 장개석이 내전으로 끌고 가는 것을 미국이 지지하게 되었다. 이 때문에 스틸웰의 해임은 중국의 전시정국에서뿐만 아니라 이후 20여 년 간의 중·미관계에까지 영향을 미친 전환점이 되었던 것이다.

스틸웰은 중국의 항일전선을 활발하게 하기 위하여 중공지휘하의 부대를 중국에서 가장 효과적인 항일전력으로서 미국의 원조와 군사협력의 대상으로 포함시켜야 한다고 생각했다. 그의 주장에 의해 미군시찰단 '딕시 미션'이 연안에 파견되었다. 그 시찰보고에 관해 그는 1944년 9월 일기에 썼다. "어떻게 해서라도 계속해서 싸워나갈 중공군에게 원조를 해야만 한다."[66]

루스벨트가 중국에서의 분쟁을 해결시키기 위해 특사로 파견했던 패트릭 헐리(Patrick J. Hurley) 장군은(후에는 주중대사가 됨) 스틸웰과는 정반대의 노선을 취했다. 그리하여 그는 분쟁을 첨예하게 만들어 파탄에 이르게 했다.

헐리는 스틸웰을 해임시켜 귀국하게 하기 위해 장개석과 결탁했다. 스틸웰의 후임으로 임명된 알버트 웨드마이어(Albert C. Wedemeyer) 장군은 많은 점에서 헐리와 일치했다. 두 사람은 기질이나 지엽말단의 문제에서는 다른 점이 있었지만 둘다 함께 나중에 '냉전'으로 알려진 상태의 발단을 만들었다. 헐리는 루스벨트 대통령에게 "국민당중앙정부는 일본을 타도하는 목전의 목표를 배경으로 전후의 국내에서 공산당에 대한 우세를 유지하기 위한 세력의 보존이라는 중요한 과제를 짊어지고 있다"는 사실을 수용하도록 촉구하고 있다.[67]

웨드마이어는 그 나름대로, 유럽에서는 독일인과 러시아인이 동부전선에서 서로 더 많이 죽여서 함께 쓰러질 때까지, 연합군측은 서부에서 히틀러 독일에 대한 제2전선 수립을 연기하는 것이 좋다고 생각했다. 아시아에서는 일본의 힘은 완전히 괴멸되지는 않을 것이며, 그 일부분은 "소련의 확대에 대항하는 세력"으로 보존시켜야 한다고 역설했다.[68]

스틸웰이 시찰단 '딕시 미션'을 연안에 체재시킨 것은 대일 공동 작전을 희망했기 때문이며, 중공지휘하의 군대가 가지고 있으며 아울러 미군에게 제공해주기를 바라는 적전구의 정보를 획득하여 최후의 연합군사 행동을 준비하기 위해서였다. 그 군사행동이란 화북에 상륙하여 일본군에게 타격을 주는 것이었다.

그러나 헐리와 웨드마이어 그룹의 눈에는 딕시미션의 주요임무는 완전히 달라져야 했다. 즉 반공활동을 위하여 공산당의 정보를 수집해야 한다는 것이다. 일찍부터 적어도 한 사람은 시찰단 속에 잠입해 있었으며 그는 장개석의 내전론에 가담해 있던 미국 해군의 한 기관에 정보를 보냈고 그곳에서는 다시 장개석의 게슈타포 두목인 대립에게 통보했다. 더욱이 대립은 세 방면으로 스파이를 들여보냈다. 중공에, 그리고 전쟁 중에 그들과 공동작전을 하는 것에 찬성한 미군시찰단 단원 속에 그리고 시찰단과 미국군과 정부의 상층부와를 왕래하는 통신원 속에 스파이를 넣었다.

루스벨트 대통령이 장개석을 좋아했기 때문에 편든 것은 아니었다. 그는 이미 장개석의 협박 전술에 넌더리가 나 있었다. 예를 들면 만약 미국이 10억 달러의 차관과 매우 위험한 공수작전에 의한 매월 2만톤의 군수물자수송 요구를 충족시켜주지 않으면 중국은 이 전쟁에서 붕괴되고 말 것이라고 위협했던 일이 있다. 대통령은, 장개석이 버마에 있는 미·중연합작전에 자신의 군대를 투입하는 것을 원하지 않는다든가 중국에 있어서 미공군기지에 충분한 지상방위시설을 제공하는 것조차 싫어하며, 눈앞의 항일전이 아닌 장래의 내전을 위해 자금이나 무기를 원하고 있다는 것을 스틸웰로부터 들어서 알고 있었다. 헐리 자신까지도 장개석 그룹을 '파시스트와 도적'[69]이 모인 것이라고 얘기하고 있었다. 왜 미국은 이들 파시스트와 도적이 살아남도록 힘을 빌려주는가에 대해서는 정확하게 설명하지 않았지만 이에 대한 비평을 명확하게 내놓은 미국인 학자는 적절하게 지적했다. 실제로 해답은 헐리로부터 나왔다. 그는 그 목적은 "현 정부하에서의 중국의 통일"에 있다고 쓰고 있었던 것이다.

이 전과정은 헐리 및 웨드마이어가 스틸웰시대의 정책을 모두 포기한 것은 아니라고 보이도록 태도를 취하는 동안은 은밀하게 감추어졌다. 국민당 전선은 일본군의 최후의 맹공격을 받아 괴멸 위기에 처함으로써 스틸웰의 견해가 옳았다는 것이 증명되었다. 다만 부임했을 뿐인 두사람은 달리 할 수 있는 것은 거의 아무것도 없었다. 일본군은 그 이전의 2년 동안 중공군에게 병력을 집중시키고 국민당군과는 거의 교전을 하지 않았다. 이 대공세 때는 중경까지도 위협을 받았다. 1944년 4월부터 12월 사이에 일본군은 정주, 낙양, 장사, 형양, 계림, 남양을 점령하고 선두는 귀주성 독산에까지 도달했던 것이다. 잠시동안은 중공지도하의 군민을 제외하고는 저항하는 자가 없는 것으로 보였다. 그러나 이후 곧 결과가 증명하듯이 헐리와 웨드마이어의 기본적인 방향은 변하지 않았다.

스틸웰이 장개석과 다투고 해임되기에 이르기까지의 시기에 송경령은 사태의 진행에 깊은 관심을 보이며 그의 입장에 강한 동정을 표명하고 적어도 두 번 그를 자택에서 접대하였다.

송경령은 1944년 6월 24일자로 스틸웰에게 보낸 편지에서 "당신과 당신이 행한 행동에 대한 사람들의 생각"[70]은 감사함이라고 썼다. 스틸웰은 1944년 9월 24일자 그의 일기에 쓰고 있다.[71] "손 부인과 저녁식사를 함께했다. 그녀는 강화회의에 출석하는 중국대표로 나를 뽑았다고 했다. … 나는 중국인을 위해서 발언할 것이기 때문에 중국인민 사이에 신망이 있다고 말했다".

그리고 10월 20일 파면되던 날의 일기에서는[72]

손부인을 만났다. 부인은 울면서 매우 고뇌했다. 그녀는 민중의 항의데모가 일어날 것을 기대한다고 했다. 미국에 가서 루스벨트 대통령에게 일의 진상을 얘기하고 싶었지만 전쟁중에는 동생 미령처럼 외국에 나갈 수 없었다. 나로 하여금 루스벨트에게 장개석의 진정한 본성을 알려달라고 그녀는 말했다. "장개석은 종이호랑이입니다.…" 또한 "왜 미국은 그를 그 자리에 두는지요. 미국은 힘이 있기 때문에 그가 말하는 것을 모두 귀기울이지 않아도 될텐데요…"라고 했다. 그리고 윈(스틸웰 부인 위니프레드)에게 보낼 선물을 나에게 주었다.

흥미 있는 것은 여기서 송경령이 '종이호랑이'라고 하는 생생한 전통적 표현을 쓰고 있다는 것이다. 후에 이 말은 전후 장개석을 지원하는 미국의 힘에 관하여 모택동이 사용하여 세계적으로 유명해졌다. 이 말과 그녀가 친숙해진 것은 상당히 일찍부터의 일로서 1924년 손문에 대한 광주 '상단군'의 반란을 서술할 때 반란군을 형용하는 데 사용했다.

제2차세계대전의 마지막 몇 개월 동안 미국의 중국정책동향은 1945년 3월 27일 워싱턴에서 개최된 전략회의의 기록 가운데서 읽을 수 있다.

헐리, 웨드마이어 그리고 … 마일즈(미국 해군정보기관의 밀턴 마일즈소장, 국민당 비밀경찰과 가까웠다)는 모두 중국에서의 반란(중공지휘하의 부대)은 중국 중앙정부에 대한 비교적 적은 원조로도 진압될 수 있다는 의견이었다. 이미 1개월 전에 헐리는 장개석에게 대전이 끝난 후 만약 미군식의 장비를 갖춘 부대가 중공지휘하의 부대와 교전한다면 장개석군대가 쉽게 승리할 수 있을 것이라고 얘기했다.[73]

몇 사람의 평론가는 그같은 태도를 정치적인 요인을 고려해보지 않은 "순전히 군사적" 관점에 입각한 것이라고 지적했다. 스틸웰과 그의 지지자들은 중국인민을 잘 알고 있었으며 그들에 대해 공감을 느끼고, 여러 경험을 가지고 있었지만 그 후계자들은 그러한 것이 전혀 없었으므로 아무것도 하지 못했다고 얘기할 수 있을 것이다. 전자는 양국 국민의 이해에 근거한 중·미 간의 미래 우호관계를 배려하고 있지만 후자는 중국과 태평양을 어떻게 지배할 것인가만을 생각했다. 이들과 마찬가지로 생각한 더글러스 맥아더 장군은 그 태평양이 '미국의 호수'가 되기를 원했다. 또 한사람의 유력한 인물인 ≪타임≫, ≪라이프≫ 잡지의 발행자 헨리 루스는 제2차세계대전 후의 세계는 "미국의 세기"가 될 것이라고 내다보았다.

송경령은 그레이스 그래니치에게 보낸 편지에서 다음과 같이 얘기했다.[74]

당신은 이제 스틸웰 장군이 이 나라를 떠날 것임을 아실 것입니다. 장군은 매우 곤란한 환경하에서 중국을 위해 너무나 많은 일을 해왔습니다. 그는 여기서 만난 외국인 중에서 가장 동정심이 많고 현실을 직시하며 행동하는 인물 중 한 사람입니다. 우리나라 사람이면 누구라도 그를 대단히 좋아합니다. F. D. R(루스벨트)는 우리나라 황제(장개석)에게 양보하여 그를 소환하는 데 응했습니다. … 이 선량한 노장군은 … 여기서 참된 UF(통일전선)를 형성하고 유감스런 봉쇄를 타파하기 위하여 최대한의 노력을 하고 있었습니다. 그의 후임으로 온 새 사람(웨드마이어)은 친영적이며, 그 자신의 제왕과 우리 제왕의 단순한 벨보이에 지나지 않을 것입니다.75)

나는 지금부터의 항전이 단지 이름뿐인 것이 될까봐 두렵습니다. 지금 일본군은 모든 전선에서 진격을 계속하고 있기 때문에 우리는 중국에서 가장 서부지역인 신강으로 후퇴하지 않으면 안될지도 모릅니다.

스틸웰과 함께 미국으로 돌아간 딕 영에게 송경령은 4개월 후 편지를 보냈다.76)

존(데이비스)은 나와 저녁식사를 함께했습니다. 사의계(斯義桂; 유명한 중국인 바리톤 가수)가 식사 후 노래를 불렀습니다만 … 우리는 울적한 생각에 빠져들었습니다. 존은 이미 모스크바로 출발했습니다.77) 그리고 그에게 있어서 전근은 일종의 승진입니다(관념적으로 말하자면!). 잭 S.(서비스)는 돌아왔지만 그도 또한 안색이 심각했으므로 마찬가지 운명과 만나고 있는지 모르겠습니다.

A. C. W(웨드마이어) 장군과 P. H(헐리) 장군은 2, 3일 내에 미국으로 떠날지도 모릅니다. 그러므로 당신은 뉴스를 모두 알게 될 것입니다. 다소 엄격한 사실이 보도될 것이라고 생각됩니다만 이번은 조 아저씨(스틸웰)가 출발하고난 뒤처럼 혼란의 연막 속에서 끝나버리지 않도록 나는 희망합니다.

인사의 변동에 의미가 있는 것은 아닙니다. 이것은 우리 두 나라 모두에게 마찬가지입니다. 이것은 완전한 마비상태입니다.

국민당과 공산당 회담이 사실상 중단된 데 대하여 언급하며 그녀는 계속했다.

주은래는 어제 다시 연안으로 돌아갔습니다. 모두 대단히 실망하고 있습니다. 주은래 자신도 그렇다고 나는 믿고 있습니다. 모든 주변 사람들 중에서 그가 제일 인내력이 있다고 생각됩니다. 중공은 군대를 국민당 군사 위원회의 통제 아래에 두는 것을 원치 않습니다. 국민당도 또한 일당 독재를 포기 하지 않을 것입니다. … 주은래는 출발 전에 성명을 발표하고 국민 정부가 먼저 애국적인 정치범을 석방하고, 인민을 압박하는 모든 법령을 폐지하며, 일절의 특무활동을 정지하고 (연안)변구를 포위하고 있는 모든 군대를 철수시킬 것을 희망한다고 되풀이해서 얘기했습니다.

현재의 정세는 칠흑같이 어두운 절망상태입니다. 바로 1936년 서안 사태 때처럼 말입니다. 기억나는지요? 아마 길을 다시 찾아내야겠지요. 이번에는 이러한 상황에 작용을 하는 새로운 촉매로써 미국이 있습니다. 우리는 이 대전쟁에서 이기지 않으면 안됩니다. 그러나 중국이 분열되고 인민이 단결되지 못하고 자유도 없는 상태로 중국의 대지 위에 승리를 가져오게 할 수는 없습니다. 이 해방 전쟁은 복잡한 것입니다. - 전장은 중국만이 아닙니다.

상황은 복잡했지만 그래도 송경령은 미국이 아직은 중국의 단결을 지지할 것이라고 일루의 희망을 품고 있는것 같이 보였다(곧 그레이스 그래니치에게 보낸 편지에서 루스벨트 대통령의 4선을 기뻐하고 있는 사실로부터도 나타나듯이). 실제로 루스벨트는 스틸웰을 해임하고 난 후에 에드가 스노우에게 "나는 중국에서 두 개의 정부와 일해왔습니다. 우리가 그들을 함께 되도록 하기까지 그렇게 계속 이끌어가고자 합니다"[78]라고 말했다.

그렇다면 루스벨트의 입장과 행동의 변화를 어떻게 보아야할 것인가. 그는 처음엔 스틸웰과 같은 입장에 있는 것같이 보였다 그 다음에는 굴복해버린 것 같았다. 그 때문일까. 솔직한 "정력적인 조(스틸웰)"는 그를 "낡은 고무다리 노인(루스벨트의 중국 정책의 원조와 소아마비에 의해 보행이 불편한 것 둘 다를 비꼰 말)"이라고 불렀다. 그래서 루스벨트는 스틸웰을 자르고 난 뒤 곧 다시 처음의 방향으로 돌아간 것인가? 어떤 저술가들은 이것을 루스벨트의 약점으로 보지 않고 전략으로 보았으며 전쟁이 종결 국면에 가까워짐에 따라 미국이 세계 최강의 지위를 획득하게 되리라고 본 루스벨트는 모든 관계와 가능한 한의 선택권을 보유하기 원했던 것이다. 루스벨트는, 국민당은 그 존재 자체가 미국에게 부담이 되고 있기 때문에 어느 정도 개혁을 하도록 밀어줘야 한다. 그리고 미국은 내전을 피하기 위하여 장개석에게 압력을 가할 수 있는 유일한 외부 세력이며 그리고 전후의 중국 경제 원조를 해줄 수 있는 중요한 원천이라고 보는 경우 중국 공산당도 그렇게까지 혁명적으로는 되지 않을 것이라고 보았다. 결국 중국 공산당을 소련쪽으로 가지 않도록 하는 것이 미국의 목적이었다. 그리고 소련 자체도 대전으로 피폐해 있기 때문에 전후 처리에 있어서 보상을 조건으로—러시아가 역사적으로 관심을 기울여 온 중국 영토상의 일본 이권을 취득하는 것까지 포함해서—중공 지지에서 손을 떼고 국민당과 화해하는 것이 유리하다고 하는 것을 알 것이다. 국교를 맺어야 할 상대는 국민당 정권이기 때문이다. 이렇게 하여 미국은 대전으로 인해 큰 상처를 입지 않고 오히려 그 반대로 전쟁 중에, 군사력은 물론이고 재정적으로 경제적으로도 공전의 성장을 성취하여 모든 것을 지배하게 되었다.

그러한 요소는 1945년 2월 얄타 회담에서의 루스벨트의 정책에 포함되어 있다. 이 회담에서는 소련의 대일 참전이 결정되었고 다음의 포츠담 회담을 결정했다. 루스벨트는 더 이상 포츠담 회담에 출석하지 못했다. 개명적이고 유연성이 풍부하며 반파시스트였지만 루스벨트는 전생애를 통하여 "대해군(Big Navy)"주의자이기도 했다. 또한 그는 제2차세계대전중에 변화하여 공전의 초대국이 된 나라의 최고 지도자로서 미국이 "세계를 지도"한다는 야망을 결코 면할 수 없었다. 이 모든 논리가 발전하여 그로 하여금 장개석 지지를 결단하도록 했다. — 개인적으로는 장개석을 싫어했음에도 불구하고.

루스벨트는 1945년 4월 12일 독일과 일본에 대한 승리를 눈앞에 두고 사망했다. 중국에서는 그 시기에 장개석을 지지하는 미국의 노력이 다시 명확해졌다. 스틸웰 측에 섰던 미국의 고관은 전임되든지 귀국하게 되었다. 주중 미대사 클라렌스 가우스(Clarence E. Gauss)의 후임인 헐리는 데이비스나 서비스—두 사람은 모두 중국에서 태어나 중국어에 능통하고 중국사회를 잘 알고 있었다—와 같은 중국통의 외교관을 재빨리 배제했다.

스틸웰의 후임인 웨드마이어 장군은 연안에 체류하고 있던 '딕시 미션'의 단장 데이비드 바레트(David Barrett) 대령을 재빨리 소환했다. 바레트도 또한 중국어가 유창하고 중국 정세에 매우 민감했다. 미국의 군인과 관리—그리고 미육군에 파견된 신문기자로서 검열에 종사하고 있는 자—는 장개석에게 불리한 행동이나 보도를 하지 못하도록 경고를 받왔다. 그 때문에 장개석에 대한 혐오의 정은 신문 기자들뿐만 아니고 빨리 전쟁을 끝내고 조국으로 돌아가기를 간절히 바라고 있는 병사들 사이에까지 만연되었다.

연안에서는 1945년 4월 23일, 루스벨트 사후 2주일도 지나지 않아서 중국공산당이 제7차 전국대표대회를 개최했고 거기서 지도자 모택동을 통하여 중공의 독자적인 발언을 했다.[79] 유럽에서의 독일에 대한 승리의 날은 가까웠으며, 아시아에서의 일본에 대한 승리도 시계에 들어왔지만 "중국은 단결되지 않은 채 있고 아직 중대한 위기에 직면해 있다"고 모택동은 말했다.

항일 전쟁의 승리를 쟁취하고 전후 중국의 진보를 확실하게 하기 위해서는 반드시 손문의 혁명완성이라는 유지를 실현해야만 하며 아울러 연합정부를 수립하여 장개석의 국민당 독재정부를 교체하지 않으며 안된다고 그는 말했다(「연합정부를 논함」이 모택동의 보고 제목이었다). 그러나 국민당 내의 완고한 보수파는 동맹국(미국)의 군대가 중국의 영토 대부분에서 일본군을 구축하면 곧 내전을 하려고 계획하고 있었다. 그들은 '동맹국의 장군들'이, 마치 영국의 스코비 장군이 그리스에서 실행한 것과 같은 임무를 중국에서 해주기를(스코비는 제2차세계대전이 끝나자 입장을 바꿔 파시스트 침략자와 싸우는 그리스 유격대를 학살했다) 기대했고 또한 "중국을 다시 내전의 큰 소용돌이 속으로 빠뜨리려 했다".

세계적 범위에서 모택동은 또한 말했다 "반추축국 전쟁에는 승리를 거둘 것이지만 당분간은 '혹독한 우여곡절'이 있을 것이다. 왜냐하면 많은 나라들에서 지금 아직도 반동세력이 강대하기 때문이다. 중국의 공산당은 1927년에 경험한 것처럼 결코 다시는 불시의 습격을 받지 않을 것이다. 그때 국민당 반동파의 전향이 중국 혁명의 승리를 빼앗아갔기 때문에 중국은 그 후 몇십 년 간 민족적 재난을 받게 된 것이다"라고 모택동은 역사를 뒤돌아보며 엄숙하게 말했다.

첫째, 중공은 손문의 이상을 실현하기 위하여 선두에 서서 지도한다. 중국의 독립을 쟁취하고 보유하지 않으면 안된다. "부르주아지가 독점하는 것"이 아니고 "일반 민중이 공유하는" 그러한 민주 정치가 건설될 것이다. 스스로 경작하는 자가 그 땅을 소유해야 한다. 자국인이나 외국인의 기업, 공장, 은행, 철도, 항공 등과 같은 독점적인 성질을 가진 것, 혹은 규모가 커서 개인의 힘으로는 관리할 수 없는 것은 손문이 주장한 것처럼 "국가가 관리, 운영한다. 그렇게 하면 개인적 자본이 국민의 생계를 지배할 수 없게 된다". 사기업이 기능하는 것은 허락하지만, 지배하는 것은 허락되지 않는다. 이 모든 것은 중공의 현단계의 일반 강령 혹은 기본 강령과 일치했다. 중공과 중공의 군대는 그것을 실행할 것을 약속하고 모든 애국자들은 초대되어 그 사업에 참가한다. 그외에도 모택동은 당이 갖는 장래 목적인 최고 강령이 있다고 지적했다. 그것은 사회주의 사회, 궁극적으로는 공산주의 사회를 건설하는 것이었다.

송경령이 제7차 전국대표대회의 내용은 세계적으로도 중요한 의미를 갖는다고 예언한 것으로 보아 그녀는 7전대회의 내용을 사전에 알았던 것 같다.

8월초에 미국은 원자폭탄을 히로시마와 나가사키에 투하했다. 그후 바로 소련은 독일 항복 후 연합국측에 의해 계획된 대로 대일 참전을 하였고 곧 대륙에서의 일본의 주요기지인 중공동북에 진공하여 해방시켰다. 8월 14일 모스크바에서 중·소우호동맹조약이 체결되었다. 조인한 것은 국민당 정부대표인 송자문이었다. 당시 송경령이 조인했다는 소문이 있었지만 그것은 틀린 얘기다. 그녀는 그동안 계속해서 중경에 있었다[80] (8월 15일 일본이 항복했다).

8월 8일 모택동과 주은래가 중경에 도착했다. 장개석의 초청에 응한 것이었지만 조정자의 입장에서 헐리 대사가 그들을 연안까지 맞으러 가서 동반하여왔다. 중경회담의 목적은 어떻게 종전처리를 하며 어떻게 전후의 시기에 단결을 유지할 것인가를 협의하는 것이었다.

모택동은 도착 후 이틀째 되던 날 송경령을 방문했다. 이것은 모택동이 그녀를 존중했다는 것, 그에게 있어서 그녀가 중요한 존재라는 것을 보여준 것이다. 그들은 1927년 무한에서 헤어진 후 처음 만난 것이다.

9월 1일 모택동, 주은래와 함께 송경령은 중·소우호동맹조약 조인을 축하하는 소련대사관에서의 리셉션에 참석했다. 국민당 고관들과 중국민주정단동맹 사람들도 모습을 보여 그 모임은 마치 통일전선집회 모양으로 상징적이었다.

9월 6일 송경령은 보위중국동맹 주석의 입장에서 모택동과 주은래 일행을 위해 연회를 열었다. 이틀 후 그녀는 모택동, 주은래가 외국의 모든 중국지원단체의 중경대표를 위해 개최한 리셉션에 출석했다. 이들 단체는 주로 보위중국동맹을 통하여 해방구를 원조했다.[81] 그 회의장에서 모택동은 그들의 원조에 대하여 감사의 뜻을 표함과 더불어 그들의 원조가 전후시기에도 계속되기를 바란다고 희망을 표했다. 이같은 행사는 중경에서도 그리고 국제적으로도 지금까지 없던 보위중국동맹의 성망을 높였다. 어떤 의미에서는 동맹의 활동에 주어진 최고의 영예로운 장면이었다.

모택동과 주은래는 6주간 중경에서 체재했다. 그들과 장개석과의 회담은 1945년 10월 10일 드디어 '국공대표회담기요'로 완결되어 발표되었다.[82] 평화적 건국, 민주화의 점차적 실현, 전국무장부대의 통일, 그리고 정부의 개조를 내용으로 했다. 넓은 의미에서는 '기요'에는 어떠한 불일치점도 없었다. 그러나 구체적인 사실에 관해서 보면 명확하게 일치하는 것이 없었다. 그 이유는 명확했다.

국민당은 공산당이 항일전에 있어서 적극적인, 대중에 기초를 둔 중요한 역할을 통해서 쌓아올린 정치적, 군사적인 힘을 자기통치하에 통일시켜야 한다고 결의하였다. 이것은 통일과 민주화에 관하여 말한 부분에서 "장개석 총통의 지도하에"라든가 "장개석총통에 의해 주창되어지는 것과 같이"라는 표현을 쓰고 있는 것으로도 명확했다. "중공이 국민정부(결국 국민당)의 명령을 받아들여야 비로소 일본군 부대의 항복을 받아들일 수 있다"라든가 "일본의 무조건 항복 후는 '해방구'라는 말은 없애고 나라의 행정상 통일성이 존중되어야 한다"라는 문맥에서도 또한 보다 그 색채가 강하게 느껴진다.

마찬가지로 공산당에서는 1927년의 대혁명 실패를 반복해서는 안된다고 하는 결의를 굳게 했다. 이것은 회복한 구역이 민주주의에 기초한 행정을 지켜나가고 성의의 표시로 몇 개의 중요한 근거지를 제거시키고 그 군대를 몇 개 사단으로 축소시키더라도 인민군대의 본질을 유지시키지 않으면 안된다라는 주장에서도 명확하게 나타나고 있다.

사람들은 진실로 국가의 평화와 건설을 갈망하고 있었기 때문에 '쌍십협정'은 광범위하게 환영받았다. 그러나 합의는 단명으로 끝나버리고 말았다.

문제가 되는 것은 서류상의 원칙이 아닌 실제 행동에 있었다. 장개석은 내전을 위해서 부대를 이동 재배치시켰다. 국공회담기간중에도 그는 회담을 연막으로 이용하여 휘하부대에 '비적토벌방법'을 배포했다. ─ 그것은 항일전에 앞서서 반공전 때 사용했던 것이었다. 중경에서 협정이 기초되었지만 아직 서명이 안된 시기에 장개석은 몇천 명의 군대에 해방구 공격을 명했다. 공격군은 완전히 격퇴되었으며 이것은 장개석이 결국 서명하게 된 한 이유가 되었다. 그런 지 이틀 후 아직 서명의 잉크가 마르지도 않았는데 장개석은 새로운, 보다 대규모의 공격을 명령했다. 그 작전 중에는 약 50만 명의 투항한 일본군이 국민당 군부의 명령을 받아 아직 무장해제하지 않은 채 점령지를 수비하거나 실제로 중국지휘하의 군대와 전투를 했다. 이 군대는 협정에 따라 자발적으로 철퇴하는중이었는데도 공격을 받게 되었던 것이다.

그후 내전의 세월이 오고 말았다. 외국의 간섭도 나타났다. 9월 하순 아직 회담이 진행중이었지만 미국해군은 해병대를 산동성 연대(당시는 지부)에 상륙시키려 하자 산동성 해방군 군대에 의해 저지되었다. 이것은 적어도 해방구에서는, 외국함대가 원하는 대로 중국에 진입하는 행동을 할 수 있다는 '포함정책'시대의 것이 불가능함을 보여준, 혁명적 종언을 의미했다. 그후 곧 수천의 미국해병대가 화북최대의 항구 천진에 상륙했다. 그것은 원래 계획한 대로, 일본군과의 전투를 위한 것이 아니고 그 구역에서 몇 년 동안이나 일본군과 싸운 유일한 군대인 인민해방군(이전의 8로군)에게 일본군이 투항하는 것을 저지하기 위한 목적에서 였다.

해병대는 천진과 청도 부근에서 아직 일본군과 싸우고 있는 인민해방군과 충돌했는데, 곧 어제의 적 일본과 공동으로 교량이나 다른 시설을 수비하게 되었다. 무장해제된 일본군 중에는 그같은 '의무'에 복귀된 자도 있었다. 화북과 동북에 있어서의 내전에 이바지하기 위해 미국해군함대와 비행기가, 항일전을 위해 스틸웰이 인도에서 훈련한 장개석 정예부대를 인도로부터 장거리 수송하였다.

중경에서는 1945년 10월 8일 쌍십협정이 성립되기 바로 이전 낙천적이고 평화적인 조용한 분위기는 하나의 살인사건으로 손상되고 말았다. 8로군 중경소재사무소에서 비서이며 요몽성의 남편인 이소석(李少石)이 주은래가 타고 다니는 승용차를 타고 있을 때 국민당의 한 병사가 저격을 해서 중상을 입고 곧 사망했다. 이것은 요씨 가문이 과감하게 걸어온 혁명의 도상에서 맞이한 새로운 비극이었다. 부친 요중개는 국민당 좌파의 지도자로서 1905년 이후 손문의 친밀한 동지였고 송경령에게 있어서는 결혼 이후 친구였으며 경험과 신용이 있는 좋은 조언자였지만 1925년 광주에서 국민당 우파의 자객에 의해 암살되었다. 그의 아들인 요승지는 장정에 참가한 확고한 신념의 공산당원으로서 보위중국동맹 지도 하의 사람이었는데 1942년 장개석의 경찰에 체포되어 몇 년 동안 냉혹한 감금상태에서 지냈다. 이번에는 사위가 죽임을 당하고 말았다. 그것도 일본에 전승한 후 새로운 시대에 희망을 걸고 있는 바로 그때에.

이 죽음은 후에 사고로 인정되었는데 처음에는 주은래를 죽임으로써 협상을 틀어지게 하려고 한 것이 아닌가 생각된다. 주은래는 그후 곧 "이 사람은 내 대신 죽었다"고 말했다.

송경령은 요중개 집안과의 오랫동안 우정과 깊은 감정에 사로 잡힌 채 병원으로 제일 먼저 뛰어가서 시신을 보고 애도를 표하며 슬픔을 같이 했다. 요몽성은 극도로 슬퍼하여 쓰러졌지만 곧 모여든 요씨 가족 모두에게 오히려 격려를 했다. 요몽성은 나중에 회상하면서 말했다.[83] 송경령은 자신을 위로하고 격려하고 또한 충분히 휴식을 취하도록 권했다. 몽성과 어린 딸은 임시수도의 공산당 대표부에 임시적으로 잠시 옮겨가 있었다. 거기 있으면서 그는 이렇게 썼다.

나는 동지들이 표시해온 온정과 관심으로 정신을 가다듬을 수 있었다 …

이렇게 하여 나는 매우 짧은 시일 내에 나의 임무(보위중국동맹)에 복귀할 수 있었다.

제2차세계대전이 끝나고 냉전(중국에서는 대단히 뜨거운 전쟁)이 시작되었을 때 그것이 가져다준 중국과 중국혁명과 중국의 미래에 대한 위협은 사실상 매우 큰 것이었다. 그러나 이미 1927년 국내반동파와 외국의 간섭이 인민의 힘을 억누르기 위해 결합할 수 있었던 때와는 달랐다. 이제는 국내에서 내전을 반대하는 기운이 새로운 미래를 목표로 고양되었다.

이러한 기운과 손문의 사업을 결부시키면서 1945년 11월, 손문의 동지였던 하향응이 한 통의 편지를 손문 미망인 송경령과 그 아들 손과 그리고 동생인 송자문에게 보냈다.

우리들 네 사람은 손중산 선생의 임종시 유촉을 그 옆에서 직접 받았습니다. 우리는 외국의 압박을 물리친 후 우리 민족의 전도는 또 다시 암흑에 빠져버렸음을 지금 차마 볼 수가 없습니다. 나는 중경에 갈 수 없지만 당신 세 명은 장선생에게, 내전을 정지하고 정치적 협상으로 모든 문제를 해결해 나가도록 진력해달라고 있는 힘을 다해 권해줄 것을 희망합니다. 이렇게 해야만이 비로소 고 손총리와 혁명선구자들 그리고 8년간의 항일전에서 피흘리며 희생당한 병사와 동포들의 영령들을 위로할 수가 있을 것입니다.

장개석은 일절의 권고를 듣지 않고 내전을 추진해나갔다. 송자문과 손과는 때때로 장개석에게 반대하는 입장에 섰지만 결국은 국민당 최고 지도부의 일원으로서 송경령이나 하향응과 제휴하여 노력하는 것은 불가능했다. 그러나 인민대중의 과거로의 역행에 대한 저항과 압력은 깊고도 넓어지기 시작했다. 인민대중은 점차 공산당과 그 군대―내전에는 반대하지만 그 도전자들과 맞서서 도발자를 타도할 수 있는―의 주변으로 모여들었다.

이같은 복잡한 상황 가운데서 항일전 승리후 약 3개월간 중경에 머무르고 있던 송경령은 1945년 12월에 8년간 가보지 못했던 고향 상해로 돌아왔다. 거기에는 새로운 투쟁이 그녀를 기다리고 있었다.

주

1) 이름을 밝히기를 원치 않는 한 미국인과 필자는 1986년에 담화를 나누었다.
2) Joseph W. Stilwell 장군(1883~1946)은 주중국대사관 무관을 지냈으며 1842년 중국·인도·버마 전구의 사령관에 임명되어 장개석의 참모장이 되었다. 그는 적극적으로 대일작전을 주장하였으며 중공의 8로군·신사군의 전투를 칭찬했다. 그는 후에 송경령을 도와서 보위중국동맹 활동을 지원했는데, 의료기구와 의약품을 해방구로 운송하는 것을 도왔다.
3) 『爲新中國奮鬪』, pp.125-137, 1942년 7월.
4) 그 여학생은 육최(陸璀)였는데, 당시 청화대학의 학생구국위원회의 위원이었다. 후에 그녀는 전중국 학생연맹 선전부 부장과 부녀연맹의 국제공작부 부장을 담당하게 되었고, 외국과의 우정을 위한 중국연합(The Chinese Association for Friendship with Foreign Countries)의 부회장이 되었다. 그녀는 세계평화운동과 국제민주여성연맹의 집행위원회에서 일하였으며, 해외의 많은 회의들에 참가했다. 또 지금 현재 육최는 전국정치협상위원회의 위원이며 중·미우호협회의 부회장이다.
5) 史良(1900~1985)은 민권변호사로서 구국운동과 민주운동에 힘썼으며 인민공화국성립 후 제일사법부장(법무장관)이 되었다.
6) 이 '상해노동부녀전지복무단'을 이끈 사람은 호란휴로서 그녀는 1929년 송경령이 베를린에서 귀국할 때 같이 동행한 사람이다. 필자와는 1938년 전선에서 인터뷰하였다.
7) 1942년 9월 14일, 중경에서 송경령이 뉴욕의 Grace Granich에게 한 편지. 'Leppie'는 Lepine 장군으로 D. M. Bogomolov가 주중 소련대사로 있을 당시 대사관 무관을 지냈다. 송경령, 그래니치와 이들 두 사람과는 모두 상해에 있을 때 서로 알게 되었다.
8) 중경의 송경령이 뉴욕의 그레이스 그래니치에게 보낸 편지, 1942년 11월 7일.
9) 《신화일보》, 중경, 1943년 1월 29일.
10) In Guerrilla China(1943년 미국에서 발간된 보위중국동맹 총보고서)에 실린 임원명단을 알파벳순으로 써보면 다음과 같다. John Staniforth Becker, Susie Chen, Israel Epstein, Elsie Faikfax-Cholmeley, John Foster, 허내파, Cynthia Lee, Wang Anna, Susie Chen(陳翰笙 부인).
11) 『爲新中國奮鬪』, pp.138-141.

12) Peck Graham, *Two Kinds of Time*, Boston, Houghton Mifflin, 1950, pp.603-604.

13) John S. Service, *Lost Chance in China, The Wartime Dispatches of John S. Service*, edited by Joseph Esherick, New York Random House, 1974, pp.107-111.

14) 때때로 그들 자신들은 말하기를 두려워했고 말하지 않도록 경고받았다. 북경에 있는 연경대학의 물리학 교수인 William Band와 그의 아내 Claire는 영국인이었는데 중경에 있는 중·영 과학협력회의에 가입하기를 원하였고, 영국대사관에 의해 해방구에 대해 그들이 본 바를 말하지 말 것과 밀접히 관찰되고 있던, 전시 수도에서의 공산당 대표를 피하도록 조언 받았으며, 심지어는 "거의 똑같은 식으로 행동에 제약을 받고 있던" 송경령에 의한 초대도 받아들이지 말도록 조언받았다.

15) Dr. B. K. Basu의 일기, *Call of Yanan, Story of the Indian Medical Mission to China, 1938-43*, New Delhi, All-india Kotnis Memorial Publication Committee, 1988, p.329.

16) 성현공(盛賢功) 등 著, *An Indian Fighter for Freedom*, Beijing, Foreign Language Press, 1983, pp.185-187. Dr. Kotnis가 사망한 것은 1942년 12월 9일이었으나 유격지구의 교통불편으로 사망소식이 중경에 늦게 전해졌다. 그래서 송경령의 조사(弔辭)가 발표된 시기는 1943년 2월7일이었다.

17) 중경의 송경령이 뉴욕의 Grace Granich에게 1942년 10월 6일 보낸 편지.

18) *In Guerrilla China*.

19) 중경의 송경령이 뉴욕의 Grace Granich에게 보낸 편지. 1942년 10월 6일.

20) 중경에서 송경령이 버마 전선의 Richard young에게 보낸 편지. 1944. 5. 29.

21) 송경령이 Young에게 보낸 편지. 1944. 6. 26.

22) Joseph W. Stilwell, *The Stilwell Papers*, p.133, Theodore H. White 편집, New York, William Sloane Associates, 1948. 책 앞에는 "손일선 부인에게 헌납한다"고 쓰여 있다.

23) Arthur Clegg, *Aid China, A Memoir of a Forgotten Campaign(1937-39)*. 이 책은 영국의 '중국운동위원회' 활동을 기초로 하여 서술하고 있는데 그 당시의 큰 문제인 중국구제문제에 대해 총괄적으로 서술되어 있으며, 활동 인사, 내용, 방향 등에 관해 쓰고 있다.

24) 이 편지들은 송경령 기금회 연구실이 남경의 국가 제2당안관에서 발견한 것이다.

25) 송경령이 중경의 캐나다 선교병원에서 일하는 Dr. Stewart Allen에게 보낸 편지. 1943년 12월 19일과 29일. 그리고 보위중국동맹의 비서 John B. Foster와 함께 사인하여 밴쿠버의 캐나다중국원조의약회의 Ruth T. Kipling에게 보낸 편지. 1944년 6, 7, 8월.

26) 중경에서 송경령이 곤명에 있는 미국적십자회의 R. D. Parker 부부에게 1944년 8월 4일과 30일에 보낸 편지. 그리고 중경의 미국적십자회 R. D. Nichols에게 1944년 9월 25일, 12월 22일에 보낸 편지. 또한 중경의 미국적십자회 Robert M. Drummond에게 1945년 8월 20일, 9월 8일에 보낸 편지.

27) 송경령이 G. Granich에게 보낸 편지. 1942년 10월 6일, 11월 7일, 1943년 7월 16일.

28) 중경에서 송경령이 버마전선의 Richard Young에게 보낸 편지. 1944년 3월 11일.

29) 1944년 2월 8일자 신문이다. 그 내용 전부는 『爲新中國奮鬪』, pp.142-144에 실려 있다.

30) 송경령이 버마전선의 리처드 영에게 보낸 편지. 1944년 7월 16일.

31) 중경의 송경령이 뉴욕의 Grace Granich에게 보낸 편지. 1942년 11월 7일.

32) 『미국군의관 Melvyn C. Casberg 소령이 사령관(스틸웰)에게 보낸 보고서』이 내용은 몇 년 후 John S. Service의 *Lost Chance in China, the Wartime Despatches of John S. Service*(Joseph Esherick 편집, 뉴욕, 1975, Vintage Books), pp.233-234에 공개발표되었다.

33) 중경에서 송경령이 뉴욕의 G. Granich에게 보낸 편지는 1944년 9월 12일이며 중국공산당 제7차 전국대표대회는 몇 달 후(1945년 4월) 열렸는데, 분명히 이때 이미 알고 있었던 것이다.

34) 중경에서 송경령이 버마전선의 리처드 영에게 보낸 편지. 1944년 3월 11일.

35) 존 서비스의 앞의 책(뉴욕, 1975, Vintage Books), pp.108-109.

36) 송경령이 중경에서 버마전선의 리처드 영에게 보낸 편지. 1944년 3월 11일.

37) 존 서비스, 앞의 책, pp.109-110.

38) 송경령, 『爲新中國奮鬪』, pp.145-147. 「孫中山與中國的民主」.

39) 존 서비스의 앞의 책, p.155.

40) Theodore H. White, *In Search of History*, 뉴욕, 1978, Harper & Row, pp.154-155.

41) 중경에서 송경령이 전선에 있는 리처드 영에게 보낸 편지. 1944년 5월 29일.

42) 중경에서 송경령이 뉴욕에 있는 G. Granich에게 보낸 편지. 1944년 10월 28일. SS는 "Secret Service"라는 뜻으로 비밀경찰 혹은 나치스 돌격대의 뜻으로 사용된 것 같다.

43) Wang Anna, 앞의 책, p.332.

44) 許乃波가 1987년 11월 8일 본서 저자에게 보낸 편지.

45) 앞과 같음.

46) 왕안나, 앞의 책, p.331.

47) Graham Peck, 앞의 책, p.604.

48) 존 서비스, 앞의 책.

49) 그라함 펙, 앞의 책(1950), p.603.

50) 왕안나, 앞의 책, p.392.

51) 중경에서 송경령이 버마전선에 있는 리처드 영에게 보낸 편지. 1944년 8월.

52) Graham Peck의 앞의 책, pp.603-604. 신생활 운동은 1934년부터 국민당의 장개석에 의해 발기된 것으로 예·의·염·치를 강조했다.

53) 송경령이 뉴욕의 그래니치에게 보낸 편지. 1943년 7월 16일.

54) 송경령이 리처드 영에게 보낸 편지. 1944년 7월 26일.

55) 송경령이 그레이스 그래니치에게 보낸 편지. 1943년 4월 17일.

56) 송경령이 리처드 영에게 보낸 편지. 1944년 8월 5일.

57) 송경령이 미국의 G. 그래니치에게 보낸 편지. 1943년 7월 16일.

58) 송경령이 리처드 영에게 보낸 편지. 1944년 8월 5일.

59) 송경령이 R. 영에게 보낸 편지. 1944년 5월 29일.

60) 송경령이 G. 그래니치에게 보낸 편지. 1945년 3월 7일.

61) 송경령이 G. 그래니치에게 보낸 편지. 1944년 10월 28일.

62) 王正元, 「宋慶齡的姐妹情誼」, 『江蘇文史資料選輯』, 尙明軒等著, 『宋慶齡傳』, pp.470-471에서 재인용.

63) 송경령이 그래니치에게 보낸 편지. 1942년 11월 7일.

64) 송경령이 영에게 보낸 편지. 1944년 9월 5일.

65) 송경령이 영에게 보낸 편지. 1944년 11월 17일.

66) Michael Schaller, *The U.S. Crusade in China, 1938-1945*, New York, 1979, Columbia Univ. Press, p.168. 스틸웰 장군의 문헌자료는 후버공공도서관에 보관되어 있는데 Schaller는 그중 스틸웰 일기를 참조하였다.

67) 앞의 책(자료) 중 "Foreign Relations of the United States", 1943, China, pp.143-146에서 헐리가 루스벨트에게 보낸 서신. 1943년 11월 20일자.

68) 앞의 책, p.156. John P. Davies의 *Dragon by the Tail*(New York, Norton, 1972), p.300에서 인용.

69) 앞의 책, pp.21-22.

70) 송경령이 중경의 스틸웰에게 보낸 편지. 1944년 6월 24일. 그의 딸 낸시 스틸웰이 친절하게도 편지를 복사해 보내줬다.

71) 스틸웰 일기. 1944년 9월 24일. 주 (66) 참조.

72) 스틸웰 일기. 1944년 10월 20일. 주 (66) 참조.

73) William D. Leahy(전 미군 최고참모장)의 *I was There*(New York, 1980)과 McGraw Hill과 C. F. Romanus 그리고 R. Sutherland가 지은 *Time Runs Out in CBI*(Washington, 1959), p.338을 참조하였는데 이 책은 모두 J. Service의 앞의 책에서 재인용한 것이다.

74) 중경에서 송경령이 뉴욕의 G. 그래니치에게 보낸 편지. 1944년 10월 28일.

75) 웨드마이어는 스틸웰의 직위를 대신 맡기 전에, 영국이 영도하는 동남아사령부(SEAC)의 실론주재 미국대표였다. 그는 스틸웰에 의해 SEAC의, 아시아에 있어서의 전전(戰前)의 제국주의 체제를 회복시키려는 목표를 수행하는 것으로 간주되었다. 그리고 중국의 어떠한 강화도 식민주의 특히 홍콩에서의 식민주의를 위협하는 것으로 여기고 이를 싫어했다. 이것은 처칠 이래의 영국정부의 전략이었다.

76) 송경령이 영에게 쓴 편지. 1945년 2월 17일.

77) 데이비스는 모스크바에서 미대사관으로 이송되었다(헐리는 중국으로부터 그를 제거할 결심을 하고 있었다). 존 서비스에 대해서 송경령은 예언을 하였다. 워싱턴으로 돌아올 것을 명령받은 그는 체포되었고 후에는 외교업무에서 제거되었다가 그 후 다시 복직되었다. 그보다 훨씬 후 그의 이러한 입장이 옳았음을 인정받았다. 그리고 그 당시 중국을 가장 잘 이해한 미국인으로 인정되었다.

78) Edgar Snow, *Journey to the Beginning*, Vintage, 1972, pp.347-348.

79) 『모택동선집』 제3권, pp.1029-1100, 「論聯合政府」.

80) 시그레이브는 그의 책『송씨왕조』에서 Edmund Cluff의 *Russia and China*(1971), pp.343-345를 인용하여 중·소우호조약 조인에 송경령이 송자문과 함께 갔다고 하면서 그녀는 1931년 이후 처음으로 외국을 방문했다고 쓰고 있다. 그러나 이것은 잘못된 것이다. 송자문과 함께 간 사람은 송경령이 아니고 장개석의 아들 장경국이었다.

81) 요몽성,『송경령과 나』(Eastern Horizon, 홍콩, 1981), pp.7-12.

82)'쌍십협정'.

83) 요몽성(Cynthia Liao), 앞의 책.

15

전후 상해에서―내전과 중국복리기금회

(1946~1949)

국공내전

1945년 송경령이 상해로 돌아왔을 때 그녀는 53세였다. 그녀가 1915년 손문과 결혼한 지 30년이 흘렀다. 손문이 타계한 후 그녀는 자립하여, 손문의 유촉을 견지하며 정치무대에 발을 들여놓은 지 20년이 지난 후였다. 그 전에도 자주 그랬지만 송경령의 거주지 변화는 그 시기의 역사적 위기와 일치했다. 중일전쟁 동안 심한 중압감과 긴장감 속에서도 국민당과 공산당의 두번째 합작은 민족의 존속을 바라는 국민 대다수의 정서 속에 완전히 결렬되지 않고 지속되어왔다. 이 국공합작이 다가올 평화적인 국가건설기에도 그대로 유지되어 발전하게 될 것인가 아니면 다시 한번 중국인이 중국인과 서로 싸우게 될 것인가?

국내평화에 대한 대중의 희망은 1945년 10월 장개석과 모택동이 '쌍십협정'을 조인할 즈음 크게 고조되었다. 그러나 장개석과 그 주변은 미국의 지지를 타산하며 명백하게 내전을 향해 키를 잡았다.

제2차세계대전 말 극동지역의 연합군 최고사령관인 맥아더 장군은 중국에서 투항하는 일본군에게 무기를 국민당군에게만 인계하도록 명령했다. 그렇다면 오래 전에 국민당군이 포기하여 일본이 점령한 지역을 다시 공산당 군대의 5년간의 투쟁으로 탈환한 지역에 대해서는 어떻게 할 것인가?

그리고 무기력한 국민당군이 나타나 무기를 양도받을 수 있을 때까지 그곳의 일본군 대부대에게, 승리를 거둔 연합군에 대한 투항조건에 따라 무기를 인도하기보다는 해방구 군대와 싸움을 계속하도록 요구하지는 않았는가?

기이한 일이 아닌가? 그러나 바로 그러한 시나리오는 준비되어 있었다. 국민당 군대—그 군대 대부분은 항일전을 위해 미국군의 일급장비를 공급받았지만 그 목적에는 사용되지 않았다—는 미국 전함과 항공기로 북방의 일본군 점령 지역으로 급송되어 내전을 위해 배치시켰다. 거기서 국민당군은 그들의 목적을 위해 가끔 일본군을 무장해제시키기보다는 국민당 군대와 함께 공산당과 싸움을 계속하도록 명령하였다.

남경에서는, 이미 투항한 일본의 중국 파견군 총사령관 오카무라 대장이 장개석의 국방부에 의해 반공작전의 고문으로 고용되었다. 산서성 전장에서 미국작가 존 허시(John Hersy)는 1946년 6월에 간행된 잡지 ≪뉴요커(New Yorker)≫에 보도기사를 기고했다. 일본이 항복하고 난 10개월 후에 그는 무장해제되지 않은 일본군 부대를 발견했는데 그 부대는 국민당의 전제적 지방장관인 염석산 부대에 섞여서 중공군과 싸우고 있다는 것이었다. 허시는 반공작전 계획을 위해 소집된 미국과 일본 장교들의 합동회의에 관해서 서술하고 회의에 출석한 미국군인의 말을 소개하였다. 그 장교는 이같은 일은 놀라운 것이 아니며 미국군과 일본군은 곧 보다 큰 전쟁 즉 반소전에서 함께 같은 편으로 싸울 것으로 기대하고 있다고 말했다는 것이다.

일본군 앞잡이였던 괴뢰정권의 군대는 간단하게 장개석 군대에 재편성되었다. 이들 군대를 이끈 자 중에는 장개석의 옛부하 장관이 57명이나 포함되어 있었다. 이들은 대전 중에 민족의 적에게 도망가서 때로는 이중변절을 하기도 했다.

이렇게 하여 제2차 국공합작(1937~45)은 제1차 국공합작(1924~27)의 경우와 마찬가지로 외국의 지지를 얻은 장개석에 의해 파괴되고 말았다.

1945년 10월 장·모에 의한 쌍십협정은 깨지고 말았다.

공산당은 1927년 장개석의 유혈쿠데타가 재발되어서는 안된다고 결의하고 반격준비를 했다. 장은 그것을 반복하려고 결심했다. 4년 이상의 간헐적인 회담과 비참한 전쟁이 중국의 문제를 결정짓기 위해 필요로 했던 것이다.

1945년 말에 첫 싸움이 시작되었다. 1946년 1월 국민당이 결정적인 우세를 얻을 수 있는 힘이 결여되었다는 것이 판명된 후 새로운 정전이 합의되었다.

이 일시적인 정전은 국내의 두 가지 요인에 의한 것이었다. 하나는 내전에 대한 전중국인의 혐오감과 다른 하나는 전후 전승국간의 이해였다. 그들은 어느 나라도 중국문제에 서로 대결하는 것을 원치 않았다. 정권 담당자인 국민당은 이 정전상태를 평화로 향하는 단계로 바라본 것이 아니고 중공과의 최후의 대결에 대처하여 미국원조를 얻어 그 군대를 수송하고 훈련하고 확충하기 위해 시간을 버는 방책으로 생각했다.

이 해 1월 정전을 유지하기 위해 국민당, 공산당, 미국의 삼자로 구성된 대표위원회가 형성되었다. 장군(張群, 후에 張治中)이 국민당을, 주은래가 공산당을, 조지 마샬 원수가 미국정부를 각각 대표하였다. 삼자의 조정행정본부가 북경에 설치되었고 하부실무그룹도 또한 삼자간에 구성되어 중국군 라이벌인 국민당과 공산당이 대치하고 있는 현지에서 조정을 담당했다.

전선이 평온한 때도 국민당은 그 지배하의 후방지역에서의 내전 반대 운동을 탄압했다. 1945년 12월 1일 운남성 곤명에서 국민당 비밀 경찰이 4명의 서남연합대학 학생을 살해한 사건이 발생했다. 이 학생들은 민권과 내전반대를 요구하는 데모행진중에 있었던 것이다. 송경령이 상해로 돌아온 후 최초로 참가한 대중활동은 이 4명의 학생을 추도하며 탄압자에 항의하는 2만 명이 운집한 집회였다.

후에 송경령은 전국민의 경애를 받는 두 사람의 애국자와 함께 곤명에서 암살에 항의하는 집회에 참가했다. 한 사람은 송경령이 감옥에 함께 투옥되자고 제안했던 애국입옥운동을 한 7군자 중의 한 사람인 이공박이고 다른 한사람은 유명한 자유주의자이며 학자, 시인인 문일다였다. 이들은 전후 중국의 평화와 민주주의를 창도했다고 하여 대립의 부하에게, 미국해군정보기관이 제공한 소음 피스톨로 암살되었다.

이와 같은 집회에 스스로 솔선하여 참석하는 것과는 대조적으로, 송경령은 아직 명목상 그 위원으로 임명되어 있는 국민당 제6기 중앙집행위원회 제2차 총회에는 출석하지 않았다. 여전히 협박과 유혹이 계속되는 가운데 국민당은 오히려 그녀를 중앙집행위원회의 상임위원으로 선출했다. 어려운 시기에는 언제나 그랬던 것처럼 그녀는 이때에도 말이 아니라 행동으로 그녀의 입장을 더욱더 명확하게 보였다.

1945년에서 49년 사이 송경령은 상해에서 두 단계의 상황에 직면하였다. 첫단계는 6, 7개월간 계속된 국공협상으로 미국의 마샬 원수를 표면상 조정자로 하여 내전을 회피하거나 억제하기 위한 담판이었다. 제2단계의 3년간은 내전의 맹렬한 전개였다.

이 내전 자체는 2단계로 나눌 수 있다. 첫단계는 1946~47년 사이 국민당의 1년여에 걸친 대 공세의 시기였다. 미국의 지원을 얻어 국민당군은 거의 모든 도시를 제압하고 마침내 연안을 점령함으로써 전국적인 승리를 선언했다.

그러나 공산당이 이끄는 혁명은 파괴되지 않았다. 오히려 그 세력은 증대하고 있었다. 광범위한 농촌지역에서 몇백만의 농민이 토지개혁의 성과를 지키기 위해 군대에 가담했다. 토지개혁은 몇천 년의 중국역사상 처음으로 "경작자에게 그 땅을" 주었기 때문이다. 해방구는 "농촌이 도시를 포위한다"는 전략속에서 점차 확대되었다. 인민해방군 정규군은 광범위하게 교묘한 기동작전을 전개하여 장개석의 대규모 군대를 타파했다. 강제징집으로 끌려나온 병사들은 대다수가 농민출신이었다. 만약 공산당이 승리를 거둘 경우 그들과 그 가족은 토지개혁에 의한 일익을 얻을 수 있게 된다. 그런데 그 토지 개혁에 반대하는 국민당들을 위해 왜 싸워야 하는가 그 이유가 없음을 깨달았다. 이렇게 하여 많은 병사들은 포로가 되었고 재빨리 포병, 공병 등 기술을 요하는 병과의 혁명 진영에 가담했다. 기술을 가진 병사의 경우는 전에는 기술면이 결여되었던 해방군에게 그 기술들을 보급시켰다. 이리하여 점차 군영은 변화되어 중공군 지도하의 부대는 장개석 군대와 처음으로 동등해졌으며 곧 압도하게 되었다. 그리고 전리품이나 투항한 병사를 통해 국민당군이 휴대하고 있던 대량의 미제무기를 압수했던 것이다.

제2단계는 1947년 후반부터 1949년까지의 시기로서, 해방군이 방어전략에서 공격전략으로 바꾸어 마침내 전면적인 총공격을 함으로써 성공적으로 주요도시에 진입하여 마지막으로 전국에서 승리를 거두었다.

이 두 단계는 송경령의 보위중국동맹(이 시기에는 중국복리기금회로 개칭함)의 상해에서의 활동에서도 그대로 반영되었다.

첫단계에서는 중국복리기금회는 아직 의약품이나 다른 구호물자를 어느 정도 해방구에 보낼 수가 있었다. 제2단계가 되면 그것은 거의 불가능하게 되어 그 활동은 대체로 상해에 한정되었다. 빈민을 구제한다는 것은 간단한 자선사업이 아니라 진보적인 방침과 동기를 가져야 하는 것이었다. 송경령이 상해에 체재한 마지막 시기에는 혁명도 모두 승리를 거두었기 때문에 다시 상해 이외의 사업에 물자를 공급할 수 있게 되었다.

송경령이 1945년 말경 고향 상해로 돌아왔을 때 개인적인 상황은 몇 가지 점에서 전쟁 전보다 더 불안정하고 위험한 것이었다. 전쟁 전의 상해는 외국조계가 있어서 조계당국은 반동적이었고 언제나 중국시정부와 상호 무엇이든 결탁했다. 그러나 외국조계 당국과 활동을 할 수 있는 여지가 다소 있었다. 그러나 전후 조계가 해소되어 상해 전체가 국민당 치하에 들어가자 과거에 가능했던 활동의 여지까지도 없어지고 말았기 때문이다. 그러나 새롭고 유리한 조건도 생겼다. 그것은 항일전의 긴 세월 속에서 국내나 세계적으로도 송경령의 명성은 보다 더 크고 높아졌던 것이다.

송경령은, 손문과 지내며 함께 활동했고, 그 후에는 혼자 살며 투쟁해온, 그녀가 좋아하는 몰리에르 로의 상해집은 이미 더 이상 살 수 있는 상태가 아님을 알았다. 그녀는 그레이스 그래니치에게 전했다.[1] "그집은 8년간이나 방치되어 있었기 때문에 … 일본군에 의해 황폐화되고 약탈당했습니다. 심지어 집의 모든 수도관 등 배관까지도 다 가져가 버렸습니다 … ” 수리에는 예상할 수 없을 정도의 시간과 비용이 들 것이라 생각되었다. 고통스럽지만 단호하게 그녀는 다음과 같이 결단을 내렸다.

> … 나는 몰리에르 로의 집을 포기하는 것이 낫다고 생각했습니다. … 대단히 많은 세월 동안 거기에서 살았습니다. 당연히 나에게는 그 집에 대한 감상이 있습니다. … 갖가지 기억이 있습니다. … 그러나 사라져 없어져버린 것을 붙들고 있는 것은 이미 아무 소용이 없는 것입니다.

상해에서 적당하게 살 집이 없었던 것도 송경령이 중경에서 상해로 돌아오는 것을 지연시킨 한 이유가 되었다. 항일 전 승리후 몇 개월이 경과한 후 국민당 당국은 그녀를 위해 집을 준비했다. 그것은 이전에 프랑스 조계였던 앙리 리비에르 로(路) 45호에 있던 독일인집으로 상환유산으로 적에게서 몰수한 가옥 중의 하나였다. 1947년 그녀는 몇 개월간 그녀의 옛집(원래 몰리에르 路 29호)으로 돌아왔지만 곧 1948년 겨울 국민당 당국이 준비해준 다른 집으로 옮겼다. 여기서 그녀는 해방후 줄곧 생활하였으며 오늘날 그것은 송경령 상해 기념관(송경령 고거)으로 남아 있다(현재 회해중로 1843호). 이전의 몰리에르 로 29호(현재 향산로 7호)의 주택은 현재 손문 고거가 되었다.

중국복리기금회의 설립

송경령의 당장의 관심은 전후 상황에 적응하는 것이고 보위중국동맹의 새로운 이름을 대중적으로 만드는 것이었다. 그녀는 오랜 협력자에게 이렇게 썼다.2)

> 우리의 보위중국동맹은 상황이 변화되었기 때문에 이제는 중국복리기금회라고 부릅니다. 비록 무서운 전쟁은 끝났지만 우리들이 해야할 일은 태산 같습니다. … 비참한 상태 … 사람들은 질병과 굶주림에 직면해 있고 … 경제 상태를 안정시킬 희망도 없습니다. 암시장은 어디에서나 존재하고 소수

의 사람들만이 우리가 생필품으로 생각하는 것을 입수할 수 있습니다.

홍콩의 보위중국동맹에서 타이피스트로 일한 중국계 미국인 여성 에
바 초이 로우에게 보낸 이 편지는 송경령이 상해로 돌아온 후 전쟁 전의
친구 모두와 얼마나 지위에 구애됨이 없이 평등하고, 따듯하게 접촉했는
가를 보여주는 일례다.

이것은 또한 그녀가 사적인 욕구보다도 공적인 필요를 우선으로 했음
을 보여준다.

　미국방문에 대한 많은 초대가 있었습니다만 … 여기에서의 일 때문에 떠
날 수가 없습니다. … 나는 친구들과 나의 어린 시절을 보낸 그곳을 방문하
고 싶은 생각은 태산같으나 그럴 수 없는 상황이 유감스럽습니다. …

보위중국동맹의 새로운 명칭은 실제로는 중경에서 몇 개월 전에 결정
되었지만 상해로 옮겨온 이 후 비로소 발표되었다. 새명칭은 "우리들이
전후의 목표를 실현하기 위하여 연해지역에 활동기반을 마련할 때까지"
사용하지 않는다는 조건부로 결정된 것이었다.[3]

이것은 보위중국동맹이 명칭을 바꾸는 시기에 그 활동을 정지한다는
것을 뜻하는 것이 아니다. 보위중국동맹은 중경에 있는 동안 항전 승리
후의 유리한 때를 타서 가능한 한 많은 구호 물자를 장기간 봉쇄되어 있
던 해방구에 보내기 위해 신속하게 움직였다. 이 활동의 긴박성은 평화
로 발전할 것인가 아니면 내전으로 확대될 것인가 하는 상황의 불확실성
에 의해 영향받았다.

평화인가 내전인가라는 선택은 해방구 병원을 원조하는 활동과정에서
구체적으로 나타났다 구제물자의 해상수송이 실현가능해지자 곧 송경령
은 미국의 친구들에게 호소했다.[4]

　강소성 북부의 국제화평의원은 지금까지 … 가장 적은 구제물자를 공급
받았기 때문에 처음으로 상해에 도착한 물자의 대부분은 그 병원에 배분해
야만 합니다.

일본군 전선의 후방 깊숙한 곳인 신사군 구역에 있는 이 병원으로서는 중경으로부터의 물자를 공급받는 것은 지리적으로도 정치적으로도 어려웠다. 이제는 상해에서 효과적으로 원조할 수 있는 방법을 찾았다. 보위중국동맹은 미국중국지원회로부터 기부받은 자금으로 마닐라에서 팔린 미국 군수잉여물자 중에서 250개 침상분의 안전한 병원 설비를 구입하여 상해로 수송하였고 상해에서 그것을 강소성 북부에 있는 화평의원으로 보냈던 것이다. 그러나 국민당의 봉쇄는 아직 계속되고 있었다. 장개석 정부로부터 허가를 받아내는 것은 시간이 걸리고 압력을 받아야 했다. 1946년 4월에 도착예정이었지만 도중에 국민당 군대의 방해를 받아 2개월 이상이나 지연되었다.

장비가 모두 도착했을 때 그 지역 현 정부는 정부기관을 위해 준비한 건물을 병원에 제공했다. 장비는 즉각 설치되었고 우호국가들의 도움에 대한 보답으로 이 병원은 그곳의 보건위생사업의 모범이 될 것을 약속하였다. 이 활동을 원조하기 위하여 서양의학 훈련을 받은 의사들이 상해로부터 파견되어 자원봉사자로 일했다.

UNRRA(국제연합구제부흥기관; United Nations Relief and Rehabitation Administration)도 미국인과 폴란드인 의사를 보냈다. 폴란드 의사는 의료기술 전문가인 부인과 함께 왔는데 두 사람은 모두 스페인 내전시 국제여단의 의료 베테랑이었다.

이 병원의 연구소 소장인 중국인 의사는 호남성 장사에 있는 권위 있는 상아(湘雅)의학전문학교(중국의 예일 대학이라 불린다) 졸업생으로 미국인이 설립한 북경협화병원에서 수년간 근무한 경력을 가진 사람이었으며 이 병원에서 35명의 기술자 양성을 담당하였다. 이와 같이 지원하여 대도시로부터 고난에 가득찬 내지로 들어온 현대 의학교육을 받은 사람들 사이에서는 당시 넓게 퍼져나간 새로운 정신과 중국의 미래에 대한 희망을 느낄 수 있게 하는 것이 있었다. 이 병원 설비를 위한 새로운 장비의 기증에 대하여 신사군 고급간부는 송경령을 통해 감사장과 수령증을 보냈다.5)

항일유격전쟁시기의 기술과 물자의 지독한 결핍상태를 생각하면 비교할 수 없을 만큼 현재는 희망적이었다. 그러나 곧 큰 난관에 부딪혔다. 장개석이 내전을 재개하자 이 병원의 소재지는 제일 먼저 공격받는 목표물이 되었다. 새로운 장비를 다 풀기도 전에 이 병원은 몇백 킬로미터 떨어진 산동성 북부의 보다 안전한 해방구로 철수해야만 했다. 거기서 병원은 다시 외부의 도움 없이 활동을 계속해나가야 했다. 이런 상황하에서 시간은 최대의 열쇠였다. 만약 송경령과 보위중국동맹이 그렇게 빨리 행동을 취하지 않았다면 이 수입된 병원설비는 영원히 해방구로 들어갈 수 없었을 것이다.

동맹의 가장 큰 어려움은 상해에서 사무실을 구하는 것이었다. 전후 많은 사람들이 돌아와 집은 부족하고 임대료는 급등했다. 국민당은 전혀 도움을 주지 않았다. 그러나 다행히도 송경령의 넓은 교우관계로 길이 열렸다. 전쟁전부터 아는 친구로서 영미담배회사 부사장인 딕 스미스 (Dick Smith)가 그녀의 신청에 응하여 회사의 작은 한쪽 공간을 잠시동안 임대료 없이 이용하도록 해주었다. 송경령은 그 장소를 다음과 같이 묘사하였다.6)

우리의 작은 사무실엔 6개의 책상이 있어요. 보통 6명에서 11명의 사람들이 몸을 붙이고 둘러앉아 일을 합니다. 전화 소리는 계속 울리고 있으며 방 한구석은 창고로 이용합니다. 그러나 임대료가 없습니다. 다른 장소들은 약 5천 달러 이상의 보증금이 붙어 있으며 그 위에다 또 임대료를 지불해야만 합니다.

상해에서도 활동에 참가한 젊은 미국여성 실비아 캠벨은 고향에 있는 그녀의 가족에게 이렇게 썼다.7)

한 개의 사무실에는 4명의 직원이 있습니다. … 매우 작은 방입니다. 손부인이 사무소에 오면 우리들 중 한 사람은 바닥에 앉지 않으면 안됩니다.

중국복리기금회 활동은 끊임없이 확대되었으며 그 후 사무실도 몇 번 옮겼지만 기금회 본부는 여러 해 동안 지독하게 비좁은 그대로였다. 자리잡을 곳을 찾아서 유지해나가는 것이 얼마나 어려운 것인가를 송경령은 그레이스 그래니치에게 보낸 편지에서 언급하고 있다.[8]

… 우리는 중앙신탁국빌딩으로 옮겼지만 그곳의 지배인은 나에게 전화를 걸어 그들이 공간이 더 필요하기 때문에 이사가기를 요구했습니다. '우선권'이나 '보증금' 그 어느 것도 우리에게는 없었으므로 돈이 없이는 상해에서 사무실을 구하기란 정말 골칫거리였어요. 끝내 우리는(옛날) 조프르 路의 길가에 늘어선 한 방갈로를 찾았습니다. … 이 집주인은 대만출신으로 재능있는 목각예술가였는데 그의 바람은 외국에 가서 미술공부를 하는 것이었습니다. 나는 그를 위해서 외국 대사관원 한 사람으로부터 장학금을 주기로 약속을 받아냈습니다. 그는 출발하는 날까지 우리와 함께 지내기로 했습니다. … 현재는 여권을 발급받기가 너무 어렵기 때문에 그가 언제쯤 떠날 수 있을지는 "신만이 압니다"라고 할 정도입니다. 그러는 동안에 우리는 착착 방갈로를 수리하고 정비하고 있습니다.

그러나 그같은 어려움에도 중국복리기금회의 사기는 높았다. 송경령의 지도자로서의 태도는 홍콩이나 중경시대와 마찬가지로 거기서 일하는 사람들에게 따뜻했으며 활력을 불어 넣어주었다. 실비아 캠벨은 다음과 같이 말했다.

나는 손부인을 점점 더 좋아하게 되었습니다. … 행복하게도 회의는 형식에 얽매이지 않았습니다. 우리는 일요일에는 멋진 피크닉을 갔습니다. … 부인은 핫도그와 맥주를 가지고 왔고 유쾌한 대화를 나누었습니다. 정말 매력있는 여성입니다. … 손부인은 일주일에 두 번정도 사무실에 왔으며 우리는 언제나 자유로운 토론을 했습니다.

상해에서 새로운 활동에 참가한 중국인 직원은 그녀의 활발하고 민주적인 분위기를 기뻐했다.
아동복지의 한 간부인 진유박(陳維博)은 다음과 같이 회상하였다.[9]

내가 처음 그녀를 보았을 때 나는 불편했다. 그녀는 위대한 유명인이었기 때문이다. 나는 한 지방 고아원의 교사에 불과했다. 그러나 그녀의 사무실에 들어가자마자 그 방이 얼마나 작은가를 알았다. 그리고 그녀가 "환영합니다"라고 말하는 것을 들었을 때 나는 편안해졌다. 그녀는 동등하게 우리들을 대했으며 또한 신뢰하고 존중했다.

매우 어린 한 직원(심부름도 하고 화물을 정리하고 도와주는 직원)도 유사한 회상을 하였다.[10]

나는 20대였어요. … 손부인은 처음부터 나를 신뢰해주고 있다고 느꼈습니다. 나를 아들처럼 대했습니다.

당시 상해의 사회적 차별은 대단히 엄격했고 가난한 자와 부자는 극단적으로 대조되었으며, 정치적으로는 백색테러가 횡행하고 있었습니다. 그러나 중국복리기금회에서는 민주적이었으므로 그 안에서는 중국인도 외국인도 마찬가지로 동등하게 일을 하였습니다.

사무소는 일층에 있었고 창고는 춥고 어두운 지하에 있었습니다. 손부인은 사무실뿐만 아니라 창고에도 자주 들렀습니다. 내가 부인의 집에 편지류를 가지고 갔을 때 아무리 아침 일찍이라도 언제나 타자기를 두드리고 있는 듯했습니다. 사무실에 있을 때와 마찬가지로 집에서도 부인은 항상 일을 하고 있었습니다.

국민당은 부인이 엄청난 부자라고 소문을 퍼뜨렸지만 사실 부인은 돈이 없었습니다. 그분은 검소한 복장차림이었어요. 대개 청색이나 어두운 색이었습니다. 자신이 사용하는 집도 자동차도 없었습니다. 우리가 다시 이전했을 때도 그분 집무실은 겨우 6, 7㎡밖에 되지 않았으며 그것은 책상과 의자 그리고 타자기용 책상이 들어가면 꽉 차버렸습니다. 부인은 크래커 같은 간단한 점심을 싸와서 항상 다른 사람들과 나눠 먹었습니다.

나는 사무실에서 먹고 자고 했습니다. 내가 노동자 야간학교에 다니는 것을 알고 내가 배우고 있는 책이나 읽고 있는 책이 무엇인가를 물어보고, 손중산 선생이 지식을 얼마나 중시하였던가에 대하여 얘기해주셨습니다. "내가 사는 집에는 당신이 지낼 수 있는 방이 있어요, 만약 사무실이 불편하면 나의 집으로 오도록 해요" 하고 부인은 말했습니다. 사실 사무실은 감시를 받고 있었기 때문에 때로는 긴장하고 있었는데, 밤에 사무실에서 홀로 있을 때 내가 체포되는 것이 아닌가 하고 부인은 걱정하였던 것입니다.

처음에 나는 그분을 '부인'이라고 불렀습니다만 곧 나에게 '나를 엄마라고 부르도록 하렴' 하고 얘기하였습니다(중국에서는 어린이와 젊은이는 부모와 동연배로서 친근감이 있는 가까운 여성에게 가족관계가 아니라도 이같이 부를 수 있다).

부인은 작은 것을 수집하는 것을 좋아했어요. 큰 것들을 모으는 것은 머리만 아프다고 했습니다.

우리는 열심히 일했습니다. 그리고 부인은 우리들을 즐겁게 해주려고 마음을 썼습니다. 그분이 준비해준 직장에서의 파티 때 우리는 함께 혁명가와 양거(yangge, 모심기할 때 부르는 농경가요)를 부르며(나는 노래부르는 것을 좋아했어요) 춤을 추었습니다.

이연아가 보온병에 들어 있는 차와 가득 담은 빵과 과자를 자동차에서 가지고 오면 우리는 모두 함께 먹었습니다.

구제활동을 둘러싼 투쟁

구제활동 분야에서 중국복리기금회는 전후의 요청에 부응하기 위하여 조직된 전국적이고 국제적인 전문기관과 제휴해야만 했다. 이 단체들은 중경시대에 제휴했던 것보다도 더 대규모였으며 정부의 영향을 보다 더 직접적으로 받았다. 그 중 하나가 세계적인 UNRRA였다.

UNRRA는 주로 미국이 운영하며 자금과 물자도 공급하였기 때문에 필연적으로 미국정부정책에 영향을 받았다. 또 하나는 국민당 정부 행정원의 부흥구제청(CNRRA; Chinese National Relief and Rehabilitation Administration)이었다. 해상교통이 정상화됨에 따라 UNRRA의 중국구제물자의 수송과 공급은 많아졌으며 이것은 부흥구제청으로 보내져 여기서 국내로 분배되었다. 중국부흥구제청은 UNRRA 물자 분배를 독점하였으므로 자연히 중국공산당지배하의 해방구는 분배대상지역에서 제외되었다.

국민당계의 행정원산하 부흥구제청에 대항하기 위해 해방구는 중국해방구부흥구제청(CLARRA; 중국해방구구제총서)을 설립하여 UNRRA와 직접 교섭하려 했다. 해방구는 전쟁중 국민당의 의약봉쇄에 대한 뼈아픈 교훈을 맛보았기 때문에 해방구 인민이 두 번 다시 구제로부터 소외당하거나 속임을 당하지 않으려고 충분히 주의를 기울였던 것이다.

해방구부흥구제청 책임자는 송경령의 옛친구 동필무(董必武)였다. 동
필무는 이제는 대 선배격의 공산당원으로서 1945년 샌프란시스코에서
열린 국제연합창립대회에 중국공산당 대표로 참석하였다.

보위중국동맹은 아직 중경에 있었고 개칭하기 전이었지만 동맹은 뉴
욕에 있는 후원자들에게 편지를 보냈다. 그 가운데서 "행정원의 부흥구
제청은 보위중국동맹의 법적 지위를 부인하고 그 사업에 대하여 UNRRA의
원조물자를 조금도 배분하려 하지 않았기 때문에 우리의 부흥구제청에 대
한 호소는 큰 어려움에 직면해 있었다"고 전했다.[11]

제2차세계대전이 끝난 지 9개월이 지났는데도 구호물자의 배분은 매
우 불공평했다. 동필무는 "해방구에는 전중국 전쟁난민의 60%가 있지만
그들은 국제연합구제부흥기관으로부터의 자금이나 물자의 2%밖에 할당
받지 못하고 있다"고[12] 국제연합구제부흥기관에 보낸 편지에서 지적하
였다. 중국에 있는 UNRRA의 외국인간부나 직원은 이 사실을 확인했다.
16개국에서 와 각각 소속된 그들 중에 300명이 국제연합구제부흥기관
이사장인 전 뉴욕시장 피요렐라 라과르디아(Fiorella LaGuardia)에게 보내
는 항의문서(국민당이 원조를 정치무기로 사용하는 것에 반대하는 내용)
에 서명했다.[13]

그들이 제공한 숫자는, 중국전체에서 구제를 받을 자격이 있는 전쟁이
재민은 420만명이고 그 중 260만명이 해방구에 있지만 중국에 오는 유
엔구제부흥기구의 물자 6만 5천 톤 중에서 단지 3천 3백만 톤만이 해방
구에 보내지고 있다는 것이었다. 그런데 그러한 원조까지도 자주 늦게
배달되거나 도중에 국민당 군대에 의해 방해를 받는 것이었다.

보다 강한 항의가 유엔구제부흥기구 소속 60명의 중국주재간부들에
의해 결의 형식으로 1947년 4월에 취해졌다. 이 모임의 한 대변인은[14]
다음과 같이 비난했다. 국민당 정부는 "중공통치구역으로 물자를 수송하
는 도중에 … 가능한 한의 모든 방해를 다했다. 심할 경우는 구제물자의
수송선을 폭격하거나 기총사격을 했다. … 이같은 무법행위가 세 번이나
발생하였다"고 지적하고 또한 "구제물자수송대와 유엔구제부흥기구의

지원으로 설립된 병원"에 대한 공격도 규탄했다.

만약 유엔구제부흥기구가 차별없는 원조를 한다는 본래의 원칙을 지키지 못하게 되면 국민당은 그 기도를 달성하게 되겠지만 "연합국측은 일본군의 공격에 정면으로 맞서 있었던 1억 3천만의 중국인민을 말살하는 것이 될 것이다"라고 대변인은 선언했다.

이것은 "유엔국제구제부흥기구 이사회 결정에 위배되는 것이며 유엔국제부흥기구와 중국정부 간의 기본적인 합의사항에도 위반"되는 것이라고 간부직원들은 선언했다.

> 우리는 차별을 없앤다는 명확하고 즉각적인 실현의 보증없이는 구제와 부흥원조를 위한 물자의 계속적인 송달에 항의한다. 차별은 중지되어야 하고 중국에 보내진 모든 물자는 공평하게 분배되어야 할 것이다.

이와 같은 항의는 실제로 라과르디아가 유엔구제부흥기구에 명하여 농업기계와 공업기계 원조를 중단하게 하는 결과를 낳았다. 이들 기계는 한 대도 해방구에는 보내지지 않았고 상당수가 국민당관료가 개인적 이익을 위해 착복했거나 내전용으로 썼던 것이다. 국민당 부흥구제청 장관 장정불(蔣廷黻)은 중공통치구는 수확이 양호하기 때문에 농기구가 필요 없다고 변명하였다. 이에 대해서 연안은 위세등등하게 반론을 제기했다. ― 공산당지역(해방구)은 국민당 지역보다 열악한 자연환경을 갖고 있으며 전쟁의 폐허로 더 많은 고통을 받고 있기 때문에 구호물자가 필요 없다는 주장은 근거가 없는 것이다. 수확이 좋고 식량상태가 좋다고 하는 것은 정치와 노동의 방법이 우세하다는 것을 말하는 것이다. 그러므로 유엔구제부흥기구의 원조를 보다 효과적으로 활용하는 능력도 있음을 증명하는 것이라고 강하게 반박했다.

유엔구제부흥기구의 미국인 및 다른 나라 출신의 간부직원들의 중국에 있어서의 불공정에 대한 분노는 말로만 그치지 않았다. 많은 사람들이 그와 관련된 많은 일을 했다.

캐나다인 틸슨 해리슨(Dr. Tillson Harrison) 의사는 하북성의 국제화평의원에 상당한 양의 의료품을 보내기 위하여 자신의 목숨을 희생하였다. 한겨울에 국민당관리들이 공급물자를 실은 화차를 측선으로 돌려버렸기 때문에 해리슨은 화물을 소달구지로 옮겨싣고 자신은 걸었다. 수송은 겨우 성공하였지만 이 60세의 노의사는 추위와 과로로 죽고 말았다. 1947년 2월 7일 송경령은 상해에서 개최된 그의 추도식에 참석하였다. 해방구의 부흥구제청, 중국복리기금회, 유엔구제부흥기구는 각각 대표를 파견하여 애도의 뜻을 표했다. 국민당계의 부흥구제청도 대표를 출석시켰다(여기서 국민당은 명백한 잘못을 말하지 않은 상태였다).

해방구에서는 이 계열의 보건위생센터 중 최초의 것을 같은 캐나다인 의사 노만 베순이 죽은 뒤 그의 이름을 따서 베순 국제화평의원이라고 이름붙였던 것과 마찬가지로, 한단(邯鄲)병원은 해리슨 국제화평의원으로 개명했다. 거의 반세기가 지난 현재에도 해리슨 의사는 기억되고 있다. 해리슨이 죽은 하남성 개봉에는 그의 조각상이 건립되었으며 그의 탄생 100주년을 기념하여 그곳 초등학교를 해리슨초등학교로 이름을 바꾸었다. 해리슨 국제화평의원은 현재 하북성 형수(衡水)로 이전하였으며 그의 고향인 온타리오 주 필슨버그의 한 병원과 '자매결연'을 맺고 있다.

송경령이 추앙하는, 헌신적인 유엔국제부흥기구의 의료활동가 중에는 3명의 미국인이 있다.[15] 장가구(張家口) 시의 해리슨 국제화평의원에 파견된 도로시 도일(Dorothy Doyle), 모지스 오즈벨(Moses Ausubel), 그리고 릴리안 캔터(Lillian Cantor)가 그들이다. 제2차세계대전 후 해방구의 중심에 있었던 이 화북의 도시는 장개석의 군대에 의해 공격받게 되자 그 병원 또한 장거리 피난을 하지 않으면 안되었다. 이 3명의 미국인은 고난에 가득찬 길을 택해 그 어려운 행로에 동참하였으며 새로운 장소에서도 몇 개월 동안 체재하면서 환자에 대한 간호와 중국인 의료종사자의 훈련을 맡아 쉬지 않고 일했던 것이다.

많은 유엔구제부흥기구 종사자들이 그들 자신의 자발적인 의지로 의약품이나 설비 그리고 기술을 해방구로 가져갔다. 그들 중에는 허버트 아브람스 의사(Dr. Herbert K. Abrams), 레오 엘루싸 의사(Dr. Leo Eloesser), 아프리카계 미국인 하워드 피터슨 의사(Dr. Haward Peterson),

캐서린 릴타드 의사(Dr. Katherine Lealtad), 체코인 맥델레네 로비스처 의사(Dr. Magdalene Robischer) 그리고 모두 스페인 내전때 국제 의료대로 활약한 몇명의 유럽인 의사가 포함되어 있다. 유엔구제부흥기구 관계자 외에 우애구호대 소속의 영국인과 미국인 대원도 있었다. 그 중 한 사람인 간호사 마가렛 스탠리(Margaret Stanley)는 잠시 동안 연안에서 일했다. 윌리엄 힌턴(William Hinton)과 그의 누이 조안 힌턴 그리고 그녀의 남편 어윈 엥스트(Erwin Engst)는 오랫동안 농업분야에서 활동했다. 힌턴의 부인인 버타 스넥은 간호사와 교사로서 일했다. 그러한 사람들은 너무 많아서 일일이 다 말할 수 없을 정도다. 그들이 도움을 준 어떠한 곳에서도 그들은 너무나 고마운 사람으로 회상되고 있다.

이같은 활동가들은 UNRRA가 부여한 제한을 하나 둘 타파했다. UNRRA의 최고 간부들은 미국의 전후정책의 압력하에, 정치적으로 차별해서는 안된다는 스스로가 제정한 헌장을 점차 어기고 더욱 편협해져서, 우쭐거리는 다루기 힘든 존재가 되었다. 처음부터 직원이었던 실비아 캠벨은 1946년 고향에 보낸 편지 속에서 얘기하고 있다. "상해에는 UNRRA 직원들이 많이 있어서 그 때문에 서로 도울 수 있는 관료적 기구가 필요합니다". 그리고 "우리가 부패한 중국구제기구(국민당의 부흥구제청)를 통하여 일을 하는 한 구제를 필요로 하는 사람들의 손에는 거의 아무 것도 건네주지 못할 것입니다"라고 썼다.

그 때문에, 전후 미육군대령을 퇴역하고 다시 임원이 된 제럴드 탄네바움(Gerald Tannebaum)의 충고에 따라 실비아 캠벨이 UNRRA를 떠나 중국복리기금회 일을 하게 되었던 것은 크게 기쁜 일이었다(그녀는 이미 자원봉사원으로 일하고 있었다). 탄네바움은 같은 길을 이미 걷고 있었다. 실비아는 중국복지기금회에 대해서 미국의 가족들에게 이렇게 적고 있다.

나는 유엔구제부흥기구와 행정원 부흥구제청에서의 1년보다도 여기에서의 일주일이 더 가치 있는 일을 할 수 있습니다. … 정직하게 얘기하면 나는 지금껏 살아가기 위해서 일했습니다만 이렇게 열심히 일하지도 않았으며 이렇게 해야 할 많은 일에 몰두해보지도 않았습니다. UNRRA에서 일한 9개월 간의 욕구불만에서 해방되어 이제는 기분좋게 일하고 있습니다.

실비아는 많은 어려움 가운데 오히려 열정을 가지고 3년간을 일하며 보냈다.

국민당의 정당하지 못한 방침과 유엔구제부흥기구원조의 오용에 반대 하는 많은 투쟁 가운데 가장 사람의 주의를 끈 것은 황하 하도(河道)의 변경공사에 관한 것이었다. 1938년 중일 전쟁이 벌어진 지 두 해째 되던 때 장개석은 침략군의 전진을 저지하기 위하여 황하의 제방을 파괴했다. 결과는, 일본군을 저지하는 것은 실패하고 5만㎢나 되는 지역이 대홍수 로 침수되었고 추정키로 89만 명의 농민이 익사했고 수백만 호의 가옥이 유실되었으며 거기에다 하상(河床)이 크게 이동하여 이전의 하구보다 수 백 킬로미터 북쪽으로 가서 바다로 연결되었다. 이후 8년이 지나 전쟁도 끝난 지금 국민당은 황하를 옛 하도로 복구한다고 제안하였다. 그것은 또 다시 군사적 목적을 위한 것이었다. 이번에는 국민당이 공격중에 있 는 해방구에 대해 작전상의 필요에 의한 것으로 홍수를 이용하는 수공을 기도한 것이었다.

주은래와 동필무는 중국공산당을 대표하여 황하의 대제방이 안전하게 완전히 수복될 때까지 황하의 옛 하도로 재변경하는 것을 연기하도록 요 구했다. 그리고 많은 이주민들에게 보상금을 지불하도록 주장했다. 두 당 사이의 사전협의에도 불구하고 국민당은 약속을 어기고 하도(河道) 변경공사가 아직 다 완성되지도 않은 상황에서 이미 터져 있는 제방을 막아버렸다. 그래서 더욱 많은 생명이 실종되었다.

주중미국대사 존 레이턴 스튜어트(John Leighton Stuart)는 워싱턴의 국무장관 앞으로 보낸 비밀보고서에 이렇게 썼다.[16] "공산당은 황하의 옛 하상으로부터 주민을 이주시키는 데 5개월을 요구했으며 그후에 제 방을 막을 것을 주장해왔다. 그 때문에 정부를 격렬하게 비난하고 있었 다. ― 더도 덜도 아닌 진실 그대로이다."

유엔구제부흥기구는 공산당 대표의 압력으로 주민의 이전보상과 대제

방공사를 위해 해방구가 필요로 하는 물자공급에 자금을 얼마간 할당했다. 그러나 교부가 지체되어 인플레이션이 심해짐에 따라 이 보상금은 거의 쓸모가 없게 되고 말았다. 실비아 캠벨은 1947년 6월 30일자 편지에서 국민당의 책동을 구체적으로 묘사했다.[17]

지난 여름 그들은 합의 결과 법폐 150억 원(법폐는 1935년 11월 4일 이후 발행된 국민당 정부의 합법지폐)을 지불하기로 동의했습니다. … 현재 그들은 결국 50억원을 현금으로(당초의 4분의 1의 가치가 되어버렸음) 지불하고 나머지는 물자로 지불하기로 결정했습니다.

그런데 행정원 부흥구제청은 50원 지폐와 100원 지폐를 가득 실은 20대의 트럭을 보냈습니다. 현재 공식환율은 미화 1달러에 대해 1만 5천 원입니다. … 그리고 보통 신문 한 부에 1000원입니다. 20대의 트럭이 전투지역통행증을 받는 데는 몇 주가 소요될 것입니다. 나는 감히 내기를 걸겠습니다. … 정부는 그때 가서는 50원 지폐와 100원 지폐는 유통되지 않기 때문에(더 이상 법적인 근거가 없으므로) 회수한다고 말할 것입니다!

미국정책에는 반대하나 미국민에게는 우호적

중국에서 전개되는 내전에 있어서 미국정부의 역할에 대해 송경령이 일관해서 비난해왔음은 위에서 많이 언급되었다. 그녀는 국가로서의 미국에 대한 태도와 그 국민 및 개인으로서의 미국인에 대한 태도를 명확하게 구별하였다.

1946년 3월1일 상해에 도착하자마자 송경령은 샌프란시스코에 사는 옛날 보위중국동맹의 동료인 에바 초이 로우(Eva Choy Lowe)에게 편지를 보내, 전후 그녀의 미국방문을 요청하는 초대장을 많이 받았으며, 가고 싶지만 국내에서 해야할 활동 때문에 갈 수 없다는 것을 전했다.

그 후 얼마 지나지 않아서 경령은 앨리 슬립(Allie Sleep)에게도 비슷한 답장을 썼다. 앨리는 1912년 이후 경령의 여학생시절부터 친구로서 그녀와는 80세가 될 때까지 정치색이 없는 편지를 간헐적으로 계속 주고받았다.[18]

내가 지금 당장 미국에 갈 수 있다면 얼마나 좋을까. 그러나 넌 내가 얼마나 해야 할 일이 많이 있는가를 알거라고 생각해, … 우리나라의 너무나 넓은 지역이 기아위협을 받고 있으며 전염병 등 질병과도 싸워야 한단다. … 전염병과 질병은 격리만으로 해결되지 않는다는 것을 사람들이 깨닫기만 한다면 … 내가 여기에 머무는 것이 필요하단다. … 물론 나의 미국방문은 구제활동을 위해서도 중국을 위한 사업에 참가하고 있는 미국인을 격려하기 위해서도 … 생산적인 것임을 나는 알고 있어 …

이 해 장개석측에 가담하여 중국에 간섭하는 것에 반대하는 미국인의 조직인 '외국의 민주주의정책을 옹호하는 위원회'의 사무국장 모드 러셀(Maud Russell)로부터 송경령에게 한 통의 초청장이 왔다. 그녀는 "중요한 이유 때문에" 갈 수 없다고 전보로 알렸다. 그 이유란 단지 기술상의 것이 아니었다(중경에서는 국민당이 그녀에게 여권을 발행해주지 않았지만 이때도 마찬가지였다). 눈앞의 정치위기와 내전의 위험속에서 그녀는 국가를 떠날 수 없으며 상해에서의 활동을 떠나 있을 수도 없다고 느꼈다.

멜빈 캐스버그 의사(Dr. Melvin Casberg)도 송경령의 방미를 요청했다. 캐스버거는 전시에 외과담당 군의관으로서 미국에 소속되어 1944년에 연안을 갔다왔으며 그 때문에 연안에서의 의료상황이나 필요한 물자에 대해 송경령에게 알려주었다. 그녀가 답장을 쓴 가운데 인용한 비유를 그는 40년이 지난 지금까지도 잊지 못하고 있다.[19] 그것은 "어린애가 죽음의 위험에 빠져 있는 때에 엄마가 집을 떠날 수는 없습니다"라고 얘기했던 것이다.

순회강연대표 리 키딕은 송경령에게 재정적 지원을 약속하며 미국에서의 강연여행을 제안해왔지만 그녀는 "미안합니다. 그럴 수 없습니다. —손일선 부인"이라고 간단하게 회신을 보냈다.

1945년에서 1946년에는 송경령은 해외여행이 가능할 것 같은 생각이 들어서 옷가지들을 준비하기까지 했다. 실비아 캠벨이 고향에서 보낸 편지 귀절에서 이것을 읽을 수 있다.[20]

손부인은 몇 벌의 양복을 보내주었습니다. 그것은 부인이 해외여행을 얘기했을 때 만든 것인데, 마리와 나에게 나누어주었습니다. 그것은 모두 옷감이 아주 아름답습니다.

한참 후의 일이지만 하버드 대학의 저명한 천문학자 해로우 샤플리(Harlow Shapley) 교수는 그가 주재한, 뉴욕의 워돌프 아스토리아 호텔에서 열린 세계평화과학회의에 송경령을 주빈으로 초대했다(이 회의는 1949년 3월 25일부터 27일까지 열렸다). 또 다시 그녀는 정중하게 사절하였다. 이때는 이미 북경이 해방된 이후였지만 상해가 해방되기 전으로서 긴박감이 강하고 백색테러가 횡행하던 시기였다.

같은 달에 송경령은 탈리사 젤라크[21]로부터의 방미 재촉을 받고 그에 대한 회신에서 다음과 같이 답했다. 젤라크는 예부터 송경령의 동료로서 나중에 상해 YMCA에서 활약하였는데 이때는 중국복리기금회에 대한 지원을 모으기 위하여 뉴욕에서 새롭게 조직된 '중국복지호소회'를 지도하고 있었다.

미국에서 일어나고 있는 전쟁준비는 세계평화를 위해 제시되어야만 한다는 것을 미국 국민에게 정말 확실하게 알도록 해야 함이 가장 필요한 것임을 나는 솔직히 인식하고 있습니다. 그러나 … 먼 장래에까지도 … 나는 이같이 열렬하고 의의 있는 그 어떤 초대에도 응할 수가 없을 것입니다. 만약 그 상황이 변화되면 곧바로 당신에게 알려줄 것임을 믿어주기 바랍니다.

그리고 '중국복지호소회'나 다른 관계단체의 사업에, 할 수 있는 한의 모든 노력을 다 한다면 내가 여기에 있지 않으면 안된다는 사실을 아실 수 있을 것이라고 나는 생각합니다.

중국혁명의 승리를 저지하고 제한하려는 미국정부의 노력 때문에 송경령은 자신이 할 일은 중국에 있는 것이라고 생각했다. 만약 미국이 그 성공을 방해하지 않고 중국의 다가오는 혁명의 승리를 승인하는 길을 취한다면 송경령은 신중국에서 미국을 최초로 방문하는 사람이 되어 소위 가교 역할을 하게 되었을 것이다. 그렇게 하지 못한 것은 워싱턴의 선택이지 그녀의 선택은 아니었다.

그러나 송경령은 언제든지 국민과 국민 간의 교류의 문호는 개방되어
야 한다고 생각했다. 상해로 돌아온 초기 그녀는 두 사람의 저명한 미국
인의 죽음을 안타까워하는 조전을 보냈다. 그녀는 그 두 사람과 전쟁 중
에 알았으며 그들은 두 나라 사이의 참된 평등을 위해 투쟁했던 사람들
이었다.

1946년 10월 10일, 조셉 스틸웰 장군이 캘리포니아 자택에서 사망하
였을 때 그녀는 미망인에게 전보를 쳤다.

중국인민은 경애하는 친구를 잃고 모두 애도의 넘을 함께하고 있습니다.
민주주의와 인류의 복지를 위한 당신 남편의 노력은 깊이 우리들의 마음에
새겨질 것입니다. 장군의 이름과 정신은 영원히 중국과 함께 있습니다.

반 년 후 그녀는 또한 미국해병대의 에반스 칼슨 제독의 죽음을 애도
하는 전보를 쳤다. 칼슨은 일찍이 주중국대사관 무관으로서 해방구에 갔
다와서 중공지도하의 군대에 깊은 감명을 받았고 또한 송경령의 사업에
공감하였다. 귀국 후 그는 '극동의 민주정책추진위원회' 위원장에 취임
하여 중국내전에서 장개석을 지원하는 트루먼행정부에 반대하여 투쟁하
는데 앞장섰다. 그는 1948년 5월에 사망했다. 그 위원회 앞으로 송경령
은 다음과 같이 써보냈다.

칼슨의 너무 이른 죽음은 세계의 민주화사업에 큰 손실입니다. 중국인민
은 세계의 진보를 막는 적들과 계속해서 싸울 것입니다. … 칼슨이 생애를
바쳤고 또한 수백만의 생명이 희생되었습니다만 이 사업은 성취될 것입니다.
…

거의 같은 시기에 송경령은 상해에서 미국인이 발행하는 잡지 ≪차이
나 위클리 리뷰≫(密勒氏評論報)-이 잡지는 중국의 신세력에게 호의
적이었다-의 편집장 존 파웰(John W. Powell; 빌)에게 조문하는 글을 보
냈다. 그의 아버지인 전편집장 존 B. 파웰은 제1차세계대전 이후 이 잡지

를 발행했다. 일찍이 손문에게 경도되어 1924년에서 1927년까지의 중국 대혁명을 후원했으나 그 후에는 장개석측으로 전향하였다. 그런데도 그는 송경령의 문장 등 좌파적 견해에도 지면을 할애하였고 에드가 스노우의 중국 홍군에 관한 보고나 모택동에 대한 선구적인 인터뷰 등을 처음으로 게재했다.

아그네스 스메들리의 보도기사에 관해서도 마찬가지였다. 존 B. 파월은 제2차세계대전 중에 동경의 침략정책에 반대했기 때문에 상해에서 일본인에 체포되어 몇 년간 일본감옥에서 징역을 살았으며 괴저(壞疽)가 원인이 되어 두 다리를 잃었다. 계속되는 중국내전에서 그는 아들과는 달리 맹렬한 장개석 지지자가 되었다. 그러나 송경령은 옛날 그의 장년시절 진보적인 역할을 했음을 잊지 않았다. 그녀는 빌 파월에게 "당신 아버지의 서거는 중국의 많은 친구들에게 큰 손실입니다"라고 썼다.

중국복지기금회의 구성원을 생각할 때에 송경령은, 미국정책이 어떻든간에 언제나 중국에 마음을 기울이는 미국인을 포함시키려고 노력했다.

먼저 그녀는 그레이스 그래니치가 남편 맥스(매니)와 함께 돌아오기를 원했다. 그래니치는 항일전쟁 전 상해에서 '보이스 오브 차이나(Voice of China)' 시절부터 친구로서, 이후 계속해서 두 사람은 편지를 교환하였다. "짐을 싸서 곧 오기 바랍니다. 목적지 상해로"라든가 중경에서는 뉴욕의 그래니치에게 보낸 전보 내용에[22] "당신이 나의 구제 사업을 도와주러 오는 것은 OK입니다"라고 주은래가 말했다는 것을 첨가했다. 당시의 관례로는 활동가는 한나라에서 다른 나라로 이동하려면 중·미 간의 합의가 필요했다. 송경령은 실제적인 제안으로서 "여행 비용은 빌려가지고 오십시오"라고 조언했다. 중국복리기금회가 나중에 갚는다는 것이었다. 또한 엔지니어 전문가인 남편 매니를 위해서 유엔구제부흥기구가 공업합작사 일을 할 수 있도록 신중하게 고려했다. 그녀의 전보내용은 정열적으로 "넘치는 사랑을 가지고, 당신들 두 사람을 만날 수 있기를 갈망하고 있습니다"라는 말로 메시지를 끝마쳤다.

그래니치 부부를 미국에서 불러오려는 노력은 거의 일년 동안 지속되었다. 그러나 그들은 오지 못했다. 그 이유의 하나는 매니 형의 병이 중 태였기 때문이며 또 하나는 미국 공산당이 명확하게, 그들이 중국으로 가는 것을 좋아하지 않았기 때문이었다. 그래니치는 해임된 옛 지도자 얼 브라우더(Earl Browder)의 비서였는데 그의 후계자로 총애를 받지 못 했다. 실망한 송경령은 "개인적으로도 나에게는 슬픈일입니다"라고 상 해에서 편지를 보내고 "나는 계속 당신을 기다리고 있으며 이제 일을 계 속 해 나가야만 합니다"라고 전했다.[23] 그녀는 같은 편지에서 "우리는 이전에 유엔구제부흥기구에 있던 제럴드 탄네바움에게 총간사직을 부탁 하기로 결정하였습니다"라고 알려주었다.

탄네바움은 미국 발티모어 출신의 진보적 사상을 가진 라디오 탤런트 였지만 전쟁중에는 미육군 대위였다. 전후 곧 그는 상해에서 중국복리기 금회의 선전활동을 도왔다. 송경령이 그래니치에게 설명한 것을 보면, 그를 총간사로 선출한 이유의 하나는 "뉴욕의 중국지원회는 중국구제연 합회 위원회와 상의하여 그에게 중국주재 연락원으로 위촉했는데 연합 위원회가 그에게 급료를 부담하기로 하였기" 때문이라고 말했던 것이다.

송경령과 그래니치 부부와의 우정은 변하지 않았다. 적어도 2년 동안 그녀는 그들이 중국에 오도록 하기 위해 여러가지 제안을 계속했다. 이 들 부부를 환영해줄 것임을 그녀가 보증한, 연안에서의 영문관계작업 등 다른 활동의 가능성에 관해서도 시사했다. 그러나 이들 부부가 중국을 다시 방문하기까지는 25년이 지난 후였으며 그때서야 그들은 재회할 수 있었다.

여성과 어린이를 위한 구제활동

송경령은 언제나 구제사업을 국가와 인민이 직면하고 있는 중요한 문 제와 연관시켰다. 1946년 5월 그녀는 상해에서 있었던 자선공연의 프로 그램 속에서 말했다.[24]

공연을 관람하면서 몇 백만의 우리 국민이 배고픔과 병으로 고통당하고 있음을 잊어버리지 말아주십시오 … 오늘밤 우리가 모은 기금은 전쟁으로 고통받는 난민이나 이재민의 수에 비해 실로 적은 것에 불과합니다. 이재민의 문제는 전국가적인 문제며, 전세계적인 문제입니다. 오늘밤 한 장의 입장권 가격은 겨우 이재민 한 사람을 며칠간 먹일 수 있는 것에 불과합니다. 진보를 위한 오늘의 투쟁과 전쟁 동안의 그들의 희생에 비하면 그것은 아주 작은 것입니다. 그들을 위한 우리들의 도움은 부족하며 결코 충분하지 못합니다.

그녀는 계속했다.

이 수익금은 옷과 음식을 직접 지급하는 소극적인 구제사업에 쓰이는 것이 아니고 부족상태의 장기화를 방지하기 위하여 공공의 의약품이나 설비의 계획적인 공급에 쓰일 것입니다. 이것은 여러분들의 도움 없이는 실현될 수가 없습니다.

송경령이 말한 것은, 국민당의 신문검열이나 기타 다른 관계법령과 충돌을 일으키지 않고 자선공연의 수익금은 해방구로 보내어짐을 뜻하는 것임이 명백했다. 왜냐하면 다른 지역에서는 "공공을 위해 쓰이고 … 계획적인 공급"이 될 수 없었기 때문이다.

여기에 또한 완곡하게 말하고 있지만 정치적인 배려가 있었다. 그것은 내전을 방지하고 반동을 억제하기 위한 것이었다.

오늘날 우리 국가와 세계는 상호협조를 위한 공조체제가 필요합니다. … 남녀노소를 불문한 모든 사람들에게 더 나은 음식, 교육, 문화적 생활 등 합리적인 생활을 할 수 있도록 … 보장하는 것입니다.

우리는 이런 희망이 물거품으로 사라지게 해서는 안됩니다. … 기다릴 것이 아니라 바로 이 순간부터 시작하여 우리의 임무를 다해야 합니다.

1946년 7월 23일 내전의 먹구름이 전국에 드리워지고 정세는 극히 험악해졌을 때 송경령은 구제의 영역에서 일보 나아가 솔직한 정치적 발언을 했다. 그것은 「연합정부조직을 촉구하고 아울러 미국정부가 군사적으로 국민당을 원조하는 것을 저지해줄 것을 미국국민들에게 호소하는 성명」25)이라는 제목이었다. 이 성명은 당시의 중대한 문제를 지적한 것이었다.

대일 승리 이후 정세에 관하여 그녀는 다음과 같이 썼다.

지금 우리 국토를 위협하는 외적은 없습니다. 위협은 오히려 국내에 있습니다 … 내전에 의해서입니다. 반동파는 미국을 그 내전에 끌어들이고 곧 전 세계를 끌어들이려 기도하고 있습니다.

이것은 과장된 것이 아니었다. 중국주재 미국대사까지도 그 공식보고서 가운데서 장개석에 관해 경계심을 비치며 말하고 있다.26)

그(장개석)는 미국의 직접적인 군사원조에 의지하면서 제3차세계대전이 긴박해진다고 예견하여 그때에는 중국은 반소동맹에 참가한다고 생각하고 있는 것 같다. 나는 트루먼 대통령이 그의 미몽에서 깨어나기를 희망하고 있지만 아직도 그는 그것을 고집하고 있다.

내전이 최종적으로 국제적인 전쟁으로 이어질 수 있는 위험에 대하여 송경령은, 성명 속에서 경종을 울리고 있다.

이 재난은 초기에 저지시키지 않으면 안됩니다. … 나는 지금 말하지 않으면 안되겠다고 느끼고 있습니다.

현재의 위기는 국민당, 공산당 어느 쪽이 이기는가의 문제가 아닙니다. 그것은 중국인민의 문제이며 인민의 단결과 자유와 생활의 문제입니다. 그것은 쌍방의 병력의 증감이나, 이 도시 저 지역을 흥정함으로써 해결할 수 있는 것이 아닙니다. 저울에 걸려 있는 것은 당권이 아니라 인권인 것입니다.

인민은 계속되어온 평화회담의 결과를 늘 기도하는 마음으로 갈망하였습니다. 그러나 항상 임시방편적인 정전 뒤에 새로운 불꽃이 튀고 있었습니다.

국민당과 공산당의 교섭은 끝내 최종적 회답을 줄 수 없었습니다. … 그것은 중국인민이 꺼집어내지 않으면 안됩니다.

송경령이 말한 해답은 "손중산의 삼민주의를 정확하게 이해하고 그것을 오늘의 상황에 올바르게 적용하는 것"을 토대로 하여 연합정부를 수립하는 것이었다.

민족주의는 오늘날 중국이 하나의 국가, 하나의 민족임을 의미합니다. 이 나라 안에는 많은 서로 다른 정치적 견해가 존재합니다. 우리는 모든 사람이 그들 각자의 이상을 표명할 수 있는 정부를 꾸려나가지 않으면 안됩니다.
민권주의는 오늘날 국민당의 훈정기는 이미 끝내고 … 입헌정부가 발족되어야 함을 의미합니다.

다시 송경령이 강조점을 세번째의 민생주의 즉 대중의 사회 경제적 요구, 특히 농민의 그것에 두었다. 그녀는, 중국에서는 농민의 문제가 가장 근본적이라고 생각했다.

민생주의는 오늘날 인민은 더 이상 기아로 고통받아서는 안되며, 부패한 관리는 부를 축적하고 청렴한 관리는 절망하도록 해서는 안된다는 것을 의미합니다. 그것은 토지문제를 합리적으로 해결해야 함을 의미하는 것입니다.

"이것은 공산당이나 외국의 선동에 의한 것이 아닙니다. 그것은 우리들 자신의 역사에서 얻은 논리적 결론입니다"라고 그녀는 역설하였다.

1세기전, 농민의 불안은 태평천국 혁명을 일으키는 원인이 되었습니다. 인민이 기아, 봉건제 그리고 식민지주의에 반항하여 일어서는 권리를 부정하는 것은 이미 불가능합니다. 인민은 현재는 더 이상 부정할 수 없는 존재인 것입니다.
"경작자가 토지를 갖는다(耕者有其田)"는 것은 손중산의 정치강령에 있으며 … 국민당 제1차 전국대표대회에서 승인된 것입니다. 그것은 중국의 기아를 제거하기 위한 방법입니다. 부흥구제청 장관이 최근 공산당지구에는 굶어죽는 일이 없다고 발표했습니다. 왜입니까? 왜냐하면 공산당은 손중산의 정치강령에 따라 토지를 농민에게 분배했기 때문입니다.

정치체제에 대해 그녀는 구체적으로 지적했다.

연합정부는 … 국민당이 지명한 대표에 의해서만 조직되어서는 안됩니다. 모든 정당과 정치단체가 각자 자신의 대표자를 선출하지 않으면 안됩니다. 국민당 대표도 또한 당원 중에서 선출되어야만 합니다. 일부 지도부에 의해 지명되어서는 안됩니다. … 국민당내의 많은 유능하고 진보적인 사람들은 지금까지 발언할 기회를 갖지 못했기 때문입니다.

이들 대표들이 민주적으로 선출되면 그들에게 중국인민이 승인하고 비준할 헌법을 기초하도록 해야 합니다. 이 헌법에는 중국인민이 절대로 빼앗겨서는 안되는 자유를 써넣어 명시해야 합니다. 이 자유란 소수의 야심가들의 기분에 좌우되는 것이 아니고 오로지 인민자신의 손에 쥐어져 있지 않으면 안됩니다.

송경령은 국민당에 대해 마지막으로 호소하고 경고했다. 그것은 국민당이 다시 한번 손문이 소망했던 당을 만들어야 할 것이며 그렇지 않으면 일소되어버릴 것이라고 했다.

국민당은 연합정부, 인민의 민주주의와 토지개혁을 통하여 중국인민을 완전한 해방으로 이끌고 가도록 … 이 역사적 사명을 다하지 않으면 안됩니다. 만약 이것을 수행한다면 국민당은 어떤 연합정부에서도 지도적 입장에 서게 될 것입니다.

자유로운 비판이 부패와 공포, 정치적 암살에 대체되어야 할 것입니다.

만약 국민당이 스스로 그러한 개혁을 하지 않는다면 국민당은 내전을 일으킨 책임을 져야 할 것이다. "국민당은 그러한 전쟁에서는 승리할 수 없다"라고 그녀는 단언하였다. 그리고 하나의 물음을 던지고, 답했다.

그렇다면 왜 반동파는 이길 수 없는 전쟁에 불을 붙이겠습니까? 그것은, 중국의 내전이 미·소간의 전쟁을 불러일으켜 결국은 중국공산당을 분쇄할 것이라고 그들은 바라고 있기 때문입니다.

이러한 분석에 기초하여 그녀는 중·미 양국민의 이익과 미래에 대하여 말했다.

미국국민은 중국인민의 맹우로서 오랫동안 친구이기 때문에 우리는 그들에게 이 길은 재난의 길이라는 것을 전하지 않을 수 없습니다. 미국과 중국의 반동파가 손잡고 서로 선동하고 있다는 것 … 중국에 주둔하고 있는 미군은 평화와 질서를 옹호하기 위한 것이 아니라는 것 … 차관은 인민의 승인을 받은, 참된 중국인민을 대표하는 정부에게만 제공되어야 한다는 것 … 만약 미국이 군수물자나 군사원조를 제공하지 않는다는 것을 명백하게 표명한다면 내전은 확대되지 않는다는 것을 그들에게 전하지 않으면 안됩니다.

끝으로 그녀는 중·미 양국민에게 행동할 것을 요구했다.

세계적 규모의 전쟁을 부를 최초의 불꽃이 오늘 우리 국토에서 피어오르고 있습니다. 이 전화가 세계를 파멸시키지 않도록 꺼야 합니다. 나는 중국의 주요한 두 정당의 지도자와 다른 정치단체의 지도자들에게 즉각 연합정부를 조직할 것을 호소합니다. 나는 미국친구들에게, 미국정부는 모든 군수물자의 공급을 중지하고 중국인민에게 속한 정부에게만 원조하도록 요구하는 운동을 추진할 것을 호소합니다.

며칠 안에 불길한 사건이 그녀의 경고를 뒷받침했다. 1946년 7월 29일 미국해병대가 북경근처 안평(安平)에서 중공지도하의 부대와 충돌했다.

그러는 동안에 송경령의 성명은 널리 반향을 불러일으켜 많은 지지를 얻었다. 중국에서는 해방구에서뿐만 아니라 국민당통치 구역내의 실업단체, 교육계나 노동조합 등 다양한 조직과 단체로부터, 그리고 채정개 장군과 같은 비공산당 군인들도 개인적으로 점차 지지표명을 보내왔다. 미국에서는 전 대통령 부인 엘리노어 루스벨트와 몇 사람의 국회위원들이 각각 미국의 중국에 대한 간섭에 반대하는 성명을 발표했고 ≪워싱턴 포스트(Washington Post)≫지와 ≪센트루이스 글로버 데모크라트(St. Louis Globe Democrat)≫지 등 신문들도 강력한 사설을 게재했다.

그 후 곧 송경령과 등영초는 뉴욕에서 개최되는 국제여성대회에 참석하도록 엘리노어 루스벨트의 이름으로 초청되었다. 이 두 여성에게는 내전으로 고통받는 중국여성의 실정과 그들의 평화에의 갈망을 전할 수 있는 최고의 대표라는 것을 승인하는 전보와 편지가 전국각지에서 답지했다. 그러나 이 방미 또한 실현되지 못했다.

등영초는 파리에서 개최된 국제민주여성연합회 세계대회에 참석하려고 생각했다. 그러나 등영초는 이 국제조직의 이사였음에도 불구하고 국민당정부는 여권 교부를 거절했다. 송경령과 상담한 후 그녀는 남경과 상해에서 열린 기자초대회에서 반론을 제기했다. 결국 그녀는 참석할 수 없었지만, 중국전역의 여성으로부터 온 많은 의견서를 모아 그 세계회의에 보냈다. 이 의견은 그 어느 것도 내전에 반대함과 동시에 미국 정부에게 국민당 정부에 대한 원조를 중지할 것과 중국으로부터 미군의 철수를 촉구하는 내용이었다.

또한 어떤 것은 미국여성들에게 미국정부와 아들들에게 중국의 내전에 관여하지 않도록 말해줄 것을 요구하며 양국간의 우호관계를 유지하면 좋겠다고 호소하는 것도 있었다.

1946년 말에 장개석은 돌이킬 수 없는 내전의 길로 들어섰다. 국공양당간의 조정과 협의 기구는 이미 깨져버리고 국민당지역에 체재하고 있던 중국공산당대표들은 주은래에 인솔되어 연안으로 돌아갔다.

*　　　*　　　*

주은래는 연안으로 돌아온 지 1개월 후인 12월 17일 송경령에게 주목해야할 편지를[27] 보내왔다. 그 가운데서 주은래는 그와 그의 동료들의 송경령에 대한 경애의 마음을 표하며 세계와 중국의 정세에 대한 견해를 전했다. 편지의 서두는 너무나 따뜻했다.

연안의 동료들은 모두 당신에게 관심을 가지고 있습니다. 그들은 당신이 해방구지역 사람들을 위해 한 모든 일에 대하여 당신께 감사하고 있습니다.

국제정세에 대한 분석은 제2차세계대전 후 초기 몇 개의 새로운 현상들을 열거했다.

소련 힘의 증대;
동유럽에서의 인민민주주의 국가의 출현;
서유럽의 진보적 추세;
중국을 선두로 한 식민지 반식민지에서의 민족해방투쟁;
이전의 전체주의국가의 인민들 사이에서 보이는 진보적 각성;
미국에 있어서 … 평화를 요구하는 인민운동의 고양과 경제불황에 대한
저항.

위의 모든 현상들은 "미국제국주의자와 그들과 손잡고 있는 각국 보
수파가 점점 더 고립되고 있다"는 신호였다.

이것은 무엇보다 중국에서 장개석의 지배가 곤경에 처해 있다는 것을 보
여주고 있습니다. 이 5개월 간의 내전 가운데서 날조된 임시변통의 국민대회
를 소집하면서 국민당 정권은 그 어느때보다 심각한 고립의 심연으로 빠져
들어갔습니다.

그리고 그는 이후의 형세를 예언했다.

만약 내전이 계속된다면 장개석의 전력은 6개월에서 1년 내로 소모될 것
이며 반면에 해방구 인민의 전력은 장개석의 전력과 점차 동등하게 될 가능
성이 있습니다. 그때 장개석 지배구역에서 애국적 민주주의 운동이 훨씬 더
높게 파동치고 경제적 재정적 위기가 다시 심각하게 될 것이며 인민의 무장
저항운동도 많은 지역에서 확대될 것입니다. 그리고 우리에게 유리한 국제
정세가 더 보태져 새로운 민주주의적 기운의 상승은 필연적인 현실로 될 것
입니다.
그렇기 때문에 만약 중국인민이 평화와 독립과 민주주의 방침을 끝까지
고수하면서 이 역사적으로 힘든 시기를 극복하게 되면 빛나는 승리의 미래
가 반드시 올 것입니다.

편지의 결론은 다시 송경령에 대한 개인적인 찬사로 맺어졌다.

우리는 당신의 노력에 대하여 충만한 경의를 표합니다. 그리고 역사적으

로 어려운 시기에 당신이 조우한 고통을 우리도 함께 나누기를 원합니다. 우리는 당신의 노력이 결코 헛되지 않을 것이라고 믿고 있습니다. 해방구뿐만이 아니라 전 중국의 인민은, 인민을 위해 끊임없이 봉사하고 있는 당신과 같은 지도자를 가진 것을 자랑스럽게 생각하고 있습니다.

이 편지는 연안을 방문하고 있던 잭 진(진의범)이 부탁받고 가지고 온 것이었다. 그는 1926년에서 27년까지 무한정부의 외교부장이었던 진우인의 아들이다. 잭은 예술가며 작가였는데 대개 영국에서 살았다. 후에 그는 신중국의 대외신문·출판사업을 위해 20년간 활동했다. 주은래는 송경령의 구제 사업의 발전을 위해서 영국이나 유럽 각국의 진보적인 단체와 제휴하는 방법에 대하여 그녀와 잭 진과 논의할 것을 제안했다.

　　미국의 독점자본이 세계지배를 기도하고 있는 상황에서 중·영 양국민의 협력관계는 중·미 양국간의 협력관계보다 나으면 나았지 못하지 않은 중요성을 가지고 있습니다.
　　영국정부의 좌파(대전 후의 노동당 내각)가 정권을 담당하고 있는 한 우리는, 미국을 추종할 것을 주장하며 제국주의자에 가담하는 영국내 보수파를 고립시키기 위하여 영국민과 제휴하려는 노력을 하지 않으면 안됩니다.

이런 전망과 원칙은 상해에서 송경령이 하고 있는 구제사업과 그외 다른 활동의 방향을 명확하게 하는 데 중요한 영향을 미쳤다.

＊　　　＊　　　＊

송경령은 미국과 유럽 친구들과 관계를 유지하면서 인도의 네루와도 서신 교환을 재개하였다. 1947년 6월 16일 그녀가 네루에게 쓴 편지의 사본이 최근 발견되었다. 당시 중국은 새로운 전면적 내전의 한가운데 있었고 인도는 인도·파키스탄의 분할문제와 힌두교와 이슬람교도 사이의 유혈분쟁사건을 포함한 독립전의 진통을 겪고 있었다. 그녀의 편지는 냉정하고 확신에 차 있다. 한 부분을 읽어보자.[28]

나는 우리 두 나라가 격동의 시기에 직면해 있다는 당신의 견해에 동의합니다. 하나의 충격에 또 다른 충격이 즉각 거듭하여 습격해오고 있는 형상입니다. … 아마도 이것은 우리 두 나라 국민들이 각성하고 새로운 정신을 육성하여 미래의 문명에서 그 사명을 다하도록 하기 위한 하나의 단련일 것입니다.

　　나로 말한다면 나는 인민의 타고난 권리에 대한 믿음을 결코 버리지 않을 것입니다. 나는 또 하나의 역사의 전변 속에서 생활의 중요한 것이 그들에게서 빼앗겨지는 것을 보아왔습니다. 나는 역시 인민이 억압당해온 세월이 그들이 자유를 알게 되었던 시간보다도 훨씬 길다는 것을 인식하고 있습니다. 그렇지만 나는 이들 양국 인민은 광명을 목표로 정치적, 경제적 자유를 얻기 위해 투쟁하는 모습도 보아왔습니다. 그들이 억압을 견뎌내고 승리를 쟁취할 때에 보여준 그 강한 힘은 나에게 큰 감동을 주었습니다. … 그것이 천명이든 인간의 의지든 간에 어떠한 힘도 그들의 흥기를 멈추게 할 수는 없다는 것을 알고 있습니다.

　　이 편지는 네루가 사람을 시켜 보낸 편지에 대한 송경령의 답장이었다. 네루의 편지는 분실되어 버렸지만 당시의 시국과 그녀의 어감으로 보아서 그것은 그가 격려를 절실히 필요로 하는 상황이었다는 것을 전했던 것으로 보인다.

　　언제나 송경령의 글은 전반적이고 장기적인 견해에서 실질적이고, 직접적인 문제로 빠르게 얘기를 전환시킨다.

　　이전에 당신이 우리들의 국제화평의원을 원조해준 것은 정말 큰 도움이 되었습니다. 만약 당신이 우리의 보육사업이나 예술가, 작가를 위한 복지기금 그리고 우리가 상해에서 몰두하고 있는 … 중국의 가난한 어린이들에게 식자교육운동을 확대시키는 사업에 마친가지로 관심을 가져주신다면 우리들은 정말로 감사하겠습니다.

　　그리고는 그녀는 장래의 희망으로 얘기를 돌렸다.

　　나는 다가올 시기에는 우리들의 위대한 두 나라가 제휴할 수 있기를 고대하고 있습니다. 인도를 방문하고 싶은 소망은 아직도 나의 가슴에 소중히 남

아 있습니다. 그 운명의 날이 언제일지는 알 수가 없습니다만 그러한 시간과
기회가 오기를 계속 바라고 있을 것입니다.

그러나 그 기회는 10년도 지나지 않아서 찾아왔다. 그때는 송경령은
신중국의 부주석이었고 네루는 인도의 수상이 되어 있었다.

승리를 위한 노력

국내적으로 송경령은 내전과 그 추진자들에 반대하는 통일전선을 결
성하기 위하여 언론에 의해서뿐만 아니라 정치적 개인적 활동을 통해서
진력하였다. 적극적인 단결을 쟁취하고 분열에 반대하는 그녀의 투쟁의
역사 전체를 전술적으로 보면, 때로는 국민당 활동에 참가하고 때로는
그것을 거절하는 두 가지 방법을 취했다.

1925년에서 27년에 걸쳐서 국민당과 공산당이 공동의 목표를 가지고
제휴했던 때는 송경령은 적극적으로 국민당의 활동에 참가했다. 1927년
장개석이 통일전선을 파괴하고 내전을 시작한 후 그녀는 국민당의 어떠
한 활동에도 참여하지 않았다. 항일전 발발전야, 국민당내에 내전을 그
만두고 일본침략에 대해 단결하여 저항하려는 움직임이 보이기 시작하
자 그녀는 국민당 중앙집행위원회 1차회의에 참가했다. 이것은 10년 만
에 처음 있는 일이었다. 이번에도, 국민당이 외국의 힘을 업고 내전으로
노선을 바꾸자 그녀는 또한 거절의 태도로 돌아섰다. 1946년 장개석이
그의 정권과 정책을 합법화하기 위하여 연말에 '국민대회'의 개최를 선
포하고 대표를 선거했을 때, 그녀는 입후보도 하지 않았고 참가하지도
않았다.

모든 시기에 송경령은 친구들과 진보적인 사람들 그리고 반동에 반대
하는 사람들을 최대한으로 단결시키기 위해 활동했다.

이것은 새로운 상황 속에서 어느 누구도 내전에 반대함을 의미했다.
그녀의 선언과 연계작업은 그러한 그룹들의 통합으로 진행되어, 이같은
정치세력을 강화하는 데 큰 역할을 했다. 특히 주목되는 것은 새로운 조

직인 국민당 내의 저명인들에 의한 중국국민당혁명위원회의 성립이었다.

중도적인 제당파들이 장개석의 <국민대회>에 불참할 것을 결정하자 장개석 정부는 그 가운데서 가장 영향력 있는 민주동맹에 대해 해산 명령을 선포했다. 민주동맹은 주로 제2차세계대전 중에 국민당 일당독재와 그 내전지향에 반대했던 지식인들로 구성되었다. 해산을 강행한 결과는 오히려 장개석정권의 의도와는 반대의 효과를 가져왔다. 그것은 심지어 아직 중립적인 입장에 있던 지식인들도 만약 내전을 막을 수 없다면 중공의 승리가 중국의 진보를 위한 유일한 희망일 것이라고 확신하게 했던 것이다.

중국국민당혁명위원회는 이미 진행중인 내전에 반대하기 위해 1948년에 결성되어, 이미 깨진 중국공산당과의 통일전선의 부활을 호소하였다. 그 결성대회는 홍콩에서 거행되었다. 장개석 지배지역내에서는 안정이 보장되지 않았기 때문이다. 멤버 중에는 하향응과 같은 전통 있는 국민당 좌파인물과 풍옥상 장군이나 이제심(李濟深) 장군과 같은 군사 지도자도 있었다. 이 두 장군은 1927년에는 반공으로 돌아서서 장개석측에 참가하였다. 그 이후로 많은 세월이 지난 후 분열이 국가와 혁명에 얼마나 헤아릴 수 없는, 막대한 손실을 가져다주는 것인가를 역사는 그들에게 가르쳐 주었다. ― 그래서 그들은 그것을 보상하기를 원했다.

실제로 이 혁명위원회는 송경령이 오랫동안 높이 들어왔던 진보를 위한 단결의 깃발 아래 결집한 것이므로 위원회는 그녀를 명예주석에 추대했다.

그러나 그녀는 이 그룹에 갈채를 보냈지만 결코 그 이름하에서 활동하지는 않았다. 국민당혁명위원회 주석은 이제심이었다. 중화인민공화국 성립시 송경령과 이제심은 함께 중앙인민정부의 부주석이 되었다. 이제심과 장개석과의 중대한 정치적 입장의 차이는 이제심이 1933년 복건사변에 참가했을 때 명확하게 나타났다. 당시 이제심 등이 지도한 중화공화국인민혁명정부는 공산당에 대하여 제휴하려는 자세를 보였다. 그러나 공산당에게 거절당했다.―훗날 중공은 자기비판 가운데서 이것을 극좌파의 잘못이었다고 인식했다. 이때 만약 중공이 보다 현명한 정책을 취했다면 그들은 이제심이나 단명으로 끝나버린 복건 혁명정부의 다른 지도자들과 통일전선의 관계를 맺는 것을 환영해야만 했을 것이다. 이들 중에서 가장 유명한 사람은 1932년 일본군의 공격에 대항해 제19로군을 이끌고 상해방위에 분전한 국민적 영웅 채정개 장군이었다.

옛날 '크리스천 제너럴'이라고 알려진 풍옥상은 인민중국의 성립을 볼 때까지 살지 못했다. 풍옥상은 혁명위원회를 대표하여 미국을 방문하였으며 귀국도중 선상화재로 1948년 9월 사망하였던 것이다. 그가 살았다면 틀림없이 인민정부의 고위직에 올랐을 것이다. 그의 미망인 이덕전은 후에 인민위생부장(후생장관)이 된다.

장개석 일파의 민주동맹에 대한 응답은 탄압이었다. 이제심과 풍옥상 같은 국민당내의 비판자에 대해서는 제명처분을 했다. 탄압도 제명도 장개석의 정치적 고립을 더욱 촉진하는 결과가 되었다.

*   *   *

내전은 국가의 재건을 불가능하게 만드는 것만이 아니었다. 그것은 공전의 인플레이션을 가져와 말할 수 없이 큰 인민의 고통의 원인이 되었다. 송경령은 인민의 생활고를 걱정하고 자신이 극도로 절약하며 살아가는 것에 대해 1948년 7월 중순 그레이스 그래니치에게 보낸 편지에서 다음과 같이 말했다.[29]

지금 암시장에는 1달러가 법폐 750만 원입니다. … 매일 물가는 상승하기 때문에 우리들처럼 황금을 갖지 못한 사람은 생활하기가 매우 힘듭니다. 닭의 가격은 한 마리에 300만 원이므로 우리의 식탁에서는 찾아볼 수가 없습니다. … 대다수 사람들의 주요식품인 두부는 1파운드에 8원입니다. … 그리고 쌀은 1피쿨(약 60kg)에 3천만 원입니다. 그것은 나와 같은 가정에서 겨우 한 달분의 소요량입니다. 우리는 설탕 없이 살아가고 있습니다. …

1937년 항일전쟁이 시작된 이후의 10여 년에 대해 중국의 한 역사가

는 이렇게 회고하며 기록하고 있다.30)

1948년까지 상해의 물가는 전전에 비해서 300만 배로 올랐다. … 매매는 한바구니 가득한 지폐로 행해졌다.

1947년 5월 내전이 시작된 지 1년 후 주중 미국대사는 워싱턴에 보낸 보고문에서 "상해에서는 쌀폭동이 일어났다. 주식가격이 이 몇 달 동안에 여섯 배로 뛰어올랐다"고 보고했다. 1948년 8월에 그는 숫자를 인용하는 것을 그만두고 단지 인플레이션이 천문학적이어서 새 지폐를 인쇄하는 정부의 인쇄공장 능력을 뛰어넘었다고 보고하고 있다.31)

같은 8월에 국민정부는 지금까지의 법폐 대신 '금원권(金元卷)'을 발행한다고 포고했다. 금원은 영속인 것으로 그 해 환율은 금원 1원에 대하여 법폐 300만 원, 미국 돈 1달러에 대하여 금원 4원으로 한다는 것이었다.32)

그러나 새로운 통화는 … 전시의 적자를 메우기 위해 엄청난 양이 발행되었다. 민중은 개인적으로 소지하고 있는 미국 달러와 그 외 다른 외국화폐까지 모두 강제적으로 새 돈으로 교환해야 만했다. … 10월 1일에는 '금원'의 발행고가 당초 예정했던 발행한도액 20억 원의 여섯 배에 달했다.

곧 신화폐는 구화폐보다도 가치가 떨어져 1달러에 1천만 원까지 대폭락했다. 이같은 대규모 약탈은 역사상 좀처럼 볼 수 없는 것이었다.

실비아 캠벨은 인플레 상황과 그 영향에 대해 시기순으로 기록한 편지를 고국으로 부쳤다.33) 그녀는 "물가는 지난 주의 두 배로 뛰었습니다" "노동자들 대부분은 스트라이크에 참가하였습니다"라고 전하고 그리고 정부는 "부자들이 돈을 축적하고 투기로서 재산을 모으고 있는데 아무 조치도 취하지 않고 있습니다"라고 얘기했다. 정말 부자와 권력 있는 사람들은 인플레 때문에 손해를 보기보다는 오히려 어부지리를 얻어서 사치스럽고 호화로운 생활을 하고 있었다. 그들의 결혼 피로연의 모습을 그녀는 다음과 같이 쓰고 있다.

나는 지금까지 이같이 화려한 다이아몬드와 비취로 된 귀고리를 전시한 것을 본 일이 없습니다. 만약 우리 조직이 다섯 쌍의 다이아몬드 귀고리만 가지고 있다면 몇 개의 병원을 몇 년간 운영할 수 있을 것이라고 나는 생각하였습니다.

마찬가지로 외국인 결혼식에 관해서, 반기아상태에 있는 상해 사람들의 상태를 예로 들며 얘기했다.

그 결혼식은 잘 손질된 푸른 잔디가 물결치는 넓고 아름다운 정원에서 … 전쟁 전에 만들어진 스코틀랜드제 '헤이그'와 '조니 워커'가 죽 늘어서 있는 테이블이 갖추어진 … 그런 광경이었다.

내전이 전면적으로 확대된 후에는 의약품을 해방구에 수송하는 활동은 실제적으로 불가능하게 되었기 때문에(지하 루트를 제외하고는) 송경령과 중국복지기금회는 활동의 중점을 상해의 슬럼가에 모여사는 빈민을 위한 구제사업에 관심을 쏟았다.

빈민굴의 여성과 어린이를 위해서는 의료보건사업이 진행되었고 학교에 갈 수 없거나 거리에서 방황하는 아이들에게는 식자교육이나 의미 있는 레크리에이션 활동을 전개하여 그들에게 새로운 생각과 희망을 갖도록 해주었다. 그러한 도움은 작가나 예술가 들에게도 주어졌다. 그들 중 대부분은 정치적인 박해를 받고 있었으며 뿐만 아니라 비참한 가난 속에서 지냈다. 음식과 옷과 의약품 외에도 가능한 한 그들에게 유급의 일자리까지도 제공하려고 노력했다. 그 가운데는 중국 최초의 아동극단인 중국복리기금회의 아동극단을 위한 희곡 집필, 연출, 제작 등의 일도 포함되어 있었다.

송경령이 언제나 적극적으로 관여했던 여성과 어린이를 위한 사업은 알뜰하고도 효과적으로 운영되었다. 이 활동의 대부분은 원래 미군이 쓰던 아치형 지붕의 반원형 콘세트 막사에서 이루어졌다. 이같은 건물은 제2차세계대전 중 미군이 금속판으로 조립해서 만들었던 것인데 후에 여분의 것을 처분하거나 유엔구제부흥기구와 같은 구제단체에 제공한 것이었다.

중국복리기금회의 직원들은 대단히 적었지만, 젊고 민중에 대한 봉사정신으로 가득차 있었다. 공산당도 있었지만 그들의 생명에 관한 것이었기 때문에 비밀로 했다. 자원봉사자의 도움도 많았다. 몇 년 후 송경령은 종합적인 평가를 했다.[34)]

상해에서 중국복리기금회는 노동자와 그 자녀를 위하여 문화, 복지 활동을 전개했습니다. 그것은 국민당의 착취, 부패에 의한 기아와 질병과 무지와의 싸움이었습니다. 모자보건실(임산부와 유아진료실)을 발족시켰습니다. 빈곤이나 예술극단활동으로 학교에 가지 못하는 어린이들을 위해 식자반을 개설하여 거기서 '소선생'으로서 활동하도록 하기 위하여 소학생을 특별훈련했습니다. 그리고 아동극단을 만들었습니다. 그곳은 동시에 아동이 배우이자 학생이었기에 일종의 학교이기도 했습니다. 특별기금을 마련하여 국민당 보수파에게 박해받고 있는 진보적인 빈곤한 작가나 예술가들을 원조했습니다. 그들이 굶지 않고 새로운 창조활동을 할 수 있도록 배려하기 위해서입니다. 이렇게 하여 우리는 국민당 보수파에 의한 문화적 독재의 잔혹한 박해도 폭로했습니다.

우리지역에서 행해진 활동은 그 어느 것도 '자선'은 없었습니다. 그 모두가 해방구에서 이미 그 방법을 보여주었던 자조와 자존의 정신에 의해서 활기 있게 해나갔습니다. 그 방법은 암흑의 반동지배하에 있던 상해에 적합한 것이었지만 그 정신은 우리 사업에서 의식적으로 반복해서 가르쳤습니다. 이러한 사업의 중심 인물은 헌신적인 혁명가였습니다. 어린이들 중에서까지도 적지 않은 '지하소년선봉대원(중국공산당지도하의 소년조직)'이 있었습니다. ─그들은 어릴때부터 고난과 위험을 무릅쓰고 인민을 위해 봉사하도록 배웠던 것입니다.

그래서 보위중국동맹과 그 후신인 중국복리기금회는 여러 가지 방법으로 인민의 승리를 위해 그리고 당시 탄생하고 있던 신중국의 힘을 기르기 위하여 응분의 노력을 다하였던 것입니다.

아동극단과 그것에 대한 송경령의 관심이 깊었음을 증명하는 회상을 필자는 임덕요(任德耀)로부터 들었다. 임덕요는 오랫동안 이 극단의 단장이었으며 때때로 희곡을 쓰기도 하고 감독도 해왔다.[35)]

1947년 3월경이었어요. 송경령은 상해의 가난한 어린이들에 대한 의료서비스와 영양보급이 충분하지 않다는 것을 느꼈습니다. 아이들은 무지한 채로 내버려져 있었으며 반동적인 사회환경으로 광명을 잃고 있었기 때문에 정신의 자양분도 필요로 하고 있었습니다. 그래서 그녀는 1920년대 소련에서 보고 인상깊었던 아동극단과 같은 것을 창설할 것을 제안했습니다. 그녀는 황좌림(黃佐臨: 중국의 저명한 극작가, 영국의 버나드 쇼나 독일의 브레히트 작품을 연출하여 주목을 받았다)에게 원조를 청했어요. 그러자 황좌림은 나를 추천했던 것입니다. …

우리의 첫작품은 판텔레예프(Panteleyev)의 <시계>였습니다. 소련 건국 초기의 부랑아들의 이야기였어요. 해방전에 상해에서 소련작품으로 노신이 번역한 희곡을 선택했다는 것은 그 자체만으로도 국민당에 대한 도전이었습니다. 장석류(張石流)가 감독을 맡고 나는 무대 설계를 맡았습니다. 송경령의 주장으로 어린이들에게 무료로 관람시키기 위하여 모든 경비를 마련하지 않으면 안되었습니다. 아역을 맡은 어린이에게는 보수를 주었습니다. - 돈이 아니고 매달 두 포대의 곡식을 그 가족들의 생계를 위해 지급했습니다.

아역 배우 선발에 있어서, 우리는 처음으로 웅불서(熊佛西)가 지도하는 상해 희극실험학교나 도지행(陶知行)의 육재(育才)학교에서 어린이를 채용하였지만 머지 않아 중국복리기금회 아동센터에서 발탁하였습니다. 구중국사회에서는 배우는 명예스럽지 못한 직업으로 생각되었기 때문에 많은 부모들이 극단에 가는 것을 허락하지 않았습니다.

우리는 또한 <형제 자매, 황무지를 개척하다> 등의 해방구의 앙가극(모심기 노래를 부르는 촌극)이나 압정에 대항하는 풍자극을 상연하였습니다. 국민당이 송경령에게 직접 반대를 표명했을 때는, 그녀는 안전을 생각하여 공연을 중지하자고 나에게 권하였습니다. 그러나 우리들은 문을 닫아걸고 몰래 무대연습을 계속했습니다.

송경령은 우리들의 공연을 보러 자주 왔습니다. 때로는 리허설에도 모습을 나타내곤 했습니다. 실제로 그녀는 모든 일에 세심하여서 어린이들이 목을 씻었는지 안 씻었는지를 보기 위하여 그들의 칼라를 젖혀보기도 했습니다.

1949년 5월 상해가 해방되었을 때 우리 극단 어린이들은 가두에서 앙가극을 하면서 인민해방군을 환영하는 선두에 섰습니다. 이때의 공연이 상해에서 앙가무를 추면서 당당하게 공연한 최초의 것이었습니다. 그때까지는 계속해서 몰래 리허설을 되풀이하였던 것입니다. 어린이들은 우리들이 지하실이나 찾기 어려운 곳에 숨겨두었던 깃발과 크게 쓴 포스터를 걸었습니다.

"송경령이 이끌어가는 중국복리기금회는 상해 속에 있는 하나의 작은 해방구와 같았습니다"라고 한 임덕요의 말은 중국복리기금회의 또 다른 한면을 말해주는 것이었다.

아동극단에는 중국인뿐만 아니라 외국인 가운데도 열렬한 협력자가 있었다. 중국복리기금회 총간사인 미국인 제럴드 탄네바움은 원래 배우였기 때문에 많은 점에서 도움을 아낌없이 주었다.

실비아 캠벨은 상해가 해방되기 전인 1949년 3월에 미국에 있는 가족에게 보낸 편지에서 중국복리기금회의 상해지구에서의 활동에 관하여 실감나게 쓰고 있다.[36]

우리가 여기서 하고 있는 일을 나는 얼마나 당신에게 보여주고 싶은지 모르겠습니다. 가정식자반(識字班)이나 '소선생(小先生)', 무료로 진료하는 의료대, 난민캠프 등 다 묘사하기란 힘들 정도입니다. 우리의 대중적인 식자활동은 현재 이미 2천500명의 아동에게 읽고 쓰는 것을 가르쳐서 이 도시에서 가장 큰 초등학교가 되었습니다. 그리고 우리는 1948년 4만3천명 이상의 환자를 무료로 진료하였습니다.

… 우리는 '삼모낙원회(三毛樂園會)'를 발족하려 하고 있습니다. 삼모는 중국만화의 귀여운 주인공입니다. 그 이름은 '3개의 머리카락'을 뜻하며 그는 중국의 가난한 어린이들이 경험하는 모든 고난을 다 겪었습니다. 그는 현재 '소선생'이며 우리의 모금활동 캠페인에서 일역을 담당하고 있습니다.

상해지역에서의 사업은 그 어느 것이나 모두 해방 후에도 그대로 인계되어 공공연하게 경비가 발급되어 확대발전하였다. 아치형 콘센트 군막사에서 시작된 사업은 중국최대의 '소년문화궁'과 대규모의 산모유아보건원이 되었으며 전국적으로 유명한 아동예술극원이 되었다. 콘센트 군막사에서 처음으로 읽고 쓰기를 배운 어린이들 중 많은 사람이 성장하여 엔지니어, 대학의 교육자, 정부고관 그리고 인민해방군의 간부가 되었다.

중국복리기금회는 지식인을 돕기 위해 돈을 모금하기도 했다. 예를 들면 1947년 가을에 개최된 '중추유원회'에서는 미화 4천 달러를 모금했다. 또 어떤 것은 해외의 많은 사람들로부터 온 것이다. 그 가운데는 당시 뉴욕에 있던 아그네스 스메들리가 모금한 미화 2천500달러도 포함되었다. 수령된 기부금은 필요에 따라 겨울옷이나 영양식품(분유나 당시 많은 결핵환자를 위한 생선간유 등) 각종 약들로서 작가, 예술가, 학문연구가 들에게 배급되었다. 기금회가 배분하는 우선 순위에서 이들 지식인들은 어린이들 다음으로 두번째였다. 배분은 각각 소속된 각 단체를 통해서 진행되었다. ―작가 엽성도(葉聖陶), 해림(梅林)을 대표로 하는 중화전국문예협회, 역사가 후외려(候外廬), 두국상(杜國庠)의 중국학술가공작자협회 그리고 중외문예연락사[그외 곽말약, 모순, 하연(夏衍) 등의 홍콩민주문화사업기금회 혹은 중국목각협회] 등이 주된 것이었다. 이들 수령자 가운데는 엽성도나 만화가 장락평(「三毛」의 작가)이 있었음을 수령증이 말해준다.

생계를 위해 일을 주선하는 형태의 구제사업에는 상해에서 문화교류 관계사업을 진행하고 있던 소련의 ≪타스통신≫지국이 시의적절한 협력을 해왔다. 지국장 블라디미르 로고프(Vladimir Rogov)와 미하일 야크샤민(Mikhail Yakshamin)은 무료로 외국어 원서를 제공하여 러시아어나 영어를 중국어로 번역하는 것에 대하여 보수를 지급했다. 또한 당시 상해에서는 종이가 부족했기 때문에 블라디보스토크에서 신고와서 중문판을 인쇄하고 출판했다. 이같은 일련의 활동은 중국복리기금회가 번역위원회를 설치하고 조직적으로 진행했다.

음악극 <맹강녀(孟姜女)>공연은 기금회의 수익사업으로 거행되었다. 그것은 여러 종류의 문화적 흥미를 갖춘 것으로서 당시의 정치적 상황을 반영했다. 맹강녀는 2천 년 전 만리장성 건축공사 중 다른 무수한 사람들과 마찬가지로 가혹한 강제노동 때문에 남편을 잃은 미망인으로 전설적인 비극의 여주인공이다. 독특한 점은 이 음악극이 한 외국인에 의하여 중국풍으로 창작되어 각국인이 참가하였고 그 자체가 다국적 사람들로 구성된 상해교양악단에 의해 공연되었다는 점이다. 작곡가 겸 감독인 아론 아브샤로모프는[37] 시베리아 출신이었다. 그는 어릴 때부터 거기서 일하는 중국인 노동자들의 교향음악과 연극에 매력을 느끼고 있었다. 그는 스위스의 음악학교에서 공부한 후 운명에 이끌린 듯이 중국으로 왔다. 오늘날 그는 중국 현대음악의 개척자의 한 사람으로 기억되고 있다. 그의 주요한 공적은 중국의 작곡가 동료들에게, 유럽의 악기와 관현악 편성법을 배움으로써 그 당시 유행한 서구화에 동조하는 테마를 작곡하지 말고 오히려 새롭게 몸에 익힌 수법을 사용하여 중국의 독자적인 음악 전통을 표현하고 발전시킬 것을 촉구한 것이었다.

아브샤로모프의 <맹강녀> 연출은 그가 주창한 바를 스스로 실현한 개인적 노력의 성과였다. 전후 상해에서 송미령이 이 음악을 듣고 깊은 감동을 받아 이 무대가 미국 순회공연을 하도록 원조하겠다고 제의했다. 그러나 거기에는 정치적 조건이 붙어 있었다. 그녀는 본래 좌익예술가들로 결성된 단체 이름을 후원단체의 리스트에서 제외시키자고 주장했다. 논쟁 결과는 결국 전후 내전을 피하기 위해 했던 국공담판의 축소판 같았다고 훗날 형용되었다. 어떠한 결실도 보지 못했던 것이다. 아브샤로모프는 같은 시기에 <의용군행진곡>의 오케스트라에 의한 연구를 최초로 완성시켰다고 전해진다. 사람의 마음을 격렬하게 흔드는 노래는 섭이(攝耳)가 창작한 <항일전쟁가>인데 지금 중화인민공화국의 국가가 되었다.

참으로 복잡한 시대에 생긴 복합적인 이야기다.

임덕요는 송경령에 대해 "정말로 지식인을 소중하게 여겼고 또한 지식인들은 그녀를 존경했던" 일에 대해서 감개무량하게 얘기했다.

송경령은 지식인을 회합에 초대할 때는 예의바르게 자필서명을 한 초대장을 보냈습니다. 그녀는 타자기로 치거나 등사한 사인은 상대를 존중하지 않는 것이라고 보았기 때문입니다. 괴롭힘을 당하고 가난했던 문화인들 중에는 이같은 존중의 표시에 감동하여 눈물을 흘렸던 사람도 있었습니다. 백양(白楊)과 조단(趙丹)같은 영화배우들은 국민당 고관의 초대에는 용감하게도 응하지 않고 피했지만 송경령의 초청은 거절하는 일이 없었습니다. 그녀가 초대하지 않은 사람들까지 방문하여 실내는 매우 붐볐습니다.

중국복리기금회를 위해 일상적으로 일하고 있는 지식인들을 위하여 그녀는 새로운 의복을 만들도록 지시했습니다. ― 그녀의 말처럼 상해의 버스 속에서 서로 밀고 당기는 혼란으로 그들의 옷은 오래 지탱하지 못하고 찢어졌기 때문입니다. 나의 딸에게 그녀는 고무로 된 방수 바지를 선물해주었습니다.

송경령은 자기 자신의 일보다 먼저 다른 사람의 일을 생각했습니다. 이것은 우리들이 결코 잊지 말아야 할 그녀의 유산입니다. 우리는 중국복리기금회를 소중하게 생각했습니다. 중국복리기금회가 우리를 소중하게 여기고 있다고 느꼈기 때문입니다.

*   *   *

송경령이 공개적으로 강한 입장을 표시할 때마다 그녀의 적들은 1927년 이후 언제나 그렇게 해왔던 것처럼 상호호응하여 그녀에 대한 개인적 인신공격으로 응전했다. "이 나라와 미국 양쪽에서 다 그녀를 중상하기 위한 명확한 운동이 벌어지고 있습니다"라고 실비아 캠벨은 1946년 11월에 편지를 썼다.[38]

1947년 말 국민당이 예기했던 내전 승리의 전망이 희박해지자 인신공격은 점차 강해졌다. 그 이유는 실비아도 또한 "미국에서는 마녀사냥이 점차 더욱 심해져가고 있다고 우리 모두는 생각했습니다"라고 얘기했던 것이다.

12월 10일 미국연합통신사는 상해에서 다음과 같이 보도했다.

손문부인은 정식 서명을 발표하여 발티모어 출신의 전 미군대위 제럴드 탄네바움과 그녀와의 로맨스를 부인했다고 워싱턴의 컬럼니스트 드루 피어슨(Drew Pearson)이 전해왔다. … 그는 손부인이 이끄는 중국복리기금회의 총간사로 있다.

"드루 피어슨의 나에 관한 얘기는 전혀 사실무근의 악의적인 중상입니다. 이 어처구니없는 얘기는 악의에서 나온 것 외에는 아무것도 아닙니다. 나는 피어슨 씨가 이 허위를 전면적으로 그리고 공개적으로 취소하는 공평한 도량을 가지고 있으리라는 것을 믿습니다"라고 손부인은 성명에서 얘기했다.

실비아 캠벨[39]은 그 뒤 몇 주일 후에 고국에 보낸 편지에서 "일진 광풍은 아직도 계속되고 있습니다 … 그것은 그녀에게 상당히 많은 정치적인 적이 있기 때문에 바람이 쉬 멎을 것 같지 않습니다"-그 소문은 국민당이 만들어 퍼트린 것으로서 그 의도는 국민당이 송경령의 명예를 훼손시키는 것과 미국 및 세계 각지에서 모금을 전개하고 있는 중국복리기금회 활동을 파괴하려는 두 가지 면이 있다고 실비아는 인식했다.

*　　　　*　　　　*

그러나 송경령과 상해에서의 그녀의 사업에 관해 얘기하면, 정치적인 조류는 국민당이나 미국의 신문보도에 의해서가 아니라 중국혁명이 승리를 향해 진전되고 있다는 명백한 사실에 의해서 결정되었다.-승리가 눈에 보이면 점점 더 많은 사람들이 방향을 수정하여 예측되는 승리자측으로 모여들려고 하게 된다.

그래서 1948년 4월 17일 실비아는 다음과 같은 편지를 쓰는 것이 가능했다.

중국복리기금회는 결국 사회적으로 명예스러운 존재가 되었습니다. 모든 사람들이 리버럴한 사람으로 보이려고 하고 있습니다. 승리를 획득하게 되면 이같은 정황이 출현하게 됩니다. 5월과 6월에, 기금회는 "아직 사회적 명성의 절정"에 있습니다.

6월에 기금회가 어린이들을 위해 개최한 복지바자에는 "상해사교계의 유명 여성들"이 참가하였으며 상해의 모든 외국영사관이 후원했다고 실비아는 쓰고 있다.[40] "윌리엄 불리트(William C. Bullitt)를 초대한 그의 부인은 호스테스로서 주빈인 남편 불리트와 다른 만찬회 손님들을 모두 이 행사에 출석하게 하였고 심지어 스펠만(Spellman) 추기경까지도 참석이 기대되었습니다" 불리트는 소련과 프랑스의 전 미국대사로서 후에는 급속하게 국민당에 접근한 인물이며 스펠만 추기경은 미국 가톨릭 교회의 지도자로서 반공의 기수였으며 두 사람은 그 당시 상해를 방문중이었다.

11월에 실비아는, 중국인이나 외국인을 불문하고 홍수같이 밀어닥쳤다고 묘사하고 있다. 그들은 손문 탄생기념일에 송경령을 만나고 그녀에게 꽃다발이나 다른 선물을 증정하려는 정치적인 호의도 찾아볼 수 있었다고 했다. 그 중에 한 사람이 상해주재 미국총영사의 부인인 카봇트 여사였다. 그녀는 송경령에게 "모든 세대는 그 세대마다 혁명을 가집니다"라고 말하자 이 말에 송경령은 너무 재미있어서 "거의 숨이 막힐 뻔했다"고 한다.

그리고 송경령은 선물을 가지고 온 국민당 고관에게 "대단히 친절한 태도"로 "당신은 손박사의 생일은 기억하면서 왜 그의 가르침은 기억하지 못하지요?"라고 물었다고 실비아는 전했다.[41]

1947년 말경, 미국과 국민당 상층부인사는 어떠한 조건이면 지금 맹렬하게 진행되는 중공의 총공격을 중지시킬 수 있는가를 송경령에게서 알아내려고 노력하고 있었다.

이같은 노력의 하나는 신임 주중국대사 레이튼 스튜어트에 의해서 진행되었다. 스튜어트는 선교사, 교육자, 정치가의 세 얼굴을 가진 인물로 송경령의 부친 송가수와 교회관계로 예부터 알던 사람이었다. 앞서 얘기한 바와 같이 20년 전에 스튜어트는 국민당을 위해 베를린에서 경령을 만나 타진해본 일이 있었다.[42] 지금 매우 비슷한 용무로, 그러나 중국복지기금회 관계 여러 사업을 참관해보고 싶다고 제의하고 그녀가 직접 그를 안내해줄 것을 요청했다.

송경령은 이미 동생 장개석 부인이 항주 서호로 유람여행을 가자고 초청했기 때문에 이 요청에 응할 수 없다고 거절했다. 장 부인의 초대는 사실이었지만 스튜어트와 마찬가지로 숨은 깊은 의도가 있었다. 송경령은 신뢰할 수 있는 친구로서 전 YMCA간사인 여지영(余志英)에게 스튜어트의 안내를 맡게 하고 후에 보고를 받았다.

장부인이 경령을 초대한 것은 스튜어트 박사와 같은 목적이었다. 항주에서 미령은 송경령에게 중국공산당의 최종 목표가 무엇인가를 물었다.

경령은 당원이 아니기 때문에 알 수 없다고 얘기한 후 서둘러 상해행 기차표를 샀다. 상해에 도착하자 그녀는 자신과 중공과의 연락 역할을 하고 있던 요몽성에게 일의 전후사정을 얘기했다.[43]

점차 공산당의 승리의 기세가 높아지자 국민당은 필사적으로 송경령을 이용하려는 시도를 계속했다. 송경령은 두 당이 서로 얼굴을 맞대고 해결해야 할 문제에 끌려 들어가는 것을 거절했다. 드디어 국민당은 최후의 절망적 조치로서 송경령을 기용하여 비틀거리는 정부의 명목상의 수뇌로 만들려고 하였다.

1949년 초 국민당은 전세계에 그녀가 국민당정부 수뇌에 취임할 것을 수락할지도 모른다는 소문을 퍼뜨렸다. 이 소문은 멀리 니카라구아의 마나구아주재 중국외교관으로부터 내밀한 보고로서 미국무성에까지 도달하게 되었다.[44]

이 관측기구는 송경령이 1949년 1월 10일 중국복리기금회 이름으로 발표한 성명으로 인해 격추되고 말았다. 그 성명은 다음날 상해의 영자신문 ≪노스차이나 데일리 뉴스≫에 게재되었다.[45]

> 손문 부인은 오늘 그녀가 정부의 요직에 취임한다고 운운하는 소문은 완전히 근거 없는 것이라고 언명했다. 손부인은 더욱이, 모든 시간과 정력을 자신이 창설하여 주석으로 일하고 있는 중국복리기금회의 구제사업에 쏟아 붓고 있다고 발표하였다.

이 성명발표 4일 후 인민해방군은 화북 최대의 도시 북경으로 들어가는 바다의 관문인 천진에서 국민당군을 쫓아냈다.

같은 주에 중국복리기금회는 미국경제협력본부(ECA)가 주겠다는 보조금 제안을 거절했다. 지금까지 기금회는 구제금이나 물자의 분배에 있어서 미국 당국과 국민당 당국의 차별에 항의해왔지만 이번에는 신청만 하면 반드시 인가된다고 얘기되고 있었다. 거기에는 그 나름의 배경이 있었다.─ECA의 장관인 폴 호프만(Paul G. Hoffmann)은 만약 중국이 양자강에서 진군을 중지한다면 부흥을 위한 풍부한 원조를 아낌없이 제공하겠다고 시사해오고 있었던 것이다. 결국 중국의 본토 반을 국민당에게 남겨주고 싶다는 것이며 그래서 한국이나 베트남처럼 나라를 분단시키려는 기도였다.

중국복리기금회는 해방구처럼 원조를 기꺼이 받아들이지만 미끼를 단 낚싯바늘까지 삼키지는 않았다. 실비아는 어머니께 보낸 편지에서 "우리는 얼마 동안 그들과는 교섭하지 않기로 결정했습니다. 손부인은 대단히 다치기 쉬운 미묘한 입장에 있으므로 신정권을 방해하려는 제5열의 모략에 이용될 두려움이 있기 때문입니다"라고 쓰고 있다.[46]

미국의 중요한 구제단체는 어느 단체이든 모두 정치가나 기업가가 관련되어 있어서 중국혁명의 승리가 가까워지자 그들은 공개적으로 냉전에 휩싸여 들어갔다. 중국구제단체본부인 중국지원연합회(제2차세계대전 중에는 '중국지원연합위원회'라 했다)는 불편부당한 자선사업이라는 가면을 완전히 벗어버렸다. 그 회장인 폴 맥넛(Paul McNutt)은 유명한 『中國白書』의 서문에서 미국 국무장관 딘애치슨(DeanAcheson)의 견해를 인용하여 그 동기를 개괄했다. 그것은 중국에 대한 일종의 정치적 군사적 간섭의 실패를 인정하고 다른 방법을 제안했던 것이다.[47]

　　중국의 가까운 장래가 아무리 비참하더라도, 아무리 잔혹하더라도 … 이 위대한 중국 인민이 외국(소련을 의미함) 제국주의에 봉사하는 일개 정당에 의해 착취된다 하더라도 최종적으로는 중국의 유구한 문명과 민주적 개인주의는 거듭나게 되고 외국의 굴레를 벗어던질 것이라는 것을 우리는 계속 믿어왔다. 이 목표를 향해서 현재나 미래에 중국에서 진행하고 있는 노력이 발전하도록 우리는 격려해야 한다고 나는 생각한다.

이 견해에 의하면 중국인민이 말하는 해방이란 '비극적'이며 그들이 드디어 획득할 독립은 '외국의 굴레'이며 이 승리를 뒤집는 데 도움이 될 수 있는 어떠한 일도 어떠한 사람도 그때나 훗날에 격려를 받을 것이라는 것이었다.

중국지원연합회의 또 다른 호소문은 보다 뻔뻔스러운 것으로 군사적 의미를 가진 '다른 방어'라는 타이틀을 가진 것이었다.

우리는 중국이 미국에 대하여 기독교 신앙과 자유주의적 기업제도를 옹호하기 위한 전략상의 영역을 제공해주리라 믿는다 … 이 기회를 얻는 것은 미국과 기독교 신앙의 적에 대한 효과적인 일격이 될 것이다.[48]

이후 송경령과 중국복리기금회는 미국 경제협력본부로부터의 보조건의에 유혹되지도 않았고 중국지원연합회와도 이미 교섭을 하지 않고 있었다. 부득이 그러나 단호하게 중국복리기금회는 장기간 그들을 지원해온 미국단체와 인연을 끊었다. 미국의 중국지원단체는 아직 중국지원연합회로부터 자금원조를 원하고 있었지만 곧 이들 미국의 중국지원회 중에서는 연합회의 입장에 동의하지 않는 이사들이 새로운 중국지원단체인 '중국복지호소회'를 결성하여 새로 탄생할 신중국과의 우호를 표시하며 중국구제와 관련을 맺으려 했다. 회장은 탈리사 겔라크였다. 그리고 당시 거기에 적극적으로 참여한 많은 사람들 중에는 뉴욕에서 활동하고 있던 필자도 있었다.

송경령은 미국의 중요한 지지자들에 대하여 개인적 서명을 한 서한을 보내 미국의 중국지원단체와의 관계 단절 원인을 설명했다.

우리들의 중국지원회에 대한 반복된 요구에도 불구하고 … 중국지원연합회 외부에서 모금하는 것은 대단히 어렵기 때문에 그 단체 안에 머무르는 것이 가장 좋다고 그들은 얘기하였습니다. 동시에 중국지원연합회는 … 신중국에 반대한다는 정치적 선전을 그들의 호소문에 끼워넣었습니다. … 귀국의 친구들이 우리 사업에 다시 협력해주기 위하여 새로운 조직을 결성해주었을 때 … 미국의 이 어려운 시기에 취한 그들의 용기있는 행동에 대하여 우리들은 감사하고 있습니다. … '중국복지호소회'는 이렇게 하여 발족한 것입니다 … 그들은 우리가 지정한 대표기관입니다. … 그들은 그들의 진보적 사상과 진지한 목표 때문에 당연히 많은 지지를 받을 것이라고 나는 생각합니다.[49]

여명 전의 암흑

이와 같은 사태가 발생한 모든 배경은 중국에서의 전황과 정국의 중대한 변화에 있었다. 1949년 1월 31일 전쟁에서 연속적인 승리를 거둔 후 인민해방군은 국민당의 수비군 사령관 부작의(傅作義) 장군과 화의함에 따라 북경을 장악했다. 옛날부터의(그리고 미래의) 수도로 해방군이 입성하는 몇 시간 동안은 장개석 군대로부터 빼앗은 미제전차, 대포 그리고 경량급 무기의 퍼레이드였다. 부작의 장군은 몇 개월 간 반혁명의 희망적인 중진으로 간주되었지만, 신중국에서는 봉기한 장군으로 존경받게 되어 그 후 몇 년간 인민공화국의 유능한 수리담장 장관으로 지냈다.

송경령은, 홍콩을 경유하여 그녀를 안전하게 실어다줄 준비가 다 되어 있으니 북경으로 오라는 요청을 받았으나 2월 2일 중공중앙에 보낸 회신에서 그녀는 병이 나서 치료를 받고 있기 때문에 갈 수 없다고 답했다. 장개석도 감히 그녀를 해칠 수는 없을 것이라고 생각했기 때문에 그 해방의 날까지 그녀는 상해에 그대로 머물러 있었던 것이다. 북상요청에 대한 제안은 그녀와 함께 일하고 있었던 유(Liu Wugou)를 통해서 그녀에게 전달되었다.[50]

그러나 나의 정신은 영원히 여러분들의 사업과 함께 있습니다. 여러분의 용감하고 현명한 지도하에, 이미 시작되었지만 불행하게도 23년 전에 비극적으로 방해받았던 역사의 한 장은 가까운 장래에 영광으로 가득찬 가운데 완성될 것이라고 깊이 믿고 있습니다.[51]

'23년 전의' 기점이란 1926년(국공합작하의) 광주에서 혁명군에 의한 반군벌의 '북벌'을 시작한 시점이다. 그것을 "비극적으로 좌절되었다"고 한 것은 이듬해 장개석이 배신한 것을 말한다. 1949년의 승리는 송경령에게 있어서는 중국혁명사업의 전체적인 승리였다. 그녀가 기뻐했던 것은 당연하다.

그러나 상해는 아직 국민당 지배하에 있었으므로 그 후 4개월 동안 반동파가 맹위를 떨쳤다.

국민당정권은 최후의 발악의 하나로 그녀로부터 손문 미망인이라는 신분을 박탈하려고 기도했다. ─ 얼마 전에는 그 신분을 이용하여 그녀를 명목상의 우두머리에 앉히려고 하였다. 이 목적을 위하여 손문의 이혼한 첫부인인 노모정(그녀는 스스로 공적으로 모습을 나타내려 하지 않았다)을 유일의, 본래의 손문 부인으로 끌어들이려는 운동을 진행시켰다. 그러나 이것도 곧 실패로 끝나고 말았다.

당시 송경령은 상당히 비참한 생각이 들었기 때문에 다음과 같은 말을 했다고 전해지고 있다. "그들은 내가 손문 부인이 아니라고 얘기할지도 모른다. 그러나 어떤 사람도 나는 나의 부모님의 딸이라는 것은 부인할 수 없다". 그것은 그녀가 죽음에 임하여 부모와 함께 묻히기를 원했던 생각의 첫 싹이었을 것이다.

마지막으로 그녀를 유괴하여 대만으로 데리고 가려는 음모가 있었다고 얘기되고 있다. 당시 상해에서는 백색테러가 횡행하고 있었다. 국민당의 처형대가 가두를 배회하고 "공산당원이라 의심되는 자"를 체포하여 그 자리에서 사살했다. 대단히 많은 사람들이 돌연히 자취를 감추었다. 송경령은 1930년대에 암살된 중국민권보장동맹의 총간사의 아들 양소불에게 그녀가 있는 곳에 오는 것은 위험하기 때문에 오지말도록 경고했다. 이것은 중간파 민주단체를 이끌고 있던 황염배(黃炎培)의 아들 황경무가 송경령의 거처를 방문했기 때문에 체포되고 난 후의 일이었다. 황경무는 근무하고 있는 중국은행을 사퇴당하고 투옥되었다가 거기서 생매장되었다. 상해 해방 후 비로소 그의 유골이 발견되었다.[52]

상해에서 국민당 지배가 종국을 치닫고 있던 즈음 송경령은 자택을 떠나서 몸을 숨기고 있었다.—외국인 친구집에 몸을 기탁하고 있었다고 말하는 사람도 있다. 사실 당시 그녀는 확실히 위험에 처해 있었음에도 그대로 집에 눌러 있었다—물론 지하혁명조직과 친한 외국인 친구들이 그녀를 아주 민첩하게 잘 지켰기 때문이다.

* 이 책의 필자는 1946~1949년에는 미국에 있었기 때문에 송경령과 함께 상해에서 일하지 않았다. 그러므로 홍콩과 중경에서의 항전시기의 송경령에 대해서는 직접 경험적인 기술을 할 수 없었으며 그 당시 송경령과 관련 있는 인물들의 기술에 의존할 수밖에 없었다.

주

1) 중경에서 그레이스 그래니치에게 보낸 편지. 1945년 10월 13일, 23일.
2) 송경령이 상해에서 샌프란시스코에 있는 Eva choy Lowe에게 보낸 편지. 1946년 3월 1일.
3) 중경에서 보위중국동맹이 뉴욕에 있는 China Aid Council에 보냄. 1945년 9월 20일, 10월 1일.
4) 중경의 보위중국동맹이 뉴욕의 China Aid Counci에 보낸 편지. 왕안나가 사인함.
5) 상해 중국복리회 제공자료 참조. 상해 중국복리회에 감사한다.
6) 상해에서 송경령이 뉴욕의 그레이스 그래니치에게 보낸 편지. 1947년 5월 29일.
7) *China Weekly Review*의 미국인 편집인 존 W. Powell과 상해에서 결혼한 Sylvia Campbell이 1946년 미국에 있는 양친에게 보낸 편지다. 고맙게도 그녀는 많은 세월이 지난 후인데도 필자에게 복사본을 보내주었다.
8) 송경령이 상해에서 뉴욕의 그레이스 그래니치에게 보낸 편지. 1948년 7월 19일.
9) 중국복리기금회 베테랑인 陳維博을 필자는 1986년 2월 상해에서 인터뷰했다.
10) 옛직원 王成根을 필자는 1986년 2월 상해에서 인터뷰했다.
11) 중경의 보위중국동맹이 China Aid Council에 보낸 편지. 1945년 10월 1일, 13일, 15일, 16일.
12) 董必武와 UNRRA(국제연합구제부흥기구)의 중국주재원과의 서신왕래. 1946년 7월 상반기.
13) 앞과 같음.
14) 미연합통신사가 상해에서 간행한 영자일간지 *China Press* 1947년 4월 5일자 결의문 전문 참조.
15) 宋慶齡, 「向國外的呼叮信」, 『永遠和黨在一起』, 1947년 4월, pp.93-94.
16) 스튜어트가 1947년 2월 23일 미국무장관에게 보낸 전보. *The Forgotten Ambassador, The Report of John Leighton Stuart, 1946-49*, ed. by Kenneth W. Rea & John C. Brewer, Boulder, Colorado, 1981, Westview Press, p.61.
17) 실비아 캠벨이 1948년 4월 13일, 5월 14일, 7월 16일에 가족에게 보낸 편지.
18) 상해에서 송경령이 미국의 Alexandra Mann Sleep에게 보낸 편지. 1946. 5. 16. Malcolm Rosholt, "The Shoe Box Letters from China, 1913-1967", *Wisconsin Magazine of History*(겨울, 1989-90, Madison, Wisconsin)에서 참조..
19) 캘리포니아에 사는 Dr. M. Casberg가 필자에게 보낸 편지. 그리고 그의 부인 Olivia Casberg가 쓴 *Women of Other Worlds*(Olive Press, Los Angeles, 1985), p.3도 참조하였다.
20) 캠벨의 편지. 1947년 7월 31일. 마리는 Mary Barrett로서 그녀 또한 중국복리기금회 일을 도왔다.
21) 상해에서 송경령이 뉴욕의 Talitha Gerlack에게 보낸 편지. 1949년 3월 28일.
22) 상해의 송경령이 뉴욕의 Grace Granich에게 보낸 편지. 1945년 10월 23일.
23) 앞과 같음. 1946년 7월 1일.
24) 1946년 5월 5일에, 어린이날 자선공연을 위해 쓴 것으로, 자선공연은 6월 1일

에서 6일까지 거행되었다. 글 제목은 「平劇義演的意義」, 『中國福利會史資料』제 2기 (상해, 1990년 2월 14일 출판) 참조.

25) 『爲新中國奮鬪』, pp.180-184.

26) 남경에서 미국 대사 Stuart가 워싱턴의 국무장관에게 보낸 보고서. 1948년 11 월 29일. 앞의 책(존 레이턴 스튜어트의 보고서. 1946-49), p.284.

27) 편지의 전문은 ≪인민일보≫(1983년 3월 2일)에 실렸다. 『주은래서신전집』, pp.364-365.

28) 송경령이 네루에게 보낸 편지의 사본은 필자의 친구인, 인도의 유능한 저널리 스트 Nikhil Chakravartty가 보내주었다. 그에게 감사한다.

29) 상해에서 송경령이 뉴욕의 G. Granich에게 보낸 편지. 1948년 7월 19일.

30) 何幹之 主編, 『中國現代革命史』, p.312.

31) 스튜어트가 미국무장관에게 보낸 문서. 1948년 8월 1일. 스튜어트, 앞의 책, p.110, p.262.

32) 하간지 주편, 앞의 책, p.485.

33) 실비아 캠벨이 미국 집으로 보낸 편지. 1948년 4월 13일, 5월 14일, 7월 16일.

34) 송경령, 「爲人民服務四十年」, 『中國福利會四十年』(1978. 6. 상해).

35) 1985년 2월 상해에서 필자는 任德耀와 인터뷰했다.

36) Cambell이 1949년 3월 24일 미국의 집으로 보낸 편지.

37) Aron Avshalomov는 Jacob Avshalomov의 아버지다. 아들 Jaqcob은 몇십 년 간 미국 오레곤 주 포트랜드 청년교향악단의 저명한 지휘자 겸 지도자였다. 그리고 그 자신 작곡가이기도 하여 때로는 중국풍의 음악을 작곡했다. 그는 1980년대에 중국에 초청되어 그의 부친의 작품을 연주하는 기념콘서트에서 지휘를 맡았다.

38) 캠벨이 고향으로 보낸 편지. 1948년 11월 8일.

39) 앞과 같음. 1947년 12월 5일.

40) 앞과 같음. 1948년 6월 1일.

41) 앞과 같음. 1948년 11월 14일.

42) J. Leighton Stuart, *Fifty Years in China(The Memoirs of John Leighton Stuart, Missionary and Ambassador)*, New York: Random House, 1946.

43) 여지영(余志英)의 회상을 1980년대 후반에 녹음하였다. 그녀는 당시 이미 중공 지하당원이었다. 스튜어트에 관한 일은 그녀 자신의 기억에 의한 것이고 송미령 에 관한 일은 당시 요몽성이 그녀에게 알려준 것이다.

44) 미국 국무성이 Managua 대사로부터, 1949년 1월 14일 받은 항공우편. 마나구 아 주재 중국 총영사 은상덕(殷尙德)의 말을 인용했다.

45) *North China Daily News,* 상해, 1949년 1월 11일.

46) 실비아 캠벨의 편지. 1948년 10월 14일.

47) 중국지원 연합회 회장 McNutt Paul V.가 기부자 안내장에 1949년 9월 6일자로 기록한 것.

48) 1948~49년, "Other Defenses"라는 중국지원연합회의 호소문서에는 회장이었 던 McNutt과 Charles Edison 그리고 명예회장들이 서명을 했다. 명예회장 중에는 그보다 조금 전에 중국에서 중국의 내전에 공정한 조정자로 평판이 나 있는

George C. Marshall 장군도 있었다.

49) 이 내용은 뉴욕의 Clark Foreman에게 1949년 3월 21일자로 보낸 서한에서 인용한 것이다.

50) 원칙적이고 학자다우며 시인같은, 국민당 좌파의 저명한 인물인 유아자의 딸인 Liu Wugou는 홍콩에서는 보위중국동맹에서 함께 일했으며 제2차세계대전 후에는 중국복리기금회에서 송경령과 함께 일했다.

51) 이 서신은 송경령이 영문으로 써 보낸 것인데 후에 중국어로 번역 출판된 것이다. 상해시 당안관(檔案館)에서, 송경령 기금회 연구실이 찾아내어 영문원본과 중국어 번역본을 필자에게 고맙게 보내주었다.

52) 양소불이 1986년 봄, 상해에서 필자에게 얘기해주었다.

16
신중국 건설
(1949~1965)

중화인민공화국의 탄생

1945년 8월 21일에 출발한, 상해에서 북경까지의 이틀에 걸친 기차여행은 송경령의 인생에 있어서 가장 행복한 여행이었다. 지금까지와는 달리, 그녀가 선택한 절박하고 복잡하고 위험한 상황을 향해가는 것이 아니라 이제는 승리의 절정을 향해가고 있었던 것이다.

신중국은 민족적으로는 독립을 달성하고, 정치적으로는 인민을 위한 인민의 정치로서 국민의 생활을 물질적·문화적으로도 개선할 것을 목적으로 하여 탄생하였다. 그녀는 그 새로운 중국에 참가하려 하고 있었다.

그 기차에는, 북경에서 송경령을 영접하기 위해 온 주은래의 부인 등영초와 오랫동안의 협력자였던 요몽성(신시아 요)이 함께 타고 있었다. 오랜 친구로서 이들은, 철로변을 따라 펼쳐지는 사람들의 생활이나 풍경에 대해 마음을 터놓고 얘기할 수 있었다. 송경령은 그것을, 미래의 수도에서 그녀를 기다리고 있는 새로운 삶과 그 모든 것에 대한 신호로 여기고 열심히 받아들였다. 그녀의 흥분된 기분과 정치적·개인적 희망을 훗날 상해로 돌아왔을 때 한 라디오방송에서 그녀는 다음과 같이 생기 넘치게 말했다.

기차 창밖을 스쳐 지나가는 밭과 강과 냇물을 보면서 나는 우리의 조국이 어떻게 하면 번영할 수 있을까를 생각했습니다. 우리는 기본적인 조건은 모두 갖추고 있습니다 … 여기에는 큰 공장이 보이며 저기에는 기계를 사용해 농사를 짓고 있는 모습들을 생각하며 나의 상상력은 무한히 펼쳐졌습니다.

우리는 많은 천연자원을 가지고 있습니다. 그것으로 최고의 생산량을 얻기 위해서는 막대한 노동력이 필요합니다. 그러나 어떠한 성취도 모두 우리들의 능력이 미칠 수 있는 것입니다. 인민의 힘이 바로 그 추진력입니다. 이 것은 어느 곳에서도 명백합니다. 가난한 벽지의 촌에서도, 도시에서도 … 인민은 어려움과 장애를 … 극복해나가고 있습니다.

중국 동부에서 농민들이 홍수로부터 전답과 수확물을 구하려고 싸우는 모습을 나는 보았습니다. 철도노동자, 건설노동자, 인민해방군 병사들이 반동파에 의해 파괴된 간선철도를 훌륭하게 복구하고 있었습니다. 가장 인상깊었던 것은 파도가 넘실거리는 회하(淮河)를 가로지르는 임시철교였습니다. 이 다리는 화북과 화남을 연결시켜준다는 점에서 엄청나게 중요한 것입니다 … 이같은 발전의 광경을 눈으로 보면서 나는 중국의 급속한 건설에 희망을 품었습니다.

과거의 장애는 이제 제거되었고 지금껏 속박받아온 거대한 에네르기가 해방되었다. 그녀의 생각으로는 이제 필요한 것은 교육, 근대기술, 사회의 재편성, 그리고 인민생활의 개선이었다. 특히 인민생활의 개선은 다른 무엇보다도 그녀의 관심사였다.

나는 "행하는 것은 쉽고 아는 것은 어렵다"고 한 손중산의 말을 상기했습니다. 우리 인민이 행할 수 있다는 것을 나는 보았습니다. 또한 우리들은 안다는 것도 할 수 있습니다. 기술적인 지식을 가지고 어떠한 어려움도 극복할 수 있습니다.

우리는 반드시 승리를 확충시켜나가야만 합니다. 인민은, 특히 농촌에서는 가난한 생활을 하고 있습니다. 살 집이 필요하고 의약품과 위생시설이 필요합니다. 탁아소와 학교가 필요합니다. 우리 인민들이 필요로 하는 것은 그 수를 헤아릴 수 없을 정도입니다.

그러나 이것이 우리나라 농촌지역에 전망이 없음을 의미하는 것은 아닙니다. 이미 예전의 해방구 농민은 새롭게 해방된 지구의 농민들보다 훨씬 기운차 보입니다. 그들은 의복도 충분하고 훨씬 깨끗합니다. 많은 점에서 그들이 더 나은 생활을 하고 있다는 것을 말해주고 있습니다 … 그들은 진보의 길을 걸어가고 있습니다 … 우리들은 모든 사람이 이 길을 향해 앞으로 나아가도록 보장해야만 합니다 … 만약 노동자·농민의 정치적 의식을 불러일으킬 수 있다면 어떤 어려움도 그들을 멈추게 하지 못할 것입니다. 각분야·각계층의 사람들이 단결하여 혁명목표를 향해 전진하는 것, 이것만이 진보의 유일한 길입니다.1)

1949년 8월 28일 송경령은 북경에 도착했다. 그녀의 도착은 개인적인 것 이상의 의미가 있었다. 그것은 중국혁명의 두 큰 흐름을 합류케 함을 반영했다. 첫번째 흐름은 손문에 의해 발기된 그의 만년의 변경된 노선 그것이었다. 두번째 흐름은 공산당지도에 의한 것으로서 승리와 사회주의 신단계를 지향하는 혁명적이며 보다 강하고 큰 파도였다.

이 합류는 북경역에 그녀를 환영하기 위해 나온 저명인사의 면면을 통해 확연하게 증명되었다. 승리자인 중국공산당 주석 모택동, 당지휘하의 인민해방군총사령관인 주덕, 당 최고의 실무담당자며 외교대표였던 주은래가 그 가운데 있었다. 환영위원으로서는 그 외 임백거와 동필무가 있었다. 이 두 사람은 옛날 일본에 망명중인 손문을 따랐으며 1920년대의 제1차국공합작 수립에 힘을 다했던 경력을 가진 공산당 고참 간부였다.

그 외에 손문의 가장 중요한 부관이었으나 암살당한, 요중개의 미망인 하향응과 시인이며 산문가인 유아자가 있었다. 이 두 사람 모두 송경령의 동지로서, 폭풍이 몰아친 몇십 년 동안 강한 의지의 국민당 좌파로서 통일전선의 신념을 시종 굽히지 않고 주장해왔다. 중국국민당혁명위원회 주석 이제심(李濟深)도 있었는데 그는 전 국민당 주요장군의 한 사람으로 1927년에는 반동파쪽을 지지했지만, 이제는 새로운 혁명적 단결의 입장에 서 있었다. 그리고 작가이며 학자인 곽말약(郭沫若)이 있었는데 그는 1926년에서 27년에 걸친 반군벌을 위한 북벌군에서 선전과장을 담당했으며 또한 시종 좌파지식인을 대표하는 존재였다.

그리고 요중개·하향응의 아들 요승지(廖承志)도 나와 있었는데, 그는 중공청년조직의 지도자로서 혁명의 두 세대 사이를 연결하는 가장 적절한 인재였다. 마지막으로 그곳에는 그녀에게 꽃다발을 증정하고, 환영하기 위해 많은 어린이들이 나와 있었다. 이 어린이들은 연안의 '로스앤젤레스' 보육원(항일전중에 연안에 설립되어 전쟁고아를 수용했는데, 송경령의 호소에 응한 미국 로스앤젤레스 화교의 기부금으로 세워졌다)에서 나왔다. 송경령은 미래를 짊어질 가장 새로운 세대를 위해 전시의 수년간 계속해서 이 보육원을 지원했다.

이 깊이 배려된 안배는 드라마틱하였고 역사적으로도 대단히 적절한 것이었다.

9월에 송경령은 주은래·이제심, 그리고 다른 민주당파 지도자들과 함께 크리스찬 제너럴 풍옥상(馮玉祥) 서거 1주년 추도식에 참석했다. 풍옥상은 1년 전 미국에서 소련을 경유하여 귀국하는 도중 흑해에서 선상화재로 사망하지 않았다면 이 시기의 정치무대에서 눈에 띄는 존재가 되었을 것이다. 풍은 이제심과 마찬가지로 1911년과 1924~27년의 혁명당시에는 공헌했지만 후에는 좌파를 없애려 꾀한 우파에 가담했다. 그러나 풍은 최종적으로는, 이어진 민족의 위기 속에서 경험으로부터, 단결이 최선이라는 것과 역사는 공산당이 그 핵이 되어야 한다는 것을 이미 증명했다고 결론내렸던 것이다. 풍옥상의 미망인 이덕전(李德全)은 후에 신중국의 초대 위생부장(보건사회부장관)이 되었다.

이러한 인물들이 영예와 지위를 얻었다는 것은 국민당 측의 다른 사람들에게도, 만약 신중국과 운명을 같이할 것을 원한다면 환영의 문호가 열려 있다는 것을 말하는 것이었다. 적지 않은 사람이 이 기회를 받아들였다. 그 중에는 1949년에 전쟁범죄인으로 지목되었지만 태도를 바꾸어서 오명을 씻은 사람도 있었다.

북경도착 6일 후 송경령은 주은래 등과 중소우호협회 창립준비위원회 총회에 참가했다. 거기서 그녀는 손문을 회상하면서 말했다.

거의 4반 세기(25년) 전에 손중산은 중국의 유일한 우호국 소련과 친밀한 협력관계를 맺어야 한다고 그의 마음에 간직해온 소중한 꿈을 우리에게 물려주었습니다. 우리는 그가 10월혁명을 얼마나 기쁘게 맞이했는지, 그리고 중국 공산당과의 협력을 얼마나 진심으로 바랐는지를 잘 기억하고 있습니다.

24년이 경과한 오늘에야 이 꿈은 드디어 현실로 되고 있습니다.

… 1911년 신해혁명의 목표는 달성되고 있습니다. 그리고 이제 다시는 거꾸로 되돌아가지는 않을 것입니다 …

중·소우호는 대서양조약이나 소위 태평양동맹과는 완전히 다른 차원입니다 … 중·소우호조약은 상호원조와 건설을 의미합니다. 이것에 의해 제2차 세계대전에서 받은 손상을 치유하고 인민을 위한 경제를 건설하는 것입니다. 중·소양국은 이 전쟁의 대파괴 속에서 필설로 다할 수 없는 고난을 겪었습니다. 양국의 인민이 일치 단결한다면 모든 고난을 함께 극복할 수 있을 것입니다 … 우리는, 새로운 전쟁을 일으키려는 자들의 음모를 타파하기 위해서 두 나라 국민의 우호관계를 강력하고 튼튼하게 하지 않으면 안됩니다.[2]

한 달 후 중·소우호협회는 정식으로 발족했다. 그 성립대회에서 행한 강연중에, 송경령은 다시 손문을 회상하며 얘기했다. 10월혁명이 시작되었을 때 제국주의자는 그것을 중상하고 비방했다. 그러나 손문은 즉각 "러시아혁명의 성공과 함께 세계인류에게는 새로운 하나의 희망이 생겨났다"고 지적했다. 그는 죽음에 임하여서도 "전세계의 피압박자가 해방을 위해 투쟁하는 가운데, 소련과 중국은 손을 잡고 승리를 향해 함께 나아가야 한다"고 말했다.

"오늘 나는 손문의 열렬한 소망이 실현되는 것을 보게 되어 기쁩니다"라고 그녀는 말했다. 그녀는 또한 소련은 중국과의 모든 불평등조약을 폐지한 첫번째 나라라는 것과 1924~27년의 중국혁명과 항일전쟁에 대한 소련의 원조를 상기하고 또한 만주라고 불리던 중국 동북부를 점령하고 있던 일본군의 주력군인 관동군을 소련이 괴멸시켰음에 대해 언급하였다. "오늘날 중국이 가장 신뢰할 수 있는 이 친구는 우리의 새로운 인민정부를 인정하는 첫번째 나라입니다."[3]

그후 다년간에 걸쳐 그녀는 중소우호단체의 주석을 맡아 그 우호를 위해 항상 선두에 서서 노력했다.

1949년 9월 하순, 그녀는 신중국 발족을 위한 준비작업에 참가했다. 신국가는 중국의 민족적 독립을 확보·옹호하고 중국사회를 개조한다, ('경작하는 사람이 토지를 가져야 한다'는 구호하에, 궁극적으로는 사회주의를 통해서)고 하는 목표를 달성하려 하였다.

이 시기에 그녀는 중국인민정치협상회의 제1회 전체회의에 출석하여 주석단(의장단) 상무위원에 선출되었다. 이 통일전선조직은 중국의 헌법 제정의회의 기능을 하였고 이후 5년 동안 임시헌법역할을 한 '공동강령'을 채택했다.

중국인민정치협상회의는 국가명을 중화인민공화국이라 정하고 북경을 수도로 하고 5성홍기(五星紅旗)를 국기로 하고 <의용군행진곡>을 국가로 정했다. "노예가 되지 않으려는 모든 이들이여, 일어나라!"로 시작되는 <의용군행진곡>은 처음에 국민당에 의해 금지되었던 것인데 전국 각지에서 반향을 불러일으켜 사람들의 애국심을 고무시켜 일본군의 침략에 대한 저항전에 몇백 만 명을 끌어모았던 노래였다.

중국인민정치협상회의는 중앙인민정부주석과 부주석을 선출했다. 모택동은 주석으로, 송경령은 6명의 부주석 중 한 사람으로 선출되었다. 부주석 가운데 3명은 공산당원인 주덕, 유소기, 고강(高崗)이며 다른 3명은 비공산당원인 송경령, 이제심(중국국민당혁명위원회), 장란(張瀾; 중국민주동맹)이었다.

중국과 세계의 사회·정치적 생리에서 이처럼 위대한 단계까지 도달한 중국의 역사적 발전의 속도와 농도를 이해하기 위해서는 이들 새로운 지도자들이 태어나고 대부분이 자라난 시기가 아직도 2천 년 동안 계속되어왔던 전제 황제의 지배시기였다는 것을 유념해야 할 것이다 — 공산당 지도하의 혁명에서 정권을 쥐게 된 사람들도 왕조의 포고령에 따라 변발을 했던 이들이었다.[4]

이 정치협상회의 기간에 행한 연설에서 송경령은 중국공산당을 위대한 변혁의 선구자라고 따뜻하게 칭찬했다.

중국인민은 전진하고 있습니다 … 혁명의 강한 충격 속에 전진하고 있습니다 … 우리들은 중국공산당의 지도로 이 역사적 지점에 도달했습니다 … 중국공산당은 인민대중의 힘을 동원할 수 있는 유일한 정당이며 … 손중산의 삼민주의─민족주의·민권주의·민생주의─를 성공리에 실현하기 위한 가장 신뢰할 수 있는 보증인이기도 합니다 … 공산당은 이미 경작자에게 토지를 주는 정책을 실행하고 있습니다 … 우리들의 오늘의 성과는 이 정책이 올바르다는 것을 증명하고 있는 것입니다.

현재는 한 걸음 더 나아가 도시에서의 지도의 옳았음도 증명하고 있습니다 … 중공은 혁명의 주력자를 농민에서 노동자로 바꾸고 있습니다 …그리고 그들은 손중산이 구상했던 중국의 공업화계획의 골자에 구체적인 내용을 투입하려 하고 있습니다.

한 예로서 그녀는 자신의 고향인 상해에 관하여 쓰고 있다.

… 이 부패의 중심지는 이제 하나의 생산의 축으로 변모해가고 있습니다 … 또한 12년 동안 인민에게 말할 수 없는 고통을 안겨왔던 급성 인플레이션은 이미 효과적으로 해결되기에 이르렀습니다.

그리고 그녀는 다시 시야를 국제상황으로 확대시켰다.

우리 중국인민이 완수한 일들은 전세계의 형세를 바꾸었습니다. 중국의 인민대중은 혁명투쟁 속에서 세계 각지의 인민정부 및 인민세력과 완전히 일치단결하였습니다. … 중국인민은 전세계 사람들이 어느 누구라도 생활에서 당연히 향유해야 할 것을 할 수 있도록 전력을 다하여 보증할 것입니다.
이 얘기는 결국, 모든 오두막이 버젓한 집으로 재건설될 때까지, 대지에서 수확된 모든 생산물이 자유롭게 유통될 수 있을 때까지, 공장의 이윤이 합리적으로 분배될 수 있을 때까지 그리고 어떠한 가정에서도 '요람에서 무덤까지'의 완전한 의료혜택을 받을 수 있을 때까지 우리들의 활동은 멈추지 않을 것임을 말하는 것입니다.
동지 여러분. 독립되고, 민주적이며, 부강한 신중국을 건설하기 위한 우리의 과업을 계속해서 추진해나갑시다. 그리고 전세계 인민들과 함께 영원한 평화를 이룩해나갑시다.[5]

그녀가 혁명에 바랐던 민족적·사회적 희망의 갖가지 요소를 이 연설에서 말로서 다 반영하고 있다. 특히 여성문제에 관한 그녀의 관심은 중국인민정치협상회의 여성위원회 분과위원회에 반영되었다.

1949년 10월 1일 새로운 인민공화국의 공식적인 출범식에서 송경령은 천안문의 연단위에서 모택동·유소기·주덕·주은래(초대총리)와 나란히 섰다. 이때 천안문 광장에는 30만 명의 대중이 군집해 있었다. 모택동이 "중국인민은 일어섰습니다"라고 선언했을 때 그녀는 수많은 군중과 함께 감동으로 몸을 떨었다. 그녀는 다른 지도자들과 나란히 인민해방군의 용감하고 장렬한 행진을 열병하였다. 이어지는 대열과 전차·대포도 보았다—모든 장비는 미국제였고 국민당으로부터 포획한 것이었다. 이것은, 중국혁명이 1세기에 걸친 고난과 희생을 겪으면서 아무리 우수한 군장비라도 혁명의 승리를 멈추게 할 수 없다는 것을 증명한 것이었다.

그 다음날 송경령은 중국세계평화옹호대회 성립대회를 주재하고 회장에 선출되었다. 그리고 10월 5일에는 중·소우호협회성립대회를 주관했는데 이것은 당시 중국과 긴밀한 관계에 있던 소련 인민과 신중국 인민을 연결시켰다. 이 두 행사에서의 활약은 그녀의 존재방식과 그 역할을 특징지어주는 것이었다. 그녀는 새로운 국가 내에서 명예로운 고위직을 맡게 되었는데, 그것은 그것대로 어울리지만 그녀 본래의 중요한 의의가 있는 활동은 인민 대 인민의 외교에 있었다. 그 분야의 활동은 혁명세력이 아직 권력을 장악하지 못하고, 압박받고, 전투의 준비단계에 있었던 시기부터 이미 그녀와 밀접한 관계를 갖고 전개되었다.

10월 10일에 송경령은 상해로 돌아갔지만, 이후 장기간에 걸쳐서 늘 북경·상해 간을 왕래하게 된다. 그녀는 신중국에서도 구중국에서와 마찬가지로 상해에 거처를 갖기를 희망했다. 상해는 그녀에게는 태어난 곳이며 가정을 이루었던 곳이며 또한 너무나 많은 즐거움과 슬픔 그리고 전쟁의 추억으로 가득한 곳이었기 때문이다. 무엇보다도 그녀는 특히 중국복리기금회(1950년 8월 15일 중국복리회로 개칭)의 사업을 계속해나가길 원했다. 중국복리회의 경비는 이미 더 이상 국내외의 모금에 의존하지 않고 인민정부로부터 자금이 조달되었다. 이전에 이 기구의 임무는 상해에서 생명 그 자체를 구하고, 민심을 고무하고, 초등교육을 전개하며, 상해와 전국에서 새로 태어날 어린이를 영접할 준비를 하는 것이었다. 그러나 송경령은 새로운 환경하에서는 그 임무를 여성과 어린이의 보건위생과 아동의 문화·교육분야에 있어서 실험적이고 표본적인 활동을 추진함에 두고 이것이 전국각지에서의 활동에 모범과 훈련의 장소로 제공되게 할 방침을 세웠다.

11월 9일 상해로 돌아온 지 한 달 후 그녀는 <화북여행인상>이라는 제목의 라디오 방송을 통해서 4반 세기 전 손문 서거시의 북경과 비교하면서 얘기했다.[6]

여러분께 내가 북경에 도착했을 때의 심정을 말씀드리겠습니다. 1925년과 비교해보면, 참으로 하늘과 땅의 차이였습니다. 당시 이 역사적인 옛 도시는 제국주의 각국의 기지였으며, 비통하게도 손중산이 서거하였던 장소이기도 했습니다. 지금 이 고도는 인민을 위한 하나의 토론장이 되었습니다. 우리는 인민의 소리가 하늘을 진동하는 것을 들었습니다. 북경은 신중국의 탄생지입니다.

북경에서 사람들이 처음 느끼는 것은 이 도시는 우리 4억7천5백만 인민을 움직이게 하는 위대한 사상으로 가득차 있다는 것입니다. 북경에 가는 사람은 역사의 의의와 감개를 느끼게 됩니다. 이 의의와 감개는 구중국에서 생겨난 것이 아니고 신중국의 건설과 미래에서 생겨난 것입니다. 하나하나의 단계와 하나하나의 행동에 커다란 의의를 가지고 있습니다. 여러분들이 전체회의나 분과회의에서 발언을 청취함으로써 대표들이 중국인민을 위해 새로운 문명을 창조해가고 있다는 것을 알게 될 것입니다. 이 새로운 문명은 중국인 한사람 한사람에게만이 아니라 세계의 모든 사람들에게도 영향을 미치는 것입니다. 이러한 발언은 곧바로 행동으로 옮겨질 것이며 이것은 중국뿐만 아니라 전세계로 전달될 것이라고 생각하면서 나는 대단히 기뻤습니다.

"두 가지 일이" 그녀에게는 "무엇보다도 가장 감동적이었다"고 말했다.

하나는 가장 엄숙했던 식전(式典)에서의 모택동 주석의 인민공화국 성립 선언이었습니다. 그때 나는 자신들의 생명을 오늘의 영광과 바꾸었던 희생된 많은 동지들의 일이 조수처럼 밀려와 나의 마음을 억누를 수가 없었습니다. 계속되었던 위대한 투쟁과 노력의 세월들이 차례로 눈앞을 스쳐지나갔습니다. 그리고서는 또 다른 하나가 가슴에서 치밀어올랐습니다. 우리는 두 번 다시는 후퇴할 수 없다는 생각이었습니다. 이제 손중산의 노력들이 드디어 찬란한 열매를 맺은 것입니다 …

두번째는, 북경 천안문의 거대한 광장에서 열린 式典의 모습은 … 기쁨으로 빨갛게 물든 바다와 같았던 것입니다. 이 도시에 사는 모든 사람이 이 행사에 참여하기 위해 나왔습니다 … 공장노동자, 농민, 교사, 학생, 공무원들, 문화단체 사람들, 인민해방군 등 그 명단은 너무 다양하여 일일이 다 열거할 수가 없습니다. 그 행렬은 밤이 깊을 때까지 결코 멈출 것 같지 않았습니다. 횃불은 대낮같이 하늘을 비추었습니다. 중국은 노래하고 춤추는 나라가 되었습니다. 수많은 노래가 불리어지고 연주되었습니다. 어느 누구도 이 수도의 광경을 잊지 못할 것입니다.

한 마디로 말해서 나의 화북여행은 … 나에게 인민의 힘을 더욱더 재확인시켜준 기회였습니다. 나는 역사적 의의를 가진 신정부가 인민의 힘에 의해서 탄생하였음을 보았습니다. 이번 승리는 공산당과 그 위대한 지도자 모주석의 올바른 지도와 참된 혁명정신에 힘입은 바 크다는 것을 내 스스로의 눈으로 확인했습니다. 북경 전체의 분위기는 모든 사람들에게 인민공화국의 성공을 위해 각자의 힘을 다 바칠 것을 결심하게끔 고무하였습니다.

송경령은 많은 분야에서 힘을 다해 일했다. 그 하나는 정부의 직접적인 임무였지만, 그것은 그녀의 활동에서 주된 분야는 아니었다. 보다 중요한 것은 인민 대 인민의 외교에서의 그녀의 역할로서 신중국을 위한 선전활동이 바로 그것이었다. 언제나처럼 그녀는 국내외의 독자와 청중을 위해 수많은 글을 썼다. 그녀는 또한 여성 지도자로서의 역할과 복지사업, 특히 여성과 어린이를 위한 사업을 계속했다.

이 장의 서술은 1949년부터 1966년의 문화혁명 발발까지의 17년간이란 긴 시기를 다루고 있기 때문에 각기 다른 방면의 활동을 분야별로 나누어서 연속으로 기술하려고 한다. 그렇기 때문에 연대순이나 시간상의 전후관계가 때때로 맞지 않을 수 있다는 것에 유의해야 할 것이다.

국가 부주석으로서

송경령이 직접 담당하고 있던 정부의 직책에 관하여 어떤 사람들은 그것들은 완전히 상징적인 것으로서 실질적 내용이 없었다고 쓰고 있지만 사실은 그렇지 않았다. 확실히 그녀는 중앙인민정부나 건국초기의 정무원의 실무를 담당하는 직책을 맡지는 않았고 건국초기에는 많은 날들을 상해에서 지냈으며 북경에 있지는 않았다. 그러나 그녀는 자주 북경에 가서 중국인민정치협상회의(政協)나 전국인민대표대회(全人大)의 전체 회의에 참가하였고 때로는 그 회의의 의장을 맡기도 했다. 정협은 1954년에 헌법이 만들어지기 이전에는 국가의 최고권력 기구로서 기능하였다. 그 후에는 전인대가 그 기능을 그대로 이어받았다. 그 가운데서 일상적이며 실제적으로 권력을 가지고 있는 것은 정협과 전인대의 상무위원회 회의였다. 중대 의안이 토론될 때는 그녀는 엄청나게 바빴다. 예를 들면, 1954년 헌법초안이 준비되어가고 있었을 때 그녀는 골절상을 당했음에도 불구하고 매일매일 장시간에 걸쳐 많은 문헌자료를 조사·연구하였다.[7] 그러나 유감스럽게도 연구 조사했던 모든 관계자료가 아직 공개되지 않았기 때문에 그녀의 제안과 견해들이 무엇이었는지 알아내기는 어렵다.

송경령은, 1950년대와 1960년대 초기에 때때로 개최되었던 최고국무회의(국가 및 국무원의 최고지도자 합동회의)에도 참가했다. 이 회의에서 모택동은 1957년 초 '인민내부의 모순을 정확하게 처리하는 문제에 관하여'라는 제목의 보고를 제출하여 '백화제방 백가쟁명(百花齊放 百家爭鳴)'의 방침을 명확히 하였던 것이다.

1950년에서 1965년에 걸쳐 매년 경축일에는 신중국 출범식 때처럼, 송경령은 모택동 등 지도자들과 함께 천안문의 연단에 서서 축하 퍼레이드를 관람·열병하였다. 이것은 단순히 의식상의 모임으로 끝나지 않았다. 이런 경우에 지도자들은 언제나 많은 시간을 함께 지내면서 비공식적으로 의견을 서로 교환할 수 있었기 때문이다. 그녀는 또한 중국을 내방한 수많은 국가원수나 정부수뇌의 영접에도 참여하였다. 그녀는 외교의례를 좋아하지는 않았지만, 이것은 혁명으로 탄생한, 어떠한 나라와도 평등한 신생중국에 대한 세계적인 중요성이 커져가고 있음을 의미하는 것으로 볼 수 있기 때문에 그녀는 기쁘게 생각했다. 과거 1세기 동안의 반식민지 중국은 외국의 대통령이나 수상, 그리고 드물게는 내각 각료급 정치가들의 중국방문조차도 가치 있는 것으로 생각지 않았던 것과는 극히 대조적인 것이었다. 이 새로운 환경에서 송경령은 특별한 열의를 가지고 옛날 박해받던 같은 처지의 혁명지사들, 민족운동지도자들과 다시 만났다. 인도의 네루와 베트남의 호지명과 재회했는데 이들의 방문은 중국이 변했다는 것만이 아니라 아시아가 변했다는 것을 보여주는 것이었다.

때때로 송경령은 북경에서만이 아니라 상해에서도 외국의 귀빈을 접대하였는데 이로 인하여 그녀의 존재는 상해에 외교상의 중요성을 더하게 하였다.

정부지도자로서 송경령은 여러 가지 정치적 변화를 어떻게 보았는가 하는 것은 정부 공문서가 아직 공개되지 않은 현시점에서는 간접적으로만 추론해볼 수 있다. 몇 가지 세부 조치나 정책들에 대해, 그녀가 공개적으로 쓴 문장에서는 열심히 지지를 표시하고 있다. 앞으로 문서가 공개되더라도 중대한 유보의견은 발견되지 않으리라 생각된다. 의심할 것도 없이 그녀는 토지개혁을 제국주의와 봉건주의에 맞서는 혁명의 완성이며 그리고 어떠한 복고적인 반동세력도 좌절시킬 수 있는 혁명완성의 근본이라고 생각했다. 같은 이유에서 그녀는 반혁명의 잔재를 일소하기 위한 계몽운동과 한반도에 대한 미국의 개입에 반대하는 싸움이 필요하다고 생각했다.[8]

그래서 제일 큰 일은 경작자에게 토지를 줌으로써 중국의 가장 기본적인 사회문제를 해결하는 것이었다. 두번째는 과거에 인민을 억압했던 자를 취조하는 것이었다. 그들은 각계층에 걸쳐 있었으며 이전의 지배를 회복하려 기도하고 새로운 외국의 침략자에 일루의 희망을 걸고 있었던 것이다. 세번째 큰 일은 이웃나라의 원조와는 별도로, 중국에 대한 인접지역으로부터의 침략 위협을 배제하는 것이었다. 침략자들은 대만의 장개석 잔존부대를 유지함을 약속하고 북쪽으로부터 인민 중국에 침입한다고 위협하고 있었다. 송경령은 혁명가이며 노련한 투사이며 또한 실패로부터 많은 것을 배운 사람이라는 것을 결코 잊어서는 안된다. 그녀는 민족과 인민의 승리를 위한 전사이며 투사였다. 그녀의 반생은 안락의자에 앉아서 보낸 것이 아니며 위대한, 그러나 가혹한 전투의 한가운데서 보낸 세월이었다.

그녀가 필요하고 중요하다고 생각한 네번째 큰일은 1951년에서 52년에 나온 방침으로서, 중국 자본주의자에 의한 사기와 부당한 이득 및 공산당 간부를 매수하려는 시도에 반대하는 '오직(汚職)반대·낭비반대·관료주의 반대'의 삼반(三反)운동이었으며 또한 "회뢰반대, 탈세반대, 국가재산 도용반대, 국가경제정보 도용반대"의 오반(五反)운동이었다. 필자는 1951년 3월 송경령의 요청에 따라 그녀의 사업에 참가하기 위하여 미국에서 중국으로 돌아와 그녀가 창간한 국제적 잡지 ≪차이나 리콘스트락트(China Reconstructs: 중국건설)≫의 편집을 담당하게 되었다. 1952년 필자에게 보낸 편지에서 그녀는 다음과 같이 말했다.

이 중대한 문제(3反 5反운동)에 대한 우리 잡지의 보도는 현재까지는 충분한 것이라고는 생각하지 않습니다.[9]

보다 근본적으로 말하면 송경령은 민족주의와 민주주의의 단계에서 사회주의의 단계로 향하고 있는 중국혁명의 이행과정을 전심전력으로 분명하게 지지했다. 그것은 농업의 합작화(경영의 협동조합화)와 사영상공업의 단계적 사회주의적 개조 등이었다. 문화면에서는, 그녀는 1957년의 '백화제방(百花齊放)·백가쟁명(百家爭鳴)'의 방침에 만족하였다.

다만 그후 잇따른 반우파운동에서 지나치게 확대해나간 방법에 대해 그녀는 불안을 표명했다. 그녀의 절친한 동료였던 주은래에 의하면, 그는 정책에 중대한 변경이 있을 때마다 언제나 개인적으로 그녀를 방문하여 설명하였고, 그녀는 그것을 이해했다고 한다. 그러나 이 운동이 당초 상정했던 범위를 넘어서 확대되었을 때 그녀는 무엇이 일어나고 있는가를 이해할 수 없다고 말했다고 한다.[10]

1957년에서 58년까지 진행된 '대약진'과 인민공사운동은 다른 많은 사람들에게도 그랬지만 그것은 처음부터 송경령을 고무시켰다. '대약진'은 집단의 힘으로 급속한 공업 발전을 촉진하고자 목적한 것이며 인민공사운동은 보다 급속하게 사회주의로부터 공산주의로의 이행을 전망한 것이었다. 특히 이것은 모택동이 주장해서 나온 호소였기 때문이다. 모택동은 지금까지 중국혁명의 매우 많은 중대한 문제들에 대하여 정확한 주장을 해왔음은 역사가 증명하고 있다. 송경령의 마음이 얼마나 강하게 움직였나 하는 것은 당시 그녀의 문장을 통해서도 잘 알 수 있지만, 그녀의 북경집 뒤뜰에 조그만 용광로(土法爐)를 만들어 선철용해(제련)를 도왔다는 사실로도 명확히 알 수 있다.

그러나 1959년의 '반우파' 운동 중에 팽덕회 원수의 처리에 대하여 그녀는 이해할 수가 없었다. 팽덕회는 중국홍군시대부터의 탁월한 지휘관이었고 또한 그 당시 중국인민해방군을 인솔하고 한국전쟁에 참가하여 승리했던 것이다.[11] 그런데 현재 그는 지도적 지위에서 해임되었을 뿐만 아니라 정치적으로도 비난받고 있었다. 그에 대한 유일한 죄목은 엄격한 당조직의 경로를 통해서, 대약진과 인민공사운동의 소극적인 면에 주의를 촉구시켰다는 것이다. 그 소극적인 면이란 많은 사람들을 피폐하게 만들고 빈곤을 가중시킨다는 내용이었다.

요약하면, 송경령은 인민공화국의 성립으로 인해 확정된, 위대한 승리의 열매를 혁명적으로 공고히 해나가는 것과 1956년까지 실시된, 중국의 경제와 사회를 사회주의 궤도로 나아가게 하기 위한 정책에는 완전히 찬동했다. 그러나 그 후에 일어난, 노혁명가와 옛맹우를 무차별 공격한 '극좌' 운동은 그녀로 하여금 깊은 우려를 하게 만들었다.

그러나 이것은 송경령의 신념에 어떤 동요가 생겼다는 것을 의미하는 것은 아니다. 이 신념이란 사회주의 중국을 건설하는 데는 일정한 주형이 있는 것이 좋고, 필요한 것이며 또한 그것을 완성하기 위해서는 공산당의 지도하에서만 가능하다는 것이었다. 1960년대 초기와 중기에 이르러 그녀는 이러한 견해와 함께, 이해와 행동지침으로서의 마르크스·레닌주의를 점차 더 강조하였다. 이전에는 그녀가 좀처럼 언급하지 않았던 말들이었다.

*   *   *

이제, 이 시기에 송경령과 중국공산당과는 어떠한 관계에 있었는가를 얘기해보자. 인민공화국 성립 후 중요정책은 모두 중국공산당이 제안하였지만, 이 정책들은 정부의 토론에 붙여 발표하기 전에 당의 최고지도자의 한 사람이(통상적으로 주은래 총리가) 그녀를 만나서 그 내용과 근거에 관하여 설명하고 그녀의 의견을 물었다. 오랫동안 참된 친구이며 같이 싸워온 전우에 대한 존경의 표시로 이루어진 이같은 관행은 그녀가 당원이 아니었음에도 계속 지켜졌던 것이다.

송경령 자신은 1957년 중국혁명이 사회주의의 길로 단호하게 나아가고 있던 시기에 당 지도자 중에서 두번째 지위에 있던 유소기에게 입당하고 싶다는 뜻을 전했다(훗날 유소기의 미망인 왕광미(王光美)의 회상에 의함). 그해 4월에 그녀의 의향을 당중앙에서 토론한 후 유소기와 주은래는 몸소 그녀를 방문하여 당중앙의 의견을 전했다. 그것은 그녀가 정식으로 입당하지 않는 쪽이 혁명에 더 유리하다는 것이었다. 그녀는 당 외에 있어도 당의 주요사항은 어떠한 것도 모두 그녀에게 전해지고, 그녀의 의견을 청했기 때문에 당의 활동에 참여하고 있는 것이라고 한 내용이었다.[12] "중국에는 100만 명의 당원이 있습니다만 송경령은 단지 한 사람밖에 없습니다"라고 아주 오래 전에 이미 주은래는 그녀에게 얘기했다고 말해지고 있다.

1956년 9월 특별 초대를 받아 송경령은 중국공산당 제8차 전국대표대회에 출석하여 인사를 했다. 이 대회는 인민공화국 성립 후 최초의 것이었으며 그녀는 이 대회에서 발언한 유일한 비공산당 인물이었다(8개 민주당파 및 통일전선의 무당파 저명인사들은 서면으로 축사를 보냈다). "과거 혁명투쟁의 매단계에서 취득한 찬란한 성과"에 대하여 당에 축하의 뜻을 표한 뒤 그녀는 계속했다.

… 공산당원이 아닌 사람으로서 나는 이 역사적 의의가 있는 대회에 참석할 수 있게 되어 생애에서 가장 큰 영광으로 생각합니다.
나는 여기에 참석한 지 10일이 되었습니다만 … 크게 고무되었습니다.
중국인민은 몇십 년에 걸쳐 수많은 고통을 겪었고 많은 교훈을 배웠습니다. 마침내 중국공산당의 정확한 지도하에 제국주의의 굴레에서 재빨리 벗어난 뒤, 봉건제도를 타파하고 사회주의혁명의 결정적인 승리를 취득하였습니다.
이 두 혁명을 통해 우리들은 인간이 인간을 착취하는 제도를 타파하고 우리 스스로의 발로 일어섰습니다 … 이것은 인류의 역사진행 과정에서 하나의 위대한 이정표를 세운 것입니다. 당의 지도가 없었다면 우리는 승리를 거둘 수 없었을 것입니다.

인민은 역사의 창조자입니다 … 중국공산당은 결코 인민대중으로부터 유리되지 않았습니다. 애국주의의 깃발 아래 중국공산당은 모든 민주당파를 연합하여 통일전선을 형성하고 연합정부를 수립하였습니다. 이 국가권력을 운용하여 중국공산당은 반혁명세력을 숙청하고 국민경제를 회복하고 사회주의 사회를 건설하는 길을 열었습니다 …

중국공산당 창당 이래 35년 동안에, 인류의 아주 큰 한 부분이 제국주의의 족쇄를 부수고 사회주의의 길을 걸었습니다. 머지않은 장래에 사회주의가 전세계에 가장 넓게 행해지는 사회제도로 될 것임을 나는 확실히 믿습니다[13]… .

그 다음해 1957년 공산당은 송경령을 존중하고 있다는 것을 보다 명확한 모습으로 표시했다. 모택동의 제의로 그녀는 러시아 10월혁명 40주년 기념행사와 때를 맞추어 모스크바에서 개최된 공산당과 노동자당의 세계회의에 가는 중국공산당 대표단에 참여하도록 요청받았다(모택동 단장 인솔하에 등소평, 양상곤, 그리고 팽덕회 등이 참가하였다).

모스크바에서 열린 기념집회에서 강연할 때 그녀는 1927년에 이곳을 방문했을 때의 일을 회상하며 다음과 같이 말했다.[14]

30년 전의 10월혁명 기념일에도 나는 여러분들과 함께 여기에 있었습니다. 그때 나는 암담한 심정이었습니다. 손중산의 유촉과 중국혁명에 대한 배반에 항의하기 위하여 부득이 조국을 떠나야 했기 때문입니다. 그러나 소련의 대지에 발을 딛는 순간 우리의 사업은 완전히 실패하지 않았다는 것을 알았습니다. 우리의 혁명이 당시는 퇴조기에 있었다 하더라도 소련인민의 격려로 다시 한번 고양될 것이며, 인민은 승리할 것이라는 것을 나는 확신했던 것입니다. 오늘 우리나라 인민은 공산당의 지도하에 사회주의를 건설중에 있습니다 …

이 집회에서도 전년도의 중공당대회 때와 마찬가지로 송경령은 많은 외국의 공산당지도자들과 만났다. 그 가운데는 스페인 공산당 여성지도자로 '정열의 꽃'이라 불리던 도로레스 이바루리(Dolores Ibarruri)처럼 그녀가 칭찬을 아끼지 않았던 사람들도 있었다.

귀국 후 필자에게 보낸 열기에 가득찬 편지[15]에서 그녀는 두 가지 점에 대하여 역설하였다.

하나는 중국혁명의 위대함과 그 특색이었다. 각국 대표단 중에서 중국 대표단만이 유일하게 비당원(송경령 이외에는 시인이며 학자인 곽말약, 소설가 모순(茅盾)이 포함되어 있었다. 이것은 "현지의 중국인민의 높은 명성과 중국혁명의 특수한 조건"을 보인 것이었다.

다른 하나는 사회주의가 세계각지에서 발전하고 있는 것에 대한 그녀의 높은 기대였다.

64개 당이 연합하여 발표한 성명은 '제2차공산당선언'과 같지 않습니까? 그것은 분명히 제1차선언과 같은 영향력을 가질 것입니다. 다시 말해서 전세계 사람들을 격려하고 사회주의와 진정한 민주주의를 위해 싸우도록 할 것입니다.

귀국하여 그녀가 필자에게 준 선물은 레닌에 대한 회상록 선집으로 많은 화보가 들어 있는 두꺼운 책이었다.

각국 대표 및 여성들과의 교류

이 시기 송경령의 공적인 생활에서 점차 중요성이 증가되고, 때로는 그 활동의 주요한 부분을 점했던 것은 국민과 국민 간의 외교였다.

송경령은 각기 다른 몇 가지 영역으로 나누어서 이 활동을 추진하였다. 그녀는 중소우호를 촉진하기 위하여, 그리고 현재 제3세계라고 칭해지는 아시아·아프리카나 라틴아메리카의 여러 나라들과도 유대관계를 공고히 하고 확대하려고 노력했다. 총괄해서 그녀는 세계평화운동에 적극적으로 종사하였다. 그녀는 새로운 기초 위에, 일시적으로 매우 유대가 약화되어 있는 서양(특히 미국)과 일본국민과의 관계를 새롭게 재건하려고 준비했다. 그 활동 영역 중에서 아시아에 대한 활동이 가장 두드려졌다. 그녀의 이같은 활동은 시종일관하여 주은래 총리의 지속적인 배려와 후원에 의한 것이었다.

그리고 그 중에서도 그녀가 특히 여성과 여성 간의 교류를 특별 배려하여 호소한 것은 중요한 의미를 갖는 것이었다.

송경령의 민간외교는 1949년 신중국성립 이래 이미 시작되었지만, 1952년 북경에서 개최된 '아시아·태평양지역 평화회의'에서 보다 구체적으로 실현되었다고 말할 수 있다. 이 회의에는 아시아·호주·북미·중미·남미의 37개국에서 약 400명의 대표가 참가하였다. 송경령은 주최국 중국의 대표단 단장으로서 개회연설을 했다.[16] 강한 역사의식에 입각한 그녀의 연설은, 그녀 자신이 중국대표의 수석으로 참가했던, 이같은 다른 국제회의와 비교하면서 시작했다.

> 이 회의는 중국에서 개최된 평화를 위한 두번째 국제회의입니다 … 그 차이점은 참으로 두드러집니다. 나는 여러분들에게 1933년에 평화를 위해 투쟁했던 정황을 말씀드리고 싶습니다.

그녀는 이 책의 앞에서 이미 서술한, 비밀리에 개최되었던 상해반전국제회의에 대해 언급하고[17] 그 이후의 눈부신 발전을 애기했다.

> 그 당시 일본은 이미 중국 동북지구를 강탈하고 있었습니다. 일본은 그곳을 기지로 하여 우리나라에 대한 전면적인 공격을 준비하고 있었습니다. 그것은 마침내 아시아와 태평양지구에 대한 전면 침공의 시작이기도 했습니다 … 제국주의 열강의 지원을 받던 중국의 반동정부는 실제로는 침략자를 부추겼습니다. 동시에 그 정부는 중국남부의 인민해방구에 대해 내전을 발동하고 그외 지역의 인민에 백색테러의 통치를 시행하였습니다 … 우리는 당국으로부터 모든 면에서 박해받고, 협박받고, 방해받고, 비난을 받았습니다 … 어느 누구도 우리에게 회의장소를 빌려주지 않았습니다. 당국은, 세계반제동맹대표들의 상륙도 허가하지 않았습니다. 나자신은 부득이 그 금령을 어기고 베에 올라가서 유럽에서 온 대표단을 환영하였습니다.
> 공개회의는 포기하지 않을 수 없었기 때문에 … 비밀리에 회의를 준비해야 했습니다 … 각대표는 한사람씩 회의장에 와야 했습니다 … 일부 사람들은 심야에 몰래와야 했습니다 … 우리는 실제로 아주 낮은 소리로 속삭이듯

이 보고하고 토론했습니다. 이것이 1933년 우리들이 평화문제를 토론한 때의 상황이었습니다 … 지금은, 평화회의대표단이 중국에 왔을 때 존경하는 빈객으로 환영받았습니다. 여러분들은 전중국인민이 주시하는 가운데 이 회의장(中南海 懷仁堂; 1959년 인민대회당이 낙성되기까지 중국의 최고급 회의장)에 들어오셨습니다 … 여러분들을 위해서 가능한 모든 편의 시설과 서비스가 준비되어 있습니다 … 보고되고 토론된 내용은 라디오와 신문으로 전국 구석구석까지 전달될 것입니다 …

친애하는 동지여러분들. 오늘 우리가 여기 이 회의장에 모였다는 이 사실 자체가 인류사에서 평화사업의 일대 발전임을 의미하는 것입니다. 이 사실은 광대한 … 아시아와 태평양지역에 거주하는 대중들에게는 황금같이 빛나는 의의를 갖게 하는 것입니다.

중국의 예는, 민족의 독립과 평화는 동일한 투쟁으로 태어난다고 하는 하나의 기본적인 진리를 더욱 확실하게 그들에게 인식시키는 것이 될 것입니다.

사실 1952년과 1933년의 차이는 캄캄한 밤과 밝은 대낮과도 같은 것이었다. 1933년에는 유럽에서 몇 명의 대표가 왔지만 가장 관계가 밀접한 아시아제국 여러 나라에서는 아무도 올 수가 없었다. 일본대표는 파시스트정부에 의해 저지되었고, 인도네시아 대표는 당시 네덜란드령 동인도 당국에 의해 저지되는 등의 상황이었다. 지금은 아시아 대부분의 지역 대표가 참가하였는데 그 중 대단히 많은 나라들이 이미 독립국이 되었다. 대표자들은 모두 낭랑하고 강력한 목소리로 강단에서 의견을 발표했다.

스탈린 국제평화상

중소우호는 송경령이 시종일관하게 힘을 기울인 사업이다. 중소양국의 집권당이 함께 공산당이라는 연결과 유대 이외에 송경령은 레닌과 손문의 시대에 형성된 중국의 반제국주의·민주주의혁명과 소련과의 역사적 관계를 상당기간 동일시했고 상징화했다. 소련과 중국국민들은 어느 세대든간에 모두, 그녀는 어떠한 상황하에서도 양국우호관계를 지지하는 사람으로 알고 있다. 전국적인 중·소우호협회가 성립된 시기인 1949

년부터 그녀는 유소기 회장하의 부회장으로 임명되었으며 1954년에는 회장을 맡게 되었다. 긴 세월 동안 관계인사든 문화계인사든간에 모든 소련대표단은, 중국을 방문하면 언제나 북경이나 상해에 있는 그녀를 방문하고 그녀와 협의했다.

1951년 그녀는 스탈린 국제평화상을 수상했다. 두 명의 저명한 작가인 소련의 일리야 에른부르크(Ilya Ehrenbourg)와 칠레의 파블로 네루다(Pablo Neruda)가 수여를 위해 평화상 위원회로부터 북경에 파견되었다. 수상식은 중남해(中南海)의 회인당에서 거행되었으며 유소기·주은래 등 많은 사람들이 참석했다. 이날은 의의 있는 '9·18'기념일이었다. 바로 20년 전 이날 일본은 중국 동북을 점령하고 중국에 대한 무력침략을 개시했던 것이다. 그러나 역사의 급속한 진전으로 이제는 형세가 완전히 달라졌다. 이 거대한 변화를 반영하면서 송경령은 수상소감을 말하는 가운데 늘 그랬듯이 과거를 회고하고 앞날을 전망했다.[18]

나는 중국인민의 이름으로 이 상을 수상하였습니다. 중국인민은 자신의 땅과 이웃나라 땅이 몇 번이나 거듭 전쟁으로 유린되는 것을 보아왔습니다. 나는 이같은 인민의 한사람으로 수상하였습니다 … 이 인민은 지금은 이미 해방의 기쁨과 국가 통일의 기쁨, 그리고 전례 없는 평화건설사업의 기쁨을 맛보고 있습니다 …

중국이 필요로 하고 희망하고 있는 것은 '장구한 세계평화적 환경'이 건설·진행되는 것이라고 말한 후 그녀는 한반도에 대한 미국 개입에 대해 언급하고, 그것은 최근 중국국경을 압박하고 있다고 지적했다.

우리들은 충심으로 평화를 원하고 있습니다. 또한 중국인민은 평화를 수호할 용기와 결의가 있음을 충분히 증명했습니다 … 그렇기 때문에 한반도에서 중국인민의용군은 … 제국주의 침략에 저항하는 견인불발의 사기와 무한한 힘을 충분히 보여주었습니다. 또한 우리 영토가 위협을 받을 때는 언제나 되받아 격퇴시킬 것이라는 우리의 단호한 결심을 보여주었습니다 …

이어서 그녀는 중소간의 우의를 찬양하고 미국에 대해서는, 세계의 모든 일에 개입하여 주장할 수 있는 것처럼 행동하고 있지만 그 때문에 오히려 가는 곳마다 저항을 받고 있다고 비난했다. 그러나 미국 국민에 대해서는 따뜻한 말로 얘기하면서 … 그들이 한국전쟁의 종결을 원하고 있음을 많은 사실들이 증명하고 있다고 지적했다.

그 시기의 스탈린의 성명 중에 나온 "만약 인민이 스스로의 손으로 평화사업을 담당한다면 전쟁은 피할 수 없는 것이 아니다"라는 말을 되풀이하면서 그녀는 얘기를 계속했다.

우리는 정치·민족·종교의 노선을 초월한 평화적 공존이라는 개념을 수용하고 찬성하는 세력을 광범위하게 형성하지 않으면 안됩니다. 만약 전세계의 보통남자와 여자가 … 국제간의 분쟁해결에 무력을 쓰는 대신에 성의 있는 교섭을 요구한다면 전쟁은 없을 것입니다(그녀는 특히 5대국간의 평화협정에 관하여 언급했다).

이 상금에 대해 대단히 감사하였지만, 송경령은 연설을 해야만 하는 대규모 공식석상에서는 늘 그랬던 것처럼 외견상으로는 평온함을 유지했으나, 내심은 대단히 긴장하였다. 그 때문에 그녀는 의식이 끝나면 비공식적인 인간적 교류를 통해 구조를 바랐다. "나는 너무나 긴장하고 당황했습니다"라고 그녀는 필자의 아내 엘시 초멀리(Elsie Cholmeley)에게 편지를 썼었다.

그러나 그 고통스러운 시간이 끝나고 다른 사람이 연설하고 있을 때 나는 청중들 속에서 친한 친구들을 찾기 시작했습니다. 그리고 왼쪽 좌석에서 당신의 아름다운 얼굴과 엡스타인(필자)의 맑은 미소를 보았습니다. 그것은 나를 되찾고 안정시키기에 충분했습니다.[19]

상금은 10만 루블이었다. 그녀는 그 수표이면에 곧 이 돈을 중국복리기금회에 기부하여 상해에 있는 모자보건사업(국제평화부유보건원)에 쓰도록 한다고 기록했다.[20]

1950년대 후반 송경령은 두 차례 소련을 방문했다. 1949년에서 60년까지의 11년간 소련의 중요한 기념일에는 언제나 축전을 보냈고 이것은 양국에 널리 보도되었을 뿐만 아니라 양국간의 우호의 전통이나 중요성에 관해 그녀는 많은 문장을 발표했다. 특히 1950년대에 그녀가 중시한 기념일은 중소우호동맹상호협조조약이 체결된 날이었다. 이 조약은 양국간의 평화를 보장한 것으로서 50년대에 최초로 체결된 것이었다. 그녀의 최후의 중요한 문장은 1961년에 시작된 사회주의 논쟁 가운데 특히 단결의 중요성을 강조한 것이었다. 그 당시 중·소간의 긴장관계는 이미 악화일로였다.[21] 그러나 곧 얘기될 것이지만 그녀는 몇 년 후에, 새롭고 보다 대등한 기초 위에 양국의 관계개선을 해야 한다고 주장했다.

소련 혁명기념일이 되면 송경령은 자매단체인 모스크바의 소련·중국 우호협회에 축하인사를 계속 보냈다. 이후 몇 년간 심지어 국가간의 관계가 나쁜 상황이었을 때에도 그녀는 중국혁명의 승리에서 소비에트 혁명의 중요한 의의를 변함없이 강조하며 축하 메시지를 보냈다. 또한 그녀는 우주공간에 이루어 놓은 소련의 모든 업적들에 대한 — 1957년의 스프트니크를 비롯하여 가가린의 선구적 유인우주비행에 이르기까지 — 축하를 실제로 보냈다. 이들 성과는 우주에서 소련 과학기술의 선진적 지위를 명확하게 했을 뿐만 아니라 지구상에서, 사회주의제도의 우월성까지도 보여준 실례라고 그녀는 생각했던 것이다. 핵무기문제에 대해서는 1958년 소련의 대기권내 핵실험의 일방적 정치를 열렬하게 환영했다. 1949년에서 65년까지의 시기를 훑어보면, 중소관계에 관한 문장과 메시지가 50편을 넘고 있다.

소련정부가 중국에게 자국의 의견을 강요하고 전문가를 귀환시키고 기술이전과 석유제공을 철회하고 다른 사업들까지도 방해하고, 심지어는 한국전쟁 때에 중국인민의용군에게 제공한 무기의 대금청구서까지 청구해오자 송경령도 다른 많은 중국인들과 마찬가지로 분개하고 비통해했으며 특히 흐루시초프에 대해 분노했다. 그러나 이 분노는 사회주의에 대한 의문이나 10월혁명 혹은 마르크스주의의 선구적 의의에 대한 회의는 결코 아니었다. 훗날 그녀의 저술을 보면 그러한 것에 대한 확신은 더욱더 분명해지고 있었다. 그것은 그녀가 소련 지배자의 언동을 비사회주의적·비마르크스주의적인 것이라고 본 것에 대한 반동이었다.

소련과의 관계

많은 다른 이데올로기상의 차이에 의한 것이라기보다 기본적으로 그 논쟁은 대등한 입장에 설 것인가 가부장적 종속지위를 감내할 것인가, 즉 결국 중국은 조종당할 것인가 아니면 중국이 자주·자결의 길을 걸을 것인가의 문제였다.

1961년 말 이러한 문제들에 대한 중국의 비판이 공개적으로 되었을 때 송경령은 필자에게 보낸 편지에서 다음과 같이 말했다.[22]

나는 중소관계의 뒤틀림이 오래갈 것이며 고통스러울 것이라고 생각합니다. 흐루시초프는 틀림없이 우리를 가만두지 않을 것입니다—그는 무언가 엉뚱한 실수를 하고 있습니다.

이것은 중국인들이 논리적 비판을 공공연히 하기 시작한 후의 일이었다.

1964년 흐루시초프가 추방된 후 그녀는 썼다.[23]

당신은 늙은 니키타(Nikita: 흐루시초프 이름)가 자아비판을 쓰고 있다는 소식을 들었나요? 나는 그가 잘못을 인정하는 부류의 사람이 아니라고 생각하기 때문에 오히려 이 소식을 믿지 않아요.

다음해 여름 그녀는 북경 교외에서 몇몇 산업현장을 살펴본 후 필자에게 편지를 써 보냈다.[24]

老大哥(큰형님: 소련을 중국에서는 이같이 부른다)가 도처에서 중국을 얼마나 기만하고 있는가는 당신도 귀가 아프게 들어서 잘 알고 있으리라 생각합니다. 사회주의국가(혹은 적어도 그렇게 자칭하고 있는 나라)가 그런 행동을 한다는 것은 격분해야 할 일이 아닐까요? 그러한 사정을 사람들에게 널리 알려야 한다고 생각합니다.

그러나 이같이 분노를 느끼고 있을 때조차도 송경령은 자신이 간행하고 있던 잡지 ≪중국건설≫이 실제 사실을 존중할 것을 계속 주장했다. 그러나 다른 곳에서는 항상 그렇게 하지는 않았다. 한 예로 1966년 제1기 ≪중국건설≫에 실린 한 장의 사진설명에 "자력갱생—우리나라의 기술자와 노동자의 자력 설계와 자력 건조로 길림화학비료공장이 건설 중에 있다"고 했다. 그녀는 이것을 본 후 이것은 사실이 아니며 이 공장은 소련의 원조로 건설된 것이라고 지적한 뒤 정정하게 했다.

소련국민에 대해서, 그리고 그녀가 옛날 스스로 체재하며 견문한 그 국토에 대해서는 늘 따뜻한 감정을 가지고 있었다.

1953년 그녀는 중국대표단을 인솔하고 비엔나 세계인민평화대회에 참가하고 돌아오는 길에 오랫동안 들르지 못한 모스크바에 머물며 1월 13일, 1927년 이후 처음으로 스탈린과 재회했다. 무슨 얘기를 주고받았는가에 대해서는, 가능한 한의 기록을 다 모아도, 다만 스탈린의 한마디 —중국인민은 훌륭합니다라는 말과 그에 대해 송경령이 감사하다고 대답하였음을 알 수 있을 뿐이다. 표면상으로는 이것은 너무나 단순하고 일상적인 말로 보일 것이다. 그러나 당시 상황 속에서 볼 때, 스탈린은 중국인민군대가 미국식군비를 갖춘 장개석 군대를 물리치고 승리할 수 있을까 하는 과거에 가졌던 회의적 견해에 대한 어떤 보상을 한 것이 아닐까라고 추측된다. 스탈린과 대담한 일이 있는 어느 유고슬라비아인은 스탈린이 그에게 명백하게 그 문제에 관하여 자신이 잘못 생각했다고 말했으며 그러한 일은 스탈린에게 있어서는 매우 드문 일이라고 쓰고 있다.[25]

일본과의 전쟁이 끝났을 때 우리는 장개석과 어떻게 잠정협정을 체결해야 좋을지에 대하여 합의를 하기 위해 중국의 동지들을 초청했습니다. 그들은 구두로서는 우리에게 동의했습니다만 실제는 귀국 후 그들 자신의 방식대로 일을 처리했습니다. 그들은 병력을 모으고 맞부딪쳤습니다. 옳았던 것은 그들이고 우리가 아니었다는 것이 증명되었습니다.

더욱이 당시 진행중인 한국전쟁에서 미군과 싸우는 중국인민의용군의 실력을 인식했던 사실이 스탈린으로 하여금 송경령에 대해 그같은 말을 하게 한 것이었는지도 모른다.

언제나처럼 송경령은 모스크바 방문을 즐거워하였다. 그러나 분위기는 엄숙했고 어떤 때는 실망스럽기도 했다. 그녀는 옛친구 칼리닌 부인과 보로딘 부인을 만나고 싶어했지만 그녀는 그들을 만날 수가 없었다－아르한겔스코에 있는 칼리닌의 옛별장을 바깥에서 힐끗 한번 쳐다보기 위해 자동차로 지나갈 수 있게 한 것이 배려의 전부였다(그녀에게 설명하지 않았지만 칼리닌 부인은 유배당한 상태였다). 그리고 그녀는 스탈린에게 비단으로 안감을 댄 옷 한 벌을 선물하려고 생각했다. 그것은 가볍고 부드러우며 따뜻하여 나이든 사람이 입기에는 아주 좋다고 중국사람에게는 생각되는 선물이었다. 그러나 여기엔 또 다른 장애가 놓여 있었다－스탈린의 신체치수는 국가기밀이어서 가르쳐 줄 수 없다는 것이었다.26)

이 해는 스탈린 생애의 마지막 해였다. 그는 1953년 3월 6일에 사망했다. 그녀는 추도문을 영문으로 두 편을 써서 ≪인민일보≫(1953년 3월16일)와 ≪중국건설≫(1953년 제2기 3~4월)에 각각 게재했다.

1957년 송경령은 다시 모스크바를 방문했다. 그것은 그녀의 정신을 크게 고양시켰다. "당신도 이곳에서의 이 모든 것을 즐길 수 있었으면 좋겠습니다. 아름다운 경치, 새로운 친구들과의 만남…"이라고 그녀는 모스크바에서 필자에게 보낸 편지에서 쓰고 있다.27)

요컨대 송경령은 시종 러시아 10월혁명과 중국혁명의 관계와 연대는 손문의 최후의 신념 중 가장 중요한 부분이며 신중국의 기본적 신조로서 소중히 생각했다. 그러나 소련지도자들의 태도가 그녀가 필요하다고 생각한 평등한 동지적 관계에서 벗어났을 때만은 그녀도 분개했다.

역사가 증명하듯이 중국인민과 승리 후의 그들 국가와 소련이나 다른 모든 나라들과의 관계는, 손문이 유촉에서 얘기한 "평등으로 우리를 대우하는 나라"라는 기준에 적합할 때에 비로소 좋은 상태를 유지할 수 있는 것이었다. 역사적으로 볼 때 소련은 중국에 대하여 이 정책을 선언하고 전례가 없을 정도로 대폭 이것을 실천한 유일한 나라였다. 그래서 소련은 중국 혁명가들의 우의와 신뢰를 한몸에 받았던 것이다. 그러나 복잡한 역사적 추이 속에서 소련은 초강대국적인 모습을 보이면서 심지어 양국의 공산당관계에 가부장적 권위를 표출시키며 중국내부의 발전까지 지시·호령하려는 경향을 보이기 시작했다. 통제하에 두려는 요구와 그에 대한 저항과의 사이에서 생겨난 갈등으로 당연히 발전했다—비록 쌍방은 옛친구 사이로 그들의 생각은 모두 기본적으로 똑같은 사회적·경제적·정치적 교의를 받들고 있었지만.

송경령은 사회주의 중국이 그 선구적 제창자로 참가하고 있는 국가간의 평등한 관계를 위한 전면적 규범—평화공존5원칙—을 지지했다. 평화공존 정책을 보다 일찍 채용한 것은 레닌이었다. 그는 이것을 두 개의 체제—사회주의체제와 자본주의체제—의 국가간에 전쟁을 서로 피하고 정상적 외교와 경제관계를 확립하고자 하여, 소련외교의 목표로 하였다.

평화공존5원칙은 이 개념을 발전시킨 것으로 맨처음 중국이 제안하였고 아시아의 이웃나라 버마(미얀마)·인도와 함께 공동으로 제정했다. 이전의 식민지와 반식민지국가(거의가 제3세계에 속한다)가 그 사회체재와 정부형태를 불문하고 새롭게 획득한 주권을 수호하고 공고히 하기 위하여 상호발전적 관계 속에서 평화와 우호와 호혜를 유지하는 것을 기초로한 것이 이 5원칙이었다. 후에 중국은 5원칙의 적용범위를 다시 확대하여 같은 사회제도(사회주의국가를 포함한)를 가진 국가간의 관계에까지 포함되게 하였다—환언하면, 국가간의 관계에 있어서 보편적 규범으로서, 국제사회에 전체적으로 더욱 광범하게 인식되었던 것이다. 나중에 생각해보면, 평화공존5원칙은 중국이 겪은 근대의 모든 혁명경험에서 도출된 결론임을 알 수 있다—손문의 혁명도, 중국공산당의 혁명도 그 어느 것 모두 귀중한 모태가 되었다(실제로는 양자의 결합의 산물이었다). 그것은 또한 애국주의자, 국제주의자 송경령이 사상적으로나 행동면에서 시종 지켜나간 원칙이기도 했다—이 점을 납득하면, 모든 변화의 풍운을 넘어서 그녀와 그녀의 시대를 이해하는 데 도움이 된다.

아시아 여성대회

만약 중소우호에 대한 송경령의 생각이 1924~1927년 이후의 것이라면 아시아의 자유에 대한 그녀의 헌신은 더 깊고 근원적이며 더 일찍부터였다고 할 수 있다. 그녀는 한 사람의 중국인이며 동시에 한 사람의 아시아인이었다. 그녀는 손문으로부터, 식민지 지배하에 고통받으며 독립과 자국 발전을 위해 갈망하고 있음은 전아시아가 공통적이라는 것을 배웠으며 아시아 여러 나라로부터 온 혁명투사들과 알게 되었다. 손문과 송경령은 일본의 공적인 기관이 고취한 대아시아주의는 아시아 여러 국가들을 조정하고 지배하려는 동경의 야심을 숨기려는 베일에 지나지 않는다는 것을 일찍부터 꿰뚫어보았다. 이에 대해 그녀는 용서 없이 싸우려 했다. 그러나 그녀는 모든 민족이 해방과 평등을 위해 서로 돕기를 기대하는 숭고한 이상을 영원히 간직하고 있었다.

지금 송경령이 크게 기뻐하고 있는 것은, 조국 중국이 이미 일어서서 아시아에서 가장 크고 가장 인구가 많은 자신의 나라를 해방시켰을 뿐만 아니라 이제 또한 외국의 지배하에 있으며 해방을 위해 투쟁중인 나라들에 대해 공전의 유리한 조건을 가져다주고 새롭게 그들을 고무하게 되었다는 것이다. 이 새로운 환경하에서 송경령은 그녀에게 가장 적합하고 충분히 만족하는 임무를 맡았다. 그것은 한 사람의 중국인으로서 이미 해방된, 혹은 아직 해방투쟁중인 아시아 제국과의 제휴, 특히 여성들과 유대관계를 맺는 것이었다.

신중국 성립 후 곧 북경에서 열린 아시아 여성대표자대회에서의 연설 가운데, 송경령은 그녀가 20여 년 동안 중국여성들에게 말해온 기본관점을 되풀이해서 말했다. 그것은, 여성의 해방은 민족의 해방과 함께 달성된다는 것이었다. 양측 모두의 적은 "외국제국주의와 그 결과 빚어진 식민지주의, 그리고 국내에서 발생하는 봉건주의와 그 고도의 단계에 있는 매판주의"였다.[28]

이들 적에 대항하여 아시아의 여성들은 오랫동안 남성과 어깨를 나란히 하고 무장투쟁을 진행하여 민족독립을 쟁취하고 식민지 지배에 반대하며 자국의 봉건주의·매판주의에 반항해왔습니다. 그녀들은 총탄의 표적이 되었으며, 강제수용소의 고문과 가능한 모든 수단에 의한 죽음의 고통을 체험해왔습니다. 중국·인도·베트남·한국·인도네시아, 그리고 다른 여러나라의 여성 영웅들의 명단을 열거할 수 있다는 것은 전세계 여성들이 자랑할 수 있는 것입니다.

(이 연설에서도 그녀는 소련과 신중국의 예를 들며 그녀들이 획득한 성과에 역점을 두었다. 여기서는 특별히 아시아에 관한 것만 언급하고, 여성의 지위 등 다른 것에 관해서는 별도로 언급될 것이다).

그 얼마 후 송경령은 "조선인민의 전쟁은 아시아에 무엇을 가져올 것인가"라는 글에서 다음과 같이 쓰고 있다.[29]

오늘날 아시아대륙에 넓게 침투해 있는 보편적·절대적 진리가 있습니다. … 그것은 … 무장한 민중이 제국주의자의 침략에 반대하여 독립을 쟁취하는 투쟁에서 결국은 승리를 거둔다는 것입니다.

중국에서 일어난 것도 이와 같으며 … 베트남이나 한국에서도 마찬가지입니다 … 이것은 역사상으로 세력관계가 점점 전이되고 있음을 보여주는 것입니다 … 세계 인구의 반 이상이 살고 있는 아시아는 극도로 중요성을 증가시켜가고 있습니다 …

혁명적 정치사상으로 무장한 새로운 아시아의 병사는 일어서서, 두려움 없이 서양의 제국주의자와 정면으로 맞싸우고 있습니다 … 이것은 아시아 전체가 해방될 때까지 승리를 위한 투쟁에 고통받고 있는 모든 사람들을 고무하는 것이 될 것입니다.

이것은 물론, 바로 현실로 나타나고 있는 세계적 사실을 말한 것이었다. 즉 아시아가 비식민지화해가고 있으며 역사적으로는 단기간에 그 과정을 완료할 것이라는 것을 명백히 말한 것이다.

평화공존5원칙

송경령의 이 글이 발표된 것은 중국인민의용군이 한국전쟁에 개입하여, 압록강에서 중국국경을 위협하던 맥아더 원수의 미군을 격퇴시키기 2주전이었다—이와 관련하여 맥아더는 신중국을 격퇴시키려는 야심을 갖고 있었다.

1952년 같은 해에 개최된 전술한 바의 아시아·태평양지역평화회의의 개회연설에서30) 송경령은 세계평화와 특히 아시아의 비식민지주의화와의 관계를 강한 어조로 논했다. 서양대표단 가운데는 대국간의 긴장완화를 주로 고려하여 식민지 문제는 자극이 강하다는 이유로 회피하는 경향이었다. 이에 대하여 유럽의 사회주의제국의 대표단으로부터는 많은 반대가 나오지 않았다.

　　국제관계에서 가장 중요하고 새로운 규범인 평화공존5원칙은31) 1954년 아시아에서 먼저 중국과 미얀마 사이에, 다음은 중국과 인도 사이에 각각 공동선언 속에 발표되었다. "전아시아에서 특별한 환영을 받았습니다"라고 송경령은 1955년 3월 주로 주은래가 진행한 국제관계에 대한 이 새로운 공헌에 대해 말했다. 서로 다른 갖가지 목적을 가진 "사회의 명사들"과 조직들은 "아시아 모든 나라의 소망을 가득 담고 있는 것"으로서, 그것에 찬사를 보냈다.

　　대만문제에 관해서는, 송경령은 단 하나의 중국만이 있을 뿐이라고 명백히 선언했다. 어떠한 외국에 의한, 어떠한 반대, 즉 예를 들어 대만은 '중립화'되는 것이 좋다든가 "관리하에 두는 것이 좋다든가"하는 실제적 의미를 갖지 못하는 제언은 그녀에게는 중국국내 문제에 대한 참을 수 없는 내정간섭이며 또한 원칙에 위배되는 것이었다.

　　이 5원칙은 중국외교활동과 세계의 관심 속에서 풍부한 성과를 거두었던 것이다. 그것은 1955년 반둥회의에서 유례없는 아시아·아프리카 상호교류의 중요한 가교역할을 했다. 반둥회의는 세계사적 의의를 가진 것이었다. 왜냐하면 이들 대륙의 국가들은 몇몇 독립한 나라, 아직도 반식민지상태의 나라들이 과거에는 그들의 일을 결정한 제국주의 열강을 배제하고 스스로 국가의 문제를 논하기 위해 모여서 개최한 최초의 회의였기 때문이다. 후에 이것은 비동맹운동과 제3세계 전체의 기본강령이 되었다.

　　결국에는 이 5원칙은 더 성숙되고 다시 중국에 의해 고무되어 다른 사회체제를 가진 나라들 사이의 공존뿐만 아니라 사회주의국가 등 같은 사회제도를 가진 나라들간의 공존에도 적용될 것이었다.

이것은 중국과 소련, 그리고 소련과 관련이 있는 나라들과의 관계를 개선하기 위해 그녀가 가지고 있던 규범이었다. 그 결과 이 주제에 관한 그녀의 마지막 언급에서 볼 수 있듯이 ― 즉 그녀의 대중적인 저술에 종지부를 찍게 한 여러해에 걸친 문화혁명이 있기 바로 전이었던 1966년의 언급 ― 그녀는 모든 것이 극도의 위기에 봉착되었을 때조차도 결코 이러한 욕망을 포기하지 않았다.

인도와의 우정

1950년대 초부터 송경령의 인도에 대한 감정이 다시 표면에 나타나게 되었다. 그녀는 인민공화국에서 있은 최초의 인도문화행사에 참석하였다. 캘커타와 봄베이에서 열린 인도·중국우호협회성립대회에 축하메시지를 보내 "중·인 양국의 제휴는 우리 두 나라에 있어서도, 아시아와 전 세계에 있어서도 심원한 중요성을 갖는 것입니다. 고대 이래의 상호유대를 기초로 하여 오늘 우리들은 아시아인민의 적을 타파하고 세계평화를 위해 우리의 모든 힘을 동원하기 위하여 더욱 긴밀하게 연합하지 않으면 안됩니다"라고 지적했다.[32]

중국과 인도 두 나라가 자유를 획득했을 때 다시 만나자고 한 그녀와 네루의 10년 전 소원은 1954년에 실현되었다. 10월, 네루는 인도수상으로 중국을 공식방문하였을 때 송경령은 주은래 총리와 함께 북경공항에서 그를 영접했다. 네루를 국빈으로 초대한 모택동 주석 주최의 환영연에서는 송경령은 모주석 옆에 서서 네루를 맞이했다. 그녀는 또한 네루와 네루의 딸 인디라(간디 여사)를 자신의 집에 초대하여 오찬을 함께했다.

그 이듬해 그녀 자신이 고위관료로 구성된 사절단을 인솔하고 인도를 방문하였다. 그때 자와할랄 네루는 환영인사에서 다음과 같이 말했다.

지나간 세월 동안 어떠한 폭풍과 비바람이 중국을 뒤흔들었어도 그녀의 신념은 결코 동요되지 않았으며 그녀의 목소리는 항상 평화를 위해 울려퍼졌습니다.

예리한 관찰자 제임스 버트램에 의하면 네루의 인사말 속에는 "유럽의 귀빈들에 대한 그의 환영사에서는 찾아볼 수 없는 무언가 각별한 어조"가 있었다고 했다.[33]

답례인사에서 송경령은 자신이 일찍이 두 번이나 인도에 초청되었지만 당시 식민지 지배자인 영국당국이 그녀의 입국을 거절하였음을 회상하였다. 이제야 "위대한 인도국민은 독립을 쟁취했기 때문에 여러분의 친구가 방문할 수 있게 된 것입니다."

인도에서는 중앙에서도, 지방에서도, 정부관계자도, 사회각계에서도, (물론 여성단체를 포함해서) 방문한 어떠한 도시에서도 그녀를 따뜻하게 환영하였다. 귀국할 때 송경령은 전인도에 울려퍼진 라디오방송을 통해 고별강연을 하면서, 세계에서 가장 인구가 많은 두 나라, 중국과 인도는 세계평화를 유지해야 할 책임을 피할 수 없을 것이며 그렇기 때문에 국제긴장완화와 자국의 경제발전에 노력하지 않으면 안된다고 말하고 여기에 덧붙여 평화는 "오직 독립과 평등과 자유의 기초 위에서만" 보장될 수 있다고 말했다.[34]

북경으로 돌아온 후 전국인민대표대회 상무위원회에서의 보고 가운데 송경령은, 그녀가 방문한 아시아의 다른 나라들에서처럼 인도에서도 "정부와 국민 모두 우리의 신국가에 대해 우호적이었고 두 나라 사이의 우호관계는 날로 증진되고 있으며 우리의 우방국들은 우리를 신뢰하고 있다는 큰 희망을 느꼈으며 … 이러한 정감 속에서 알 수 없는 새롭고 큰 힘을 느끼게 했다"고 말했다.

이것은 그 시대의 정신을 잘 반영하고 있다. 송경령에 대한 환영은 그보다 조금 일찍, 처음으로 인도를 방문한 소련 최고지도자(흐루시초프 공산당 제1서기와 불가닌 수상)에 대한 것과 마찬가지였다. 소련대표단의 인도방문에 대해서도 언급하고 그녀는 칭찬했다.

다음으로 그녀는 이어서 인도인들이 중국의 발전진로에 대해 물었던 것에 관하여 언급했다.

인도정부계획위원회 위원들은 우리나라의 농업생산합작사의 발전에 대단한 관심을 표명했습니다. 생산증대 없이는 국민경제 발전이 있을 수 없으며 생산의 증가율이 인구증가율보다 높지 않으면 식량문제 해결은 매우 어렵다는 것을 그들은 아주 잘 알고 있습니다.

이 점에 관해, 중국의 수확고가 인구증가보다 급속히 증가하고 있다는 것은 정확하지만, 송경령의 견해로서는, 산아제한이 필요 없다고 하는 당시 중국의 공식적인 견해는 잘못된 관점이라고 생각했다.

몇몇 인도친구들은 제국주의자들이 선전하는 맬서스 인구론의 영향을 받아서, 인구의 급속한 증대의 결과로 발생한 경제문제가 최종적으로 과연 완전히 해결될 수 있을까 회의적이었습니다. 중국에서 생산의 연평균 증가율이 실제로 인구의 연평균 증가율을 넘어서고 있다는 것을 알고 그들은 크게 기뻐했습니다. 듣기로는 인도는 우리나라의 농업합작사운동의 조직과 발전 비결을 배우기 위해 우리나라에 대표단을 파견할 것이라고 했습니다.

보다 건전한 입장에서 그녀는 식민지주의에서 새롭게 해방된 발전도상국의 장기적 문제를 제기했다. 즉 정치적 독립과 더불어 경제적 독립이 함께 되어야만 한다는 것이었다.

(봄베이에서) 나는 삼면이 바다로 둘러싸인 경치 좋은 주지사 관저에서 머물렀습니다. 나는 우리나라의 당왕조시대에(7~10세기) 많은 아랍상인들의 배가 중국에 왔으며 그들은 모두 이 바다를 통해 왔다는 사실을 되새겼습니다. 당과 송(10~12세기), 두 왕조시대에는 중국의 광주나 천주 등 여러 도시로부터 아라비아해에 이르는 연해의 국가들 간에는 교역이 번성했습니다.
그러나 오늘날 인도의 대외무역이 아직도 제국주의 열강의 상선에 의존하고 있다는 것을 나는 알았습니다. 선박이 없다는 것은 중·인 무역이 급속하게 확대되지 않는 한 원인이며 또한 이같이 제국주의국가가 아직도 선박을 독점하고 있다는 것은 양국의 경제교류에 현실적 장애가 되고 있는 것입니다.

탑승기를 도중에 잠시 착륙시켜 그 근처의 항구 비자가파탐(Vizagapatam)을 방문했을 때 그녀는 기뻐하며 보고했다. 인도의 독자적인 조선소가 정

부 원조로 조업을 개시하고 있었던 것이다.[35]

그 후 중·인 양국간에 마찰이 생겨났다. 근본적인 원인은 인도정부가 양국간의 관계에서 서양의 제국주의 지배에서 생겨난 잔재를 없애려 하지 않고 그 대신 중국에 남아 있는 제국주의적인 특전을 이어받기를 원했다는 데 있었다. 이 가운데 티베트에서의 군대의 주둔이나 원거리 통신활동 등 어떤 것은 1954년의 중·인 협정에 의해서 우호적으로 해결되었다. 사실 5원칙이 처음 공동선언된 것도 이 협정에서였다. 그러나 인도정부는, 1959년 티베트에서 분리주의자들의 폭동이 일어났을 때 마치 티베트가 자신들의 반보호국인 양 행동했다. 그리고 1914년 영국의 건설업자가 자의적으로 그렸던 그곳의 중·인 국경을 계속해서 신성불가침으로 여길 뿐 아니라 논의하는 것 자체도 인정하지 않았다. 인도정부는 중국 관할 지역에 군대를 파병했지만 중국군에게 격퇴되었다.

그러나 중·인도 간의 오랜 역사적 관계와 송경령의 인도국민에 대한 감정을 고려한다면 이 기간의 이런 일들은 단지 막간의 일들에 불과했다. 진정 중요한 것은 양국의 공통된 과거의 경험과 평화적인 자기발전에 대한 기본적인 이해관계라 할 것이다. 여기서 다시 평화5원칙의 고수가 바로 양국간의 열쇠가 되었다.

버마·파키스탄·인도네시아 방문

1956년은 송경령이 남아시아와 동남아시아 제국을 방문하여 최고로 융숭한 대접과 열광적 환영을 받은 해였다.

인도 다음으로 방문했던 버마에서 그녀는 다시 아시아의 단결과 평화공존5원칙을 강조했다. 그녀는 랑군대학에서 가진 연설에서 "아시아의 단결과 평화5원칙은 식민지주의자들을 당황하게 만들었다. 그들은 직접 통치의 자리에서 내려왔음에도 불구하고 여전히 아시아인들이 '자기들의 지배하에 있기를' 바라고, 이를 위한 수단으로 '아시아인들과 싸우는데 아시아인을 이용'하려 했다. 이를 봉쇄하기 위해 아시아인들은 함께 일어나 경제를 발전시키고 과학을 장악함으로써 독립을 지키고 강화하지 않으면 안된다"고 얘기했다.

그러나 단지 경제나 기술만으로는 충분치 않았으며 인식을 더욱 깊이 할 필요가 있었다. 독립기념일에 이어 거행된 우누(UNu) 수상이 주최한 집회에서의 연설에서 송경령은 '반식민지주의와 세계평화의 관계'에 대해 관심을 갖도록 청중들에게 호소했다. 주권과 그것을 지탱하는 힘만이 침략자를 제지할 수 있다는 것이었다. 그녀는 만다레이(Mandalay)에서의 연설 때는 버마의 마지막왕인 티바우(Tibaw or Thebaw)의 궁궐을 예로 들었다. 그 궁궐은 영국점령군의 총사령부가 되었고 그후 제2차세계대전 때는 일본군 사령부가 되었으며 일본이 항복하고 난 뒤 그 왕궁은 버마인의 손에 돌아왔지만 복귀한 영국군이 왕궁을 폭격하여 폐허가 되어버렸던 것이다.

파키스탄에서는, 그녀는 중국과 마찬가지로 다른 사회체제의 나라와 평화적 관계를 맺어야 하며 또한 종교·신앙이 다른 나라—분명히 인도를 가리키는 것이었다—와도 평화적으로 외교관계를 가져야 한다고 강조했다. 이것은 아시아인들에게 과거의 서로 다른 점을 묻어버리고 이제 서로 어깨를 나란히 하고 일어서자고 호소했다. 이 말은 당시 몇몇 서양의 나라들을 분노케 했다. 잡지 《타임》에 게재된 비평이 그 한 예다.

현재 이미 61세인 손부인은 적색 중국의 공산당노선을 팔고 다니는 땅딸막하고 눈매가 매서운 행상이다 … 적색전략은 … 파키스탄을 선동하여 서양 진영에서 떼 내려는 것이다 … (등)36)

이보다 몇 년전, 형용사의 남용을 좋아하는 이 주간지는 역겨울 정도로 그녀에게 찬사를 보낸 적이 있다. "아주 조그맣고 기운차며 더럽혀지지 않은 손부인은 … 중국 민주주의의 양심"이며37) "위대한 남편 손문의 자유주의적 민주주의의 강령에 관해 말한 우아한 손부인"이라는 등.38)

덧붙여 말한다면 그녀의 위대한 남편의 학설은 분명히 민주주의적이었지만 결코 자유주의적인 것은 아니었다. 민족적이었다. 소련과의 동맹으로 전환하기 오래 전부터 손문은 이미 서방측의 민주제도는 자본주의의 보호막이라고 결론내렸다. 송경령의 관점은 손문의 논리에서 벗어난 것이 아니며 그의 학설을 그대로 계승한 것이었다.

버마에서처럼 파키스탄에서도 그녀는 계속해서 근대화를 얘기했다. 그 한 예는 그녀가 다카(당시는 동파키스탄, 지금은 방글라데시의 수도인 Dhaka)의 다카대학에서 명예법학박사학위를 수여받을 때 한 기념강연이었다. 그녀는 훗날 스스로 회상하며 말했다.

　… 나는 과학으로서의 역사연구의 중요성을 강조했습니다 … 인류의 진보는 점차 그 속도를 더해가고 있습니다. 이것은 무엇보다도 문화의 축적에 의한 것입니다만, 또한 역사에 대한 이해가 끊임없이 깊어져왔기 때문이기도 합니다. 전인류가 이러한 **이해**를 일단 갖게 되면 무서운 **힘**을 발휘하게 됩니다. 역사는 오직 깨어 있는 국민만이 식민지지배를 벗어던지고 민족의 자유를 쟁취할 수 있다는 것을 증명했습니다.

여기서 사람들은 손문의 "행하기는 쉬우나 아는 것은 어렵다(맹목적인 행동이어서는 안된다는 것을 의미한다)"라는 반향과 마르크스의 세계를 알려는 목적은 세계를 변화시키려는 데 있다고 한 격언을 듣는 것 같다.

파키스탄을 방문한 지 반 년 후 송경령은 대표단을 이끌고 인도네시아를 방문했다. 이 나라가 식민지 지배에 대항해 오랫동안 싸워온 가운데 "우리의 마음은 여러분과 함께 있었습니다… 왜냐하면 우리들도 여러분과 같은 목적을 위해 끈질기게 투쟁했기 때문입니다"라고 그녀는 말했다. 이제 필요로 하는 것은 "다가올 승리를 위해… 우리가 연대하는 것입니다" 수세기 동안에 이 섬에 거주해온 몇백만 명의 중국인들은 그들을 받아들여준 나라와 군건히 결속을 유지할 것이라고 그녀는 역설했다.

수카르노 대통령은 그녀를 환영하는 인사 가운데, 손문의 '삼민주의'를 청년시절에 읽고 인도네시아어로 번역했던 것을 회상했다. 이것은 그를 고무하여 조국의 자유를 위해 분투할 수 있도록 용기를 주었다고 했다. 손문이 일찍이 높이 들었던 기치는 단지 중국인을 위해서만이 아니고 전아시아인을 위한 것이었다. 그는 네루와 함께 제3세계라고 칭해지고 있는(그 당시는 아직 그렇게 불리지 않았지만) 각국간의 상호의존관계에 대해 강한 관심을 표시했다.

이같은 감정의 상징적 의미를 가지고 있는 반둥(Bandung)에서 시민들에게 한 연설 가운데서 그녀는 이 도시만큼 세계의 많은 사람들의 마음을 끈 장소는 거의 없었다고 말했다. 그녀는 그 전 해에 여기서 개최된 획기적인 회의의 성공에 공헌한 주은래 총리가 전하는 특별한 인사말을 청중들에게 전했다. 여기에서도 그녀와 주은래의 정신적 화합의 관계를 보여준다.

인도네시아에서 송경령은 본국 국내와 범아시아적 단결의 중요성을 강조했다. 중국의 역사는 민족의 자유와 사회의 진보를 위해 힘쓰는 모든 사람들의 단결에 의한 통일전선만이 이러한 목표를 달성할 수 있음을 증명했다고 그녀는 말했다. 그녀는 수카르노 지도하의 민족주의자와 인도네시아 공산당 사이에 싹트고 있는 연합을 격려했으나, 우익세력이 이 연합에 반대하여 곧 유혈의 탄압으로 파괴되고 말았다.

호지명과의 회견

이즈음 베트남은 여전히 민족해방을 위해 영웅적으로 싸우고 있었다. 송경령은 그곳을 방문하지는 못했지만 강한 동정심을 갖고 주시하고 있었다. 1955년 7월 그녀는 북경의 자택에서 베트남민주공화국의 호지명 대통령과 회견했다. 그것은 디엔 비엔푸(Dian Bianphu)에서 프랑스 식민주의군대를 결정적으로 격파한 지 얼마 지나지 않은 때였다. 중국은 이 전투에서 베트남이 이길 수 있도록 지원하여 큰 역할을 했던 것이다. '胡 아저씨'와 그녀의 관계는 상당히 이전부터 두터웠다. 20년 전 베트남의 지도자(阮愛國으로 알려짐)가 상해에서 활동하고 있을 때 그가 장개석의 백색테러로부터 빠져나갈 수 있도록 그녀는 도와준 일이 있었다. 우연하게도 장개석 손에 체포되었던 중국 홍군의 사단장 진갱(陳賡)이 송경령의 노력으로 구출되었던 바로 그때였다. 해방 후 이 당시 진갱은 중국군 포병대를 지휘했으며 그 포병대가 디엔 비엔푸의 프랑스요새를 파괴한 것이 베트남 승리의 길을 열어주었던 것이다.

일본국민과의 우의

마지막으로 서술하고자 하는 것은 동아시아 전체의 정복자로 자임하고 있는 일본에 대한 송경령의 태도다. 일본군국주의를 강경하게 반대했지만 일본국민에 대한 우정을 끊지는 않았다. 중일전쟁이 최고조에 달했을 때 그녀는 일본군 포로들에게 따뜻한 말로 위로했고 중국의 항전세력과 손을 잡고 활동하는 일본의 진보적 인사들을 원조했다(일본의 진보주의자들이 중국의 항전에 동참하여 활동하도록 도와주었다).

이제 인민공화국에서, 송경령은 재기한 일본의 민주세력에 대하여, 동정을 표했으며 또한 전후 미국군 점령하의 비호하에서 부활한 반동세력에 반대하는 그들의 투쟁에 대하여 동정을 표시했다.

1950년에서 51년 사이 송경령은 탄광 광부의 파업을 억압한 유명한 송천(松川)사건에서 체포된 탄광노동자들을 지원하기 위해 중국인민구제총회 주석의 명의로 미화 1만 달러의 구호금을 보냈다.

같은 해(1951년) 송경령은 중국인민구제총회 주석의 자격으로 일본의 각 민주당파와 대중단체, 그리고 '전면강화애국운동협의회'에 공개적으로 편지를 써서[39] 미국의 대일단독강화와 일본의 재군비에 반대했다. 재군비는 한국과 중국에서 수행되는 미국의 군사행동에 긴밀하게 연관되어 있는 것이었다. 그녀는 '평화를 바라는 일본친구들'에게, 다음과 같이 말했다. 중일 양국간에는 몇 세기에 걸친 긴 평화교류의 전통이 있었으나 일본 군국주의의 침략에 의해 두 나라 국민에게 고난과 슬픔을 가져다주었다. 그 때문에 이제 두 나라 국민은 전력을 다해 군국주의의 부활을 방지하여 화를 초래하지 않도록 해야 하는 이같은 노력은 아시아 전체에 유익하며 전세계에 평화를 가져다줄 것이라고 했다.

그 후 몇 년 동안 그녀는 많은 우호적인 일본인들 특히 신중국과 경제·외교관계를 맺기 위해 노력한 사람들과 만났다. 중국 측에서는 요승지(廖承志)가 이 분야에서 중심적인 역할을 맡았다. 그들 중에는 손문의 옛친구로서 그들 부부의 결혼 이후, 그녀의 친구였던 미야자키(宮崎滔天), 우메야(梅屋庄吉) 양가의 자손들이 있었다.

1954년 11월 그녀는 중일관계에 관해 우려와 희망을 표명했다.[40]

일본은 미국을 따라 위험한 길을 맹목적으로 가고 있습니다. 우리는 일본 국민이 스스로의 힘으로 이같은 속박을 단절하고 민족의 독립과 평화적 발전의 길을 향해갈 것임을 믿습니다. 우리는 평화공존5원칙을 기초로 무역관계를 발전시켜 일본과 밀접한 문화교류를 맺기 원합니다.

1966년 손문 탄신 100주년 기념식이 북경에서 열렸을 때 그녀는 미야자키 세이민(宮崎世民; 1900년대 초기 손문의 혁명 동지였던 미야자키 도덴의 아들(당시 일중우호협회이사장)과 긴카주 사이온지(西園寺公一; 진보적인 일본의 귀족, 북경거주)를 자신의 집에 초대하였다. 이 섬나라 각계에는 중국혁명에 대한 우호의 전통이 아직도 여전히 크게 살아 숨쉬고 있었는데 이것은 또한 새로운 열매를 맺게 될 것이었다.

미국과 미국인에 대한 입장

이 당시 송경령의 미국에 대한 입장은 분명했다. 그녀는 미국정부의 신중국에 대한 적대정책을 비난했다. 그러나 그녀는 그것이 미국국민에게 책임이 있다고 생각하진 않았다. 송경령은 그들에 대해서는 존경과 따뜻한 우정을 갖고 있었다.

1952년 북경에서 개최된 아시아·태평양지역평화회의 준비회가 열렸던 것은 중·미양국이 한국전에서 교전하고 있을 때였다. 그러나 송경령은 미국인들이 이 회의에 대표단을 파견할 것을 희망한다고 말했다.[41]

태평양국가의 일원으로서 미국인들은 우리가 결정한 사항에 분명히 관심을 가질 것이며 또한 미국인은 분명히 공헌할 수 있을 것입니다. 이 회의는 또한 그들에게 세계 속에서의 아시아·태평양 지역이 무엇을 생각하고 있는가를 알게 할 기회를 주게 될 것입니다. 많은 무서운 일들이 미국인의 이름으로 저질러지고 있습니다. 그들은 이들 행위에 대하여 진실을 알아야만 합니다.
미국인은 아시아·태평양 각국의 인민이 미국 국민과 현실의 범죄자들을 명확하게 구별하여 생각하고 있다는 것을 알아야만 합니다.
우리는, 인민이 정권을 장악하고 있는 어떠한 국가도 미국인과 그들의 생활방식에 위협을 주지 않을 것이란 점을 확신시켜주고, 우리들은 인민으로서 혹은 국가로서 제휴해야만 한다는 이유가 많이 있다는 것을 그들 미국인에게 알게 하고 싶은 것입니다.

미국국민과 함께 아시아·태평양지역의 우리들은 다음의 질문에 답하기를 원합니다. "한국·베트남·말레이시아에서의 전쟁에 의해서, 또한 편무적 조약에 의하여, 재군비에 의해서, 무역이나 문화교류의 제한에 의해서 이익을 보는 것은 누구입니까 …?"

바꾸어 말하면 우리들과 그들 평화를 사랑하는 사람들은, 전쟁으로 이득을 얻는 몇몇 고의적인 악의를 가진 공동의 적과 직면하고 있습니다 … 아시아·태평양지역의 각국 인민은 미국국민을 동맹자로 생각하며 … 우리는 그들이 평화를 만드는 일에 동참하기를 희망합니다.

이같은 투쟁의 전기간을 통해서 송경령은 그녀의 입장을 끝까지 분명히 했다. 1952년 9월 25년간 쓰인 저작선집이 『신중국을 위해 분투하다』라는 제목으로 출판되었으며 그 앞장에 헌사를 썼다.[42]

인민 대의의 용감한 옹호자, 조선인민군과 중국인민의용군에게 헌정.[43]

그리고 그녀는 저서로 생긴 원고료 등 모든 수입을 이 두 군대의 부상병을 위해 기증했다.

1952년 3월 새롭게 창간된 잡지 ≪China Reconstructs(中國建設)≫에 송경령의 서명이 들어간 기사에서, 미국이 한국에서 세균전을 실험하고 있다고 비난했다.

현재 미국정부와 군대는 국제연합군의 깃발 아래 가면을 쓰고 무시무시하고 냉혹한 일을 기도하고 있습니다. 그것은 중국이나 조선에 악성전염병 … 페스트균, 발진티프스균, 콜레라균, 비탈저균(脾脫疽菌), 그리고 다른 치명적인 병원균을 퍼뜨려 몇백만의 중국인과 한국인을 죽이려는 것입니다. 그 밀폐된 병균통 몇 개가 이미 중국의 동북지방에 떨어졌습니다 … 또한 전염병균을 살포하여 가축이나 곡물을 파괴하려 기도하였습니다.

세균학자와 곤충학자들이 해로운 곤충이나 병원균을 괴멸·구제하려는 본래의 연구를 오용하여, 인명을 파괴하기 위하여 그것을 배양하는, 과학의 정도를 이탈한 행위에 이르게 되면 이 지구상에서 어떠한 곳도, 어떠한 사람도 안전할 수 없는 것입니다.

이러한 사실이 일어날 것이라고 믿지 않고 회의하는 독자를 위해 그녀는 미국군부와 과학계관계자들의 진술을 인용하여 사실의 진위여하를 증명하였다. 1949년 3월 13일 《뉴욕타임스》에 실린, 미국육군화학전 연구기관의 올든 와이트(Alden H. Waitt) 장군의 "이 문제에 대해 연구하고 있는 것은 세계 최고의 과학자들이다"라는 말이나, 1950년 4월에 나온 미국육군참모학교의 《군사평론》잡지에 실린 "상당히 많은 양의 미생물이 배양되어 준비되어 있다. 만약 가능하다면 감염된 사람은 모두 발병할 수 있다"라는 기사나, 《과학신보》 1950년 7월 8일자에 "한국전쟁이 계속된다면 아마도 매우 빠른 시기에 세균전이 시도되어질 것이다"라고 예견, 보도한 사실들이다.

그녀는 한 발짝 더 바싹 다가서며 물었다. 나치와 옛일본군의 세균전 범죄자는 미국 실험실에서 무엇을 연구하고 있는가? 화학전과 세균전을 금지한 1925년의 제네바의정서에 거의 모든 다른 나라들은 조인했음에도 불구하고 미국·일본 양국은 조인하지 않았다는 사실을 사람들은 잊어버렸는가?[44]

송경령은 단지 비난만 하지는 않았다. 그녀는 핵무기와 함께 세균전이나 화학전은 금지되어야 한다는 것을 미국·서유럽·독일·일본을 포함한 모든 나라 사람들이 "스스로의 가장 진실되고 절실한 이익을 위하여" 받아들이려는 노력을 해야 한다는 것을 제안했다.

그녀와 함께 중국복리회에서 활동하고 있는 미국인 제럴드 탄네바움(Gerald Tannebaum)과 실비아 캠벨(Sylbia Campbell)은 이같은 시기에도 변함없이 일상업무에 충실하였다. 그리고 송경령은 1952년 많은 장애를 극복하고 옛친구 탈리사 젤라크를 뉴욕에서 상해로 돌아오게 했다 … 그녀는 중국복리회 고문으로 그 후 40년 이상 계속해서 재임했다.

1949년 이후에도 그 이전과 마찬가지로 송경령은 전쟁전 《보이스 오브 차이나》시절부터 오랜 친구인 그레이스와 막스 그레니치에게 중국으로 다시 돌아오도록 열심히 노력을 기울였다. 한국전쟁으로 쌍방간에 잠시 연락이 단절되어 있었지만 송경령은 1951년 5월 그들에게 편지를 썼다. 이 편지는 그녀가 중국정부의 고관이 되었어도 옛친구들을 향한 그녀의 우정을 조금도 식지 않았음을 보여주었다.[45]

긴장이 이어지는 한 이같은 불확실한 상황은 계속되리라 추측합니다. 나이든 하리(트루만 대통령)는 우리가 직면하고 있는 곤란함의 근본 원인입니다. 그러나 어떤 일이 있어도 당신이 꼭 기억해야 할 것이 하나 있습니다. 당신 친구 쪽에서 소식이 없다는 것을 성실함이나 우정이 부족한 탓이라고 생각해서는 안된다는 것입니다. 그녀는 당신을 잘 알고 있습니다. 그렇습니다. 수지는(송경령의 애칭) 알고 있습니다. 그래서 당신은 결코 그녀를 의심하지 않을 것입니다.

송경령은 여느 때와 마찬가지로 옛친구들의 근황을 전하고 또 새로운 잡지 《중국건설》의 창간에 관하여 썼다. 그녀는 이 출판사업에 그래니치 부부를 참가시키기를 희망했지만 결국 실현되지 않았다.

이 편지와 그 다음 편지에서 그녀는 계속해서 자신의 생활 가운데 작은 일들을 언급했다. 한번은 그녀가 눈병이 나서 한 달간이나 읽거나 쓰는 것을 하지 않도록 의사의 권고를 받은 적이 있었다. "그러나 당신이 알다시피 꼭 처리해야 할 일들이 책상 위에 산적해 있는 것을 보면서 쉰다는 것이 얼마나 불가능한 일인지요"라고 그녀는 자신의 얘기를 쓰고 있다.

그녀는 상해의 안과의사를 방문한 뒤 마음 가득히 생각을 담은 채 그래니치에게 편지를 썼다.

… 이 안과전문의는 우연히도 당신과 매니(Manny)가 몇 년 전에 살았던 그 아파트 건물에 살고 있습니다. 나는 당신 생각으로 가득찬 채 한순간 안과의사가 있는 곳이 아닌, 옛날 당신이 살던 그곳으로 뛰어 올라갔습니다 … 너무나 당연한 일이었습니다만 나의 외출시 수행하는 청년들(국가 부주석으로서의 그녀의 경호원)은 내가 '멍하니' 서 있자 매우 당혹해했습니다. 나는 한때 매우 절친한 친구 몇 명이 그곳에 살았으며, 거기서 나는 귀중한 시간을 보냈으며, 거기서만은 내가 자유롭게 얘기할 수 있었고 '혼자가 아니라

는' 것을 느꼈던 장소였다고 그들에게 설명해주어야 했습니다.

상해의 일하는 여성들과 어린이들을 위한 중국복리회의 확대·발전된 활동에 대하여 설명할 때 송경령은 긍지로 가득 찼다.

만약 당신이 중국복리회 소속의 시설을 방문했다면 정말로 당신은 기뻐하였으리라 생각됩니다. 탁아소·유치원·소년궁·아동극장·모자보건원 등 이곳에서는 공장의 여성 노동자들이 임신기간중 가장 좋은 지도와 간호를 받습니다. 우리의 사업은 잘 진행되고 있습니다. 외국인 방문자들은 우리들의 시설에 대해 언제나 감동하였으며 어떤 영국인 방문자는 영국에서도 이같이 훌륭한 탁아소는 없다고 말했습니다. 장미색으로 볼이 물든 어린이들은 조금도 부끄러워하지 않고 낯선 외국인들과 포옹하며 인사를 나눕니다. 이전에는, 어린이들이 도망가면서 '나구넌(외국인이라는 뜻의 상해방언)' 하고 불렀습니다. 어린이들은 매우 부지런하고 활발하고 독립적입니다. 그래요. 우리는 어린이들을 소년시절 때 훈련시켜야 하는 것입니다.

그녀는 1955년에서 56년 사이 인도·버마·파키스탄, 그리고 인도네시아 방문여행에 출발하기 앞서 그레이스에게 이같이 편지를 썼다.[46]

많은 의상을 준비해야 되겠지요? … 그런데 나에겐 아주 싫은 일입니다. 무엇을 입어야 할 것인가에 대해서는 더 이상 흥미가 없으니까요. 지난 5년간 계속해서 인민복(중국에서는 중산복이라고 한다)을 입었기 때문에 나의 몸은 모든 방향으로 다 팽창하게 되어버렸습니다 … '몸에 꼭 맞는 옷'을 입어야 한다는 생각은 나를 겁먹게 하고 있습니다! 인민복을 그냥 입었으면 좋겠습니다.

여기에는 송경령이 해방 초기에 소박한 의복을 좋아하였음이 잘 나타나 있다.

다음 장에서 애기할 문화혁명이란 상황하에 놓여 있었던 1970년대까지 그녀는 그래니치 부부와 재회할 수 없었다.

중국에서 미국으로 돌아가 매카시(McCarthy)선풍에 휘말리게 된 친구들에 대하여 경령은 그녀가 할 수 있는 한의 모든 도움을 주었다.

아리요시 코지(有吉幸治)는 스틸웰 장군하에서 미국육군에 복무하고 있던 1949년에 송경령과 만났던 진보적인 일본계 미국인이었다. 제2차 세계대전 종결 직후 코지는 단기간 연안에 파견되었는데 돌아와서 연안에 대해 매우 호의적인 보고서를 작성하였기 때문에 헐리(Hurley) 대사에 의해 즉각 귀국 조치되었다. 1951년 코지는 하와이에서 반공스미스법에 따라 재판에 회부되었다. 그는 하와이의 노동조합에서 적극적으로 활동하였으며 좌익지 ≪호놀룰루 레코드(Honululu Record)≫의 발행인이기도 했다. 송경령은 어머니가 결혼할 때 입은 예복으로, 가보로 간직하던 비단옷을 그에게 보냈다. 경매하여 법적 변호에 필요한 자금을 만들어 쓰라는 배려에서였다. 아리요시 가족은 그것을 팔지 않고 귀중한 기념품으로 잘 보관하다가 오래지 않아 중국으로 되돌려보냈다.[47]

송경령은 미국이 동란 선동죄로 고소한 것에 대항하여 존 윌리엄(Bill)과 그의 아내 실비아 파웰, 그리고 그들의 친구인 줄리안 슈만의 변호를 적극적으로 원조했다. 파웰은 부친에게서 물려받아 이미 오래된 상해의 잡지 ≪차이나 위클리 리뷰(China Weekly Review)≫를 출판하고 있었다. 실비아(원래 성은 Campbell)는 중국복리회에서 활동했었다. 이전에 미군으로 복무했던 슈만은 그 후 중국어를 배우고 저널리스트로 다시 1940년 후반 중국에 왔다.

그 3명 중 어느 누구도 미국 수사당국이 엄하게 심문하는 어구처럼 "공산당이거나 아니면 공산당원이었던" 사람은 아니었다. 그러나 그들은 스스로의 경험에 의해 국민당에 대해 혐오감을 가졌다. 그런 이유로 혁명을 환영하였으며 1953년 미국으로 돌아오기까지 그들의 ≪차이나 위클리 리뷰≫를 계속 발행하였다.

귀국 후 그들이 기소되었던 것은 이 잡지가 한국전쟁에 있어서의 미국 정책에 공공연히 반대하고 한국내의 미군포로 소식을 발표하였기 때문이었다. 이 포로소식의 보도는 병사들의 가족에게는 고마운 일이었지만 워싱턴 정부는 좋아하지 않았던 것이다. 더욱이 ≪차이나 위클리 리뷰≫는 미국이 이 전쟁에서 확실하게 세균전을 시도했다고 발표했으므로 이것도 또한 죄목에 들어갔다. 그들은—파웰부부는 어린 자식들과 함께였다—미국으로 돌아갔는데, 이 자체가 그들의 양심이 결백하다는 충분한 증거였다고 사람들은 당연히 생각했다. 그러나 당시의 정치적 분위기는 그렇지가 않았다. 미국 CIA(중앙정보국)가, 만약 미국국내에 있는 진보적 인사들에 관한 정보를 제공해주고 협력한다면 화를 면하게 해주겠다고 시사하는 것을 거절한 후 그들은 기소되었던 것이다.

송경령은 그들의 어려운 처지를 듣고, 그 당시 그들이 귀국 후 예상되는 사태에 대해 자신이 파웰 부부에게 경고했던 사실을 회상했다. 그녀는 실비아 파웰을 "총명하고 용감한 여성"이라고 칭찬하였고, 그들 부부가 "발뒤꿈치에서 짖어대는 개들을 떨쳐버리는 데 성공하기를" 바랐다. 그녀는 또한 주은래 총리와 만날 때 이들 중국의 친구들을 도와주기 위해 가능한 한의 모든 대책을 강구하도록 그의 지지를 부탁하겠다고 썼다.[48]

미국의 젊은 검찰관이 송경령의 이름을 꺼집어냈을 때 그녀는 뉴욕에서 발행되는 ≪네이션(Nation)≫주간지에 반론을 제기했다.[49]

… 미국상원위원회는 J. W.파웰부부와 상해에서 장기간 ≪차이나 위클리리뷰≫를 간행해온 존경하는 미국인에 관한 공청회를 열었는데, 이 석상에서 제너(Jenner) 상원의원은 … 미국인이 나의 사업을 몇 년간 도와주었음을 들고, 그들 중 많은 사람이 그들 자신의 나라에 어떻든지간에 반역자에 해당한다고 포괄적으로 빗대어 말했다 …

중국에 대해 잘 알고 있는 사람은 누구나 다 내가 몇 년 동안 이끌어온 단체인 보위중국동맹, 중국복리기금회, 그리고 중국복리회 일을 알고 있다. 이 조직들은 우리들이 위험에 빠져 있을 시기에 전세계의 친구들이 중국인민에 대하여 의료품과 기타 물자 등을 제공하는 것을 가능하게 했다 … 그 사업은 … 각자가 스스로의 운명을 개척할 권리를 가지고 있다는 것에 기초를 두고 … 국민들 사이에 이루어진 우정의 상징이었다.

항일전쟁기간 동안, 보위중국동맹의 후원자들 중에는, 갖가지 생각을 가진 미국인이 포함되어 있었다. 당시 우리를 원조한 미국인들은 중국이 어떤 정부에 의해 통치되어야만 좋은가를 중국에 지도할 수 있다고 생각하기 시작했다. 그 때문에 우리의 길은 갈라졌다. 미국에서 압력을 가해, 이탈한 사람들도 있다. 중·미 양국민은 평화롭게 서로 존중하며 살아야 한다는 신념하에 계속해서 활동한 사람들은… 모두 혹독한 박해를 받아야 했다.

파웰부부의 경우도, 중국에서 30년간 출판되고 있는 미국인을 위한 이 잡지에서 이같은 신념을 얘기했으며 귀국한 이후도 자기 나라 국민들 속에서 두려움 없이 발표했던 것이다. 그들에 대한 박해는 두드러진 예이지만 어디에서든지 보이는 것이다. 파웰 씨는 '반역죄'로 문초당하고 있다. 그의 부인은 사회적으로도 공개적으로 괴롭힘을 당해 직장을 잃어버리게 되었고 그들의 어린 자식들까지도 휘말려 들어가게 되었다 …

　　미국정부가 애국적이라고 보는 미국인이란, 중국에서 전쟁을 하려 하는 사람들이거나 우리가 1세기에 걸쳐서 싸우고 건립한, 우리에게 가장 적합하다고 생각되는 체제를 전복하려는 사람들에 한정된다고 생각해도 좋은가? 나 자신은 물론이고 … 우리나라의 대다수 사람들은 그런 견해에 동감하지 않는다.

　　중국에서는 국제적으로 좋은 관계의 유지를 얘기할 경우에 … "자기도 살고 또한 다른 사람도 살게 한다"는 예로부터 내려온 좋은 원칙을 말하는데 이것은 우리들 자신의 국토에서의 문제는 우리들 스스로가 처리한다고 하는 박탈당할 수 없는 권리를 옹호함과 동시에 애국주의의 일부로서도 간주되는 것이다.

　　우리나라의 대다수 동포들은 미국국민이 한때 독일인이나 일본인이 그러했던 것처럼 이성과 용기를 매몰시키리라고는 생각지 않는다.

　　송경령의 후원 아래 탈리사 겔라크(Thalitha Gerlach)를 간사로 하여 북경에서 파웰-슈만변호위원회가 결성되었다. 회원은 중국인, 미국인, 그리고 당시 중국에 와 있던 외국인들로 구성되었고 대부분이 파웰부부와 옛날부터 잘 알았으며 그들의 잡지 ≪차이나 위클리 리뷰≫의 관계자들이었다. 후원회는 3명의 피고가 의뢰한 '시민의 자유' 담당변호사인 A. L. 위린(Wirin)의 중국방문을 원조했다―당시 미국정부는 중국여행을 하는데 미국여권 사용을 일반적으로 허가하지 않았기 때문에 그 자체가 돌파해야 할 문제였다.

　　중국은 증인을 캘리포니아법정에 가게 하여 그들이 출판하여 공표한 진실, 특히 많은 사람이 목격한 세균사용이 사실이라는 것을 피고들 대신 증언하도록 하기 위해 여행의 편의를 제공하겠다고 제의했다. 그러나 이에 필요한 사전준비로서, 워싱턴은 국제관례에 따라 중국과 사법상의 상호협력을 위한 협정을 체결해야 했다. 그러나 미국정부는 중화인민공화국의 존재조차 공식적으로 인정하기를 거부했기 때문에 어떠한 회답도 하지 않았다. 당시 변호인측은, 피고가 그들 자신을 위한 증인을 소환하는 길이 막혀 있기 때문에 피고인은 공평한 재판을 받을 권리를 박탈당하고 있다고 주장했다. 이것이 아마도 그 악명 높은 정치적 재판이 몇년 동안 질질 끈 후에 결국은 면소 조치된 중요한 이유였을 것이다.

잡지 《중국건설》 창간

송경령은 북경에 있을 때나 상해에 있을 때나 항상 자기 집에서 손님 접대하는 것을 좋아했다. 가끔 집에서 만든 음식을 대접했는데, 국내외의 귀빈일 경우도 있었고 개인적인 친구일 경우도 있었다. 사회적 지위가 높은 경우도 보통사람인 경우도 있었고 어떤 때는 중국인이고 또 어떤 때는 외국인이었다. 중국인일 경우에 이같은 가정적인 교제방식은 공식·비공식을 불문하고 그녀와의 관계를 따뜻하고 활기차게 만들었다. 외국인의 경우는 민간외교에 있어서 그녀의 역할에 특별한 중요성을 더해주었다.

그녀가 접대한 중국인 방문객들 가운데는 모택동 등 당과 국가의 저명인사들이 있었다. 만약 사정이 허락했다면 상당한 지위의 모든 그룹을 다 초대했을 것이다. 이같은 모임 중 하나를 살펴보면, 1963년의 중국복리기금회 전신인 보위중국동맹 창설 25주년 기념일의 모임이었다. 그때 손님 중에는 주은래 총리와 주덕 원수, 그리고 그 부인들인 여성운동지도자 등영초와 강극청, 송경령과 함께 인민공화국 부주석 지위에 있었던 동필무(董必武), 인민해방군 원수 진의(陳毅)와 섭영진(聶榮臻), 중국홍군의 최초의 군의관 부연장(傅連暲)이 포함되어 있었다. 이 명단은 지위를 배려해서 만들어진 것은 아니었다. 모두가 보위중국동맹의 협조자이거나 8로군이나 신4군의 부상병들을 위해 그 지구에 세운 국제화평의원을 통해서 전시에 동맹의 원조를 고맙게 받았던 사람들이었다.

그녀의 집 식탁에서 식사를 한 외국의 국가나 정부지도자 중에는 베트남의 호치민(Ho Chi-Minh; 호지명) 대통령과 소련의 보로실로프(Voroshilov) 최고회의간부회의장(국가원수), 인도의 자와할랄 네루 수상, 인도네시아의 수카르노(Skarno) 대통령, 가나(Ghana)의 엔 크루마(KwaneNKrumah) 대통령이 있다. 그 외 역사적으로나 사회적으로 명성이 있는 귀빈으로는 멕시코의 라자로 카르데나스(Lazaro Cardenas) 대통령과 진보적 사상을 가진 벨기에의 엘리자베스 황태후를 들 수 있다.

비공식적인 방문자로는 미국인의 모습도 보인다. 이들은, 미국정부가 22년 동안 중국여행을 제한하였기 때문에 국적을 변경하거나 우회하는 등의 여러 가지 방법으로 중국을 방문한 사람들이었다. 그 중에는 몇 사람의 흑인이 있다―이미 90대의 걸출한 학자로서 시민권운동가이며 지도자인 듀보 박사(Dr. Dubois는 미국정책에 반대하여 이미 아프리카로 이주하여 그곳에서 일하고 있다)와 그의 부인인 셜리 그라함(Shirley Graham), 그리고 전에 미국 공산당전국위원회위원이었고 후에는 영국에서 아프리카·칼리브인 문제의 저명한 전문가가 된 클라우디아 존스(Claudia Jones), 그리고 흑인운동의 투사인 로버트 윌리엄스(Robert Williams)와 그의 부인 마벨(Mabel) 등이 있었다. 이들은 송경령이 친근감을 느꼈던 사람들이었다. 특히 미국 남부에 대해 정통했고 잘 알고 있었다는 점에서 그러했다.

미국의 위대한 흑인가수 폴 로브손(Paul Robesone)이 여권을 압수당했기 때문에 그와 만나지 못한 것에 대해서 송경령은 여러 번 되풀이해 유감을 표명했다. 그녀가 로브손을 매우 존경하였음은 항일전쟁기의 중국인민의 애국적 투쟁에 대한 가곡을 노래했던 그의 앨범의 서문에서 1941년 그녀가 쓴 말을 보면 추정할 수 있다. 그녀는 "폴 로브손은 전세계인민의 소리를 취입하여 미국인에게 중국의 애국적 노래를 들려주게 되었다"[50]라고 쓰고 기뻐했다. 그 앨범의 제목은 앨범 속의 주요곡이기도 한 <치라이(起未); 일어나라>였다. 일본의 침략에 대한 완강한 반항의 절규로서 이 곡은 후에 인민공화국의 국가가 되었다. 레코딩은 유양모(劉良模)가 지휘하는 중국합창단의 코러스를 배경음악으로 하여 로브손의 힘 있는 열창에 의해 최초로 미국에서 실현되었다. 지휘자 유양모는 중국의 구국음악운동의 선구자였는데 그 당시 한때 미국에 체재하고 있었다. 송경령은 이 레코드를 포함하여 로브슨의 노래를 자주 듣곤하였다.

송경령은 또한 자기 집에서 자신의 친구인 에드가 스노우를 다시 만났다. 스노우는 1960년과 64년에 매우 이례적인 허가를 얻어 작가로서 중국에 왔다-저널리스트로서가 아니었다. 왜냐하면 미국 국무성은 그 당시 아직 기자가 '붉은 중국'에 가는 것을 금지하고 있었기 때문이다. 북경이 기자의 교환을 제안했음에도 불구하고 워싱턴은 '승인'의 가능성에 대한 암시를 주는 것조차 두려워했다. 양국교류의 장애 요소는, 주로 거론되는 '죽의 장막'에 있었던 것이 아니고 미국 정책에 있었다. 오늘날 미국은 각국 어느 곳에서 원하든 원하지 않든 불문하고 미국기자들에게는 문호를 개방하게끔 하는 입장에서 볼 때 이것은 많은 사람들에게 이상하게 들릴지도 모른다.

그녀가 자택에서 맞아들인 손님 가운데는 전 홍군의 진갱 장군처럼 옛날 지하활동시절에 알았던 친구도 있었다. 1930년대 초기에 그녀는 부상당한 진갱을 몰래 상해에서 치료받게 했고 그 후 장개석이 그를 체포·살해하려 했을 때 그녀는 감연(敢然)히 장개석과 대면하여 질책함으로써 그의 생명을 또 다시 구해주었다. 1953년 그가 한국전쟁에서 미군과 싸우고 귀국했을 때 그녀는 그와 그의 가족을 위해 축하연을 열었을 뿐만 아니라 직접 요리재료를 사서 음식을 장만했다. 1955년 진갱이 심장병을 앓아서 치료하기 위해 상해로 왔을 때도 그녀는 또한 옛날처럼 돌보았다.

그녀 집의 손님은 전체적으로 볼 때 민간의 개인손님이 많은 편이었다. 보위중국동맹이나 다른 단체의 예부터 아는 동료들인 레위 앨리, 마해덕(의사 조지 해팀; 馬海德), 그리고 필자와 필자의 아내와 같은 외국 국적을 가졌거나 외국출신으로서 중국에 귀화한 사람들이었다. 트리니다드 출신의 저명한 여성 발레리나이자 안무가인 대애련(戴愛蓮)은 앞서 보위중국동맹을 위하여 홍콩과 중경에서 공연하였고 신중국에서는 민족 발레의 창작자 중 한 사람이 된다. 그 외에도 많은 다른 사람들을 들 수 있다. 송경령의 집에서 영화를 상영할 때는 주변 사람들이나 아는 젊은이들을 함께 불렀는데, 그녀가 젊은이들과 함께 지내는 것을 좋아하였기 때문이다. 더욱 나이 어린 어린이들에게는, 그녀 자신의 어린 시절을 생각하며 부활절 달걀 찾기 등 다른 축일놀이를 준비했다.

상해에서도 북경에서도 송경령은 축일이나 중요한 기념일이면 각 분야의 협력자들을 자기 집에 초대하곤 했다. 또는 단순히 그들을 만나고 싶다고 생각할 때도 초대하였다. 내가 기억하는 한 파티는 《중국건설》의 중국인·외국인 편집진들을 위해 베풀어진 것이었다. 의외로 그녀는 주은래 총리도 오도록 청했다. 주은래 총리는 기꺼이 방문하여 전혀 격식을 차리지 않고 숙녀들과 춤을 추었다.

친척들이나 젊은 시절부터 친하게 지낸 친구들이 그녀를 자주 방문하였다. 손님을 식사에 초대할 때에도 그녀는 메뉴를 짜기도 하고, 때로는 직접 요리를 했다.―특히 무엇을 좋아하는지를 아는 친구들일 경우에는 스스로 음식을 만들었다. 중국음식을 처음 접하는 외국인들에게 요리를 권할 때에는 그녀는 "아몬드(편도)두부"라든가 "아몬드 차"라고 말하며 설명을 덧붙였다. 그리고 만약, 물어보면 기꺼이 조리법과 배합의 요령을 써주었다.

대체로 그녀는 선물을 받지 않았지만 요리책은 예외였다. 외국인 여자 친구들이 집에서 만든 쿠키나 잼을 가져왔을 때는 만드는 방법을 듣곤 했으며 어떤 때는 소매를 걷어올리고 부엌에서 만들어보기도 했다.

가끔, 조금 특별한 요리를 대접할 때는 송경령은 의사로서 손문이 영양에 대해 가졌던 관심에 관하여 이야기하기도 했다. 『건국대강』에서 손문은, 요리는 단순한 기술이 아니고 예술이며 문명진보의 척도라고 썼으며 이점에서 중국은 성숙해 있다고 설명했다. "중국인에게는 4천 년의 문화가 있으며, 우리의 식문화는 서양·유럽보다도 진보하였다. 우리의 음식재료는 식물성이 많기 때문이다"라고 썼다. 두부같은 식물성 단백질이 건강에 좋다고 열심히 선전하였음을 상기하면서, 현재에도 여전히 손문은 매우 현대적이라고 그녀는 말했다.[51]

1950년대 중엽 그녀는 당시 인도네시아 알리 사스트로아미조요(Ali Sastroamidjojo) 수상의 가사를 즐기는 부인을 위하여 영어판 중국요리책을 서둘러 찾아다닌 적이 있었다―그래서 그것을 도와준 엘시 초멀리에

게 감사하다는 편지를 썼다.[52]

  귀한 요리책 구하는 것을 도와준 것에 대해 마음깊이 감사드립니다. 이브
알리는 중국에 체류하는 동안에 그것을 노력해서 찾았지만 찾지 못하였기
때문에 분명 매우 기뻐할 것입니다. 그들 부부가 모두 우리나라 음식을 좋아
하기 때문이지요. 사스트로아미조요 부부는 '알리아빠', '알리엄마'로 친근
하게 불릴 정도로 인도네시아인들의 깊은 사랑을 받고 있습니다. 물론 마시
우미(Masjumi)당(수카르노에 반대하는 보수적 이슬람정당) 외의 사람들로부
터 사랑을 받고 있지만.[53]

                    *   *   *

  ≪중국건설≫(1990년에 ≪오늘의 중국(China Today)≫으로 개칭)은 송
경령이 창간한 잡지로서 그녀의 지도하에 발전하였으며 또한 그녀 자신
이 그 잡지에 많은 문장을 실었다. 이 잡지의 창간은 주은래 총리의 끈질
긴 권유로 이루어졌던 것이다. 그는 인민공화국에서 해외 독자에게 중국
혁명사업을 효과적으로 전하는 데는 송경령의 말과 긴세월 동안의 경험
이 국제적으로 공감을 불러일으키는 특별한 작용을 할 수 있다고 생각했
다. 영문출판에 대한 경험으로는 항일전쟁 시기의 ≪보위중국동맹신문
통신(China Defense League News letter)≫뿐만 아니라 항일전쟁발발전에 발
간한 ≪중국의 소리(Voice of China)≫ ≪중국평론(China Forum)≫ 그리고
그보다 훨씬 이전의 것으로 1925년에서 27년의 대혁명시기에 무한에서
발행된 ≪인민논단(People's Tribune)≫에 이르기까지 거슬러 올라가 볼 수
가 있다. 그녀 자신의 저술에 한해 본다면 1911년 전제왕조에 반대하는
혁명이 성공한 것에 대해 환희했던 ≪더 웨슬리언(The Wesleyan)≫에 수
록된 논술에까지 거슬러 올라간다.
  ≪중국건설≫은 1952년 격월로 발행하는 영문 잡지로 창간되었다. 편
집진은 6명으로서, 그 가운데 3명은 이미 일찍부터 송경령의 출판과 그
외 활동에 참가하고 있던 사람들이었다.[54] 매호 몇천 부가 발행되었다.
1966년의 '문화대혁명'이 시작되기 전에는 8개국어(영어·스페인어·프랑

스어·아라비아어·러시아어 등55)로 발행된 월간지로까지 성장하여 편집 등 구성원이 100명을 넘었고 발행 부수도 20만 부에 달했다. 잡지의 성격은 처음 출발부터 대단히 선명하여, 명확한 취지하에 신중하게 진실을 추구하는 태도로서 신중국의 정치·경제·사회, 그리고 문화적 진보에 대해 주로 인민의 생활상을 통하여 생생히 보도하였다. 그 후 다소 그같은 궤도에서 벗어난 적도 있었지만 대체적으로 보면 이런 특색을 유지했다.

1950년대 후반 '대약진'의 시기에는 이 월간지 편집부도 사회의 풍조를 반영하여 열기에 휘말렸다. 그러나 이미 언급한 것처럼 송경령은 이 풍조에 경고를 하고 일을 크게 떠벌리지 말며 무엇보다도 사실을 왜곡해 전하지 말아야 한다고 주의를 주었다.

당시 과대과장의 일반적 경향에 직면하여 송경령은 어떤 글의 초고를 읽은 후 비평을 썼다—그것은 마치 중국에서는 이미 생활이 안정되어 있어서 더 이상 구호활동이 필요 없는 것처럼 말하고 있는 문장이었기 때문이다.56)

그것을 읽으면서 나는, 문제는 이미 다 해결된 것 같은 인상을 받았습니다. 우리는 복지분야에서 아직 해야 할 많은 일이 있음을 애기하지 않을 수 없다고 생각하고 있습니다. 왜냐하면 아직 새로운 사회와 새로운 경제의 기초를 건설해가는 과정에 있기 때문입니다.

많은 진보가 보이지만, 우리는 지금 이 순간에 필요로 하는 모든 것을 충족할 수는 없다는 것을 … 표명하지 않을 수 없습니다 …

1960년대, 미국과 소련 양국의 대결이 계속된 꼭 10년 사이 이 잡지를 보다 정치적으로 명백하게 하려는 압력이 있었다. 송경령은 어느 정도는 응했지만 그 자체의 형식과 보도방식은 유지하고 싶다고 주장했다.57)

반동파나 기회주의자가 … (미국제국주의자를 추종하여) 우리를 계속 공격하고 있는 가운데 우리들은 원칙적인 입장을 유지하지 않으면 안됩니다. 그것과 더불어 한편 각국 인민에게, 그들과의 우호를 바라고 있다고 하는 메시지를 전하는 노력을 해야만 합니다. 우리는 부드러운 태도로서 그것을 처리할 수 있습니다 … 그러나 사실을 보도하지 않으면 안되며 그것은 가능합니다. 그래야만 비로소 각국간의 우호의 참된 기초를 유지할 수 있습니다. 나는 우리의 잡지는 종래에 해왔던 것처럼 앞으로도 그 방침대로 계속해 나가야 한다고 생각합니다 …

주은래 총리는 그녀의 이같은 의견에 전적으로 동의하고 다음과 같이 전해왔다.58)

≪중국건설≫의 경제적·문화적 건설에 관한 보도는 정치적인 내용이기도 합니다. 이 잡지를 보다 특별하게 하기 위해 이미 정치적 내용을 실었습니다. 너무 과다하게 정치화하지 않기 위해, 그 잡지의 본래 특성을 변화시키지 않도록 주의해주십시오.

1960년대 중반, 외무부장관 진의(陳毅)는 이 월간지를 우익이나 극좌, 어느 쪽으로도 편중되지 않고 "착실하게 안정되어 있다"고 칭찬했다.59) 이 칭찬은 문화대혁명 시기에 그에게 쏟아진 비난의 일부가 되었다. "착실하게 안정되었다"는 것은, 나쁘지 않다 하더라도, 무원칙의 기만적 태도로 간주되었기 때문이었다.

송경령 자신이 잡지에 쓴 문장은 언제나 겸손했다. 그녀는 편집자들이 수정한 점 한 개도 허락하지 않았다는 이야기를 '중상모략'이라고 화를 내며 그것을 비난했다. 사실 그녀에게는 다른 사람에게 의견을 물어보는 습관이 있었으며 대체로 그것을 받아들였다. 그녀는 다른 사람들의 제안으로 수정한 문장에 대해서 "이것은 확실히 개선되었어요. 훨씬 좋은 것처럼 보입니다"라고 말했다.

편집부가 보낸 원고료를 그녀는 일절 받지 않았다—그 예로 1958년 11월에는 "나에게 원고료를 보내지 말아 주십시오"60)라고 편집부에 편지를 썼다.

1952년에서 1966년 사이에 그녀는 다른 잡지나 신문에도 더 많은 글을 기고했지만 ≪중국건설≫에도 24편의 문장을 실었다. 「진실보도의 전통」61)은 그녀가 ≪중국건설≫창간 10주년을 위해 특별히 쓴 기사였다. 그녀는 이 잡지의 전신인, 전시의 ≪보위중국동맹신문통신≫에까지 거슬러 올라가 국민당의 검열 때문에 "세계 각국에 정보가 거의 알려지지 않았던 당시 중국 상황의 진실"을 보도하기 위해 어떻게 싸웠는가를 회상했다. 그 진실이란 중국인민이 "파시즘과 군국주의에 대항하고 민주주의와 평화, 그리고 인류의 진보를 위한 세계적 투쟁의 일부분으로서, 민족 존망의 투쟁을 벌이고 있었다"는 것과 "중국공산당이 우리 국토와 문화를 구하기 위해 민족 재기의 길을 열고 있었지만 중국국민당은 중국공산당과 그 항일 근거지를 괴멸시키기 위해 쓸데없는 시도를 계속하면서 일본침략군과의 싸움을 소극적 태도로 임했다"는 것이었다.

1949년 이후 새롭고도 중요한 사태가 출현했다.

중국인민은 세계를 무대로 당당히 일어섰습니다 … 우리는 새로운 생활을 건설하고 있습니다. 아직도 투쟁은 매우 힘이 듭니다만 거기에는 배울 것이 상당히 많습니다. 그러나 … 민족의 부강과 번영의 미래는 … 우리 자신의 노력으로 현실화되고 있습니다.

이 새로운 사태라는 것은 … ≪중국건설≫이 신중국을 말살하거나 역전시키려는 국내외의 어떠한 기도에도 반대하여 방위와 선전의 임무를 담당한 환경을 말하는 것이다. 동시에 이 잡지는 "평화공존5원칙에 기초를 둔 국가간의 평화"를 굳게 주장하고 아울러 "독립을 달성한 민족이나 독립을 쟁취하기 위해 싸우고 있는 민족에 대한 동정과 지지"를 표명했다.

이 잡지의 창간에 참여한 진한생은 20년 동안의 출판활동에 대해 회상하였다.

… 이 잡지는 미국 내에서는 배포가 금지되었다. 미국정부는 ≪중국건설≫을 수입불허의 출판물 명단에 올려놓았다. 우체국과 세관 당국은 이를 발견하면 곧바로 파기하도록 지시를 받았다. 더욱이 미국 재무성의 외국자산관리국은 ≪중국건설≫의 구매자와 구독자는 등록을 해야만 한다고 규정하였다.[62]

1970년대 초 리처드 닉슨(Richard Nixon)이 모택동의 초대로 중국을 방문하여 미·중 관계가 타개된 후에야 ≪중국건설≫은 정상적으로 미국에 들어갈 수 있게 되었다.

송경령은 좋은 신문에 대한 그녀의 관점으로서, 그것은 진실을 전하는 것이어야 한다는 주장을 명확히 하고 있었다. 그녀의 오랜 친구인 신문기자 빈센트 쉬언의 부인에게 보낸 1959년의 편지에 그것은 명확히 드러난다.63)

… 중국문제의 보도에 대해서는 … 다른 모든 보도의 경우와 마찬가지로 … 필자의 입장과 관점이 문제되는 것입니다. 모든 것이 흑백으로 나뉘어질 수 없다는 것은 사실입니다. 그러나 문제를 관찰하여 … 정리하는 과정에서 … 반드시 하나의 선택을 해야만 합니다.

바꾸어 말하면, 명확한 정치적 입장이 있어야 한다는 것이었다. 하나의 예로서 그녀는 중국의 가장 위대한 작가이자 그녀의 오랜 전우였던 노신을 들었다. 그는 자신의 문학적 천재성에도 불구하고 만년에 가서는 그의 작품이 당시 박해받고 있던 좌익세계에서만 출판되어 읽혔다. 왜냐하면 그는 원칙을 버리고 수정하여 타협할 수도 있었지만 그렇게 하지 않았기 때문이다.

… 때때로 사람들은 몇 개의 관점에 양다리를 걸치려고 하는 것이 독자에 대한 서비스라고 생각할지도 모릅니다. 이것은 독자를 혼란시킬 뿐입니다.

한 서양인 작가인 친구는 아마도 송경령을 많은 독자에게 친밀하게 느껴지도록 하려는 배려에서 "나를 기독교도의 개량주의자로 묘사하고 있지만 나는 그렇지 않습니다"라고 그녀는 썼다. 그리고 이것은 "나자신에 대해서도 중국에 대해서도 충실한 것이 아니며 우호적인 말도 아니며 … 타협적 태도는 사람을 어떤 곳으로도 잘못 인도할 수 있다는 한 예입니다"라고 그녀는 말했다. 또한 다른 친구 작가에게 보낸 편지 가운데서 '기회주의적'이어서는 안된다고 썼다.

송경령 자신은 다른 곳에서도 명확하게 공언하고 있는 것처럼 기회주의적이지 않았으며 친구가 그와 같은 태도를 취하는 것을 좋아하지 않았다. 이것은 도량이 좁은 것과는 다른 것이었다ー서로 다른 생각을 가진 사람들간에 극히 작은 것이라도 공통점을 발견해내려는 것에 대해서는 송경령을 따를 사람이 없었다. 그러나 그녀의 생각으로는, 일시적인 무사 평온을 위해서 기본적인 현실정황을 눈가림하려 해서는 안된다는 것이었다. 긴 안목으로 볼 때, 광범위한 단결을 위해서도 보다 명확한 것이 훨씬 좋은 것이었다.

이보다 일찍 그녀는 같은 주제에 대해 그녀의 견해를 공개적으로 발표한 적이 있다.[64]

오늘날 정보의 수집과 전달을 위한 수단은 발달하였습니다. 그러나 사람들은 정보의 대홍수에 대처하는 방법을 알지 못하며 오히려 그 속에 빠져버려서 이전의 역사를 무시해버리기도 합니다 … 인류는 지금껏 늘 고통 없는 사회, 고통 없는 세계를 원해 왔지만 진보는 순풍에 돛단 듯이 오지는 않았습니다 … 때로는 주저하고 정지하고 좌절되기도 했습니다. 그러나 인류의 발전의 길은 필연적으로 낮은 단계에서 높은 단계로 나아가며 … 착취에 기반을 둔 사회에서 착취 없는 사회제도로 발전합니다 … 한편으로는 진실된 뉴스가 있고 또 한편으로는 흔히 뉴스라 일컫는 것이 있습니다 … 그리고 진정한 역사가 있고 소위 역사라는 것이 있습니다. 진실은 어디에 있는 것입니까? 그 해답은 무엇이 인류의 대의를 표명하고 옹호하고 촉진시키는가를 분석함으로써 찾을 수 있습니다.

여성권익과 남녀평등을 위한 노력

인민공화국 성립 후에도 송경령은 계속해서 중국여성문제에 깊은 관심을 가졌다. 승리전 몇십 년간 그녀는 여성들에게 우선 민족과 사회의 해방에 힘을 다함으로써 여성 자신의 해방의 전주곡으로 할 필요가 있다고 촉구했다. 이제 그녀는 여성들에게 국가의 경제와 문화부흥에 참가하라고 호소하고 동시에 남성과 평등한 지위를 강화하고 지켜나가라고 호소했다ー남녀평등은 법률상으로는 확보되었지만 아직 일상생활이나 활동면에서는 현실적으로 구체화되지 않으면 안되었던 것이다.

아시아의 다른 여러 나라 여성에 대해서도 민족의 독립을 쟁취하고 공고히 하는 것이 선결문제라고 말했다. 신중국 성립 후 겨우 두 달 후에 북경에서 개최한 아시아여성대표자회의의 강연에서 그녀는 이렇게 말했다.[65]

   ··· 현재 아시아의 ··· 여성들은 공동의 적을 가지고 있습니다··· 그것은 외국의 제국주의와 그 결과로 생긴 식민지주의와 국내에서 발생한 봉건주의와 그 고도의 단계에 있는 매판주의입니다.

   이같은 조건하에서,

   사회적으로도 정치적으로도 여성은 노예와 같은 지위로 떨어졌습니다.
   ··· 봉건적이며 파시즘적 방식은 ··· 전력을 다해 여성을 가정이란 조롱 속에 가두어두고, 학습에도, 노동에도 열등하고 무능력하다고 간주하였습니다.

송경령은 신중국의 「중국인민정치협상회의공동강령」(임시헌법) 제6조의 명문규정을 기쁨을 갖고 설명했다.

   중화인민공화국은 여성을 속박하고 있는 봉건제도를 폐지합니다. 여성은 정치·경제·문화·교육 및 사회생활의 각 방면에서 남성과 동등한 권리를 향유하게 될 것입니다. 남성과 여성의 결혼의 자유가 실행될 것입니다.

   그녀는 연설을 계속하면서 10월혁명이 소련여성들의 지위를 향상시켰음을 높게 평가하였다.
   아시아국가들의 독립투쟁에서 여성의 영웅적인 역할에 대한 그녀의 경의와 칭찬은 이미 앞부분에서 인용하였다. 독립이 쟁취된 오늘날 아시아 여성은 국가발전을 위한 사업에 참가함과 동시에 여성자신의 이익을 위해서도 노력하지 않으면 안된다고 송경령은 강조했다. 예를 들어,

   결혼, 가족, 그리고 재산상속에서의 평등한 권리, 아이들에 대한 모친의 권리보장, 보육시설 건설, 동일노동에 대한 동일 임금 급여, 유급 출산휴가, 아동노동의 금지, 아동에 대한 무상의무교육실시, 여성의 고등교육을 위한

기금설치 등.

가족은 "가장 이외의 전원에 대한 족쇄"가 되어선 안되며 "하나의 완전히 새로운 가정의 개념을 만들어내야 한다". 그녀는 마르크스의 말을 인용하여 "여성이 가정 밖으로 나가 일할 수 있도록 길을 열어주는 것만이 가족과 남성과 여성 간의 관계에서 보다 높은 형태의 새로운 경제적 기초를 창출할 수 있게 된다"고 말했다.

가장 우선되어야 할 것은, "여성의 정치적 수준을 높이려는 노력"이었다. 이렇게 함으로써 비로소 여성은 "기본적 승리와 우리들 자신의 승리의 필연적 관계를 이해하고 이들 승리를 쟁취하는 방법"을 배울 수 있는 것이다. 그리하여 비로소 여성들은 스스로의 해방을 위해 전력을 다할 수 있을 뿐이다. 해방은 "은쟁반 위에 담겨져 남이 가져다주는 것"이 아닌 것이다.

그 다음으로, 여성은 국가 공업화를 촉진시키기 위한 관련분야의 활동에 참가하여 필요한 기술을 습득하고 과학지식을 몸에 익혀 "과학이 인민에게 봉사할 수 있는 단계까지 보급될 수 있도록" 노력해야만 한다. 그리고 세번째로, 여성들은 정치단체나 노동조합, 여성연합회, 농민운동조직들에 참가해야 한다. 아시아의 여성지식인은 인민의 진보에 있어서 중요한 존재이다. 그러나 "그녀들의 영향력 여하는 인민대중과의 접근여하에 따라 측정된다". 왜냐하면 "인민의 힘만이 전 아시아를 해방할 수 있기 때문이다".

여성은 노력을 해야 하는 것만이 아니었다. 여성들의 전진은 "남녀평등이 남성들에 의해 완전히 이해되지 않고서는" 모두가 공허한 것이 되어버릴지도 모른다. "우리 여성은, 많은 남성들이 … 진보적이며 인민의 사업을 위해서라면 생명의 위협까지도 무릅쓰지만 … 여성에 관해서는 시대에 뒤떨어진 생각에 끝까지 집착한다는 것을 알고 있다".

그녀는 레닌의 말을 인용하였다.

우리 여성대중 속에서의 정치적 과업은 남성을 교육시키기 위한 상당히 많은 노력을 필요로 합니다. 우리는 당내나 대중 속에 있는 가장이나 주인이라고 하는 진부한 관념을 철저하게 뿌리 뽑아야 합니다.

1950년대 중반, 아시아 여러 나라를 공식 방문했을 때 송경령은 정부 수뇌가 주최한 리셉션이나 중국과의 우호단체에 의한 초대연회에 참석하는 것 이외에 반드시 특별히 여성들과 회합을 가졌다. 인도에서는 델리와 캘커타의 주요 여성단체가 연합하여 공동 주최한 연회에 그녀는 참석했다. 또한 별도로 연방회의나 서벵갈주 의회의 여성의원모임에도 참가하였다. 그녀는 카마라데비 챠토파디아(Kamaladevi Chattopadhya)를 만나게 되어 크게 기뻐했다. 이 인도여성은 1939년 홍콩에서 송경령을 방문했을 때 영국경찰에 미행당했으며, 독립된 인도에서는 국가수공업국 국장에 임명되었다. 이 사실은, 생산합작사의 제창자이며 스스로 베짜는 일을 좋아하는 송경령으로서는 크게 흥미를 갖게 하는 것이었다.

일반적으로 말해서 송경령은 인도, 버마(미얀마), 파키스탄, 인도네시아 등 국가의 공식방문을 통해서 여성의 활동을 아시아 국제무대에 적극적으로 끌어내려는 점에서 큰 역할을 했다. 캘커타에서 그녀는 중국과 인도에서만 5억의 여성이 있다고 언급하며 거대한 잠재세력이라고 말했다. 그녀는 가는 곳마다 여성은 각나라와 전아시아에 있어서 중요한 존재라는 것을 강조했다. 버마에서는, 버마독립운동의 지도자로서 암살 당한 영웅 아웅산 장군의 부인과 함께 각지를 여행했다. 각각 두 나라의 혁명선구자의 미망인인 두 사람은 어깨를 나란히 하여, 거듭해서 대중에게 모습을 드러냈을 때, 사람들에게 깊은 감동을 불러일으켰다. 파키스탄·인도네시아, 그리고 실론(스리랑카; 당시 수상은 시리마보 반다라나이케 Sirimavo Bandaranaike 여사)에 있어서도 여성들이 그녀의 관심이 중요한 부분을 점하였다. 그녀는 어디에서도 어머니와 어린이를 위한 시설 참관에 관심을 기울였고 그같은 사업을 세계의 평화사업에 연계시키려 했다.

1955년 세계 어머니날[66]에 기고한 글 속에서 송경령은 다음과 같이 말했다.

각국 여성들 상호간의 이해와 존중을 깊게 함은 세계평화에 중요한 공헌을 할 것입니다. 모든 전쟁에서 여성은 가장 비참한 피해자입니다. 만약 어머니와 어린이를 소홀히 한다면 어떠한 나라도 번영할 수 없고 어떠한 평화도 지켜질 수 없습니다. 핵전쟁을 반대하는 데에도 여성은 선두에 서야 할 것입니다.

아무리 공식적인 여행이라 해도 송경령은 중국복리회사업에서 그 예를 볼 수 있는 사회활동가로서의 관심을 결코 잊지 않았다. 언제나 그녀는 중국복리회와 유사한 사업을 참관하고 그 경험 속에서 배우는 시간을 가졌다. 중국여성을 위한 그녀의 관심은 이들의 건강, 복지, 그리고 정치·사회·교육 등 모든 방면에 있어서의 그 발전을 포함한 것이었다.

보건분야에서는 먼저 두드러진 예로서 상해의 중국복리회 국제평화여성아동보건원(婦幼保健院)의 확장과 개선을 송경령이 중시했다는 데서 입증된다. 필요한 경비 일부는 신정부의 지원으로 조달되었다. 다른 출처는 그녀 자신의 지출에 의한 것이었는데 특히 1951년에 수상한 스탈린 국제평화상의 상금 10만 루블은 전액 이 병원에 기증되어 새로운 병동의 건축비로 들어갔다. 작은 시작으로부터 출발한 그 보건원은 크게 발전하여 지금은 단지 치료기관으로만이 아닌 전국적인 산부인과 실험연구센터로 성장하였다.

이 시기에 송경령이 중국 여성에 대해 쓴 문장은 주로 두 개의 주제로 이루어져 있었다. 국토가 한국전쟁을 통해 재침략될 위험에 놓여 있었기 때문에 경제회복과 더불어 침략의 위협을 물리치는 데 중점을 두었던 것이다. 1951년의 국제여성의 날에 기고한 문장에서[67] 그녀는 "모든 여성은 힘을 모아 단결하여 대내적으로 토지개혁을 서둘러 완성하여 경제건설을 강화하고, 대외적으로는 제국주의의 음모를 분쇄하고 세계의 평화진영을 강화시킬 것"을 호소했다.

"토지개혁을 서둘러 완성한다는 것"은, 중국 전인구의 5분의 4가 농민이듯이 중국여성의 5분의 4를 차지하는 여성농민에게는 특별한 의미를 갖는 것이었다. 인민공화국에서, 기본적 인권으로서 1949년 '공동강령'이 규정한, 남녀평등 실현을 위해서는 토지개혁이 기본적인 작용을 하는 것이었다. 지주의 소유물은 남녀성별에 관계없이 1인을 기준으로 얼마씩 농민들에게 분배되었다. 중국 농촌여성들은 역사상 처음으로 합법적으로 소유자가 되었다―당시 중요한 농업의 생산수단이었던 경지, 가축, 농기구 등의 전체의 반을 여성이 소유하게 되었던 것이다.

1953년에 이르러 대외적인 위험이 줄어들고, 내전으로 파괴된 국민경제도 상당히 회복되어 계획적인 사회주의 건설이 시작되었다. 이런 환경 속에서 그녀가 한 강연내용의 강조점도 변화를 보였다.

같은 해 북경에서 열린 전국여성대표대회에[68] 보낸 축사 가운데서 송경령은 중국에서는 남녀평등이 아직 완전히 실현되지 않았다고 지적했다. 남존여비의 뿌리깊은 관념은 간단히 그리고 빨리 극복될 순 없었다. 만약 여성이 경제의 모든 분야에서 활동에 참여치 않는다면 여성해방은 지연될 것이며 국가 전체의 진보도 그 영향을 받게 될 것이다. 여성들의 해방은 정치적, 경제적 문제일 뿐만 아니라 여성 독자적인 요구와 권리를 지키기 위해서도 필요했다. 더욱더 많은 산부인과 병원과 탁아시설이 필요했다. 여성은 무거운 가사노동에서 점차 벗어나야 한다. 여성해방이 철저하게 이루어지는 것만이 국가의 힘을 더욱 강대하게 만든다고 그녀는 말했다.

중국여성의 해방에 대한 송경령의 견해는 투쟁과 실패와 승리 즉 이 세단계를 거쳐 성숙된 것이었다. 웨슬리언 여자대학시절에는 위로부터의 개혁을 생각하고 지식인 여성에게 그 중요한 역할을 기대했다. 그 후 그녀는 여성의 해방은 민족의 해방과 노동대중의 해방에 의존한다고 강조하였다. 이제 그녀는 국가와 인민의 보다 더 나은 발전은 여성의 진보에 달려 있다고 인식하게 되었던 것이다.

송경령은 1927년, 혁명적인 무한에서의 무모한 낙관주의 이후 이미 너무나도 긴 노정을 걸어왔다. 그 당시는 그녀도 선언이나 법령만 발표한다면 거의 모든 것이 다 해결된다고 생각했다. 그러나 이제는 그렇게 생각지 않았다. 장기간의 투쟁을 거쳐 획득한 1949년의 승리 후, 사회주의의 길을 선택하여 발전을 위한 기초를 정한 후에도, 아직 얼마나 더 많은 시간과 노력이 필요한가를 인식하였다. 변하지 않은 것은 이미 이루어놓은 하나하나의 성과에 대한 그녀의 긍지와 목표달성에 대한 확신이었다.

이 전국여성대표대회에서 송경령과 하향응은 함께 전국민주여성연합회 명예주석에 추천되었다. 이 두 여성은 1920년대의 광주·무한에서 시작된 여성혁명운동의 기수이며 민족적 지도자로서 서로 친밀한 전우이며 친구였다.

1953년 말 송경령은 무한을 다시 방문했다. 19세기 중엽 태평천국농민혁명에 참가한 후위(後衛)전사들로서 순교한 9명의 여성영웅의 기념비를 설립하기 위해서였다. 이들 9명의 여전사가 묻힌 '9녀총(九女塚)'은 무한의 풍광 수려한 동호(東湖) 근처에 세워졌는데, 그곳은 그녀들이 끝까지 용감하게 저항한 후 청왕조의 군대에 의해 목베어진 곳이었다. 깊은 감정과 역사적 감회에 사로잡힌 채 그녀는 중국여성의 과거, 현재, 미래를 연결짓는 시를 한 수 지어 비석에 새겼다. 이 시는 송경령이 지은 몇 안되는 시 중 하나로서, 그녀 자신의 내면세계를 반영하고 혁명과 여성의 역할과 인류의 진보에 대한 매우 깊은 생각을 표현한 것이었다.[69]

여기 우리의 위대한 조국의 심장부에
아홉 명의 꺾이지 않는 불굴의
이름 없는 중국여성이 있습니다
인민을 위해 싸웠고
인민을 위해 자신의 모든 것을 바쳤습니다.

여기 우리의 위대한 조국의 심장부에
그후 오랜세월 동안
수십만의 계승자들이
혁명의 횃불을 높이 치켜들고
전쟁의 상처들을 동여매고
인류의 새로운 시대를 노래부르며
전진하였습니다
수많은 사람들이 인민을 위해
자신들의 모든 것을 바쳤습니다.

여기 우리의 위대한 조국의 심장부에
인민이 나라의 주인이 되는 시대에

우리는 아홉 명의 이름 없는 여성들을 위해
비석을 세웁니다.
그녀들을 경모하기 위하여
전 중국의 여성들을 경모하기 위하여.

우리는 오늘 과거를 기념하면서
미래를 전망해야 합니다
우리는 오늘을 위해 내일을
건설하고 있습니다
모든 인민을 위해, 모든 인민을 위해.

　신중국에서 그녀는 어디에 가든지 여성의 상황에 대하여 질문했다. 한 번은 이틀 동안 상해의 한 면방적 공장과 그 공장여성 노동자들을 방문하고 함께 지내면서 송경령은 그들의 생활여건·건강·결혼·육아·교육 등에 관한 문제를 상세하게 물어보았다. 각지의 농촌을 시찰했을 때도 농촌여성에 관하여 똑같은 질문을 했다.

　1957년 9월 송경령은 「여성은 사회주의를 향해 굽히지 않고 나아가야 한다」라는 제목으로 제3회 전국여성대표대회를 위해 논설을 썼다.[70] 모든 분야에 여성들이 참가하여 활동해야 한다는 끊임없는 주장에 덧붙여 그녀는, 여성이 가정에서 담당하는 역할, 특히 사회주의 정신으로 자녀들을 교육시키는 중요성과 명예로움을 잊지 말아야 한다고 주의를 환기시켰다. 이 글에서는 몇몇 사람들이 외쳤던 "가정으로 돌아가라"는 충고의 시사는 전혀 없었다. 항상 그랬듯이 그녀는 여성들이 사회의 더 많은 분야에서 활동하고 공부하길 바랐다. 그녀는, 사회적 서비스와 노동효율을 올릴 수 있는 기구를 제공한다면 여성은 노동도 할 수 있고 좋은 어머니도 될 수 있다고 주장하고 있다.

　1960년 3월 송경령은 「세계여성의 날 50주년을 축하하며」라는 글을 썼다.[71] 이 글의 보편적 의의는 남녀불평등과 이에 반대하는 투쟁이 광범위하게 진행되고 있으며, 이것은 사회주의가 승리하고 모든 착취와 이에 부수되는 사상이 극복될 때만이 비로소 싸움에 이길 수 있다는 것이었다.

「전국의 자매들에게」라고 축하인사를 보낸 또 다른 글에서 그녀는 여성들이 마르크스주의 이론 특히 모택동의 저서를 학습하도록 호소했다. 마르크스나 모택동에 대한 송경령의 존경은 점차 더 깊어져갔다. 그러나 그 당시는 물론 그 후에도 그녀는 이 두 사상이 다른 지식을 대체할 수 있다고는 생각지 않았다—이같이 극도로 단순화된 관점이 당시 중국에서 이미 기반을 얻기 시작하였다. 그녀가 여성들에게 과학과 전문기술을 습득하라고 요구하는 것은 이전 못지않게 고집스러웠다. 강대한 중국을 건설하는 데 진력할 뿐만 아니라 전세계의 여성들과 우호를 증진하고 여성의 복지와 아동의 행복증진을 위해 노력해야 한다고 그녀는 주장했다.

1958년 이후 인민공사가 전국적으로 조직되고 있었다. 초기에 그 중 한 곳을 방문한 그녀는 공동식당에서 식사를 하고 현지 농장에서 목화따기대회에 참가하였으며 또한 여성사원들과 특히 노동과 육아문제 등을 포함한 생활상황에 대해 얘기를 나누었으며, 탁아소와 유치원을 참관하였다.

어린이는 중국의 미래

'어린이'는 '미래'라고 보는 관점이 송경령의 사상 중에서 중요한 위치를 잡아가고 있었다. "기다릴 수 있는 일도 있지만, 어린이들을 위한 일은 기다릴 수 없다"라는 말을 그녀는 만년에 가까워지면서 언제나 얘기했다.

1950년 3월 중국복리회에서 잡지 ≪아동시대≫72)를 창간했을 때 그녀는 권두언에서 해방 전의 중국의 무수한 어린이들이 처해 있던 어려웠던 상황과 개선되고 밝은 미래가 열린 해방 후의 현상과를 비교하였다. 새로운 세대는 은혜를 받을 뿐만 아니라 스스로 건설을 담당하는 사람으로 자라나야 한다고 그녀는 어린 독자들에게 말했다.

그해 6월 1일 중국에서 처음으로 국가적인 휴일로 공표된 '국제 아동의 날'을 축하하며 쓴 문장에서 그녀는 새로운 인민공화국은 의무로서

아동의 권리를 보호해야 한다고 썼다.[73]

1952년 빈에서 열린 아동보호를 위한 국제회의[74]를 경축하는 글에서, 수백만 명의 어린이들이 전쟁으로 고통받거나 위협을 받고 있으며 그들의 안전은 세계평화의 노력을 통해 보장되어야 한다고 그녀는 강조했다. 그해, 그녀는 어린이 보호를 위한 조직인 중국인민보위아동전국위원회 주석으로 선출되었다.

1955년의 국제어린이날에 송경령은 「부모, 교육자, 그리고 보육종사자에게 보내는 공개서한」[75]을 발표하여 "아동의 심신발달에 관심을 기울이는 것"은 "사회주의 사회인의 기본적 원칙"이라고 지적하고 중국은 많은 어린이들을 위한 경비지출과 노력을 증대시켜야 한다고 요구하였다. 취학전 아동의 교육을 담당하는 교사는 원칙과 보호와 애정을 결합시켜야 한다고 그녀는 주장했다. 그들의 의무는 미래의 시민을 "높은 이상─성실, 용기 그리고 노동과 조국과 동포에 대한 사랑─이 고취된 사회주의와 공산주의의 건설자"로 교육하는 것이었다. 가정생활은 "연소자교육의 기본적 단위"이므로 애정과 원칙과 의의가 풍부해야 한다고 했다.

그 다음해(1956년) 국제아동의 날에 그녀는 다음과 같이 썼다.[76]

어린이는 우리의 미래이며 희망입니다. 우리는 어린이들에게 가장 소중한 것을 주어야 합니다 … 어린이들의 건전한 성장을 위하여 각종 여건을 만들어 줘야 합니다 … 그들이 태어나서부터 수년간에 걸쳐 관념과 행위와 성격의 기초를 올바르게 형성하는 기회를 주어야 합니다 … 그들에게 어떻게 살아야 하며 어떻게 노동해야 하는가를 가르치고 … 인류의 지혜의 보고로 이끌어줄 열쇠를 손에 쥐어주어야 합니다.

그해 말 중국복리회 아동극단이 북경에서 개최된 전국어린이연극경연대회에서 상을 탔다. 송경령은 이 소식을 접하고 크게 기뻐하여 어린이 단원 전원과 단장 겸 극작가인 임덕요(任德耀)를 자택에 초대해서 만두를 대접하고 앞으로 더 잘하도록 격려했다. 그들이 공연을 위해 수도를 방문할 때마다 언제나 그녀는 그들을 돌보았다. 한번은 그녀 자신이 극단원을 기차로 상해에서 북경까지 데리고 간 일이 있었는데 가는 도중에 그녀는 상해에서 자란 소녀들이 북경의 기후에 안맞는 옷을 입고 있는 것을 알고 북경 도착 후 곧 두텁고 따뜻한 스타킹을 단원 모두에게 사주었다.77)

1958년 상해에서 열린 여성회의 석상에서 그녀는, 아이들에게 절약하고 열심히 일하고, 그리고 사회주의관을 발전시킬 수 있도록 가르쳐야 한다고 부모들에게 호소하였다.

「아동의 날에 어머니들에게 드리는 말씀」78)이란 글에서 송경령은 부모들에게, 그들과 그들 자신의 가족이 자녀들의 성격과 재능에 가장 큰 영향을 끼친다는 것을 상기시켰다. 이 중요한 영향이란 예를 들면, 부모들 자신의 행동양식, 개인적으로나 혹은 집단 가운데서 가족내에서나 공공장소에서의 행동양식에 의해 영향받는다는 것이었다. 사회주의와 공산주의의 미래의 건설자들을 키우기 위해서는 이점에 유념해야 한다는 것이었다.

그 당시 중국복리회의 ≪아동시대≫잡지의 발행 부수는 아동출판물로서는 전국 최대의 것이었다. 1958년 ≪아동시대≫ 100호 출판기념에 즈음하여 그녀는 이렇게 썼다. "신중국의 어린이들은 행복합니다. 이 행복은 여러분들의 선배들이 피와 땀으로 얻어낸 것입니다. 여러분들은 행복을 향유할 뿐만 아니라 여러분의 노동과 노력으로 사회의 발전과 인민의 행복을 창조해야만 합니다".79)

이즈음부터 그녀는 매년 춘절(중국의 전통적 음력 정월 축제행사)을 어린이들과 함께 보내게 되었다.

중국복리회 유치원의 보육·교육활동 경험에 대해 쓴 책의 서문에서80) 그녀는 어린이들을 위해서뿐만 아니라 여성들을 생산적인 생활에 참여시키도록 하기 위해서도 유치원활동의 중요성을 강조했다. 그것은 사회에 대한 영광스러운 헌신이며, 사람들로부터 존경받아야 한다고 말했다.

1959년 건국 10주년에 송경령은 ≪아동시대≫의 독자들에게 다음과 같이 썼다.81)

여러분, 빨간 스카프의 소년선봉대(중국공산당지도하의 소년단) 여러분은 중화인민공화국과 나이가 같습니다. 여러분은 과거를 모릅니다. 그러나 나는 여러분들이 혁명의 전통을 계승하기를 희망합니다 … 교양과 과학기술의 지식이 없이는 국가건설의 임무를 다 해낼 수 없습니다. 신체를 단련하고 위생에 마음쓰는 것도 중요합니다.

이즈음부터 송경령은 중국의 어린이들을 공산당의 아들, 딸이라고 불렀다. 1961년 어린이날을 맞아 「어린이는 모주석의 말을 들어야만 합니다」라는 제목으로 메시지를 보냈다. 모택동이 1942년 연안에서 쓴 글의 제목인 「신중국의 새로운 주인이 되기 위해 배우고 단결하자」를 인용한 뒤 그녀는 말을 계속했다.

여러분들이 이제 주인이 될 수 있는 것은 오랜 혁명투쟁을 겪은 후 비로소 획득된 것입니다. 거기엔 무수한 혁명투사의 희생이 있었습니다. 여러분은 어릴 때부터 혁명가가 되는 것을 배워서 개혁가가 되어야 합니다. 그러나 빈손으로는 그것을 할 수 없습니다. 사회의 개조·혁명·건설에는 무기가 필요합니다. 건설을 위한 무기는 지식입니다. 지식을 얻기 위해서는 공부를 해야 합니다. 혁명선배들의 도덕적 품위를 공부하십시오. 그리고 공공의 이익을 옹호하고 각의의 노력을 하고, 질소(質素)근면한 태도를 갖도록 배우십시오.[82]

1964년 어린이날에 쓴 문장은,[83] 보다 좋고 새로운 아동문학의 창작과 출판을 호소한 것이었다. 저자들은 더욱 많은 책을 출판하여 어린 독자들을 도와야 하고 풍부한 자질을 갖춘 혁명의 후계자들을 육성하도록 해야 하며 부모들도 자녀들의 독서를 지도해야 한다고 했다. 송경령은 1954년 중국인민보위아동전국위원회가 주최한 아동문학예술창작콩쿠르 수상식을 처음으로 주관하였다. 그래서 그녀의 사후에도 이 전국적 규모의 아동문학예술창작콩쿠르에서 주는 상에는 송경령의 이름이 붙어 있다.

* * *

이 시기 송경령의 중국 각지역 방문에 대해 몇 가지는 이미 언급하였으므로 여기서는 약간만 추가하고 그녀 자신의 감상 등을 보충해보고자 한다.

1955년 그녀는 동북지방을 두번째 여행하게 되었다. 이때 그녀는 여순과 대련에 갔다(이곳은 옛 제국주의 지배자들인 러시아제국과 일본치하에서는 포트아더(Port Athur)와 대련(Dairen)으로 알려졌던 곳이다). 그녀는 필자의 아내에게 개인적인 편지를 보내 대련의 공업발전 등에 만족을 표명했지만 다소 유보적인 면을 보여주었다.84)

대련은 확실히 공업도시입니다. 낮에는 거리에서 사람의 그림자도 볼 수 없습니다. 점포에는 노동자에게 필요한 물건만 팔고 있으며 장식품류는 전혀 없습니다 … 심지어 대량으로 생산되는 사과조차도 전량 수출만을 목적으로 하고 있습니다.

여순·대련여행은 중소양국의 협의에 따른 소련군 및 소련 관헌의 철수와 관련이 있었다. 1945년 제2차세계대전 말기에 소련은 이 두 지역에서 일본군을 축출한 이래 소련군과 그 관계자들이 이곳에 주둔하고 있었다. 그러나 이제 대련항과 여순해군항은 조건 없이 신중국의 관리하에 돌아오게 되었던 것이다.

중국의 또 다른 끝인 서남부 지역의 여행은 송경령이 인근제국을 방문하는 도상에 몇번 운남성을 둘러본 일이 있었다. 운남성 곤명에서 그녀는 1955년 이렇게 썼다.85)

곤명에서는 아주 실망했습니다. 감정 없는 무표정한 사람들, 전반적으로 울퉁불퉁하고 질퍽한 거리의 모습, 그리고 위생시설이 전혀 없는 것 등…

그러나 그녀는 서남지방의 열대작물재배를 발전시킬 것을 추천하면서 그 문제들을 전향적으로 해결하려 했다. 또한 생활과 교육의 수준을 향상시키려고 노력했으며 아울러 이 다민족지역내의 20여 소수민족이 제휴하여 진보해야 한다고 강조했다.

송경령은 1년에 여러 차례 상해와 북경 간을 왕래했다. 그래서 그녀는 두 도시의 변화 모습을 수시로 비교해볼 수 있었다. 상해에서는 노동자들과 항상 접촉하였는데, 시찰 방문하는 시중심부나 교외에서뿐만 아니라 중국복리회의 각종 사업을 통하여 그들과 접촉하였다. 이들 사업은 상해시민을 위해 행해지는 것이었기 때문이다.

병과 싸우며

1949년에 그녀는 56세였고 1966년에는 이미 74세였다. 이 시기에 그녀는 지병과 새로운 병에 시달리면서도 활동을 계속하였다. 신경성피부염은 발진이 재발하면 참기 어려울 정도로 고통스러운 병이었는데 점점 더 그 병 때문에 괴로워했다. 이것은 송씨 가문사람들이 공통적으로 앓는 유전적인 병이었다. 그리고 그녀는 알레르기체질이었다. 또 눈과 관절에도 문제가 많았다. 관절에 문제가 생기면 걸음걸이도 부자유스럽게 되고, 또 그 때문에 체중도 늘어나 균형이 깨지게 되어 가끔 상태가 심각할 때는 쓰러지기까지 했다. 이런 병에 대해서 그녀는 자신의 독특한 인내심과 때로는 가벼운 유머로서 대응하였다. 친구들에게 쓴 편지를 예로 들어보자.[86] 1953년에는

상해의 날씨는 내가 대적하고 있는 류머티즘에 좋은 효과가 있습니다. 북경은 대체적으로 나의 건강에 맞지 않습니다 … 위에 생긴 문제로 아마도 두 주 동안 침대에 누워 있으라고 요구할 것입니다… 손가락 피부가 벗겨지고 많이 아픕니다.

1954년 한번 쓰러지고 나서

뼈는 붙였지만 왼쪽다리는 절뚝거립니다 … 굉장히 성가시군요. 눈도 좋지 않아서 만성 결막염입니다.

1958년에는

지난 3개월간 나는 내 온 몸 전체에 생긴 신경성피부염 때문에 일을 할 수가 없었습니다. 그 무시무시한 가려움증은 밤낮으로 계속되어서 나는 아무 효과도 없는 약을 바르는 데 시간을 다 허비했습니다.

1958년 연말 가까이 되어서는

관상동맥에 이상 있습니다만 점차 좋아지고 있습니다. 관절염은 아직 계속되고 있습니다만—고령자에게 주는 선물일 테지요. 감사합니다!

1961년 또 한번 쓰러지고 난 뒤

손목뼈가 잘 맞춰지지 않아 계속 치료를 받고 있습니다. 오른쪽 어깨도 영향을 받아 아픕니다 … 다리는 좌골 신경통으로 고통스럽습니다.

1961년에 다시

관절염과 위통으로 상해에서 8개월 동안 누워 있었습니다 … 이제 막 나는 걷기 시작했습니다. 목욕탕에서 사고가 생겼습니다. 넘어져서 머리를 욕조에 부딪쳤습니다.

1964년에는

콜롬보(스리랑카의 수도)에 있는 동안 거기에 있는 많은 꽃들은 나같이 병약한 사람들에게는 알레르기를 유발했습니다. 나의 두 눈은 충혈되고 부어올랐습니다. 뉴스영화에서 내가 말하고 있을 때 내 목언저리가 점차 커져가는 것을 당신은 눈여겨보았을 것입니다. 그것은 알레르기로 인해 생긴 부종이었습니다. 열대지역 국가를 방문할 때는 조심하시기 바랍니다. 그리고 그 지역의 초목과 꽃에 접촉되지 않도록 하십시오.

1965년에

… 정치의식은 높은데 기술수준이 거기에 미치지 못하는 치과의사와 매우

고통스런 경험을 했습니다. 그것은, 높은 정치의식뿐만이 아니라 숙련된 기술까지도 가진다는 것이 얼마나 중요한 것인가를 증명해주었습니다.

이 풍자적인 표현은 그녀의 일반적인 생각과 일치했다. 그녀는 정치교육과 기술교육을 마찬가지로 중시했다. 그러나 다른 경우의 그녀의 발언 내용에서도 당시 고개를 들고 있던 극좌적 관념을 엿볼 수 있다. 이 극좌 사상은 정치적 태도가 괜찮다면 전문기술도 쉽게 직관적으로 잘 될 수 있다는 것이었다.

1966년에

난 요즘 밤낮으로 두드러기와 한바탕 싸우고 있습니다. 그래서 잠을 자지 못합니다.

그녀는 자신의 많은 병에 대하여 공적으로는 아무 말도 하지 않았다. 피부염 때문에 뺨에 발진이 나타났을 때에는 간단히 사람의 눈을 피했다. 아무리 기분이 나빠도 그녀는 편안하고 유쾌한 모습을 보였고 연령보다 젊게 보이려고 했다. 그 때문에 그녀는 80세가 되어도 얼굴에 주름살이 없었다.

*   *   *

1949년에서 1965년 말까지의 시기에 대해 송경령을 평가할 수 있는 것은 정신이 젊다는 것이었다. 그녀는 어떠한 고난과 좌절도 역사적 성취를 둔하게 하지는 못한다고 보았다. 1965년에서 1966년으로 옮겨가는 시기에 쓴 「해방 16년」이란 글에서 발췌한 환희에 찬 요약문 내용이다.[87]

구중국은 신중국으로 변했습니다. 질병과 기근과 홍수로 고통받던 가난하고 낙후된 나라가 이제 더 이상 아닙니다. 그 대신에 중국은 자연을 이겨내고 번영을 향해 굳건하게 나아가는 활기에 가득 찬 강력한 존재입니다.

더 이상 어느 누구도 우리나라에 대해 '아시아의 병자'라는 모욕적인 말을 하지 않습니다. 중국은 … 위대한 강국입니다 … 그러나 원칙을 지키며 크든 작든 간에 다른 나라를 존중하는 국가입니다 … 사회와 경제의 진보를 위해 투쟁하는 모든 인민을 지지하는 노력을 아끼지 않습니다.

중국공산당과 모택동 주석의 지도에 의해 중국은 민주주의 혁명에서 사회주의 혁명으로 이행하였다. 농업은 합작화를 겪어 집단 소유제를 실현하고 사영(私營)상공업은 공유제로 전환되었다. 또한 최근에 이르기까지 원시적인 경제상태에 있던 중국경제의 물리적인 변화는 그 규모와 속도면에서 모두 인상적인 것이었다.

우리는 이미 두 차례의 5개년 계획을 완성했습니다 … 오늘날 중국은 … 보통의 기계장치를 제조할 수 있을 뿐만 아니라 특수기계나 각종 기기, 기계를 완벽하게 설치한 각양각색의 공장을 만들 수 있습니다.

… 1958년 전국의 농촌에 인민공사가 성립되었습니다 … 중국의 농촌모습은 급격히 변모했습니다 … 지난 4년 동안 계속해서 풍작을 이루었습니다.

우리는 고난을 잘 이겨내고 이를 극복했다.

우리나라의 경제도 인민도, 1959년부터 1961년까지 3년에 걸쳐 계속해서 일어난 커다란 자연재해 때문에 타격을 받았습니다만 이제는 완전히 회복되었습니다.

자연재해는 사실이었다. 그러나 그녀는 극좌노선으로의 치우침(부분적으로 수정되긴 했지만)으로 생겨난 영향에 대해서는 언급하지 않았으며 인위적인 재해 요소를 가미시켜 언급하지도 않았다.

우리는 이러한 어려움들을 이미 우리 자신의 노력에만 의존하여 극복했습니다 … 어떠한 것도 우리가 목표를 향해 빠르게 발전하는 것을 막을 수는 없다고 확신합니다—선진적인 농업과 공업, 선진적인 문화와 과학, 그리고 난공불락의 국방을 갖춘 나라를 건설하는 것이 우리의 목표입니다.

이 복합적인 여러 목적은 후에 '4대현대화'로 알려지게 되었다.

송경령이 완전히 자신들의 노력에만 의존함을 강조한 것에는 역사적 배경이 있었다. 흐루시초프가 일방적으로 계약을 파기하고 원조를 중지하고 전문가, 설계도 등을 철수시켰기 때문에 중국의 공업화사업은 중대한 타격을 입었던 것이다. 여기서 다시 중·소 양 공산당간에 신랄한 논쟁이 있었음에도 불구하고 그녀는 구체적으로는 말하지 않고 오히려 언급을 피했다.

오늘날 중국은 누구에게도 빚을 지고 있지 않습니다. 국가건설은 대규모로 진행되고 있습니다만 … 단 1센트도 서방국가에게서 빌리지 않았습니다. 소련에 대해서는 빌린 돈과 이자까지 전액을 갚았습니다.

그녀의 어조는 1960년대 초두의 힘들었던 시대에는 매일같이 큰 시련이 있었지만 정치의식은 낮아지기보다는 오히려 높아졌다는 사실을 반영했다. 모두가 혁명에 대한 확신을 가지고 있었다. 외부로부터의 압력은 국민의 의지를 강하게 만들 뿐이었다. 갖가지 실험이 독자적인 힘으로 성공을 거두어 사람들의 자존심은 높아졌다—즉 국내 석유자원의 급속한 개발은, 여태껏 그 자원이 풍부하게 매장되어 있다는 것을 알지 못했던 사람들에게 국력에 대한 강한 기대감을 품게 했다.

사회주의제국간의 관계에 대해서는 다시 새로워지고 재건되기를 그녀는 여전히 희망하고 있었다.

우리들의 외국과의 관계에서 중요한 것은 사회주의 진영에 대한 높은 평가입니다. 우리의 시각으로서는, 사회주의진영은 사회주의국가들로 이루어진 집합체일 뿐만 아니라 전세계 노동자들에게 속하는 것입니다 … 그러므로… 이 진영에 속하는 각국은 매일 투쟁하고 있는 세계 각국의 인민을 지지하고 고무하지 않으면 안됩니다. 사회주의 진영내부의 관계에서는, 중국은 언제나 각국간의 완전평등, 주권의 상호존중, 상호지지, 상호원조를 주장해 왔습니다. 우리들 사회주의 국가의 말과 행동은 프롤레타리아 국제주의의 살아 있는 본보기가 되어야 합니다.

이 외에 그녀가 지적한 것은, 중국의 위신은 전에 없이 높다는 것, 중국의 정책은 수미가 일관되게 반제국주의였다는 것, 소련의 사회주의 혁명 후, 중국의 혁명은 역사의 '기관차' 중 하나였다는 것, 중국 인민의 승리는 마르크스·레닌주의의 승리였다는 것 등에 관한 것이었다.

공산주의운동의 주요한 적은 대외적으로는 미국제국주의이며 대내적으로는 수정주의였다.

> 정권정당 내부에 관료주의나 특권주의가 생겨남에 따라 공산당과 대중 사이에 커다란 틈이 생겨나도록 해서는 안됩니다.
> 마르크스·레닌주의에 기초를 둔 정당은 모든 당원의 혁명성을 높은 수준으로 유지하기 위해서 부르주아사상의 침투에 저항하지 않으면 안된다는 문제를 내포하고 있습니다.
> 세계의 반동파나 제국주의자들은 중국이나 세계의 혁명세력을 '평화적으로 파괴' 하려고 생각하고 있습니다 … (혁명세력은) 혁명사업의 제3세대, 제4세대에게 희망을 걸고 있습니다.

인류의 4분의 1이 생활하고 있는 국가인 신중국에 의한 각종 문제의 해결은, 그것 자체로 국제적 의의가 있었다. 아시아·아프리카, 그리고 라틴아메리카 제국의 사람들은, 특히 모택동 사상이나 중국의 실천－정치적 자각에 기초를 둔 자력갱생에 의한 실천에 고무되었다.

송경령은 건국 16년의 기록을 회고하며 사회주의와 공산주의의 미래에 깊은 만족을 느끼고 또한 중국 공산당과 그 지도자 모택동의 노선이 반드시 성공할 것이라고 확신했다.

이즈음 모택동은 진보는 이미 궁지에 빠지고 역행의 커다란 위험이 도사리고 있다고 생각하고 있음을 그녀에게는 전혀 내비치지 않았다. 모택동은 이를 예방하기 위해 이미 당과 국가기구의 지나치게 비대해진 부분을 분쇄할 준비를 하고 있었다. 그것들은 이미 전진을 방해하는 장애물이 되었다고 보았기 때문이다.

모택동이 추진한 운동인 '문화대혁명'은 송경령이 매우 즐거운 기분으로 앞서의 문장을 쓴 지 불과 몇개월이 지나지 않아서 맹렬한 기세로 전개되었던 것이다. 더구나 그것은 10년이란 긴 세월 동안 계속되었다. 모택동의 의도와 상반되게, 그리고 그가 묘사한 미래상에 고무되었던 수백만의 인민의 열망에 상반되게, 문화대혁명은 그 자체가 스스로 환기하였던 그 타성에 빠져 중국을 해방 이래 최대의 좌절 속에 빠트리고 퇴보시켰다.

주

1) 『송경령선집』, pp.200-203, 「華北之行的印象」(1949년 11월 9일, 상해 인민라디오방송에서 담화).

2) 『송경령선집』, pp.193-194.

3) 『송경령선집』, pp.197-199.

4) 장란(張瀾)은 1872년에 태어났으며 신해혁명시기에 이미 40세였다. 그는 당시 혁명진영의 중요인물 중 한 사람이었다. 주덕과 이제심은 1886년생으로 신해혁명 때 25세의 신군기의 사병이었다. 모택동은 송경령과 같이 1893년생으로 신해혁명 당시 20세였고 유소기는 1898년생으로 10대였으며 고강은 1905년생으로 어린 소년이었다.

5) 『송경령선집』, pp.190-192, 「在中國人民政治協商會議第一屆全體會議上的講話」 (1951년 10월 1일).

6) 주 (1) 참조..

7) 송경령이 Elsie Cholmeley에게 보낸 편지. 1954년 3월 26일.

8) 『송경령선집』, pp.282-291. 「偉大的中國三大運動 ― 爲'人民中國'國慶紀念號作」 (1951년 10월 1일).

9) 송경령이 북경에서 저자에게 보낸 편지. 1952년 6월 20일.

10) 1985년 7월 15일 저자는 노동자 李云을 인터뷰하였다. 송경령은 그녀의 편지에서 그 당시의 회의적인 심정을 피력하였는데, 그 편지는 문화대혁명기간 동안에 분실해버렸다고 그는 말했다.

11) 앞의 주 (10) 참조..

12) 王光美, 「永恒的紀念」, 『송경령기념집』, pp.185-193.

13) 「在中國共産黨第8次全國代表大會上的致詞」(1956년 9월 26일), 『송경령선집』, pp.364-366.

14) ≪人民日報≫ 1957년 11월 9일.

15) 송경령이 모스크바에서 돌아온 후 북경에서 저자에게 보낸 편지. 1957년 11월 30일.

16) 『송경령선집』, pp.315-321. 「動員起來! 爲亞洲·太平洋區域與全世界的和平而鬪爭! ― 亞洲及太平洋區域和平會議開幕詞」(1952년 10월 2일).

17) 제11장 참조.

18) 『爲新中國奮鬪』, pp.303-308, 「스탈린국제평화상 수상 답사」.

19) 송경령이 E. Cholmeley에게 보낸 편지. 북경, 1951년 9월 28일.

20) 이 수표는 소련의 外貿은행이 1951년 9월 5일 발행한 한 장의 수표였다. 송경령은 그 수표 이면에 "이 돈을 國際和平婦幼保健院에 기부한다"고 쓰고 러시아어와 중국어로 사인했다.

21) 송경령, 「社會主義陣營的團結是人類的希望」, ≪中國建設≫, 1961년 제1기.

22) 송경령이 저자에게 보낸 편지. 1961년 11월 10일.

23) 앞과 같음. 1964년 10월 26일.

24) 앞과 같음. 1965년 6월 27일.

25) Milovan Djilas, *Conversation with Stalin*, New York: Harcourt Brace & World, Inc, 1962, p.182.

26) 그 당시 송경령을 수행한 姜椿芳과 저자와의 대화.

27) 송경령이 모스크바에서 필자에게 보낸 편지. 1957년 11월 11일.

28) 송경령, 『爲新中國奮斗』, pp.201-225. 「아시아여성대표회의에서의 연설」(1949年 12月 11日). 『송경령선집』, pp.204-221.

29) 『송경령선집』, pp.244-249. 「朝鮮人民的斗爭在亞洲所起的作用」(1950年 10月 11日).

30) 송경령, 『爲新中國奮鬪』, pp.391-398. 1952년 7월 31일.

31) 송경령, 「五大原則」, ≪인민일보≫ 1955년 3월 25일.

32) ≪인민일보≫ 1951년 5월 19일.

33) James Bertram, Return to China, London: Heinemann, 1957, p.212.

34) ≪인민일보≫ 1956년 1월 3일.

35) ≪인민일보≫ 1956년 3월 17일.

36) "Huckster for Communism ; Mme. Sun Yat-Sen(공산주의를 행상하는 사람 ; 손문부인)", *Time*, N.Y., 1956년 2월 6일.

37) *Time*, 1943년 2월 15일, 「중국: 암흑의 시간」.

38) *Time*, 1946년 2월 14일, 「중경에서 온 호소」. 송경령사진 아래에 「어떤 사람도 감히 이같이 말할 수 없다」라는 표제를 붙였다.

39) 중국인민구제총회주석의 자격으로 쓴 편지. ≪인민일보≫ 1951년 2월 21일.

40) 송경령, 「중소우호협회총회, 경축 10월 사회주의 혁명 37주년 기념대회에서의 연설」 ≪인민일보≫ 1954년 11월 7일.

41) 송경령, 「아시아·태평양지역에서의 평화를 위하여」. 1952년 7월 31일 북경에서 열린 아시아·태평양지역 평화회의에서 연설한 주요내용. ≪爲新中國奮鬪≫, pp.391-401.

42) 송경령, ≪爲新中國奮鬪≫ 1952년.

43) *Struggle for New China*, Beijing: Foreign Language Press, 1952.

44) 그 후 몇 년간 미국과 일본에서는 일본의 대중국전에서의 세균무기의 실험적 사용에 대한 자료들과 직접적인 회상이 출판되었다. 그 세균무기의 실험이란 미국인들을 포함한 전쟁포로들에 대한 끔찍한 생체실험이었다. 이 실험은 제2차세

계대전이 끝날 때까지 계속되었다. 그리고 그 책들은 일본 패배 이후 미 군부가
그 정보를 자신의 세균전 연구에 참고로 하였음을 보여주었다. 이러한 목적을 위
해서, 일본항복 후 전범재판에서 일본의 세균전 전문가들에게 무죄판결이 내려졌
다. 이러한 주제들에 대해 수년간 공부한 학생인 파웰의 논문이 두드러진다. 그는
한 때 미국법정에서 그 사실을 여론화시킨 선동죄로 기소되었다.

파웰의 논문은 다음과 같다."Japan's Germ Warfare : The U.S. Cover-up
of a War Crime"(*Bulletin of the Concerned Asian Scholars*, Oct.-Dec. 1980)
;"A Hidden Chapter in History"(*Bulletin of the Atomic Scientists*, Oct. 1981)
;"The Human Guinea Pigs"(*San Francisco Chronicle*, Nov. 3, 1985) ; "The
Gap Between the Natural and Social Sciences Sometimes Leaves the Public
Poorly Informed"(*Bulletin of the Concerned Asian Scholars*, Jul.-Sept.1986)
『샌프란시스코 크로니클』에 실린 논문에서 파웰은, 미국의 일본점령군
사령관인 맥아더 장군이 일본의 의무부대 중장인 이시이 시로오(石井四
郞)와 그의 세균전 부대(731부대)에 대해 행해진 전범재판에서 기소면제
를 해준 사실을 목격자의 증언을 통해 증명하였다. 이것은 미국의 세균전
연구에 정보와 전문기술을 제공하는 대가로 약속된 것이었다. 미국 세균
전 연구는 메릴랜드주의 Fort Detrick이 유명하다. 일본의 정보를 통해 받
은 미국의 세균전 연구성과는 후에 한국전에서 실지 실험되었다. 원자료
로부터 인용한 2차적인 내용이 1980년대에 일본에서 논문과 책으로 출판
되었다.

45) 상해에서 송경령이 뉴욕의 Grace Granich에게 보낸 편지. 1951년 5월 12일.
46) 송경령이 G. 그래니치에게 보낸 편지. 1955년 4월 25일.
47) 이 책 3장 참조. 이 옷은 Margaret Stanley여사를 통해 보내왔다. 마가릿은 우
    정구호대 소속미국간호사로 연안의 국제평화병원과 로스앤젤레스 보육원에서 일
    했는데, 이는 모두 송경령의 보위중국동맹의 구호자금으로 운영되었다. 아리요시
    에 대해서는 Hugh Deane의 *Remembering Koji Ariyoshi; An American in Yenan,* Los
    Angeles, 1978, 참조..
48) 이 인용문들은 1950년 상해에서 송경령이 북경의 Elsie Cholmeley에게 보낸 편
    지내용이다.
49) 송경령이 *The Nation*의 편집장에게 보낸 글. 1955년 5월19일자에 실림.
50) Hugh Deane, *Good Deeds & Gunboats*, San Francisco, 1990. China Books &
    Periodicals. p.169.
51) 어떤 부분은 필자 자신이 직접 경험한 정보이며 어떤 부분은 송경령의 비서였
    던 Zhang Jue의 회상에 의한 것이다. 《上海商報》 1985년 10월 10일.
52) 송경령이 엘시 초멀리에게 북경에서 보낸 편지. 1956년 9월.
53) 마시우미당은 수카르노의 국민당에 반대하는, 엄격한 이슬람교도들로 조직된
    보수정당.
54) 《중국건설》 초창기의 일은 유명한 경제학자이며 역사학자인 陳翰笙박사가
    조직하고 이끌었는데 그는 20년대부터 송경령과 친히 알고 있었다. 이 책 저자는

30년대 후기 《보위중국동맹신문통신》을 아내 초멀리와 함께 홍콩과 중경에서 송경령과 더불어 이끌며 일했다. 1951년 우리 부부는 송경령의 초청으로 뉴욕에서 중국으로 다시 와서 이 잡지의 창간과 편집을 돕게 되었다. 진한생의 부인 顧淑型은 송경령의 친구였는데 《중국건설》의 색채부문(color section)일을 맡아했으며 완전 자원 봉사였다. 처음 창간호 편집업무는 진한생과 李伯悌가 담당하였는데 이백제는 미국 Mount Holyoak대학을 졸업하여 영어에 능통했으며 제2차세계대전 기간과 그 후 미국 《타임스》지에서 일했고 해방 후에는 《신화사통신》에서 일했다. 요컨대 《중국건설》은 간단하고 비공식적인 진보적 언론의 스타일로 시작했는데 이것은 후기의 정교하고 개인적인 구조와 미리 마련된 전제들을 지닌 성격과는 달랐다.

55) 이후 러시아어판은 정간되었고 독일어판과 포르투갈어판이 나왔다. 또한 해외의 화교와 홍콩·마카오의 동포를 위한 중국어판이 증판되었고 특히 영문판도 증가되어 북미판이 나오게 되었다.

56) 상해에서 송경령이 북경에 있는 저자에게 보낸 편지. 1958년 3월 27일.

57) 송경령이 상해에서 북경의 《중국건설》 편집 부주임 唐明熙에게 보낸 글. 1958년 9월 30일.

58) 송경령이 창간한 《중국건설》(중국건설 창간 35주년 기념책), 북경, 1978, p.11.

59) 1960년대 초반 편집부 구성원이 들은 바를 전한 말에 의거함.

60) 저자가 쓴 글 「송경령과 《중국건설》」 참조.《紀念宋慶齡特刊》(《中國建設》 1981년 9월에 실림).

61) 《중국건설》 1962년 1월.

62) 陳翰笙 著, *Beginnings, Growing, Pains, and Prospects*, 《중국건설》 영문판 1982년 1월(창간 30주년 기념호).

63) 송경령이 Diana Forbes-Robertson Sheean에게 1959년 12월 2일 보낸 편지.

64) 송경령이 『新觀察(New Observer)』지에 기고한 글, 「보도와 역사에 대해 말한다」, 1956년 23期, 북경출판.

65) 「아시아여성대표대회에서의 연설」, 『송경령선집』, 1949년 12월 11일, pp.204-221.

66) 《인민일보》 1955년 5월 1일.

67) 상해 《해방일보》 1951년 3월 8일.

68) 「전국여성대표대회에 보내는 축사」, 『송경령선집』, 1953년 4월 16일, pp.325-328.

69) 『송경령선집』, pp.329-330.

70) 『송경령선집』, pp.406-407.

71) 《중국부녀》 1960년, 제4기.

72) 《아동시대》 1950년 3월.

73) 상해 《해방일보》 1950년 6월 1일.

74) 《인민일보》 1952년 4월 14일.

75) 『송경령선집』, pp.344-347.

76) 《인민일보》 1956년 5월 31일.

77) 《아동시대》 1958년 4월 20일.

78) 『송경령선집』, pp.393-394.

79) ≪인민일보≫ 1958년 6월 1일.

80) 『조국을 위해 어떻게 꽃을 키울 것인가』, 상해인민출판사, 1957년.

81) ≪아동시대≫ 1959년 제19기.

82) ≪인민일보≫ 1961년 6월 1일.

83) 「혁명후계자 양성을 위해 책임을 다하자」, 『송경령선집』, 1964년 4월 9일, pp.500-503.

84) 송경령이 북경의 엘시 초멀리에게 보낸 편지. 1955년 4월.

85) 송경령이 저자와 초멀리에게 보낸 편지. 1955년 12월 5일.

86) 송경령이 저자와 초멀리, 그리고 그레이스 그래니치에게 보낸 편지.

87) 송경령, 「해방 16년」, ≪中國建設≫, 1966년 7월.

17
문화대혁명의 폭풍우 속에서
(1966~1976)

역사적인 비극, 모택동의 문화대혁명

송경령은 그녀의 생애에서 여러번 폭풍이 치는 날과 긴장의 날들을 보냈지만 결코 사상적 혼란을 일으킨 일은 없었다. 비록 때때로 고독하였지만 그녀 자신은 스스로, 전진하는 인민대중의 굽이치는 파도의 한 부분으로 느꼈다.

그러나 그녀가 74세에서 84세까지의 세월인 '문화대혁명'의 10년간은 이 강인하고 차분한 여성을 고립시키고, 혼란에 빠트렸으며 때로는 쓸쓸하고 비참하게 만들었다. 그녀는 그것을 이해하려고 최선을 다했지만 많은 경우 곤혹스러울 뿐이었다. 그것은 연속되는 난타였지만 그녀의 정신과 신념까지 부서뜨리지는 못했다.

이 새로운 운동은 중국혁명의 심화된 단계로서 설명되었기 때문에 송경령은 그것에 보조를 맞추려 했지만 선언된 목표와 현실의 많은 충격적인 사태 전개를 전체로서 이해할 수가 없었다.

다른 많은 사람들과 마찬가지로 그녀는 이 운동의 돌연성에 놀랐으며 또한 발표된 목표에 대해 심각한 인상을 받았다. 목적의 하나는 사회주의 단계에서 공산주의 단계의 사회로의 이행을 가속화시킨다는 것이었다. 또 다른 하나의 목적은 모든 사회성원이 미래의 가치관에 따라서 자기변혁(개조)을 시도한다는 것이었다. 즉 이전의 착취사회에 뿌리내리고 있던 사상과 행동 그리고 조직의 패턴과는 의식적으로 결별하고 새로운 규범을 건립함으로써 그것을 달성하려는 것이었다.

변혁의 원동력은 수천 수백만 대중 특히 "홍기 아래에서 태어나" 그 홍기를 높이 쳐들고 전진하려 결심한 청년들의 행동에서 구했다. 그들의 경험이 학교나 가정에 국한되어 있었던 청년들은 그 생활을 가로막는 벽을 타파하고 구사회에서 고난받아온 사람들인 노동자와 농민의 생활을 공유하고 그들의 감정을 흡수하여 스스로의 것으로 해야 한다는 것이었다. 이들 대중에 의해 한번 가르침을 받은 청년들은 입장을 바꾸어 또한 대중의 교사가 되어야 했다. 청년들의 신선한 정신과 활력에 의해 마르크스·레닌주의와 그것을 중국의 현실에 적용해온 모택동 사상에 인도되어야만 중국은 몇천 년간 누적되어온 구지배 계급의 사상과 가치관의 흔적을 깨끗이 씻어버릴 수가 있다는 것이었다. 이 구사상과 가치관 가운데는 구사회로부터 직접 보유되온 것도 있었지만 새롭게 특권을 가지고 특수화된 엘리트의 관료주의에서 재생된 것도 있었다.

교육사업도 근본적으로 개혁되어야만 했다. 학교수업은 교사들이 새로운 정신으로 재교육될 때까지 중단되었다. 노혁명가들은 미래에 결정적인 작용을 할 것으로 보이는 이 변혁운동에 낙후되지 말아야 한다는 강박감에 시달렸다. 만약 그들이 이 운동의 요구에 부응하는 자기변혁을 하지 않는다거나, 특히 운동을 저지하려 한다면 과거에 어떠한 공적이 있었다 하더라도 혁명의 대열에서 탈락되고 마는 것이었다. 이 사실은 그들에게는 상상할 수 없을 정도의 고통이었다.

큰소리로 선전된 개념은 그러한 것이었는데 이것은 전면적으로 광범위하게 수용되었다. 왜냐하면 이 운동은 모택동 자신이 제기한 것이며 그는 장기간에 걸쳐 인민의 이익을 위해 혁명사업을 지도하여 커다란 성과를 거두었으며 그 때문에 사랑받고 존경받는 인물이었기 때문이었다.

그렇다면 이 운동은 권력투쟁이었는가? 모택동은 명확하게 그것은 구권력에 반대하는 신권력의 투쟁을 의도한 것이었다. 그러나 실제 결과는 그의 정신과 부단하게 표명되어온 그의 의도와는 반대되는 것이었다. 폭력적인 분파투쟁이 끝없이 계속되어 각파는 모두 자신들만이 모(毛)와 모사상에 가장 충실하다고 맹세하면서 실제로는 일부 교활한 야심가는 모 사후의 지지와 권력을 겨냥하였다. 모택동은 '문화대혁명'이 거의 모든 분야에 있어서 전진이 아닌 좌절만을 가져오리라고는 생각하지 못했다.

모택동 자신은 난폭한 행위와 분파대립을 비난했다. 폭력이 아닌 설득에 의한 투쟁을 호소하면서 모는 "파시스트의 방법으로 간부를 심문하는" 것에는 반대한다며 날카롭게 비판했다. 주은래는 초기 홍위병의 잔혹한 행위를 비난하고 그같은 방법에 대해 대중의 혐오가 집중되도록 대중이 그러한 것을 목격하는 전시회를 열도록 도와주었으며, 동시에 그들과 투쟁을 계속하였다. 그러나 상층부의 분파항쟁 등을 포함한 여러 요인이 얽혀서 새로운 폭력행위를 이끌어내었고 거의 내전상태로 발전하였다.

그러나 불행하게도 이같이 고통스런 경험은 운동의 이론과 실천 전반에 대한 근본적인 재검토를 해볼 기회를 야기시키지 못했다. 모택동은 문화대혁명의 착오는 문화대혁명을 더욱 발전시킴으로써 시정할 수 있다고 믿었다. 그래서 그의 거대한 위망으로 이 운동을 뒷받침해주었다. 마침내 모택동의 정력이 쇠퇴하고, 정보나 사람들과의 관계가 모두 다 모택동을 둘러싸고 있는 측근 야심가들의 손에 좌우되게 되었을 때-이 야심가들은 모의 이름으로 행동했지만 그들 자신의 사적 혹은 파벌적 이익을 추구했다-야만적인 항쟁은 서로를 적대시하며 계속해서 일어났다. 이것은 모택동의 비극이었으며 국가전체의 비극이었다.

문화대혁명이 끝난 후 회고하면서 대부분의 사람들은 이 운동은 위대한 지도자의 심각한 착오였다고 생각하게 되었다. 사람들은 모택동과 4인방을 명확하게 구별했는데 4인방에 대해서는 매우 혐오하고 저주하였다. 그러나 많은 사람들은, 권력이란 두번 다시는 한 사람에게 집중되어서는 안되며 또한 종신토록 그 손에 쥐어져서는 안된다는 교훈을 얻게 되었다.

모택동 사상은 마르크스주의 이론을 중국혁명의 실정에 맞게 창조적이며 성공적으로 적용시킨 것으로서 영구히 가치 있는 것으로 인식되었다. 그러나 모에 의해 지시된 것이나 얘기된 것이 한 자, 한 귀절 모두가 이제는 더 이상 교조로서 준수되지는 않았다. 실제 경험에 의해 올바르다고 증명된 그의 분석의 기본내용만이 모택동 사상이라고 보게 되었다. 모택동 사상은 많은 사람들의 예지의 결정이며, 순전히 한 개인의 창조에 의한 것이 아니라는 것이다.

송경령은 몇천 몇백만의 동포들과 마찬가지로 문화대혁명의 목표와 전망에 고무되었지만 머지않아 회의에 빠지게 되었으며 다른 사람들이 입은 재난에 대해 고민하였다. 그래서 절대로 반복되어서는 안되는 대재난이라고 인식하였다.

후에 그녀는 많은 무고한 희생자 중 한 사람으로 박해받아 자살한 헌신적이며 진보적인 친구 ≪중국건설≫의 초대 편집장 김중화(金仲華)에 대한 추도문에서 다음과 같이 끝맺고 있다.[1]

나는 … 우리가 경험한 너무나 가혹한 폭풍의 지난 날들에 대해 이번 기회에 독자 여러분에게 보다 깊이 이해할 수 있도록 하기 위하여 이 글을 씁니다. 이같은 비극은 두번 다시 일어나지 않도록 민주주의와 법제를 강화해야 하며 단결과 안정으로 사회주의를 건설해야 한다는 당연한 결심을 우리 모두는 함께 갖도록 하지 않으면 안됩니다.

*　　　　*　　　　*

문화대혁명은 10년간 계속되었는데 대체로 두 개의 시기로 구분할 수 있다. 전반부는 가장 파괴적인 단계인 1966년부터 1971년까지로서 이 시기에는 많은 지나친 행위에 대한 책임이 있는 임표의 죽음으로 극에 달했다. 임표는 그를 후계자로 선택한 모택동에게 그 관계를 인정받지 못하게 되자 모택동을 살해할 음모를 기도했으나 폭로되어 비행기로 도망하던 중―분명히 소련으로―몽골에서 추락하여 사망했다.

후반부인 제2단계는 일시적으로 평온한 기간을 거친 뒤 4인방의 파괴적인 권력장악을 목도하게 된다. 4인방 시대는 중국혁명의 세 거성이 사라지는 해인 1976년까지 계속되었다. 그 해에는 주은래 총리, 주덕 총사령관 그리고 마지막으로는 최고 지도자 모택동 주석이 사망했던 것이다. 직후에 4인방은 타도되고 문화대혁명은 막을 내렸다. ─ 그들은 최고 권력의 찬탈을 노렸지만 실패로 끝나고 말았다.

*   *   *

자 그러면 이제 얘기를 문화대혁명이 시작되던 시기인 1966년으로 돌려보자. 8월 송경령은 그레이스 그래니치에게 편지를 썼다.[2]

> 당신은 틀림없이 여기에서 일어나고 있는 모든 변화에 대한 보도를 읽었을 것입니다. ─ 사회주의 문화대혁명이 진행되고 있습니다. 지금도 앞으로도 악마의 머리를 곧추 세우고 있는 수정주의가 출현하지 못하도록 방지하기 위해서입니다.
> 부의(溥儀: 전 황제)의 전기(『나의 前半生』)를 읽어보셨는지요? 나는 당신에게 상하 두 권을 보냅니다 … 이 책은 사람은 교육받음으로써 개조될 수 있다는 것을 얘기하고 있습니다.
> 나는 모임에 나가지 않을 때는 하루에 8, 9시간을 이 운동이 홍수처럼 만들어낸 문헌자료를 읽습니다.

"여기 생활은 매우 흥미진진합니다. 왜 우리를 방문하러 오지 않습니까?"라고 그녀는 편지를 끝맺고 있다.

송경령의 어조는 전체적으로 그녀가 이 운동에 당초는 찬동하고 있다는 것을 보여준다. 결국 그녀는 문화대혁명은 사회와 개인(이전에 적대시해오던 많은 사람도 포함해서) 모두에게 박차를 가하여 전진하게끔 하고 있다고 믿었으며 또한 이 맹렬한 동난은 곧 끝날 것으로 기대하고 있었다고 생각된다(모택동과 다른 지도자들은 '조반파(造反派)'에게, 프롤레타리아 혁명파의 임무는 그들 스스로의 계급뿐만 아니라 전 인류를 구제해야 하는 것이라고 깨우쳤다).

부의에 대한 송경령의 관심은 그 자신이 훌륭한 시민으로 변신한 사실과 관련이 있으며, 또한 마찬가지로 그녀가, 그가 살던 궁전에 살고 있다는 것이 정말 사실인가라는 그래니치의 질문과도 관련이 있었다. "그렇습니다. 그것은 중화인민공화국 부주석의 사택으로 인민정부에 의해 나에게 공식적으로 할당된 것입니다"라고 그녀는 답했다. 그래서 그녀는 옛 순친왕의 저택에서 문화대혁명의 한가운데서도 평온함을 얻을 수 있었다고 묘사했다.³⁾

> 부의는 여기서 태어났습니다. 정원에는 많은 아름드리 수목이 우거지고 그 정원 주변에는 개천이 흐르고 있습니다 … 이 정원에는 2층으로 된 작은 누각이 있는데 여기서 옛 황족들이 발을 멈추고 종달새나 다른 작은 새들의 노랫소리를 듣곤 했다고 합니다 … 나는 정말 황족처럼 대우받고 있습니다. 그렇지만 나는 즐겁지 않습니다. 나보다 훨씬 가치 있는 많은 사람들이 간소한 작은 집에서 살고 있기 때문입니다.

그러나 이 고요하고 안정된 생활은 급진적으로 변화했다. 담을 넘어서 들려오는 홍위병의 귀에 거슬리는 부르짖음을 송경령은 들었다. 그들은 자본주의의 길을 걷는 '주자파' 혹은 그외 '요괴'를 색출하고 있었다. 그리고 그들은 '파사구(破四舊)'를 부르짖으며 4구(4개의 구악: 옛 생각·문화·풍속·습관)로 보이면 무엇이든지 박살을 냈다. 밤낮없이 각 파는 크게 소리지르며 아우성쳐서 각각 더 높은 소리로 반복하여 다른 파를 압도하려 하였다. 그 모든 것 중에서도 가장 참기 힘든 것은 억제된 작은 소리였는데 그녀의 설명에 의하면 사람을 때리는 소리와 두드려 맞는 자의 신음소리였다.

이것을 송경령은 안나 루이스 스트롱에게 보낸 편지에서 묘사하고 있는데, 편지를 읽은 후 그것을 없애버리라고 부탁했으며 스트롱은 그녀가 하라는 대로 했다.⁴⁾

> … 나는 당신이 보낸 두번째 편지를 받은 바로 그날 첫번째 편지를 나자

신이 조각조각 찢어서 하수구로 흘러 보내버렸어요 … 서신왕래의 흔적은
아무 것도 남아 있지 않습니다 …

과거에도 때때로 송경령은 혁명의 비밀을 적으로부터 지키기 위하여
그녀의 문서를 받은 사람들에게 그것을 폐기하도록 요청했었다. 그러나
지금 처음으로 그녀는 스스로 슈퍼 혁명파로 보이는 사람들에 대해 예방
책을 강구하고 있는 것이다.
같은 시기에 그녀는 필자에게 편지를 보냈다.[5]

　　… 나는 이같은 중상모략의 추잡한 싸움을 보지 않기 위해 두 눈을 감
아야 한다고 생각하고 있습니다. ― 바깥에서 들려오는 북과 징소리는 너무나
정신을 혼란하게 하고 있습니다. 당신은 멀리 몸을 피하여 이들 소란한 소리
를 듣지 않도록 하기 바랍니다.

그 중상모략의 행위란, 서양의 신문보도에서 그녀의 사생활에 관한 언
론의 오래된 허위기사들이 부활되고 있음을 말하는 것이었다. 이같은 유
언비어는 옛날 국민당에 의해 고의적으로 날조되어 퍼뜨려진 것이다. 그
것이 이제는 극좌주의자에 의해 파헤쳐져, 수단을 가리지 않고 공개석상
에서 사람들에게 '폭로'되고 있었다.
이러한 일은 그녀에게 국한된 것이 아니었고 다른 공직에 있는 간부들
에게도 마찬가지였다. 송경령은 마해덕(조지 해텀)의사에게도 편지를 썼
다. 마의사는 그녀의 이웃에 살고 있었으므로 충실한 이마(이연아)나 운
전수를 보내 직접 편지를 전하게 했다. 마해덕은 받은 편지를 간직하지
않았다고 후일 말했다. "왜냐하면 그녀에게도 나에게도 좋은 결과가 오
지 않을 것이라고 생각했기 때문이다"라고 했다.
그녀 자신의 안전에 대해 염려했기 때문은 아니었지만 그녀는 소중하
게 여기던 그림이나 예술적 가치가 있는 기념품(그녀는 청화자기를 좋아
하여 수집하였다)도 봉건적인 "4구"로 보여질 것을 염려하여 버리지 않
으면 안된다고 느꼈다고 그는 회상했다. 그녀는 그 중 일부분을 "빌 아저
씨(상해 지하활동시대의 옛 친구 레위 앨리를 그녀는 그렇게 불렀다)"에

게 안전하게 맡기기 위해 마해덕에게로 보냈다. 마해덕은[6] 그 물품을 위험을 무릅쓰고 그 자신의 손으로 운반했다. 그도 또한 날카로운 언론의 공격을 받고 있었기 때문에 그의 처 소비(蘇菲) 근무처인 영화촬영소내에 구류되어 있었고 그의 집도 수색을 당했다.

이즈음 안나 루이스 스트롱은 다시 송경령에게 편지를 썼다.[7]

홍위병들이 당신의 집을 샅샅이 뒤졌다는 기사가 서방언론에 머릿기사로 널리 보도되었습니다. 나는 최근 나의 통신(≪중국통신≫42호에다[8] 그러한 보도를 전면 부인하고 동시에 보도기사「천안문 위의 모택동」을 게재하면서 그 장소에 당신이 있었다는 사실도 첨가하여 썼습니다.

스트롱이 쓴, 1966년 10월 1일 북경에서 열린 국경일 축하행사에 관한 보도기사를 일부 인용하여 보자.

150만 명이 행진에 참가하여 인민공화국 성립 이후 사람 수에 있어서 최대의 퍼레이드가 되었다 … 적어도 그 중 반은 홍위병과 혁명적 학생이었다 … 소문을 듣고 불안해 하던 국외사람들은 송경령(손일선 부인)이 지도자들과 함께 매우 어울리는 모습으로 서 있는 것을 보고 기뻐했으며 또한 홍위병들이 그녀의 집을 수색했다는 얘기는 거짓말이었음을 알고 기뻐했다.

북경에 있는 그녀의 거주지는 사실 주은래가 적절한 시기에 간섭에 나섰기 때문에 침입을 당하지는 않았다. 주은래는 1966년 8월 30일에 "보호되어야 할 간부 명단"[9]의 맨처음에 송경령의 이름을 써 놓고 모택동의 승인을 얻어냈다. 그럼에도 불구하고 송경령은 비당원이기 때문에 국가의 부주석직에서 물러나야 한다고 요구하고 그녀가 살고 있는 집에까지 쳐들어 가겠다고 협박했다. 그리고 손문의 동상이 파괴되었다. 이 때 주은래는 북경의 홍위병들에게 엄중히 경고했다.[10]

송경령 여사는 손중산 부인이다. 손중산의 공적은 모주석이 … 인정하였다. 그의 공로는 (천안문 광장의) 인민영웅기념비에 새겨져 있다.
남경학생들이 손중산의 동상을 파괴할 것을 주장했지만 우리는 결코 그것에 동의할 수 없다. 매년 5월 1일 메이데이(노동자의 날)와 10월 1일 국경일에 천안문 단상 맞은 편에 손중산의 초상을 걸도록 한 것은 모주석의 결정이다. 손중산은 부르주아 혁명가로서 공적도 있고 결점도 있다. 손중산 부인은 우리들과 합작하기 시작한 이래(1924년에서 1927년까지) 결코 장개석에게 고개를 숙이지 않았다. 대혁명 실패 후 송여사는 외국으로 갔으며 거기서 중국 공산당 지하당원의 구출을 도왔다. 항일전쟁기간 동안 송여사는 우리와 합작하였다. 해방전쟁 시기 여사의 마음은 우리측에 있었다. 여사는 공산당과의 장기간에 걸친 합작에 한결같이 헌신하였다. 우리는 송여사를 존중해야 한다. 여사는 고령이다 … 올해는 또한 손중산 탄신 100주년을 기념해야 하는 해다. 여사가 우리들을 대표하여 쓴 기념문장은 국제적으로도 큰 영향을 줄 것이다.

그리고 나서 그는 홍위병들을 꾸짖었다.

여사의 집에 비난하는 벽보를 붙이는 것은 잘못된 일이다. 여사의 가족 삼형제와 세자매 중에서 여사만이 혁명을 지지했다. 그녀의 여동생이 장개석의 아내라는 이유만으로 '그녀를 타도하라'고 말할 수는 없다.

여사가 사는 집은 국가가 그녀에게 지급한 것이다 … '나는 감히 말하고 행동한다. 나는 거기에 가려고 결심했다'고 소리치는 사람이 있다. 그러나 이것은 잘못된 것이다. 우리는 어떠한 수단으로도 이러한 행동을 저지해야 한다.

주은래는 또한 그녀의 안전을 위하여 당과 정부의 고급간부의 전용 거주지역인 중남해(中南海)로 옮길 것을 제안했다. 송경령은 감사했지만 그렇게 할 필요가 없다고 생각했다. 여기서도 그녀의 강인함을 다시 보여준다.

이런 와중에, 당시에는 세간에 알려지지 않았지만 송경령은 가택침입보다도 더 악질적인 타격을 받았다. 상해 홍위병은 그녀 양친의 묘지를 파괴하였는데, 비석을 쓰러뜨리고 유해를 파헤쳤던 것이다. 상해 만국공묘는 한때 부유한 중국인이나 외국인이 사용한 묘지로서 이곳에서 일어난 사건은, 과거 특권의 전형이 되는 유적은 파괴해야 한다고 생각하는 격분한 젊은이들의 소행이었음이 분명해보인다. 묻혀 있는 사람은 장개석의 장인·장모인 '찰리 송'과 '마미 송'이 아니었던가? 그들이 볼 때 이 이상 더 사람들의 기억속에서 사라져버려야 할 사람이 있을 수 있겠는가?

파괴된 묘지의 현장사진을 상해에서 보내왔을 때 북경의 송경령 측근들은 그녀가 슬퍼한 나머지 눈물을 흘리며 소리내어 우는 것을 처음으로 보았다. 요몽성은 그 사진을 주은래에게 가져갔더니 주은래는 상해의 관계기관에게 즉각 묘지를 복구시키라고 지시했다. 그 후 복구된 모습의 묘지사진을 보내왔다. 그것은 완전히 원형으로 복원된 것이 아니었다. 원래 기념비석은 송씨집안의 여섯 명 자녀 전원의 이름을 새겨서 여섯명 모두가 양친을 위해 건립한 것임을 기록하고 있었다. 그러나 복원된 묘비에는 송경령 한 사람의 이름만이 건립자로 되어 있었다. 문화대혁명 동안은 이 이상의 일은 기대할 수 없었다. 그 후 삭제되었던 이름은 완전히 복원되었다.[11]

손문탄생 100주년 기념행사

주은래가 예고한, 손문 탄신 100주년을 기념하는 송경령의 연설은 1966년 11월 12일에 행해졌다. 이 연설은 용기 있고 사려깊은 내용이었으며 의미심장하게도 「손중산―확고부동한 백절불굴의 혁명가」란 제목이 붙여졌다.

이 연설문의 주제는 혁명이 한단계 한단계 발전할 때마다 혁명을 전진시키고 이를 방해하지 않기 위하여 손문 자신도 자신의 관점과 방법을 변화시켜 나아갔다는 내용이었다.

손중산은 제국주의 시대 이전에 태어났습니다. 그때는 독점자본이 세계를 지배하기 전이었습니다 … 그때 우리나라는 봉건왕조의 권력이 태평천국 농민혁명으로 매우 동요되고 있었으며 우리나라 인민들은 이제 겨우 자본주의 제국과 접촉을 시작하고 있을 뿐이었습니다.

그가 타계했을 때는 제국주의 세력이 절정에 달했을 때였습니다. 유럽 열강들이 우리 영토를 분할하려고 호시탐탐 기회를 노리고 있었을 뿐만 아니라 … 일본 제국주의도 이미 부단히 우리나라의 생존을 위협하고 있을 때였습니다 …

중첩된 좌절에도 불구하고 손문의 혁명활동에는 결코 흔들림이 없었다. 이와 같이 하여 손문은 새로운 중국을 건립하기 위한 최후의 승리를 이끈 선구자였다. ―그것은 그의 사후 25년을(4반 세기를) 지나서야 드디어 도래했던 것이지만.

오늘 얼마나 위대한 역사적 변화가 일어났습니까! 중국공산당과 모택동 주석의 지도하에 … 중국인민은 신민주주의 혁명을 완성했을 뿐만 아니라 사회주의 혁명과 사회주의 건설을 완수하는 찬란한 성과를 거두었습니다 …

그녀는 계속해서 다음과 같이 얘기했다. 손문은 혁명을 실천하는 과정에서, 진정한 민주주의자는 반드시 단호하게 제국주의에 대해 반대해야 한다는 사실을 인식하게 되었으며 몸으로써 그 예를 보여주었다. 끊임없이 계속된 고난과 위험 속에서도 그는 결코 머리를 숙인 적이 없었다. 그는 부단하게 학습하는 사람이 될 것을 결심하여 학습에 의해 자신의 초기환상과 잘못을 극복했다.

청왕조를 뒤엎기 위한 투쟁을 통해서 그는 단순히 군사적 수단(무장봉기)에 의존함으로써 빚어진 피할 수 없는 몇 번의 실패로부터 정치강령과 조직의 중요성을 배웠다.

1911년의 신해혁명은 전제왕조를 넘어뜨리고 공화국을 건립했지만 독립된 진보적인 중국을 건설하는 데는 실패했다. 그때 손문은 점차 더 많은 것을 배우고 인식했다. 그 혁명을 지도한 중국의 부르주아지는 인민대중의 지지를 얻어서 최초의 승리는 할 수 있었으나 전중국 인민의 80%를 점하는 농민의 요구를 해결할 결의가 부족했기 때문에 그 지지를 잃고 말았다. 사회문제는 정치문제와 마찬가지로 해결할 필요가 있었던 것이다.

손문은 가난한 사람들, 억압받는 사람들에 대해 언제나 동정을 품고 있었다. 자신도 그러한 환경에서 자랐기 때문이었다. "중국혁명이 전개됨에 따라 … 점차적으로 인민으로부터 신뢰를 얻게" 되었다. 그는 행동에 있어서 두려움을 몰랐고 개인적 생활은 질박하고 청렴하였다. 손문이 걸어온 길은 참담한 실패에 가득찬 것이지만 결코 절망하지 않았다. 그는 드물게도 자기비판의 용기를 가지고 있었다.

손중산은 자기 자신이 결성한 혁명당이 확실한 기반이 결여되었음을 인식하고서 조금도 주춤거리지 않았습니다 … 그는 레닌의 길을 … (그리고) 민중을 눈뜨게 하고 국민혁명을 지도하려는 중국공산당의 길을 걸어야 한다고 생각했습니다 … 혁명은 무엇보다도 절실하게 해방을 필요로 하는 사람들 즉 억압받는 인민대중들에 의해서만 가능합니다.

손문은 이 점을 명백히 하고 난 뒤 "아름답게 장식된 부르주아 민주주의에 두번 다시는 미혹되지 않았다"고 그녀는 썼다. 손문은 군벌시대에 중국의 의회주의에 대한 환상을 갖고 있었지만 또한 의회주의로 유명한 대부분의 여러 외국들이 중국을 분할하고 중국혁명을 간섭하려 한 것을 보고 외국 의회주의에 대해서도 실망했다고 느꼈기 때문이었다.
이것을 기억하고 인식하는 것은 아직 필요했다.

오늘날 반동파는 세계의 인민, 특히 청년들에게 혁명을 추구하려 하지도 말고 마르크스·레닌주의를 믿지도 말라고 이야기 하며 그들을 속이려고 합니다. 그 이유를 혁명이나 마르크스·레닌주의는 시대에 뒤떨어졌기 때문이라고 얘기합니다 … 그러나 40년도 더 전에 손문은 부르주아 민주주의 자체가 이미 시대에 뒤떨어졌다고 결론을 내렸습니다 …

송경령은 또한 손문의 국제주의 즉 다른 아시아 제국 혁명가들과의 제휴에 주목했다. 제국주의 각국 정부가 중국에 간섭하려고 위협하고 있을 때 손문은 중국에 주둔하고 있는 외국군 병사들에게 모든 나라의 백성은 공통의 이익을 가지고 있다고 호소하였다.

만년에 손문은 전생애를 통한 경험에서 세 가지 조건은 혁명에 불가결하다고 결론내렸다. ─국내적으로는 중국공산당과 연합하고 대외적으로는 소련과 연합하여 노동자와 농민을 돕는다는 것이었다.

그의 유촉은 혁명이 완전한 승리에 이를 때까지 수행해나가기를 요청했다.

중국공산당은 이 유언을 완수하는 쪽으로 중국인민을 이끌었으며 또한 그 이상을 해냈습니다. 만약 오늘 손중산이 살아 있다면 중국공산당이 전국의 인민과 제민족의 단결을 달성한 일 … 인민을 지도하여 사회주의 혁명과 사회주의 건설과정에서 거대한 성과를 거둔 일 … 또한 오늘날 세계에서 마르크스·레닌주의의 진리를 지지하는 단호한 입장에 대해 자랑으로 여겼을 것입니다.

다른 구절에서 그녀는 후에 중국의 4대 현대화로 불려질 것에 대해 언급했다.

세계 인민의 2/3가 아직 해방되지 않은 상황하에 우리들은 단호하게 제국주의에 반대하는 혁명투쟁을 계속하면서 사회주의와 공산주의를 건설하기 위한 혁명적인 투쟁을 견지하고 우리나라를 모든 면에서 현대화시켜 과학의 최고봉에 도달하기 위한 노력을 계속해나가지 않으면 안됩니다.

그러기 위해선 생산, 과학, 교육 그리고 문화면에서 신중국은 발전해야 한다고 그녀는 강조했다.

마지막으로 송경령은 특히 문화대혁명에 대하여 이야기했다. ─그러나 이 기념행사에서의 다른 강연자에 비하면 적은 내용이었다. 그녀의 강연 초고는 몇 개월 전에 초안되어 최종적으로 주은래의 동의를 얻었던 것이었는데, 그것은 그 후 6년간에 있어서─1972년까지─그녀의 공적인 발표로서는 최후의 것이 되었다.

또한 그날은 유소기에게도 생애 최후로 공적인 장소에서 대중에게 모습을 보인 날이기도 했다. 유소기는 손문탄신 기념대회 준비위원회 위원장이었다. 중화인민공화국 주석으로서 당과 국가의 지위에 있어서는 거기 자리한 어느 누구보다도 높은 지위에 있었다. 그러나 공식 보도는 그를 일곱번째 서열로 매겼다. 주은래 총리나 동필무보다도 하위였을 뿐만 아니라 문화대혁명 지도부의 도주(陶鑄)나 진백달, 더욱이 그와 마찬가지로 공격받고 있던 등소평보다도 하위로 되어 있었다. 더욱 하위에는 중국 홍군과 8로군 및 인민해방군을 이끌어서 세계적으로 그 용맹함을 떨쳤던 주덕 총사령의 이름이 있었다.

이와 같은 치욕적인 일련의 일은 명백히 고의적으로 꾸며진 것이었다. 부분적으로는 문화대혁명을 위한 8월의 당중앙의 지도부 개조와 이동의 결과였지만 유소기의 경우 서열의 하강은 완전히 몰락으로 가는 전주곡이었다. 주덕에게 있어서는 극좌의 대합창에 동조하지 않았다는 데 대한 처벌이었다. 홍위병의 벽신문은 이미 이 노 혁명영웅을 자기개조를 하지 않는 군벌로 매도했다.

송경령은 유소기 주변에 암운이 드리워지고 있음을 느꼈다. 그녀의 여성동지 중 한 사람인 라숙장(羅叔章)은 다음과 같이 회상했다. "1966년 국경일(10월 1일)에 나는 천안문 연단에서 송경령과 만났는데 그때 그녀는 '홍위병의 전단을 가지고 있으면 나에게 보여주세요 … 정세를 이해하기 위하여 나는 그것을 수집하고 있습니다. 나는 매우 우울합니다. 유소기는 그토록 오랫동안 당내에서 활약해왔는데 어떻게 반역자나 반당분자로 불리어지는지 … 그렇다면 왜 지금까지 아무도 의심하지 않았는지 나는 알 수 없기 때문에 사정을 알고 싶은 것입니다'라고 말했습니다".12)

일국의 국가부주석이 국가주석 신변에 일어난 사정을 알기 위해서 가두에 뿌려진 전단을 부탁해서 손에 넣지 않을 수 없다고 하는 것 그 자체가 기괴한 시기를 반영하고 있었다.

송경령은 유소기를 잘 알았다. 두 사람은 각각 정부의 주석·부주석 사이였으며 오랫동안 중요한 역할을 수행했던 중소우호협회에서도 회장과 부회장, 전임회장·후임회장의 관계였으며 인민공화국 건설이래 초기 17년간은 일관되게 긴밀한 유대관계를 가지고 일해 왔다. 모스크바에서 그녀와 스탈린의 최후 회견을 주선해주었던 사람도 유소기였다. 사적인 면에서도 그녀는 유의 가족과는 아주 좋은 사이였다.[13]

유소기와 그의 아내 왕광미(王光美)는 상해를 방문할 때는 송경령을 만나러 오곤 했다.—그리고 그녀와 함께 남경에 있는 손문묘소에 간 일도 있었다.

유소기의 자녀들이 피델 카스트로(Fidel Castro)가 지도한 쿠바혁명을 지지하는 시위행진에 참가하였을 때 송경령은 그들의 국제주의를 칭찬했다. 새해가 되면 언제나 그 자녀들에게 연하장을 보냈고 그들은 자신들이 직접 그린 그림을 답례로 보냈다. 그것을 받으면 그녀는 또다시 한사람 한사람에게 각기 이름을 써서 감사의 답장을 써 보냈다.

송경령과 유소기 일가와의 관계에서 그녀가 계속해서 품고 있던 희망을 알아낼 수가 있다. 그것은 즉 프롤레타리아 문화대혁명이라고 불리어지는 운동 그 자체의 결점을 극복하고 그 운동이 본래 공언했던 활동을 수행해나가기를 바랐다는 점이다. 즉 침체됐거나 퇴보된 것을 일소하고 신념과 창조성을 갖춘 혁명의 새로운 빛을 다시 비추는 것이었다. 모두가 다 이해하고 있는 상황에서 생각한다면 이것은 유소기 자신만의 느낌이었을지도 모른다. 초기의 홍위병이었던 유소기의 딸 중 한 명인 유평평(劉平平)이 농촌에서 노동에 종사하고 있을 때 송경령에게 편지를 썼다. 평평이라는 자신의 애칭으로 쓰여진 편지에 대해 송경령은 이에 찬성하는 답장을 써 보냈다.[14]

… 새로운 사회에서 태어났지만 홍기아래 일어서서 사탕과 꿀로 교육되었어요. 그러나 여러분은 혁명을 잊지 않았어요. 계급투쟁 … 을 잊지 않았어요. 여러분은 또한 … 혁명선배들의 고난의 투쟁을 … 기억하고 있어요 … 그리고 세계인민의 2/3가 아직 해방되지 않았음을 생각해야 합니다.

송경령은 베트남의 민족해방전쟁을 지지하는 평평의 글에 대해 지지를 표명했다. 그리고 농촌에 가서 노동에 참가하고 있는 일에 대해 "지식청년을 혁명가로 단련하는 좋은 교육"이라고 보고 찬동을 표했다. 또한 그녀는 중국이 미소양국에 의해 포위되어 있으며 그 양국이 결탁하고 있다고 말하고 모택동의 저작을 더욱 연구하라고 권유했다. 그녀는 또한 혁명의 사상과 심정을 전하기 위해 유소기의 자녀들인 정정(婷婷)과 원원(源源)이 각각 일기장과 창작회화를 보내온 데 대하여, 혁명적 사상과 감정이 잘 표현되었다고 하는 칭찬의 편지를 써 보냈다.

1967년 새해에 송경령은 이미 유소기 일가에 심상치 않은 문제가 있음을 알았지만 예년과 마찬가지로 연하장과 조그만 선물들(노트와 케이크)을 자녀들에게 보내면서 거기에는 언제나처럼 "송엄마로부터"라고 적었다.

그 다음해 유소기 부처가 투옥되고 가족들이 뿔뿔이 흩어졌을 때 아이들은 송경령에게 도움을 호소했다. 그녀는 편지를 모택동에게 보냈고 모택동은 자녀들의 고난을 다소 완화시켜주는 조치를 취했다. 그녀는 아이들에게 회답을 써 보내며 정신을 차려서 열심히 최선을 다해 일하고 공부해야 한다고 격려했다.

유소기가 옥중에서 사망한 지 2년쯤 지난 1972년에야 그들은 감옥에 있는, 미망인이 된 모친 왕광미를 면회할 수 있도록 허락받았다. 자녀들이 교도관에게 들릴까봐 신경쓰면서 송경령이 어떻게 그들을 도와주었는가에 대해 얘기하는 것을 들었을 때의 가슴 뿌듯했던 감격을, 왕광미는 마치 어제 일인 듯 회상하고 있다.

5년간의 침묵, 문화대혁명 전기

송경령은 문화대혁명 시기에, 모택동의 지지를 얻고 있던 주은래에 의해 보호받고 있었음에도 불구하고 처음 5년간은 거의 대중앞에 모습을 나타내지도 않았고 소식도 알 수 없었다. 그녀의 사후 출판된 365쪽에 달하는 연보에서조차도 이 기간 동안은 기본적으로 거의 아무것도 기록되어 있지 않다.[15]

1967년에 관해서 연보에는 두 가지 사항을 기록하고 있을 뿐이다. - 부주석으로서 신임대사(예멘, 스웨덴, 베트남, 북한, 모리타니아)로부터 신임장을 수리한 것과 국경일 때의 만찬회와 축하 퍼레이드의 열병에 참석했던 것이었다.

실제로 그 해는 송경령에게는 고뇌와 투쟁의 한 해였다. 북경에서는 거의 관저에서 아무 하는 일 없이 집울타리 안에서만 지냈다. 상해에서의 그녀의 사업은 파괴되었다. 그것을 구하기 위하여 그녀는 싸웠다. 그녀는 이렇게 회상했다.16)

1966년, 동란의 10년이 시작되었을 때 상해에 있던 우리의 중국복리회는 사실상 그 활동이 중단되었습니다. ≪아동시대≫의 출판도 되지 못했습니다. 나는 중국복리회 소속의 보건원, 아동극장, 그리고 다른 시설들로부터 아무런 보고를 받지 못했습니다. ─ 그 시설의 간부들은 점차 더 강한 압력과 공격을 받았습니다. 나는 당시(상해시) 부시장의 지위에 있던 김중화(金仲華)에게 도움을 청했습니다. 그는 언제나처럼 성실하게 각 시설을 방문하고 활동을 계속할 수 있도록 격려했습니다.

이것은 김중화를 추도하는 송경령의 문장에서 인용한 것이다. 저명한 진보적 언론인이었던 그는 1930년대 구국운동 이래 그녀의 친구로서 홍콩의 보위중국동맹, 그 후 상해의 중국복리기금회 그리고 중국복리회에서 그녀와 함께 활동했다. ≪중국건설≫ 창간시 그녀는 그를 편집장에 임명했다. 또한 그는 문화대혁명 전에 임명된 대도시 상해의 부시장이었다.

강청(江青: 모택동 부인)의 공모자들에 의해 발족된 상해시 신정부 손에 김중화는 비극적인 운명을 맞았던 사실에 대해 송경령은 다음과 같이 썼다.

그 후 상해에 돌아간 나는 그가 … (4인방에 의해) 잔혹하게 박해를 받았다는 이야기를 들었습니다. 그와 접촉하려 애썼지만 실패했습니다 … 몇 년이 지나서야 나는 그가 일생 동안 행한 모든 선한 일들이 … 왜곡되고 전도되어 그를 오욕되게 했다는 것을 알게 되었습니다. 그는 중국혁명에서 모택동이 보여준 지도력을 존경했습니다. 그런데 그는 모택동 주석에 반대했다고 고발되었습니다. 그는 중국의 해방사업을 위해 세계우호관계를 건설하고

자 많은 외국인들과 만났고 함께 활동했습니다. 그러나 그는 이 때문에 외국의 스파이라는 중상을 당했습니다. 그와 주은래 총리와의 친교는 이들 조사관들이 그를 비난하는 또 다른 이유가 되었습니다. ─ 왜냐하면 그들은 주총리를 타도하려 기도했기 때문입니다. 김중화를 고발함에 있어서 강청의 악의에 가득찬 한마디 한마디는 ⋯ 직접적으로 작용하였고 ⋯ 장춘교(張春橋)의 교활한 음모가 행해졌던 것입니다.

송경령이 아무런 말도 하지 않았던 것은, 사실을 그녀가 전혀 몰랐기 때문인지는 모르지만, 김중화는 오랜 세월 동안 그녀로부터 받은 편지들을 넘기라는 극도의 압력을 받았다는 사실이다. 그는 그렇게 하느니 차라리 죽는 쪽을 택했다. 그래서 그는 1968년 4월 3일 자살했던 것이다.

＊　　　＊　　　＊

문화대혁명 당시 최고의 야심가로서 그것을 왜곡시켰던 여성 강청에 대해서는 어떠했는가? 대단히 흥미로운 것은 몇 년 전에 송경령이 처음으로 그녀를 만났을 때 이 카멜레온과 같은 여자의 겸손함에 좋은 인상을 받았다고 말했던 점이다.

1949년 송경령이 인민공화국 성립식전에 참가한 후 상해로 돌아갈 때 모택동은 강청에게 그녀를 역까지 전송하게 했다. 후에 송경경은 이때의 강청을 "예절바르고 매력적인 사람"이라고 평했다고 한다.[17] 1956년 상해에서 인도네시아의 수카르노 대통령을 맞이하는 만찬회를 개최했는데 강청과 유소기 부부도 참석했다. 훗날 송경령은 이때의 강청의 차분한 행동과 옷 매무새에 대해 칭찬했다.

그날 강청은 송경령에게, 손문이 양복을 입었던 일을 화제로 삼아 모택동에게도 때로는 서양식의 양복을 입고 넥타이도 매도록 권유하라고 부탁했다는 이야기도 전해진다. 중국공산당 간부들은 옷차림새가 너무 단조롭고 우중충하다고 외국인이 생각한다는 것이 그 이유였다.

그러나 1966년의 강청의 태도는 완전히 달랐다. 홍위병은 송경령의 관저에 돌입하고자 했고 또한 송경령의 긴머리를 그들이 좋아하는 짧은 머리로 깎으려고까지 했다(송경령은 뒷머리를 하나로 묶어 조그만 롤빵처럼 만든 전통적인 머리모양을 늘 하고 있었는데 그것은 어머니에게 결코 그 머리모양을 변화시키지 않겠다고 약속했기 때문이다. 송경령의 심정은 "만약 그들이 나의 머리를 자르겠다면 나도 그들의 머리를 잘라버릴 것이다"라고 되받아 공격한 말에서 표현되고 있다). 그녀는 젊은이들이 외관만으로 잘못 판단하는 것에 연민의 정을 금치 못했다. 당시 모택동은 문화대혁명을 설명하기 위하여 강청을 송경령에게 보냈는데 강청은 송경령에게 훈시하는 어조로 홍위병을 하늘같이 칭송했다. 이에 대하여 송경령이 무고한 인민들에게 피해를 입히는 그런 행위는 억제되어야 한다고 이야기하자 강청은 곧 얼굴색이 변해버렸다.

그보다 한참 후인 1973년경이 되면, 강청에게 반대하는 말을 한다는 것은 보통시민에게는 죽음을 의미하는 것이 되었다. 어떠한 사람이라도 심각한 재난에 빠질 것을 각오해야 했다. 송경령은 필자 부부 앞에서, 복수심과 권력욕에 불타는 강청을 몹시 싫어하며 여황제라고 불렀던 일이 있다.

4인방 몰락 후 송경령은 더 날카롭고 더 명백하게 그에 대해 말할 수 있었고 또 그렇게 말했다.

"주은래 총리의 생명은 만약 악당 강청의 방해가 없었더라면 구할 수 있었을 것입니다. 이 악당은 총리에게 필요한 의약품의 제공을 가로막았던 것입니다"라고 그녀는 리차드 영에게 보낸, 날짜를 기록하지 않은 편지에 썼다.

경령은 또 이렇게 썼다.

나는 내가 가지고 있던 양복을 모두 사촌의 딸들에게 주었습니다. 그 부끄러움을 모르는 더러운 여자 강청에 의해 조종되었던 문화대혁명 동안에, 그녀들은 홍위병에 의해 자기 집에서 쫓겨나고 모든 소유물을 다 빼앗겨버렸던 것입니다.

이렇게 심한 욕은 그녀에게는 아주 드물고 이례적인 것이었다. 그 정

도로 그녀의 분노가 깊었던 것이다.[18]

1968년, 1년 동안 앞서의 연보에서는 송경령이 공공장소에 나타났다고 하는 기록은 전혀 기재되어 있지 않다. ─단지, 모든 것이 의심의 대상이었던 당시의 분위기 속에서, 헌신적인 외국인 친구인 레위 앨리를 변호하기 위하여 한 통의 편지를 권력층에 보냈다는 기록이 있을 뿐이다.[19]

나는 1932년 이후부터 레위 앨리와 알고 지내고 있습니다. 앨리는 중국을 위해 전력을 다해 헌신하였으며 우리 조국을 방위하기 위해 우리를 도왔습니다. 일본제국주의자들이 중국을 침략하였을 때 내지에서 공업합작사를 조직하여 젊은 세대를 훈련하도록 원조했던 사람이 그였습니다 … 백색테러가 상해에서 횡행하여 국내외에서 특무대가 공산당원을 색출해내고 있을 때 자기집을 그들의 피난처로 제공했던 사람은 그였습니다. 일본제국주의가 중국의 영토를 점령했을 때 감숙과 기타 오지에서 우리나라 인민을 위해 활동한 사람도 바로 그였습니다 … 해방 이래 그는 우리나라의 문화와 혁명운동을 지지하는 많은 책을 저술하고 시를 쓰고 기사를 발표했습니다. 세계평화위원회가 그를 외국으로 파견했을 때 그는 강연에서 우리나라의 혁명사업을 옹호하였습니다. 그는 신중국의, 진정하고 성실하며 신뢰할 수 있는 불굴의 견실한 친구라고 나는 생각합니다. 나는 완전히 그를 신뢰하고 있습니다. 노만 베순 의사와 마찬가지로 그는 국제공산주의와 마르크스·레닌의 신봉자입니다.

또한 아마 바로 같은 해인 것 같은데(다음의 편지에는 월·일만 쓰여져 있다)[20] 그래니치 부부에게 보낸 편지에서 그녀는 막스(매니) 형제(필명은 마이크 골드이며 미국 좌익작가)의 죽음에 대해서 그들을 조상(弔喪)하는 내용을 쓰고 있다. 글 가운데서 당시 그녀의 상황을 엿볼 수 있다.

몇 년 동안 ≪노동자일보≫를 구할 수 있을 때마다 나는 그의 흥미진진한 칼럼을 읽었습니다. 그러나 구할 수 없었을 때에는 매우 섭섭했습니다.

(미국공산당의 출판물은 수정주의로 보았기 때문에 중국에서는 배포

되지 않았다).

송경령은 다시 설명을 계속하며 그래니치 부부가 이사한 새 주소를 "광란의 문화혁명 기간에는 한 책 속에 숨겨두었는데 이제야 찾아 내었습니다"라고 말했다.

그러나 송경령은 이 운동의 더 넓은 의의에 대해서 아직도 적극적인 자세를 보였다.

… 나는 내가 감당할 수 없는, 나에게는 어울리지 않는 많은 책임을 맡고 있습니다. 시국은 급속하게 변화하고 있어서 지속적인 연구를 하지 않으면 지탱하기 어렵습니다. 불면증과 관절염은 내가 해야 할 일을 제대로 하지 못하게 하고 있습니다. 그럼에도 불구하고 나는 뒤처져 꾸물거릴 수가 없기 때문에 시국과 나란히 걷기 위해 전력을 다하고 있습니다.

여기서 일어나고 있는 일은 우리나라 인민들뿐 아니라 세계의 나머지 인민들까지도 변화시킬 것입니다. 이것은 모주석의 사상이 이룩한 위대한 승리입니다. 그는 의심할 여지없이 마르크스와 레닌 이후 가장 위대한 인물입니다.

송경령은 미국에서 일어난 대중운동―특히 베트남 반전운동과 흑인운동이 사회적, 지리적으로 광범위하게 확산되었음을 열심히 말했다.

미국에서 일어나고 있는 운동은 매우 고무적입니다. 나는 반동적인 남부의 여러주들도 이 위대한 세례에 휩쓸려 들어간 점을 기쁘게 생각합니다.

1969년에 대해서도 계속해서 연보에는 기록이 빈약하여, 국경일에 열린 두 번의 공식적인 행사에 참석했다는 것과 그녀 개인적인 일이 기록되어 있을 뿐이다. 그것은, 1933년 국민당에 의해 암살된 중국민권보장동맹의 총간사 양행불의 아들 양소불이 『손중산선집』과 『송경령선집』을 받지 못했다는 것을 알고 그녀는 그것을 그에게 선물로 보냈던 것이다.

이 해와 그 다음해는 새롭고 엄격한 드라마가 연출되었다.

일반적인 분위기는 외국의 침략에 대응해야 한다는 긴장감이었다. 미국은 베트남에서 중국 남부 변경에 압력을 가하고 있었고 북부 국경지대에서는 소련과의 무력충돌이 발생하였다. 중국은 일방적이든 쌍방적이든 어떠한 공격, 심지어 핵공격까지도 버텨낼 각오를 하고 있었다. 멀리 떨어진 내륙산간지방에 새로운 산업이 배치되었다. 전국 각 도시의 지하에는 피난과 소개를 위한 거대한 지하 미궁이라 할 방공호가 파졌다. 이에 대해 송경령은 그레이스 그래니치에게 이렇게 썼다.[21]

어린이들까지도 전쟁준비에 완전히 참여하고 있습니다. 전쟁이 시작되어도 우리는 불시에 기습당하진 않을 것입니다.
우리 어린이들은 농촌에서 일하고 학습하고 농민과 함께 식사하고 생활하고 있습니다. 그들은 자라서 수정주의자가 되거나 부르주아사상에 물들지 않을 것입니다.

그녀의 눈에는 전쟁의 위험이 현실로 비쳤으며 전쟁에 대비할 필요가 있고 그것은 방위적인 것이었다. - 당시 모스크바는, 방공호 건설까지도 호전적이라고 비난했지만.
그러나 그 이면에는 임표와 곧 "4인방"이라 불려질 세력이 중국의 정치에 대한 세력을 더욱 강화시키고 있었다. 그들은 직면한 국가적 위험을 구실로 그들이 좋아하지 않는 모든 요소들을 더욱 탄압했다.
이것은 전쟁에 대비해서 북경이나 그 밖의 중요 도시에서 피난시켜야 할 사람의 선택에도 영향을 끼쳤다. 중요하지 않든가 신뢰할 수 없든가 혹은 둘다로 간주되든가 하는 것이었다. 한 신랄한 실례는 요몽성이었다. 그녀는 충실하고 경험많은 공산당원이었지만 극좌파에 의해 "중요하지 않고 신뢰할 수 없는" 그룹에 배치되었다. 그녀는 언제나처럼 '아줌마께'로 시작되는 편지를 송경령에게 썼다.[22]

나는 아직 내가 어디로 가야 하는지도 모르지만 짐을 꾸리려 하고 있습니다. … 나는 나이들고 병약한 그룹으로 분류되었기 때문에 북경에 있을 필요가 없게 되었습니다. … 나는 필요한 물건과 가져가야 할 것들을 정리하고 있습니다 … 이제 나는 나의 미래의 집에서 편지를 쓸 것입니다. 상해도 또한 해안도시입니다. 아직은 그렇지 않지만 아줌마께서도 조만간 떠나야 할 것이라고 믿습니다 … 부디 좋은 미래의 집을 찾아서 즐겁고 행복하고 건강하시길 기원합니다.

저는 어디에 있든지 항상 아줌마를 생각할 것입니다.

요몽성은 얼마 동안 자신이 주요직위에 있던 전국부녀연합회의 '조반파(造反派)'에게 자택연금을 당한 상태에서 초조하게 지내고 있었다. "나의 거실에서 가장 가까운 나의 집 뒷문에 못이 박히고 그 문이 폐쇄되어버렸다는 것을 제가 얘기한 일이 있나요? 나는 집에 홀로 있습니다. 나의 손은 언제나 떨리고 있습니다"라고 그녀는 송경령에게 편지를 썼다.[23]

우리들이 교환한 편지 중 몇 통이 도중에 분실되어버린 데 대해서는 충분한 이유가 있습니다 … 나는 손을 움직일 수 있는 한 계속해서 편지를 쓸 것입니다 … 나는 당신에게 얘기한 것 이상으로 당신을 그리워합니다 …

그리고 마지막으로 회신을 받은 것에 대하여

아줌마가 보내신 아주 긴 편지들을 받았을 때 얼마나 기뻤는지 모릅니다. 그것은 너무나 오랜만에 받은 소식이었으니까요 …

이즈음 송경령은 또한 자기 가족에게 닥친 여러 불행들 때문에 충격을 받았다.

1968년 5월 상해에서 살고 있던 젊고 유망한 친척이 자살했다는 소식이 전해졌다. 이 친척은 외사촌의 딸로 그녀가 매우 귀여워했다. 어머니 쪽 친척인 예씨(倪氏)는 모두 가 다 자신들의 집에서 쫓겨나 차고에 억류되었으며 게다가 자살한 외사촌의 딸은 밖에서 '요관찰 인물'로 되어 노동을 강요당하고 능욕을 당해 그것을 이겨낼 수 없었던 것이다.[24]

1969년 2월에는 송경령이 아꼈던 막내동생 송자안(宋子安)이 미국에서 사망했다. 그녀는 또다시 눈물을 보였다. 당시의 긴장된 상황하에서 미국에 조전을 치기 위하여 그녀는 주은래와 그의 아내 등영초의 도움을 얻어서 특별한 공적인 허가를 받지 않으면 안되었다.

1970년에 대해 연보에서는 송경령이 천안문 연단에 서서 국경일행사에 참가했다는 것과 불가리아 신임대사의 신임장을 받았다고 하는 두 가지 일이 기록되어 있다.

그녀는 그래니치 부부에게 보낸 편지에서는 무엇인가 전반적으로 고무된 어조로 이야기하고 있다.[25]

    … 여기서 일어나고 있는 거대한 변화를 볼 수 있도록 당신들도 이곳에 있었으면 합니다. 안나 루이스의 소식인 《중국통신》에서 … 때때로 … 당신은 갖가지 일들을 이해하였으리라 생각합니다. 불행히도 그녀는 84세이고 건강이 좋지 않습니다. 그래서 그녀는 바로 이 가장 유익한 일을 더 이상 하지 못할 것입니다. …

상해에서 온 편지 속에서 "나는 수도를 떠나서 4년 동안 여기 집에만 머무르고 있습니다"라고 했다. 고향에서 아주 멀리 떨어져 지낸다는 것은 그녀가 좋아하는 바가 아니었다.

북경에 관해서 얘기할 때, 그녀는 친구들의 상황, 왕래의 감소, 일상생활의 혼란 그리고 아무런 해도 되지 않는 관습적인 것의 중단 등에 대해서 비판적인 태도를 보였다.

    레위(앨리)는 (저작의 소재가 될 자료수집을 위한) 여행을 할 수 없기 때문에 매우 불행한 처지에 있습니다. 마해덕은 폐렴에서 회복되고 있습니다. 우리는 같은 도시에 있으면서도 나는 그들을 몇 년간이나 만나지 못하였습니다. …
    (P.S)추신 : 2월 6일은 춘절(구정)이지만 우리는 현재 이같은 명절을 지낼 수가 없습니다.

1970년 3월 29일 그녀가 안나 루이스 스트롱에게 나이가 있으니 작업을 그만두라고 권유한 지 겨우 두 달 후에 이 노련한 미국인 기자는 북경에서 사망했다. 이것은 송경령의 가장 오래된 외국혁명가의 유대 중 하나를 잘라버렸다. 안나 루이스가 입원해 있을 때 송경령은 그녀가 가장 좋아하는 꽃을 생각해내어 그녀의 머리맡에 갖다놓았다.

1957년 스트롱이 중국에 돌아온 이후 그들은 좀처럼 만나지 못했다. 만나서도 다소 형식적인 관계를 유지했다. 그녀들은 때때로 편지를 교환할 때는 '친애하는 송경령 동지'라든지 '친애하는 안나 루이스 동지' 혹은 '친애하는 스트롱 씨'라고 불렀다.—이것은 다른 오랜 친구들에게 별명을 부르는 친밀함과는 다소 차이가 있었다. 아마 스트롱의 강한 개성이나 자신이 들었던 모든 것을 기사화하려는 스트롱의 저널리스트적인 직업본능이 두 사람의 오랜 교제과정에서, 송경령에게 어떤 면에서 불쾌감을 주었을지도 모르는 일이다. 그러나 그들의 유대관계와 서로를 정신적으로 존경하는 마음은 굳고 깊었다.

송경령이 결코 의심하지 않았던 것은 스트롱의 정직함이었다. 이미 1949년에 송경령은, 스트롱이 소련에서 체포되어 간첩 레테르를 달았을 때, 그것을 뗄 수 있도록 모스크바에 요청해달라고 모택동에게 부탁했다고 한다. 스트롱은 중국과 또 다른 각 지역에서 훌륭한 일을 많이 한 사람이며 확실한 마르크스주의자인 그녀에게 왜 그런 조치가 취해지는지 이해하기 어렵다는 점을 모택동에게 전했다고 한다.26) 문화대혁명이 시작되었을 때 송경령이 스트롱에게 보낸 편지들은 그녀의 변함없는 신뢰를 보여준다. 그녀는 스트롱의 ≪중국통신≫을 매호마다 읽고 높이 평가했으며 친구들에게도 권했다.

송경령이 스트롱에 관한 기억을 불러일으켰을 때, 그녀의 마음에는 1930년대 후반과 그 이후에, 있어서 소련의 숙청으로 잃어버렸던 두 사람 모두의 친구들과 지인들—카라한(Karakhan), 블위커(Blyukher), 보고모로프(Bogomolov), 특히 보로딘(Borodin)—의 이름과 얼굴이 떠올랐을 것임에 틀림없다. 보로딘은 스트롱과 마찬가지로 1949년에 체포되었는데 외국인인 그녀(스트롱)처럼 레테르를 붙여서 석방되는 행운(국외추방)을 누리지 못하고 수용소로 보내졌고 그곳에서 사망했다. 문화대혁명중에 송경령은 자국에서 비난받고 억류당하는 노혁명가들의 미래의 운명이 어떻게 될 것인가를 생각하지 않을 수 없었다. 소련에서의 숙청은 당이 권력을 장악한 지 상당히 후에 일어난 일로서 규모도 컸으며 매우 가혹하였는데, 중국에서는 이같은 탄압은 피하고자 했으며 이것을 처음에는 국가와 당의 자랑으로 여겼다. ─ 그러나 사람들은 이 시점에서 그 같은 사실을 그와 같이 확신해도 좋을 것인가?

송경령이 이 미국인 친구에게 보낸 결정적인 평가는 몇 년 후 중국어판 기념집의 서문으로 쓰인 "스트롱의 이름은 중국인민의 마음 속에 영원히 살아 있을 것이다"라는 글 가운데 충심어리고 의미심장한 말로 표현되었다.27)

안나 루이스 스트롱은 중국의 오랜 친구이자 나의 오랜 친구였습니다.

나는 오래 전인 1927년 무한에서 그녀를 만났습니다. 그때는 중국의 첫 번째 국내혁명전쟁이 먹구름과 거센 폭풍우 속에서 시달리고 있었던 때였습니다. 우리는 같은 건물에서 살았습니다. 그때는 둘 다 젊었고 우리는 항상 함께 지냈으며 우리들의 대화는 광범위했지만 대개는 현실의 정치정세에 관한 것이었습니다 … 우리의 결론은 낙관적이었습니다. 당시의 혼란은 일시적인 것이며 대혁명(1925~27년)을 경험한 농민, 노동자로 이루어진 혁명세력은 흔들리지 않으며, 강력하고 활력이 있으며, 그 소리는 전세계로 울려 퍼질 것이라는 것을 우리는 굳게 믿었습니다. 그녀의 열정과 지혜는 우리가 악마와 싸울 때 힘을 주었으며 내가 중국혁명 속에서 나아가야 할 길을 선택할 때에 나 자신이 결단을 내리는 데 힘을 주었습니다.

그 후 오랜 세월 동안 우리는 서로 만날 기회가 거의 없었습니다만 서로 소식을 교환하며 대화와 생각의 조화를 이루었습니다. 후에 그녀는 소련에서 부당한 비난을 받게 되었으며 이 일은 나를 걱정스럽게 만들었습니다.

72세가 되어서 결국 그녀는 신중국에 돌아올 수 있었던 것입니다. 나는 열렬히 그녀를 환영했습니다. 그녀의 심정은 자신의 고향으로 돌아온 것과도 같았습니다. 우리는 지난날들과 미래에 대해 이야기를 나누었습니다. 여전히 원기왕성하고 강인한 정신을 가지고 있던 그녀는 세계에 신중국을 알리기 위해 자신의 펜을 능숙하게 휘둘렀습니다. 그녀는 우리나라의 혁명과 사회주의 건설을 위해 많은 일을 했습니다. 이 책은 그녀의 중국에서의 활동과 회상을 수록한 귀중한 기록입니다.

슬프게도 그녀는 나보다 먼저 세상을 떠났습니다. 그녀의 유골은 중국땅에 묻혔습니다. 그녀는 중국인민의 마음 속에 영원히 남아 있을 것입니다.

송경령은 자기 스스로가 설정한 기준들인 신념, 좌절 속에서의 굳건함, 혁명에 대한 낙관주의 그리고 혁명에 대한 헌신 등에서 안나 루이스 스트롱을 존경했다.

1970년, 이 오랜 외국인 친구를 잃고 얼마 되지 않아 송경령은 또 한 사람의 친구인 에드가 스노우와 재회하는 기쁨을 맛보았다. 스노우가 그의 아내인 로이스[28]와 함께 중국을 방문한 것은 문화대혁명에서의 극좌 권력의 후퇴를 암시했다. 이보다 이전에 스노우가 입국을 신청했으나 거부당했던 것이다. 그의 방문은 1972년 닉슨의 방중에 의한 중미관계 회복의 전조였다.

송경령이 사는 집의 직원들은 이들 부부를 몇 번이나 접대하였음을 회상하고 있다. 그 가운데에는, 모택동과 함께 천안문 연단에 모습을 나타내어 세계의 주목을 끌었던 10월 1일 국경일 때의 일을 포함하고 있다. 그녀는 가장 환영하는 손님이 올 때는 언제나 그랬지만 이때도 초대할 때마다 식단을 짜고 음식을 준비했다.

로이스 스노우는 이 따뜻한 재회에 대하여 이렇게 썼다.[29]

송경령은 에드의 오래되고도 절친한 친구입니다. 우리가 북경에 있는 그녀의 집을 방문하면 그녀는 나의 벗이 되어 주었습니다. 그녀의 마음 속에는 우리들이 가족으로 자리잡고 있었습니다. 그녀의 집에서 아들 크리스토퍼와 딸 시안의 사진을 보는 것은 감동적이었습니다. 아이들이 8살과 6살 정도였을 때 미국에서 중국으로 보낸 사진인 것입니다. 에드는 이 영웅적인 여성을 깊이 존경하고 찬미했습니다. 그녀의 가치관은 그녀로 하여금 가족관계와 부귀영화를 희생하고 확고부동하게 스스로를 격려하며, 혁명의 편에 서게 했던 것입니다.

스노우 부부와 송경령은 대단히 많은 대화를 나누었을 것이라고 누구나 상상할 것이다. 그러나 스노우의 그 후의 저서(*The Long Revolution* 긴 혁명 : 그는 이 책을 완성하지 못하고 죽었다)에서 그는 언제 무엇을 애기했는지에 관해서는 아무런 말도 하고 있지 않다. 스노우는 지금까지 송경령과 만났을 때마다 상세한 얘기를 쓰고 있음을 생각할 때 이 특별한 생략은 의외라 하지 않을 수 없다. 문화대혁명이 아직 완전히 종식되지 않았기 때문에 그녀가 이 일에 관해서는 아무 것도 쓰지 말 것을 그에게 부탁했을지도 모른다.

그러나 어쨌든 스노우의 미정리 메모들 중에는 단서들이 있다.[30]

9월 30일 주은래 총리가 주최한 국경일 전야의 만찬회에서 스노우 부부는 저명인사들과 함께 참석한 인민공화국 부주석인 송경령과 만났다. 거기에는 노련한 지도자들인 주덕, 동필무뿐만 아니라 문화대혁명의 권력층 인사들인 강청, 임표, 임표의 부인 엽군(葉群), 강생, 장춘교, 요문원 등이 있었다. 그리고 캄보디아의 시아누크 왕자와 베트남, 알바니아의 대표들도 있었다.

10월 3일, 송경령은 스노우 부부를 초대하여 차를 마셨을 때, 거기에는 마해덕, 레위 앨리도 동석했다.

우리가 여섯 명의 해방군 병사 앞을 통과하자, 그녀의 건장한 젊은 비서가 나와서 우리를 맞이했다. 정원은 늦가을 정취 속에 조락의 모습이었다. 연못은 말라 있었고, 고기는 모두 건져냈다고 여비서는 말해주었다. 남자비서는 우리를 데리고 나가서, … 120년 묵은 석류나무가 있는 곳으로 안내했다. 이 나무는 부의(溥儀)가 태어났을 때부터 이곳에 있었다는 것이다.

부인은 피곤해보였고 다소 억세게 보였다. 새로운 세계. 새로운 지평에서 …

대화내용에 대해서는 아무 것도 언급하지 않고 있다.—정원을 둘러보는 데 시간을 모두 허비해버렸던 것이다. 아마 시간을 소비하기 위하여 비서는 고의로 그같이 궁리했을지도 모르는 일이다.

10월 11일 날짜에는 다음과 같이 써 있다.

손부인, 앨리, 해텀 부부, 그리고 손부인의 주치의와 함께 만찬 … 그녀는 훌륭한 식사를 대접했다. … 대화도 주로 음식에 관한 것이었다.

여기서는 음식 이외의 다른 이야기들은 의도적으로 피한 듯이 보인다. 같은 페이지에 스노우는 북경에서 온 편지는 "최근『여행』(그의 책『신중국기행: *Journey to the Beginning*』) 속에 서술된 나의 잘못을 비평했다. — 이는 매우 정당하다"라고 기록하고 있다.[31]

1970년 말 중국에서 미국으로 귀국한 스노우는 몇 개월 후 앨리에게 편지를 보냈다.[32] 그 편지에서 그는, 중국이 미국 탁구팀에게 북경방문 초청장을 보내 세계를 깜짝 놀라게 한 후, 중국에 대해 미국이 취하던 태도나 생각이 얼마나 크게 변화했는가에 대하여 썼다. 약 20여 년간 그는 자신의 저서를 출판하는 데 어려움을 겪었다. 그러나 이제 미국대통령의 방문이라고 하는 엄청나고도 센세이셔널한 일에 함께 수행하게 되었기 때문에, 그는 주요한 보도기관들로부터 끈질긴 원고청탁을 받았다. 그러나 이들 보도기관들은 아직도 스노우의 기사를 왜곡하려 했다. 그 한 예로, 어느 편집자가 제목을 고쳐서 "중국인은 닉슨의 방문에서 무엇을 기대하는가?"라고 하였는데, 이에 대해 스노우는 다음과 같이 비평했다.

내 기사의 원제는 "닉슨의 마음, 자금성으로 향하다"였다. 그들은 편집과정에서 멍청하게도 자기 멋대로 몇 가지의 실수를 범했다. 예를 들어, 주은래가 주로 말을 하고 그것을 "모택동이 듣고 있었다"라고 말한 것처럼 요약을 했고, … 그리고 그들은 중국이 무력으로 대만을 취하겠다는 권리를 결코 포기하지 않고 있다는 나의 진술에 "공공연히"라는 말을 덧붙였다.

또한 보도기관에 대해서도 냉소적으로 지적했다.

그 하나는 … 나에게 약간의 마음의 양식을 제공하였다. 《라이프》잡지는 오래된 유명신문인 《뉴욕타임스》지에다 나의 기사에 대해 한 페이지로 전면광고를 냈다. — 《뉴욕타임스》는 일찍이 주은래 총리와의 중요한 인터뷰기사의 게재를 거절한 신문이다. — 그들은 스노우의 적색선전에 장단맞춘다고 생각되는 것을 매우 두려워하고 있었던 것이다. 현재 미국은 정보를 충분히 얻을 수 없다. 그래서 핑퐁외교에 대한 보도가 이렇게 많다.

같은 편지에서 스노우는 10년 전인 1960년에 중국을 방문한 후 쓴 『오늘의 붉은 중국―강의 저쪽(The Other Side of the River)』에 대하여 자기 비판을 했다.

　… 지금 나는 옛날에 쓴 글을 읽으면서 여기저기가 어색함을 느낀다. … 당시 … 나는 대중의 무지와 편견에 영합하여 중요한 것을 간과하고 그 때문에 미국에 대하여 상당히 관대했다. … 현재 ≪뉴욕타임스≫지는 중국이 좋은 곳이라는 것을 발견하고 있지만 그 당시는 ― 어떠한 지면도 할애하지 않았으며 서평란에는 공산분자의 유혹이라 하여 싣지 않았다.
　세계는 이제 모주석을 위대한 인물로 보고 있다. 물론 그렇다. 그러나 나의 작업은 모주석을 괴물이 아닌 인간으로서 사람들에게 알리려는 것이었다. 때때로 졸렬한 말들로 나타나고 있는 선전중에는, 모의 행동에 사람을 위협하려는 바가 있다고 보이기 때문에, 내가 그렇게 한 것은 매우 필요했다.

그러나 실제 많은 점에서 옳았다는 것도 더 보탰다. 그는 이에 대해서는 자랑하지 않았다. 착오에 대해서 그는 특유의 겸손한 자세를 취하여 이렇게 말했다. "나의 비평가들에게 전해주시오. … 나는 나의 착오를 알고 있으며, 만약 시간이 허락한다면 장래의 저술 중에 정정하려고 애쓸 것입니다".
　시간은 허락하지 않았다. 몇 개월 후, 스노우는 암으로 사망하였던 것이다.
　1971년에 대해 송경령의 연보는 한 줄도 기록되어 있지 않다. 그러나 이 해는 운명의 해였다. 문화대혁명은 제2단계인 하강기로 접어들었다.
　국내적으로는, 모택동이 지명한 후계자인 임표의 권력탈취 음모가 있었으며 발각된 후, 임표는 비행기로 도망가던 중 몽골에서 비행기추락으로 사망했다.―아마 소련으로 향하고 있었을 것이다.―이것은 9월 12일의 일이었다.
　11월 11일 아직 사건의 배경이 충분히 공개되지 않은 때에, 송경령은 이미 병들었지만 아직 작업을 계속하고 있는 스노우에게[33] 편지를 보내 이 사건을 서둘러 출판하지 않은 것에 대해 축하의 말을 전했다.

9월 12일의 비행기사고에 대하여 언급하지 않은 것은 현명한 처사였습니다. 그것은 추측일 뿐이며 잘못된 예언이 되어서는 곤란하기 때문입니다. 나는 당신이 그것에 대해 말하지 않은 것에 안심이 되었습니다. 내부인들조차 상세히 알지 못합니다. 그것은 악몽, 그것이었습니다. — '부루투스 너마저도!' 라고나 할까요. 어쨌든 '부루투스'=LP(임표)는 자신의 반역행위에 희생 되고 말았습니다. 그의 사진과 그가 쓴 문장은 현재 그 자신과 마찬가지로 모두 불태워졌습니다. 정말 악한입니다. 어느 누구도 그가 그러한 일을 하리라고는 생각하지 못했을 것입니다. 그는 '후계자'로 지정되어 있었으니까요! 다만 시간만이, 당신이 아직 알지 못하는 것을 알게 해줄 것입니다.

*   *   *

1971년은 국제적으로도 하나의 분수령을 이루었다. — 국제연합에 중화인민공화국의 의석이 회복되었던 것이다. 주로 제3세계 여러 나라의 지지에 의한 것이었는데 이같은 지위회복은 그들의 눈에 비친 중국혁명의 높은 명성을 반영한 것이었다. 지금까지 국제연합의 중국의석은 미국이 가능한 한 뒤에서 밀어준 대만의 장개석정권이 차지하고 있었는데 이것은 20여 년에 걸친 구정치의 허구가 빚은 결과였다.

몇 번이나 위기의 심연에 빠지기도 하는 등 중국내의 어려운 사정들에도 불구하고 세계 속에서의 중국의 위치는 부단하게 상승하였다.

그 해 12월 송경령은 행복한 기분으로 편지를 썼다.[34]

우리들에게도 세계적으로 의미깊은 해라고 말하는 것은 … 중국은 이제 세계의 중심에 있으며, 세계인들은 국제연합 연단에서 연설하는 중국에 귀기울이고 있기 때문입니다. 1972년은 모든 사람들에게 평화를 가져다줄 것입니다.

이와 같이 날로 호전되어가고 있는 상황하에서 그녀는 한 살 아래의 동생 송자문이 사망했다는 갑작스러운 소식을 접했지만 충격이 그렇게 크지는 않았다. 송자문은 미국의 한 식당에서 식사도중에 음식이 목에 걸려 질식하는 갑작스러운 사고로 사망하였다. 그의 나이 77세였다. 그는 금융가이며 재정가였다. 이전의 국민당정권에서 중요 요직을 차지했던 정치가였다. 일반적으로 말해서 송경령과의 정치논쟁이나 투쟁에서 자문은 여형제인 애령과 미령의 입장에 가까웠지만 개인적 감정면에서는 경령과 자문은 서로 매우 따뜻한 마음을 가지고 있었다. - 래서 그는 때때로 그녀의 사업을 도왔던 것이다.

부활, 문화대혁명의 후기

1972년은 닉슨 대통령이 세계가 주목하는 가운데 중국을 방문한 해였다. 이 방중은 양국의 관계회복을 위한 것이었으며, 더 엄밀히 말하자면 중국혁명이 승리한 사실을 승인하기 위한 것이었다. 이로써 미국이 20년이 넘게 인민공화국의 존재를 공식적으로 무시해온 상황에 종지부를 찍게 되었다. 이러한 관계 속에서 송경령은 5년간의 침묵을 깨고 다시 신문지상에 글을 발표했다.

닉슨의 방문 전 날 그녀는 「새로운 시대의 시작」[35]이라는 제목의 글을 발표했다. 그 논점은 닉슨이 중국에 새로운 시대를 가져다주는 것이 아니라 중국-그리고 아시아-의 새로운 시대가 닉슨을 북경으로 오게 했다는 것이었다.

미국대통령의 북경공식방문 발표는 전세계에 흥분을 불러일으켰습니다. 한국전쟁시 그는 중국에다 폭격할 것을 주장하였습니다. 현재 그는 중국의 지도자들과 대화의 문을 열 준비를 갖추었습니다. 닉슨 대통령은 당선되기 일년 전에 한 논설에서, '아시아에 대한 미국의 어떠한 정책도 먼저 중국의 현실을 파악함과 동시에 긴급하게 이루어져야 한다'고 주장했습니다.

'그렇다면 중국의 현실이란 무엇인가?'라고 그녀는 수사적으로 질문하고는 스스로 답변했다.

과거 22년간 중국공산당은 … 중국인민을 지도하여 사회주의국가를 건설해왔습니다. … 더욱이 중국인민은 지금 다른 인민들과 어깨를 나란히 하고 싸우고 있습니다. - 우리들은 평화와 번영을 가져오기 위해 영웅적인 노력으로 서로 지원하고 있습니다. …

구중국에서 신중국으로의 커다란 변화를, 수량상으로만이 아닌 질적인 면에서 개관한 다음 그녀는 이어나갔다.

진정한 사회주의 국가의 외교활동은 전세계의 인민들에게 이득이 되는 국제주의와 필연적으로 연계됩니다. 그러나 제국주의의 어떠한 산업적·군사적 집단과도 연계되지 않습니다. … 중국은 … 국제적 상호원조방법을 취합니다. 새로운 시대가 시작되었습니다.

그녀는 1971년 국제연합총회에서 압도적 다수의 지지로 통과된 UN에서의 중국의 의석회복에 대해 언급했다. "이것은 모주석의 외교정책에 있어서의 혁명노선의 승리이며 … 국제연합에서 정의를 옹호한 모든 국가들의 승리이며, … 그리고 전세계 인민의 승리입니다".
모주석은 예언했다고 하며 그녀는 썼다.

… 지금부터 50년이나 100년 후 전세계의 사회제도를 변화시킬 위대한 시대가 올 것입니다. … 역사상 어떠한 시기에도 그 비견한 예를 볼 수 없는, 대지를 흔들 시대가 … 사실 우리들은 인민의 새로운 시대의 출발점에 서 있는 것입니다.

역사의 발전에 대한 그녀의 긍지는, 바로 그것을 눈앞에 보고 있는 것처럼 명확했다. 비유적으로 말한다면, 좌절과 어려움은 이제 지나가버릴 구름이었다.
닉슨 일행의 공식리셉션에는, 송경령은 관절염과 두드러기 때문에 참석하지 못했다.

나는 닉슨 방문기간 동안 모든 행사에서 손을 뗄 수 있게 되어 기쁘게 생각했습니다만 해외의 친구들은 TV에서 내모습을 보지 못하여 실망했다고 나에게 편지를 써 보내왔습니다.[36]

그리고 계속해서 이렇게 써나갔다.

　　많은 미국인들이 상해에 있는 우리의 옛집을 방문했습니다. … 남편의 서재에 소장되어 있는 모든 책과 사진까지 살펴보려고 말입니다.

　　그리고 그녀는 외국인들이 신중국이나 그녀 자신이 근본적으로 관점이 변화되었을 것이라는 환상을 품고 있음을 보고는 신랄하게 말했다.

　　　그래요. 그들은 거기서 칼 마르크스가 건재하고 있음을 발견했을 것입니다.

　　1972년 이후 미국인이 중국을 방문하게 되고 그녀를 방문하는 사람들도 점점 많아졌다. 웨슬리언시대의 친구들(혹은 그들의 자손들)도 있었고, 혁명의 각 시기에 정치적으로 관계가 있었던 사람들도 있었고 또는 지금까지는 중국에 대해서 우호적이지 않았지만 이제 중국의 '새로운 발견자'가 된 사람들에 이르기까지 다양했다. 이들 모두를 그녀는 환영했다. 그러나 다만 웃으며 환영하지 않은, 한 부류의 사람들이 있었다. 그것은 매카시선풍에 휘말렸던 시대에 "겁쟁이 토끼처럼 행동한, 전혀 쓸데없는"37) 사람들로서, 비록 현재 그들 사회에서 '중진'이 되어 있어서 만나봐야 할 사람이라 하더라도 환영하지는 않았다.

＊　　　＊　　　＊

　　2월 15일, 이러한 사람들과는 전혀 다른 유형의 미국인 에드가 스노우가 췌장암으로 사망했다. 송경령은 매우 비통해하였다.
　　그녀는 대체로 글을 빨리 쓰는 편이었지만, 그날 밤 스노우부인 로이스에게 조문하는 글을 쓰는 데 꼬박 한밤을 지새웠다.38)

　　우리들의 가장 진실된 친구가 불행하게도 서거했다는, 당신의 슬픈 소식을 지금 전해받았습니다. 그는 항일전 기간동안 국내의 파시스트적 반동과 일본의 군사침략에 저항하는 우리들의 투쟁을 꾸준히 도와주었습니다. 우리들의 견고한 우정은 중미 양국민의 정의의 사업을 서로 지지하는 바의 상징이 되었습니다. 나는 당신과 당신의 자녀들이, 그가 당신에게 부탁한 사업 —중미 양국민간의 상호이해와 우호를 증진시키는 일—을 계속해서 완성할 것임을 확신합니다. 에드가 스노우에 대한 기억은 중국인민의 가슴 속에 영원히 생생하게 남아 있을 것이라는 점을, 제발 위안으로 삼으시길 바랍니다.[39]

"그녀는 전생애를 용감하게 살아왔기에, 멀리서 날아온 그녀의 조문은 나에게 용기를 주었습니다". 이 말은 로이스 스노우의 감사의 말이었다.

사실, 반동세력의 전면에서 두려움에 아랑곳하지 않는 송경령의 용기는 높이 평가되는 자질 중의 하나였다. 36년 전 스노우는 주로 그녀의 소개와 도움으로 연안을 방문하고, 『중국의 붉은 별(Red Star Over China)』을 저술했다. 스노우를 기념하는 문집중에서[40] "용감하게도 새로운 근거지에 가서 중국혁명을 보도하였다"고 그녀는 스노우를 칭찬했다.

한 사람의 청년기자로서 "진리와 지식을 탐구하고자 하는 억제할 수 없는 욕구" 때문에 그는 상해로 왔으며 그 후 이것은 다시 오지 깊이 있는 중국의 홍색지역으로 가게 했다고 송경령은 회고하였다. 이 여행의 성과인 『중국의 붉은 별』은 "역사의 시련을 잘 이겨내고 아직도 가치를 잃지 않고 있는 책이다". 그는 보위중국동맹에서 그녀의 활동을 도왔으며, 중국공업합작사 설립에 적극적이었다. 또한 금세기 중엽 미국에서 있었던 매카시의 마녀사냥 속에서도 "중미간의 커다란 간격의 소용돌이에 다리를 놓고자"하는 그의 결심을 결코 포기하지 않았다.

닉슨의 중국방문으로 시작된 중미관계의 개선으로 스노우의 "생애를 건 작업이 전개되면서 움직이기 시작했다".

1970년, 스노우가 모택동 주석과 긴 대화를 나누는 가운데, 모는 중미간의 문제를 해결하기 위해서는 닉슨 대통령과 대화를 할 필요가 있다고 말했습니다. 당시 그는 그것을 알지 못했다고 하며 그것은 … 20년 이상이나 단절된 후에 … 우호관계를 연 계기가 되었습니다.

… 중국인민은 에드가 스노우를 항상 고맙게 여기고 있으며 그가 중미 양국민의 우정을 맺기 위해 끊임없이 노력한 활동가였음을 상기할 것입니다. 그리고 태평양의 양측에 사는 미래의 세대는 그에게 감사할 것입니다.

이 개인적인 편지에서[41] 그녀는 스노우의 유언에 따라 로이스 부인이 그의 유골의 일부를 중국에 묻기 위해 가지고 왔다고 언급했다. 중국이 교통비를 부담하겠다고 제의하자, 로이스부인은 절약하기 위하여 비행기 대신에 기차로 오겠다고 제안했다. 송경령은 이에 대해 "그녀는 정말 사려깊은 사람이었어요"라고 칭찬했다. 또한 그의 유골을 호송한 사람은 스노우의 절친한 친구이며 『중국의 붉은 별』시절 이후 동료였던 조지 해텀(마해덕) 의사였다. 그는 병이 위중한 스노우를 진료하기 위해 모택동이 파견한 중국의료단과 함께 스위스로 갔던 사람이었다.

그 유해는 북경에 있는 전 연경대학(현재 북경대학의 일부)의 아름다운 캠퍼스 안의 미명호숫가에 묻히게 되었다. 이곳은 옛날 청년 스노우가 저널리즘을 강의하고 항일학생운동을 고무 격려했던 곳이었다.

스노우가 타계한 후 1개월도 지나지 않아서 송경령은 또 다시 슬픔에 젖게 되었다. 또 다른 미국인 친구이며 동지로서 변함없이 편지를 교환해왔던 그레이스 그래니치가 캘리포니아에서 자동차 충돌사고로 사망하였던 것이다. 운전을 한 남편 맥스는 부상을 입었지만 생명에는 지장이 없었다. 추도문에서[42] 송경령은 전쟁 전의 위험스러운 상해에서 이들 부부와 함께 《보이스 오브 차이나》를 출판할 때의 일 그리고 최근의 그들과의 즐거웠던 재회 등을 회상했다. 닉슨 방문 전에 미국탁구팀이 선구적으로 중국방문의 길을 연 후 북경에 초대되었던 미국인 옛 친구 중 최초의 방문단 속에 그들이 포함되어 있었다. 석별의 기간 30년이 지나서였다.

… 중국을 다시 한번 방문하고 싶다는 그들의 소망은 지난 가을에 이루어졌습니다. — 그레이스는 이제 74세이고 맥스(친구들은 그를 마니라고 부릅니다)는 75세입니다. 두 사람 모두 중국에서 여러가지 일에 종사하며 활동하였고 은퇴한 후에도 그들의 지식과 체험한 것들을 … 청년들에게 전해왔습니

다.

　… 주은래 총리가 1971년 5월에 북경에서 모든 미국인들을 초대해 만났을 때 그레이스 그래니치는 총리의 오른쪽에 앉았습니다. 그레이스와 마니 두 사람 모두 중국을 떠날 때 활기에 차 있었습니다. …

　그레이스는 언제나 쾌활하고 활기에 가득차 있었기 때문에 그렇게 빨리 세상을 떠났다는 것이 믿어지지 않습니다. … 그녀는 가장 암울했던 나날에서도 중국혁명의 최종적 승리를 확신했습니다. 그리고 그녀는 이 성공한 혁명의 성과를 자신의 눈으로 보고, … 그것을 미국인, 특히 젊은이들에게 얘기해줄 수 있음을 자랑스럽게 여겼습니다. …

1972년, 중국에서도 존경스런 인물이 세상을 떠났다. 송경령보다 훨씬 나이가 많았으며 가장 친밀한 관계였던 혁명가로서, 특히 대선배 여성혁명가였던 하향응(요중개 부인)이 95세의 고령으로 타계하였다. 그녀는 경령과 손문의 결혼식에 참여하였으며 손문의 임종을 경령과 함께 지켰다. 그리고 손문의 유촉을 충실하게 지킨 극히 소수의 국민당원으로 중의 한 사람이었다. 하향응과 경령은 혁명활동, 여성운동, 국민당 좌파의 활동 그리고 항일구국운동을 반세기에 걸쳐서 함께 그 임무를 수행했던 것이다. 두 사람 모두 최종적으로 인민정부에 참가했다.

역사의 세찬 흐름을 회고하면서 쓴 기념문장 속에서[43] 송경령은, 하향응의 비범한 긴 생애의 역정을 서술했다.

19세기 말에서 20세기 초에 걸쳐서 침략과 약탈로 얼룩졌던 구중국시절 홍콩의 부유한 가정에서 태어나 자란 이 여성은 어떻게 하여 태평천국의 영웅적 농민혁명을 동경하고 패물을 팔아, 캘리포니아 출신 남편 요중개를 일본으로 유학보내게 되었던가? 어떻게 하여 그녀는 당시 요중개를 따라 손문이 지도하는 혁명진영에 들어가 신임을 얻어서 반청 무장봉기를 준비하는 가장 비밀스러운 회합을 자신의 집에서 열게끔까지 되었던가? 어떻게 하여 이 굳건한 아내이며 모친이며 전사였으며, 또한 재능있는 화가이기도 했던 여성이 손문의 새롭고 진보적이며 대중에 기초를 둔 정책을 따르게 되었는가? 남편 요중개가 국민당우파에게 암살된 후 어떻게 하여 자녀들을 혁명가로(두 명 모두 공산당원이 되었다) 키웠는가를 술회하였다.

해방 후 하향응은 전국인민대표대회 상무위원회 부위원장, 중국국민당혁명위원회 주석(손문의 국공합작정책을 신봉), 국무원 화교사무위원회주임(장관과 동급), 중국민주부녀연합회 명예주석에 임명되었다.

"그녀의 인생은 인민에게 유익했다는 점에서 걸출했습니다. 그녀는 중국인민의 기억 속에 살아 있을 것입니다. 정말 그녀는 충실하게 인민을 위해 봉사했습니다". 이 말은 송경령이 이 경애하는 친구에게 보내는 최후의 찬사였다.

1972년 10월 10일, 그녀는 9개월 전에 세상을 떠난 진의(陳毅) 원수의 추도회에서 또 다시 슬픈 조문객이었다. 용맹스런 군인이자 학식 있는 시인이었던 진의는 항일전쟁시기에는 신사군 군장으로서, 해방전쟁시기에는 제3야전군사령관으로 활약했다. 그 후, 그는 해방 후 최초의 상해시장이 되었으며 그리고 더 뒷날엔 중국의 외교부장과 부총리에 취임하였다. 그는 사람됨이 솔직하여 자신의 의견을 기탄없이 술술 얘기했으므로 4인방의 분노를 샀다. 그가 병이 위독해졌을 때 4인방은 그에게 적절한 치료를 해주지 않았다. 모택동은 스스로 그 추도식에 모습을 드러냈는데, 이러한 것은 모에게는 아주 드문 제스처였다. 이것은 문화대혁명중에 행해진 많은 잘못된 것을 인정하는 것이라고 많은 사람들은 해석했다. 송경령이 참석한 것은 자기 자신의 강한 의지에 의한 것이었다.

1972년에는 중국의 경직된 분위기가 많이 완화되었다. 송경령은 더 많은 외국인 방문객을 맞이하게 되었다. 그 중 한 사람으로 ≪뉴욕타임스≫의 편집주간인 해리슨 솔즈베리(Harrison Salisbury)[44]가 있었는데, 그는 송경령과 몇 달 동안 서신왕래를 했다. 그가 그녀를 찾았을 때 그녀의 나이는 80에 가까웠는데도, 그는 "내가 상상했던 대로 아름답고, … 활력이 넘치고 광휘를 발하는 재치가 번뜩였으며, … 그녀의 얼굴에는 주름살이 거의 없었다"라고 했다. 그리고 그녀가 만성병에 시달리고 있다는 얘기를 들었음에도 불구하고 "보기에 … 그녀는 매우 건강해보였다"고 말했다.

솔즈베리의 보고에 의하면, 그는 경령의 집에서 요승지를 만났다고 한다. 요는 문화대혁명중에 감금되어 있다가 최근 석방되었다고 하는데 다른 많은 석방자들과 마찬가지로 요직으로 되돌아갔다. 그는 일본과의 외교관계 회복문제에 중요한 역할을 하였으며, 그는 닉슨에 이어 북경을 방문한 다나카 수상과 회담했다. 요는 최근에 작고한 하향응의 아들이다. 그가 성장하는 것을 쭉 지켜봤으며, 그를 자신이 시행해온 사업의 협력자이며 조언자로 평가해온 송경령에게 있어서 그가 감옥에서 풀려난 것은 정말 기쁜 일이었다.

필자와 필자의 작고한 아내 엘시에게 있어서도 1973년은 자유를 '되찾은' 해였다. 정상적인 활동을 회복하고 송경령을 중심으로 하는 동료들의 울타리속으로 돌아온 해였다. —약 5년 동안 '조사'를 계속하기 위해 구속되어 있다가 풀려났던 것이다. 우리 부부와 다른 몇 명의 외국국적 혹은 외국태생의 사람들의 자유회복과 무죄입증은, 인민대회당에서 있었던 3월 8일 세계여성의 날 리셉션에서 주은래 총리에 의해 발표되었다. 그러나 공식발표는 아직 되지 않았다. 당시 상해에 있던 송경령이 보인 첫번째 반응은 외국인 친구에게 보낸 사적인 편지 속에 보인다. —이 외국인 친구는[45] 그 연회장에서 주총리의 발표를 듣고 송경령에게 그 소식을 전했다고 하는데, 그것은 그녀가 공식적으로 이 관계 연락을 받기 이전의 일이었다.

> 나는 … 8일의 축하행사에서 … 총명한 총리에 대한 얘기를 듣고서 너무나 기뻐하고 있습니다. 나는 엡스타인 부부의 일만 알고 있습니다만, 나는 그들이 우리를 '배반했다'고 하는 얘기를 들었을 때도 그것을 믿지 않았습니다. … 나는 그들의 죄상이나 우리가 판단을 잘못한 데에 대하여 관계당국의 정보를 얻을 수 없었기 때문에 나는 아직 그들에게 편지를 쓰지 않았습니다.

송경령은 상해에서 북경으로 돌아온 후 필자 부부에게 직접 편지를 썼다.[46]

> 친애하는 친구 내외분에게

… (재판에서) 앞으로의 조사가 우선되어 그것에 의해 판결이 내려지기를 희망할 뿐입니다(나 자신은 예상치 못한 몇 가지 불쾌감을 느끼고 있습니다만, 거기에 대해서는 후일에 다시 얘기하기로 …).

언제나 당신들과 함께하는
송경령 (S.CL)

9월에 그녀는 다시 우리에게 편지를 보내 자신의 깊은 느낌과 감정을 표했다.[47]

… 이 몇 년 동안 나는 언제나 당신 부부의 일을 걱정하고 있었습니다.

(그 후에) 그리고 이어서 그녀가 오랫동안 해온 가벼운 농담을 썼다.

당신이 편지봉투에 쓴 중국글자는 매우 아름다웠습니다. 아마 그것은 초멀리 교수가 쓴 것이라고 생각되는데요!(이것은 1960년대 엘시가 대학의 중국어과에서 청강하는 것에 대해 송경령이 기뻐하며 찬성했던 일을 회상하게 했다)

그 이후로 우리들의 관계는 끊어지지 않고 계속되었다.―그리고 2년 후 송경령은 자신이 죽은 후에 자신의 전기를 써줄 것을 필자에게 부탁했다[48](그 이후 그녀는 6년을 더 살았다).

*   *   *

이 10년 동안, 송경령과 다른 외국인 친구들, 특히 미국인들과의 관계에는 특기할 만한 얘기가 있다.

1966년 6월 문화대혁명이라는 폭풍의 조짐이 보이고 있었을 때 미국인 기자이며 작가인 빈센트 쉬언이 그녀에게 편지를 보내 11월에 있을 손문 탄신 100주년기념행사에 참가할 수 있도록 도와달라고 부탁했다.

쉬언은 1920년대 무한, 모스크바, 베를린에서 매우 자주 만났고, 그녀를 취재 방문했었다. 8월에 그녀는 답장을 썼다.[49]

나는 … 당신이 100주년기념행사에 참석하기 위해 중국에 올 수 있도록, 최선을 다해 왔습니다. 그러나 우리들의 재회를 막고 또한 나의 좋은 친구가 해방 이후의 중국이 이룩한 발전을 보지 못하게 하는 장애가 있습니다. … 미국정부가 중국의 대만과 다른 섬들의 점령을 고집하는 한, 또한 우리나라에 대해 적대적인 정책을 계속 수행하는 한 … 미국인이 중국에 입국하는 비자를 받는 것은 불가능하다고 생각합니다. 매우 걱정스럽습니다만, 이것이 현재의 상황입니다.
뜨거운 우정으로, 머지 않은 어느 날 상황이 바뀌어 다시 한번 당신의 중국방문이 허락되는 날이 있기를 원합니다.

7년 후 문화대혁명의 가장 광폭한 시기가 지나가고 1972년 닉슨의 방문도 끝난 후, 쉬언과 그의 처 다이아나(포버스-로버트슨)는, 머지않아 곧 상해에 도착할 것이라고 송경령에게 편지를 보냈다. 그녀는 북경에서 피부염을 앓고 있었기 때문에 만날 수 없음을 유감스럽게 생각한다고 했다. 그러나 그들이 도착했을 때 송경령이 보낸 한 통의 간단한 메모가 기다리고 있었다.[50] 그 메모에는 "당신이 1927년 이후 우리들의 사업에 얼마나 도움을 주었는가를 상해 당국에게 이해할 수 있게끔 해두었습니다" 라고 쓰여 있었는데 이것은 송경령이 이들 부부가 잘 접대받을 수 있게 확실하게 해두었던 것이다.

1년 후 쉬언이 뉴욕의 마운트 시나이 병원에서 암치료를 받고 있을 때 송경령은 그에게 격려와 위로의 편지를 보냈다. 그것은 "나의 절친한 친구 지미(그의 애칭)에게"[51]라는 애정이 넘치는 말로 시작되는 따뜻한 위문편지였다. 그녀는 다이아나에게는 따로 편지를 보냈다.[52]

나는 지미가 그토록 병이 심한 줄 정말 몰랐습니다. … 너무나 큰 충격이었습니다. … 비록 내가 당신을 위문하기 위해 날아가지는 못하지만 나의 생각은 두 분과 함께 있습니다. …

그 후 1975년 4월에, 송경령은 미망인이 된 다이아나를 격려하며, 하루 빨리 그녀가 계획하고 있는 저술에 착수할 것을 권유하였다.[53)

당신이 저술에 몰두하는 것이 빠르면 빠를수록 당신의 정신건강에 훨씬 좋을 것입니다. 사실 기억이 아직도 생생할 때 당신의 중국여행기를 쓰지 않으면 안됩니다.

송경령에게 있어서 친구들은 무엇보다도 조국과 그 사업─중국과 중국혁명─에 대하여 적극적인 태도를 계속 가져온 사람들이었다. 일찍이 1960년대 초기 중국은 외국의 적대적인 압력과 자연재해, 그리고 '대약진'과 같은 정책상의 실패로 인해 어려운 상태에 있었다. 그녀 자신도 건강이 좋지 않았다(이 상태를 "혁명투쟁이 너무나 힘들었던 시대의 긴장된 생활에서 온 후유증"이라고 그녀는 말했다). 송경령은 에드가 스노우에게 보낸 편지에서 다음과 같이 썼다.[54)

… 만약 내가 다시 한번 모든 것을 해야 하게 된다면 나는 똑같은 방식으로 살아갈 것입니다. 왜냐하면 낙후된 것은 그냥 소멸되어지는 것이 아니고 반드시 혹독한 투쟁을 통해 깨끗하게 청소되는 것이기 때문입니다.

그리고 그에게 저술가로서 조언을 했다.

당신은 우리들의 새로운 생활이나, 우리나라 인민이 지금 그들 자신과 다른 사람들을 위해 보다 좋은 세계를 건설해야만 한다는 의욕을 가지고 있는 많은 사실을 이미 보셨습니다. … 이 정보를 서양, 특히 미국대중에게 전할 경우, 당신은 틀림없이 어떤 문제나 어려움에 직면하게 될 것임을 나는 알고 있습니다. …
현상에 관해서는 긴 안목을 가지고 쓰기 바랍니다. 인생은 짧지만 역사는 깁니다. 그리고 역사는 … 분명히 평화와 사회주의를 위해 노력하는 가운데 인민의 승리를 향해 … 진행되고 있습니다.

이와 같은 낙관주의적인 정신을 가지고, 송경령은 1970년대에, 1930

년대와 40년대부터 사귀어온 친구들을 다시 만나는 것을 기뻐했으며 가벼운 농담도 했다.

"나는 존 서비스를 만났는데 이미 머리는 하얀 백발이 되어 있었습니다. 30년의 세월은 한 젊은 '벌목꾼'을 완전히 늙은이로 변모시켜놓았습니다! 그것은 여자들에게도 마찬가지라고 할 수 있지요. … " 이것은 그녀가 미국의 전 외무부장관이었던 존. S. 서비스에 대하여 농담으로 쓴 것이었다. 서비스는 중국에 대해 많은 지식을 가지고 있었으며 중국이 선택할 전도에 대해서도 명확히 전망하고 있으며 중·미의 상호관계에 대해서는 과거보다도 미래에 주목해야 한다고 주장한 사람으로, 국무성에서 추방되어 오랜 기간 어딘지 모르는 곳에 떠밀려 있었다. 그러나 이제 되돌이켜보면 그의 전망과 판단은 옳았다는 것이 명확해졌고 그는 사람들의 존경을 받게 되었던 것이다. 1971년 중국을 재차 방문한 후, 그는 또 다시 옛날 '딕시 미션(루스벨트와 스틸웰이 연안에 파견한 미국군사시찰단)' 멤버들과 함께 1975년에 중국을 방문했다.

일본계 미국인이었던 아리요시 코지(有吉幸治)와의 재회는 그녀를 또한 매우 기쁘게 하였으며 옛날의 따뜻했던 많은 기억들을 환기시켜주었다. 아리요시는 항만노동자 출신으로 노동조합의 조직자였으며 재능있는 작가이기도 했다. ─그가 미군에 소속되어 중경에 체류하고 있을 때 송경령과 만났는데, 그 당시 그는 연안의 '딕시 미션'과 서로 왕래하고 있었다. 후에 그는 고향인 하와이에서 매카시적 유형의 법망에 걸려 피해자가 되었을 때 송경령은 그의 변호를 위한 경비를 원조하기 위하여 가보로 내려온 어머니의 비단 결혼식예복을 그에게 보냈다. 아리요시는 끊임없이 중·미간의 인민의 우호를 촉진시키는 데 노력하여 중미인민우호협회 창시자의 한 사람이 되었다. 1970년대 초, 그는 이미 췌장암으로 앓고 있었지만 도전적으로 일을 계속하며 중국을 방문하고 송경령과도 만났다. 1976년 그도 에드가 스노우를 죽게 한 췌장암으로 쓰러져 세상을 떠났다.

비교적 새로운 미국인 친구들 중에는 저명한 이비인후과 의사인 사무엘 로젠(Samuel Rosen)과 그의 아내 헬렌이 있다. 두 사람 모두 미중우호협회 창시자로서 미중의학교류활동에서 중요한 역할을 한 사람들이었다. 송경령은 1960년대에 그들을 처음 만났다. 닉슨의 방중 후 그들은 빈번하게 중국을 방문하게 되었고 그녀는 그들을 자주 만났고 서로 편지도 했다. '닥터 샘'인 로젠은 아리요시보다 훨씬 나이가 많았는데 70년대 후반에 세상을 떠났다. 그러나 헬렌은 아직 살아 있다.

미중우호협회가 발전하고 특히 미국 각지에(송경령이 유학했던 미국 남부까지 포함해서) 지부가 생겼을 때 송경령은 매우 기뻐했다. 그러나 동시에 이 조직 내부의 분열은 그녀를 고뇌에 빠지게 했다. 그녀의 친구들과 지인들을 빈번히 편을 갈라놓았다. 예를 들면 로젠 부부와 윌리엄 힌턴(William Hinton)이 한편이었고 아리요시는 다른 편이었다. 이같은 상황은 미국의 '뉴 레프트(신좌익)'의 분열이나 문화대혁명 시기의 중국의 분파항쟁도 어느 정도 반영하는 것이었다. 그녀는 단결하기를 소망했다.

미중우호협회 성립 5주년 기념사를 부탁 받은 일에 대하여 그녀는(필자에게 보낸) 개인적인 편지에서 이렇게 썼다.[55]

역사의 구불구불한 굴곡의 과정 속에서 우정이 영원히 지속되기 위해서는 본 협회회원들이 서로 보다 깊이 이해할 필요가 있다고 충고해야 한다고 느꼈습니다. … 대부분의 우호단체들이 가지고 있는 결점은 … 변화된 중국의 표면적인 현상을 겨우 소개할 뿐으로, 왜, 어떻게 해서 변화하였는가를 설명하고 있지 않는 점에 있습니다.

또한 그녀는 희망하였다.

… 활동의 범위를 확대하고 깊게 하기 위해서는 시야를 좀더 확대시켜야 합니다. 대상을 중국의 친구, 학자, 의사, 법률가, 노동조합관계자, 소수민족인들뿐만 아니라(이들 대표단은 이미 중국을 방문했습니다) 상공업분야에까지 확대시켜야 하는 것입니다. …

중경시대의 옛 친구 중에서 스틸웰 장군의 옛 부관이었던 중국계 미국인 리처드 영[56]은 오랫동안 소식이 끊겼다가 그녀에게 편지를 보냈다. 그래서 그녀는 답장을 썼다.

　　27년이란 긴 세월 동안 소식이 끊겼던 당신의 편지를 받고 나는 얼마나 기뻤는지 모릅니다. 그 동안 나는 당신의 주소를 알 만한 친구들에게는 모두 다 물어보았습니다. 비비안(영의 첫 부인)이 세상을 떠난 것은 정말 슬픈 일입니다. … 상아로 된 사진액자 속에 있는 당신의 결혼기념사진은 지금까지 나의 벽난로 위에 걸려 있습니다. … 나는 우리가 다시 만나기를 소원하면서 그 사진을 다정하게 바라봅니다!
　　생활은 아주 많이 변했습니다. 수많은 압박과 긴장은 나의 몸에도 그 흔적을 남겼습니다. 굵어진 허리와 백발은 차지하고라도 말입니다.
　　어느 좋은 날, 당신이 나를 방문해주어서 1949년 이후의 이 놀라운 변화들을 보시기를 희망하는 바입니다.

부분적으로는 영(Young)의 중개로 송경령은 스틸웰의 두 딸인 낸시 스틸웰 이스트브룩과 엘리슨 스틸웰 카메론을 처음으로 알게 되었다. 중국에서 자란 그들은 중국어에 능숙했고 아버지처럼 중국의 인민과 문화에 깊은 애착을 느끼고 있었다. 중국에서 태어난 엘리슨은 아버지의 권유로 어린 시절부터 배운 중국화를 전공한 화가였다.

영이 한 합작투자 호텔의 기술자 겸 개발담당자로 장기간 근무하고 있었을 때 그와 그의 가족은 송경령의 집에 자주 놀러가서 환대받았다. 이 따금씩 중국을 방문했던 스틸웰 자매는 독자적인 활동을 하며, 태평양을 가로질러 우호관계를 촉진시키는 데에 상징적인 역할을 했다.

≪뉴욕타임스≫의 편집장 해리슨 솔즈베리는 오랫동안 중국에 대하여 보도할 수 있게 되기를 원하고 있었는데(그는 소련에 대하여 광범위한 보도를 하고 있었던 것처럼) 1971년의 '핑퐁'외교가 시작된 직후 즉시 송경령에게 편지를 보냈다. 그는 자신이 원하는 바를 쓴 것 외에도 그녀에게 관심이 있는 정보를 써 보냈다. 그것은 1924년에서 1927년까지 그녀가 가까이 하고 지내던 소련친구들의 운명에 관한 것으로서, 많은 경우 비극적인 상황이었다. 1972년에 중국을 방문한 이후 그와 그의 아내

샤롯트는 송경령을 자주 만났다. 솔즈베리는 신문과 잡지 그리고 그의 모든 저서들을 보내 그녀를 기쁘게 했다.—그가 저술한 책 중 한 권에서 잘못된 점을 예리하게 지적하였을 때 그는 즉시 사과하고 수정을 부탁했다. 이런 일은 또한 그녀를 기쁘게 만들었다. 그것은 송경령과 손문의 결혼시기와 상황에 대해 잘못 설명하고 있는 것으로 그녀의 지위를 손상시키려고 의도한 국민당측 자료를 기초로 한 것이었다. 그것은 또한 미국의 참고서 등에서 일반적으로 채용되고 있는 내용이었다.

솔즈베리는 대화 도중에 그녀에게 미국에서의 젊은 시절의 일들에 대한 향수를 불러일으키기 좋아했는데, 그와 동시에 다시 한번, 미국을 방문해보라고 그녀에게 거듭해서 권유했지만 이루어지지 않았다.57)

새로운 외국인 친구들을 사귀면서도 그녀는 소녀시절의 옛친구들을 잊지 않았다. 노스캐롤라이나 주 몬티트의 YWCA캠프에서 처음 만났던 알렉산드라 만 슬리프(Alexandra Mann Sleep)에게 60년 이상이나 "친애하는 알리에게"라는 말로 시작되는 편지를 계속해서 썼던 것이다. 이 편지는 최근에야 발견되었다.58) 처음 쓰기 시작한 것은 그녀가 손문과 결혼생활을 하기 몇 년 전인 1913년이었고 마지막으로 쓴 것은 1970년대였다.

그들의 서신왕래는 1949년 이후 분명하게 두절되었지만 1976년에 경령은 '알리'로부터 편지를 받았다.—그때는 이미 늙고 병들었지만 그녀는 옛날부터의 그들의 **따뜻한 애정**은 전혀 변함이 없다는 말로 답장을 썼다.

너는 요양원에서 무엇을 하며 지내니? 건강은 괜찮니?
알리, 사랑하는 알리, 나는 너를 가끔 생각한단다. 노스캐롤라이나의 몬티트에서 보낸 즐거웠던 여름날의 일을 떠올리곤 한단다.

미국방문을 하라는 옛친구들의 제의에 그녀는 이렇게 답했다.

나는 다시 한번 미국을 보고 싶어. 그러나 류머티스를 앓아서 약해진 무릎 때문에 여행을 할 수 없구나. 그리고 나이도 많지만, 나에게는 해야할 일들이 너무 많아. 특히 무서운 당산(唐山)대지진 이후가 되어서 더 할 일이 많단다.

나는 모든 사람들이 재건과 부흥을 위하여 열심히 일하고 있는 이때에 내 나라를 떠나기를 원치 않는단다. … 그러나 나는 여기서 너희들을 만났으면 정말 좋겠어.

항일전쟁시기 송경령은 홍콩의 보위중국동맹을 통해서 중국의 부상병을 원조하기 위하여 알리에게 그녀 자신이 속해 있는 사회에서 활동해 주도록 설득하였다. 중국의 친구들이 송경령의 친구가 된 것처럼, 그녀의 친구는 중국의 친구가 되었던 것이다.

미국인 이외의 다른 나라 친구들의 일도 그녀는 기억하려고 애썼다. 왕안나는, 중국인 남편(王炳南)과 이혼한 후 독일에서 재혼했는데, 문화대혁명중에, 중국에 있던 그녀의 아들 소식이 돌연 두절되어 곤혹스러워했다. 송경령은 그 아들을 찾기가 어렵다는 것을 알고는 안나의 얘기를 전해준 친구에게 편지를 써 보냈다.[59]

… 나는 그의 주소를 알 수가 없습니다만 그 아들과 아버지는 두 사람 모두 "자취를 감추었다"고 생각되기 때문에 당신은 찾으려고 애쓰지 않는 것이 좋다고 생각합니다.

그녀 자신도 이상하다고 느끼면서 명확하게 표명했다.

정말 기묘하게 생각됩니다. 나는 언제나 그들을 가장 신뢰할 수 있는 동지로 생각하고 있기 때문입니다. 그들은 곧 다시 자태를 나타낼 것이라고 희망을 가집시다.

정치적인 폭풍이 지나가고 난 후, 다른 경우와 마찬가지로 이 경우도 해결되었다. 그녀는 왕안나가 과거의 정치적·개인적 문제를 극복하고 중국에 다시 오게 되었던 기쁨을 표현하였다.[60]

그녀는 국적을 취득했던 나라, 중국을 위해 그렇게나 많은 일을 해왔기 때문에 입국이 금지되어야 할 하등의 이유가 없습니다! 우리는 은혜를 모르는 국민이 아닙니다.

드디어 안나는 중국을 방문하게 되었고 과거에 얻었던 명예보다도 더 크고 명예로운 대접을 받았다.

거인들의 죽음과 송경령

1976년은 결정적인 중대사건이 일어난 해였다. 이 해, 중국은 중국혁명과 인민공화국의 위대한 창시자 세 사람을 잃었다. 1월에 주은래 총리가 사망했고 7월에 주덕 총사령관이 사망했으며 9월에는 모택동 주석이 사망했다.

송경령은 한 사람의 혁명가로서 이 세 사람을 잃은 것이 얼마나 중요한가를 통감했다. 그녀는 이 세 사람의 장례위원회에 각각 참가하였고 상해에서 북경으로 가서 최후의 경의를 표했다. 사적으로는 그들을 "나의 사랑하는 친구들" "세 명의 훌륭한 친구들" "나에게 형제와도 같은 친구들"이라고 회상했다.[61]

주은래 사후 곧 그녀는 저자에게 그녀 자신의 '충격과 고통'에 대하여 편지를 써 보냈다.[62] 그 후에 발표한 추도문[63]에서 그녀는 주은래를 "언제나 애국자, 국제주의자였으며, … 완벽한 프롤레타리아 혁명가였다"고 평가했다. 그녀는, 광주의 황포군관학교에서 정치부 주임을 맡던 시절의 일들을 회상했다.

나는 1920년대 중반, 광주에서 처음으로 그를 만났습니다. 젊지만 이미 혁명의 입장은 확고하고 기치는 선명했으며, 다재다능하고 단련을 쌓아온 지도자였습니다.

그녀는 중국 홍군을 창건하게 했던 1927년의 남창봉기 그리고 1934년에서 1935년까지의 웅대한 장정, 또한 항일을 위한 새로운 국공합작의 계기가 되었던 1936년의 서안사건에서의 주은래의 역할을 더듬었다. 그리고 그녀는 1940년대 중경에서, 주은래와 회견했던 일에 대해 언급했다.

교섭의 형태로 이루어졌던, 투쟁 속에서 중국의 반동파들을 폭로한다는 것은 어렵고도 복잡한 임무 중 하나였습니다. … 나는 주은래가 당과 인민을 위하여 얼마나 훌륭하게 그 일을 잘 수행했는가를 보았습니다. … 40년대 초기 그가 나의 일과 관련되어 나를 만나러 왔을 때 그에게는 언제나 위험이 뒤따랐지만 조금도 불안한 기색 없이 의연했습니다.

항일전쟁이 종국에 가까웠을 때, 그의 제안에 따라, 새로운 상황에 대응해 나가기 위해 나는 보위중국동맹을 중국복리기금회(지금은 중국복리회)로 개조하였습니다. … 이 새로운 조직은 1945년부터 49년 사이 국민당 지배하의 상해에서 노동대중을 위해 여러가지 복지사업을 했습니다. 동시에 해방구에 전력을 다해 의약품과 기타 원조품을 수송하고 전국 인민의 철저한 해방을 쟁취하기 위해 투쟁했습니다. 공산당과 그 군대 그리고 통일전선은 중국혁명의 승리를 위한 3대 무기였습니다. 이같은 각각의 분야에서 주은래는 불멸의 공헌을 하였습니다. … 그는 충심과 용기와 지략을 구사하여 싸우고 일했습니다. 1945년에서 46년에 걸쳐서 국민당과 평화교섭을 진행하던 복잡한 시기는 물론이고 1947년에서 49년까지의 결정적인 전면무장투쟁의 시기에도 또한 제국주의, 봉건주의, 관료자본주의라는 3개의 무거운 짐을 벗어 던지고 중화인민공화국의 성립이 낭랑하게 선언되었을 때도 주은래는 언제나 모주석 옆에 서 있었습니다.

7월에 세 사람 중 가장 나이가 많은 주덕이 세상을 떠났다. 그는 세 개의 혁명과정에서 싸운 군인이었다. 1886년에 태어나 1911년의 전제왕조 타도혁명에서는 이미 청년장교로서 싸웠다. 1924년에서 27년까지의 대혁명에서는 국민혁명군 장교였다. 중국홍군을 창건하고 그 후 10년간의 내전기간 동안 그 총사령관을 역임했다. 그는 계속해서 1937년에서 1945년까지의 항일전쟁기간에 중국공산당지도하의 제18집단군 총사령관을 지냈으며, 그리고 1949년의 승리에 이르는 해방전쟁에서도 중국인민해방군 총사령관이었다. 최종적으로 그는 신중국의 방위전력의 최고

지도자였으며 또한 중화인민공화국 부주석, 전국인민대표대회 상무위원장을 역임했다.

무수한 전투와 대회전 그리고 전역에서 전술에 뛰어났고, 완강하고 과감하게 승리를 쟁취했던 전사 주덕은 동시에 모든 이에게 사랑받는 소박하고 따뜻하고 가까이하기 쉬운 성품으로 오래된 구두처럼 사람들에게 편안함을 주는 인물이었다. 문화대혁명 때는 공공연히 비난하고 상처를 입히는 불쾌한 조류에 동조하길 거부했다. 그 결과 '봉건군벌' 등으로 매도되어, 고통스런 만년을 지내야 했다.

송경령은 시종 그를 깊이 존경했다. 헌사에서 그녀는 다음과 같이 썼다.[64]

주덕은 걸출한 전략가였고 모주석을 훌륭하게 보필했습니다.
우리는 주덕 장군을 영원히 기억하고 그리워할 것입니다.

마지막으로 그해 9월, 그녀는 모택동 주석의 영구 앞에서 밤을 지샜다. "나는 우리의 위대한 지도자에게 마지막 작별을 고하기 위해 9일 상경했습니다. … 여러 날 동안 끊임 없는 인민의 행렬이 그를 마지막으로 보기 위해 줄을 이었습니다"라고 설명하며 한 친구에게 편지를 썼다.[65] 모택동에 대한 그녀의 존경과 지지는 일관되게 변하지 않았다. 1978년의 모택동 생탄 85주년 기념사 「추념 모주석」이란 글에서 그녀는 이렇게 썼다.[66]

위대한 마르크스·레닌주의의 교사, 모택동 동지는 맹목적인 교조주의를 타도한 후 중국공산당 주석에 선출되었습니다.
(1945년 중경에서)국민당과 공산당과의 교섭기간에 나는 처음으로 그와 만났습니다. … 모주석은 단지 한 당의 지도자가 아닌 전국인민을 잘 이끌어 갈 안내자라고 느꼈습니다. 모주석의 사상의 예민함과 식견의 원대함은 사람들에게 외경의 념을 품게 했습니다.
내가 인도네시아에서 귀국한 1956년 모주석은 나를 오찬에 초대하였습니다. 우리는 이전의 그 어느 때보다도 더 깊게 이야기를 나누었습니다. 그는 그때 인근 여러나라와의 친목과 패권주의 반대에 관하여 말했습니다.

내가 상해에 있을 때도 모주석은 나를 방문하여 서로 이야기를 나누었습니다. 몇 번인가의 방문, 그리고 그때마다의 대화는 나에게 깊은 인상을 남겨주었습니다. 나의 회상 가운데, 주석은 원대한 전망을 가진 무쌍(無雙)의 지도자이며, 스승이며, 위대한 사업의 길을 개척하고 앞으로 안내해 준 사람으로 자리하고 있습니다.─주덕 총사령관과 주은래 총리는 그러한 사업에서 함께 그를 도운 유능한 부관의 일을 다했습니다.

이보다 1년 전인 1975년 송경령은 인민공화국 부주석을 함께 지냈던 동필무(童必武)의 죽음을 애도했다. "나의 친구이며 동료였던 동필무가 세상을 떠났다는 슬픈 소식을 듣고 나는 비탄에 빠졌습니다"라고 그녀는 친구에게 보낸 편지에서 썼다.67)

문화대혁명기간, 송경령의 생활

자, 그러면 이제 더 작은 세계─송경령이 거주했던 북경의 사택(관저)으로 눈을 돌려보자. 이곳에서 그녀는 이 시기의 태반을 보냈다.

주은래의 명령으로 홍위병의 폭력적인 침입은 면했지만 문화대혁명은 다른 곳에서처럼 이곳에서도 심리적인 충격을 주었다.

처음부터 문화대혁명의 난폭함에 분개했지만, 그녀는 질소·검약한 생활을 해야 한다는 요구에는 찬동했다('많은, 보다 가치 있는' 사람들의 집과 비교해서). 그녀의 관저가 크고 우아하다는 것에 대해서 그녀는, 자신에게는 너무 과하다고 느끼고 있었다는 것은 전술하였다. 그것은 전혀 문화대혁명과 함께 시작된 것은 아니었다.

1960년대 초 습기가 많은 집에서 살아 관절염이 악화되었기 때문에 정부는 그녀에게 새로운 집을 지어주려 했다. 그녀는 그 돈이면 국가발전에 좀 더 유용하게 사용할 수 있을 것이며, 어려운 시기라는 이유로 거절하였다.68) 이같은 경과로 결국 그녀는 개조된 옛 황족궁궐로 이사하게 되었던 것이다.

1966년부터 반특권의 기운에 동조하여 송경령은 이미 정부로부터 식료품의 특별배급을 허락하지 않고 자신이 먹는 것은 자신이 부담한다고 고집했다. 손님을 초대할 때도(당시는 대단히 드문 일이었지만) 그녀는 자신이 직접 비용을 댔다.—정부는 그녀의 지위에 상응하는 접대비를 지급하였지만.[69]

한 신문이 비둘기 사육은 낭비이며, '부르주아적'이라고 낙인찍었다는 말을 들은 후, 송경령은 자신의 비둘기떼를 죽일 각오를 했다. 그녀 자신 뿐만 아니라 손문도 이 점잖은 새를 좋아했기 때문에 그 기념으로도 비둘기를 소중히 여겼다. 그러나 송경령의 측근은 비둘기가 그녀에게 무엇을 의미하는가를 알고 있기 때문에, 비둘기는 평화를 상징하는 것이어서 해쳐서는 안된다고 말하고 처분하라는 지시를 따르지 않았다. 그래서 그녀는 비둘기를 계속 길렀던 것이다.

그러나 점차 외부로부터 파견된 직원과 경비원들로 관저의 구성원들이 변했다. 새 직원 중 몇몇은 안뜰로부터 '4구(四舊)'를 청소하기 시작했다. 본채건물과 별채들의 벽이나 기둥, 입구에 있는 왕조시대부터의 글과 액자들을 철거했다.

긴장을 풀고 고독을 이겨내기 위해 송경령은 피아노를 아주 많이 쳤으며 대체로 꽃을 소재로 한 그림을 그리고, 자수를 하고 베를 짜기도 했다. 때때로 그녀는 결혼생활 때의 사진, 더 어린 시절에 부모님과 형제자매들과 함께 찍은 옛사진들을 들여다보곤 했다.

자기 집에서 일하는 사람들에 대해 평소에 보여준 송경령의 관심과 친절 및 배려는 결코 변하지 않았다. 1976년 당산대지진이 북경에 충격을 주었을 때 그녀는 시중의 취약한 위험가옥에 살고 있는 직원과 그 가족을 관저로 피난시키려 했다. 이곳은 원래 황족저택이기 때문에 기초가 튼튼하고 건물도 단단하여 지진의 영향을 받지 않기 때문이었다. 그녀는 예전과 마찬가지로 직원들에게 사려깊은 선물들—겨울에는 따뜻한 장갑, 그리고 유아들을 위한 분유와 아기옷, 큰애들을 위한 책과 학용품들—을 계속해서 주었다.

공적인 생활과는 별도로 송경령은 사적인 옛친구의 죽음을 애도하였다. 그 중 한 사람은 1976년에 세상을 떠난 탄(J. M. Tan; 陳乙明)이었다. 탄은 인도네시아에서 태어난 홍콩의 존경받는 공인회계사로서, 항전 시기 송경령이 홍콩에 있었을 때 그는 보위중국동맹과 중국공업합작사 국제위원회, 양쪽의 회계감사직을 맡았다. 탄은 외국에 살며(그의 경우는 영국 케임브리지) 교육을 받았던 전형적인 화교였는데 언제나 조국의 발전을 위해서 노력을 다할 준비가 되어 있었다. "그의 생활은 슬픔으로 가득 차 있었지만, 그는 살아가기 위해 정말 열심히 노력하였습니다"라고 송경령은 탄에 대해서 쓰면서, 그녀가 늘 칭찬했던 탄의 개인적인 자질, 즉 역경에 직면했을 때의 용기에 대하여 말했다. 그리고 그녀는 "그는 우리 중국을 위해 항상 도움을 주었습니다"라고 덧붙였다. 이것이 바로 송경령에게 있어서의 인생의 기본적인 미덕이었다.[70]

*　　　*　　　*

문화대혁명 기간에 특히 그녀의 마음을 불안하게 한 것은 그녀가 오랜 세월에 걸쳐서 창설하고 육성해온 상해 중국복리회의 각 사업이 받은 손해였다.

상해에서 권력을 쥐고 있던 조반파(造反派)에 의한 지독한 공격이 이들 사업단위에 쏟아졌다. 그녀는 이 운동이 시작됐던 시점에서 가졌던 희망과 후일에 받은 비참한 실망에 대해 회고하며 글을 썼다.[71]

문화대혁명의 시작은 우리들로 하여금 우리 사업을 위해 더욱 개선 노력하도록 만들었습니다. 그러나 '4인방'은 그것을 없애려 했습니다. 그들은 중국복리회가 해방 후 처음 17년간에 걸쳐 성취한 성과를 부정하고 우리 사업 중 몇 가지를 '수정주의의 본보기'라고 중상하고, 능력 있는 직원들을 박해했습니다. 그들은 방법과 조사연구에서의 독창적 개척정신과 노동분업의 필요성을 부정했습니다. 그들의 악의에 가득 찬 간섭과 박해는 우리들의 여러 가지 사업에 손실을 야기시켰습니다.

그녀의 옛동료였던 김중화(金仲華)는 이 사업을 구하기 위해 노력하였다. 김은 그 당시 상해부시장이었지만 머지 않아 박해를 받아 비극적인 죽음을 맞이하였음은 앞서 얘기한 바 있다.

당시 중국복리회의 사무국장이었던 이운(李雲)은 젊은 시절, 송경령과 상해 중공지하조직과 연락을 맡고 있던 여성이었는데 그 지위를 빼앗기고 농촌으로 하방(下放)되었다. 송경령은 그녀의 아이들에게 먹을 것을 보내주고 그들에게 힘을 북돋워주었다. "애들아, 걱정 말아라. 너희 어머니는 괜찮을 거야!"라고. 그리고 그녀가 직장으로 복귀하였을 때, 송경령은 그녀를 얼마나 힘껏 껴안았는지를 이운은 감동하며 새삼 회상하고 있다.[72]

전국 소년소녀들에게 가장 인기 있는 잡지였던, 중국복리회의 《아동시대》가 폐간되었다. 전세계적으로 읽혀지던 월간지 《중국건설》(후에 《오늘의 중국》으로 개명됨)은 계속 발간되었으나 역시 정치적 격동 속에서 수난을 당했다. 초대사장 김중화와 마찬가지로, 그 편집위원의 한 사람으로 극작가였던 진인서(陳麟瑞)와 걸출했던 젊은 편집자 방응양(方應陽)은 박해를 받아 자살로 생을 끝맺었다. 잡지 창간자의 한 사람인 진한생(陳翰笙) 교수와 그의 부인이며 미술관계를 담당했던 사진작가 고숙형(顧淑型)은 따로따로 감금되었는데 아내가 암으로 죽어가고 있을 때조차도 진한생은 면회를 허락받지 못했다. 부편집장이자 원로작가였던 이백제(李伯悌)는 '외양간(소우리)'(외양간이란, 조직적 비판을 받은 사람. 혹은 적대적이거나 의심스럽다고 판단되는 사람을 감금하기 위하여 각 기관, 각 지장에 할당된 특정한 방을 의미한다)이라고 당시 알려진 장소에 다른 사람들과 함께 감금되었다. 이 잡지의 부편집장 노평(魯平)과 다른 사람들도 그렇게 되었다.

이미 언급했듯이 필자와 아내 엘시 초멀리는 함께 투옥되어 5년간 우리의 삶을 찢기었다. 《중국건설》은 일시적으로는 대세에 따라 날카로운 슬로건을 내세우는 선전을 하기도 했지만 비교적 빨리 본래의 특색과 모습을 되찾았다. 1972년에 시작된 이 변화는 송경령을 매우 기쁘게 했다. 주은래 총리가 대외선전활동에 대한 전면 검사를 지시한 데 힘입은 바가 컸다.—이 시기 기본적으로는 수식어, 선언류를 보다 적게 하고, 보다 많은 사실들을 보도해나감으로써 침착을 되찾는 것이 요구되었다.

문화대혁명시기, 송경령의 건강은 나빠져 그녀를 계속해서 괴롭혔다. 거듭된 슬픔으로 마음은 울적해지고 병을 더욱 악화시켰으며 고통을 증가시켰다.

1973년 중엽, 세간에서는 많이 긴장들이 풀렸음에도 불구하고, 그녀는 여전히 친구에게 쓴 편지에서 "5개월 넘게 신경성 피부염과 … 가려움증 때문에 … 불면증으로 … 지독한 만성병에 시달리고 있다"고 말하고 있다.

얼마 후에 쓴 편지에서는

나의 두 다리는 근육이 수축되었기 때문에 아직 쓸 수가 없습니다. … 나는 도움을 받지 않고 혼자 욕실까지 걸어갈 수 있도록 연습하려 합니다. … 등의 통증 때문에 의사는 나에게 금속코르셋을 착용하길 권유하고 있습니다.[73]

그 후에도 혹독한 시련이 뒤따랐다. 기관지염에 따른 고열로 오랫동안 침대에 누워 있어야 했고 따라서 관절염이 도지고, 그 위에 네 번이나 넘어져 타박상까지 입었다.

그러나 그녀의 정신력은 워낙 강해, 80세 생일 후 얼마 뒤, 다음과 같은 글을 쓸 수 있었다.[74]

나는 늙어가고 있다는 것을 걱정하지 않습니다. 나는 나의 외모를 젊고 건강하게 유지하려고 노력하고 있습니다. 고령에도 불구하고 인민을 위해 가치 있는 공헌을 해온 더 나이든 사람들도 많이 있기 때문입니다. … 나는 의사의 치료를 받아서 좋아지면 곧 나의 일에 복귀할 것입니다.

그녀가 건강상태에 대해서 투덜거리는 것은 단지 자기연민에서만이 아닌, 하고 싶은 일을 못하는 데서 오는 곤혹스러움이었다. 런던 필하모닉 오케스트라의 공연에도 그녀는 병 때문에 참석할 수 없어서 매우 울적해했다. 이 악단이 북경에 왔을 때 그녀는 클래식 음악애호가라는 이유에서만이 아닌, 중국의 대외개방이 보다 진전되었다는 증거로 보고 행복해하였다. 문화대혁명 초기에는 베토벤까지도 사상적으로 썩어 있다고 해서 금지되었던 것이다.

또한 이 시기에, 사실상 그녀는 10대 소녀 두 명을 양육하고 있었다. 그래서 다소 가정적으로 위안을 얻을 수 있었지만 동시에 걱정과 골칫거리가 되기도 했다. 이 두 소녀의 부친은 이전에 송경령의 경호원이었는데 뇌성마비로 병이 중증이었다. 그의 집에는 그가 보살필 수 있는 한도를 넘을 만치 아이들이 많았다. 손녀를 귀여워하는 할머니처럼 그녀는 그 아이들을 몹시 사랑하여 심부름도 시키지 않고 주기만 했다(때때로 대단히 중요한). 손님에게 그 소녀들을 자랑하였고 손님은 손님대로 그녀를 기쁘게 해주는 그 아이들의 응석을 받아주곤 했는데, 이것은 좋은 영향을 주지 못했다. 그녀는 두 아이를 군대에서 활동하도록 준비하였다. ―한 아이는 문예공작단에, 또 한 아이는 위생대에 보내려고 생각했다.

그러나 그들은 후에 점차 확대되기 시작한 일종의 사회현상이 조기에 나타난 한 전형이 되었다. 즉 고급간부의 많은 자녀들이 품고 있는 특권의식을 가진 인간이 되었던 것이다. 좀 더 넓은 의미에서는, 한 명의 자녀에 대해 가족이 모든 응석을 다 받아주는 아이들의 모습. 이것은 다음 시대에 있어서 중국의 사회문제가 된 것이었다.

1970년대 초기부터, 예를 들어, 이 두 명의 소녀는 송경령의 외국국적을 가진 친구들에게 접근하려고 송경령을 괴롭혔다. 그것은 일반 중국상점에선 살 수 없을 뿐 아니라 외국인을 위한 특별한 곳에서만 파는 물건을 사기 위해서였다. 송경령은 아무리 하찮은 것이라도 꼭 대가를 지불하거나, 지불할 돈을 그녀들에게 주려고 고집했다. 그럼에도 불구하고 이것은 그녀를 곤란한 입장에 놓이게 했다.

1973년 후반경 그녀는 외국친구에게 보낸 편지에서 아이들이 "학교친구가 신고 온 살색 양말을 보고" 가지고 싶다고 하지만 "우의(友誼)상점(외국인을 위한 상점)에서만 살 수 있다"고 썼다. 이렇게 하여 외국인 여성 친구에게 부탁하여 구입하려 했다. 또 어떤 때는 "소녀들이 … 다른 가게에선 … 구입할 수 없는" 헤어컬(컬클립)을 사달라고 했다. 또 이런 일도 있었다. 그녀는 외국인 친구를 쇼핑대리인으로 하여 이 끈질긴 두 소녀를 자기 자동차에 태워 쇼핑여행을 보냈다.

이 소녀들은 또한 그녀의 친구들을 위해서도 송경령의 영향력을 이용했다. 1975년 초[75] 큰 아이는 송경령에게, 저명한 언어학원의 외국인 여교사에게 "대단히 우수하고 현명한 청년이며, … 훌륭한 자질을 가진 젊은이"이므로 입학을 인정받을 수 있도록, 그 여교사가 추천해주도록 편지를 써서 부탁해달라고 졸랐다.[76] 그 교사는 최선을 다했고 그래서 송경령은 감사함을 전했다. 그러나 1개월도 못되어 송경령은 그 여교사에게, 그 청년은 입학할 가치가 없는 인간이며 사기꾼이고 노동봉사를 회피했음이 드러나서 더 이상 집에 왕래하는 것을 허락하지 않는다고 편지를 써야 했다. 어찌되었든, 송경령은 그를 소개했었기에 그 여교사에게 사과했다. 그것은 그 소녀가 "한 사람의 좋은 동지에게 도움의 손길을 베푼다"는 뜻으로 간청했기 때문이었는데, 그 소녀는 이미 "그와 절교"했던 것이다.[77]

다른 친구에게 보낸 편지에서 송경령은 "북경호텔 미용실에서 누군가가 그 큰애를 잘 가르치지 못했다고 나를 질책했습니다만 … 정말 내가 그녀의 오만한 생활을 제어할 수 없다는 것은 … 사실입니다"라고 애처롭게 말했다.

또 다른 편지에서도 송경령은 이 딸애가 중국의 많은 도시의 젊은이들과 마찬가지로 환락과 사치생활에 빠지는 것에 대해 한탄했다. 젊은이들이 상상하는 생활양식은 서구식이었다. "대기업사장을 남편으로 가진, 크게 성공하여 금화와 순모를 가지고 돌아온" 미국 국적의 중국인 손님은 "나의 의사를 무시하고 (최고급 레스토랑으로) 안내역을 맡은 그녀를 붙잡았다" 그 결과 그 딸애는 수업에 참석하는 대신, … 매일 밖으로 나갔다. 그리고 "미국의 너무나 화려한 생활에 대한 이야기에 … 눈이 휘둥그레"졌다.[78]

리차드 영은 이 소녀들을 도와주었는데 이에 대해 송경령은 당연히 감사했다. 그녀는 영에게 보낸 편지에서, 그 아이들이 자기에게 얼마나 즐거움이었는지 그러나 동시에 얼마나 골칫거리였는지를 전했다. 그 한 통의 편지 중에서 그녀는 큰애에 대한 감정을 폭발시켰다.

어미닭처럼 이 아이를 돌보아야 하는 이 힘든 짐으로부터 누군가 적당한 사람이 나를 구출해주기를 원하고 있습니다! 전화가 종일 걸려오고, 전화를 걸고 또 걸고 하여, 우리들 모두는 골치를 앓고 있습니다(내가 자주 두드러기가 나는 이유는 아마 그 애 때문일 것입니다).

이 마음의 갈등에서 그녀는 결코 벗어날 수 없었는데, 그것은 그 10년과 그 다음 10년 동안, 어느 정도의 지위에 있는 가족에게서 볼 수 있는 일반적 상황으로서 그렇게 진기한 것은 아니었다.[79]

처음에는 희망을 가지고, 그 다음에는 슬픔과 복잡한 생각으로 가득찬 채 아이들을 데리고 산 이 10년간의 시련이, 공적으로나 사적으로나 송경령에게 얼마나 영향을 끼쳤는가를 우리는 여기서 충분히 알 수 있다.

어쨌든 중요한 것은, 그녀가 다른 많은 사람들과 마찬가지로 기본적인 혁명적 신념과 생애를 관통해서 볼 수 있는 낙관주의적 정신을 손상시키지 않고, 오히려 새로운 에너지를 더 보태어 늠름하게 보였다는 것이다. 새로운 시대는 1976년 10월 4인방의 몰락과 함께 시작되었다. 송경령은 친구 라숙장(羅叔章)에게 보낸 편지에서 다음과 같이 표현했다.

나는 비할 데 없는 환희로 이 축제를 축하할 것입니다.[80]

주

1) 「懷念金仲華 ―《中國建設》的創始人之 一」《중국건설》1981년 第2期.
2) 송경령이 그레이스 그레니치에게 보낸 편지. 1966년 8월 24일.
3) 앞의 편지와 같음. 순친왕(순친왕 載灃은 선통제 溥儀의 아버지이며 즉위시 섭정왕이 되었다)府 저택에서 송경령은 살았다.
4) 안나 루이스 스트롱이 북경에서 송경령에게 보낸 편지. 1966년 10월 22일. 스트롱은 이에 앞서 송경령의 편지를 필자에게 보여주었으므로 필자는 그 내용을 기억하고 있다. 비록 구체적인 단어는 다 기억하지 못하지만.

5) 송경령이 북경에 있는 필자에게 보낸 편지. 1966년 8월 27일.

6) 마해덕은 1981년 송경령 사망 후 필자에게 말했다. 레위 앨리는 외국인이기 때문에 마해덕 집보다는 그의 집이 더 안전했다고 했다. 마해덕 자신은 이미 중국 국적을 가지고 있었으며 간부였다.

7) 스트롱이 송경령에게 보낸 편지. 1966년 10월 22일.

8) 1958년에서 1976년까지 스트롱이 북경에서 개인명의로 편집하여 2주에 한 번씩 영문으로 발행한 《중국통신(Letter from China)》은 세계 각지로 보내졌다. 42호는 1966년 10월 20일 발행되었다.

9) 『주은래 선집』(하권) p 450.

10) 앞의 책. p 451. 「우리는 송경령 여사를 존중해야 한다」 1966년 9월 1일.

11) 상명헌, 당보림. 『송경령전』(북경) 북경출판사. 1990.

12) 羅叔章(라숙장)을 필자가 인터뷰하였다.

13) 이 부분의 주요 근거는 1987년 4월 24일 북경에서 유소기의 부인 王光美와 필자가 오랫동안 인터뷰한 내용이다.

14) 왕광미는 1987년 필자에게 편지 원문을 보여주었다.

15) 《송경령연보》 pp. 329-332. 그 당시 필자는 독방 감옥에 있었기 때문에 송경령과는 연락이 끊겼다. 그러므로 개인적인 회상이나 편지에 의한 어떤 보충도 사실상 불가능하다.

16) 송경령, 「우리 창설자의 한 사람을 회상하며」, 《중국건설》, 1981년 2월.

17) Ross V. Terril, 『흰 뼈의 악마 毛부인 전기: The White-Boned Devil, A Biography of Mme. Mao』, London, 1984, Heinemann, p. 185, 228 pp. 260-261. 전체 책의 내용은 센세이셔널했다. 그런데 이 부분에 관한 얘기는 Terrill은, 송경령과 함께 활동한 제럴드 탄네바움(Gerald Tannebaum)이 제공한 자료를 인용하고 있다.

18) 송경령에 대한 강청의 반감은 문화대혁명 발단 때부터 불타고 있었는데 주은래에 대한 증오와 깊은 연관이 있었다. 1966년 손문탄신 100주년 기념이 되는 해에 『손중산선집』과 『송경령선집』이 재판되어 『손중산선집』에는 송경령이 『송경령선집』에는 주은래가 제자(題字)를 휘호하였다. 중앙 문화대혁명 소조의 간부였던 강청에게도 이 책들이 헌정되었다. 목격자인 목흔(穆欣)의 증언에 따르면 이들 책을 손에 넣는 순간 화가 나서 발을 동동 구르며 송경령의 책을 책상에 집어 던져버렸다고 한다.

19) 편지 날짜는 1968년 8월 31일. 『기념 송경령 동지』(북경, 문물출판사, 1982) p.317에 실려 있음.

20) 송경령이 매사추세츠의 트루로에 있는 그레이스 그래니치에게 쓴 편지. 1968년 혹은 1969년 8월 10일.

21) 송경령이 그레이스 그래니치에게 쓴 편지.

22) 요몽성이 송경령에게 쓴 편지. 1969년 11월 10일.

23) 요몽성이 송경령에게 보낸 편지. 1968년 9월 23일과 27일.

24) 예석순(倪錫純)의 딸 예길정(倪吉貞)이 자살하였다. 이 사실은 1986년 4월 3일 필자가 송경령의 집안 사람과 인터뷰하여 안 것이다.

25) 송경령이 1970년 1월 31일 그레이스 그래니치에게 보낸 편지.

26) 1986년 6월 羅叔章이 필자에게 메모로 전해준 회상내용이다.

27) 1985년, 북경 三聯서점에서 출판한 책『중국에서의 스트롱』에서 송경령이 쓴 서문 내용.

28) 1940년대 말 에드가 스노우는 헬렌 스노우(필명은 님 웨일즈)와 이혼했다. 그리고 진보적 사상을 가진 뉴욕 연극배우 로이스 휠러(Lois Wheeler)와 결혼하여 1남 1녀를 두었다. 스노우는 일찍이 중국에서 많은 경험을 하고 명성을 올렸는데 이에는 헬렌 스노우의 역할도 한몫을 했다. 그의 후반기에는 매카시주의에 휘말려 박해를 받고 반망명생활을 하였는데, 로이스는 그의 가장 좋은 반려였으며 정신적 지주였다. 1970년의 중국행은 로이스에게는 첫 중국여행이었다.

29) Lois Wheeler Snow,『장엄한 죽음』, 뉴욕: Random House, 1974 p.77. 에드가 스노우에 대한 회상의 책.

30) 캔사스시에 있는 미조리대학의 에드가 스노우 기금회의 Robert Farnsworth 박사가 제공한 기록. 에드가 스노우의 1970년도 9월 30일, 10월 3일과 11일의 일기 내용.

31) 송경령은 이 책에서 몇 개의 잘못된 사실들을 지적하였고, 몇 가지 설명 부분에도 동의하지 않았다.─이 책은 스노우가 몇 년간 미국을 떠나 있었던, 힘든 시기에 저작한 것이었다. 송경령은 또한 레위 앨리에게 착오된 점을 스노우에게 편지로 알려주라고 요청하였다. 예를 들면 장개석이 송경령의 여동생 미령에게 구혼하기 전에 그녀에게 먼저 프로포즈했다는, 거듭되는 그의 허위보도에 관한 것이다.

32) 스노우가 앨리에게 보낸 편지. 1971년 7월 31일.

33) 북경에서 송경령이 모로코에서 휴양하고 있는 에드가에게. 1971년 11월 11일.

34) 송경령이 그레이스 그래니치에게 보낸 편지. 1971년 12월 22일.

35) 송경령,「새로운 시대의 시작」,《중국건설》, 1972. 6.

36) 송경령이 그레이스 그래니치에게 쓴 편지. 1972년 3월 4일.

37) 송경령이 리차드 영에게 보낸 편지. 1978년 6월 5일.

38) 송경령의 영문비서 張珏의 회상. 필자와 대화를 나눔.

39) 로이스 휠러 스노우,『장엄한 죽음』, New York: Random House.

40)「기념 에드가 스노우」,《중국건설》 1972. 6.

41) 송경령이 그레이스 그래니치에게 보낸 편지. 1972년 3월 14일.

42) 송경령,「중국의 또 한명의 친구를 애도하다」,《중국건설》, 1972. 9.

43) 송경령,「하향응-굳건한 혁명가(1877-1972)」,《중국건설》 1973. 1.

44) Harrison Salisbury, *To Peking and Beyond*, New York: Quandrangle-New York Times Books, 1973 p.280.

45) 송경령,「친애하는 이웃에게」. 스위스 태생의 Olga Lee 여사에게 1973년 3월 25일 송경령이 보낸 편지. 송경령 사후 친절하게도 Lee는 필자에게 이 편지를 보여 주었다.

46) 송경령이 필자와 Cholmeley에게 보낸 편지. 1973년 6월 25일.

47) 송경령이 필자와 Cholmeley에게 보낸 편지. 1973년 9월 1일.

48) 송경령이 필자에게 한 말. 1975년 5월 28일.

49) 북경의 송경령이 뉴욕에 있는 Vicent Sheean에게 보낸 편지. 1966년 8월 18일. 이 편지는 이미 작고한 쉬언의 미망인이 친절하게도 복사하여 필자에게 보내준 것이다.

50) 송경령이 쉬언에게 보낸 메모. 1973년 6월 3일.

51) 송경령이 빈센트 쉬언에게 보낸 편지. 1974년 10월 25일.

52) 송경령이 다이아나 쉬언에게 보낸 편지. 1974년 10월 27일.

53) 송경령이 다이아나 쉬언에게 보낸 편지. 1975년 4월 29일.

54) 송경령이 북경에 있는 스노우에게 쓴 편지. 1960년 11월 3일.

55) 송경령이 필자에게 보낸 편지. 1973년 9월 1일.

56) 상해에서 송경령이 팔로 알토(Palo Alto)에 있는 리차드 영(楊孟東)에게 보낸 편지. 1976년 7월 1일.

57) 솔즈베리는 친절하게도 몇 년 전 필자에게 송경령에게서 받은 편지를 복사하여 보내주었다.

58) ≪위스콘신사학지≫ 제73권 제2호(1989-1990년 겨울호 pp.111-133.에 실린 Malcolm Rosholt의 논문 "The Shoe-Box Letters from China, 1913-1976"에서 인용.

59) 송경령이 "친애하는 이웃에게" 보낸 편지 1972년 9월 18일.

60) 송경령이 "친애하는 이웃에게" 보낸 편지. 1997년 6월 1일.

61) 송경령이 저자에게 보낸 편지. 1977년 2월 19일. 송경령이 Richard Young에게 보낸 편지. 1977년 3월 12일.

62) 송경령이 저자에게 보낸 편지. 1976년 2월 24일.

63) 송경령, 「회념 주은래 총리」, ≪중국건설≫(영문판) 1997년 4월(제4기).

64) 『기념송경령동지』화책(사진첩). 사진 320. 송경령이 쓴 題詞가 실려 있다(1978년 고향 사천에서 있었던 기념식).

65) 송경령이 북경에서 리차드 영에게 보낸 편지. 1976년 9월 15일.

66) 『송경령 題詞選』, 북경, 1978. 송경령기금회.

67) 송경령이 "친애하는 이웃(올가 리)에게" 보낸 편지 1975년 4월 6일.

68) 새집 제의를 한 왕광미(유소기 부인)에게 송경령은 편지로 거절의사를 보내왔다고 회상했다(『송경령기념집』, p.188).

69) 이 얘기들은 저자가 1986년 송경령의 북경 저택직원들과 인터뷰하여 들은 내용이다.

70) 송경령이 저자에게 보낸 편지, 1976년 4월 14일.

71) 송경령, 「중국복리회 ; 인민복무를 위한 40년」, ≪중국건설≫, 1978년 6월.

72) 李雲은 필자와의 인터뷰에서 얘기했다. 1988년 6월 10일.

73) 송경령이 "친애하는 이웃에게" 보낸 편지. 1973년 6월 15일, 9월 29일, 10월 25일, 11월 13일 그리고 1975년 2월 4일.

74) 상해에서 송경령이 북경의 "친애하는 이웃"에게 보낸 편지. 1973년 3월 25일.

75) 앞과 같음. 1975년 5월 18일.

76) 앞과 같음. 1975년 8월 13일.

77) 앞과 같음. 1976년 10월 1일.

78) 앞과 같음.

79) 송경령이 리차드 영에게 보낸 편지. 1978년 5월 18일.
80) 라숙장(羅叔章)이 저자에게 보낸 편지. 1986년 인터뷰에서 얘기한 내용.

18

만년의 재기

(1976~1981)

문화대혁명이 종결된 1976년 송경령은 이미 84세가 되었으며 그 후 건강이 좋지 않은 상태에서 생애의 나머지 5년을 보냈다. 이러한 황혼의 시기에도 그녀는 놀라울 정도로 분주했으며 생산적이었다. 그녀의 활동과 저작활동은 더 늘어났다. 『송경령연보』에는 1976년과 1977년에 각각 한 페이지를 점하고 있지만, 1978년에서 1980년까지는 6~8페이지를, 그리고 1981년은 사망할 때까지 5개월 동안 그에 비례할 만큼 많은 페이지를 차지하고 있다.[1]

이 시기의 빛나는 의지와 정력은 근년의 정치정세의 영고성쇠에 관계없이 조국과 인민의 사회주의적 진보에 대한 확신과, 지금까지 반세기 동안에 걸쳐 공산당만이 지도자로서 가장 적합하다고 본 그녀의 근본적 신념을 반영하는 것이었다. 주은래가 사망한 후 첫 추도회에서 송경령은 그를 칭찬하며 다음과 같이 강조했다.[2]

주총리는 그의 몸의 신경조직 하나까지 진정한 공산주의자였습니다 … 그는 전생애를 온전히 인민에 대한 봉사로 헌신했습니다.

또한 그는 의협심이 강하고 지칠 줄 몰랐으며 용맹하고 인정이 많았고 … 그가 인민을 사랑했기 때문에 인민 또한 그를 사랑했습니다 … 모든 적을 물리치고 단결할 수 있는 사람들을 모두 단결시킬 수가 있었습니다 … 영원한 우리들의 모범입니다.

이와 같은 주은래의 고상한 인품을 그녀는 비뚤어진 '4인방의 모습'과 예리하게 대비하여 "모든 점에서 그들과 달랐으며 반대자였다"고 묘사했다.

몇 주 전, 그녀는 상해에서 필자에게 보낸 편지에서[3] '4인방' 타도자에 대한 상해시민의 '압도적 지지'에 대해 언급했다.

모택동·주은래 노선이 견고하다는 것에 대해 나는 기뻐하고 있습니다! 그들 두 사람은 선견지명이 뛰어나 '무시무시한 4인방'도 우리를 단 하루라도 전향시킬 수가 없습니다.

송경령은 모택동 서거 2주년 기념식에서 다음과 같이 칭송했다.

당의 지도자일 뿐만 아니라, 인민의 스승이었으며 … 우리 시대에 대적할 사람이 없는 명쾌함과 통찰력을 가졌으며 … 선진적이며 대의를 이끈 존경받는 지도자였습니다.[4]

기록상으로는, 송경령에게 모택동과 주은래 간에는 하등의 근본적인 차이는 없다. 그녀의 대국적인 견해는 이런 저런 사건이나 시기에 따라 보여지는 것이 아니고 전체적인 중국 역사 중에서 차지하는 의의에 중요성을 두고 있다. 중국복리회 40주년(전시의 보위중국동맹 때부터 그 시작을 헤아려서) 기념식을 준비하고 있던 1978년 그녀는 친구에게 보낸 편지에서 다음과 같이 썼다.[5]

40년은 긴 세월입니다. 만일 앞을 생각한다면 헤아릴 수 없는 시간같이 여겨집니다. 그러나 이제 그것은 우여곡절의 과정도 있었지만 마치 찰나인 것처럼 지나가버렸습니다. 현재의 문제는 전진을 계속하는 것입니다. - 닥쳐올 엄청난 진보 속에서 서기 2000년을 맞이할 때까지는 말입니다.

현재의 시국에 대한 견해와 미래의 희망에 대해서는,

드디어 국내의 적(4인방)이 투옥되어 나는 기쁩니다. 이제 중국은 지속적으로 국가의 목표를 향해 매진할 수 있을 것입니다. 통일전선은 이제 현실이 되었으며, 당신은 살아 생전에 현대화한 강대한 사회주의 중국을 목격하게 될 것입니다.

여성과 아동을 위하여

송경령은 오랫동안 '4대 현대화(중국의 공업, 농업, 과학기술과 국방 등 4개 부문)'를 실현하는 것이 결정적으로 중요한 국책임을 주장해왔다. 이것은 1960년대 주은래 총리에 의해 처음 선언된 것으로, 1970년대 말에는 중대한 국책으로 되었고, 2000년이 목표달성의 중요한 전환점으로 되었다.

혁명과 현대화는 송경령 생애를 통한 관심사였다 그녀는 청년시절에 현대화는 교육을 통하여 실현될 수 있다고 생각했다. 손문과 함께 그리고 손문 사후 그녀의 독자적인 삶과 투쟁은 그녀에게 중국의 현대화는 국가와 사회의 혁명이 승리할 때만이 성취될 수 있다는 것을 가르쳐주었다. 그 목적은 서양사회를 모방하는 것이 아니라, 중국에 알맞는 새롭고 더 나은 사회를 건설하는 것이었다.

송경령이 도달한 성숙한 견해에서 볼 때 중국에 있어 혁명과 현대화는, 현재에도 또 미래에 있어서도 분리될 수 없는 것이었다. 그러므로 또한 이 두 가지는 어린이들의 교육과도 뗄 수 없는 것이었다. 1978년과 1981년 사이에 그녀는 어린이에 관한 글을 25편이나 썼다. 같은 시기에 그녀가 여성에 관하여 쓴 6편의 글도 또한 어린이들에 대해 많은 관심을 가지고 쓴 것이었다.

극좌파가 다른 많은 분야를 무시하고 일방적으로 정치만을 강조하고 있었을 때 송경령은 아동교육에서 과학과 기술을 경시하는 것에 대해 반대하며 싸웠다. 그 후에 반대로 기술치국론이 극단적으로까지 성행했을 때 그녀는 아동들에게 혁명의 이상에 대해서 교육해야 한다고 주장하였다.

중국복리회의 상해사업에 새로운 정력을 쏟으면서 1980년 그녀는 "많은 일들은 기다릴 수 있지만 어린이들을 위한 일은 기다릴 수 없다"고 선언했다.

1978년, 10년간이나 중단된 후 복간된 《아동시대》 잡지에 그녀는 다음과 같은 글을 썼다.6)

임표와 4인방의 파괴로 이 잡지는 오랫동안 발행될 수 없었습니다. 이제 수많은 꽃들이 다시 피어날 수 있으며 그 중에 이 작은 붉은 꽃은 다시 어린 독자들과 만나게 되었습니다.

그녀는, 아동예술극단은 본래의 목적을 지켜가야만 한다고 주장했다. 그 목적이란, 어린이들이 흡수하고 이해할 수 있는 방법으로 사회주의의 이상을 충분히 교육하는 것이었다. 4인방은 아동예술극단을 해체시키려 했다. 4인방이 타도된 후 맞은 첫 춘절(春節)에 그녀는 자신의 집 연못에서 기르던 큰 물고기를 극단에 보내면서 하루빨리 더 나은 아동극이 상연되기를 바란다는 소망도 함께 전했다.

2년 후 송경령은 예술극단 단원의 간부 배치이동에 크게 반대했고 그것을 막는 데 성공했다. 그 일에 대해 다음과 같이 썼다.7)

내가 아동극단을 창설한 것은 아동극을 상연함으로써, 어린이의 특성과 모습을 통해 그들의 마음에 감동을 주고 그들에게 풍부한 문화와 오락거리를 주어서 그 문화와 오락을 통해 교육시키려는 데 뜻이 있었습니다. 활동의 중심을 아동극에 놓고 지금부터 계속 이끌어나가서 보다 많이 그리고 보다 좋은 아동극을 상연할 것을 희망합니다.

아동극단은 시범이며 실험적인 것입니다. ─ 완전히 어린이들을 위한 것입니다. 어른들은 어른들의 연극이 있습니다 … 일부 간부들은 어린이들에게 봉사한다는 목적을 이해하지 못하고 있는데 이것은 매우 잘못된 것입니다 … 우리의 기정 방침을 곡해한다든지 변경시킨다든지 해서는 안됩니다.

우리 연기자들은 여러해 동안 특별한 훈련을 받은 사람들입니다. ─ 우리는 그들이 다른 곳으로 배치되어가도록 하지 않을 것입니다.

　송경령은 아동극단의 임덕요 단장이 창작한 <동심>의 초연을 보고
기뻐했다. 이 희곡은 교육과 젊은 세대에게 행해진 문화혁명의 파괴행위
에 반대하여 헌신적으로 투쟁하는 교사를 묘사한 것이었다. 그녀는 연극
평에서,[8] 이 연극은 교사들의 공감을 불러일으켜 조국 근대화를 위해 젊
은 인재를 양성해야겠다는 결심을 하게 할 것이라고 썼다. 또한 그것은
열심히 공부하는 학생들을 독려하여 공산주의의 이상을 발전시킬 것이
라고 했다.
　1978년 늦가을 송경령은 전국아동문학가대회에 보내는 편지에서 다
음과 같이 썼다.[9]

　　4인방이 타도되었으므로 이제 우리는 생각하는 것을 자유롭게 말하고, 지
　혜나 능력을 마음대로 발휘하고 풍부한 아동독서물을 어서 빨리 만들도록
　노력해야 할 때입니다 …

　후에 전국소년아동문예 창작콩쿠르(그녀가 죽은 후 이 상은 송경령의
이름이 붙여졌다)대회를 위해 쓴 축사에서 그녀는 다음과 같이 썼다.[10]

　　'백화제방'의 정신은 회복되었습니다. 따라서 소년아동문학은 번성하기
　시작했습니다. 더 많은 상을 받음으로써 창작이 고무될 것이라고 생각합니
　다 … 그것은 새로운 생활습관, 선량한 사람들과 좋은 행동을 묘사하여 비행
　을 범하는 소년소녀를 교육하고 올바른 길로 되돌아오도록 해야만 합니다
　… 그것은 정치적으로도 사상적으로도 훌륭하고, 도덕적으로도 건전하여 새
　로운 장정의 작은 전사들을 육성하는 힘이 되지 않으면 안됩니다. ― 작은 전
　사들은 선배로부터 불타는 혁명의 횃불을 인계받아 그것을 비추며 찬란한
　신세기를 향해 나아갈 것입니다.

　아동을 육성하는 것은 '사회전체의 과업'이며 모든 사람의 책임이라고
그녀는 중국인민보위아동위원회에서 얘기했다.
　1979년 어린이날, 어린이에게 보내는 축사에서[11] 송경령은, 어린이들

은 큰 뜻을 품고 문화와 과학을 더 많이 배워서 "새로운 장정의 훌륭한 릴레이 선수"가 되어달라고 격려했다.

그녀가 말한 '훌륭한 선수'란 '혁명의 전통을 계승'하고 인민에게 유익한 사람이 되어 중국의 4대 현대화와 전인류에 공헌할 수 있는 "원대한 이상과 혁명에 대한 의지"를 갖는 것을 뜻한다고 그녀는 말했다.

북경과 상해 이외의 전국 각지 학교, 아동도서관, 아동문화센터로부터 제자(題字)를 요청받으면 그녀는 흔쾌히 응했다.

국제연합이 1979년을 '국제아동의 해'로 선정했을 때 그녀는 전세계 모든 나라 어린이들간의 우정이 돈독해지기를 호소했다.

언제나 송경령은 중국의 어린이들이 애국심과 국제주의, 공산주의의 이상을 몸에 지니고 지식에 대한 갈망과 육체적 건강을 소망하며 노동을 존중하고 사랑하도록 키워지기를 기대하고 그것을 주장하였다. 또한 어린이들은 "심미적 교육, 교사에 대한 존경, 예의를 지키는 일"도 교육받아야 한다고 주장했다. 교사에 대한 존경과 예의의 두 가지 점은 문화대혁명중에는 커다란 해악으로 버림받았기 때문에 학교교육과 소년아동 둘 다에 큰 피해를 끼쳤다.

송경령이 죽기 불과 8일 전에 쓴 그녀 생애 최후의 글도[12] 어린이에 대한 것이었다.

나의 눈에는, 여러분들이 비옥한 토양에 뿌리를 박고 빛나는 햇빛을 받아서 자라나고 있는 생기 있는 어린나무로 보입니다. 폭풍우와 병충해와 환경오염이 어린나무들에게 해를 끼칠 수 있기 때문에 나무들은 가지 다듬기와 가지치기가 필요합니다. 사회에는 여러분들을 더럽히고 해를 가하는 나쁜 사상과 행동양식 그리고 관습들이 있습니다. 열심히 공부하여 … 저항력을 향상시키고 판단력을 익히기 바랍니다. 그러면 여러분들은 성장하여 … 우리 조국의 사회주의 현대화의 강한 대들보로서, 강력한 후계자가 되어 선배들보다 더욱 높은 물질문명과 정신문명을 쌓아가는 데 큰 공헌을 할 것입니다.

어린이에 관한 문제 다음으로 그녀가 만년에 많이 쓴 글은 여성에 관한 것으로 여섯 편이나 된다.

1978년 그녀는 전국부녀연합회 월간지인 ≪중국부녀≫가[13] 복간되자 축사를 기고했는데 이 잡지도 ≪아동시대≫처럼 10년간이나 발간이 중단되었다. 축사에서 그녀는 "하늘의 반쪽을 받치는" 여성들이 그들 스스로의 출판물을 가지고 '4대 현대화'의 '새로운 대장정'에서 더욱 활약할 것을 기대한다고 격려했다.

전국부녀연합회가 문화대혁명 후, 첫번째 대회에서 송경령을 명예주석으로 재선출했을 때[14] 그녀는 폐막인사에서, 믿음직한 혁명의 계승자로서 어린이들을 육성하는 데 전국부녀연합회는 특별한 관심을 기울여야 한다고 촉구했다. 그녀는 이것을 '새로운 시대의 전략적 과업'이라고 칭했다. 국제적으로는 세계적으로 억압받는 여성들을 지원하자고 중국여성들에게 호소했다.

이러한 임무를 위해서 그녀는 자신도 힘을 다할 것을 맹세했다.

그 다음해 초, 전국부녀연합회의 강극청 주석이 "중국의 4대 현대화는 여성을 필요로 하고 여성은 4대 현대화를 필요로 하고 있다"고 호소하였을 때 송경령은 그것을 지지했다.[15] 강은 주덕 총사령의 미망인이었다. 60년 전 아직 10대의 농촌 소녀였을 때 송경령에 관한 얘기를 듣고 고무되어 혁명군의 여병사로서 무기를 들었던 것이다.

생산력의 대대적인 발전 없이는 중국 여성의 평등한 권리는 결코 실현될 수 없다고 송경령은 말했다. 그러나 여성이 생산에 참가하기 위해서는 사회가 그녀들의 가사노동을 경감시켜주지 않으면 안된다ー유치원, 의복봉제공장, 세탁소, 그외 서비스 시설의 활용을 통해서 가사노동의 사회화를 기도하지 않으면 안된다고 그녀는 지적했다.

1980년 인민대회당에서 국제여성의 날 70주년 기념대회에서 송경령은, 중국대륙의 여성은 대만의 자매들이 가족 친지를 찾아 방문·귀국하여 조국의 통일을 위해 함께 일할 것을 희망한다고 인사말에 덧붙였다.[16]

이 발언은 대결에서 평화적 통일을 위한 노력으로 전환한, 중국의 대만정책에 대한 변화를 배경으로 한 것이었다. 즉 인민정부를 대표로 하는 '하나의 중국'을 기초로 하여 대화와 교류를 계속하여 통일을 달성하게 된다는 것이었다. 대만은, 대륙에서의 사회주의와 대만 자체의 자본주의와 장기간에 걸친 공존을 내용으로 하는 광범위한 자치권을 제안받아왔다. '하나의 국가, 두 개의 체제'라는 일반적인 공식은 등소평에 의해 제창되었다. 그것은 이후에 장기적 식민통치자인 영국과 포르투갈로부터 각각 홍콩과 마카오의 중국 반환에 관한 합의를 얻어낼 때에도 적용되었다. 그 목적은 마찰을 최소화하여, 1940년대 후반의 국공내전에 의한 것이든 100년의 역사를 소급하여 제국주의 열강의 침략에 의한 것이든 간에, 중국의 통일과 주권과 영토의 보전에 대한 모든 침해의 요소를 제거하는 데 있었다.

1979년 인민공화국 성립 30주년을 기념하여 송경령은 전체적인 중국의 상황에 대해 글을 썼다. 그녀의 글 「인민의 의지는 정복되지 않는다」[17]는 기념해야 할 중요한 문장의 하나로 전국에 발표되었다. 그 가운데서 그녀는 문화대혁명에 대한 최종적 심판을 내렸는데, 그것은 중국의 사회주의 발전을 정지시킨 것이 아닌, 잘못된 방향으로 전환시킨 것이라 결론짓고 이후의 대처방안에 대한 몇 가지 제안을 제시했다.

4인방의 패배는 우리의 대의에 새로운 의의를 불어넣었습니다. 그것은 중국혁명이 위기에서 안전에 이르는 역사적 전환점을 통과하였음을 뜻합니다 …

중국인민의 과학과 문화수준을 상승시키려는 슬로건은 인민의 마음을 깊이 사로잡았습니다.

필요한 것은 과학·기술·교육 그리고 다른 문화활동에 종사하는 지식인의 사회적 지위와 임금, 노동조건의 개선 등이었다. ─그래야만 비로소 그들은 중국 사회주의 건설의 현대화에 효과적으로 공헌할 수 있었다. 젊은이들을 교육하는 데 "두 배의 노력"을 가하는 것은 매우 중요하였다. 청년들이야 말로 임표나 '4인방'의 … '사악한 문화독재'로 인해 최악의 '정신적, 도덕적 해'를 입었기 때문이었다.

비록 그 길은 때로는 비뚤어지고 어려웠지만, "중국공산당이 이끈 …
중국의 9억 인민은[18] 결연히 사회주의의 밝은 길을 선택했다". 어떠한
야심에 종용되는 음모가도 이러한 결의를 깰 수는 없었다. 모든 음모나
야심은 인민의 결의 앞에서 산산이 부서지고 말았다. "그러므로 과거도
그러했으며 미래도 그러할 것이다. 인민의 의지는 결코 정복되지 않는다
는 것을 나는 확연히 믿는다"고 그녀는 강조했다.

그와 동시에 ≪중국건설≫에서도 송경령은 새로운 중국이 쟁취한 것
과 또 그 전망에 대한 낙관적인 평가를 비공식 기념사에서 썼다.[19]

우리의 30주년은 광대한 새로운 탄생이었습니다. 새로운 탄생은 세계사적
의의를 가진 승리의 시작이었습니다 … 2천 년 이상이나 인류의 4분의 1을
차지하는 중국 인민을 억압하고 착취한 봉건적 사회제도를 최종적으로 타도
하였습니다 … 한 세기 동안에 우리들에게 고역을 강제해온 제국주의 지배
를 최종적으로 분쇄했습니다.

마침내 오래 계속된 혁명은 공산당에 의해 승리로 이끌어졌기 때문에 우
리 인민은 중국의 관료자본주의의 독점지배를 근절하고 … 사회주의의 길을
택할 수 있었습니다.

국제적 관계로 얘기를 바꾸며 그녀는 계속했다.

중국인민의 민족적 사회적 해방투쟁은 세계의 다른 여러 나라의 그것과
불가분의 관계로 연계되어 있습니다. 미국과 프랑스의 민주주의 혁명과 러
시아의 10월 사회주의 혁명, 그리고 모든 피압박국가의 자유를 위한 투쟁의
실례와 사상은 우리의 전진을 도와주었습니다.

그러한 사상에 의해 진정으로 고무된 많은 외국 동지들은 우리들과 함께
어깨를 나란히 하고 싸웠습니다 … 우리들은 결코 그들을 잊지 않을 것입니
다.

이미 달성한 성과를 칭찬함과 동시에 그녀는 경고했다.

좌절, 정체, 실패도 있었습니다. 우리는 또한 아직 물질적, 문화적 성장이

란 문제에 직면해 있습니다. 즉 사회주의의 선례에 없는 잠재력을 최대한 활용하여, 자연·사회·인간 자체까지 개조해야 하는 커다란 문제에 직면해 있는 것입니다.

그러나 장기적인 안목으로 역사를 볼 때, 성공과 희망이 가장 중요한 의의가 있었다.

중국은 여러 나라 가운데서 자유와 평등의 지위를 획득했습니다. 그런데 1925년에는 어떠했습니까? 손문은 마지막 유언에서 중국의 민주주의 혁명을 지도했던 40년간의 목표를 요약했습니다.

1949년, 중국공산당의 지도하에 그 목표는 달성되었습니다. 중화인민공화국이 성립되었을 때 모택동 주석은 "우리 민족은 결코 모욕과 굴욕에 복종하는 민족이 아닙니다. 우리는 이미 일어섰습니다"라고 선언했습니다. 그 이후로 우리는 크고 작은 100여 개의 다른 나라들과 새로운 관계를 확립하였습니다. 그것은 모두 평등한 관계입니다. 이제 중국은 그외 다른 종류의 관계는 가지고 있지 않습니다.

그러나 정치적으로는, 혁명이 길고 힘든 싸움에서 승리하여 중국에 평등한 지위를 가져다주었지만,

… 경제적, 교육적 그리고 과학적 분야에서는 아직 선진국에 뒤처져 있습니다 … 우리의 새로운 대장정인 사회주의의 '4대 현대화'는 그 간격을 채우는 것을 목표로 하고 있습니다. 이러한 노력 속에서 우리는 상호이익을 위해 적극적으로 함께 일하려는 모든 사람들과 협동을 모색하고 있습니다.

그것은 중공중앙이, 매우 중요한 회의인 제11기 중앙위원회 제3중전회를 개최하는 결정적인 해였다. 이 회의는 등소평의 지도하에 개혁과 대외개방정책의 새 장을 열었다. 이에 대하여 그녀는 전면적으로 지지하였다.[20]

민주주의와 법질서는 향상되어 빛을 발하기 시작했습니다. 최근 개최된 당의 3중전회는 성과를 올렸습니다. 우리는 '생산, 과학기술, 국가방위'의 현

대화에 노력을 집중시키고 있습니다.

그녀는 또한 결점에 대해 비판했다.

　우리는 또한 인재를 적당한 부서에 배치하지 못하고 때때로 부적절한 사람을 지명하여 담당할 수 없는 것을 담당하도록 하고 있습니다.

그녀의 관점에서 볼 때 경직된 것을 처리하는 방법은 조금이라도 현실에 적응하도록 느슨하게 할 필요가 있었다.─대학의 입학시험에 합격한 고교생의 진학은 국가에서 지정했기 때문에 집에서 멀리 떨어진 경우가 많고 수험생에게는 전혀 선택의 기회가 없다는 것이었다.

"우리들이 만약 현대의 인사제도와 교육제도를 개선하지 않는다면 '현대화'를 위한 우리의 노력은 수포로 돌아갈 것입니다"라고 그녀는 썼다.

요컨대 그녀는 "어떠한 집단의 이익도 개인의 자유와 선택을 허락하지 않으면 안된다"고 생각했으며 이것을 무시하는 것은 "마르크스주의 사상에 위반된다"고 생각했다.

열사와 동지를 추모하며

미래를 바라보면서 송경령은 결코 과거를 잊지 않았다. 아주 연로한 나이가 되어서도 그녀는 일련의 역사적 사건이나 영웅열사를 기념하는 제사(題辭)에서 이 한 세기 동안에 중국이 체험한 사건의 의의와 교훈을 표현하고자 했다.

아편전쟁 때 광주의 해안요새인 호문(虎門)의 인민항영기념관에 세운 비문에서21) 그녀는 다음과 같이 썼다.

　이곳 호문은 1840년에서 1942년에 걸쳐 중국인민이 아편을 폐기하고, 광주의 인민이 평영단 등의 무장투쟁조직을 결성하여 영국의 침략에 저항한 곳입니다. 그 당시 중국인민이 호문에서 발휘한 애국정신과 민족적 혁명적

업적을 우리 인민은 영원히 잊지 않을 것입니다.

그녀의 헌사는 중국근대사의 투쟁적 새벽에 바치는 것이었다. 중국근대사는 외국에 대한 굴욕과 패퇴의 역사였지만, 그것은 또한 기나긴 인민투쟁이 고양된 역사이기도 했다. 대중은 100년에 걸친 기나긴 투쟁을 통해 결코 굴하지 않음을 증명하였다.

생의 마지막을 향하면서 송경령은 신해혁명 70주년 기념을 위한 준비에 적극적으로 참가하였다. 그 기념행사에서는 전중국의 통일을 위하여 대만 당국에 대한 적극적인 접근이 구체화되었으며 그녀도 완전히 거기에 찬성했다.

국민당과 공산당과의 새로운 합작에 의한 통일에 대한 그녀의 소망은 강했다. 그에 대한 하나의 시도로 그녀는 여동생 송미령(장개석 부인)을 비롯한 자신의 육친들과 다시 한번 만나기를 희망했다.

1980년 송경령은 도량이 큰 중국의 저명한 교육자 채원배 서거 40주년 기념행사를 주관했다. 채원배는 일찍이 손문의 중국동맹회에 가입하였고 신해혁명에 참가하였으며 훗날 중국국민당의 창설자로 국민당의 존경받는 연장자 중 한 사람이 되었다. 1919년 중국현대사의 전환점이 되었던 해, 그는 북경대학 총장으로서 '5·4운동'에 찬동을 표명했다. 모든 학설은 학술기관에 전수되고 연구되어야 한다고 믿었던 그는, 중국 최초의 마르크스주의자이며 후에 중국공산당 창시자가 된 진독수와 이대조를 모두 교수로 임명했다.

송경령은 채원배가 과학과 민주주의를 제창하고 언행일치와 갖가지 견해간의 자유로운 토론을 주장했음을 칭찬했다. 채는 "모든 세대의 교육자들을 교육"했으며 애국적 학생운동을 지지하고 그 후에는 장개석의 독재정치에 반대하면서 인권의 보장을 단호히 견지했다(친구였던 노신과 함께 송경령이 이끌었던 중국민권보장동맹에 참가하였다). 노년기에는 국공합작과 항일을 위해 힘썼다. 그는 중국의 교육·과학 그리고 민주주의 혁명에 두드러지게 공헌했다고 그녀는 말했다.[22]

지금 그를 기념하는 것은 중요한 의의가 있습니다. 그의 정신은 지식인이 더욱 분발하여 4대 현대화에 공헌하도록 격려하고 있습니다.

또한 그해 송경령은 그녀의 전우인 노신과 등연달을 깊은 감동으로 회상했다. 노신에 관해서 그녀는 다음과 같이 썼다.[23]

노신의 생애는 평범한 것이 아니었습니다. 그는 예리한 펜을 무기로 사용하며 … 적진으로 굽히지 않고 강직하게 돌격하였습니다 … 그는 생애의 모든 정력을 집중하여 부패와 사악한 반동세력에 대하여 용감하게 강경한 투쟁을 해나갔습니다 … 중국인민의 해방사업을 위해 헌신한 강한 정열과 전투적 용사의 모습은 나의 기억의 밑바닥에 깊이 남아 있습니다 … 노신의 정신은 영원히 우리들의 단결과 '분투전진'을 강하게 촉구하고 우리를 격려하여 모든 어려움을 극복하고 위대한 목표를 향하게 할 것입니다.

등연달에 관하여 그녀는 외국에서 함께 어떻게 활동하고 학습했는가를 회상하였다. 또한 그의 저서 『등연달문집』을 위해 서명과 제명(헌사)을 쓰고, 그는 완전히 무사무욕의 사람이며 용감했으며 혁명에 충실한 사람이라고 칭송했다.[24]

1980년 5월 17일 송경령은 인민대회당에서 열린 유소기 추도회에 참석했다. 이 중화인민공화국의 전 주석은 문화대혁명에서 타도의 제1대상이었으며 희생자였다. 그는 10년 전 어느 지방감옥에서 치료도 받지 못하고 참혹하게 죽었다. 비밀을 지키기 위해 가명으로 수감되었으며 폐렴을 앓았지만 아무런 치료도 받지 못했다. 그 후 그의 유해가 발견되어 명예롭게 북경으로 돌아와 안치되었다.

유소기의 미망인 왕광미는 추도식에서의 일을 회상하며 말했다. "우리가 시선을 서로 마주쳤을 때 송경령 동지의 눈이 빛났으며 우리는 포옹하였습니다".[25] 바로 그 며칠 전 왕광미가 남편의 유해를 가지고 오기 위해 하남으로 떠날 때 송경령은 "나의 충심으로 경애하는 동지이며 친구인 당신에게"라는 영문편지를 그녀에게 보내 "당신의 모든 것에 대해 나의 애정을 전합니다"라고 쓰고 선물을 함께 보냈다. 송경령의 유소기

일가에 대한 마음 가짐은 이와 같았다.

이 시기에는 명예회복을 위한 추도회 등의 의식이 많이 개최되었다. 이 전 해인 1979년 4월 송경령은 팔보산의 혁명공묘에 가서 전한(田漢)의 추도식에 참가하였다. 전한은 노련한 진보적 극작가로서 문화대혁명의 희생자였다.

그는 송경령에게 있어 전쟁 전, 상해의 백색테러하의 가혹한 나날들 이후 오랜 친구였다. 그는 <의용군 행진곡(노예가 되고 싶지 않은 자 모두 일어서라!)>의 작사자였는데 이 '인민의 항일의 함성'은 후에 인민공화국의 애국가가 되었다.

송경령은 고인이 된 혁명가나 진보적 동지들에게 화환과 조사를 바치며 애도하고 경의를 표했다. 그 가운데는 저명한 진보적 문학가 모순(茅盾)도 있었다.

자연스레 병사한 사람도 있었지만 10년의 동란 속에서 고통으로 사망한 사람도 있었다. 후자의 경우에는 ≪중국건설≫의 초대 사장인 김중화가 있다. 그녀가 그들에 대한 추도문을 바치는 일을 얼마나 중요하게 여겼는가는, 의사의 지시도 외면한 채 그녀의 마지막 문장을 몰래 썼다는 것만을 보아도 알 수 있다. 필자에게 첨가해서 써 보낸 글에서 그녀는 이렇게 쓰고 있다.[26]

또다시 기관지염이 도졌습니다. 의사는 저녁을 먹으러 갔습니다. 그래서 나는 침대에서 몰래 빠져나와서 김중화에 관한 글을 몇 자 적고 있습니다 … 나는 그를 깊이 존경했습니다. 그는 나의 사업을 도우며 어느 동지에게도 원조를 아끼지 않았습니다. 그는 아무것도 두려워하지 않았습니다.

이 많은 고별사 중에서 주목해야 할 내용은 모택동·주은래·주덕에 대한 것이었다.[27]

이 글들은 송경령이 자신의 생애 마지막 날까지 시종일관 과거의 혁명을 신성한 것으로 자리매김하고 사회주의를 존재해야 할 중국의 미래의 모습으로 보고 있음을 명백히 보여주고 있다. 또한 그것은 그녀가 오래

전부터 희망했던 중국공산당에 최후에 입당한 일이 얼마나 자연스럽고 적절한 것인가를 잘 입증해준다.

국제교류의 회복과 확대

송경령의 만년의 특색은 사적인 국제적 우정을 부활시키고 확대한 점이다. 어떤 것은 10대 미국유학시절의 친구들과 교류하였음을 보여준다.

알리 슬립(Allie Sleep)으로부터 온 편지 외에도 그녀는 북경에서 그 당시 알게 된 시드니 라니어[Sidney Lanier; 미국 남부의 시인인 동명(同名)의 후손]같은 사람도 접견하였다. 또한 송경령은 "나의 아버지를 트리니티 대학과 반더빌트 대학으로 보내주었던 줄리앙 카(Juliang S. Carr) 장군의 손자인 헨리 플라우어(Henry Flower)"를 반가이 맞이하며 한 세기가 지난 집안의 우정을 회상하였던 것이다. 그녀는 또 자신의 모교인 웨슬리언 여자대학과 선물을 교환했으며 그 학교 도서관에도 많은 미국 친구들에게 보낸 것과 마찬가지로 직접 인사말을 써넣어 ≪중국건설≫ 잡지를 정기적으로 보냈다.

30년이란 세월이 지난 후에도 그녀는 중경시절의 젊은 친구인 리처드 영과 교류를 재개하고 자주 편지를 교환하며 정답게 만나기도 했다. 그는 일년에 반을 미국에서 반은 북경에서 지냈는데 북경에서는 장성호텔(Great Wall Hotel)경영에 관계하고 있었다. 영이 군대시절 그녀는 그에게 아줌마처럼 대해 주었다.

이제는 그가 중년임을 감안해 자신을 누님이라고 부르도록 했다 이번에는 그가 송경령을 집안의 어른으로 생각했기 때문에, 홀아비가 된 그가 재혼을 생각했을 때 최종적으로 결정을 내리기 전에 미국인 신부를 그녀에게 선보이기 위해 보냈다. 송경령은 찬성했다.28)

나는 헬렌 켈러를 만났으며, 당신은 훌륭한 심미안을 가졌다는 것을 서둘러 알려드립니다. 그녀는 아주 사랑스러워 보이고 … 유능합니다. 인생은 짧기 때문에 당신들이 어서 빨리 함께 지내기를 희망합니다.

영의 조상은 중국인이었고 헬렌의 조상은 유럽인이었다. 송경령은 다른 인종간의 결합에 대한 편견을 가지고 있지 않았다. 다른 편지에서 그녀는 이렇게 썼다.[29]

국제결혼에 대해 얘기하면, 만약 부부간에 명백히 의사소통을 할 수 있다면 마음이 통할 수 있기 때문에 애정은 정당하며 나는 그것에 찬성합니다.

송경령이 즐겨 만났던 미국인 방문객은 신체 강건한 100세 여성 웰시 혼싱거 피셔(Welthy Honsinger Fisher)였다. 피셔부인은 신해혁명시절 중국에서 교사로 일했다. 그녀는 젊었을 때 오페라 가수였는데 나중에 선교사와 결혼하여 인도와 중국에서 여학교 교장을 지냈다. 개혁론자이며 행동파였던 그녀는 중국의 전제왕조가 무너지고 손문이 중화민국 최초의 임시대총통에 취임하는 것을 지켜보았다. 1940년대에는 뉴욕에서 피셔부인은 강연과 모금운동을 하며 탈이사 겔라크 등 1930년대 이래로 송경령의 친구들이 이끄는 '중국복지를 호소하는' 운동에 참여하여 송경령의 사업을 도왔다. 이제 그녀는 고령이었을 뿐만 아니라 최근에는 낙상으로 다리를 깁스까지 하였지만 꺾이지 않는 용기를 지니고 있었다.

피셔부인은 구중국과는 사뭇 다른 신중국을 열정적으로 바라보고 있었다. 송경령은 그녀의 명확한 기억력과 끊임없는 정력을 지닌, 고령을 느낄 수 없는 자세에 찬탄하며 이 용감한 여성으로부터 자극을 받아 자신도 역시, 그녀처럼 쇠락하지 않아야겠다고 결심했다.

몇십 년을 지나도 그녀가 기억했던 또 다른 친구는 아브라함 피보위츠(Abraham Pivowitz)였다. 그는 1944년에서 1945년까지 중경에 있는 미국대사관의 청년 직원으로 있었다. 당시 미 대사관은 중국에 대한 전후 정책 전환을 둘러싸고 충돌을 빚고 있었다.

그는 뉴욕 시 브롱크스(Bronx) 출신의 불굴의 남자였다. 난관을 돌파하고 얻어낸 상금도 주의(主義)를 이유로 포기했으며, 화물차의 짐을 부리는 노동으로 고학하며 대학을 나와 외교관 시험을 거쳐 스스로의 길을 개척했다. 중경에서는 송경령 자택방문에 늘 환영받는 젊은 손님 중 한 사람이었다. 1978년 그는 어려운 처지에 빠져 있었고 건강도 나빴는데 송경령은 그가 다시 한번 중국을 방문하기를 희망한다고 그에게 편지를 썼다.

송경령이 환영한 일본인 방문객 중에는 미야자키 집안과 우메야 집안의 자손들이 있었다. 손문처럼 송경령도 중일 양국의 장래를 생각하는 양식있는 사람들 간에 존재하는 우호의 상징이 되었다. 그것은 일본 군국주의의 중국침략 이전에도 존재하고 있었던 것인데 이제는 양국간의 새롭고 평등한 제휴 속에서 재현되었다.

전술한 바와 같이 송경령은 옛동료인 독일인 왕안나의 중국방문을 용이하게 해주었다. 안나는 재혼후 안네리제 마르텐스(Anneliese Martens)로 이름을 바꾸고 독·중 우호협회 회장이 되었다.

문화적으로도 다행히 외부세계와의 교류가 재개되어 송경령은 유럽음악과 접할 수 있게 되었다. 병 때문에 1973년의 런던 심포니 오케스트라의 방중공연을 직접 듣지 못해 아쉬워했는데 그것은 문화대혁명이 시작된 1966년 이후 처음 있는 음악회였다.[30]

마지막 몇 년 동안 그녀는 이같은 음악회에 다니면서 매우 즐겁게 지냈다. 그녀는 1979년 "이제나 그제나 마음을 상쾌하고 즐겁게 해주는 것이 있어요. 그것은 아이작 스턴의 바이올린 독주회랍니다".[31] 그녀는 스턴의 연주가 끝났을 때 직접 무대에 올라가 그에게 감사를 표했다. 또한 등소평이 그와 회견할 때는 그 자리에 함께 동석했으며 이 훌륭한 음악가의 따뜻한 성품에 호의를 가지고 지켜보았다. 그녀는 특히 스턴이 중국의 젊은 바이올린 연주가들을 격려하고 지도해주고 또한 그들의 가능성과 재능에 기대를 걸고 있음에 기뻐하며 그를 칭찬했다.

대중음악 면에서는, 미국 영화 <사운드 오브 뮤직>의 음악을(그 반파시스트적인 내용도 마찬가지로) 좋아하여 송경령은 그 영화를 자신의 집에서 여러번 상영했는데 항상 10대 청소년들을 초대하였다.

그러나 영화수입에 있어서 1970년대 말에 시작된 저질외국영화 유입에 그녀는 곤혹스러움을 감추지 못했다. 아마도 그것은 그 영화가 값쌌기 때문에 중국의 새로운 대외개방책으로 밀려들어온 영화 가운데는 저질영화가 많았고 좋은 영화는 드물었을 것이다.

비록 그녀는 너무 얌전한 체하는 여성은 아니었지만 어쩌다가 그녀의 집에서 상영하게끔 선별된 영화를 보고난 후 때론 매우 화를 낸 일이 있었다.

이 영화는 … 정말 나쁩니다. <뉴욕, 파리, 동경의 밤>이라는 영화인데 말할 수 없이 끔찍한 스트립쇼였어요. 나는 곧 일어서서 나가고 싶었지만 내가 걷는 것을 도와줄 사람을 찾을 수 없었기 때문에 그냥 앉아 있을 수밖에 없었어요 … 나는 손님들이 우리집에서 그러한 것을 보도록 한 것이 너무나 미안했습니다.[32]

1917년 우메야 가족에게 보낸 편지에서 잘 나타나 있는 것처럼, 영화 매체는 송경령의 지속적인 관심사였다. 그녀는 매우 일찍부터 사상형성에 영화의 영향력이 크다는 것을 이해하였고 영화세계에 종사하기를 꿈꾸었다. 1973년 후인 그녀 생애의 최후의 반년 사이에 그녀는 중국영화계의 선구자 중 한 사람인 사도 혜민(司徒 慧敏)과 전국적인 영화제인 제3회 '백화상' 수상에 관하여 의견을 교환하였다. 사도는 당시 문화부 차관이었으며 그의 부친은 손문의 부하로서 해외의 국민당원이었다. 참가작품을 몇 편 보지 않았지만 그녀가 본 영화에서는 급속한 진보가 있고 형식도 내용도 신선하여 매우 좋다고 기뻐하며 그에게 알려주었다. 수상식에서는 "모든 꽃이 중국의 스크린 위에 활짝 피었다"고 써서 축사를 보냈다.[33]

그녀 자신 많은 병에 걸렸지만 그녀는 중국인이나 외국의 아픈 친구들에게 변치 않는 관심을 보였다.

그녀는 중국을 위해 일하고 있는 박학한 미국의 경제학자 프랑크 코오 (Frank Coe)가 의사로부터 암으로 인해 몇 개월밖에 살 수 없다는 진단을 받았을 때 슬퍼했으며 그가 죽은 후 다음과 같이 썼다.[34]

그런 훌륭한 사람이 저 세상으로 갔다는 것은 매우 슬픈 일입니다. 너무나 훌륭한 경제학자이며 … 우리가 진심으로 존경하는 진실로 참된 사람이었는데 … 말입니다.

반세기 동안 송경령의 동지며 친구였던 레위 앨리와 조지 해텀의 건강이 악화되었을 때 그녀는 매우 걱정했다. 이 두 사람은 조금도 병의 고통을 호소하려고 하지 않았으며 가능한 한 그녀를 격려하여 송경령을 안심시키려 했는데 결국 그녀가 먼저 세상을 떠났다.

필자의 아내 엘시 초멀리도 그 당시 병상에 있었는데 송경령은 "만약 엘시에게 외국의 약이 필요하다면 나에게 알려주세요. 샌프란시스코에 약을 보내줄 좋은 친구가 있어요"[35]라고 편지를 써 보냈다(엘시는 그녀보다 4년을 더 살다 갔다).

옛친구들에 대한 생각이 깊어서, 사상적으로 서로 달라서 멀리 떨어져 있는 사람들에게조차도 만년에는 친절했고 그리워했다.

해롤드 아이작스(Harold Isaacs)는 1930년대 상해에서 중국민권보장동맹에서 아주 활동적으로 일했으며 잡지 ≪중국논단(China Forum)≫의 편집장이었는데, 처음에는 트로츠키파의 극좌파였으나 나중에 전향하여 미국의 체제파 대학의 교수가 되었다. 그러나 송경령은 그가 장개석의 백색테러에 반대하며 그녀와 함께 투쟁했던 때를 회상하면서 해롤드에게 중국을 다시 방문해주기를 권했다. 그가 부인 바이올라 로빈슨(Viola Robinson)과 함께 중국을 방문했을 때 그녀는 그들을 따뜻하게 맞이했다.

랜달 굴드(Randall Gould)는 1927년 무한정부시절, 송경령과 그녀의 견해를 널리 선전했던 기자였는데 후에 그의 자유주의는 완전히 색이 바래져서 매카시선풍이 불었던 시기에는 비열한 개들과 함께 짖어댔다. 그러나 그와 그의 아내가 모두 늙고 치명적인 병에 걸려 결국 1979년 함께 자살했다(굴드가 먼저 부인을 총으로 쏘고 그리고 난 다음에 자신이 자살했다)는 소식을 들었을 때 그녀는 마음아파하며 회상했다.[36]

내가 모스크바에 있었던 동안, 친구들은 그들의 사무실에서 공무로 바쁘게 지냈으므로 나는 시간을 보내기 위한, 영어로 된 읽을 거리도 없이 홀로 외로이 지냈다. 그때 그는 나에게 편지를 써 보내준 유일한 사람이었다.

친족과의 관계

송경령이 처음으로 제3자를 통해서 해외에 있는 국민당측의 친척들에 관해 물어보았던 것이 바로 이 시기였다. 그녀는 그 중 몇 사람들과는 직접 연락을 할 수 있었고, 대륙을 방문할 것을 희망하는 몇 사람에게는 안전한 비자를 받을 수 있도록 도와주었다.

이것은 '한 국가 두 체제', '제3차 국공합작'을 통하여 중국의 통일을 실현하기 위하여 광범위한 접촉을 시도하려는 신정책과 서로 일치하는 것이었다. 그것은 또한 송경령 자신의 가족에 대한 애정과도 합치하는 것이었다.

지금까지 그녀는 사적 감정을 우선시켜 원칙을 희생하는 것을 허락지 않았다. 그러나 그러한 경우를 제외하고는 그녀는 언제나 가족 친척의 심정을 중히 여겼다. 또한 역사의 진보에 기여할 수 있었을 때는 가족 친척을 활용했다.

1979년 송경령은 미국에 있는 리처드 영에게 편지를 보냈다. 영은 미국에 사는 그녀의 가족 일원을 알고 있었기 때문이다.[37]

당신은 데이비드[조카 孔令侃(Kung Lingkan); 송애령과 공상희의 장남]를 만나서 이야기한 적이 있습니까? 나는 친척의 주소를 전혀 알지 못하는데, 최근 상해의 옛 친구로부터 딩딩[婷婷; 송경령이 좋아한 막내동생 송자안(宋子安)의 미망인]이 이집트인과 재혼했다는 소식을 들었습니다. 6, 7년 전 사랑하는 동생이 홍콩에서 갑자기 죽고 난 후 딩딩은 스탠퍼드 대학에 유학하였습니다. 그들에겐 두 아들이 있었어요. 그러나 자안은 미국에서 전쟁중에 결혼했으므로 나는 아직 그 아이들을 만나지 못했습니다. 그 후 나는 둘째 남동생 자량(子良)이 많이 아프고 저금한 돈도 전부 다 써버려서 현재는 친척에게 의지해 살고 있다는 소식을 들었습니다. 전쟁중에 나는 이 독신 남동생과 살았습니다. 후에 그도 또한 미국에서 은행가 석덕무(席德懋) 씨의 딸과 결혼했습니다. 나는 또한 한번도 그녀를 만나지 못했습니다 … 그러나 그들에겐 동생이 정말 사랑하는 딸이 하나 있다는 것을 알고 있습니다 …

이후에 곧 송경령은 송자안의 미망인과 연락이 닿았다.38)

마침내 딩딩이 자안의 사진을 내게 보냈습니다. 나는 그가 죽었다는 사실이 믿기지 않았습니다. 그는 아주 훌륭한 동생이었으며 어느 누구에게도 결코 해를 입히지 않았습니다.

공씨가문에 관해서, 송경령은 훗날 "군이 나 때문에 데이비드 일가와 연락하려 하지는 마세요"라고 부탁했다.39) 그러나 다른 친척들에 대한 그녀의 적극적인 관심은 계속되었다. "나의 사랑하는 남동생 자안의 두 아들은 무슨 일에 종사하고 있는지 아시는지요?" 그리고 "로라(張樂怡; 송자문의 미망인)가 불치의 병인 파킨슨씨병을 앓고 있다는 것은 슬픈 일입니다" 등.

더욱이 송경령은 손문의 가족들 사정에 대해서도 마음을 계속 썼다. "그레이스 대(Grace 戴; 손문 전처의딸; 孫金琬)는 넘어진 것이 원인이 되어 마카오에서 세상을 떠나고 말았습니다"는 얘기를 편지에서 했다.40) 또한 송경령은 캘리포니아에 살고 있는 손과(孫科; 손문의 전처 아들)의 아이들과도 연락을 가졌다. 머지않아 그 가족을 북경에서 영접했다. "남편의 손녀인 펄 손(Pearl 孫 ; 孫穗英)은 31세의 아들과 28세의 딸을 데리고 와서 만났어요"라고 그녀는 1979년 중반에 편지를 써 보냈다.41)

다른 편지에서는, 그녀는 조카 손녀인 로웨나 림(Rowena 林; 孫霞)이 토론토에서 방문하러 왔다는 얘기를 언급했다. 그리고 손문의 형님 손미(孫眉)의 자손인 하와이에 사는 피터 손(Peter Sun; 孫必達)이 중외합작 호텔 경영을 위해 중국에 왔다고 얘기하였다.

여동생인, 장개석의 미망인 미령에 대해서는 어떠하였는가? 1981년 송경령은 사망하기 3개월 전에 "친애하는 아줌마께"라고 쓴 영문편지를 요승지로부터 받았다. 당시 요는 중국의 외교사무관계를 맡고 있던, 특히 대만대책에 있어서 중요한 인물이었는데, 미령과의 접촉이 있었을지도 몰랐다. 미국으로부터 귀국한 사람들이나 레이건 대통령의 밀사는, 미령이 현재 경령을 향해 마음이 움직이고 있는 상태(자세한 내용은 확실히 알 수 없지만)는 육친의 정이라는 문제보다 더 큰 의미가 있을지도 모른다고 요승지에게 말했다. 미국으로부터 정보를 가져온 그들은 미령의 주소도 전해주었다.[42]

송경령의 마지막 날들을 함께 지낸 심수진(沈粹縝; 추도분의 미망인. 전 중국복리회 사무국장)의 회상에 의하면,[43] 송경령은 미령의 북경방문을 간절히 열망하였다 한다. 그것은 개인적인 것도 있었겠지만 좀더 넓은 정치적 의미도 있었을 것이다.

송경령은 이룰 수 없는 소망을 가졌습니다. 그녀는 미령을 그리워했습니다. 그녀는 나에게, 만약 미령이 와서 그녀의 관저에 체류하기에 불편하다면 그녀를 조어대(釣魚臺: 영빈관)에 숙박하게 하면 좋을 것이라고 말했어요. 송경령은 모든 세부사항에 이르기까지 생각했습니다. 그녀는 이제 고인이 되고 말았습니다만 나는 송미령에게 해줄 말이 있습니다. 그녀의 언니가 그녀를 그리워했고, 심지어 그녀가 어디에서 기거해야 할지에 대해서까지 세심하게 배려하고 있었다고 전하려 생각하고 있습니다. 나는 직접 대만에 가서 미령에게 이것을 말해주고 싶습니다.

송경령이 조어대 영빈관에 미령을 영접하겠다고 생각한 것은 그녀가 육친의 재회 이상의 것을 희망하고 있었다는 것을 보여준다.

*   *   *

송경령의 만년에 한 가지 마음에 남는 회한은, 닉슨의 북경방문 후 미국친구들이 그녀에게 미국 방문을 설득했지만 그렇게 하지 못했던 일이다.

방미를 열심히 촉구한 인물 중 한 사람인 《뉴욕타임스》의 편집인 해리슨 솔즈베리에게 그녀는 1972년 6월 답장을 썼다. "나는 제2의 고향인 미국 방문을 할 수 없을 것 같아 불안합니다 … 내 무릎의 관절염 때문에 잘 걸을 수가 없고 게다가 두드러기에 시달리고 있기 때문입니다". 솔즈베리를 포함한 미국의 몇 명 작가들은 송경령의 미국 방문에 대한 감정을 정치적인 향수병으로 해석했다. 실제로 미국과 미국정책에 대한 송경령의 태도는 그녀의 가족과 친구들과의 관계에서처럼 그녀 견해의 핵심인 중국과 중국인민, 혁명, 평등 그리고 진보에 대한 관심에 의해 결정되었다. 이것은 상호접근, 혹은 불화, 대립, 또는 환경과 함께 변화하는 새로운 접촉의 원인이 되었다. 그녀는 손문과의 결혼 이후 이미 단순한 사적인 인간이 아니었다. 특히 그녀 자신이 정치무대에 등장한 이후로 그녀는 모든 행동에 공적인 영향력을 가지고 있음을 고려하지 않으면 안되었다.

중화인민공화국의 탄생 후, 워싱턴이 간섭을 해오고 군사적으로 포위하고, 경제적 봉쇄를 진행시키고 그리고 외교적 고립화로 몰아넣는 등 갖가지 시도에도 불구하고 중국은 성장하였다. 그래서 미국정부의 이러한 기도는 아무런 작용을 하지 못한다는 것과 신중국이 국제사회에서 중요하고 대등한 존재가 되었다는 사실을 미국은 깨달았다. 그것은 20년간이나 현실을 무시해온 이후의 일이었으므로 송경령은 당연히 기뻤다.

그러나 이러한 기쁨은 민족의 존엄에 대한 그녀의 의식이나 불평등한 지위를 암시하는 것에 대한 경계심을 약화시킨 것은 아니었다. 송경령은 미국인과 미국인이 갖고 있는 좋은 특색에는 호감을 가졌다. 그러나 이것 때문에 대외개방정책 실시 이후 중국의 젊은이들에게 많이 나타난 미국의 것이라면 무엇이든지 맹목적으로 숭배하는 태도를 취한 것은 아니었다. 오히려 이러한 풍조를 혐오했다.

그녀는, 중국의 새로운 세대는 조국의 역사를 알아야 하고 그 혁명의 전통을 계승해야 한다고 언제나 강조했다.

그녀가 양육한 수(隋)자매 중 동생 제니트가 친구와 함께 미국에 유학 가기 위해 주중 미국대사관에 비자를 신청했을 때 그녀는 영에게 보낸 편지에서 신랄하게 얘기했다.44)

어제 그 애들은 미국대사관에서 나에게는 터무니없는 질문을 받았습니다. 그애들이 공산당원인지 아닌지, 문화대혁명 때 무엇을 했었는지 …! 제니트는 그 당시 상해에서 소학교에 다니고 있었는데 말입니다.

송경령은 미국유학이 중국에 유익한 지식을 가져다준다면 그것은 좋은 것이라고 생각했다. 그것은 그녀의 청년시절부터의 신념이기도 했고 그녀의 아버지가 자녀들을 미국으로 유학을 보낸 동기이기도 했다. 그러나 그녀는 중국인이 자신의 나라에서 정치적 입장이나 행동에 관하여 외국관리에 의해 심사받는다는 것에 분개했다. 중국에서는 공산당원은 국가회복의 지도세력이었기 때문이다. 많은 오류가 있었다 하더라도, 문화대혁명 동안에 일반 중국인이 어떤 부분에서 활동하고 무엇을 했는가 하지 않았는가는 외국정부가 하등 간섭할 문제가 아니었다.

송경령의 이와 같은 태도의 배경에는, 무엇을 할 것인가를 다른 사람에 의해 강제당하고, 국제적으로 억압당해온 100년 동안의 중국역사가 있었다. 또한 개인적으로는, 옛날 그녀의 가족 중 언니 애령이 유학생으로서 미국에 입국할 때 당시 미국 이민관리관이 아시아인에 대해 취한 굴욕적인 대우로 자존심이 상한 경험이 있었다.

송경령 자신도 손문의 젊은 아내였을 때, 손문과 미국인 취재기자와의 다음과 같은 대화를 들은 일이 있었다. 부부가 미국에 돌아갈 것인지에 대한 질문을 한 기자에게 손문은 "나는 쿨리[苦力]입니다. 그들은 나를 입국시키지 않을 것입니다"라고 대답했다. 손문은 미국의 중국인 이민배척법을 지적한 것이었다. 이것은 그 당시(1924년)와 그 이후 20여 년간에 걸쳐서 시행되었는데 늘 얘기되는 구실은 '쿨리노동'을 배척하기 때문이라는 것이었다. 그리고 똑같은 질문을 송경령에게 했을 때도 손문은 그녀는 차별적인 법률이 폐지된다면 갈 수 있지만 그 전에는 갈 수 없을 것이라고 대변했다. 현재 중국인 배척법(이민금지법)은 이미 과거의 역사가 되었지만 그러한 사고방식은 또 다른 형태로 변하여 그대로 남아 있었다.

*   *   *

세계에 대한 그녀의 여러 가지 관점 중에서 평화를 사랑하는 마음이 가장 강했다. 그것은 비록 소박한 형태지만 그녀의 청년시대의 문장에서 이미 보여졌다. 이후 무장투쟁으로써 무장한 압제자와 침략자에 대항해야 한다고 지지했을 때도 적을 타도하여 반드시 평화를 실현한다고 하는 목표를 결코 시야에서 놓치지 않았다. 몇십 년간 평화를 호소하는 그녀의 목소리는 세계 각지의 논단에 울려퍼졌다. 생애의 마지막 해에 그녀는 친구에게 편지를 썼다.

> 전쟁은 끔찍한 저주입니다. 내가 살아 숨쉬는 한 나는 많은 고난을 일으키는 전쟁의 재발을 막기 위하여 내가 할 수 있는 모든 것을 다 바쳐 헌신할 것입니다.[45]

최후의 나날들

연령과 수명에 관해서—본인은 얼마나 최후의 순간이 가까이 와 있는지를 알지 못했지만—송경령은 현실적이며 유머러스했으며 다소 냉소적이었다. 많은 사람들이 그녀에게 남아 있는 시간이 많지 않다는 것을 두려워하며, 그녀에게 편지를 보내 갖가지 역사적 사실에 대한 진상을 설명해달라고 문의해오기도 하고 개인의 경력에 관한 증언을 해달라고 의뢰했다. 만년에 그녀는 그같은 수많은 질문에 대해 대개는 비서를 통해서 기억과 지식을 기초로 하여 답장을 써 보냈다.[46]

다른 사람들에게 그녀는 "아마도 그들은 내가 곧 죽을 거라고 생각하는 가봐요. 영화도 촬영하고 조상도 조각하고 제명도 써 달라고 계속 청하니 말입니다"[47]라고 말했다.

아이작스 부부에게 그녀는 그들이 북경을 떠나기 전에 다시 한번 만날 수 없음을 사과하는 편지를 보냈다. "일 때문에 지체되었습니다"라고 설명한 후 농담으로 끝을 맺었다. "우리들이 다음에 만날 때는 우주에서 만날지도 모르겠군요."[48]

송경령의 만년의 생활에 즐거움과 위안을 준 것은 '친애하는 이웃'인 스위스인 여교사 올가 리(Olga Lee)와의 편지왕래였다. 두 사람은 나이가 거의 비슷했다. 어떻게 하여 관계가 시작되었는지는 명확하지 않지만 주고받은 편지와 글은 몇백 통이었다. 이들 편지자료의 내용으로 볼 때 그들이 서로 얼굴을 마주하고 만난 것은 1979년 단 한번뿐이며 그것도 편지교환을 시작한 지 이미 7년이나 지난 시기였다. 그 후 송경령은 다음과 같이 썼다.[49]

> 당신이 저녁식사를 하러 이곳으로 왔을 때, 아주 아름다워 보였습니다. 당신의 빛나는 눈동자와 아름다운 혈색은 나에게 드레스덴의 도자기를 생각나게 했습니다 … 나는 당신이 자신을 잘 돌보아서 당신의 다리가 나처럼(관절염) 되지 않기를 기원합니다.

서신의 내용은 주로 일상생활의 여러 문제나 일반적인 상식, 건강상태나 보건상의 질문이나 충고 아니면 요리 등에 관한 것이었다. 그러나 가끔은 시국을 생생하게 반영하고 있었다. 아직 문화대혁명의 와중이었던 1974년 송경령은 인민대회당에서 열린 국경일 축하회에서 참석하고 난 후 쓴 편지에서 주은래 총리의[50] 주요 공식 석상에서의 최후의 모습을 묘사한 중요한 얘기를 쓰고 있다. 거기에는

> 몇 개월간의 병환후라서 많이 여위기는 했지만 그는 훌륭한 연설을 했습니다. 무거운 책임을 지고 어떠한 유혹도 물리쳤습니다. 이 사람의 모습을 더 잘 보기 위해서 의자 위로 뛰어올라간 내빈들도 있었습니다.

송경령이 마지막으로 쓴 두 통의 편지는[51] 그녀와 리가 모두 건강상태가 악화된 상황에서 쓴 것이었다. 한 통의 편지는 자주 그렇게 하듯이 달콤하고 맛있는, 마음을 따뜻하게 하는 선물과 함께, "나는 당신에게 과일 케이크를 보냅니다"라고 쓴 메시지를 보냈다.

또 한 통의 편지에서 그녀는 자신의 일을 쓰고 있다. "책을 읽어도 고열이 나서 매일 두 대의 주사를 맞지 않으면 안된다니 말이에요! 조금도 즐거움이 없습니다. 그래서 나는 많이 읽을 수가 없습니다. 이것이 이 끔찍한 병의 가장 불쾌한 부분입니다".

그 얼마 전에 그녀의 불평 중 하나는 눈병이었다. 그녀는 항상 읽고 싶

은 책들이 너무나도 많아서 책은 항상 그녀를 기다리고 있었다.

그리고 거기에다 항상 해야 할 일이 있었다. "나는 나의 조국을 위해 충분히 일을 하지 못했습니다 … 어느 정도는 나의 건강 때문이기도 합니다".52)

*　　　　*　　　　*

53년간 송경령의 충실한 가정부였던 이마[李燕娥]의 병고로(자궁암) 인해 경령의 생애 마지막 시기에 어두운 그림자가 드리워졌다. 이마는 상해에 있었는데 송경령이 그곳에 머무를 때에는 신변을 돌보면서 항상 집과 손문의 옷을 손질하고 보관하였다. 손문의 의복은 주의깊이 보존되었으며 정기적으로 바람을 쐬고 간수하는 것이 그녀의 의무 중 하나였다. 1979년 봄 송경령은 최고의 의사에게 치료받기 위해 그녀를 데리고 북경으로 왔다. 방사선 진단 후 정밀검사를 위한 외과처치를 했지만 수술은 불가능한 것이었다.

송경령은 각종 공·사적인 일들에도 불구하고 사랑하는 사람의 죽음을 맞아들이지 않으면 안될 비애를 인내하며 자신의 피로도 돌보지 않은 채 이마를 돌보며 슬픈 고통을 겪었다. 더욱 가슴아팠던 것은 이마는 교육을 받지 않은 채 일만 해온 여성이었기 때문에 자신이 어떠한 병에 걸렸는지도 모르고 이해할 능력도 없었던 것이다. 이 몇 개월간 개인적인 편지에서 송경령은 거의 매번 그녀의 "사랑하는 이마"에 관해 언급했고 그녀에 대한 자신의 슬픔에 관해 말했다. 그들의 마지막 안식의 장소에는 둘이 나란히 함께 누울 것이라는 송경령의 이마에 대한 약속은 고통받는 친구에게 다소의 위안이 되었다. 이마는 1981년 2월에 숨졌다. "동지 이연아를 추도한다"라고 쓴 송경령이 증정한 화환은 개인적인 감정뿐 아니라 혁명의 동지로서 그녀에 대한 존경을 표시했다. 이마는 손문이 살아 있을 때부터 계속해서 송경령에 대하여 충성과 청렴결백함을 가지고 봉사했으며 언제나 송경령의 친구는 이마에게도 친구였고 송경령의 적은 또한 그녀에게도 적이었던 것이다. '동지'란 송경령이 가장 가치 있게 생각하는 호칭이었다. 주은래의 미망인인 등영초가 송경령의 마지막 병상을 찾아 위문하였을 때 등이 송에게 '부주석'하고 직함을 부르자 그녀는 "경령동지라고 불러 주세요"라고 말했으며 등이 그렇게 부르자 송경령은 기뻐하며 미소지었다.

*　　　*　　　*

　그녀가 자신의 병이 중대한 사태임을 아는지는 모르지만 송경령은 조용히 죽음을 응시했으며 신중히 그리고 꼼꼼하게 필요한 준비를 했다. 이것은 그녀가 이마의 유해를 화장하고 매장하는 데서나 후에 그녀 자신의 매장에 관하여 내린 그녀의 지시에서 보여진다(그녀는 심지어 이마와 자신의 묘비의 위치는 그녀의 부모님의 묘비 아래, 양측으로 같은 거리에 같은 크기로 나란히 놓일 수 있도록 그려놓았다).53) 1981년 그녀의 개인비서였던 두술주에게 보낸 편지에서 그녀는 비슷한 지시를 내렸으며 또한 중국복리회 사무국장 심수진에게도 되풀이해서 말했다.

　그녀가 마지막으로 쓴 글은 사망하기 2주 전 자신의 고집으로 침대에서 책상으로 옮겨져 사람들에게 도움받아 반쯤 지탱한 채 떨리는 손으로 쓴 제명(題名)이었다. 그것은, 1942년에 사망한, 그녀의 30년대 전우로서 구국7군자의 한 사람인 추도분의 저작집을 위해 쓴 것이었다.

　그보다 4일 전인 5월 8일, 그녀는 캐나다의 빅토리아 대학교로부터 명예법학박사학위를 받기 위해 공식석상에 마지막으로 모습을 나타냈다. 빅토리아 대학교 총장은 관계자들과 함께 학위를 수여하기 위해 특별히 중국을 방문하였다. 빅토리아 대학이 자국을 떠나서 이같은 의식을 개최한 것은 처음있는 일이었다. 송경령은 당시 병이 중하고 몸이 쇠약해 있었기 때문에 많은 사람들은 그녀가 자택에서 비공식적으로 학위를 수여받기를 권했지만 그녀는 예정된 장소인 인민대회당의 한 장소에서 의식의 전 과정이 행해져야 한다고 주장했다. 만약 그렇게 하지 않으면 그렇게 먼 곳에서 온 사람들에게 실례가 된다고 그녀는 말했다. 그녀는 휠체어에 앉아서 학위수락 연설을 했는데 정신이 견실함을 보여주었다. 그

연설에서, 중국인민의 투쟁에 대한 캐나다 인민의 과거의 도움과 두 나라 사이의 새로운 친교를 연결하는 사려깊은 내용을 언급했다. 그것은 송경령의 책임감을 잘 표현해준 일이었다.

일주일도 되지 않아 그녀는 고열로 쓰러져 결코 다시는 침대에서 일어날 수 없었다.

나는(필자는) 1981년 5월 18일 새벽 2시에 연락을 받고 그녀의 집으로 급히 갔다. 송경령의 임종이 임박했다고 생각되었기 때문이다. 우리는 곧 그녀의 침대곁으로 갔다. 거기엔 ≪중국건설≫시절부터 동료이며 그녀와 함께 오랜 기간 일해온 임덕빈이 오동과 함께 있었다. 그리고 국가의 지도자들, 가까운 동료들, 친척들이 비통한 이별을 위해 이미 모여 있었다.

그녀는 중환자 치료를 위한 장치에 둘러싸여 침대에 조용히 누워 있었다. 그래서 큰 방안은 많은 것들이 어지럽게 되어 있었지만 그런 가운데서도 여전히 방안을 지배하는 것은 그녀의 성격과 생활습관을 역연(歷然)하게 보여주는 조화로운 흔적들이었다. 햇살이 들어오는 창문의 한쪽 귀퉁이에는 그녀의 책상이 있었는데 그것은 여전히 깔끔했고 그녀의 마지막 글이 놓여져 있었다. 벽을 마주하고 있는 다른 편에는 타자기가 있고 그 뒤에는 그녀의 가장 충실한 친구인, 오래된 검은색 피아노가 놓여 있었다. 그 타자기는 60년에 걸쳐 그녀의 생애를 받쳐준 무기이며 그녀와 외부세계를 연결시켜 준 채널이었다. 그리고 결코 공식적으로 피아노를 연주한 적은 없지만 자신을 위해서는 거의 매일밤 연주를 했다. 그것은 그녀의 휴식을 도왔을 뿐만 아니라 그녀에게, 상해에서 보낸 소녀시절을 연상시켜주었다. 그녀는 아버지 찰리가 찬송가를 부르거나 미국 남부의 가곡들을 부를 때에는 반주를 곧잘 하였다(그 옛 악보 몇 장은 아직도 피아노 의자 안에 있었다). 그것은 또한 웨슬리언의 학창시절을 회상케 하였다.

송경령은 창백하지 않고 홍조를 띠었으며 입은 오므리고 있었다. 마치 한때 조용했던 자신의 성역인 안식처를 소란스럽게 하는 데 대해 불만을 말하는 것 같았다. 만년에 그녀는 체중이 늘고 다리 힘은 약해져서 여러

번 넘어져 다쳤기 때문에 신체를 움직이는 것이 부자유스러웠다. 그러나 그녀는 다른 어떤 사람도 그 방에서 함께 기거하기를 바라지 않았다.

비상소집은 아직은 시기상조였다. 그녀는 혼수상태로 그러나 깨어나리라는 희미한 희망을 가진 채 열흘 이상을 더 생명을 이어갔다. 그러나 때때로 의식이 돌아오기도 했다. 이 시기에 그녀는 최후의 영예가 주어짐을 알아차리고 그것을 수용하는 것에 동의했다. 그녀가 오래 전부터 원해왔던, 중국공산당원이 되는 것이었다. 또한 중화인민공화국 명예주석의 칭호도 수여받았다. 그녀는 너무나 겸손해서 그러한 일은 꿈에도 생각하지 못했을 일이었다. 그녀는 중국의 과거와 현재, 그리고 민족의 최고와 최선을 흡수함으로써 승리를 얻은 이 혁명의 매력의 상징이었으며 또한 중공의 당면한 과제인 현대화, 외부세계의 진보적 세력과의 제휴 및 중국의 궁극적 사회목표를 상징하였다. 그러므로 이것은 이 여성에게 바쳐진 적합한 선물이었다.

일단 고비를 넘긴 5월 15일 아침, 중공중앙정치국원인 등영초와 팽진 두 사람은 송경령을 문병하고, 그녀의 입당을 중앙에 전하고 싶다고 제안하자 그녀는 낮은 목소리로 "좋아요"라고 동의했다.54) 중앙정치국은 일치하여 그녀의 입당을 승인하고 동시에 전국인민대표대회 상무위원회에서 국가명예주석의 칭호를 그녀에게 수여할 것을 제안하였다. 요승지와 송임궁이 이러한 결정을 그녀에게 전하자 송경령은 "동지들 고맙습니다"라고 말했다고 한다. 다음날 등소평이 그녀를 문병하고 축하인사를 했다.

5월 20일, 요승지는 20분 동안 "아주머니(그가 어린 시절 불렀던 것처럼)"와 열심히 이야기하였는데, 그녀에겐 "너무나 큰 노력"이었다고 요승지는 후일 회상하였다.55) 두 사람은 강한 지방 사투리의 중국어(요승지는 광동어, 송경령은 상해어)를 썼기 때문에 잘 알아듣지 못할 때는 종종 영어로 바꿔 이야기했다.

"나는 그대가 나를 위해 해주었던 모든 일에 대해 매우 감사하고 있어요"라고 그녀는 말했고 그 뒤 "만약 나에게 어떤 일이 일어난다면 …"이라고 말을 계속했지만 끝맺지 못했다. 아마 그 말은 첫째 입당과 명예주석에 관한 것이며 둘째 그녀의 양친과 이마 곁에 묻히기를 희망하는 내용에 관한 것이었을 것이다.

　나는 내가 더 이상 무리하게 얘기를 계속하여 그녀를 피곤하게 해서는 안된다고 생각했다. "걱정마세요, 아주머니"라고 나는 말했다. "우리는 당신이 바라는 대로 무엇이든 모두 다 할 것입니다 … 푹 쉬세요. 저는 내일 다시와서 뵙겠습니다".
　그녀는 미소지었고, 고개를 끄덕이며 말했다. "내일이라 … 내일"
　물론 나는 그 다음날 그녀를 만나러 갔다. 그러나 그때 그녀는 의식이 완전치 않았고, 말을 할 수가 없었다 …

　요승지의 설명에 의하면, "만약 어떤 일이 일어난다면…"은 송경령이 묻히기를 원하는 묘지와 노동하는 사람들에 대한 그녀의 평생의 감정을 보여주는 이마에 대한 약속을 명백하게 암시하는 것이라고 했다. 그녀의 높은 지위에도 불구하고 "송경령 동지는" 일생동안 자신을 위해 어떠한 특권도 모색하지 않았고 또한 죽음에 있어서도 특별한 조치는 어떤 것도 원하지 않았다. 대만의 몇몇 인사들은 경령이 남경에 있는 손문박사의 능에 묻힐 것이라고 예측하였다. 그러나 사실 그녀는 그러한 것에 대해서 어떠한 생각도 하지 않았다. 또한 중산능의 구조에 대해서도 일언반구도 없었으며 증·개축도 원하지 않았다. 신중국에서는 더 나아가 모든 곳에서, 그녀는 인민들의 자산이 그러한 목적으로 사용되는 것을 원치 않았다.

인품높고 절개굳은 나라의 보배

　사후, 송경령의 유해는 인민대회당으로 옮겨져 3일간 12만 명의 조문객이 그녀와 마지막 고별을 했다. 그녀는 중국공산당기에 덮인 수정관에 뉘어져 마치 잠든 것 같았다. 조문객 가운데는 특히 어린이들이 많이 눈에 띄었고 100여 국가로부터 온 각국 외교관과 외국의 친구들도 있었다.
　대만과 외국 친족들은 장례식에 참가하도록 초대되었다. 그들 중에는 장개석 부인(송미령), 손과 부인, 송자량 부인, 송자문의 미망인, 장개석의 아들들─장경국(대만의 최고지도자)과 장위국 그리고 이미 고인이 된 언니 애령의 자녀들─공영간(데이빗 孔), 공영걸(루이스 孔), 공영의(로자문드 孔), 공영위(자네트 孔) 등이 포함되어 있었다. 장례위원회는 대만 중화항공공사의 전용기가 북경 및 상해에 착륙하는 것을 허가하며 모든 비용을 장례위원회가 다 부담한다고 통지했다.[56]

그러나 대만전신국은, 의심할 것도 없이 상층부의 명령에 따라, 야비하게도 이 전보의 수취를 거절하였다.[57]

손과 부인이 기증한 화환에는 "깊은 슬픔을 간직한 채 친애하는 어머님께 조의를 표합니다. 며느리 진숙영 올림"이라고 쓰여 있었으며 관의 발치에 세워졌다. 다른 친족들의 화환과 헌물도 마찬가지였다. 조전은 둘째동생 송자량 부부, 막내동생 송자안의 미망인, 바로 아래 동생 송자문의 장녀로부터 왔다. 장개석의 부인 미령은 아무런 반응도 보이지 않았다. 그녀 내부의 마음 속에는 그 나름의 감정과 생각이 솟아 올랐겠지만 정치적으로 독자적 입장을 고수하고 있음을 보여주었다. 표면적으로 나타나지는 않았지만 내면적 사정은 더욱 복잡했을지도 모른다. 후에 요승지는 다음과 같이 기술했다.[58]

대만에 통보되었을 때, 특히 장개석 부인이 장례식에 참가하도록 초대받았을 때 장경국은 격노했다 … 사람을 미국으로 보내고 … 편지를 보내는 등 … 그리고 공영간을 통해서(추측컨대 장부인이 응답하지 않도록) 경고했다고 생각된다.

이같은 통지와 초대 그 자체는 확실히 옳았다고 요승지는 생각했다. 그것은 대륙을 떠나서 생활하고 있는 사람들의 마음을 휘저었던 것이다. 손과의 가족들은 이에 응했다. 대단히 광범위하게 존재한 반대에도 맞서며 접근을 허용한 관용은 결과적으로 긍정적인 것이었다. 그것은 '1국 2체제'라는 정책하에 통일을 위해서는 가능한 모든 것을 다하고 있다는 방침을 구체적으로 표현하였다.

장례위원회에는 중화인민공화국과 중국공산당, 다른 제당파의 주요 지도자, 그리고 북경에 온 송경령의 친족들과 외국친구들(영광스럽게도 필자도 포함되었다) 등 392명이 참가했다.

조전은 세계 곳곳으로부터 왔는데, 그것은 국가와 정부의 수반에서부터 개인적인 친분에 이르기까지 범위가 넓었다. 국가는 송경령에게 명예 주석직에 합당하는 의례를 준비했다. 5월 30일부터 6월 3일까지 천안문, 중앙인민정부, 외무부 및 주중외국기관에 조기를 게양하여 애도의 뜻을 표했다.

추도회는 당시 중공중앙총서기였던 호요방(胡耀邦)이 주재했다.

등소평은 고인의 공적을 얘기했다. 그는 송경령이 기나긴 정치적 역정을 한걸음 한걸음 밟아나간 "단호하고 성실하며 신중하고 겸손한" 사람이었다고 칭송하고 또한 그녀는 혁명의 원칙을 충실하게 지켜 "권력과 폭력에 굴복하지 않고 부나 지위에도 유혹받지 않은 사람"이었다고 찬양했다.

등소평은 그녀를 "인민공화국의 창시자 중 한 사람이며 대만동포와 해외화교를 포함한 중국 각민족이 충심으로 경애한 지도자이며… 세계에서도 유명한 민주주의자이며 국제주의자이며, 공산주의 전사이며, 세계평화를 지키기 위해 오랜 세월 힘쓴 선구자이며, 중국공산당의 우수한 당원"이라고 묘사하고 "그녀의 고귀한 인품과 지조는 역사를 통해 영원히 기억될 것"이라고 결론지었다.

보다 개인적인 색채가 강한 기록으로는 요승지의 회상록이 있다.[59] 그 글 중에서 그는 공적인 국사에 있어서의 송경령의 중요성과 그의 60년간에 걸친 그녀와의 친교에 대한 회상을 결합시켰다. 그의 양친의 생애와 마찬가지로 요승지의 일생도 그녀의 인생과 아주 밀접하게 연결되어 있었다. 송경령이 결혼한 1915년 7세였던 그는 손문과 함께 사진에 찍혀 있다. 1983년 그가 심장발작으로 사망했을 때, 요승지는 송경령이 오랫동안 맡아 있었던 부주석 직책의 취임물망에 확실히 올라 있었다.

내가 쓴 회상록에는 정말 많은 얘기들이 있다. 유년 시절의 일, 유럽망명시절의 일, 홍콩시절의 일, 그리고 해방 후의 일들… 송경령 여사의 생애의 어느 단계에서도 그녀는 혁명가이며 전사였다. 비록 그녀는 공산당원증을 생의 마지막 단계에서 가졌을지라도, 그녀는 그녀 자신에게 공산당원으로서의 태도를 지키게끔 요청하고 있었음을 알 수 있다. 그녀는 우리의 위대한 중화인민공화국 명예주석이다.

6월 3일 송경령은 화장되었다. 그 다음날 그녀의 유골은 전세기편으로 상해로 옮겨져 송씨가문의 묘지에 안장되었다. 그 묘지는 문화대혁명 때 파괴되었다가 주은래의 지시로 다시 복구되었다.

왜 송경령은 수도의 웅장한 기념능원이나 남경 자금산의 남편묘지에 합장되기를 원치 않고 이 묘지에 안치되기를 원했을까? 앞서 요승지가 설명한 주요한 이유에다 더 보태어야 할 것이 있다. 손문의 역사적인 업적은 홀로 그의 공적이지 자신이 나누어가질 수 있는 것이 아니라고 그녀는 생각하였다. 또 다른 이유로서는, 해방 전에 국민당이 그녀가 손문 부인이라는 것에 대한 법적 의문을 제기했을 때 "내가 손문 부인이라는 것을 부인하는 사람은 있지만 내가 우리 부모님의 딸이라는 사실을 부인하는 사람은 없다"라고 말했던 간결한 이유 때문인지도 모른다. 아니면 그녀는 부모님의 묘지가 더럽힘을 당했기 때문에 자신이 그 곁에 누워야 한다고 느꼈을까? 그녀의 일생은 공적인 삶이었지만 죽음은 사적인 것으로 그녀는 생각했다.

사후의 평가에서는 반대진영에서조차도 그녀의 사심 없고 개인적 야심이 철저하게 없었다는 점에 대해 계속해서 찬사가 쏟아졌다. 상해의 옛 외국 식민지기관의 영국인 회원은 "시종 조심스럽고 겸손한 사람"이라고 평하고 이러한 면은 그녀의 커다란 스케일과 정신의 강인함을 잘 융합시켜주었다고 매우 적절하고 흥미 있게 지적하였다.

그러나 그녀는 위대한 열정으로 해낼 수 있었다 … 그녀는 사회적 부정의 희생자들을 위해 계속해서 자신을 헌신했다 … 많은 사람들은 주저하지 않고 송씨가문의 세 자매 가운데 그녀가 가장 위대하다고 말한다.[60]

오래 전 프랑스의 작가 로맹 롤랑은 송경령을 외적으로는 한 송이 우아한 꽃이지만 마음 속에는 무서움을 모르는 사자가 들어 있다고 묘사한 일이 있다. 그녀의 친구인 레위 앨리는 송경령의 유해와 마지막 고별을 나눈 후 써 내려간 시구 중에서 비슷한 대비를 하고 있다.[61]

> …마음을 사로잡는 아름다움
> …그녀와 만났던 추억은 모두 영원히 마음 속에 남아 있네
> 모든 것은 사라져버렸지만 … 그 자리에
> 최후의 투쟁을 한 투사의 얼굴이 남아 있네
> 강하고 단호한 …

68년 전 찍었던 대학졸업시의 사진 속에서의 모습처럼 그녀의 마지막 모습은 그녀의 인간됨됨이의 핵심이었던 강인함을 보여주고 있었다.

그와 마찬가지로 언제나 변함없는 것은 송경령의 본질이라고도 할 수 있는 상냥함과 우아함이었다. 그것은 동급생들이 "내면으로부터의 빛남"이라고 열정적으로 묘사했던 그녀의 타고난 기품이었다. 60년이 지난 후, 그녀의 모진 풍파 속의 60년 세월을 함께 알고 지내온 한 중국인 화교는[62] "그녀는 이보다 더 훌륭하게 살 수는 없었다"고 필자에게 말했다.

현재 송경령의 능원 입구에는 흰 대리석으로 잘 조각된 그녀의 조각상이 있는데 그녀의 침착함이 잘 표현되어 있다. 이것은 저명한 여류조각가인 장득대(張得帶)를 중심으로 한 5명의 예술가가 공동으로 제작한 것이다. 송경령이 이러한 기념물을 건립함에 동의했을지는 의문이지만 그러나 그것은 상해와 전 중국이 이 위대한 딸을 자랑하는 자긍심을 표현한 것이다.

사후 송경령에 대한 적절한 평론이 많이 쓰여졌다. 그녀의 오랜 친구였던 진한생은 "기회주의라는 것은 그녀와 너무나 무관했다"라고 간결하게 말했다.[63]

이 점에 관해서는 그녀의 친구인 헬렌 포스터 스노우(님 웨일즈)가[64]

비교적 이른 시기에 쓰고 있다. 그녀는, 중국의 중산계층이 "기회주의적
으로 되고 동요되고 아니면 극단으로 치닫는" 시기에 "손부인은 그러한
태도를 취하지 않았다는 것은 더욱 주목할 만하다". 그리고 "다른 사람
들이 혼란으로 허둥거렸을 때에도 그녀는 결코 자신을 어리석게 만들거
나, 인내심을 잃어버리지 않았다"고 썼다.

진한생은 또한 그녀에 대해 다음과 같이 썼다.[65]

> 송경령은 영웅적인 민주주의의 전사였다. 우리는 중국에서 사회주의적 민
> 주주의를 강화하기 위하여서는 그녀의 우수한 모범적 행동을 배우지 않으면
> 안된다.

이와 같이 그녀를 평한 문장은 수없이 많이 인용할 수 있는데 어떠한
것도 모두 지각 있는 내용을 갖추고 있다.

그러나 송경령의 본질을 이해할 수 있는 언동을 그녀의 생애에서 한번
더 살펴보는 것이 더 의의가 깊을지도 모른다.

송경령은 부모님의 반대에도 불구하고 손문과 결혼했으며 혁명사업에
몸을 바쳤다. 이것은 그녀의 원칙성과 의지력에 대한 최초의 시련이었다.

1922년 진형명의 반란 때 광주의 비상총독부가 폭격을 당하자 그녀는
자신의 생사를 돌보지 않고 "중국에는 나는 없어도 되지만 당신이 없어
서는 안됩니다"라고 말하였다. 이것은 용감하게 자신을 버린 자기헌신을
보여준 것이었다.

손문 사후 폭풍우 몰아치는 역류하는 파도 속에서 손문의 기치를 높이
들고 원칙을 지키기 위해 분투하였다. 갖가지 정치적·가족적 압력을 견
디면서 장개석의 피비린내 나는 수법과 국민당에 대한 배신, 실권장악의
상황에서 명확한 선을 긋기 위하여 모스크바로 갔다. 그 후 그녀는 극좌
파로 배척당했을 때조차도 동요하지 않고, 중국공산당을 중국혁명을 효
과적으로 진행시킬 수 있는 유일한 세력으로 보고 공산당을 지지했다.

귀국 후 스스로 혹독한 위험 속에 몸을 던지며 중국민권보장동맹을 이
끌며 다른 사람들이 학살당했을 때도 겁내어 피하지 않았다. 그녀 자신

의 생명이 협박당했을 때도, 일본 침략에 저항하는 운동을 고무하고, 7명의 구국애국자와 함께 감옥에 들어가겠다고 제창하였다.

이어서 그녀는 제2차 국공합작을 실현하고, 강화하기 위해 노력하며, 일본제국주의에 의한 노예화로부터 나라를 구하기 위해, 항일전에서 단결을 유지하기 위해 진력하였다.

항일전 기간 동안, 그녀는 일본군국주의 침략자와 가장 많이 싸우고 최상의 전과를 올린 공산당 지도하의 인민군에 대하여 국민당 반동파가 행한 봉쇄-심지어 부상병에 대한 의약품 공급까지도 저지한-를 타파하기 위하여 효과적인 싸움을 전개하고, 전세계 반파시즘세력으로부터 동정과 지지를 얻었다.

제2차세계대전 후 송경령은 중국의 반제국주의, 반봉건주의 혁명을 완성하기 위해 계속해서 싸웠으며 인민공화국 창시자의 한 사람이 되었다.

사람들은 송경령이 1916년부터 1949년까지 어떻게 역류에 저항하며 전진했는가를 기억하고 있다. -어떠한 문제나 어려움에도 항복하지 않고 정면으로 맞서서 헤쳐나갔다. 그녀의 생활환경은 끊임없이 변했다. -일본에서 상해로의 귀국, 그 후 광주, 무한 그리고 모스크바와 베를린으로, 거기서 다시 상해로, 그리고 홍콩과 중경으로, 그 후 다시 상해로 돌아왔다. 이들 하나하나의 장소는 정치적으로나 군사적으로 전쟁터였지만, 마지막으로 혁명의 승리는 그녀를 북경으로 불러갔다.

그녀가 잘 알고 있고 존경했던 동지나 친구들에 대한 반동파의 암살은 그녀에게 격렬한 분노와 슬픔을 안겨주었다. 이들 동지 중에는 요중개, 이대조, 등연달, 양행불 등이 있었다. 또한 체포된 동지 중에는, 그녀가 힘을 다해서 구출작전에 나서서 죽음을 면하게 하여 다시 혁명투쟁으로 복귀하게 한 사람들이 있다. 요승지, 진갱이 바로 그들이다.

그녀는 중국인과 외국인 사이의 통일전선활동을 끊임없이 지속하고 솜씨 있게 해냈으며 광범위하게 하였다 그녀는 혁명가이며 반파시즘의 투사이며 현대화를 주장한 사람이었다. 개인적으로 그녀는 겸손하고 민주적이며 절약, 검약을 중히 여기고 매우 성실한 사람이었다. 그녀는 원칙을 지킴에 대해 완고했으며, 일에는 지치지 않았고 언제나 공적인 것을 앞세우고 사적인 것을 뒤로 하였다.

특별히 그녀는 가난한 사람들, 노동하는 대중, 여성들, 어린이들에 대해 관심을 가졌다. ─그녀의 생각으로는 혁명을 하는 것은, 그들을 위한 것이었다. 그 중에서도 어린이들을 위한 활동은 그녀의 마음 속에 특별한 지위를 차지하고 있었다.

신중국의 성립은 끊임없는 기쁨을 그녀에게 안겨주었다. 그것은 민족적으로도 사회적으로도 구시대의 종말이며 신시대의 위대한 여명이었기 때문이다. 아무리 혹독한 시련이 있었어도 그녀의, 인민과 미래에 대한 확신은 굳건하였다.

송경령은 그녀 자신 속에 몇 가지 종류의 가장 우수한 문화를 융합시켜 애국주의와 국제주의를 결합시켰다. 평화를 위한 사업은 송경령이 잠시도 잊어본 일이 없는 과제였다. 청년시절에는 다소 무언가 막연하고 로맨틱하게 그것을 열망했지만 머지않아 혁명가로서, 군벌과 침략자와의 투쟁, 나아가 대 세계의 무대에서 여성정치가로서 평화운동에 적극적으로 활약하였다. 생애의 마지막 해에 그녀는 여전히 자신의 노력의 주된 목표로서 세계평화를 주시했다.

"전쟁은 끔찍한 저주입니다. 그래서 내가 살아 숨쉬는 한, 나는 많은 고통을 일으키는 또 다른 전쟁을 막기 위해 나의 모든 시도를 다할 생각입니다"라고 그녀의 친구에게 편지를 썼다. 그리고 같은 해인 1980년 송경령은 미국에 건너간 남경대학 교수에게 조언하였다.66)

세계평화를 위해, 비참함과 파괴만을 초래하는 패권주의에 반대하기 위해 당신의 힘을 빌려주십시오. 미국 국민이 자멸하지 않고 평화와 진보를 위하여, 평화를 사랑하는 나라들간의 연대를 위해 투쟁을 강화하도록 그들을 도와주십시오.

*   *   *

송경령을 회상하고 그녀의 정신을 느끼게 할 장소로서는 그녀가 살았던 상해와 북경의 집(고거) 외에는 별로 없다. 이 집은 현재도 아주 잘 보존되어 있다. 이들 두 집에는 그녀가 읽던 책들, 그녀가 보았던 사진, 그리고 그녀가 사용했던 갖가지 물건들이 있다. 중국복리회의 상해시의 각 시설은 그녀가 창시하고 열정을 쏟았던 여성과 어린이를 위한 사업의 인상깊은 예다.

북경시 후해북연(後海北沿) 46호의 고거(故居)에는 그녀가 전생애를 바친 사업에 관한 자료가 전시되어 있다. 여기에는 또한 국내외의 원조하에 새로운 아동사업을 개시한 송경령기금회의 본부도 있다. 이 기금회에는 작지만 적극적으로 활동하는 연구실이 있으며 송경령에 관한 자료를 수집하고 연구를 발전시키고 있다. 그 외 상해의 중국복리회와 '상해손문 고거, 송경령 고거 및 능원관리위원회'의 연구실에서도 유사한 연구활동을 하고 있다.

이 책의 몇몇 부분은 북경시 후해북연 46호에서 저술하였는데 그 때문에 필자는 다른 곳에서는 결코 알 수 없는 것을 알게 되었다.

고거에서 일했던 사람들이 나에게 얘기해준 것이 있는데, 그녀는 체중이 불어나기 직전까지는 넓은 정원 안을 매일 산보하였으며, 다리가 나빠지고 균형감각이 없어졌지만 될 수 있는 한 다른 사람의 부축을 원치 않았다. "고맙습니다만 나는 혼자 할 수 있어요"라고 그녀는 거절했고 심지어 지팡이를 사용하는 것도 꺼려했다고 한다.

정원사의 말에 의하면 그는 그녀가 새로운 운동을 하도록 부추기기 위해 정원에다 새로운 화분의 꽃들을 여기저기 놓아두었다고 한다. 때때로 그녀는 "이 꽃 만져봐도 괜찮나요?"하고 물었고 그는 "물론이지요. 그것은 모두 당신의 것입니다"라고 대답하면 그녀는 "그러나 그것은 모두 당신 노동의 성과입니다"라고 말했다 한다.

정원사는 만일 그녀가 넘어질 경우를 생각해서 그녀의 옆이나 뒤에 서서 걸었다. 한 번인가 두 번 그녀는 넘어졌는데 그가 도와 일으켜주자 "나는 당신에게 귀찮은 사람이군요"라고 그녀는 늘 사과했다.

그녀는 비둘기를 좋아했다. 먹이를 주고 매일 비둘기를 바라보았다. 그녀가 비둘기 소리를 내며 휘파람을 불면 비둘기들은 날아왔다. 문화대혁명 때 그녀는 비둘기들을 없애버리려 했으나 비둘기는 끝내 살아 남았다. 그녀도 마찬가지였다. 그녀가 죽은 뒤 비둘기는 그녀의 정원에서 우아하게 날아다니며 살아가고 있다. 100마리 이상의 비둘기가 아름답고 생기 가득한 모습으로 작은 길을 따라 먹이를 쪼아 먹으며 창공으로 날아올랐다 내려앉곤 하면서 군무를 연출하고 있다.

어느 어린이날 필자는 집필중 틈을 내어 정원을 산보하고 있었는데 평소에는 조용하던 공원이 초등학교 어린이들의 웃음소리와 얘기하는 소리로 가득했다. 이제 이곳은 어린이들의 것이 되었다. 1500명의 어린이들이 와서 놀고 있었다. 듣기로는 어린이날에는 어린이들이 참관하고 놀기 위해 이곳을 방문한다고 한다. 선생님들과 함께 온 어린이들은 아무런 구속도 받지 않고 옛날 황제 저택의 정원에서 바위와 경사진 곳으로 떼지어 뛰어다니며 노는 모습은 『서유기』 속에 나오는 '과실과 꽃의 동산'에서 노는 손오공의 작은 원숭이 무리들처럼 보였다. 오래된 나무의 싱그러운 푸른 잎새와 진홍의 기둥이 특색 있게 배열된 건물, 갖가지 색깔의 꽃들이 피어 경쟁하는 꽃밭, 그 가운데서 어린이들이 즐겁게 눈동자를 반짝이며 땋은 머리를 신나게 흔들며 활발하게 움직이고 있었다.

이 어린이들은 옛날 여기서 살았던 청조 황족의 어린이들과 사뭇 달랐다. 청조 황족 아이들은 절대 소수인 지배자로 만들기 위해 교사들에 의해 엄격하게 감독을 받았다. 그러나 그들은 고귀하게 태어났기 때문에 교사에 대해서도 그 외 다른 사람들에 대해서도 멸시하는 태도가 있었다.

온몸에 옴이 오르고 콧물로 더럽혀진 병약한 옛중국의 가난한 어린애들과 비교하여 눈앞의 이 애들은 얼마나 많이 다른가. 구중국의 가난한 아이들은 가혹한 노동과 전쟁, 매춘, 기아로 휘말린 운명의 수레바퀴 속에서 교육도 받지 못한 채 그 자신은 물론이고 그들 자손들에게도 희망이 없었다.

아직 많은 문제를 안고 있긴 하지만 금세기에 중국은 얼마나 크게 진보하였는가! 다가올 새로운 세기에서는 이 신세대들에게 어떠한 미래가 기다리고 있을 것인가. 미래는 생각만큼 쉽지 않을지도 모른다. 그러나 과거의 중국 어린이들 중에서 이 정도로 좋은 조건하에서 미래를 맞이하게 된 어린이들은 어떤 세대에도 없었다.

송경령은 기쁨이 가득한 새 생명이 비등하고 있는 가운데 조용하게 영민하며 얼마나 즐거운 생각을 하고 있는 것일까.

주

1) 『송경령연보』, pp.338-340, pp.340-364.
2) 「懷念周恩來總理」, 『中國建設』, 1977년, 제4기. 제4기 지면의 모든 주제는 주은래 총리에 관한 내용이었으며 한때 금지된, 수없이 많은 추모꽃다발이 놓여진 사진과 함께 게재되었다.
3) 상해에서 송경령이 북경의 필자에게 보낸 편지, 1977년 2월 19일.
4) 『기념송경령동지』 화책 사진 No.319.
5) 송경령이 리차드 영에게 보낸 편지, 1978년 6월 5일.
6) 《아동시대》, 상해, 1978년 1기.
7) 송경령이 중국복리회 아동예술극원에게 2월 12일과 13일에 보낸 두 통의 편지. 《인민일보》 1979년 3월 26일에 실림.
8) 《인민일보》 1979년 4월 7일.
9) 《인민일보》 1978년 11월 18일.
10) 《인민일보》 1980년 6월 1일.
11) 《아동시대》 1979년 제8기.
12) 「愿小樹苗健康成長」, 《인민일보》 1981년 5월 21일.
13) 《中國婦女》 1978년 제1기.
14) 《인민일보》 1978년 9월 18일.
15) 《중국건설》 1979년 제3기.
16) 《인민일보》 1980년 3월 9일.
17) 《인민일보》 1979년 9월 29일.
18) 그 당시의 중국인구를 계산한 것이다.
19) 《중국건설》 1979년 제10기.
20) 송경령이 리차드 영에게 보낸 편지, 1979년 2월 15일.
21) 題銘은 돌에 새겨져 1980년 여름에 세워졌다.
22) 1980년 3월 5일 송경령의 채원배에 대한 기념연설. 원래 그녀는 그를 존경했지

만, 질병과 노령을 이유로 그 모임을 주재하는 것을 거절했다. 그러나 공산당 중앙위원회의 촉구에 의해 그렇게 할 것에 동의했다. 전형적으로 송경령은 채원배의 진보적인 면에 동조하였다. 채의 진보적인 면은 역사상으로 볼 때 그의 주된 면모인 것으로 보였다. 그녀는 그가 마르크시스트가 아닌 것을 비난하지 않았고, 그의 생애 동안의 실수에 대해서도 비난하지 않았다(그는 경령의 여동생 송미령과 장개석의 1927년 결혼식에서 주례를 맡았는데 이 결혼은 당시 송경령이 매우 반대했던 것이다. 그리고 얼마 동안 장개석정권의 법무장관 및 교육부장관으로 재직했다. 그러나 곧 그 정권에서 물러났다). 송경령이 매우 헌신했던 통일전선사업과 중국 공산당의 주요노선에서의 일시적 이탈에도 불구하고 송경령은 그의 진보적인 면을 높이 평가했다.

23) 「序 "魯迅畫傳"」(1980년 9월 27일) ≪光明日報≫ 1981년 6월 67일자에 실림.

24) 李方,「宋慶齡同志是中華民族的一代楷模」, 『송경령기념집』, pp.86-90. 여기에 『등연달문집』에 관한 얘기가 쓰여 있다.

25) 王光美,「永恒的紀念」, 『송경령기념집』, pp.185-193. 1987년 4월 본서 저자가 왕광미를 방문했을 때 그녀는 송경령으로부터 받은 편지를 모두 보여주었다. 그 중 하나다.

26) 송경령이 저자에게 보낸 편지, 1980년 11월 25일.

27) 앞에서 인용하였음.

28) 송경령이 리차드 영에게 보낸 편지, 1978년 5월 19일.

29) 송경령이 "사랑하는 이웃"에게 보낸 편지, 1977년 10월 21일.

30) 송경령이 "사랑하는 이웃"에게 보낸 편지, 1973년 3월 25일.

31) 송경령이 "사랑하는 이웃"에게 보낸 편지, 1979년 6월 28일.

32) 송경령이 "사랑하는 이웃"에게 보낸 편지, 1979년 12월 11일.

33) 송경령이 司徒慧敏에게 보낸 편지. 1980년 12월 『송경령기념집』, pp.159-163. 司徒慧敏,「永遠記住這個光輝的名字」.

34) 송경령이 "사랑하는 이웃에게" 보낸 편지, 1980년 6월 6일.

35) 송경령이 저자에게 보낸 편지, 1980년 3월 15일.

36) 송경령이 저자에게 보낸 편지, 1979년 11월.

37) 송경령이 리차드 영에게 보낸 편지, 1979년 4월 21일.

38) 송경령이 리차드 영에게 보낸 편지, 1979년 9월 14일.

39) 송경령이 리차드 영에게 보낸 편지, 1979년 중반.

40) 송경령이 리차드 영에게 보낸 편지, 1979년 6월 12일.

41) 송경령이 리차드 영에게 보낸 편지, 1979년 6월 6일.

42) 1981년 2월 27일 요승지로부터 온 편지. 영어로 쓰인 것이나 『요승지문집』(북경, 인민출판사, 1990) 下卷, p.789에 중문으로 실려 있다.

43) 저자는 1990년 4월 15일 상해 화동병원에서 그녀를 인터뷰했는데 그의 나이 90이었고 병상에 있었지만 기억은 매우 명확했다.

44) 송경령이 리차드 영에게 보낸 편지, 1979년 4월 21일.

45) 송경령이 진주니(陳朱尼)에게 보낸 편지, 1980년 6월 17일.

46) 송경령이 비서 張珏이 보존하고 있던 문서당안 참조..

47) 송경령이 저자에게 보낸 편지, 1980년 3월 15일.

48) 해롤드 아이작스, 앞의 책, p.72.

49) 송경령이 "사랑하는 이웃에게" 보낸 편지, 1979년 5월 5일.

50) 송경령이 "사랑하는 이웃에게" 보낸 편지, 1974년 10월 6일.

51) 송경령이 "사랑하는 이웃에게" 보낸 편지, 1981년 2월 1일과 3월 8일.

52) 송경령이 "사랑하는 이웃에게" 보낸 편지, 1979년 6월 5일.

53) 송경령은 개인비서인 두술주(杜述周)에게 보낸 편지에서 지시하였다. 중국복리회 비서장 심수진(沈粹縝, 추도분 부인)에게도 같은 내용의 구두 지시를 하였다.

54) 상세한 내용은 등영초, 「向宋慶齡同志致崇高的敬禮」, 『송경령기념집』, pp.57-62 참조.

55) 요승지, 「我的弔唁」(『송경령기념집』, pp.63-65).

56) 신화통신사, 1981년 5월 24일, 30일.

57) 신화통신사, 1981년 6월 2일.

58) 「新時期港澳新聞工作應注意的幾個問題」(1981년 9월 4일), 『요승지문집』 하권, p.624.

59) 「我的回憶」(1982년 5월 29일) 『요승지문집』 하권, pp.650-652.

60) O. M. Green, *China's Struggle with the Dictator*, London: Hutchison, 1942, p.105. Green은 상해의 '영국통'기관지로서 영국인 소유신문인 *North China Daily News*의 편집장이다.

61) 레위 앨리, 「回憶與思索」, 《중국건설》 1981년 제9기. 송경령기념 특집호(영문), p.28.

62) 곽보주(郭寶珠)와의 인터뷰. 옛날 상해 최대의 백화점 소유주로서 오스트레일리아에서 살다가 귀국한 화교로 이미 고인이 되었다.

63) 진한생과 필자와의 인터뷰.

64) Helen Foster Snow, *Women in Modern China*, The Hague & Paris, Mouton & Co. 1967, p.153. 이 책의 pp.117-157까지에 해당하는 40쪽 분량을 「손문부인」이란 제목으로 쓰고 있다. 그녀의 필명은 Nym Wales이다.

65) 진한생, 「爲民主的英勇戰鬪」, 《중국건설》 1981년 제9기.

66) 송경령이 남경대학의 양사순(梁士純) 교수에게 1980년 4월 25일 보낸 편지. 양교수는 일찍이 에드가 스노우의 친구였으며, 후에 중국공업합작사 운동에 적극 참여했다.

역자후기

　『20세기 중국을 빛낸 위대한 여성, 송경령 · 上 下』는 이스라엘 엡스타인(Israel Epstein, 伊斯雷爾 愛潑斯坦)의 영문판 저서인 *Woman in World History* ; Life and Times of Soong Ching Ling(Mme. Sun Yatsen)(Beijing, New World Press, 1993) [세계사 속의 여성－송경령(손문 부인)의 생애와 그 시대]를 완역한 것이다. 송경령의 생애와 활동을 조명한 전기 연구서는 1980년대 후반 이후 중국에서 10여 편이나 쏟아져나와 많은 사람들의 관심을 불러일으키고 있다. 엡스타인의 이 책은, 전후 중국에서 출판된 전기 가운데 10대 걸작의 하나로 손꼽히고 있을 정도로 뛰어난 평가를 받는 것으로 알려져 있다.

　이 책은 상세하고 사실적이며 방대한 분량이지만 한번 읽기 시작하면 송경령의 생애를 주축으로 한 격동의 20세기 중국 역사를 흥미진진하게 훤히 꿰뚫어볼 수 있어서 책에서 눈을 뗄 수 없게 만든다. 가족 친지와의 정보다도 오직 손문의 유지계승이라는 진지하고 철저한 원칙을 지켜가면서 조국의 해방과 건설을 위하여 간난·신고와 싸워나가는 박진감 있는 송경령의 매력적인 모습은 우리들을 이 책에 빨려들게 만든다.

　이 책은 송경령을 둘러싼 시대상황과 그간 알려지지 않았던 많은 새로운 역사적 사실들뿐만 아니라 그녀의 사생활의 아주 작은 일들이나 마음의 동요까지도 잘 묘사되어 있어서 경탄을 금치 못하게 한다. 이같은 사실은 저자 자신이 송경령과 주고받은 110통에 이르는 편지뿐만 아니라 저자의 부인과 그 밖의 타인에게 보낸 560여 통에 달하는 송경령의 편지를 인용하고 있는 데서 잘 드러나고 있다. 이러한 업적이 높이 평가되어 1993년 송경령 탄신 100주년 기념에 맞추어 이 책이 출판되자 곧 세계 각국의 저명인사들로부터 찬사를 받았으며 또한 중국 당국에서도 그 공로를 인정하여 국가적인 상을 수상하였다.

주지하는 바와 같이, 송경령(宋慶齡 ; 1893~1981)은 손문의 부인으로 또 송씨 가문의 일원으로 더 많이 알려져 있으나 그보다는 1920~ 1930년대 중국혁명에서 독자적인 노선을 견지하고 크게 영향을 미친 중요한 역사적 인물로 더 유명하다. 그녀는 여성혁명 정치가였고 또한 사회활동가였으며 인류 평화와 복리증진을 위하여 노력한 국제적 명사이기도 하다. 그녀는 90세 가까이 살며 파란만장한 중국현대사 가운데서 평범한 여성으로 안주하지 않고 국가와 민족의 운명에 깊은 관심을 가지고 손문의 유지를 수호하며 혁명운동에 몸을 바쳤다.

송경령이 추구한 반제민족해방운동은 민주·박애주의의 이상과 결합되어 있었으며 그녀는 그것을 반식민지·반봉건적 시대상황에서 노동자와 농민 및 여성 해방을 사회혁명을 통해서 달성하고자 하는 이상을 가지고 있었다. 송경령은 혁명의 목적은 가난한 사람들, 일하는 대중, 여성들, 어린이들을 보호하고 잘 살게 하기 위한 것이라고 생각했다. 유복한 기독교 가정에서 태어나 미국유학까지 했으나 손문과 결혼하면서 혁명에 발을 들여놓았다. 손문 사후 혁명의 가시밭길을 계속 걸으며 대중 편에 서서 한결같이 그들을 위해 헌신하였다. 에드가 스노우(Edgar Snow)는 그녀를 "중국의 미완성 혁명의 양심이며 항심(恒心)"이라고 했고 진한생(陳翰笙)은 "기회주의라는 것은 그녀와 너무나 무관하였다"고 했다. 또한 그녀와 60년 가까이 알고 지냈던 한 화교는 "이보다 더 훌륭하게 살 수는 없었다"고 말했다.

이 책의 저자인 이스라엘 엡스타인(1915~)은 유태인 어머니에게서 태어난 폴란드 바르샤바 출신으로 유년시절부터 주로 중국 천진에서 살았다. 1931년 16세 때 이미 영국계 ≪천진타임스≫에서 기자활동을 시작했던 그는 2년 후에 에드가 스노우와 처음 만났고, 1935년 20세 때인 '12·9 학생운동' 와중에서 두 사람은 친구가 되었다.

이후 그는 중국혁명과 직접적인 관계를 갖게 되었으며 1937년에는 미국의 UP 통신사 기자가 되어 중일전쟁이 시작되자 국민당 종군기자로서 북경, 남경, 무한, 광주 등지로 이동하며 취재했다. 그러나 UP 통신사의 상사는 항일전이 실패로 끝날 것이라고 생각하여 기자의 감원을 단행하려고 하자 이에 반대의견을 가졌던 엡스타인은 1938년 UP 통신사를 사직했다. 이때 광주에서 그는 처음으로 송경령을 만나게 되었으며 그녀가 결성한 보위중국동맹에서 함께 일하게 되었다. 이후 그는 송경령과 40여 년에 걸친 협력관계를 유지하면서 보위중국동맹의 영자신문인 ≪보위중국동맹 신문통신(*China Defense League Newsletter*)≫을 맡아서 발행하였다.

1945년 종전 후 그는 미국으로 건너가 6년간 체류하면서 『미완성의 중국혁명(*The Unfinished Revolution in China*, Boston, Little Brown, 1947)』과 『국민정부치하의 노동사정(*Notes on Labor in Nationalist China*, New York Institute of Pacific Relation, 1949)』 등을 저술하였다. 1951년 송경령의 요청으로 그는 부인 엘시 초멀리와 함께 다시 중국으로 돌아와 ≪*China Reconstruction*(中國建設)≫잡지의 편집을 담당했으며 1950년대 말에는 중국국적을 취득했다.

1976년 이후 송경령은 자신의 사후 전기를 써줄 것을 이스라엘 엡스타인에게 여러번 부탁하였다. 송경령 생존시 미국의 모 출판사로부터 50만 달러를 제공하겠다는 조건으로 그녀의 전기제작을 원했으나 송경령은 이를 거절하고 이스라엘 엡스타인에게 부탁했던 것이다. 그는 송경령 사후 ≪중국건설≫ 잡지사를 퇴직한 다음, 명예편집장의 신분으로 집필을 시작하여 몇년을 보낸 다음 마침내 1993년에 이 책을 완성하였다. 자신도 명문장가였던 송경령이 굳이 이스라엘 엡스타인에게 전기를 부탁한 이유는, 이 책에 대한 평가를 써보낸 다음의 글들에서 잘 드러난다.

외교관이며 작가였던 존(John S. Service)은 "철저하게 균형이 잡혀 있고 매우 효과적으로 자료를 발굴하여 대단히 정교한 작업을 통해 쓰인 책"이라고 칭찬하였고, 저명한 소설가인 한수인(Han Suyin)은 "그의 간결하고 수려한 영어문체는 매우 훌륭하며 이 책은 모든 대학 도서관에 비치하여 학생들이 영어 교과서로 이용되어야 한다"고 했다.

또한 중국에 관한 외국어 출판의 프랑스인 원로 전문가인 드니 르브르 통(Denise Lebreton)은 "현재 세계가 처한 이 어려운 시기에 간결하고도 감동적인 말로 이끌어낸 송경령 인생의 아름다운 영상은 독자들에게 이기심을 버리고 살아야 한다는 이슈를 제공해준, 정말 엄청난 작업을 해낸 책이다"라고 극찬하고 있다.

존 포스터(John Foster)는 "전기일 뿐만 아니라, 현대 중국의 역사이며, 잘 알지 못했던 많은 사실들을 분명히 알게 해주었다"고 했다. 파크 반네스(Parke Van Ness)는 "가장 재미있고 교육적이며 고무적인 책으로 송경령 전기는 사람으로 하여금 더 나은 인간이 되도록 노력하게 만든다"고 했다. 힐다 야오(Hilda H. Yao)는 저자에게 다음과 같은 편지를 했다. "자신이 살았던 시대의 한계를 뛰어넘었던 위대한 여성의 진수를 담는 것은 결코 쉽지 않은 일입니다. 그러나 그것을 당신은 학자적 안목과 예술적 재능을 가지고 훌륭히 해냈습니다. 송경령 여사가 자신의 전기를 써달라고 당신에게 부탁한 것은 너무나 당연한 일입니다. 당신이 쓴 이 대작을 통해 나는 그녀뿐만 아니라 중국현대사에 대해서도 훨씬 많이 이해하게 되었습니다. 당신께 특별히 감사드립니다".

역자도 이 책을 번역하면서 느낀 점은 영어문체가 간결하면서도 난해하여 결코 번역하기가 수월하지 않았지만 수려하고 독특한 문체라고 느꼈다. 또한 문장이 함축성이 있고 여운을 남기는 바가 있어서 이 문장에 숙달될 경우 영어를 잘 할 수 있는 요점을 터득할 수 있다고 생각했다. 사실 이스라엘 엡스타인은 중국혁명의 국제적인 증인이라는 점에서 에드가 스노우의 후계자라고 해도 과언이 아니다. 한 마디로 말해서 이 책의 매력은 저자 자신의 체험과 자료를 충분히 활용하여 중국혁명의 커다란 소용돌이 속에서 국제주의자이며 애국주의자였던 송경령의 주장과 사람 됨됨이를 상세히 묘사하고 또 그 시대상황까지도 잘 서술하고 있는 점이라 할 것이다.

역자가 이 책을 처음 대한 것은 1993년 1월 광동에서 열렸던 「紀念宋慶齡誕辰一百周年學術研討會」에 참가했을 때이며, 저자인 이스라엘 엡스타인을 처음 만난 것은 1994년 11월 북경에서 열린 「宋慶齡與中國

近代化學術硏討會」에서였다. 이미 저자는 80세의 고령이었음에도 불구하고 매우 활달했으며 건강도 좋은 편이었다. 그리고 역자에게 이 책의 한국어 번역을 권유하였다. 그 당시 중국어 번역본은 이미 나왔으며 일본어 번역은 진행중이었다. 귀국 후 이 책의 번역에 앞서 원서 690쪽의 대작을 출판해줄 수 있는 출판사가 있는지를 먼저 알아보아야 한다고 생각했다. 여러 출판사에 문의해보았으나 대부분의 출판사에서 상하 권의 방대한 책의 분량 때문에 우리나라 출판 실정을 살펴볼 때 도저히 수지타산이 안맞아서 출간할 수 없다고 했다.

역자는 1996년 9월부터 1997년 8월까지 안식년을 맞게 되어 우선 이 책의 번역부터 시도하게 되었다. 그러나 번역이라는 것은 역시 쉬운 게 아니었다. 번역을 시작한 지 1년 7개월간의 고군분투 끝에 1998년 봄에야 드디어 탈고를 하게 되었다. 역자는 번역을 하면서 많은 것을 배울 수 있었을 뿐만 아니라 무한한 기쁨과 감동을 느끼며 힘든 속에서도 보람으로 가득 찬 하루하루를 보냈다. 몰랐던 사실들을 하나하나 새로이 알아갈 때의 기쁨, 유격지구에서 헌신적으로 봉사활동을 한 세계 의료봉사단의 눈물겨운 모습, 휴머니티가 넘치는 외국 저널리스트들의 활동, 초지일관된 송경령의 인간애와 민주정신을 보며, 인간적인 절실함, 전율 그리고 감동을 느꼈다.

아울러 몇 백 통의 편지와 문건, 자료와 회상록 들을 모두 참조하여 적재적소에 맞추어 넣으며 방대한 대작을 훌륭한 문체로 써낸 80세 고령의 이스라엘 엡스타인에 대해서도 존경의 마음을 금치 못했다. 영어 실력이 부족한 역자 자신의 이 모든 번역작업은 저자에 비하면 아무 것도 아니라는 생각이 들면서 번역작업에 더욱 최선을 다하게 되었다. 번역이 끝난 후 다행히 도서출판 한울에서 출판의 뜻을 밝혀서 오늘에야 출판을 하게 된 것이다.

이 책을 번역하는 데는 이미 출판되었던 심소유(沈蘇儒)의 중국어 번역본과, 1996년 말에 출판된 구보타 히로코(久保田博子)의 일본어 번역본을 참조하여 많은 도움을 받았다. 애매한 문맥의 번역은 두 번역본을 대조해봄으로써 해결할 수 있었다. 영문판 원전은 목차를 크게 20개로 나누었으나 장, 절의 제목은 쓰지 않았다. 역자는 내용을 참조하여 나름대로 크고 작은 목차를 정했다. 그리고 한 장이 끝날 때마다 주를 달았다. 역자는 가능한 한 원문에 충실하려고 노력했으며 최선을 다했으나 미숙한 점이 많으리라 생각된다. 그러나 중국사 전공자가 번역하지 않았을 경우 생길 수 있는 많은 오류들을 그나마 최소화할 수는 있었다는 자부심은 있다.

이 책의 출간시기에 우리나라는 선거철을 맞아 철새 정치인과, 비양심적이고, 기회주의적인 처신과 이기주의적 변신을 일삼는 정치인들로 정국이 시끄러운 것을 보았다. 이러한 우리나라의 정치 상황을 보면서 진정으로 조국을 사랑하고 민중과 고뇌를 함께했던 중국의 양심, 송경령의 삶의 모습은 우리가 배워야 할 모범이라는 생각이 절실하게 들었다.

끝으로 한국인 독자들에게 따뜻한 편지를 써 보내준 이스라엘 엡스타인에게 먼저 감사의 뜻을 전한다. 그리고 이 책의 출간을 기꺼이 맡아준 도서출판 한울에게도 고마움을 전한다. 아울러 이 책이 나오기까지 도움을 준 많은 분들에게도 감사의 마음을 전한다.

2000년 4월 3일 부산 蓮山洞 자택에서

李陽子

참고문헌

1. 중문서적

(1) 송경령 저서

『宋慶齡選集』, 人民出版社, 1966.
『永遠和黨在一起』, 中國福利會編, 上海人民出版社, 1983.
『爲新中國奮鬪』, 人民出版社, 1952.

(2) 송경령과 그 사업에 대한 저서

『紀念宋慶齡同志』(사진집), 中華人民共和國名譽主席宋慶齡同志故居編, 文
　　物出版社, 1982.
『紀念宋慶齡特刊』≪中國建設≫ 雜誌出版社, 1987(中文 및 6개 國
　　語).
『保衛中國同盟新聞通訊(1939~41)』, 宋慶齡基金會研究室編, 吳景平譯, 傅
　　伍儀校, 中國和平出版社, 1989.
『三姐妹─中國宋氏家族的故事』, [美] 科妮莉亞·斯賓塞著, 時代譯文叢
　　刊, 海燕出版社, 1945;『宋氏三姐妹』로 改題(Three Sisters: The Story of
　　The Soong Family of China, by Cornelia Spencer, N. Y., 1939).
『孫逸仙夫人─宋慶齡傳略』張戎, [英] 喬恩·哈利戴著, 傅伍儀·張
　　愛榮譯, 李風校, 中國和平出版社, 北京, 1988, Mme. Sun Yat-sen,
　　by Jung Chang with Jon Haliday, Penguin Books, 1985; 李陽子 역,
　　『송경령평전』, 지식산업사. 1992.
『宋家王朝』(번역본), [美] 斯特林·西格雷夫原著, 澳門星光書店, 1985, The
　　Soong Dynasty, by Sterling Seagrave, Harper & Row, N. Y., 1985; 이재승 역,
　　『宋氏王朝』, 정음사. 1986; 윤석인 역,『宋家別曲』上·下, 동지출판
　　사, 1992.

『宋慶齡紀念集』, 人民出版社, 1982.

『宋慶齡年譜』, 尙明軒·陳民·劉家泉·趙楚雲編著, 中國社會科學出
　　版社, 1986.

『宋慶齡偉大光榮的一生』(사진집), 宋慶齡基金會編, 中國和平出版
　　社, 1987(中·英文).

『宋慶齡』, 蔣洪斌著, 江蘇人民出版社, 1987.

『宋慶齡傳』, 尙明軒, 唐寶林著, 北京出版社, 1990.

『宋慶齡傳』, 劉家泉著, 中國文聯出版公司, 1988.

『宋慶齡傳』(中國革命史叢書), 呂明灼著, 上海人民出版社, 1988.

『宋慶齡創辦的 ≪中國建設≫』(사진집), ≪中國建設≫, 雜誌出版社,
　　1987(中·英文).

『宋氏家族—父女, 婚姻, 家庭』, [美] 埃米莉·哈恩著, 李豫生·靳建國·王秋
　　海譯, 新華出版社, 1985, *The Soong Sisters*, by Emily Hahn, Robert Hale,
　　London, 1942; Doubleday, N. Y., 1941.

『宋氏三姐妹—宋靄齡, 宋慶齡, 宋美齡』, [美] 羅比·會恩森, 趙雲俠
　　譯, 海吟等校, 世界知識出版社, 1984, *The Three Soong Sisters*, by
　　Roby Eunson.

『中國福利會五十年(1938~88)』, 中國福利會編, 1988.

(3) 손문에 대한 저서

『孫中山三次在廣東建立政權』(논문집), 中國文史出版社, 1986.

『孫中山生平事業追憶錄』, 尙明軒等編, 人民出版社, 1986.

『孫中山, 宋慶齡與梅屋庄吉』, 兪辛焞, 熊沛彪著, 中華書局, 北京,
　　1991.

『孫中山傳』, 尙明軒著, 北京出版社, 1979.

(4) 전집, 선집, 전기류

『魯迅全集』, 人民文學出版社, 1957.

『尼赫魯自傳』(네루자전), 張寶芳譯, 世界知識出版社, 1956, *Jawaharlal Nehru:*
　　An Autobiography, London, John Lane, The Bodly Head, 1939.

『鄧演達文集』, 人民出版社, 1981.

『鄧演達』, 中國農工民主黨中央委員會編, 文史資料出版社, 1985.

『毛澤東書信選集』, 人民出版社, 1983.

『毛澤東選集』, 第二版, 人民出版社, 1991.

『斯大林全集』(스탈린전집), 人民出版社, 1953~58.

『史沫特萊一個美國激進分自的生平和時代』, [美] 麥金農夫婦著, 汪杉·郁林·芳菲譯, 中華書局, 1991, Agnes Smedley, by Janice & Stephen Mckinnon.

『孫中山選集』상·하, 人民出版社, 1956.

『孫中山全集』, 中華書局, 1985.

『純正的心靈－安娜·路易斯·斯特郎的一生』, [美] 特雷西·斯特郎 海琳·凱薩著, 李和協·張雪玲·蘇光·郭澤沛譯, 唐建文校, 世界知識出版社, 1986, *Right in Her Soul: The Life of Anna Louise Strong*, by Tracy B. Strong & Helene Keyssar, Random House, N. Y., 1983.

『雙淸文集』(廖仲愷, 何香凝合集), 上·下卷, 尙明軒·余炎光編, 人民出版社, 1985.

『艾黎自傳』(알리자전) 對外友協路易·艾黎研究室編譯, 甘肅人民出版社, 1987, *At 90, Memoirs My China Years*, by Rewi Alley, Beijing, New World Press, 1986.

『列寧選集』(레닌선집), 人民出版社, 1960.

『列寧全集』(레닌전집), 第二版, 人民出版社, 1984~90.

『周恩來書信選集』, 中央文獻出版社, 1988.

『周恩來選集』, 人民出版社, 1980(上卷), 1984(下卷).

『周恩來傳(1898~1949)』, 中共中央文獻研究室編, 金冲及主編, 人民出版社, 1989.

『彭德懷自述』, 人民出版社, 1981.

(5) 역사서, 사료, 회상록

『軍統內幕』, 沈醉著, 文史資料出版社, 1984.

『魯迅回憶錄』, 上海文芸出版社, 1978.

『戴笠其人』, 沈醉·文强著, 文史資料出版社, 北京, 1980.

『馬林在中國的有關資料』, 中國社會科學出版社, 1981.

『莫斯科中山大學和中國革命』(親新経歷), [美] 盛岳(卽盛忠亮) 著,奚博銓·丁則勤譯, 陳慶華校, 現代史料編刊社, 1980(英文原版 1971, 紐約出版).

『復始之旅』(『斯諾文集』第一卷), 埃德加·斯諾著, 宋久等譯, 新華出版社, 北京, 1984, *Journey to The Beginning* by Edgar Snow, N. Y., Random House, Vintage 1972.

『斯特郎在中國』, 三聯書店, 1985.

『我這三十年』, 沈醉口述, 沈美娟整理, 湖南人民出版社, 1983.

『旅華歲月—海倫·斯諾回憶錄』, 世界知識出版社, 1985, *My China Years*, by Nym Wales(Helen Foster Snow), New York, William Morrow & Co., 1984.

『往事回憶』, 黃平著, 人民出版社, 1981.

『維金斯基在中國的有關資料』, 中國社會科學出版社, 1982.

『中國近代對外關係史(1940~49) 資料選集』, 上海人民出版社, 1977.

『中國未完成的革命』, 伊·愛潑斯坦著, 陳瑤華·謝念非·于爾辰·辰亮譯, 新華出版社, 1987, *The Unfinished Revolution in China*, by Israel Epstein, Boston, U. S. A., Little Brown & Co., 1947.

『中國新民主主義革命時期通史』(初版), 李新·彭明·蔡尙思·孫思白·陳旭麓主編, 全四卷, 人民出版社, 1962.

『中國—我的第二故鄉』, [獨] 王安娜著, 李良健·李希賢校譯, 三聯書店, 1980, *Ich Kampfte Fur Mao*, by Anna Wang, Holsten Verlag, Hamburg, 1973.

『中國現代革命史』, 何幹之 主編, 人民教育出版社, 1959.

『中國回憶錄』(1921~27) [蘇] 達林著, 侯均初等譯, 中國社會科學出版社, 1981.

『千千萬萬中國人—1927年中國中部的革命』, [美] 安娜·路易斯·斯特郎著, 王鹿鹿·馬紅星·張奇志譯, 張衛族·謝亮生校, 中國社會科學出版社, 1985, *China's Millions*, by Anna Louise Strong, Beijing Edition, New World Press, 1965(1928 edition by Coward McCann, N. Y.; 1935 edition by Knight Publishing Co., N. Y.).

『青年時代的蔣経國』, 彭哲愚·雷雲·碧雪共著, 光明日報出版社, 1988.

『鮑羅廷在中國的有關資料』, 中國社會科學出版社, 1983.

『胡蘭畦回憶錄』(1936~49), 四川人民出版社, 1987.

『胡蘭畦回憶錄』(1990~36), 四川人民出版社, 1985.

『紅星照輝中國』(『西行漫記』) (『斯諾文集』第二卷) 埃德加·斯諾著, 董東山譯, 新華出版社, 1984, *Red Star Over China*, by Edgar Snow, First Revised and Enlarged Edition, New York, Grove Press, 1961; 신홍범 역,『중국의 붉은 별』, 두레, 1985.

2. 러시아 서적

Dva Goda v Vosstavshem Kitae. 1925~27, *Two Years in Insurgent China*, 1925~27, by Vera Vishnyakova-Akimova, second edition, Moscow, Nauka, 1980.

Kitaye, V. *V. K. Blyukher in China, 1924~27,* Moscow, Nauka, 1979 and Blagotatov.

Revolutsii, 1925~27 (Notes on the Chinese Revolution, 1925-1927), by A. V. Zapisko, Kitaiskoi, Moscow, Nauka, 1979.

Sun Yatsen: His Views and Practice in Foreign Policy, by Tikhvinsky, Moscow, 1964.

Zapiski Voyennovo Sovetnika v Kitaye, 1924~27 (Notes of Soviet Military Adviser in China, 1924~1927), by Cherepanov A. I., Moscow, Nauka, 1964.

3. 영문서적

(1) 인명록, 자료, 역사연구

American Policy and the Chinese Revolution, 1925~28, by Dorothy Borg, New York, American Institute of Pacific Relations and the Macmillan Co., 1947.

Biographical Dictionary of Republican China, Columbia University Press, 1970.

British Foreign Office Publication, China No. 1 (1926), Papers Respecting the First Firing in the Shameen Affair of June 23, 1925, H. M. Stationery Office London, 1926.

China in The Twenties, by Mark Kazanin, Moscow, Central Department of

Oriental Literature, 1972.

China, Spain and the War, by Jawaharlal Nehru.

Eminent Chinese of The Ch'ing Dynasty, ed. by Arthur W. Hummel, Library of Congress, Washington, 1943.

Foreign Relations of The United States, 1925, (China), Washington, D. C.,Government Printing Office, 1943.

Modern Chinese History: Selected Readings, by H. F. MacNair, Shanghai, Commercial Press, 1927.

Problems of The Chinese Revolution, by Leon Trotsky, originally published in New York in 1932, reprinted by Ann Arbor Paperbacks, University of Michigan Press, in 1967.

Russia and China, by D. Edmund Clubb, 1971.

The May Fourth Movement, by Chow Tse-tung, Stanford University Press, 1960.

(2) 손문의 저서, 손문에 대한 저서, 송경령의 서간집

Memoirs of a Chinese Revolutionary, London, Hutchinson, (year of publishing not given,) with an introduction by Sun Yat-sen, dated Dec. 30, 1918.

Sun Yat-sen: A Frustrated Patriot, by C. Martin Wilbur, Columbia University Press, 1976.

Sun Yat-sen and the Awakening of China, by James Cantlie & C. Sheridan Jones, New York, Fleming H. Revell Co., 1912.

Sun Yat-sen, by Robert Payne, New York, John Day & Co., 1946.

Sun Yat-sen: His Life and Its Meaning, by Lyon Sharman, New York, John Day & Co, 1934.

Ten Letters of Sun Yat-sen, 1914~16, Stanford University Libraries, 1942.

The Japanese and Sun Yat-sen, by Marius B. Jansen, Harvard University Press, 1954.

The Legacy of Sun Yat-sen(English translation), by Gustav Amann, New York, Montreal, Louis Carrier & Co., 1929.

The Shoe-box Letters from China, 1913~76, ed. by Malcolm Rosholt, in Wisconsin Magazine of History, Vol. 73, No. 2.

The Strange Apotheosis of Dr. Sun Yat-sen, by "Saggittarius"(H. G. W. Woodhead), London, Heath Cranton Ltd. 1939.

(3) 중국에 대한 기술

Aid China: A Memoir of A Forgotten Campaign, 1937~39, by Arthur Clegg, Beijing, New World Press, 1989.

China in The Sun, by Randall Gould, Garden City, New York, Doubleday & Co., 1946.

China's Srtuggle with the Dictator, by O. M. Green, Hutchinson, London, 1942.

China to Me, by Emily Hahn, London, Virago, 1987(reprint of 1944 edition by Blakiston Co., Philadelphia).

Dragon by The Tail, by John P. Davies, New York, Norton, 1972.

Far Eastern Front, by Edgar Snow, New York, Harrison Smith & Robert Hacos, 1933.

Footnote to Folly, by Mary Heaton Vorse, New York, Farrar & Rinehart, 1935.

Footnote to History[Memoir of Si-lan (Silvia) Chen Leyda(陳思蘭)], ed. by Sally Banes, New York, Dance Horizons, 1984.

Friends of The Chinese Revolution, by A. Tom Grunfeld(manuscript).

Good Deeds and Gunboats, by Hugh Deane, China Books and Periodicals, San Francisco, 1990.

In Search of History, by Theodore H. White, New York, Harper & Row, 1978.

I Was There, by William D. Leahy(former Chief of Staff of the U. S. Armed Forces), New York, McGraw Hill, 1950.

Lost Chance in China: The Wartime Dispatches of John S. Service, ed. by Joseph Esherick, New York, Random House, 1974.

Personal History, by Vincent Sheean, first edition by Garden City, New York, 1934, latest edition by Houghton Mifflin, New York, 1969.

Random Notes on Red China, by Edgar Snow, Chinese Economic and Political Studies, Harvard University, 1957(mimeographed).

Re-encounters in China, by Harold Isaacs, New York/London, M. E. Sharpe Inc., 1985.

Return to China, by James Bertram, London, Heinemann, 1957.

Shadow of War, by James Bertram, London, Gollancz, 1947.

Shanghai Conspiracy: The Sorge Spy Ring, by Charles A. Willoughby(with a preface by Gen. Douglas MacArthur), New York, E. P. Dutton & Co., 1952.

The Big Yankee, by Michael Blankfort, Boston, Little Brown & Co., 1949.

The Chiangs of China, by Elmer T. Clark, Abingdon-Canterbury Press, New York, 1943.

The Chinese Puzzle, by Arthur Ransome, with an introduction by the Hon. David Lloyd George, George Allen & Unwin, London, 1927.

The Dargon Stirs, by Henry Francis Misselwitz, New York, Harbinger House, 1941.

The Forgotten Ambassador: the Reports of John Leighton Stuart, 1946~49, ed. by Kenneth W, Rea and John C. Brewer, Denver, CO, Westview Press, 1981.

The Stilwell Papers, by Joseph W. Stilwell, posthumously arranged and edited by Theodore H. White, New York, William Sloane Associates, Inc., 1948.

The U. S. Crusade in China, 1938~45, by Michael Schaller, Columbia University Press, 1979.

Time Runs Out in CBI, by C. F. Romanus and R. Sutherland, Washington, Office of the Chief of Military History, 1959.

To Peking and Beyond, by Harrison Salisbury, Quandrangle-New York Times Books, New York, 1973.

Twin Stars of China, by Evanas Fordyce Carlson, New York, Dodd, Mead & Co., 1940.

Two Kinds of Time, by Graham Peck, Boston, Houghton Mifflin, 1950.

Two Years with The Chinese Communists, by William & Claire Band, Yale University Press, 1948.

Why China Sees Red, by Putnam Weale(B. L. Lenox-Simpson), London, Macmillan, 1926.

Women in Modern China, by Helen Foster Snow, The Hague and Paris, Mouton & Co., 1967.

(4) 인물전기, 회상록

A Death with Dignity, by Lois Wheeler Snow(her memorial volume for Edgar Snow), Random House, New York, 1974.

An Indian Fighter for Freedom(Dr. Kotnis), by Shen Xiangong(et al,.) Beijing, Foreign Languages Press, 1983.

Call of Yanan: Story of The Indian Medical Mission to China, 1938~43, by Dr. B. K. Basu, All-India Kotnis Memorial Publication Committee, New Delhi, 1988.

Donald of China, by Earl Alpert Selle, New York, Harper & Co., 1948.

Edgar Snow: A Biography, by John Maxwell Hamilton, Indiana University Press, 1988.

Fifty Years in China, The Memoirs of John Leighton Stuart-Missionary and Ambassador, New York, Random House, 1954.

My Father in China, by James Burke, London, Michael Joseph, 1945.

My Twenty-five Years in China, by John B. Powell, New York.

The White-boned Demon: A Biography of Mme. Mao, by Ross Terrill, Heinmann, London, 1984.

Two Gun Cohen, by Charles Drage, London, Jonathan Cape, 1954.

Ways of Escape(Penguin edition, 1981), Graham Greene's literary memoir.

(5) 기타

Conversations with Stalin, by Milovan Djilas, New York, Harcourt Brace and World, Inc., 1962.

찾아보기

■ 지은이

이스라엘 엡스타인(Israel Epstein)

1915년 폴란드 바르샤바 출생

유년시절에 양친과 함께 중국 이주

≪천진타임스≫ 기자, UP통신 기자

≪보위중국동맹 신문통신≫ 편집장

≪중국건설(현 今日中國)≫ 편집장, 명예편집장

1950년대에 중국 귀화

송경령기금회 고문

전국정치협상회의 상무위원

저서:『중국의 인민전쟁(The People's War in China)』(런던, 1939)

『미완성의 중국혁명(The Unfinished Revolution in China)』(보스턴, 1947)

『국민정부치하의 노동사정(Notes on Labor in Nationalist China)』(뉴욕, 1949)

『변모하는 티베트(Tibet Transformed)』(북경, 1983)

『봉쇄를 뚫고 연안방문』(북경, 1995)

『엡스타인 신문작품선』(북경, 1995)

■ 옮긴이

이양자

1941년 부산 출생

서울대학교 사범대학 역사교육과 졸업

서울대학교 대학원 문학석사(동양사)

영남대학교 대학원 문학박사(동양사)

현재 동의대학교 인문대학 사학과 교수, 인문과학연구소 소장, 중국현대

사연구회, 중국사학회 이사

저서:『宋慶齡硏究』(일조각, 1998)

『한국사39』(공저, 국사편찬위원회, 1999)

역서:『송경령평전』(지식산업사, 1992)

『중국근대사』(삼지원, 1994)

『송경령과 하향응』(신지서원, 2000)

20세기 중국을 빛낸 위대한 여성, 송경령 · 下

ⓒ 이양자, 2000

지은이/이스라엘 엡스타인
옮긴이/이양자
펴낸이/김종수
펴낸곳/도서출판 한울

편집책임/손경애

초판 1쇄 발행/2000년 6월 30일
초판 3쇄 발행/2001년 5월 15일

주소/120-180 서울시 서대문구 창천동 503-24 휴암빌딩 3층
전화/편집 336-6183(대표) 영업 326-0095(대표)
팩스/333-7543
전자우편/newhanul@nuri.net
등록/1980년 3월 13일, 제14-19호
Printed in Korea.
ISBN 89-460-2755-X 03820

* 가격은 겉표지에 표시되어 있습니다.